LA CHÂTELAINE DE TYR

DU MÊME AUTEUR
AUX MÊMES ÉDITIONS

La Couronne de Jérusalem, 1998

Annick Varney

LA CHÂTELAINE DE TYR

roman

DENOËL

Ouvrage publié sous la direction
de Françoise Roth

9, rue du Cherche-Midi, 75006 Paris
ISBN 2-207-24682-5
B 25682-0

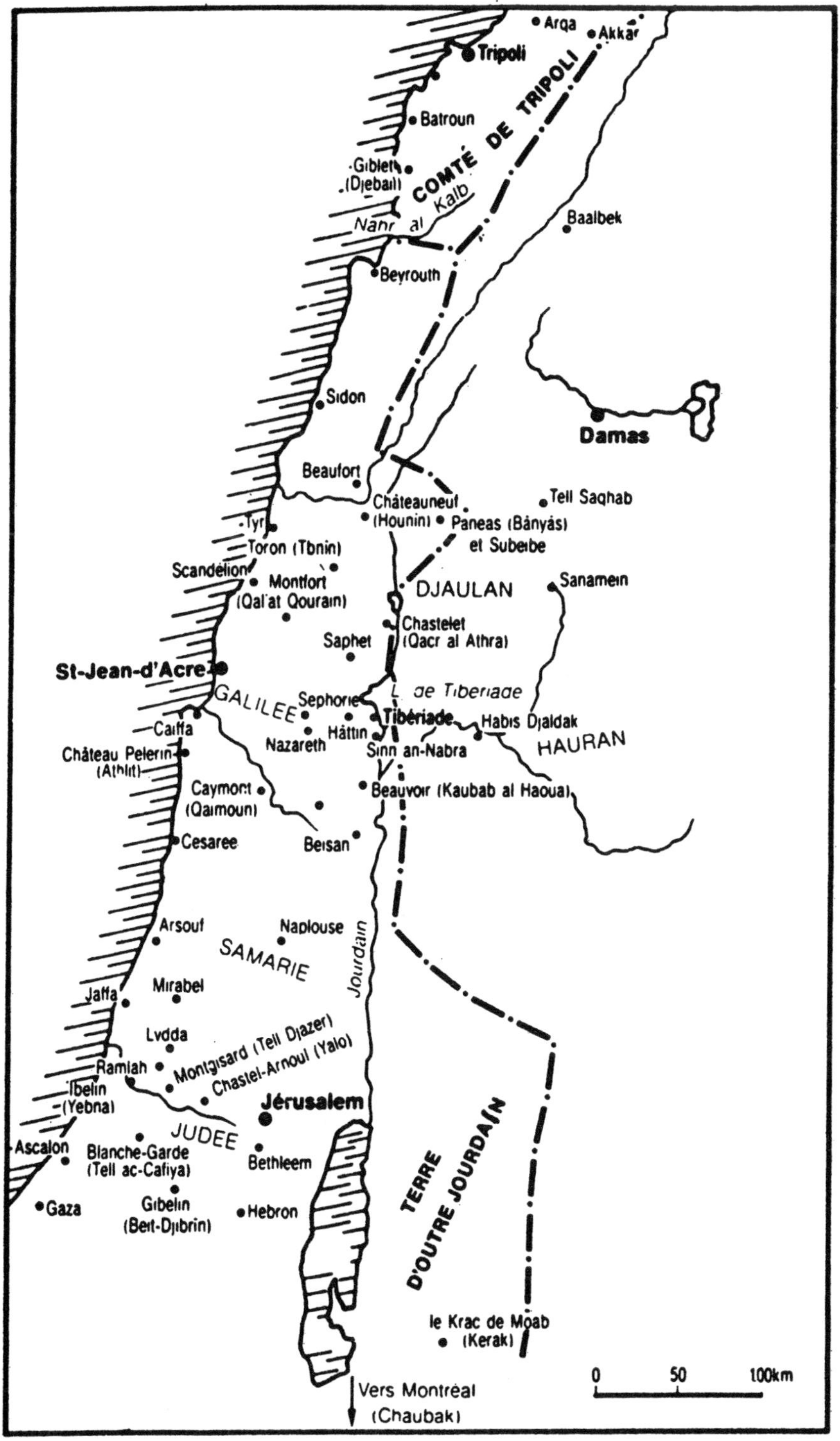

Arqa
Akkar
Tripoli
COMTÉ DE TRIPOLI
Batroun
Giblet
(Djebail)
Nahr al Kalb
Baalbek
Beyrouth
Sidon
Damas
Beaufort
Châteauneuf
(Hounin)
Tell Saqhab
Paneas (Bânyâs)
et Subeibe
Tyr
Toron (Tbnin)
Scandelion
Montfort
(Qal'at Qourain)
DJAULAN
Sanamein
Chastelet
(Qacr al Athra)
Saphet
St-Jean-d'Acre
GALILEE
L. de Tiberiade
Sephorie
Tibériade
Habis Djaldak
Caiffa
Hattin
Nazareth
Sinn an-Nabra
HAURAN
Château Pelerin
(Athlit)
Caymont
(Qaimoun)
Beauvoir (Kaubab al Haoua)
Cesaree
Beisan
Arsouf
Naplouse
SAMARIE
Jourdain
Jaffa
Mirabel
Lydda
Montgisard (Tell Djazer)
Ramlah
Chastel-Arnoul (Yalo)
Ibelin
(Yebna)
Jérusalem
JUDEE
Ascalon
Blanche-Garde
(Tell ac-Cafiya)
Bethleem
TERRE D'OUTRE JOURDAIN
Gaza
Gibelin
(Beit-Djibrin)
Hebron
le Krac de Moab
(Kerak)
0
50
100km
Vers Montréal
(Chaubak)

Avertissement

Le mot « Syrien » désignait au royaume de Jérusalem un indigène de religion chrétienne. Il y avait ainsi à Kérak, en Outre-Jourdain, une très ancienne communauté syrienne remontant à l'époque de Jésus, communauté qui existe encore aujourd'hui.

Au XIIe siècle, on appelait « Damoiselle » toute jeune fille de noble lignage. Le terme, cependant, pouvait s'étendre à une femme mariée, à condition que celle-ci fût très jeune et n'eût pas encore d'enfants.

Pour des raisons de simplification, Philippe de Dreux, évêque de Beauvais, est ici faussement nommé « Philippe de Beauvais ».

I

À la déchéance du soleil, le 13 juillet de l'an maudit 1187, se montra devant le port d'Acre une grande nef chargée d'or et de chevaliers-pèlerins. Le navire et ses mariniers étaient génois, les chevaliers et leur seigneur tous gens du Piémont. Hâtifs de toucher la Terre Promise après un voyage périlleux, les arrivants s'irritaient contre le vent qui perdait souffle et s'amenuisait de moment en moment. Aucun d'eux ne détournait l'œil du rivage dont la nef se rapprochait avec tant de nonchalance. Il y avait foule sur les grèves de la cité, voilà ce que chacun pouvait apercevoir. Et pourtant les hommes venus d'Outremer s'ébahissaient bien plus qu'ils ne se réjouissaient. Dressé à la proue, le seigneur piémontais tendait l'oreille et sourcillait. Après avoir longtemps écouté le battement des flots mous, considéré la rive et médité, il tourna le chef, s'écriant par-dessus son épaule :

– Dieu nous gardant, Obertus Nepos, nous jetterons l'ancre ici même, si tu m'en crois !

Deux pas en arrière, un chevalier lui répondit :

– Certes, Monseigneur, ainsi ferons-nous. Car il paraît qu'on ne désire en nulle guise faire tinter les cloches pour nous saluer.

– Il paraît, mon bel ami, redit le seigneur piémontais. Commande, je te prie, qu'on appareille une barge. Toi et cinq de tes compagnons irez au port quérir la cause de cet accueil singulier.

Sous les éclats verts du soleil mourant, les mariniers jetèrent l'ancre. Puis à la mer fut mise une barge, dans laquelle descendirent un à un les rameurs, suivis par six chevaliers armés seulement de glaives et de masses, n'ayant revêtu ni le heaume d'acier ni la cotte de mailles. Or tandis que les rames effleuraient l'eau se détachait de la tour occidentale du port un autre batelet qui entreprit de naviguer droit vers la grande nef.

– De par Dieu ! hurla le cheftain piémontais, reviens à nous dès maintenant, Obertus Népos ! Regagnez tous le bord, et qu'on remonte la barge sans délai !

Il dit encore, une fois accomplie sa volonté :

– Puisque enfin la cité d'Acre nous envoie ses messagers, nous les attendrons de bon cœur dans la paix du soir. Mais entendez-moi ! Que pas un de vous, quand ils nous accosteront, n'ouvre la bouche, pour nulle chose au monde ! Vous me laisserez la parole, à moi, votre chef, comme le requiert la prudence.

Pressés les uns contre les autres, les chevaliers d'Occident regardèrent s'avancer le batelet à leur rencontre. La brune s'avançait aussi et la lumière du jour allait s'amoindrissant. Et c'est ainsi que les hommes partis du rivage demeurèrent des ombres vagues jusqu'à tant qu'ils parvinssent à moins d'un jet de pierre de la nef au repos. Alors ceux qui les attendaient purent discerner leurs faces dorées, leurs voiles flottants et leurs barbes, et à cette vision ils laissèrent échapper malgré eux des clameurs et des blasphèmes.

– Taisez-vous-en, sous peine de mort ! brailla le seigneur piémontais.

À peine avait-il restauré la quiétude parmi l'assemblée qu'il voyait arriver à ses pieds le batelet.

– Ohé ! gens de la terre, qui êtes-vous ? lança-t-il, penché sur l'onde. Quelqu'un de vous parle-t-il notre langue ?

– Assurément, répondit l'un des citoyens qui s'était levé de son banc. Quant à moi, je la parle, Messire, ayant œuvré naguère à la douane du port pour le bénéfice des Francs, du temps qu'ils tenaient la cité.

– Or comment, dites-le-moi, et par quelle aventure, ne la tiennent-ils plus aujourd'hui ?

– Par la grâce d'Allah, Messire, et par la puissance de notre Sultan, lequel a vaincu l'ennemi en bataille si glorieusement que le monde en est ébloui.

– D'où je viens, dit le seigneur piémontais, nul n'en sait la nouvelle. Quand donc fut livrée cette bataille dont vous parlez ?

– C'était il y a neuf jours, Messire, en Galilée. Quant à notre belle cité, voilà quatre jours qu'elle fut rendue à l'Islam. Et bientôt le royaume chrétien tout entier sera néant, croyez-en ma parole. Car tant de guerriers francs ont été pris ou trucidés au combat que le restant ne pourrait suffire à combler votre nef. Or vous-même, qui êtes-vous, Messire ?

– Je suis, déclara le seigneur à voix lente, un marchand d'Italie, comme en témoigne ma bannière de Gênes, que vous voyez flotter sur la cime des mâts. Hélas ! mon négoce, je le crains, est aujourd'hui menacé de ruine par vos guerres.

Le citoyen d'Acre, ayant échangé avec ses compagnons quelques mots en langue sarrazinoise, répliqua hautement :

– Noble étranger, notre Sultan est loin de songer à guerroyer contre les marchands des nations chrétiennes. Dans cette ville vous serez accueilli avec honneur. Vous mènerez parmi nous vos affaires selon votre guise et repartirez de Palestine sain et sauf, n'ayant souffert des Musulmans aucun outrage.

– Ce peut être, noble Syrien, que je n'ai rien à redouter pour moi ni pour mes hommes. Cependant mon navire a convoyé jusqu'à vos rives plus de cent pèlerins qui veulent voir Jérusalem et le tombeau du Christ. Or me direz-vous ce qu'il adviendra d'eux ?

Le drogman alla chercher auprès des autres Sarrazins la réponse qu'il devait donner. Puis il retourna sa face vers l'étranger :

– Mieux vaudrait, Messire, que vous reteniez à bord vos pèlerins. En cette saison, les chemins de Jérusalem leur seraient mortels. Partout, sachez-le, la guerre fait rage, ici un jour et là le lendemain. Les pauvres gens repasseront la mer avec vous, quand vos affaires seront finies. Soyez confiant, toutefois : ils séjourneront sur votre nef en bonne sûreté.

– Grâce vous soit rendue ! fit courtoisement le seigneur piémontais. J'entrerai donc dans le port, puisque vous m'en priez, demain au matinet.

– Vous seriez mieux avisé, Messire, d'y entrer sans retard. Pourquoi demain ?

– C'est qu'il n'y a plus ce soir, par infortune, le moindre souffle de vent.

Après être un moment demeuré coi, le Sarrazin s'inclina, disant :

– Alors demain, au point du jour. Quand vous arriverez, Messire, vous trouverez ôtée la chaîne qui ferme le port.

Le batelet des Infidèles s'éloigna et disparut au sein du crépuscule. Sur le navire chrétien, les hommes ne pouvaient taire plus avant leur émoi et leur frayeur.

– Par Dieu omnipotent ! gémissaient-ils, que ferons-nous, Monseigneur, dans une si noire occasion ? Que nous franchissions la chaîne du port et nous serons perdus sans faille ! Les Sarrazins prendront votre nef, la chose est sûre, ils nous dépouilleront de nos armes et de nos richesses, ils nous tueront, ces chiens mécréants, jusqu'au dernier !

– Attendons de voir, beaux compagnons, répondit le gentilhomme piémontais, si Jésus-Christ, le sauveur du monde, ne nous portera pas secours à temps. Sommes-nous déjà au pouvoir des Sarrazins ? Ils croient nous prendre par traîtrise, mais entre eux et nous s'étend la nuit, une nuit longue durant laquelle Dieu fasse qu'ils s'endorment lourdement tandis que nous resterons en éveil.

Sur le pont se tinrent dans l'angoisse les Chrétiens d'Occident, guettant à travers l'obscurité un signe du ciel. Une heure ils mangeaient et buvaient pour accroître leur vigueur, l'heure suivante ils chantaient pour combattre le sommeil. Brûlant était encore l'air nocturne, et malgré les oraisons que lançaient à voix tonnante les abbés, plus d'une âme s'engourdissait. Le cheftain de la nef contemplait depuis la proue l'onde gisant alentour, qui semblait chose morte. Aussi ce fut merveille quand passé minuit un souffle léger vint balayer tous les visages baignés de sueur. À peine la mer commençait-elle de remuer que le chef piémontais clamait à la ronde son commandement :

– Hissez les voiles, par Dieu ressuscité !

La grande nef sous le vent qui reprenait force vira et prit l'escampe. Ces Chrétiens-là, en vérité, Dieu les aidait et avec Dieu la nuit noire. Dans la cité d'Acre conquise, les fils d'Allah endormis sur leurs couches faisaient de beaux songes.

Vers le nord s'enfuirent les étrangers, ne s'approchant ni ne s'écartant trop des rivages. Comme le soleil paraissait au ras des flots, ils se trouvèrent devant Tyr, vieille cité phénicienne dont le corps était cerné par la mer comme une île et que seul un bras de terre nue reliait à la côte syrienne.

– Vos hommes disent, Monseigneur, vint grommeler Obertus Népos contre l'épaule de son chef, qu'il y a péril à naviguer si près des murailles. Courrons-nous plus vite que les Sarrazins, selon vous, quand ils nous pourchasseront ?

– Paix, Sénéchal ! Tu m'empêches d'écouter un petit son béni qui me réjouit l'oreille. Par Dieu ! les entends-tu comme je les entends ? A-t-on vu jamais des Sarrazins saluer la venue d'un navire chrétien en sonnant les cloches ? Que je sois damné si le tintement qui résonne là-bas est un bruit de guerre et non celui des cloches !

Peu à peu emplissaient l'air, se mêlaient et se croisaient les « quedondis » et les « quedondas » jaillis de tous les clochers de la ville. En même temps quittaient le port quatre barges pour aller accueillir la grande nef. Dans la lumière vive du matin, on put voir de loin les faces claires des envoyés de Tyr, leurs yeux gris ou bleus et leurs mentons sans barbe. D'un cri joyeux, le seigneur piémontais les héla :

– Christ soit avec vous, gens du royaume de Jérusalem ! Ainsi vous tenez toujours votre cité vaillante ?

Mais les Tyriens baissèrent le front comme des enfants honteux. Nul d'entre eux n'osa répondre aux paroles de l'étranger, hormis un vieil homme qui murmura :

– Jusqu'à demain seulement. Hâtez-vous donc, Messire, de trancher : ou bien vous menez votre nef jusqu'au havre et endurez notre infortune, ou bien vous reprenez la mer avant midi. En guère plus de trois jours vous aurez atteint le comté de Tripoli, où vous serez à l'abri des tourments.

– Diable ! rugit le seigneur à la proue. Sur ma foi, vieillard, ni je n'irai chercher refuge à Tripoli, ni je ne souffrirai d'infortune, grande ou petite. Je suis venu à la rescousse de la Terre Promise et n'ai dans l'âme qu'un désir : mettre mon bras au service des peuples qu'infament les Sarrazins.

– Or nous direz-vous, Messire, par votre bonté, le nom d'un homme si hardi qu'il veut défier à lui seul nos conquérants ?

– Certes, mes beaux amis, je suis cet homme-là, dont le cœur craint Dieu plutôt que vos Sarrazins. J'ai pour nom, apprenez-le, Conrad de Montferrat. Et maintenant, je vous prierai de me conduire au seigneur de la ville.

– Notre cité, répondit le vieillard, étant fief de la maison royale, nous n'avons d'autre seigneur que le roi de Jérusalem, lequel à cette heure vit captif entre les mains de l'ennemi.

– Or n'y a-t-il personne ici qui vous gouverne ?

– L'évêque nous conseille, Messire, du mieux qu'il peut. Puis un haut baron du royaume, réchappé de la bataille par miracle, est accouru dans nos murs voilà huit jours. Il a parlementé sans répit avec les Infidèles afin que nous gardions saufs l'honneur et la vie quand demain nous livrerons la place.

– Premièrement, dit le seigneur piémontais, je verrai ce baron. Allez en avant lui déclarer que je descends à terre et m'achemine vers son logis. Où demeure-t-il ?

– Au chastel, Monseigneur, comme il convient. C'est lui, par ma foi, qui nous a envoyés vous accueillir. Vous entendrez de sa bouche les nouvelles de la guerre, tristes nouvelles, sachez-le, et toutes misérables.

Dedans le donjon du chastel royal se tenait muet un gentilhomme vêtu mieux qu'un prince. Accoudé au fenestrage de la chambre où il s'hébergeait, il contemplait la grande nef qui avait gagné le havre et s'y balançait à l'ancre. Cet homme au visage dolent n'était plus aujourd'hui semblable à lui-même. Ses yeux longs et noirs montraient un regard morne au lieu des éclairs subtils qui naguère y luisaient. Sa bouche hier encore moqueuse et tendre soupirait. Il avait fini de chanter devant ceux qui l'aimaient les aventures prouvées des chevaliers de la Terre Sainte, fini de manier le luth pour accompagner ses contes merveilleux. Où s'en était allé, frappé par l'infortune, se demandait-on à sa vue, le fin seigneur de Beaufort et comte de Sidon ?

Une telle question n'encombrait nullement l'esprit du marquis de Montferrat, né en terre lombarde, qui ne connaissait encore ni la Syrie franque ni le comte de Sidon. Il se rendit au chastel de Tyr, dédaignant la chaleur croissante et marchant à grands pas. Lorsqu'il découvrit le baron palestinien, il l'accola suivant la coutume chevaleresque et lui dit :

– Si vos gens ne mentent, vous êtes le comte Renaud Garnier, homme dont le pouvoir s'étend non sur un fief, mais sur deux.

– Mon pouvoir, Messire Conrad, est néant désormais ou peu s'en faut. Combien de jours pensez-vous que je tiendrai encore mes deux fiefs ? Les Sarrazins nous pressent de tous côtés. Ils ont conquis la Galilée entière, envahissent maintenant, me dit-on, le pays samaritain. Acre est à eux depuis cinq jours et Tyr se rendra demain. Le Sultan s'est souvenu de nous envoyer sa bannière, dont mes sergents vont aller garnir la cime du donjon. Aimeriez-vous la voir de près ? Je puis à loisir vous la montrer, car nous l'avons rangée ici même, dans cette salle. C'est une belle étoffe, sur ma foi, toute semée de signes mahométans et de fleurs de lys.

– En nom Dieu ! s'écria le marquis de Montferrat, donnez-la-moi ! J'en userai, je le jure, plus avantageusement que vous.

– Et qu'en ferez-vous ? s'enquit le comte de Sidon.

– Par tous les saints ! je la jetterai du haut de la muraille, Messire Renaud, et l'eau des fossés en effacera les images maudites !

– La chose, je n'en doute point, Messire Conrad, saura plaire aux habitants de Tyr. Néanmoins, quoi que vous fassiez, les Infidèles seront là demain.

– Que je prenne l'affaire en charge, répliqua le seigneur piémontais, et ils trouveront porte close, croyez-m'en.

Le baron de Terre Sainte, ayant hoché le chef, se détourna de l'étranger qui prononçait devant lui des paroles pleines de folie.

– Je ne voudrais, murmura-t-il, en nul endroit vous offenser, mais comment votre âme concevrait-elle l'abîme où nous sommes tombés ? Rien de cette contrée ne vous est familier. Nos peuples, nos coutumes, nos alliances, nos discordes, vous les apercevez de trop loin pour en avoir la science. En vérité, les Francs du royaume de Jérusalem sont autres que les Francs d'Occident. Malgré votre bienveillance, Messire Conrad, vous ne pouvez, Dieu le sait, comprendre notre infortune.

– Voilà du moins, répondit joyeux le marquis de Montferrat, une heureuse nouvelle. Ne pouvant comprendre votre infortune, je n'ai pas comme vous, mon bel ami, le visage ruiné par l'angoisse et le cœur déconforté. Vous devriez songer à me servir ainsi qu'à vous-même l'un de ces vins de Chypre dont on m'a plus d'une fois loué les vertus. J'ai durement besoin de me rafraîchir la gorge et vous de regagner une once de vigueur. Et cependant que nous boirons à la sauveté du royaume, vous me conterez la sotte bataille dans laquelle une poignée de satans, paraît-il, a surmonté par mégarde les bons chevaliers francs.

Volontiers le comte Renaud contenta les désirs de son hôte. Lorsqu'il leva sa coupe, un éclair ancien anima son œil puis s'évanouit dès qu'il parla :

– Sur ma foi, Messire Conrad, les satans, il y en avait ce jour-là de si grandes foules qu'on aurait cru les vagues d'un océan venant inonder les plaines de Galilée. Pourtant, je vous assure, leur nombre ni leurs prouesses ne furent les causes vraies de notre méchéance. Car nous fûmes déconfits par notre faute bien avant de l'être par les Sarrazins. Jamais, pour commencer, nous n'aurions guerroyé dans une saison brûlante et en un lieu désert, fertile en pierres plus qu'en eau, si nous avions eu pour sire un homme sage.

– En nom Dieu ! vous estimez donc le roi de Jérusalem un insensé ? fit le marquis de Montferrat.

– Je lui ai prêté l'hommage contre mon cœur et contre ma raison. Dieu a donné vaillance au roi Gui, mais avec si peu de force et de cervelle qu'il a entraîné le royaume dans une guerre dont personne ne voulait, et pas même, je crois, le sultan des Sarrazins.

– Messire Renaud, votre vision de l'ennemi est, me semble-t-il, douce à outrage.

– Saladin, répondit le comte de Sidon, nous a toujours accordé les trêves que nous lui demandions. Ceux qui les rompirent furent des Francs, barons aveugles et félons dont le roi Gui suivit les mauvais conseils. Le Sultan, à mon escient, était envieux d'affaiblir le royaume, en nulle guise de l'anéantir. Hélas ! voici aujourd'hui perdue la Terre Sainte, et bien morte notre chevalerie.

– Vous ne pouvez, mon ami, déclarer perdu le royaume du moment que Jérusalem demeure cité chrétienne et franque.

– Jérusalem nous sera ôtée, Messire Conrad, parce que nous n'avons plus de chevaliers pour la défendre. Je vous l'ai dit : tous ont péri au pied du mont Hattîn, il y a neuf jours, lors de la hideuse bataille.

– Par le corps Dieu ! s'écria le marquis de Montferrat, que je sois maudit si les yeux ne vous voient ici vivant et sain, quoique blême comme un fantôme ! Seriez-vous le seul réchappé du combat ?

– L'un des seuls, je vous l'affirme. Néanmoins je sortis de l'enfer en compagnie du meilleur baron que je sache, Monseigneur Balian d'Ibelin. Tous deux nous combattions à l'arrière-garde et pûmes nous dérober au dernier moment sans être pourchassés. Quant aux chevaliers de l'Hôpital, dont nous étions les voisins, pas un qui n'ait laissé sur la plaine son corps sanglant. Et parmi les Templiers, je suis témoin qu'un frère seulement sauva sa vie, outre le Grand-Maître qui fut pris avec le roi. Il y a encore le comte Raimond de Tripoli, homme de la plus haute valeur, que l'on vit s'enfuir au cœur de la mêlée par une brèche, et que suivirent cinquante chevaliers tripolitains. Les quatre princes de Galilée eux aussi esquivèrent la mort, étant à l'heure de la bataille assiégés dans leur forteresse par l'ennemi. Enfin plusieurs seigneurs tombèrent vivants aux mains des Infidèles et maintenant passent leurs jours en geôle à Damas auprès du roi Gui. Je vous jure, Messire Conrad, que des chevaliers dont Christ eut pitié, tout le compte finit là.

Si rempli qu'il fût de confiance et d'ardeur, le seigneur piémontais à ces paroles montra une figure ennuyée. L'œil fiché sur sa coupe vide, il se tint quelque temps muet, avant de grommeler :

– Sauriez-vous, par aventure, ce qu'il advint du vieux marquis, mon père, lequel passa la mer voilà deux ans pour venir s'établir en Palestine ? Eut-il part à cette bataille ?

– Messire Guillaume, certes, guerroya sans défaillance à nos côtés. Il endura la soif, la chaleur et les assauts des Sarrazins mieux qu'un jeune chevalier. J'ai ouï dire qu'il fut l'un des seigneurs prisonniers qui accompagna jusqu'à Damas le roi Gui.

– Ainsi, déclara le marquis de Montferrat, le vieux lion s'est gardé de rendre l'âme ? Par Dieu ! la nouvelle me réjouit, et d'autant plus qu'en certaine occasion je lui ai durement failli. Car ensemble nous avions quitté le Piémont, l'an 1185. Cependant je l'abandonnai aux environs de Constantinople, où m'appelait une entreprise aventureuse dont je voulais tirer gloire et profit. Je fus retenu chez les Grecs deux années pleines, ce pourquoi j'arrive si tard en votre sainte contrée.

– Trop tard, dit le comte de Sidon. Vous pourrez gémir à loisir sur nos chevaliers, Messire Conrad, ou prier pour eux, non les ressusciter d'entre les morts.

– Assez parlé de morts et de lamentations, Messire Renaud ! Devisons plutôt de vos intentions et des miennes. Pour moi, je défendrai Tyr, n'en doutez pas une once, je la défendrai avec votre aide ou sinon malgré vous. Et les Infidèles n'y mettront un seul pied tant que je vivrai au monde. Que répondez-vous, je vous prie, à mon propos ?

– Rien, Messire, en vérité. Quant à moi, je ne suis ni le seigneur de Tyr, ni son commandeur. M'étant arrêté en ce lieu, deux jours après la bataille, alors que je m'acheminais vers mes terres, les habitants de la cité sont venus me supplier de négocier avec l'ennemi une livraison honorable de la place. J'ai grand désir, croyez-le, de poursuivre mon voyage, de gagner Sidon, puis ma forteresse de Beaufort. Si vous pensez que je songe à contrarier votre vouloir, vous vous fourvoyez de tout en tout. Mais dites-moi, par grâce, comment sans chevalerie vous allez défendre la ville contre la puissance des Sarrazins. Que ferez-vous demain quand vous les découvrirez par milliers et milliers suspendus aux murailles ?

– Pas un de ces païens n'approchera des murs. D'ici à demain, Messire Renaud, nous aurons changé la cité en île. Nous creuserons le chemin étroit qui rattache Tyr à la côte et bientôt la mer envahira notre fossé. Prendre d'assaut une île bien fortifiée n'est guère aisé, je vous assure. Tous, jeunes ou vieux, se peineront à l'ouvrage. Et vous-même, pour conduire la défense, nous prêterez main-forte.

– La chose ne se peut ! s'écria le comte de Sidon. Vous me demandez là de trahir l'accord que j'ai conclu hier avec les émirs sarrazins. Devrais-je mentir ma foi, comme firent ces barons déloyaux et busards qui nous menèrent où nous sommes ? Les Sarrazins ne sont point des chiens, malgré ce que les gens d'Occident veulent croire, ce sont des hommes qui en valent d'autres. Si besoin en avez, Messire Conrad, je vous donnerai mon appui où que je sois, hormis dans Tyr.

– Alors, dit le marquis de Montferrat, laissez-moi cette cité, Messire, et en allez-vous d'ici avant demain ! Quant à votre appui, j'entends mal ce qu'il pourrait être, moi demeurant en la place et vous au loin.

– Sur ma foi, déclara le comte Renaud, vos paroles m'ont remis le cœur au ventre. À garder Sidon, qui jamais n'a eu de bonne défense, j'aurai dure peine, je le crains. Au contraire, ma forteresse de Beaufort, puissante et garnie de hauts murs, je puis en rester maître assez longtemps. Nous serons donc deux seigneurs dans cette région qui résisterons à l'ennemi. J'enverrai aviser de votre venue et de vos efforts tous les chevaliers survivants. Ils accourront dans Tyr avec leurs richesses, puis viendront à vous les bannis des cités prises, de manière que s'agrandira jour après jour le nombre de vos défenseurs. Vous recevrez enfin du comte de Tripoli, je vous en fais la promesse, armes et hommes par voie de mer.

– Que Dieu, Messire Renaud, vous accorde joie et santé ! Vous verrez que nous sauverons sans faille le royaume de Jérusalem ! Sitôt qu'ils auront reçu mon message, les princes d'Occident prendront la croix et se hâteront vers la Palestine. Déjà le roi Henri d'Angleterre s'est engagé par serment à faire le pèlerinage de Terre Sainte. Je saurai prier comme il convient, croyez-m'en, l'empereur Frédéric d'Allemagne, dont je suis le cousin germain. Et quant à mon autre cousin, le roi Philippe de France, que mon nom soit honni pour vingt siècles s'il ne m'écoute aussi ! Ayons courage, Messire Renaud, vaille que vaille, il nous suffira de tenir un an ou deux ! Or maintenant, sautez sur votre cheval et partez à franc éperon, vous souvenant de clamer partout qui je suis et quelles sont mes volontés !

Ainsi quitta la cité phénicienne le comte Renaud de Sidon, l'âme revenue de mort à vie. Le galop de son cheval s'entendait encore quand le marquis de Montferrat se présenta devant le peuple de Tyr.

– Mes amis, leur dit-il, Dieu me voyant, je promets de sauvegarder votre ville, vos corps et vos biens. Vous n'avez plus désormais à redouter les Sarrazins, car j'accomplirai toutes choses que je vous promets, sous condition toutefois que vous me reconnaissiez comme votre droit seigneur et me fassiez l'hommage.

Les citoyens accueillirent avec des hurlements de joie ces paroles. Sur-le-champ, ils proclamèrent Messire Conrad seigneur du lieu, au déni de l'autorité royale. Nul ne songeait alors à Messire Gui de Lusignan, chevalier poitevin devenu roi de Jérusalem par un coup du sort et les machinations de quelques-uns. On n'aimait guère sur la Terre Sainte cet homme-là, qui en dix mois de règne avait conduit le royaume chrétien à sa perdition. Et certes le roi Gui, bel et bien engeôlé à Damas, ne paraîtrait pas demain pour défendre son fief de Tyr contre les guerriers sarrazins.

Ayant reçu l'hommage des Tyriens, le marquis suivi de ses gens alla jeter dans les douves la bannière du Sultan, dont chacun put voir s'embourber et se noyer les blanches fleurs de lys. Une fois rempli ce devoir solennel, tous les citoyens se démenèrent pour trancher la langue de terre qui unissait la cité au rivage syrien. En vérité, la besogne se prouva plus longue et malaisée qu'elle n'avait semblé premièrement à Messire Conrad. Et quand arrivèrent les Sarrazins menés par le Sultan lui-même, elle était loin d'être achevée. Cependant les Tyriens se contenaient désormais en hommes fiers et non plus en jeunes enfants pleins de frayeur. Ils voulaient à nouveau mériter le renom de peuple hardi et rebelle qu'ils avaient toujours eu. La survenue de la grande nef changeait la face de leur monde. Le seigneur étranger amenait dans la cité son cœur bouillant, mais encore maints et maints chevaliers vaillants qui raffermiraient la défense, et par-dessus tout, Messire Conrad apportait de l'or à foison conquis à Constantinople. Tyr, qu'elle fût ou non transmuée en île, opposerait aux Infidèles portes closes.

Tandis que les tentes ennemies se déployaient le long de la grève à perte de vue, Saladin contemplait muet et froid les enseignes chrétiennes qui sur les tours du chastel flottaient au vent.

– Seigneur, lui dirent ses conseillers, le comte Renaud, qui est chez nous si renommé, a comme tous les Francs, dirait-on, une double parole.

– Par la barbe du Prophète ! répondit le Sultan, il nous convient d'éclaircir cette affaire noueuse. D'ici là, que nul ne tire une seule flèche et que nul ne s'approche des murailles !

Les mameluks partis aux nouvelles vers les villages voisins s'en revinrent contant comment un gentilhomme arrivé l'avant-veille d'Outremer sur une grande nef était entré tel un orage dans la cité. Il s'était fait lui-même en peu d'heures seigneur de Tyr, d'où il avait sans le moindre égard chassé le comte de Sidon. Quoi qu'il dût lui en coûter, avait-il déclaré, il garderait les portes fermées au nez des Musulmans et ne leur abandonnerait la place qu'en y laissant la vie.

– Quel nom a ce chevalier franc ? demanda le Sultan.

– Nous ne savons, Seigneur. Tous en parlant de lui disent « le marquis », et tous affirment qu'il est pareil à un démon.

Le marquis eut soin de satisfaire la curiosité de son ennemi. Par un trait d'arbalète qui alla choir parmi les tentes sarrazines, il adressa au Sultan le message suivant : « Moi, Conrad, marquis de Montferrat en Piémont et seigneur de Tyr en Palestine, j'ai appris votre vœu de saisir aujourd'hui ma cité, mon propre vœu étant d'y séjourner tout à loisir. Vous avez de bonnes armes, sans nul doute, et les nôtres sont excellentes. Vous avez une foule de bataillons et nos chevaliers sont preux, nos vivres abondants et nos murailles autant robustes que hautes. Par le saint nom du Christ ! soyez patients, car notre entêtement sera plus dur à briser que vos lances ! »

– Veux-tu, Seigneur, me dicter la réponse ? murmura dans l'ombre de la tente cheftaine le scribe Imad ad-Dîn.

– Mon cher ami, répliqua Saladin, il n'y aura aucune réponse.

Il roula entre ses doigts le message, le posa au creux d'une coupe où de l'encens brûlait et sortit sur la grève.

Il marcha longeant la mer paisible, regardant Tyr et songeant. Il songea aux Francs du royaume de Jérusalem encore tout hébétés après la déconfiture qu'ils avaient rencontrée en Galilée, douze jours auparavant. Depuis lors, partout où passaient les Musulmans, les fronts se baissaient, les mains tremblantes se tendaient pour offrir les clefs des villes et des bourgs. Le déconfort qui abattait le peuple chrétien, il convenait de le mettre à profit tant qu'il était en son plein. Déjà la Galilée, la Samarie, outre une longue partie du rivage avec Beyrouth et la cité d'Acre, avaient été conquises. La besogne, se disait le chef sarrazin, l'appelait vers les ports du sud. Avant de se ruer sur la Judée afin de rendre à l'Islam Jérusalem, il voulait avoir en sa main l'entier bord de mer et couper ainsi les Francs de Syrie des Francs d'Occident.

Or il y avait Tyr qui maintenant le défiait. Jailli de sa nef au pire moment, un seigneur étranger que rien n'angoissait encourageait les habitants à la rébellion. Il se dressait comme un encombre majeur sur le chemin de l'armée musulmane. Et l'étranger de surcroît parlait vrai. Tyr au port mieux clos qu'une prison, Tyr cernée par les flots et garantie par d'épaisses murailles, ne se prendrait pas en un jour ni en trente. À l'assiéger on userait des mois et peut-être des ans. Pourtant Saladin souriait dans sa barbe aux deux pointes fines. Il détenait, pensait-il, une arme précieuse pouvant frapper à grande allure et lui ouvrir sans siège, sans morts et sans engins les portes de la cité phénicienne. Et par Allah ! sous ce dard il ferait plier l'orgueilleux qui osait s'affronter à lui !

Deux semaines s'écoulèrent en paix. Le soleil reluisait avec rage au-dessus des dix mille guerriers sarrazins qui jouaient sur la grève, nageaient ou sommeillaient. Les Tyriens, en face d'eux, retranchés derrière leurs murailles, se taisaient. De part et d'autre on épargnait les pierres comme les flèches. Pas une goutte de sang ne coulait. Puis un jour apparut une chevauchée que surmontaient les bannières de l'Islam. Devant le pavillon du Sultan mirent pied à terre cinquante mameluks entre lesquels se voyait un Franc, vieil homme qui se tenait ferme sur ses jambes et redressait le chef. Quoiqu'il fût captif, on avait négligé de le lier à cause de son âge ou peut-être de son mérite.

– Soyez, Messire, le bienvenu, lui dit Saladin quand le vieillard eut franchi la porte.

– Seigneur Sultan, je vous rends grâce. Vous parlez notre langue à merveille, ce qui est heureux pour moi, car votre sarrazinois me reste aussi mystérieux que du chinois. Pourtant, croyez-le, je m'en instruis chaque jour à Damas auprès de vos sergents. Mais il semble que je ne suis plus bon aujourd'hui qu'à rendre l'âme.

– Il n'y a guère, Messire Guillaume, vous guerroyiez comme un lion, le glaive brandi, et trucidiez les nôtres si bellement que la chose m'est arrivée aux oreilles. Vous aurait-on, depuis, maltraité en terre musulmane, malgré mes commandements ?

– Par vos gens, Monseigneur, je suis traité fort honorablement. Non, non, ce sont les maux de la vieillesse qui tourmentent mon corps et ma cervelle. Ainsi ai-je grand peine à jargonner trois mots de sarrazinois. Ainsi encore je ne puis deviner pour quelle cause je fus tiré de ma geôle et convoyé vers Tyr en toute hâte. Par Dieu ! qu'espérez-vous d'un homme hors d'usage, tel que moi ? Irez-vous avec ma chair nourrir les poissons qui peuplent la mer ?

– Votre fils Conrad, répondit le Sultan avec douceur, en ce moment séjourne au chastel de Tyr. Je songeais que le père se réjouirait de serrer le fils contre son cœur et qu'il plairait au fils d'accueillir près de lui un père qu'il retrouverait sain et délivré. Ce que je souhaite beaucoup voir advenir et qui adviendra, Messire Guillaume, assurément.

– Si toutefois... ? s'enquit le seigneur franc.

– Si toutefois, reprit Saladin, Messire Conrad consent par bonté à me rendre la ville. Quand il est descendu de sa nef, sachez-le, les citoyens attendaient mon arrivée. Ils avaient reconnu le pouvoir de l'Islam par un traité engageant leur parole, reçu nos bannières et apprêté les clefs qu'ils devaient apporter sous ma tente le lendemain. Or votre fils, ayant envahi la place, les a convaincus de renier la foi que leur mandant m'avait donnée. Il les gouverne maintenant et n'entend point raison.

– Ah ! le bel enfant ! s'écria le marquis de Montferrat. S'il se fût montré l'autre jour à la bataille de Galilée, Seigneur Sultan, par sa prouesse il eût sauvé le roi, le royaume et toute la chevalerie !

– Hélas pour vous, Messire Guillaume, il ne se combattit alors qu'aux vents contraires qui retardèrent sa venue.

– Puisque Dieu l'a voulu, Monseigneur, mieux vaut n'en plus parler. Or me voici votre otage et voilà descendu sur la terre de Palestine mon fils Conrad. Nous rirons bientôt, mon cœur le prévoit. Je vous confesse qu'ayant éprouvé la tristesse de la geôle, je ne serai guère fâché de m'égayer un peu avant de périr sous vos yeux.

– Périr ? fit le Sultan. Croyez-vous que votre fils n'aura de vous nulle pitié ?

– Conrad est plein de pitié envers le royaume de Jérusalem. Du moment que vous lui offrez le choix entre un vieillard débile et cette belle cité de Tyr, par ma foi, je suis un homme mort.

– Quant à moi, j'ai une autre vision des choses, Messire Guillaume. Allons donc savoir de ce pas lequel d'entre nous juge le plus droitement l'amour qu'on a pour vous.

– Allons, Monseigneur, allons, répondit le vieux marquis de Montferrat.

Saladin avec son otage et ses hérauts gagna le pied de la muraille. Là il fit battre le tambour et crier son message :

– Oyez, Sire Conrad, la parole du sultan Youssouf ! Contemplez votre père ici-bas, exposé à tous les regards ! Le voyez-vous ?

– Je le vois et je le salue, cria en retour le seigneur de Tyr.

– Nous vous l'échangerons volontiers, Messire, contre la place où vous êtes, promettant vie et biens saufs à chaque citoyen comme à leur seigneur. Agréez-vous ce marché loyal ?

– En nulle guise je ne l'agrée, hurla dans son porte-voix le marquis.

– Par Allah ! Messire, nous couvrirons le vieil homme d'argent et d'or, de diamants et de perles, quand nous le délivrerons. À cette offre libérale, que répondez-vous ?

– Que le vieillard a trop vécu. Par le corps Dieu ! je ne vous donnerai pour lui une seule petite pierre de Tyr, car il n'en vaut pas le prix ! Faites-en un mort ou ce qu'il vous plaira, et allez ailleurs dépenser votre avoir !

En entendant ces mots, le vieux marquis de Montferrat n'avait ni frémi ni pâli, et son œil scintillait encore de gaieté. À son oreille, Saladin murmura :

– Dans cet homme il y a néant, Messire Guillaume, sinon vraie et pure cruauté. J'ai moi-même plusieurs fils, et je ne vous envie point le vôtre.

– La cruauté, Seigneur Sultan, elle besogne partout dans ce royaume écroulé, sauf dans le cœur valeureux de Conrad. Je m'honore, sachez-le, d'avoir engendré un chevalier tel que lui, enclin à servir Dieu avant de sauvegarder son propre père, lui fût-il cher.

Le Sultan souleva les épaules sans répliquer. Si la contenance du seigneur de Tyr lui avait causé répugnance autant qu'ébahissement, celle du vieux marquis l'avait ému. Côte à côte avec son otage, il rebroussa chemin, tandis que les défenseurs depuis les créneaux lançaient par manière de défi quelques flèches autour d'eux. Alors qu'ils atteignaient les pavillons sarrazins, Messire Guillaume haussa le col comme un oiseau et à pleine gorge clama :

– Dieu m'aidant, je suis prêt à mourir pour Jérusalem, soyez-en bien convaincu !

– Et quel bénéfice, grommela Saladin, gagnerai-je à vous tuer ?

– Aucun, Seigneur Sultan, fors la joie de pourfendre un ennemi et de l'ôter du monde.

– Un vieillard désarmé ! Le bel exploit, par Allah ! Vous occire, Messire Guillaume, ne m'apporterait ni les clefs de

Tyr ni la soumission de ce diable que vous nommez votre fils.

– À mon escient, dit d'une voix courtoise le vieux marquis piémontais, Conrad pense tout justement la même chose que vous.

Le sultan des Sarrazins, connaissant maintenant de quel métal était fait le marquis Conrad de Montferrat, emmena loin de Tyr ses bataillons. Il reviendrait plus tard, se promit-il, assiéger la place, quand il aurait pris le fief royal d'Ascalon, envahi la campagne de Judée, mis sous le joug les deux forteresses d'Outre-Jourdain et conquis enfin Jérusalem. Un seul homme, eût-il en son corps un démon, ne saurait alors l'empêcher de forcer les portes maîtresses de Tyr. L'heure sonnerait sans faille où il arracherait cette épine de son talon. Avant que l'armée ne vidât les lieux, il renvoya sous bonne garde le vieux marquis vers les geôles de Damas.

II

L’été passa, qui fut peineux pour tous les Francs de Palestine. Ascalon, Gaza, puis les bourgs de Judée s’étaient rendus à la merci du Sultan, un Kurde montagnard que sa valeur et une fortune bienveillante à merveille avaient élevé au sommet des honneurs. Les bannis se répandaient sur les chemins en colonnes qui semblaient n’avoir ni commencement ni fin. Durant le voyage mouraient les pauvres gens et les gens riches continuaient d’avancer, abritant comme ils pouvaient leurs avoirs dont le chef sarrazin, dans sa grandeur, avait bien souvent renoncé à les dépouiller. Ils s’en allaient chercher refuge au comté de Tripoli, et lorsque Tripoli, encombré jusqu’à la gueule par ces foules anéanties, les déboutaient, ils couraient se réfugier derrière les murailles de Tyr, cité restée chrétienne et franque. Un seigneur étranger, qui était l’envoyé de Dieu, la gouvernait envers et contre la tourmente, après l’avoir changée en île. Hommes, femmes, enfants, il accueillait toutes les âmes qui priaient Monseigneur Jésus, et une once de courage grâce à lui revenait dans le cœur des vaincus.

Et l’automne étant là, Jérusalem fut conquise. De plus belle s’étirèrent sur les chemins les convois charriant un peuple banni et ses trésors. Le royaume chrétien s’effondrait comme s’il n’eût été bâti qu’en poussière et en songe. Tous les yeux des Francs pleuraient la Terre Sainte perdue et le Sépulcre abandonné misérablement aux Infidèles. Dame Isabelle, ayant à peine quinze ans d'âge, galopait sous les nuées qui noircissaient le ciel de Nazareth et versait tant de larmes qu'elle n'apercevait plus la crinière du cheval. En avant allait Mansouras, le beau guerrier de l'Islam dont elle suivait malgré sa détresse l'allure infernale. Ce Mansouras aimait mieux faire halte sans cesse afin d'attendre les lourds chariots qui transportaient fourniment, serviteurs et malles, plutôt que refréner le train de la chevauchée. Durant les arrêts, Dame Isabelle restait en selle, tête courbée sous l'épais chaperon. N'avait-elle besoin de rien ? s'enquérait l'officier sarrazin, approchant d'elle sa monture. Sans remuer le corps, elle disait « non » entre ses dents.

Elle n'avait besoin de rien, sans doute, hormis d'oublier un moment la perdition du royaume, les chevaliers morts, les chevaliers captifs, Jérusalem passée de Chrétienté à Païennie et son propre cœur crevé. Le bel émir Mansouras pouvait-il pour lui plaire effacer le temps, mettre alentour la paix au lieu de la guerre, convertir en joie la rancune et la désespérance qui ruinaient son âme ? Elle était une damoiselle franque, fille d'un ancien roi de Jérusalem trépassé depuis dix ans et plus. Mansouras connaissait-il autrement celle qu'il convoyait aujourd'hui à travers la Palestine ruinée, suivant les ordres du Sultan ? Comment l'aurait-il aidée, ignorant ses pensées non moins que ses coutumes, ses amitiés non moins que ses haines ? Il ne pouvait seulement laver le sang qui tachait le bas de sa chemise.

À Nazareth, le jour baissa. En traversant un casal qui rassemblait trente cahutes autour d'une maison forte, l'officier sarrazin freina son cheval. Derrière lui, cinquante servants d'Allah et deux princesses franques freinèrent puis démontèrent. Dame Isabelle avec les autres voyageurs franchit le seuil du manoir où s'hébergeait encore, il n'y avait guère, un petit vicomte chrétien. Elle se réconfortait, songeant qu'elle passerait la nuit, non sous un pavillon de toile, ce qu'elle avait redouté, mais dans une chambre close. Là elle serait à l'aise pour dormir et changer de vestaille. Les fermiers musulmans qui s'étaient octroyés la demeure du vicomte accomplirent en hâte les commandements clamés par les guerriers sarrazins. Ils apprêtèrent les salles, ranimèrent les feux, dressèrent les tables, servirent le souper des dames, puis celui de la troupe, et allèrent quant à eux se coucher aux étables.

– Ma belle enfant, dit la seigneuresse d'Outre-Jourdain à Dame Isabelle, sa bru, quand elles eurent gagné la maîtresse chambre où jadis logeait le vicomte, et furent en leur privé, êtes-vous malade ? Vous avez galopé tout le jour tel un fantôme. Ce soir, vous avez à peine goûté ces bonnes viandes orientales que l'hôtesse nous a présentées. Par ma foi, nous n'avons pas coutume de vous voir si peu vaillante, si muette et si blanche.

– Dame Étiennette, murmura la damoiselle, je n'ai aucun mal, en vérité, sinon que je saigne du ventre. Ma chemise, je crois, est gâtée entièrement, et ce flux me répugne.

– Finissez de gémir, Isabelle ! Nous avons attendu quatre ans pleins cette heureuse nouvelle. Votre état, je vous assure, devenait occasion de risée. Dorénavant, sans offenser la Sainte Église, vous aurez licence de consommer vos noces, de vous coucher près de mon fils et vous conjoindre à lui.

– Messire Onfroi, Dame, vit pour l'heure captif auprès du Sultan. Et ce peut être que le Sultan vous a en grand amour, mais il aime vos chastels plus encore. Il a juré sur son Mahomet de laisser aller mon seigneur le jour où la Pierre du Désert lui serait rendue. Or vos défenseurs, qu'ont-ils répliqué, je vous prie, lorsque nous sommes venus les semoncer de livrer la forteresse ? Qu'ils avaient armes et victuailles en redondance et tiendraient deux ans ou même trois. Le Sultan gardera donc tout ce temps-là Messire Onfroi dans sa prison, et je saignerai horriblement chaque mois pour néant.

– Jamais Onfroi, ma chère enfant, n'a été ni ne sera mis en geôle par Saladin, qui le traite comme l'un de ses fils.

– Non, Dame Étiennette, comme un prisonnier d'honneur dont on surveille les moindres pas. Il ne le délivrera qu'au moment dit, malgré l'amitié qui demeure entre vous et lui.

– La fortune, répondit la seigneuresse d'Outre-Jourdain, tantôt nous réjouit, tantôt nous afflige et tantôt nous étonne. Qui sait la manière dont iront les choses ?

– De pire en pire, Dame, c'est ainsi qu'elles iront, à mon avis.

– Ou de mieux en mieux, selon ce que Dieu voudra. Et vous auriez grand tort de maudire votre sang. Vous verrez un jour qu'avoir part au lit d'un homme jeune et courtois procure maints agréments.

– Et quand le verrai-je ? fit avec dépit la damoiselle. Je serai alors vieille et hideuse à cause des méchéances qui nous sont advenues. Il y a trop de morts sur les chemins, trop de gens égarés, trop d'enfants et de femmes vendus, trop de Sarrazins partout dans le royaume. Je voudrais attendre doucement que revienne Messire Onfroi, mais ce soir mon cœur a tant de noirceur que toute joie me semble disparue du siècle. En outre je me sens le corps dolent et du sang mauvais trempe ma chemise.

– Par Dieu ! Isabelle, vous avez bien vingt autres chemises neuves dans vos malles ! Prenez-en une et jetez au feu ce linge souillé qui vous irrite si durement !

L'eunuque Manès en l'occasion fut appelé à la rescousse. Apprenant que sa damoiselle, qu'il avait enseignée comme un bon écolâtre, chérie comme un père et soignée comme la meilleure des nourrices, n'était plus une enfant, il chanta louanges vers Dieu.

– De quoi te réjouis-tu ? maugréa Dame Isabelle. Un moine tel que toi n'entend rien aux ennuis des femmes.

– J'entends, ma Damoiselle, que la nature a fait en vous son œuvre, comme il convenait, et que la nouvelle contentera Madame la reine, votre mère.

– Tu plaindrais mon sort au lieu de rire, si tu m'aimais. Tout le jour, à chevaucher parmi ces Infidèles, j'ai enduré le martyre. T'en soucies-tu ? Il n'est au monde, assurément, créature de Dieu plus sotte et plus vilaine que toi !

Le pauvre moine malmené tourna des yeux angoissés vers la seigneuresse d'Outre-Jourdain, qui eut de lui pitié :

– Bouchez-vous les oreilles, mon ami ! Dame Isabelle vous jette à la face des paroles outrageuses, parce qu'elle est maintenant mélancolique et a le giron tourneboulé. Veillez, je vous prie, à lui laver le corps, à changer sa chemise et à la coucher. Son mal d'ici trois jours passera, et sa rancune avec.

Le lendemain repartit la chevauchée, Dame Isabelle rageant moins haut, quoiqu'elle fît encore triste figure. La traversée de la Galilée offrait une vision navrante. Première conquise après la Grande Bataille, la princée depuis cinq mois vivait d'une vie nouvelle, une vie qui s'écoulait sans cloches ni croix et que nourrissaient les prières musulmanes et les cris des muezzins. Alors qu'en Samarie ou en Judée la guerre fumait toujours, laissant voir ses plaies mortelles à tout venant, ici peu de ruines s'apercevaient, peu de villages désolés, peu de champs abandonnés. La Galilée avait un peuple qui régissait, marchandait, bâtissait, fabriquait, engendrait et cultivait sa terre au nom d'Allah. Dans cette contrée ne résonnait plus nulle part le nom du Christ.

L'émir Mansouras avait engagé son cheval sur un chemin royal menant vers l'Occident et vers la mer. On atteignit le rivage à hauteur de Caïphas, dont la petite troupe longea les défenses. Puis de là elle suivit la côte, allant toujours au nord. Dame Isabelle reconnut dans le lointain la cité d'Acre, le clocher de sa cathédrale Sainte-Croix, que surmontaient les enseignes du Sultan. Les voyageurs outrepassèrent la ville sans y entrer. Mansouras avait coutume d'esquiver les foules citadines, dont il craignait qu'elles ne causassent dommage aux dames franques. Il choisissait pour lieu d'hébergement la ferme d'un casal ou sinon le pré d'une clairière sur lequel on dressait les tentes. Chaque halte brève qui interrompait la chevauchée entre l'aube et la brune se faisait devant les vagues battant une grève déserte. À l'heure du repas, guerriers et dames démontaient. Cependant que les chevaux reposaient, que le manger s'apprêtait en hâte, ils s'égaillaient sur le sable et se délassaient en humant l'air marin. À l'une ou l'autre dame, à la plus jeune de préférence, l'officier sarrazin disait que belle était la mer et le temps bénin.

– C'est chose plaisante, par Allah ! que voyager ainsi au bord de l'eau. Un vent purifié souffle du large, nous apportant vigueur et santé. Même les chevaux le savent, qui courent ici mieux qu'ailleurs.

Les chevaux couraient sous le vent vif et jour après jour avançait le convoi. Dans Casal Imbert, petit port de pêche hospitalier, un tavernier offrit à la troupe des poissons grillés saupoudrés de sel et d'herbes fraîches. Tandis que les Sarrazins buvaient avec ces mets sirops et hydromel, pour les dames coulaient un vin blanc vertueux sur lequel s'était bâti le renom du pays. Dame Isabelle, une fois remontée en selle, bénit Casal Imbert qui maintenait vaillamment les bons usages francs et l'avait, moyennant une fiole de son vin, ramenée à la vie. Jusqu'aux environs de Passe-Poulain, elle galopa en avant, ne pouvant se remembrer ni le bel émir Mansouras ni les Chrétiens humiliés par l'Islam. Elle se ruait sur les chemins comme si ce fût elle qui menait la guerre de Syrie, conquérait les places fortes, surmontait l'ennemi au combat, elle qui écrasait une contrée entière, et non le sultan des Sarrazins.

Et quand elle atteignit Passe-Poulain dont le mont pénétrait comme une proue dans la mer, elle s'ébahit de découvrir que l'avait rejointe l'officier sarrazin. Galopant à son flanc, il riait, lui, fier et loyal, ayant aimé pourchasser la jeune Franque trop hardie.

– Où fuis-tu, femme, en allant à si folle allure ?

Elle cria sans donner seulement un coup de frein :

– Je connais la voie, Seigneur : droit devant, avec la mer pour guide. Ne me l'as-tu pas enseigné cent fois ?

– Retiens ta monture, femme ! Car maintenant notre route va s'écarter du rivage.

Dame Isabelle brida son cheval arabi tout écumant, le ramena au trot, puis au pas. Et Mansouras ne fit pas avec son coursier autrement qu'elle.

– Pourquoi, Seigneur, demanda la damoiselle, veux-tu ainsi nous dévoyer ? Nous arriverons plus tôt à Tripoli et plus agréablement, selon toi, si nous longeons la mer. Ton plaisir, dis-moi, aurait-il varié depuis hier ?

Ayant fini de rire, l'officier répliqua :

– Par Allah ! autant que je sache, c'est moi seul qui commande la troupe ! J'ai en charge la sûreté de mes sergents et la tienne. Or ignores-tu, femme, que nous sommes ici à cinq lieues de Tyr ? Il y a péril pour nous dans cette cité comme aux alentours.

– Par aventure, Seigneur Mansouras, redouterais-tu le chevalier franc qui la tient ? Quant à moi, jamais encore je ne l'ai vu et n'ai guère envie d'aller séjourner sur son fief. Il ne saurait m'empêcher, crois-en ma parole, de cheminer sous ta sauvegarde vers Tripoli, où sont mes amis et mes parents. Si même nous le rencontrions ici ou là, il nous ouvrirait le passage, et voilà tout le mal qu'il nous ferait.

– Toi, femme, grommela le guerrier sarrazin, tu charries tes biens avec toi et ta compagne charrie les siens. Des biens abondants et précieux que nous devons garantir, suivant les vœux de notre Sultan. Mais le seigneur de Tyr, sache-le, convoite les trésors des Francs. Il attire dans son repaire les gens de sa religion et saisit leurs avoirs dont il use pour accroître ses défenses. Bienheureux sera le jour où notre Sultan viendra lui donner la bataille ! Il l'assiégera en force, l'abattra et détruira pierre à pierre sa belle muraille.

– Je désire aller au comté de Tripoli, déclara Dame Isabelle, et non au chastel de Tyr. Pourtant j'espère, Seigneur Mansouras, que Dieu nous aidant, rien n'adviendra comme tu le prétends.

– Cet homme, femme, chacun le dit et le répète, est pire qu'un démon !

À Passe-Poulain se rassemblèrent les voyageurs et Mansouras reprit les devants de la chevauchée. Après avoir tourné autour du mamelon qui dominait les flots, le convoi délaissa la côte pour virer à main dextre. Parmi champs et boqueteaux il erra une journée pleine. Dame Isabelle suivait sagement le voile bleu et le turban doré dont l'émir sarrazin avait le chef couvert. De Tyr et de son seigneur étranger qui défiait l'Islam, elle ne verrait goutte et bien peu s'en souciait. Tripoli était plus que Tyr, plus qu'une île gisant à l'orée de la Palestine perdue, c'était là-bas vraie terre chrétienne où pouvait renaître l'espérance. Tripoli, avait assuré Messire Onfroi, serait un lieu pour l'amour et nullement pour la guerre.

Dame Isabelle cependant s'assombrissait en revoyant Messire Onfroi devant la forteresse du désert. Il vivait le cœur content au milieu des Infidèles qui le gardaient prisonnier, l'affublaient de riches robes sarrazines, lui offraient les meilleures nourritures, lui enseignaient leurs coutumes et leurs plaisirs. L'œil bienveillant que jetait sur lui Saladin l'amollissait. L'esprit affolé par les nouveautés qu'on lui montrait, il négligeait de haïr ses ennemis. Et la damoiselle par surcroît se troublait quand elle cherchait en mémoire l'image claire de son jeune baron. La main blanche, le regard gris, la bouche qui parlait d'une voix légère et donnait des baisers naïfs, elle en retrouvait trace malaisément. Quoi qu'elle fît, sa face belle comme face d'ange restait brouillée, aussi lointaine que ces figures de chevaliers dont contaient les prouesses les jongleurs.

Par-delà Tyr, le convoi revint cheminer sur la route côtière. Un bon vent de mer soulevait le voile bleu derrière lequel galopaient les chevaucheurs. L'air était sans puanteur et le soleil flambant s'abaissait vers les flots qui roulaient en vagues brèves. Des mouettes parcouraient le ciel, qu'elles dévalaient en lançant de hauts cris pour aller quérir dans la mer leur pitance. On courut ainsi jusqu'à Sarepta dont plusieurs toits élevés portaient les enseignes maudites. Face au port, Mansouras fit faire halte, et quand arrivèrent les lourds chariots, toute la compagnie se remit en train. Avec le soleil mourant, on approcha d'une autre cité, place forte où les fleurs de lys du Sultan garnissaient créneaux, tours et clochers. La chevauchée peu à peu perdit de l'allure. On n'irait pas plus avant ce soir-là, voulait dire Mansouras, le bras dressé telle une hampe. En lisière des fossés, chacun glissa à bas de sa monture.

– Quel nom a cette cité ? s'enquit Dame Isabelle qui n'avait onques, depuis qu'elle était au monde, voyagé si loin de Naplouse et de Jérusalem.

– Sidon est son nom, répondit l'officier sarrazin.

Alors la damoiselle, entendant la dure parole, ne put retenir ses larmes de couler devant un Infidèle.

– Pourquoi pleures-tu, femme ? dit Mansouras. Aurais-tu naguère séjourné dans ce chastel ?

– Non, Seigneur, pas une fois je ne l'ai vu, sur ma foi. Mais le comte Renaud, qui fut seigneur du fief, est mon ami très cher.

– Par Allah ! ton Renaud gouvernait une terre puissante ! Ne mens-tu point la chose un tantinet ? Il doit avoir bien peu d'âge pour être ton ami. Or comment serait-il, je te prie, le seigneur de Sidon, homme dont les Musulmans eux-mêmes connaissent la valeur ?

– Ai-je dit qu'il était jeune ? Messire Renaud, à mon escient, a vécu en ce siècle trente-cinq années déjà. Pourtant nous nous aimons, lui et moi, d'amitié vraie. Et sache-le, il joue du luth à merveille, mieux que tous les joueurs de luth créés par Dieu. Étant petite enfant, je m'asseyais devant l'âtre à ses genoux et l'écoutais sans fin chanter les exploits de nos chevaliers et des vôtres.

– Assurément, déclara Mansouras, les chevaliers d'Allah se contenaient comme chiens mauvais tandis que les chevaliers du Christ avaient au cœur vaillance et pitié !

– Ce sont les gens d'Outremer, Seigneur, qui tiennent pour des chiens les Sarrazins. Au contraire le comte Renaud estime à haut prix nos ennemis, n'en doute pas. Il est instruit entièrement de vos mœurs et de votre langue.

– Toi aussi, femme, tu parles notre langue. Nous pensons que les Francs ont tort de donner à leurs filles tant de science.

– Par Dieu ! répliqua Dame Isabelle, nous ne pourrions deviser ensemble, toi et moi, si je ne parlais ta langue ! Or dis-moi la vérité pure, Seigneur Mansouras : le comté de Tripoli demeure-t-il encore au pouvoir des Chrétiens ?

– Voici la pure vérité, fit l'émir sarrazin en s'inclinant : deux ou trois cités sur la mer ont été conquises par nous. Jusqu'ici, néanmoins, les Chrétiens dominent le restant du comté.

Avant de s'endormir sous les murs de Sidon, la damoiselle songea aux bannières jaunes semées de lys blancs qui du nord au sud enlaidissaient le royaume franc. Elle songea que Messire Onfroi, son baron, en avait peut-être menti, que Tripoli où les dames allaient à si grande allure serait bientôt un lieu pour la guerre et nullement pour l'amour.

Puis le chef sarrazin conduisit vers Beyrouth son convoi. Les chevaucheurs en y parvenant virent à terre des vignes brûlées et en l'air, fichées aux tours, des enseignes prouvant assez que la ville était passée à l'Islam. Et quand on eut depuis Beyrouth franchi trois lieues, parut le Kalb, rivière qui marquait l'entrée dans le comté de Tripoli. Mais la bannière du comte n'ornait plus l'échauguette sise après le pont. De Chrétienté, les princesses franques n'apercevaient toujours aucun signe. Elles galopaient suivant la mer égale pour tous, traversaient des ports que hantaient seuls des hommes priant Allah et son Prophète. Le cœur angoissé, elles découvrirent Gibelet qu'avait prise dès l'été Saladin, et cinq lieues au-delà, Boutron, conquise par le même. Cependant l'émir Mansouras, lors d'une halte sur la grève, les avisa qu'à peine aurait-il perçu un son de cloche, à peine discerné au loin une enseigne tripolitaine, il ferait demi-tour avec sa compagnie, laissant là dames et bagages. Le convoi désormais cheminerait en sûreté parmi les Chrétiens qui le guideraient jusqu'aux portes de Tripoli.

Ce fut en un lieu nommé le Puits du Connétable que les chevaucheurs trouvèrent la première bannière chrétienne, flottant par-dessus les tours du beau chastel. Des Francs encombraient maintenant le rivage, des Francs plus misérables que mendiants, qui gisaient dans le sable ou marchaient en chancelant. Certains criaient comme forcenés, certains avaient l'apparence de fantômes, certains semblaient morts et beaucoup l'étaient. De femmes on ne comptait guère au milieu d'eux, moins encore d'enfants. Ce que faisaient là ces gens sans nuls ballots, ayant des barbes sales, des chevelures hérissées, des yeux fous et des loques en guise de robes, ni les guerriers sarrazins ni les dames ne le savaient. L'émir Mansouras arrêta le convoi contre la muraille dont s'entouraient le bourg et le château. Car ici la mer toute proche tenait lieu de douve et le chemin côtier bordait l'enceinte.

– Femme, dit à la seigneuresse d'Outre-Jourdain le chef sarrazin, suis mon conseil et va-t'en vers cette poterne que tu aperçois à trente pas d'ici. Informe-toi auprès des gardes si vous pouvez être accueillies dans la place et y trouver des guides.

La seigneuresse y alla. Droite sur son cheval arabi, elle héla les gardes en armes. Cependant ils n'eurent d'elle aucun souci. Ne voyant que les guerriers de l'Islam rassemblés derrière la dame, ils hurlèrent :

– Dieu nous aide ! Les Sarrazins ! Par la mort Dieu ! ils sont venus nous occire !

Plus haut que les gardes, la seigneuresse hurla :

– Taisez-vous-en, gens de rien, busards ! Ces hommes nous ont convoyées, ma bru et moi-même, depuis Jérusalem. Suivant les ordres du Sultan, ils ont sauvegardé nos corps et nos biens durant le voyage. Courez sans délai quérir votre maître, auquel je veux parler !

– Notre seigneur n'est point en la cité, répondit le moins enragé des veilleurs. Par ma foi, il n'y a entre ces murs que trois chevaliers de trop grand âge, qui n'ont plus leur tête ni leurs jambes.

– Mon ami, dit la seigneuresse, nous sommes deux dames seules qui devons gagner Tripoli d'une manière ou d'une autre. Nos convoyeurs sarrazins n'iront pas plus avant sur la terre chrétienne. Ils sont prêts à s'en retourner et nous quitteront dans un moment. Voudriez-vous, par grâce, nous procurer quarante ou cinquante sergents pour nous faire compagnie et nous défendre ?

– Nos sergents, Dame, qui sont une soixantaine seulement, défendent la cité. Ils encourront maints tourments et peines s'ils faillissent à leur devoir. Et qu'avez-vous besoin de suivance ? Vous avez, me paraît-il, de bons chevaux. Il vous suffit de tenir la même voie près du rivage. Ayant franchi sept ou huit lieues, vous arriverez assurément devant Tripoli.

– Votre accueil, répliqua Dame Étiennette de Milly, est de tous ceux que j'ai connus le pire. Par Dieu ! voilà un endroit bien étrange que le Puits du Connétable ! Et quels sont, dites-moi, ces gens pouilleux et déconfortés qui errent en foule aux alentours, les uns plus morts que vifs et les autres criant vers Dieu leur misère ?

– Des bannis, Dame, fit le garde en soulevant les épaules.

Dame Étiennette allait tourner bride quand une créature sordide jaillit de l'ombre en face d'elle.

– Votre merci, par Dieu et Sa croix ! gémit l'homme, genoux ployés et mains jointes pour supplier.

Elle ne fut pas longue à lui tendre une aumône, disant :

– Pauvre âme ! Hélas, il m'est avis que la guerre vous a durement malmenés, vous et vos compagnons répandus sur la grève !

– Certes, noble dame, elle nous a malmenés à démesure. Les Sarrazins nous ont chassés, ils ont pris nos maisons, nos cités et nos terres. Pourtant, croyez-en ma parole, nous avons rencontré depuis engeance plus mauvaise que les Sarrazins. Étant bourgeois naguère, nous détenions des richesses, parures et deniers, que nous emportions avec nous dans l'exil. Mais Dieu a voulu que nous perdions tous nos biens, même nos chemises, par le méfait d'un seigneur tripolitain, lequel est un satan prouvé. Ce méchant sire – qu'il soit maudit ! – court sus aux bannis qui traversent paisiblement son fief et les dépouille, les abandonnant en chemin presque nus. Alors pour ceux-là, point de salut ! Car Tripoli refuse d'accueillir les gens de misère, et ils ne savent plus où aller. Ainsi périrons-nous, Dame, à cause d'un Chrétien qui n'a pitié de rien.

– En nom Jésus ! cria la seigneuresse, un Franc ne saurait montrer tant de cruauté envers des Francs ! Êtes-vous sûr, bon homme, de parler droit ?

– Sûr et certain, de par mon chef ! répondit le mendiant. Et si vous entendez cheminer vers Tripoli, croyez-m'en, belle dame, esquivez la voie du rivage qui passe dans Néphin ! N'allez jamais à Néphin mettre un pied, n'y allez pour nulle chose au monde !

Après avoir doublé son aumône, la seigneuresse d'Outre-Jourdain s'en fut rejoindre la troupe. Les froides nouvelles qu'elle rapportait laissèrent pensif le chef sarrazin. Accompagner les dames plus avant mettrait en péril sa vie et celle de ses hommes. S'étant acquitté loyalement de sa tâche, il pouvait retourner chez les siens sans honte ni remords. Mais son cœur répugnait à quitter là deux femmes seules menacées d'être dérobées ou pire encore. Elles avaient peu de gens avec elles, des gens étrangers au pays et mal armés. Si l'une d'elles, se dit-il, osait le prier de rester, par Allah ! il resterait. Et tandis qu'il songeait, les princesses le regardaient, muettes sur leur cheval. Enfin, comme aucune des deux ne le priait, il marmonna, mécontent de lui-même et du monde :

– Je vous conduirai, femmes, jusqu'à Besmédin, dont nous séparent deux lieues et demie seulement. Après quoi, votre Crucifié, s'il veut, prendra soin de vous.

Il était midi passé quand repartit le convoi. Sous le guidage de Mansouras, il prit une voie qui s'enfonçait dans les terres. La chevauchée avançait prudemment à pas modéré afin que chariots et sommiers ne fussent jamais hors de vue. On avait perdu le bruit des vagues et gagné celui des sources. Pas un banni misérable ne se traînait par cette région où vergers, vignes, champs verdoyants abondaient. Pas un larron ne surgissait au détour du chemin. Les dames trottaient flanc contre flanc et devisaient.

– Le sire de Néphin, disait Dame Isabelle, je me rappelle son nom, à grand-peine son visage et rien de plus. Le connaîtriez-vous, par aventure, Dame Étiennette ?

– Oui, certes, je connais depuis longtemps ce Reynouard de Néphin. Et je le tiens, ma belle enfant, pour le comble de la félonie. À vous et moi, pourtant, il ne saurait faire outrage. Du moins il me semble.

– Comment donc le comte de Tripoli, cria la damoiselle, peut-il souffrir un tel vassal, dont les crimes l'infament ?

– Je me le demande aussi bien que vous, mon enfant. Et c'est pourquoi je suis fort aise que nos Sarrazins, par courtoisie, nous mènent jusqu'à Besmédin.

À Besmédin parvint le convoi sans empêchement. Le seigneur de céans fit aux princesses bel accueil. Il se tenait dans la cour basse du chastel, près des écuries, portant un gris peliçon de voyage, car il partait sur l'heure pour Tripoli, où serait enfoui demain le comte Raimond, qui venait de rendre l'âme.

– Par tous les saints ! de quel mal mourut-il donc ? s'enquit la seigneuresse d'Outre-Jourdain.

– À mon escient, répondit Guillaume de Besmédin, non pas un mal mais deux maux l'abattirent. Le moindre fut une pleurésie et le pire une mélancolie que la perdition du royaume lui donna. Depuis la prise de Jérusalem, en octobre, il gisait entre mort et vie. Or si vous l'agréez, Dames, sitôt que mon coursier sera sellé, nous prendrons la route. Ma compagnie et la vôtre chemineront ensemble et nous toucherons Tripoli avant la nuit close.

Les chevaucheurs tripolitains s'étant appareillés, ils rejoignirent hors de l'enceinte le convoi des princesses.

Non loin de là, dissimulés à demi sous un bois d'oliviers, attendaient Mansouras et tous ses guerriers sarrazins. Encontre eux galopa Dame Isabelle, qui devant l'émir voilé de bleu s'arrêta, disant :

– Voilà qu'enfin, Seigneur Mansouras, tu reçois ton congé. Nous sommes en sûreté, maintenant, parmi de bons Chrétiens.

À toi merci, je te le dis de cœur vrai ! Et que Dieu te garde avec autant de vigilance que tu nous as gardées !

– Femme, tu as en toi vaillance et bonté. Certes, il aurait mieux valu cent fois que tu fusses née Musulmane. Je t'en prie, défie-toi aujourd'hui des Chrétiens ! Car les hommes deviennent plus cruels dans le malheur et plus doux quand le sort les favorise.

Dame Isabelle ne sut que répondre à ces paroles singulières, qui la troublaient.

– Merci à toi, répéta-t-elle dans un murmure.

Elle demeura sous les oliviers frissonnants à regarder s'en aller la troupe sarrazine et disparaître Mansouras, de tout l'Islam le plus beau guerrier. Puis elle entendit un Franc crier le départ vers Tripoli. Éperonnant sa monture, elle courut au grand galop obéir à l'appel.

Vêpres sonnaient lorsque les dames franchirent les murs de Tripoli en deuil. Des courtines noires pendaient aux fenestrages et des draps noirs voilaient les portes. Cependant places, rues ou venelles regorgeaient d'un peuple varié d'où montaient tant de cris braillés en maints et maints langages que le bruit était partout aussi étourdissant qu'aux jours de fête. Chacune des princesses ne sentait qu'un seul désir : Dame Étiennette de Milly voulait aller quérir l'hospitalité auprès d'un sien cousin, Messire Hugue de Gibelet, réfugié dans Tripoli depuis que l'avait délivré Saladin en échange de ses terres. Dame Isabelle voulait découvrir où demeuraient la reine Marie, sa mère, et Monseigneur Balian d'Ibelin, son parâtre. La première se trouva satisfaite le soir même. Dame Isabelle, quant à elle, faillit de peu mourir furieuse et folle en apprenant que Messire Balian, l'ex-reine de Jérusalem et leurs quatre enfants avaient dix jours plus tôt vidé les lieux. Ils s'étaient mis à la voile, accompagnés par leur ami Renaud de Sidon et par leur nièce, Dame Échive d'Ibelin, sur une galée que le comte de Tripoli envoyait vers Tyr pour en affermir la défense. Ils vivaient maintenant au sein de la cité phénicienne changée en île, que tenait avec entêtement contre les Sarrazins le marquis Conrad de Montferrat.

– Ne vous mettez pas le cœur en telle désespérance, mon enfant chère ! dit à sa bru la seigneuresse d'Outre-Jourdain. Vous trouverez quelque jour un autre navire qui vous emmènera, si vous le souhaitez, rejoindre vos parents.

– Dame, fit la damoiselle, je suis cette saison une chose mauvaise, dont vous devez avoir pitié. Le courage me faillit sans cesse, Dieu sait pourquoi. Je me plains de tout et de rien, alors que nous sommes arrivées à bonne destinée. Demain je vous montrerai un meilleur visage, ou sinon vous devrez me battre.

En guise de réponse, la seigneuresse rit. Étant rompues par la trop longue chevauchée, les dames laissèrent là les paroles. Mais à tenir sa promesse, Dame Isabelle eut bien de la peine, car le lendemain elle fut requise de suivre au premier rang les obsèques du comte Raimond de Tripoli, ce qui ne pouvait guère la mettre en joie.

III

L'émir Mansouras, qui faisait chemin arrière avec ses hommes le long du rivage, apprit que l'armée sarrazine s'était mise en marche pour aller assiéger Tyr et le démon que la cité renfermait dans ses murs. Il courut comme une flèche à la rencontre des bataillons musulmans dont un si grand nombre avançait sur Tyr qu'il n'aurait pu les esquiver, l'eût-il voulu. Venant de Damas, le Sultan avait joint à ses propres troupes celles de ses fils al'Zâhir et al'Afdal, de son vaillant neveu Taqî ad-Dîn, ainsi que les forces égyptiennes menées par Malik al'Adil, son frère, alors sultan d'Égypte. Saladin reçut en privé Mansouras, l'écouta d'une oreille amicale conter l'heureux voyage des dames franques, puis il sourit et louant très haut l'officier, lui glissa dans la manche dinars d'or et joyaux. Mansouras reprit son rang parmi les chevaliers sarrazins qui formaient l'avant-garde glorieuse de l'armée. Celle-ci, masse terrible et fière, continua de cheminer en terre conquise tant qu'elle vint se heurter à la mer. Alors depuis le chastel de Tyr, on vit le rivage noyé sous trente mille Infidèles, sous leurs engins de mort et sous leurs pavillons que surmontaient oriflammes et gonfanons claquant au vent.

Nonpareille apparaissait la puissance du Sultan déployée devant Tyr. Mais en somme, pour une telle foison de combattants, bien petit était le champ de bataille. Car il se réduisait aux deux tiers environ de cette langue mince qui naguère unissait

Tyr à la côte syrienne et que le marquis avait rompue afin de laisser la mer enceindre sa seigneurie. Quelques centaines d'hommes suffisaient à le combler, ce qui maintenait sur la grève dans une entière fainéantise vingt-neuf mille valeureux guerriers. Les ingénieurs sarrazins, quoiqu'ils fussent les meilleurs du monde, ne pouvaient aller miner la muraille dont le pied était léché par les hautes vagues. Mangonneaux, trébuchets, pierrières, toutes ces belles machines mortelles devaient tirer de trop loin pour dégâter ou effrayer beaucoup les assiégés. Comprenant qu'il avait amené en des lieux damnés une puissance vaine, Saladin enragé tordait tour à tour l'une et l'autre pointes de sa barbe.

Les assiégés en outre ne restaient pas les bras ballants. Certes la même distance qui éloignait les Infidèles des Francs éloignait les Francs des Infidèles. Depuis les créneaux du chastel on ne jetait donc ni pierres ni flèches sinon avec sage parcimonie. Mais Tyr avait un port et le port abritait plusieurs navires. Montés sur des vaisseaux légers recouverts de cuir, qu'on appelait barbotes, les Tyriens s'en allaient assaillir par surprise leurs ennemis entassés à qui mieux mieux dans l'étroit champ de bataille. Ils les harcelaient de traits d'arbalète qui jamais ne se perdaient, si charnu et si proche était le but. Écorchant, massacrant et tuant sans être eux-mêmes touchés, ils causaient grand dommage à la puissance merveilleuse du Sultan.

Saladin alors envoya quérir dix galions égyptiens qu'hébergeait en son havre la cité d'Acre. La mer, se disait-il justement, voyant les Chrétiens à l'œuvre, était ici le champ le plus avantageux. Et pour ne rien négliger, il écrivit au marquis un message. Il tenait toujours, lui rappelait-il aimablement, prisonnier à Damas le vieux sire de Montferrat, dont les cheveux blanchissaient jour après jour. Pour sa haute chevalerie, Messire Conrad serait récompensé par maintes faveurs et avoirs s'il voulait bien déguerpir honorablement de Tyr. « Seigneur Sultan, répondit le marquis, je n'ai besoin d'aucunes faveurs, car d'ores et déjà Dieu me les a données toutes. Quant aux richesses, j'en détiens plus qu'il ne m'en faut. Certes, nul n'en doute, vous ferez là où vous êtes le meilleur et le pire que vous pourrez. Veuillez, par grâce, mander à mon père le salut d'un fils qui s'incline jusqu'à terre devant son blanc chef. » Ces paroles soulevèrent en Saladin courroux et admiration. Il bouta le feu au message du démon, regrettant que les galions égyptiens dont il attendait la venue fussent hélas dix et non pas cent.

La Nativité s'annonçait quand arrivèrent les navires sarrazins. Leurs voiles claires entourèrent l'île phénicienne et la face des choses en un moment parut changer. Les petites barbotes ne s'aventurèrent plus dorénavant aux environs du champ de bataille. Le champ lui-même s'était agrandi à démesure, il avait envahi la mer où pour l'heure dominait l'Islam. Tyr hébergeant peu de gros navires dans son port, la flotte franque ne pouvait affronter de pair à pair la flotte sarrazine.

– Monseigneur, déclara au marquis de Montferrat le sénéchal Obertus Népos, depuis que ces maudits ont des nefs, notre affaire pue, de par ma foi. Les ennemis s'avancent jusque sous la muraille pour nous assaillir. Et leurs bombardes ne sont en nulle guise des bibelots d'enfants. Ce m'est avis que nous allons connaître une rude saison.

– Mon bel ami, répliqua le marquis, notre muraille est fort épaisse et haute. Crois-tu que le sultan des Sarrazins ait apporté dans son bagage l'échelle de Jacob ?

– Soit, Monseigneur, nous avons de bons murs et sommes logés derrière bien au chaud. Mais aujourd'hui les Turcs nous font la guerre tout à loisir et nous leur faisons néant. Comment, selon vous, pourrons-nous les combattre hardiment et les décourager de nous assiéger ?

– Avant longtemps, Obertus, tu les verras de tes yeux prendre l'escampe, ou le nom de Conrad sera honni. Pour les surmonter au combat, rien ne nous faillit, que je sache, hormis trois ou quatre vaisseaux armés. Par la mort Dieu ! nous les aurons, ces navires, si cher qu'il dût nous en coûter en douleur et en sang !

– Et où les trouverons-nous, Messire Conrad, je vous prie ?

– Où ils sont, mon ami, nulle part ailleurs. Puisque les Turcs ont amené dix galions sous notre nez, il nous convient de saisir cinq d'entre eux, à tout le moins. Nous accomplirons la besogne un jour ou l'autre, j'y veillerai, tu peux m'en croire.

Un parlement fut alors assemblé par le marquis de Montferrat qui, malgré sa belle outrecuidance, ne voulait se mettre en la moindre aventure sans avoir demandé conseil. Ou peut-être ne savait-il quelle aventure tenter. Il appela dans la grande salle du donjon trois seigneurs palestiniens seulement, lesquels, pensait-il, connaissaient mieux que ses chevaliers piémontais la Terre Sainte et les Sarrazins. Auprès de lui vinrent ainsi siéger Monseigneur Balian d'Ibelin et sa femme, la reine Marie Comnène, veuve du roi Amaury de Jérusalem, une Byzantine s'entendant aux affaires du pouvoir et s'y mêlant volontiers, murmurait-on. En dernier franchit les portes Messire Renaud Garnier, le comte de Sidon.

– Je m'étais convaincu, dit en commençant le marquis, me fiant à vos promesses, Messire Renaud, que le comte de Tripoli nous enverrait en renfort ses vaisseaux. Or pas un n'est arrivé encore, sinon celui qui vous a tous trois, Messeigneurs, menés jusqu'ici. Et du moment que j'ai baillé ma propre nef à l'archevêque de Tyr quand il partit réclamer secours chez les rois d'Occident, nous n'avons à la fin perdu ni gagné une seule voile. Par Dieu ! votre comte de Tripoli ne semble guère hâtif de secourir le royaume !

– Veuillez, Messire Conrad, considérer que le comte Raimond est mourant, s'il n'est mort déjà ! s'écria la reine Marie.

– Devant moi et devant Dieu, ajouta Messire Balian, il a juré que d'autres vaisseaux suivraient le nôtre. Il les enverra sans aucun doute, n'étant pas homme à mentir sa foi.

– Et que vaut, Messire Balian, grogna le marquis, la foi d'un mourant et surtout celle d'un mort ?

Le comte Renaud alors déclara :

– Son seigneur ayant ou non rendu l'âme, Tripoli aidera Tyr, parce que le Sultan ira menacer Tripoli comme il menace Tyr.

Deux alliés qui joignent leurs efforts, Messire Conrad, agrandissent leur puissance et leur courage en face de l'ennemi.

– Votre parole est belle, mon ami, mais en attendant, les galions égyptiens nous empêchent durement de guerroyer. Vais-je souffrir que les ingénieurs sarrazins, montés sur le pont des navires, s'en viennent percer nos murs ? Vais-je nous laisser assaillir un siècle durant puis affamer par le Sultan ? Les sièges longs finissent toujours mal. Diable ! Messeigneurs, il nous convient de débouter à grande allure ces gens-là ! Nous devons prendre leurs maudits galions, je n'aperçois que ce moyen pour les vaincre. Maintenant, donnez-moi vos conseils en bonne amitié quant à la manière dont nous y parviendrons.

– Messire Conrad, répondit Balian d'Ibelin, vous seriez trop hardi et malavisé, je crois, si vous jetiez votre maigre flotte contre les galions égyptiens. Le siège finirait tôt, certes, mais Tyr serait perdue et vous avec. Mieux vaudrait cent fois attirer les galions à nous que nous ruer sur eux.

– Les attirer, dites-vous ? Nous sommes pour l'heure occupés de navires, Messire Balian, non de poissons.

– Par grâce, Monseigneur, demandez au comte Renaud son avis ! Tendre les pièges, en vérité, voilà un art qu'il connaît bien !

Le marquis de Montferrat, que les subtilités orientales commençaient à réjouir, car il était né piémontais, tourna un visage égayé vers le comte de Sidon, qui déclara :

– Considérons, voulez-vous, Messire Conrad, que nous sommes ici bel et bien occupés de gros poissons dont nous convoitons la chair fraîche. Or comment les attraperons-nous, à moins de trouver et d'apprêter ainsi qu'il sied de bonnes amorces ? Veillons à nous procurer les amorces, qui sont notre premier besoin. Et je n'en sais guère de meilleures, sur ma foi, que les espions.

– Je crains, dit le marquis de Montferrat, que vos espions ne fassent métier de trahir les uns pour les autres, et les autres pour les uns. De surcroît, où pensez-vous découvrir cette engeance dans la cité ?

– Par Dieu ! Messire Conrad, quand Musulmans et Chrétiens s'entre-combattent sur la terre de Syrie, jamais les espions ne font défaut ! Accordez-moi un demi-jour et j'amènerai céans deux, trois ou dix Infidèles envieux de vous servir.

En ce moment, la reine Marie, qui approuvait de la tête le sermon du comte Renaud, murmura :

– Maintenant que j'y songe, nous avons parmi nous, semble-t-il bien, l'espion parfait. Tous par les rues vont parlant de cet homme, propre fils d'un amiral sarrazin, lequel à mauvais droit l'aurait infamé en si vile manière que le jeune officier est venu à Tyr demander refuge. Il a renié l'Islam, ai-je ouï dire, et aujourd'hui même recevra le baptême. Encore tout enivré par sa nouvelle foi et son désir de vengeance, il trahira les siens sans remords à notre bénéfice.

– Votre homme, répliqua le marquis, pourrait bien être un espion que les Sarrazins nous envoient. Il engoulera le corpus christi comme vrai dévot, nous fera tous égorger entre les dents, puis retournera chez lui accomplir ses mahomeries.

La reine Marie et les barons palestiniens se récrièrent. Ceux des Sarrazins qui épiaient les Francs n'étaient assurément ni fils d'amiraux ni officiers valeureux. On surveillerait nuit et jour l'espion de la reine Marie. Un seul pied hors de l'enceinte il ne mettrait et ses messages seraient lus avec soin.

– Réconfortez-vous, Messire Conrad, et entendez nos conseils ! dit le comte Renaud. Un tel complot machiné prudemment ne saurait amener le péril dans la cité. Car enfin, que voulons-nous ? Voir les galions égyptiens cingler vers le port et, si Dieu nous aide à les fourvoyer, y pénétrer par méprise. Au pire l'ennemi avisé de la renardise ne viendra point. Et qu'aurons-nous perdu alors ? Seulement, à mon escient, le fils de l'amiral dont vous trancherez tantôt le col pour félonie prouvée.

Comme le marquis de Montferrat se tenait pensif et coi, ce fut Messire Balian qui répondit :

– Je m'accorde volontiers aux arguments de notre ami Renaud. L'entreprise ne recèle guère d'embûches, et nous aurons plaisir à oser quelque chose. Mais en nom Dieu ! ayons souci des nouvelles que nous enverrons choir parmi les Sarrazins ! Quel message écrira sur commandement cet espion hérétique et fuyard ? Que dira-t-il pouvant convaincre Saladin d'envahir le port avec sa flotte ?

– Il dira le vrai, trancha Messire Conrad. Par tous les saints ! il parlera sans mensonge ou presque. À son damné sultan, il peindra l'impotence de Tyr, nous montrera égarés et découragés, prêts à tenter dans notre angoisse les plus noires folies. Or pardonnez-moi si je brise là ce parlement. Je concevrai plus tard le restant du message, qui déjà erre dans ma cervelle. À vous grand merci, Messeigneurs ! Nous sauverons Tyr ensemble, quand nous aurons mis la main sur le fils de l'amiral turc et l'aurons transmué en espion des Francs.

Abd'Allah ibn Badrân, baptisé Benoît, vint se jeter aux pieds du marquis. L'œil parcouru d'éclairs, il criait en arabe un flot de paroles furieuses, remuait comme un forcené, s'abattait face contre terre, se relevait et se signait sans fin. Messire Conrad, qui ne savait encore que le piémontais, le latin, le grec, le provençal et le français, fut bien aise d'avoir à ses côtés le comte de Sidon pour faire le truchement.

– Diable ! Messire Renaud, maugréa-t-il, vous m'amenez là un enragé, nullement un converti à la douce loi de Jésus-Christ ! Or m'enseignerez-vous, s'il vous plaît, ce qu'il braille dans son jargon ?

– Il dit, Monseigneur, qu'il ne connaît plus rien au monde sinon le vrai Dieu des Chrétiens, Sa croix et Sa résurrection. Qu'il vous tient pour son maître, les hommes francs pour ses frères et les Sarrazins pour ses ennemis mortels. Commandez à Benoît, clame-t-il, et Benoît vous obéira, dût-il périr en vous servant !

Ayant contemplé un moment le jeune Sarrazin flambant de ferveur peut-être et de haine sûrement, le marquis de Montferrat soupira :

– L'homme est un peu trop ardent à trahir les siens. Messire Benoît, je le crains, attirera plutôt sur nous les ennuis que les galions. A-t-il seulement assez de lettres pour écrire trois paroles en clair ?

Le comte Renaud après enquête affirma que Benoît, instruit dès l'enfance par les plus hauts imams du Caire, écrivait et lisait à merveille le sarrazinois.

– Je veux savoir encore de sa bouche, Messire Renaud, en quelle manière son père lui fit injure et vilenie.

Or Benoît, quand il entendit la demande, se recula d'un pas, détourna la face et à terre cracha. Puis devant le comte Renaud il lâcha un nouveau torrent de cris furieux.

– Je crois entendre, Messire Conrad, que ce jeune homme se meurt d'amour. Voilà où gît, semble-t-il, toute la querelle. Étant vieux déjà et pourvu d'un beau harem, l'amiral prit à femme il n'y a guère une pucelle jeunette que notre Benoît convoitait et envers laquelle tout ensorcelé il avait engagé sa foi. La pucelle de son côté estimait durement plus le fils que le père et mène aujourd'hui grand deuil. Ainsi la Chrétienté aura-t-elle gagné une âme et Tyr un espion pour cause d'amour malaventureux.

– Que bénis soient le vieux porc et la pucelle ! fit en étouffant un rire derrière sa paume le marquis de Montferrat.

On venait alors de franchir la Nativité, dont les fêtes solennelles avaient été affligées par les engins ennemis qui depuis mer comme depuis terre vomissaient leurs pierres sans relâche contre Tyr. L'an damné s'achevait, le mille cent quatre-vingt-septième après le Sauveur. L'espion des Francs, hébergé dans une haute tour du donjon, était mieux gardé qu'un royal captif. Sachant qu'on l'éprouvait, il ne s'ébahissait de rien ni ne gémissait. Il endurait sa prison avec orgueil et paraissait avoir avalé sa fureur. Tour à tour venaient le visiter Messire Balian, le comte Renaud, un chanoine subtil et même la reine Marie. Chacun l'endoctrinait, le questionnait, soupesait sa loyauté, fouillait son cœur et l'écoutait jaser. Le 28 décembre, au matinet, on lui présenta une écritoire garnie de papier, plume, canivet et fiole d'encre, on lui offrit un verre de vin bon et l'ayant recommandé à Dieu, on le laissa seul en sa tour.

« À Salah ad'Din Yûsuf, premier émir de l'Islam, écrivit Benoît. Te mande salut comme à son droit seigneur Abd'Allah ibn Badrân, qui sait parfaitement les intentions secrètes des Chrétiens. Enfin ils tremblent, ces chiens rampants, devant ta puissance ! La lâcheté enfle leur cœur, maintenant qu'ils te voient gouverner la mer et abattre une par une leurs défenses. Privés de tout espoir, les chevaliers francs – qu'Allah et ton bras les anéantissent ! – fuiront demain sur leurs vaisseaux à la faveur des ténèbres, abandonnant pour sauver leur misérable chair Tyr et son peuple orphelin. Si tu mets en doute ma parole, tes hommes pourront en s'approchant du port entendre la noise que feront nos ennemis quand ils iront s'équiper dans leurs navires avec chevaux, armes et richesses. De toi, Seigneur, je requiers une seule chose pour prix de mon service : que ta justice venge l'infamie dont mon propre père me fit porter le poids et qui me contraignit à un exil abominable. »

Vingt fois le comte Renaud de Sidon, grand familier des conteurs et poètes arabes, relut la lettre de Benoît, cherchant au moindre mot une faille ou un piège. L'espion dut gratter une rature qui pouvait représenter un signe convenu. Et Messire Renaud, pointant du doigt la coupe pleine, demanda :

– N'aimes-tu point le vin ? Il réjouit l'homme, pourtant, et lui donne assez de cœur à l'ouvrage.

– Seigneur, je ne sais si je l'aime, n'en ayant encore jamais bu. Mais si j'avais eu la tête soûlée pour écrire ton message, alors assurément tu m'aurais accusé de trahison.

– Parle-moi sans crainte, poursuivit le baron franc. Que désires-tu aujourd'hui en ce monde ?

– Honorer Christ, répondit Benoît. Et si Dieu y consent, être armé chevalier par le seigneur de Tyr.

– Prie Dieu, mon ami, de vouloir bien te contenter : sur ma foi, tu n'as rien de mieux à faire en ce moment ! Quant à moi, une fois sauve la cité, je plaiderai ta cause auprès du marquis.

Le jeune Ernoul de Gibelet, archer bonissime et fidèle écuyer de Messire Balian d'Ibelin, s'en fut en grand secret par-delà les barbacanes tirer vers les pavillons sarrazins une flèche qui portait enroulé le message au Sultan. Il se vanta en revenant que la flèche avait chu droit devant la tente noire de Saladin. « Droit devant, assura-t-il, à peu de chose près. »

Cependant le marquis de Montferrat démenait son corps tant et plus. Il usa le jour entier à disposer la ville pour la nuit prochaine où se verrait tranché le sort des Tyriens. Il garnit d'hommes en armes le maître mur ainsi que la tour surmontant la porte maîtresse. D'hommes en armes frais et vaillants il combla mêmement les deux tourelles sises de part et d'autre de la chaîne grosse qui verrouillait le port. À tous ces soudards il enjoignit de rester en éveil la nuit durant, « mais par Dieu vivant ! gronda-t-il, dissimulez-vous et tenez-vous cois ! ».

Puis il fit crier par les rues que chaque citoyen, quel qu'il fût, manœuvrier, sergent, bourgeois de la ville, marchand de Provence, d'Espagne ou d'Italie, pouvant arme brandir, serait bienvenu au port dès la déchéance du soleil. Et les Tyriens y coururent à grand foison, celui-ci apportant un martel, celui-là une masse, le troisième une hache tranchante. Sur le quai les attendait le marquis de Montferrat, qui devant leur foule drue déclara :

– Nul d'entre vous, mes amis, j'en ai peur, ne fermera l'œil cette nuitée. Car pour le salut de la Chrétienté, vous devrez, à mon commandement, créer avec vos fers un tintouin merveilleux. Gardez-vous, néanmoins, de vous croire conviés à la fête. Nous avons maintenant, que je sache, passé Noël. Aussi, de grâce, que pas un rire ne retentisse parmi vous ! Bien m'aiderez et me servirez en ne faisant ni plus ni moins que du bruit !

Saladin reçut avec froideur les nouvelles dont l'avisait le fils de son amiral. Plein de soupçons, il enfouit dans sa manche ce message trop beau pour être vrai, et souleva les épaules. Par Allah ! voyait-on un démon tel que le marquis prendre l'escampe ? Il périrait affamé ou pourfendu plutôt que de laisser Tyr aux Musulmans ! Certes, celui qui fuyait, celui qui avait pris l'escampe une fois déjà et trahi ses frères, c'était l'auteur de la lettre. Un jeune sot allant croire qu'il pourrait aisément leurrer les siens. Non point un sot, corrigeait en hâte le Sultan, au contraire un noble guerrier, ingénieux et fin, courageux et bien enseigné, mais hélas ! enflammé d'amour à outrage. Les hommes, songeait Saladin, par amour commettaient mainte folie. Or la rancune d'Abd'Allah, en vérité légitime, aurait-elle suffi à l'engager dans le plus infâme des complots ? Prudence voulait qu'on ne crût un traître mot du message, et la chose étant entendue, qu'on s'approchât doucement du port quand la nuit serait pleine afin d'épier les mouvements des Francs.

Au milieu des ténèbres grandissait la rumeur dont résonnait le havre de Tyr. Martèlements sourds, tintements de fers entrechoqués, bourdonnements de voix, cris aigus des mariniers peu à peu s'élevaient. En haut de la muraille et dans les tours dominant le quai se tenaient tapis et muets mille sergents armés. Sur les navires chrétiens étaient montés autant de chevaliers que Tyr en pouvait compter. L'écu leur pendant au col, portant chausses de fer, heaume bruni, haubert à triples mailles, glaive d'acier, lance de frêne, ils se heurtaient l'un l'autre à cœur joie et frappaient des pieds sans trêve. Le marquis de Montferrat, qui courait tantôt çà, tantôt là, pour encourager son peuple, était tout angoisseux de savoir si on s'affolait en vain ou si les Sarrazins, embusqués alentour, écoutaient la noise, toutes leurs oreilles tendues.

Les Sarrazins bel et bien écoutaient. Le Sultan se tenait avisé heure après heure des remuements dont bruissait le havre de Tyr. La nuit s'écoulait, songeait-il ébahi, et le tumulte là-bas n'avait cesse ni repos. Une douzaine d'émirs, pressés autour de leur chef, hurlaient au scandale. Qui donc voulait rester oisif quand les Francs éperdus s'apprêtaient à s'échapper sur leurs vaisseaux chargés d'armes et d'or ? Et Saladin avec irritation tâtait dans sa manche le message tracé par un jeune Musulman issu de la plus haute noblesse.

– Nos galions, déclara-t-il enfin, navigueront prudemment vers le port avant le point du jour. S'il est vrai, comme d'aucuns le prétendent, que le marquis entend vider la place, nous pourchasserons sa flotte ou même la cernerons sitôt qu'elle aura hissé les voiles. Gardons-nous, toutefois, de mésestimer peu ou prou l'astuce des Francs.

Profonde, en ce jour hivernal, était encore la nuit lorsque vinrent errer près du port les galions égyptiens. Ils glissaient sur l'onde sans être vus de l'ennemi chrétien qui s'affairait toujours en répandant une rumeur continue. Puis tandis que l'obscurité s'amoindrissait et que venait l'aube, les Sarrazins s'enhardirent, tant était grande leur curiosité. Ils s'avancèrent jusqu'à l'orée du chenal donnant accès au havre et jetèrent les yeux en face d'eux. Lors sous les premières lueurs du jour, ils discernèrent plusieurs vaisseaux lourdement chargés en hommes dont reluisaient les heaumes d'acier bruni. Toutes voiles dressées, la flotte franque appareillée pour le départ allait maintenant lever l'ancre. Au-dessus d'elle, créneaux et tours n'abritaient âme qui vive. Et les Infidèles enfin découvrirent que la chaîne défendant l'entrée du port avait été abaissée afin de laisser fuir navires et chevaliers chrétiens. Allah dans sa bonté favorisait à merveille ses fils. Quel amiral sarrazin aurait pu concevoir en songe meilleure fortune ? Sauter sur les Francs encore massés au fond de leur repaire, les massacrer sans dure bataille et saisir un butin énorme serait pour ceux que portaient les galions égyptiens un jeu d'enfant.

Un par un les dix galions d'Égypte commencèrent à pénétrer dedans le havre déclos. Or tout justement venait d'y entrer le cinquième quand la chaîne du port fut relevée soudain, barrant aux suivants le passage. Alors on vit miracle, mais ce miracle n'était pas tel que l'attendaient les Sarrazins. Depuis la muraille comme depuis les tours jaillirent pêle-mêle traits d'arcs et d'arbalètes, pierraille et feux grégeois, qui allèrent s'abattre sur eux copieusement. Cent chevaliers francs montant navires ou barbotes se ruèrent avec leurs sergents à l'assaut des cinq beaux galions captifs. De leurs glaives tournoyants ils détranchèrent les guerriers jusqu'au dernier. Durant la charge, le démon seigneur de Tyr ne se montrait en nul endroit le moins enragé à pourfendre du Sarrazin. Il ordonnait la bataille en braillant plus haut que Dieu qui tonne, sans pour cela interrompre son escrime. L'onde alentour des vaisseaux devenait rouge comme rubis, un sang frais inondait les galions égyptiens aux ponts jonchés de corps meurtris.

Hors du champ, par-delà la chaîne tendue, maints autres guerriers de l'Islam dans les galions restants regardaient cette terrible mortaille qui se faisait des leurs. Ayant assez vu s'accomplir devant eux le pire, ils virèrent de bord et prirent la haute mer, tout effrayés et impotents, priant Allah que le marquis n'eût le temps ni l'envie de les poursuivre. Mais, par infortune, Allah en ce moment s'occupait ailleurs et le marquis ne songeait qu'à parachever l'ouvrage qu'il avait si bien commencé. Il envoya la flotte maintenant accrue de cinq puissants vaisseaux armés pourchasser les galions en fuite. Ceux-ci eurent beau filer à grande allure, ils ne purent esquiver longtemps le péril franc. Leurs capitaines, dès qu'ils aperçurent derrière eux la première voile chrétienne menaçante, allèrent en désarroi achopper à la côte. Amiraux, combattants, mariniers, tous déguerpirent tels des rats en abandonnant là ce qui surnageait des galions d'Égypte.

Hormis un soupir, le conquérant kurde, selon sa coutume, ne laissa rien paraître de son cœur après cette entière déconfiture. Il savait reconnaître où étaient les torts et ne blâmait que lui seul, naïf en la circonstance comme un petit enfant. Les princes de son entourage, quant à eux, grommelaient durement, car leurs soudards, las de guerroyer sans répit depuis la Grande Bataille, six mois plus tôt, voulaient s'en retourner hiverner dans leurs contrées. Une malaventure aussi noire que celle des galions perdus allait allonger encore un siège qui s'annonçait épineux. « À moins d'être aveugle, Seigneur, disaient au Sultan les émirs, tu ne saurais ignorer la langueur dont nos hommes sont aujourd'hui malades. Plusieurs, parmi les officiers eux-mêmes, ne suivent tes commandements qu'avec mollesse. Or nous diras-tu, par Allah ! comment nous les mènerons en bataille et les empêcherons de désobéir ? Nul ne croira jamais, à la fin, que Tyr soit le nombril du monde. »

Si elle n'était le nombril du monde, songeait le Sultan, la cité phénicienne était pour l'heure le nombril de la Chrétienté. Laisser vivre et surtout marchander les Francs dans quelque lieu resserré de Syrie ne lui aurait guère déplu, s'avouait-il en son secret. Mais de Tyr, port ouvert sur l'Occident, pouvait naître grand danger pour l'Islam. Que les rois d'Outremer entreprissent un jour ou l'autre le voyage de Syrie, et Tyr leur serait une base avantageuse pour lancer leurs forces unies contre l'armée musulmane et partir à la reconquête du royaume ruiné de Jérusalem.

Saladin ne se tint pensif qu'un bref moment. À cette heure les Francs, soûlés par leur exploit, festoyaient d'abondance et leur flotte faisait le long du rivage la chasse aux derniers galions égyptiens. Donner en hâte un assaut massif contre des gens hilares, mal gardés, n'ayant fermé l'œil de la nuit, devait être osé sans contredit. Ainsi les Sarrazins, après avoir entendu clamer la volonté du Sultan, s'en allèrent envahir le bras de terre étroit qui formait tout leur champ de bataille. Ils établirent un pont en jetant par-dessus le fossé marin dix ou vingt longues échelles de siège. Une fois parvenus en terre franque, ils se ruèrent dans les barbacanes. Certains, qui avaient à l'âme paresse et nonchaloir, s'éparpillèrent aux environs, d'autres plus hardis tentèrent d'escalader la muraille, qu'ils trouvèrent trop haute pour leurs échelles, dont Jacob se serait moqué.

Or Messire Conrad, seigneur de Tyr, avisé que les Turcs avaient mis le pied chez lui, fit ouvrir la porte de la ville et s'en fut dehors avec sa troupe courir sus à l'assaillant. Et les Turcs s'épouvantèrent, se laissèrent choir des murs et des barbacanes, perdirent la raison sinon la vie. Une sergentaille nullement soûle mais bien éveillée jetait sur eux depuis les créneaux pierrons ou traits mortels. Si, par aventure, ils réchappaient à ces coups, alors des guerriers francs en robe de fer jaillissaient pour les renverser, leur passer un glaive soit en travers de la gorge soit du ventre. Jamais le démon et ses gens ne traquaient vainement ceux qui prenaient l'escampe et ne voulaient périr. À trois mille furent estimés les Infidèles faits morts tant en mer qu'aux barbacanes, durant ces heures bénies où Jésus-Christ aima de nouveau ses enfants.

Lorsque les Sarrazins eurent compté leurs morts, le Sultan défendit qu'on allât assaillir plus avant la cité rebelle. Tyr orgueilleuse, Tyr ingénieuse résistait à la puissance de l'Islam partout victorieuse en Terre Sainte. Le grand conquérant, si défaite il y avait, se serait méprisé de la nier, même un tant soit peu. Car droiture et humilité reluisaient parmi ses hautes vertus. L'absence d'entêtement était un autre de ses mérites, et à la semblance du marquis de Montferrat, il n'aimait en rien les longs sièges, dont il se défiait. Dès le jour suivant, il commanda que fût bouté le feu aux engins de combat. Puis il fit démonter les tentes et plier bagage. Dans la nuit du 31 décembre au 1er janvier 1188, après quarante-cinq jours de siège, il se délogea. Quittant avec son ost les sables de Tyr, il s'en fut premièrement hiverner à Damas en bonne quiétude, plus tard semer ailleurs la guerre. Les Tyriens célébrèrent la fin de l'an maudit et le commencement glorieux de l'an neuf comme chacun, je crois, peut aisément le penser.

IV

Étant arrivée heureusement dans Tripoli, la seigneuresse d'Outre-Jourdain, accompagnée bon gré mal gré par Dame Isabelle, sa bru, alla s'héberger en l'hôtel de Messire Hugue de Gibelet, qui accueillit avec honneur et joie les deux princesses. Passé le deuil que la cité entière mena une semaine durant pour saluer la mémoire du comte trépassé, chacune d'elles se soucia de son sort. Dame Étiennette chercha un manoir où s'établir et le trouva bientôt, non que se procurer bel et bon logis fût aisé dans une cité qui croulait sous les réfugiés, mais le grand avoir de la seigneuresse lui ouvrait par magie toutes les portes. La damoiselle de son côté chercha un navire pouvant l'emmener à Tyr, et bientôt le trouva aussi. Car les commandements du comte se faisaient, tout mort qu'il fût. Et le comte de Tripoli avant de rendre l'âme avait promis d'envoyer une flotte au secours des Tyriens.

Comme décembre de l'an maudit commençait, dix vaisseaux tripolitains prirent la mer. Sur l'un d'eux était montée Dame Isabelle, qu'entouraient son eunuque, ses serviteurs, ses malles et son trésor. Las ! partis sous un soleil hivernal pâle et froid, les voyageurs à hauteur de Beyrouth rencontrèrent une tempête si effroyable qu'ils furent empêchés de voguer plus avant. Menacés d'être engloutis corps et biens, les vaisseaux rebroussèrent chemin et rentrèrent fort endommagés à Tripoli.

– Mon enfant chère, déclara Dame Étiennette de Milly en voyant paraître sa bru qui avait piteuse apparence, vous avez réchappé, sachez-le, à un danger cinquante fois pire qu'une tourmente. Car voilà deux jours, nous avons reçu par nos espions les nouvelles de Tyr Le Sultan, paraît-il, assiège la cité avec trente mille Sarrazins, et des galions égyptiens tiennent la mer tout alentour. Sur ma foi, il est heureux pour vous que le ciel déchaîné ait arrêté votre navigation.

– Je repartirai, certes, répliqua la damoiselle d'un ton fier, sitôt que les voiles auront été restaurées.

– Certes non, Isabelle, je vous le défends. Courir vous jeter tête baissée dans la guerre ne vous vaudrait que tribulations. Vous resterez ici auprès de moi saine et sauve.

Dame Isabelle n'osa contredire ces paroles, mais n'en pensa pas moins au départ, dont elle croyait le jour prochain.

Cependant le comte Raimond de Tripoli n'ayant laissé au monde aucun enfant, c'était Bohémond, fils de Bohémond, prince d'Antioche, qui héritait du comté. Or le jeune Bohémond ne savait plus aujourd'hui s'il voulait se porter à la rescousse de Tyr. Il contemplait de longs moments les vaisseaux réparés se balancer à l'ancre et dubitait. Pouvait-il priver Tripoli de sa flotte à l'heure où le péril sarrazin semblait devoir se rapprocher ? Que Tyr se rendît, et le Sultan aussitôt viendrait jeter ses bataillons sur le comté. Mais d'autre part, pouvait-on abandonner la cité phénicienne qui formait pour Tripoli un poste de défense avancé ? Le nouveau seigneur de Tripoli n'avait rien tranché encore et continuait à méditer le pour et le contre quand furent annoncées par tout le pays la victoire du marquis de Montferrat sur les Infidèles, puis la retraite du Sultan déconfit. Tyr désormais n'avait plus besoin de navires, les navires tripolitains par conséquent furent maintenus dans leur port. Et Dame Isabelle dut attendre une autre occasion d'aller rejoindre ses parents. Comme il était vain d'espérer voir poindre une galée marchande avant la venue du printemps, elle défit ses malles sagement et oublia Tyr.

Elle oublia Tyr et même un peu la guerre, tant le séjour de Tripoli offrait d'agréments. Déjà la damoiselle avait jugé la vie meilleure lorsque avait paru sa sœur, la reine Sibylle de Jérusalem, partie de Naplouse dix jours après elle. Dame Sibylle pourtant pleurait de l'aube jusqu'à la vesprée. Pour le roi Gui, son époux, qui lui était plus cher qu'un royaume, ainsi qu'elle l'avait par malheur trop bien prouvé, finie la douce prison dans le chastel de Naplouse, où le Sultan débonnaire laissait la reine demeurer auprès du captif. Celui-ci venait d'être renvoyé sous bonne garde avec ses compagnons dans les geôles de Damas.

– Je ne sais, balbutiait Dame Sibylle entre ses larmes, comment je pourrai survivre à de telles douleurs ! Premièrement les chevaliers morts et Jérusalem perdue. Et maintenant le roi, mon seigneur, que les Sarrazins m'ont arraché sans une once de pitié. Pourquoi donc Dieu me hait-il ?

Cependant la reine, qui n'avait pas vécu trente ans entiers, fut bientôt lasse de songer à périr. Son cœur léger surmontant pleurs et mélancolie, elle s'entremit afin de rassembler autour d'elle une cour où se mêlaient aux bannis les seigneurs tripolitains. Après la délivrance de Tyr, nul ne se força plus à la gaieté, qui se répandit toute seule par les chemins du comté, en même temps qu'un nouvel espoir enflait les cœurs des Chrétiens.

La cité de Tripoli avait alors en Syrie franque renom de merveille. Et à dire le vrai, qu'il fût réfugié, pèlerin, visiteur ou citoyen né dans ses murs, chacun par elle était conquis. D'un côté la ceignaient de hautes montagnes bleues, de l'autre la baignait une mer infinie et bleue comme les montagnes. Jamais la vision de la cité ainsi logée entre mer et mont, garnie en abondance d'oliviers, de vignes et de jardins, ne vous semblait morose. Des vents purs et variés soufflaient sur elle et dans la moindre de ses rues ruisselaient des fontaines. Les aqueducs jadis bâtis par les ingénieurs de l'ancienne Rome étaient toujours en usage : ils amenaient aux portes de Tripoli une eau fraîche que des conduits allaient de là guider vers les demeures des habitants. Maints lieux en Syrie franque jouissaient de cette même aisance de l'eau, mais non point Jérusalem, qui n'avait que des puits, encore les voyait-on souvent à sec.

Et Tripoli, outre qu'elle était belle et plaisante, éblouissait par sa prospérité sans pareil et le savoir que renfermaient ses écoles depuis trois siècles. On y trouvait à vendre comme à acheter tous les trésors de l'Inde, de la Chine, de la Perse, de l'Arabie heureuse et des nations d'Outremer. Quatre mille métiers à tisser la soie bruissaient jour et nuit dans ses venelles, tandis que cent ateliers d'orfèvrerie créaient joyaux, coupes, chandeliers ou reliquaires pour les princes du monde entier. On parlait à Tripoli premièrement l'arabe et le provençal, puis le français et vingt autres langues diverses. On y priait Allah aussi bien que l'on y priait Jésus-Christ selon la loi maronite, la loi de Rome ou la loi byzantine. Avant que Tripoli ne fût prise, au temps de Messire Godefroi de Bouillon, par les Francs du Languedoc, l'émir Abû Tâlib, qui alors gouvernait la cité, y avait fondé une école de médecine estimée si hautement que nulle autre en Syrie ne se comparait à elle, ainsi qu'une librairie comptant plus de cent mille volumes. Et devenus seigneurs des lieux, les Provençaux, ayant prisé à leur juste valeur tant d'art et tant de beautés, avaient laissé comme avant les physiciens médeciner les malades, les sages philosopher suivant la doctrine d'Aristote et la pensée d'Avicenne, les écoliers s'instruire auprès des maîtres savants et les parchemins précieux resplendir sur les étals de la grandissime librairie.

Pour Dame Isabelle, Tripoli égalait presque Jérusalem. Ce qu'elle avait aimé à démesure dans la Ville Sainte, un mêlement toujours renouvelé de couleurs violentes et d'odeurs fortes ou subtiles, de langages inconnus, de peuples issus des contrées du monde les plus lointaines, Tripoli le lui redonnait sans la moindre avarice. Quant aux Tripolitains, la damoiselle avant longtemps s'en fut entichée.

– Songez, ma sœur, disait-elle à Dame Sibylle dont elle guidait les premiers pas au cœur de la cité, songez que presque tous ces gens que nous voyons autour de nous savent lire et écrire.

– La chose ne se peut, répliquait la reine de Jérusalem. Il y a ici des pauvres comme ailleurs, et qui donc, je vous prie, les aurait enseignés ?

– Je vous assure, s'entêtait Dame Isabelle, qu'une bonne moitié des citoyens a reçu assez de lettres pour lire et écrire soit notre langage, soit le sarrazinois, soit même les deux. Les misérables que vous apercevez, à mon escient, sont des bannis. Mais jusqu'à ce jour, dit-on, Tripoli a toujours hébergé entre ses murs plus de docteurs, de clercs, de physiciens, de scribes et de légistes que de mendiants.

– Parmi vos docteurs et vos sages, répondit la reine, j'aperçois surtout des Syriens mais guère de Francs. Et ce n'est pas merveille, car Dieu, chacun le sait, a créé fainéants les Provençaux.

– Le monde, cria la damoiselle indignée, répand sur eux cette médisance pour la seule raison qu'ils surmontent les autres peuples par l'astuce, la courtoisie et la gaieté. Les Provençaux, dans la fortune comme dans l'angoisse, dans la paix comme dans la guerre, se montrent aimables et riants.

– Et en toutes circonstances, du soleil levant au soleil couchant, ils puent l'ail, acheva la reine de Jérusalem.

Profitant de la trêve hivernale qui retenait le Sultan et son ost loin des terres franques, Tripoli festoyait. Ni les deniers ne lui faisaient défaillance, ni les fines denrées, ni les vins fortifs. Il n'y avait jour où un manoir enluminé de haut en bas n'accueillait pour un souper princier les premiers barons et les plus hautes dames du comté. Après l'année tourmenteuse qu'on venait d'endurer, la noble assemblée voulait revivre en ne songeant qu'au plaisir. Les jongleurs venus la dérider n'avaient guère d'efforts à déployer. Pour la moindre sottise, la moindre venvole échappée d'une bouche, les rires éclataient comme un tonnerre. Lors des repas, il était fait défense à quiconque de parler guerre ou Sarrazins. Et tandis que le vin coulait des pichets dans les coupes et de là dans les gosiers, on ne devisait de nulle chose hormis d'amour. Car à Tripoli, les dames jeunes et belles restées veuves après la Grande Bataille foisonnaient. Des complots par lesquels on espérait leur trouver de nouveaux barons s'ourdissaient ici ou là. Cependant, les hommes étant devenus rares, bien souvent ces dames étaient convoitées non en tant qu'épouses, mais en tant qu'amies charnelles. Dame Isabelle de festin en festin recueillait maintes visions légères et putes paroles dont la reine Marie, sa mère, ne pouvait, grâce à Dieu, être témoin.

Dans Château-Pèlerin, la bellissime forteresse des comtes de Tripoli, le jeune prince Bohémond offrait aux seigneurs de la cour les fêtes les plus riches. Mets épicés, breuvages enivrants, lumières des lampes et des chandelles qu'on adoucissait pour accompagner le bal venant après la bonne chère, tout y encourageait une contenance et une pensée amoureuses. Messire Onfroi, songeait Dame Isabelle avec rancune, pouvait bien à la parfin avoir parlé sans mensonge en assurant que Tripoli serait un lieu voué à l'amour et nullement à la guerre. Mais par infortune, elle-même n'avait la plus menue part aux courtoisies qui s'échangeaient là, aux regards flambants qui se répondaient, aux unions qui se tramaient et souvent se consommaient. Comme elle n'était ni femme veuve ni fille à marier, aucun chevalier n'osait la requérir d'amour.

Elle eut en février seize ans d'âge et toute jeune qu'elle fût, le monde l'honorait telle une matrone. Malgré cet inconvénient, Dame Isabelle se plaisait à caroler et à danser la gigue parmi les seigneurs provençaux pleins de joyeuseté. S'ils puaient l'ail, elle n'en avait cure, puisqu'elle ne devait attendre d'eux un seul baiser. Elle se contraignait à voir en songe Messire Onfroi de Toron, son jeune baron, s'en revenant vers elle délivré, lui tendant les bras pour l'accoler, lui mettant sur la bouche sa bouche tendre. Mais quoiqu'elle aperçût aisément le corps gracieux de Messire Onfroi incliné devant elle, sa vue se brouillait à l'heure du baiser. Un autre chevalier, un homme à l'âme damnée avait empoisonné pour elle tous les baisers passés et à venir de Messire Onfroi de Toron.

Cet homme-là maudit était un seigneur du Poitou, pays de sylves et de fées, un chef de guerre puissant que les Sarrazins aujourd'hui menaient par une chaîne dont ils empêtraient son pas pour l'infamer. Dame Isabelle tremblait face à lui de peur non moins que de haine. Et pourtant, suivant une étrange sorcellerie, aucun être au monde ne lui semblait plus familier que lui. N'étant encore qu'une enfant petite, elle l'avait discerné puis élu entre tous les seigneurs qui fréquentaient la cour de Jérusalem. Et quant à lui, chevalier de vingt ans nouvellement arrivé en Palestine, il s'était soucié d'elle autant qu'elle se souciait de lui. Ainsi un secret d'amour avait quelque temps lié le jeune seigneur poitevin et l'enfant de huit ans à peine.

Or un jour vint la malefortune. Au chastel de Naplouse vivait en ce temps-là Dame Isabelle n'ayant cure de rien. Sa mère comme son parâtre la chérissaient, les habitants du lieu lui faisaient partout bel accueil et Manès l'eunuque, son nourricier, l'enlatinait avec amour. Elle allait et venait dans la cité samaritaine suivant son gré, à peu de chose près. Car Naplouse, ville dépourvue de murailles, ville ouverte, montrait à tous une face nullement périlleuse, mais au contraire bienveillante. Là s'hébergeaient en accordance maintes communautés, un peuple franc, un peuple grec, un peuple musulman, un peuple syrien, outre un peuple de bons Samaritains. Dame Isabelle à dix ans connaissait chacun et chacun connaissait « la damoiselle du château ». Elle avait des amis chez les diverses nations, tels Petros Eliades, le savonnier grec, ou la belle Pâque de Riveri, ou bien les trois enfants du grand prêtre samaritain, ou encore Soleïmon Ibn Daoud, le fils du mire syrien de haut renom qui médecinait les princes de Jérusalem.

Et ce fut comme il convenait vers le susdit Soleïmon qu'elle tourna son cœur quand fut décrété le jour où elle serait donnée en mariage à Messire Onfroi de Toron, jeune chevalier doué par Dieu de toutes les grâces. Et qui donc mieux que Soleïmon, déjà sapient dans l'art de guérir malgré ses quinze ans d'âge, eût pu lui enseigner les mystères de la nuit de noces dont elle entendait aux cuisines clamer douleur, épouvante et mensonge ? Lors elle partit s'enquérir de la chose qu'elle messavait auprès de Messire Soleïmon. Le damoiseau syrien, voulant ne rien négliger pour instruire la damoiselle, choisit des endoctrinements le meilleur, celui qui met en avant l'exemple avec la pratique. Las ! par grande malencontre, à l'heure où le maître commençait de transmettre au disciple sa science, tous deux couchés à demi nus sur des copeaux de bois, jaillit devant eux le seigneur du Poitou. En un éclair il eut écarté le Syrien de la pucelle, baffé l'une et assommé l'autre, mis à honte les deux jouvenceaux dévergondés. Le lendemain avait disparu de Naplouse par enchantement l'entière famille Ibn Daoud.

Et l'enfant par le chevalier fut depuis ce jour abaissée, méprisée, reniée pour jamais. Il ne lui laissa plus aucun repos, l'épiant sans cesse, la défiant et la blessant, faisant d'elle risée quand il ne lui causait injure ou tort. Homme de guerre, il veillait à ce que jamais elle ne connût la paix. Certes, elle vivait parfois loin de lui une longue saison, mais ces temps-là s'ôtaient de sa mémoire et devenaient néant sitôt qu'il paraissait alentour. Elle ne pouvait le voir sans que son cœur s'affolât comme devant un péril mortel. Ne la connaissait-il pas mieux qu'un père, mieux qu'un frère, mieux qu'un époux, mieux qu'un compagnon cher, mieux qu'un homme bien-aimé ? Mais au lieu de l'aimer, elle le haïssait d'une haine qui jour après jour empirait. Grâce au ciel, Dame Isabelle maintenant dansait à Tripoli avec les joyeux Provençaux et avec le comte Bohémond d'Antioche, qui l'estimait belle, tandis qu'au fond d'une geôle, à Damas, pourrissait dans les fers Monseigneur le connétable de Jérusalem, que la damoiselle ne pouvait oublier une once de temps seulement, si grande était l'horreur dont la pensée d'un tel homme l'emplissait.

Alors usait son temps à Damas Monseigneur Aimeri de Lusignan, connétable du royaume de Jérusalem, que les Sarrazins gardaient engeôlé avec son frère, le roi Gui, depuis la bataille de Hattîn. Pour le roi, le séjour de Damas était peineux et morne comparé à celui de Naplouse. Au lieu d'un chastel entier, Messire Gui ne disposait plus désormais que de trois chambres claires et larges, garnies fort richement comme il convenait à un si haut seigneur. On lui servait à Damas des nourritures sans doute abondantes, fraîches et savoureuses, mais que pas une goutte de vin n'arrosait. Et pour comble de cruauté, on avait écarté de lui la reine Sibylle, dont les yeux doux savaient le réconforter dans sa misère.

Tout au contraire, le sort de Messire le connétable s'était trouvé dès son arrivée à Damas grandement amélioré. Le Sultan, estimant avoir assez satisfait aux clameurs des émirs, qui criaient vengeance contre le chef suprême des armées franques, avait commandé que celui-ci fût dorénavant traité avec honneur. Après les bas-fonds ignobles du chastel de Naplouse, la prison damasquine semblait au frère du roi un paradis. Une fenêtre grillée laissait pénétrer dans le chambrillon qu'il occupait air et soleil. Son lit pourvu de draps et d'une couette molle n'abritait nulle vermine. Aux étuves on le menait se laver aussi souvent qu'il le désirait. Il allait chaque jour visiter le roi qui s'ennuyait et faire avec lui une partie d'échecs. Enfin il marchait, comme avant la Bataille, d'un pas sûr et allègre, sa lourde chaîne lui ayant été ôtée du pied quand il avait dû monter à cheval pour quitter la Samarie.

En vérité, les neuf ou dix prisonniers francs les plus renommés, ceux qu'au soir de la déconfiture Saladin avait accueillis sous sa tente, ne vivaient pas enfermés dans les geôles de Damas. On les gardait avec tous les égards au palais même du Sultan, où les murs d'un ancien harem les abritaient. Aussi jouissaient-ils depuis leur logis d'une vision plaisante et variée sur les jardins merveilleux de la Ghûta. Jamais les chevaliers captifs, et pas plus que les autres le Grand-Maître du Temple, qui avait pourtant l'âme noire, ne se lassaient de contempler ces vergers, ces allées fleuries, ces boqueteaux, ces gazons frais, ces terrasses doucement inclinées, ces ramées où s'ébattaient des oiseaux, ces voûtes de feuillage et ces fontaines chantantes que les seigneurs sarrazins aimaient à créer afin d'agrémenter leurs demeures. Là venaient se promener, lire ou deviser maints nobles Musulmans dont les barons chrétiens derrière leurs grilles suivaient pour s'égayer sinon les paroles, du moins les cheminements et la contenance. Il montait des jardins une telle douceur que la guerre, les querelles des peuples, semblaient à tous, aux Francs comme aux Sarrazins, des choses vécues en songe.

Or il advint qu'un jour, en la saison d'hiver, le roi de Jérusalem pour la première fois surmonta le connétable, son frère, au jeu d'échecs. Joyeux mais troublé, à deux doigts du soupçon, Messire Gui leva un regard vers le vaincu dont il découvrit alors le visage rougeoyant et moite, les épaules secouées de frissons et les yeux pleins d'un égarement inaccoutumé.

– De quoi souffres-tu, je te prie, mon frère ? Par Dieu vivant ! tu as le semblant d'un homme frappé d'un mal ardent !

– Je n'ai rien, bredouilla Messire le connétable, sauf un brin de fièvre que trois heures de sommeil auront tôt fait d'abattre.

– Je crains, mon bel ami, dit le roi, que ce ne soit ta fièvre qui ait tôt fait de t'abattre, si nous ne lui trouvons de meilleur remède. Va-t'en donc te mettre au lit, puisque tu ne tiens plus sur tes jambes. Et pendant ce temps-là, je prierai nos geôliers d'envoyer à ton chevet l'un de leurs physiciens.

Messire le connétable, dont s'entrechoquaient les dents et tremblaient les genoux, voulut contredire le roi. Il ne se sentait point si chétif, assura-t-il en bégayant, qu'il dût livrer sa chair à l'un de ces marchands de mort que sont tous les physiciens, partout au monde, et à Damas comme ailleurs. Son mal passerait en un moment bref, ainsi qu'il était venu.

Mais une heure plus tard, les gardes sarrazins qui ramenaient en sa prison le chef de l'armée des Francs furent contraints de le traîner jusqu'au lit comme un ballot. Tombé dans un état de dormeveille, il parut s'éloigner du siècle tel un homme qui va mourir. Ses geôliers l'entendirent gémir et murmurer paroles de folie. Vers le soir, s'effrayant des spasmes dont ils voyaient son corps tourmenté, ils allèrent quérir le vieux Turc chargé au palais de médeciner la servantaille. Le Turc cependant ne sut que hocher la tête et conseiller d'attendre les décrets d'Allah. De son côté, le roi de Jérusalem avait envoyé un message au Sultan, lequel chassait alors la gazelle dans les environs. Débonnaire et courtois selon sa coutume, Saladin répondit en hâte à son royal captif que les meilleurs d'entre ses physiciens privés iraient dès le lendemain visiter Messire le connétable, qu'il priait Dieu de sauver et soulager tout maintenant.

La nuit ayant passé, le roi Gui reçut licence d'aller se tenir auprès du malade jusqu'à l'apparition des mires procurés par le Sultan. Messire Gui contemplait avec épouvante son frère que la fièvre gardait toujours loin du monde et qui brûlait, remuait en tous sens, tremblait et disait mots de déraison comme la veille. C'est ainsi que trouvèrent leur patient les deux mires sarrazins quand ils eurent franchi le seuil de la prison et incliné leurs corps aussi bas qu'il convenait devant le roi chrétien qui les accueillait. Chacun d'eux portait une ample robe sombre à queue traînante et à manches largement évasées. Les coiffait un épais turban de soie blanche que ceignait le voile bleu nuit des gens de haute science, le taïlasan. L'un était vieux et l'autre jeune, le premier semblait maître et le second disciple. Après s'être penché longuement sur la couche où Messire le connétable gisait sans connaître aucun repos, le vieux maître se retourna vers le roi de Jérusalem et derechef s'inclina devant lui.

– Monseigneur, dit-il, prononçant à merveille la langue de France, vous pouvez assurément, avec l'appui de Dieu, nous aider à soigner et guérir ce bon chevalier que voilà. Contez-nous, je vous prie, par votre grande bonté, en quelle occasion et de quelle manière survint la fièvre qui à cette heure malmène si durement notre malade.

Messire Gui, que les paroles du physicien laissaient tout étourdi, resta un peu de temps la bouche béante avant de répondre :

– Je vous rapporterai ce que je sais sans rien celer, Messire, n'en doutez pas. Mais dites-moi premièrement, voulez-vous, comment vous êtes si bel et bien instruit de notre langage. Car en vous écoutant parler, sur ma foi, je n'ai perçu dans votre voix la plus légère trace d'accent arabique. Vous me paraissez un mystère, je le confesse volontiers.

– Je ne suis, Monseigneur, un mystère en nulle guise. Je suis un physicien qui dès sa naissance fut nourri au palais des rois de Jérusalem où les hommes de ma famille ont un demi-siècle durant maintenu sains et forts les princes francs. Or depuis cinq années mon fils et moi-même veillons sur la personne du sultan Yûsuf, qui prise nos soins comme jadis les prisait le roi Amaury de Jérusalem, Dieu ait son âme !

Angoissé d'entendre gémir son frère, le roi Gui remit à plus tard le soin d'éclaircir le destin de ces mires étranges. Il se posta au chef du lit et resta coi tandis qu'officiaient avec gravité les deux docteurs sarrazins.

Avant trois jours Messire le connétable eut recouvré conscience et raison, en même temps qu'une tête froide. Le roi Gui dut convenir que les physiciens du Sultan étaient assez bien enseignés pour servir les princes de la Chrétienté. Ils connaissaient d'alpha jusqu'à oméga la *Materia medica* de Dioscoride, *L'Herbier* de Rufinus, le *Dynaméron* de Myrepsos, n'ignoraient rien des vertus médicinales des métaux et avaient approfondi l'art de guérir suivant les correspondances naturelles des trois règnes. Ils fabriquaient eux-mêmes leurs remèdes, mixtionnaient leurs onguents, étuvaient leurs plantes et cuisaient leurs composts sans négliger de questionner le soleil, la lune et les étoiles.

Quand la fièvre eut abandonné le malade, ils ne vinrent plus dans la geôle qu'une fois par jour. Puis un soir se présenta seul le jeune physicien, qui apportait au captif une poudre fortifiante. Ayant salué, il s'approcha du lit où Messire le connétable gisait, ne disant mot ni salut. Pourtant, comme il saisissait pour tâter son pouls le poignet du Franc, il vit que celui-ci ne dormait en nulle guise et demeurait les yeux ouverts fichés sur lui. Musulman et Chrétien, mire et chevalier, tous deux s'entre-regardèrent plus d'une once de temps. Les yeux clairs telles feuilles d'automne sous le soleil et les yeux noirs comme nuit semblaient avoir peine à se détourner les uns des autres. Enfin, le seigneur poitevin, clignant des paupières, murmura :

– En vérité, vous pourriez, Messire le physicien, me trucider tout à votre aise. Je me sens encore les membres si las et le corps si débile que vous ne rencontreriez guère chez moi de défense.

Le jeune Sarrazin répondit :

– Je fais métier de guérir les corps, Monseigneur, non point de les occire. Laissez-moi vous dire, par surcroît, que je me souviens du temps passé avec plus d'agrément que de rancune.

– D'agrément ? Par Dieu ! Messire, je crois bien pourtant vous avoir en certaine occasion assez malement battu, vous avoir mis à honte, vous avoir chassé de votre logis, vous avoir bannis, vous et votre famille, de la cité où vous viviez dans l'honneur et la paix. Assurément vous traiter ainsi était pour moi un devoir absolu, mais comment, en nom Christ ! n'auriez-vous nourri en votre âme aucun désir de vengeance ?

– Il paraît, fit en riant le jeune mire, que mon âme est celle d'un philosophe. À mon escient, nous avons plutôt gagné que perdu à vider Naplouse et le royaume de Jérusalem où nous menions cependant si douce vie. Aurions-nous échappé vivants à la guerre si nous étions restés ? Tout le monde nous aurait voulus morts, sachez-le, les Musulmans comme les Chrétiens. Car moi-même et les gens de ma parenté, nous avions coutume de prier tantôt Allah, tantôt le Christ, et ne cessions en somme de renier notre Dieu. Vous avez été mon sauveteur, n'en doutez guère, quoique vous m'ayez beaucoup tourmenté cette saison-là.

– Sur votre foi, Messire Soleïmon, pouvais-je vous traiter autrement que je ne fis ?

– Non, sans doute, Monseigneur. Mais, par Allah ! vous pouviez frapper moins fort et m'humilier moins durement ! Quelle rage vous tenait donc ? Il me semble sentir encore vos coups s'abattre sur ma tête et mon dos. Je n'avais, songez-y, que quinze ans d'âge et ne comprenais goutte à votre fureur.

Le connétable de Jérusalem ferma les yeux un bref moment, puis dans un soupir il demanda :

– Étiez-vous, Messire, sans mentir, innocent de tout en tout ?

– J'étais outrecuidant et trop hardi, je le confesse, répondit le physicien. Je croyais qu'aucun péril ne menaçait près de moi la petite damoiselle du château, dont je me clamais l'ami loyal. Mais je me fourvoyais, ce peut être, ou sinon me vantais. La chair de l'homme est faible, en vérité, et faible est aussi la chair des jeunes pucelles. Quand j'y songe, cette princesse-là, Monseigneur, avait assez d'attraits pour changer un ange en Satan, et par conséquent un jouvenceau courtois en homme affolé d'amour. Vous avez, je l'avoue, jailli à la bonne heure devant nous, empêchant que ne fût commis cruel dommage.

Après ces paroles, Messire Soleïmon Ibn Daoud, physicien du Sultan, délaya dans une coupe d'eau la poudre jaune qu'il avait apportée au seigneur franc.

– Buvez sans reprendre haleine, commanda-t-il, à moins que vous ne soyez friand de breuvages amers.

Le connétable de Jérusalem suivit ce conseil et rendit bientôt la coupe vide au Sarrazin, grommelant :

– Qui sait de quels venins puissants vous avez composé votre remède pour m'empoisonner ! Serai-je mort dans un jour ou bien dans trois ?

– Vous serez mort quand Dieu voudra, répliqua le physicien.

Il se tint un moment songeur devant son malade, puis il poursuivit, parlant comme en secret :

– Nous avions jadis, au royaume de Jérusalem, une thériaque miraculeuse qui guérissait tous les empoisonnements sans délai et sans faille. On la composait depuis vingt siècles à Jéricho avec le venin des serpents dont les environs de cette cité abondent. Ici, à Damas, nous avons aussi notre thériaque, mais elle a moins de pouvoir que celle de Jéricho. Nos serpents, paraît-il, ne valent pas les vôtres. Par bonheur, Messire Connétable, nulle chose ne vous a empoisonné le sang et nos bonnes herbes sarrazines suffiront à restaurer vos forces.

Les deux hommes interrompirent en ce point leur parlement. Le physicien remonta les oreillers soutenant le dos du chevalier gisant, répandit sur les tempes et le cou de celui-ci un baume rafraîchissant et fit brûler dans la chambre encens et myrrhe. Tandis que descendait le soir, il s'élevait des jardins un chant langoureux qu'accompagnaient les sons suaves du luth persan, le « rûdh ».

– Ici, à la vesprée, déclara soudain le chevalier franc, les oiseaux ont coutume de chanter haut et clair quand le soleil décline. Aujourd'hui, toutefois, ceux qui chantent sont des hommes et les oiseaux ne peuvent plus s'entendre.

Et le jeune mire dit alors :

– Cette princesse-là, au chastel de Naplouse, elle détenait aussi par-devers elle un sel bénissime que des Grecs envoyaient à la reine, sa mère, depuis Constantinople. On nommait ce remède, si je m'en souviens, le sel de saint Luc, et il préservait de tous maux, affirmait-on, celui qui en avalait une pincée chaque jour à son réveil. Or savez-vous, Monseigneur, par aventure, ce que devint la princesse dont je vous parle ?

Sur sa couche sursauta Messire le connétable qui répondit, s'efforçant de refréner le vif déplaisir que la demande lui causait :

– Par Christ ! que vous chaut, mon jeune ami ? Dame Isabelle ne doit plus occuper vos songes, ni aujourd'hui ni jamais. Croyez-m'en, il convient d'effacer de notre cervelle ce à quoi nous ne pouvons atteindre. Ainsi le veut la sagesse que vous recherchez tant.

– Pardonnez-moi, Messire, je ne cherchais nullement à vous offenser, mais souhaitais seulement recevoir nouvelles de la princesse dont je fus autrefois l'ami. La guerre, dit-on, a semé tant de méfaits et de ruines sur le royaume de Jérusalem !

– Dame Isabelle, répondit le chevalier franc moins rudement, était toute saine il y a deux mois d'ici, quand je l'entrevis au chastel de Naplouse. De par ma foi, Messire le physicien, elle prend chaque matin au réveil trois grains de votre sel grec, aussi se porte-t-elle toujours à merveille, soyez-en certain comme je le suis moi-même. De mes yeux je l'ai vue partir vers Tripoli avec pour convoyeurs cinquante guerriers sarrazins, que lui avait fournis votre Sultan. Tripoli, vous le savez, je pense, est une riche et plaisante cité.

Maintenant le jeune mire, ayant achevé ses soins, rangeait dans un étui les instruments de son métier. Dehors chantaient les hommes et résonnaient les tendres sons des luths.

– Avant de me quitter, murmura le chevalier franc, ayez la bonté, voulez-vous, d'aller vous accoter à la fenêtre. Il me plairait durement que vous me rapportiez ce que font en bas les amis et compagnons du sultan Yûsuf. Sont-ils, dites-moi, maints et maints seigneurs qui écoutent les musiciens ? Y aurait-il fête au palais ?

De la fenêtre s'approcha le physicien pour contempler les beaux jardins et les nobles gens s'y promenant. Il conta volontiers à son malade que la fête, s'il y en avait une, lui semblait petite. Seuls vingt ou vingt-cinq officiers et émirs s'étaient attroupés sur un champ de gazon autour des chanteurs, qui n'étaient que trois.

– Ne discernez-vous point parmi l'assemblée, Messire Soleïmon, un chevalier franc aux blonds cheveux et au visage de la plus rarissime beauté ?

– Je le vois, certes, Monseigneur, droit devant moi. Or comment avez-vous deviné qu'il se trouverait là, je vous prie ?

– À la même heure tous les soirs, sauf les jours de pluie, répondit le chevalier, il vient errer par les allées du jardin avec ses bons compagnons. Or savez-vous qui est ce jeune homme et comment il se nomme ?

– Non, Messire, je ne le connais en nulle guise. Et par Allah ! ce n'est pas merveille. Il y a tant d'étrangers, riches marchands, messagers ou ambassadeurs, qui vont et viennent à la cour du Sultan.

– Celui-ci, dit le chevalier, n'est, croyez-en ma parole, ni un marchand ni un envoyé d'une nation chrétienne. C'est un chevalier captif qui fut pris lors de la Grande Bataille et que votre Sultan favorise.

– Pourquoi donc le favorise-t-il ?

– Parce que ce jeune seigneur franc a pour mère une dame dont Saladin fut l'ami proche en d'autres temps. Et sachez en outre, Messire Soleïmon, que ce beau damoiseau est le propre baron de Dame Isabelle, votre chère princesse. En bonne conscience, l'estimez-vous digne d'elle ?

– Comment pourrais-je, Messire Connétable, juger un homme que je n'avais jamais aperçu jusqu'aujourd'hui et à qui je n'ai encore jamais parlé ? Sans mentir, il m'apparaît à peine plus qu'une ombre flottant au loin.

– Et que fait cette ombre, en nom Dieu ! ? Voilà du moins une chose que vous saurez apercevoir et me conter.

– Il se tient en pied, murmura le physicien d'une voix malaisée, main à main avec un mameluk trop bien affublé. Le Franc lui aussi porte une robe très précieuse. Il écoute la musique en souriant, la joue posée sur l'épaule de son ami.

– Je ne suis nullement ébahi, lança depuis sa couche le chevalier, que notre beau damoiseau entende musiciens et chanteurs avec la plus grande délectation. Car on a coutume, dans sa famille, de donner à la musique la première place parmi les plaisirs du siècle.

– Cependant, Monseigneur, osa déclarer le jeune Sarrazin, la contenance de cet Onfroi me semble singulière et plutôt désavantageuse pour la princesse.

– Hélas ! mon bel ami, les choses de la vie souvent adviennent en dépit de toute bienséance et de toute raison. Ainsi vous, Messire Soleïmon, vous jouiez autrefois les physiciens d'un peu trop près avec Dame Isabelle, comme vous le confessez vous-même. Et quant à Messire Onfroi de Toron, ce peut être qu'il oublie ses devoirs d'époux un tantinet et ne joue pas avec elle d'assez près.

De la fenêtre s'éloigna le physicien, qui répondit :

– Je pourrais, Messire, pour ma défense, plaider le peu d'âge que j'avais alors. Et de surcroît la liberté dont jouissait à démesure la jeune damoiselle.

– Vous le pourriez, certes, et Messire Onfroi, de même, pourrait plaider la beauté dont Dieu l'a si largement pourvu. L'un et l'autre, paraît-il, vous êtes innocents tels des agneaux.

Le physicien était revenu se tenir au chevet du lit. Courbé sur son malade, il murmura :

– Par votre bonté, veuillez vous souvenir, Messire Connétable, que je n'ai point ravi le pucelage de la princesse.

– Grâce à Dieu ! soupira le chevalier franc. Et grâce à moi, qui survins à temps au milieu de vos beaux exploits !

– Alors, Monseigneur, je vous le jure, Allah me voyant, il n'y avait en mon cœur la moindre intention maligneuse. Pour nul trésor au monde, je n'aurais voulu que fût endommagée par ma faute la damoiselle.

– Et moi non plus, Messire Soleïmon. Allez-vous-en, maintenant, je vous prie, car parler avec vous si longtemps m'a rendu las.

Hors de la geôle s'en fut sans bruit le jeune mire sarrazin, laissant le chef de guerre franc ou bien sommeiller ou bien rêver. En bas dans les jardins, le chant roucoulant des hommes et le doux son des luths couvraient toujours le jargon des oiseaux.

V

Depuis six mois déjà, Monseigneur Joce, archevêque de Tyr, avait passé outre la mer pour aller annoncer à l'apôtre de Rome et aux princes d'Occident la grande mésaventure qui était advenue en la Terre de Promission. Le marquis Conrad de Montferrat lui avait baillé sa propre nef dont on avait affublé les mâts pour l'occasion de voiles toutes noires. En sombre messager mais aussi en suppliant était parti l'archevêque : il devait par ses prières convaincre les plus hauts hommes de la Chrétienté de dépêcher leurs secours vers la Palestine. Car à moins que plusieurs chevaleries bien armées et puissantes ne fussent envoyées par les rois aux ports de la Syrie franque, tout espoir de reconquérir Jérusalem et le Sépulcre de Dieu était perdu.

Le premier prince à entendre l'appel de détresse que lançait au monde la Terre Sainte anéantie fut le roi Guillaume de Sicile. Dès le printemps 1188, une petite flotte convoyant deux cents chevaliers siciliens avec leurs écuyers et leurs montures parvint dans le havre de Tyr. En cette saison revenait le Sultan poursuivre sa conquête sur les terres demeurées jusqu'ici aux mains des Francs. Après avoir accru et raffermi les défenses des cités qu'il tenait le long du rivage, il rassembla ses forces pour aller assiéger le comté de Tripoli. Alors le marquis de Montferrat, ayant connu le péril qui menaçait le comté, y fit partir sans délai les preux chevaliers de Sicile. Et sans perdre une once de temps, ceux-ci remontèrent sur leurs galées. Cinglant vers le nord, ils touchèrent les grèves de Tripoli quatre jours plus tard, avant même que Saladin, alourdi par la masse de ses bataillons, ne fût arrivé aux marches du pays.

Les joyeux Tripolitains, qui n'avaient, une fois l'hiver achevé, nullement cessé de festoyer, accueillirent dans la liesse les renforts que Tyr leur envoyait. Aux chevaliers siciliens s'étaient adjoints, avec la bénédiction du marquis, plusieurs chevaliers de la colonie provençale établie à Tyr depuis un demi-siècle, et ce furent ceux-là surtout, les Provençaux de Tyr, dont les Provençaux de Tripoli célébrèrent la venue au milieu de l'ivresse générale. Qui sait s'il n'y avait dans l'air de cette année 1188 un vent de gaie folie ? Car les Tripolitains ne changèrent d'un seul fétu leur contenance quand survint le Sultan, que l'on vit déployer ses tentes en bonne quiétude à moins d'une lieue des murailles. Et mieux encore, les chevaleries de Sicile et de Provence, au lieu d'attendre prudemment les assauts ennemis, s'enhardirent jusqu'à tenter chaque jour des envahies dans le camp sarrazin. On s'en allait assiéger l'assiégeant, courir sus au conquérant comme si le monde se trouvait soudain mis à l'envers par quelque étrange diablerie.

Un chevalier provençal de Tyr accomplissait les plus belles prouesses. Lors des combats, celui-là jaillissait le chef couvert d'un heaume peint en vert avec art et finesse et de surcroît surmonté par deux cornes de cerf à l'apparence merveilleuse. Francs comme Sarrazins, tous ne le nommaient jamais que le Vert Chevalier. Or la gloire du Vert Chevalier ne reluisait pas d'hier. Durant le siège de Tyr, déjà, il s'était acquis la première place entre les vaillants, multipliant les coups d'éclat, tant et si bien que l'ennemi lui-même s'arrêtait parfois de batailler pour le regarder faire. Aussi quand Saladin le reconnut sur la terre de Tripoli et le vit recommencer son ouvrage, il ne put empêcher la convoitise de lui monter au cœur. Par Allah ! que ne pourrait-il accomplir s'il comptait parmi ses hommes, revenus après la trêve de l'hiver nonchalants comme devant, le Vert Chevalier de Tyr ?

C'est ainsi que deux messagers s'en furent un jour vers la porte maîtresse de la cité. Aux gardes francs ils remirent une lettre que marquait le sceau du Sultan.

– Pour qui est-elle ? s'enquirent les Chrétiens.

– Pour ce Chevalier Vert dont chacun vante les exploits, répondirent les Sarrazins. Trouvez-le sans faille et ne donnez notre message à nul autre qu'à lui.

En lisant une heure plus tard les paroles de l'ennemi, le Vert Chevalier ne laissa paraître le moindre ébahissement. Il avisa simplement ses compagnons que Saladin le mandait auprès de lui et qu'il entendait partir tout maintenant vers le camp sarrazin.

– Sur son Mahomet, dit-il encore, il a juré qu'à lui je viendrais sauf et sauf m'en retournerais. En nom Dieu ! je suis tout chaud d'apprendre, mes beaux amis, ce qu'il me veut.

Le chevalier s'en fut au galop de son cheval bai et mit pied à terre devant la tente du Sultan. Dès le seuil, Saladin lui fit l'accueil le plus courtois, le saluant tel un ami cher, le priant de s'asseoir en face de lui parmi des coussins moelleux et riches, lui présentant pâtisseries fines, sorbets à la neige, amandes et pistaches en confit.

– Veuillez par grâce, Messire Chevalier, dépouiller votre heaume, ou sinon vous ne pourrez manger ni boire en ma compagnie ! Ôtez-le, je vous en prie, à moins qu'il ne vous répugne de me montrer votre face.

– Nullement, Seigneur Sultan, nullement ! Je n'ai revêtu ce couvre-chef pesant qu'afin d'être reconnu par vos officiers et par vous-même.

Et ce disant, le chevalier délaça le glorieux heaume vert aux cornes de cerf. Lors apparut un visage d'homme ni laid ni beau, ni vieux ni jeune, dont les yeux pleins de moquerie scintillaient.

– Par Allah et son Prophète, Chevalier, je craignais que vous ne fussiez une chimère ou quelque monstre encore jamais vu en ce monde ! Cependant, je vous contemple et vous avez, sur ma foi, le semblant d'un homme : cela me rassure, je le confesse. Auriez-vous un nom, de surcroît, comme le plus petit d'entre nous ?

– J'en ai un, certes, Seigneur Sultan, répondit le Vert Chevalier en inclinant le front.

– Et de ce nom, Messire, vous faites grand mystère, à ce qu'il paraît ?

– Pas le moindre mystère, Dieu le sait, répliqua le chevalier. Tous mes compagnons vous le diront, Seigneur Sultan, j'ai pour nom Sanche Martin. Bien des gens, il est vrai, refusent de l'entendre, car m'appeler le Vert Chevalier plaît mieux à leur esprit. Ainsi dans notre siècle vont les mensonges, les folies et les fables.

– Buvons donc, Messire Sanche, s'écria d'une voix joyeuse le Sultan, à la folie du siècle ! Et ce faisant, nous deviserons comme deux hommes qui se témoignent considération et bienveillance.

– Et de quoi, Seigneur, deviserons-nous ? fit avec hauteur le Chevalier Vert.

– Un peu des affaires qui divisent nos deux peuples, mais surtout de vous, Chevalier, de votre hardiesse au combat, de votre ardeur que nul coup enduré n'apaise, en bref de votre vaillance nonpareille.

– Assurément, Seigneur Saladin, ma vaillance n'est en rien surfaite, quoique celle de tous nos guerriers l'égale sans contredit. Car, vous ne sauriez en douter, nous autres chevaliers francs sommes les meilleurs qui soient.

De cette parole outrecuidante rit le Sultan. Après un bref délai, le Vert Chevalier rit de franc cœur avec son hôte. Quand leur gaieté se fut éteinte, ils entreprirent de manger et de boire et le conquérant kurde hochant le chef déclara :

– Sur mon âme, je croyais qu'à peu de chose près, tous les chevaliers francs avaient péri l'année dernière en Galilée. Pourtant chaque jour nous en voyons jaillir par centaines autour de nos tentes. Certains disent que plusieurs de ces combattants sont arrivés nouvellement d'Outremer à la rescousse du royaume chrétien. La chose me paraît vraie, car tous ne peuvent être comme vous citoyens de Tyr. Par Allah ! me direz-vous, Chevalier, qui sont ces gens et de quelle nation d'Occident ils sont issus ?

À quoi répondit Sanche Martin, la bouche engluée de miel et de pistaches :

– Pour ne rien vous celer, Seigneur Sultan, ce sont là gens de Sicile que le roi Guillaume a envoyés pour aider notre beau royaume franc et ruiner votre pouvoir de tout en tout.

– Ruiner mon pouvoir, en vérité ? Une poignée de Tyriens et une autre poignée de Siciliens ? Ce peut être que ces hommes suffiront à garantir Tripoli deux ou trois mois durant. Toutefois, Chevalier, qui voudrait m'abattre et vaincre l'armée de l'Islam devrait avoir, je vous assure, des forces bien autrement puissantes que celles-là.

– Premièrement, répliqua le Vert Chevalier, nous sommes vaillants à démesure, Tyriens ou Tripolitains comme Siciliens. Voudriez-vous le nier, par aventure ?

Saladin secoua la tête sans dire une parole.

– Puis la chevalerie de Sicile, Seigneur Sultan, n'est au vrai que l'avant-garde menue des grandes armées d'Occident qui à cette heure s'unissent et s'apprêtent pour le voyage de Terre Sainte. Bientôt nous les verrons envahir le rivage et se ruer sur vos bataillons qui alors, sachez-le, sembleront des nains en face de géants. Que Dieu me damne si je mens ! voilà bien la méchéance qui vous attend et la bonne fortune qui va nous advenir, grâce en soit rendue au Christ !

– Vous devinez trop aisément, dit Saladin, ce que le futur nous réserve aux uns et aux autres. Quant à moi, je n'en connais goutte et me fie autant à Mahomet que vous vous fiez vous-même à Jésus-Christ. Vos grandissimes chevaleries d'Occident n'ont pas encore passé la mer et leurs rois s'entre-déchirent, m'a-t-on dit, comme bêtes sauvages. Or ces confiseries vous plaisent-elles, Messire Sanche ? Mangez-en, je vous y engage, à votre entière satisfaction ! J'aime que mes hôtes soient traités bellement, tout comme aussi mes prisonniers de guerre.

– Suis-je en cette occasion votre hôte, Seigneur Saladin, ou votre prisonnier ?

– N'étant nullement retenu ici sous la contrainte, vous êtes mon hôte, sans aucun doute. Mais par Allah ! je souhaiterais, Chevalier, que vous fussiez davantage.

– Que je fusse quoi, Seigneur ? fit le Vert Chevalier la bouche pleine.

– Mon loyal et fidèle ami, l'un de mes proches compagnons, un homme dont je pourrais avec largesse payer la vaillance jamais ouïe. Seraient-ce les chevaux que vous prisez en ce monde ? Ou sinon les pierreries étincelantes et l'or grâce auquel tout peut s'acheter ? Ou bien les terres fructueuses, les châteaux et les manoirs ? Par la barbe du Prophète, Messire Sanche, du moment que vous resterez près de moi et combattrez sous mon enseigne, je vous donnerai à foison chevaux de prix, étoffes et joyaux de princes, fiefs et deniers !

À ces mots le Vert Chevalier leva sa coupe de sirop glacé au goût de gingembre et de rose et la vida d'un coup. Puis, courbant en avant son corps vers le grand émir des Sarrazins, il répondit :

– Dieu m'est témoin, Seigneur Sultan, que je prise à outrage vos amandes, vos sucres et vos pistaches. De par ma foi, je ne dédaigne en ce monde ni les chevaux, ni l'argent, ni l'or, ni les joyaux, ni les parures, et tout au contraire je les apprécie durement, croyez-le. Mais sauf les douces nourritures que vous m'avez présentées aujourd'hui, de vous je ne prendrai jamais rien, je le jure, pas un arpent de terre, pas une mule, pas un dinâr et pas seulement un ail pelé ! Car sur ma foi, je ne suis point venu au comté de Tripoli pour demeurer avec les Sarrazins, mais pour les tourmenter de la pire manière et en massacrer autant que le pourra un homme seul. Et Dieu me voyant, Seigneur Sultan, j'accomplirai, gardez-vous d'en douter, ce pour quoi je suis venu ici !

Là-dessus prit congé le Vert Chevalier, qui fit chemin arrière et dans la cité de Tripoli rentra sain et sauf. De son côté Saladin, ayant contemplé dans le havre voisin tant de nefs ou galées chrétiennes, découvert partout aux environs tant de chevaliers francs, comprit qu'il serait vain d'assiéger la place plus longtemps. Après une semaine de séjour, il démonta ses tentes et nuitamment s'en fut vers le nord disposer ses bataillons autour d'une cité sur la mer ayant nom Tortose. Avant d'abandonner Tripoli, toutefois, il avait reçu un message que lui écrivait de sa propre main la reine Sibylle de Jérusalem. « Dois-je vous rappeler, Monseigneur, disait la reine bannie, les devoirs sacrés d'un gentilhomme ? À qui veut garder noblesse et courtoisie aux yeux du monde, il convient d'honorer sans y faillir ses engagements. Or vous aviez promis naguère de laisser aller le roi Gui, mon seigneur, le jour où la cité d'Ascalon se serait rendue à vous sur sa prière. Depuis des semaines, depuis des mois maintenant, Ascalon vit sous votre loi et j'attends toujours de voir paraître sain et délié devant moi le roi de Jérusalem. N'aurez-vous donc nulle pitié d'une dame infortunée que la guerre a dépouillée en un moment de tous ses biens ? Rendez-moi, je vous prie, le seul qui me reste, et je prononcerai avec joie et reconnaissance le nom de Saladin. »

Cette prière de la reine malheureuse fut entendue. Au Sultan, certes, qui était pourvu d'une belle âme, il répugnait de mentir sa foi. Mais surtout, le grand émir kurde, à l'heure où commençaient d'affluer les chevaliers francs en Palestine, estimait prudent de rendre aux Chrétiens leur souverain faible et sot avant que ne jaillisse d'entre leurs rangs un chef plus redoutable.

Ce fut dans la cité de Tortose, le 4 juillet 1188, un an jour pour jour après la noire déconfiture de Hattîn, qu'arriva le roi de Jérusalem délivré. Il avait lui-même choisi, comme le lui offrait avec libéralité le Sultan, dix compagnons de geôle, dix seigneurs francs qui entouraient maintenant son cheval. Parmi eux se discernaient Monseigneur Aimeri de Lusignan, connétable de Jérusalem et frère du roi, puis Monseigneur Gérard de Ridefort, Grand-Maître du Temple et chevalier flamand, dont la cruauté folle était, du moins en partie, cause de la grande infortune où sombrait aujourd'hui le royaume, enfin Monseigneur Guillaume, le vieux marquis de Montferrat, toujours gaillard et droit comme une lance.

Mis en présence du Sultan, le roi Gui jura sur Jésus-Christ et tous les saints de ne plus onques porter les armes contre l'Islam. Il déclara en outre sous la foi du serment s'engager à passer la mer sitôt qu'une occasion lui en serait fournie. Et quand il eut ainsi acquitté le prix de sa délivrance, Messire Gui, suivi de ses dix barons et défendu par quarante convoyeurs sarrazins, put se remettre en chemin pour gagner Tripoli. Au matin du départ, cependant, bien avant que l'aube n'eût crevé, il s'était à la dérobée fait transfréter en barque sur la petite île de Ruad, qui s'étalait en face de Tortose. Deux heures plus tard, il se trouvait de retour, ayant bel et bien, suivant son opinion, honoré sa parole et passé la mer. Lors il prit la tête de la chevauchée, qu'il mena le long du rivage à franc éperon. Au soleil couchant, le lendemain, il franchissait les murailles de Tripoli, tellement soûlé d'air marin et d'espérance que ses larges yeux pâles reluisaient telles des escarboucles. Et ce fut cet homme nouveau, endurci et revigoré, qui parut dans la chaleur et la poussière sur le seuil de la reine Sibylle.

Dame Isabelle ne vit rien des captifs délivrés avant plusieurs jours. Ni elle ni la seigneuresse d'Outre-Jourdain n'avaient cru un seul moment découvrir parmi eux Messire Onfroi de Toron. Comme un prince vivait à la cour de Damas Messire Onfroi, mais jamais le Sultan, qui pourtant le chérissait à l'égal d'un fils, ne le laisserait repartir en terre chrétienne tant que les deux forteresses du désert continueraient à lui opposer résistance. Et Montréal aussi bien que la Pierre du Désert semblaient encore loin de vouloir se rendre. Les défenseurs des deux places détenaient assez de ressources pour tenir un an de plus ou même davantage, rapportaient les espions qu'envoyait aux nouvelles Dame Étiennette. Nul, dans ces circonstances, ne fit reproche à Dame Isabelle de n'avoir pas couru aussitôt saluer le roi de Jérusalem. La damoiselle, par courtoisie envers sa sœur, l'aurait fait volontiers si elle n'avait eu peur, en mettant le pied dehors, et surtout en le mettant chez la reine, de se heurter au connétable de Jérusalem, son mortel ennemi, dont elle ne pouvait apercevoir seulement l'ombre sans frémir et s'affoler. Toutefois, retarder la rencontre n'était l'empêcher en nulle guise. Et par avance tremblèrent le cœur, l'âme et le corps de Dame Isabelle quand sa sœur la reine la pria gracieusement de venir célébrer en son manoir le retour au pays franc des plus hauts barons du royaume.

Dame Isabelle s'en fut au festin des revenants affublée d'un bliaut de samit blanc plissé dont trois rangs de perles fines ourlaient les manches et le col. Un tressoir lui aussi couvert de perles couronnait sa tête. La princesse d'Outre-Jourdain, qui l'accompagnait, lui déclara sur le chemin :

– Vous auriez dû, ma belle enfant, pour honorer nos chevaliers si longtemps maintenus dans les prisons sarrazines, vous vêtir de couleurs joyeuses. Le blanc sied parfaitement à vos yeux noirs, mais bien peu, en revanche, à vos cheveux blonds.

– Sur ma foi, toutes les couleurs me plaisent, Dame Étiennette, répliqua la damoiselle, pourtant aucune d'entre elles ne me convient, je crois. Ce sont mes cheveux qui s'accordent mal à mes yeux, voilà toute la vérité. Or nous ne pouvons, hélas ! changer ni les uns ni les autres.

– Qui donc voudrait vous changer, Isabelle ? Dieu en vous créant vous a donné assez de beauté, il me semble. Mais vous êtes ce soir trop blême et angoisseuse. Forcez donc votre cœur à oublier qu'Onfroi demeure aux mains du Sultan. Vous savez de quelle manière aimable et douce il est traité là-bas.

– Je le sais, Dame, fit la damoiselle en mordant sa lèvre du bas, car la pensée de Messire Onfroi lui échappait ce soir plus encore que de coutume.

Elle fut, lors du souper comme lors du bal, choyée par le roi Gui, par le prince d'Antioche, par les chevaliers déprisonnés et par les autres seigneurs. Le Grand-Maître des Templiers lui-même, frère Gérard de Ridefort, lui adressa un sourire qu'elle jugea aussitôt plein de félonie. Le connétable de Jérusalem, grâce au Christ ! après l'avoir saluée du chef sans mot dire, se tint fermement éloigné d'elle et ne fit, du commencement de la fête jusqu'à son terme, le moindre pas pour se rapprocher. Dame Isabelle s'ébahissait en le découvrant à peine amaigri, tel pour ainsi dire qu'aux plus beaux jours de Jérusalem. Seul entre les nobles captifs, il avait pourtant souffert en geôle de cruels tourments, les Sarrazins vainqueurs ayant voulu punir et humilier le cheftain des armées franques.

En vérité, sa face n'avait perdu ni un fétu d'orgueil, ni une once d'arrogance, ni un grain de moquerie, ce qui mortifiait et enrageait la damoiselle. Malgré l'éloignement, elle voyait bien tout son être et sa contenance. Il portait ses cheveux couleur de sylve à l'automne plus longs d'un demi-pouce qu'autrefois, chose peu notable mais qui lui donnait de la nonchalance. Comme l'été flamboyait, il avait négligé de revêtir pourpoint ou mantel et ne s'était couvert le corps que d'une tunique légère taillée dans une soie gaufrée dont le vert fané s'éclairait par endroits avec des fils d'or et des éclats de topazes chatonnés. S'il montrait des mains nues, dépourvues de tout joyau, il gardait nue aussi la tête, que nul tressoir, nul diadème, nul chapel de fleurs ne paraient. Une simple croix d'or pendait à son col et sa ceinture de soie était du blanc le plus pur.

En Monseigneur le connétable, tel qu'il apparaissait aujourd'hui au milieu des hauts seigneurs, la damoiselle abominait maintes choses. Elle trouvait morne sa vestaille, d'étranges fripes dont le vert fade et le jaune se mésalliaient avec les teintes allègres choisies communément par les chevaliers. Elle ne prisait en rien la longueur nouvelle de ses boucles, et moins encore la hardiesse qui se lisait tant sur ses lèvres que sur son front levé. Une chose pourtant la courrouçait au-dessus des autres, c'était que le chevalier maudit mettait sans trêve les yeux dans les siens. Écoutait-elle deviser un noble baron ? Disait-elle deux ou trois venvoles parmi une assemblée de dames ? Riait-elle aux contes et aux tours d'un jongleur ? Siégeait-elle en bonne place au manger ? Dansait-elle ? Où qu'elle fût, quoi qu'elle fît, pas un moment le regard du connétable de Jérusalem ne la quittait. Cet homme ne voudrait-il jamais la laisser vivre en paix ? Et pour comble d'infamie, les dames, de la plus jeune à la plus chenue, ne cessaient comme autrefois de le louanger et le gracieuser à outrage, bien qu'il fût resté aussi laid que les diables cornus de l'enfer ! Dame Isabelle, quand elle fut lasse d'avoir le cœur battant, ne songea plus qu'à l'heure désirée où elle pourrait fuir la noble compagnie et regagner sa demeure.

Tandis que le sultan des Sarrazins poursuivait au nord son avancée guerrière, prenait des cités le long du rivage, rasait les unes, jugées par lui malaisées à défendre, fortifiait de murs et de barbacanes les autres, le roi Gui réfugié dans Tripoli songeait aux temps à venir. Après s'être donné une semaine entière en compagnie de la reine, sa femme, dont il était toujours le soleil éblouissant, aux tendres embrassements, aux déduits de la chair et aux aveux d'amour, il sauta hors du lit afin d'aller méditer avec ses conseillers sur la guerre et sur son destin.

Avant longtemps il devint clair que la première chose à faire pour Messire Gui était de gagner Tyr, seule place du domaine royal qui demeurât encore aux mains des Francs. Déjà le vieux marquis de Monferrat, passant outre la cité de Tripoli, avait avec l'agrément du Sultan rejoint là-bas son fils Conrad. Et ce Conrad, par Dieu du ciel ! qu'ourdissait-il et que désirait-il en son âme rude ? Ne murmurait-on pas qu'il se clamait aujourd'hui seigneur de Tyr ? Ignorait-il donc, ce Piémontais, que la cité phénicienne était fief personnel du roi de Jérusalem auquel, Dieu merci ! ne faillissaient pour l'heure ni la santé ni la vie ? Assurément il convenait à Messire Gui de réunir les chevaliers survivants de sa maison, puis tous les barons et sergents qui voudraient le suivre, et de se porter hâtivement vers Tyr où l'on commencerait par rétablir sans délai l'ordre des choses. Tyr, disait-on encore, abondait en richesses qu'y avaient apportées jour après jour les bannis du royaume, or le roi Gui avait grand besoin d'argent.

Dame Isabelle, sitôt qu'elle sut les intentions du roi, son beau-frère, alla devant lui s'incliner et le prier.

– Monseigneur, dit-elle doucement, est-il vrai que Dame Sibylle vous accompagnera dans votre voyage en Palestine ?

– Vrai et certain, Damoiselle, car Tyr sera dorénavant, selon ma volonté, le siège de la cour.

– Pourriez-vous, Messire Gui, par votre bonté, m'emmener avec vous ? Il y a si longtemps que j'attends de revoir mes parents ! Et je serais trop fâchée de vous quitter, la reine et vous, croyez-en ma parole.

– Venez donc, dit le roi en soulevant les épaules, puisque tel est votre souhait. Mais, de grâce, gardez-vous d'entraîner derrière vous toutes les dames et veuves qui s'hébergent ici. Elles viendront plus tard, lorsque nous serons prêts à les accueillir.

La damoiselle, écoutant son cœur avant les avis du roi, commença par convaincre la princesse d'Outre-Jourdain de partir elle aussi pour la cité phénicienne. Les deux dames oubliaient déjà Tripoli et chacune de son côté fit en chantant ses malles.

Après avoir assez rechigné, le jeune prince Bohémond céda l'une de ses galées tripolitaines au roi Gui, lequel dut promettre sur les saints de la renvoyer bientôt. Messire Gui n'osait manifester trop haut son ire grandissante, mais il estimait injurieux le peu d'égards que le nouveau comte lui témoignait, tout comme il trouvait offensante la manière dont certains barons lui parlaient, manière qu'il jugeait dénuée de révérence. Il n'aimait guère être tenu pour le premier auteur de la déconfiture. Dieu savait, se répétait-il à longueur de journée, qu'il avait fait de son mieux dans les circonstances les pires qui fussent. Lors pourquoi le comte Bohémond et les princes de Galilée, Messire Hugue de Gibelet, le comte de Césarée, le sire de Besmédin, plusieurs barons du conseil royal et bien d'autres chevaliers chrétiens, hélas ! le regardaient-ils avec plus de mépris que s'il fût né Infidèle parmi les Infidèles ? Par bonheur, il allait reprendre à Tyr sa vraie place, qui était, Messire Gui n'en doutait pas, sur le trône du royaume franc de Jérusalem.

Le roi et la reine ainsi que les gens de leur suivance, parents, compagnons, sergents, écuyers, servantaille, outre les mariniers et les chevaux, se mirent à la voile par un clair matinet d'été. Le vent serait bon, déclarèrent les pilotes au départ, on l'aurait en poupe depuis Tripoli jusqu'à Tyr, car il soufflait du nord. Dieu fasse qu'il ne change ni de sens ni de vigueur, et l'on apercevrait la cité phénicienne d'ici à quatre jours, pas un de plus ! Le pavillon de la seigneuresse d'Outre-Jourdain et de Dame Isabelle fut dressé sur le pont contre la tente royale. Quant au connétable de Jérusalem, il s'en fut planter la sienne loin de là, si loin que la damoiselle espérait pouvoir esquiver cet homme tout le temps du voyage. À l'heure où les marins levaient l'ancre, le soleil de juillet sortait des flots. Comme il chauffait dur déjà et ne tarderait guère à brûler, chaque Franc, homme ou femme, se voila le chef suivant la mode sarrazinoise. Et quand le navire se mit à glisser sur l'eau, ces draps légers aux teintes vives et diverses remuèrent au gré du vent telles des oriflammes.

La navigation dura six jours au lieu de quatre. Passé les deux premières journées qui s'écoulèrent favorablement, le vent, sans toutefois aller jusqu'à rendre l'âme, s'amenuisa de moment en moment. La galée alors parut s'alourdir et sembla un gros animal empêtré posé par mégarde sur la mer. Les voyageurs périssaient de chaleur et d'ennui. Hors des pavillons, le soleil ivre d'ardeur les poursuivait partout et les frappait de ses coups cruels, et sous la toile de tente, ils suaient comme aux étuves. La nuit seulement on reprenait haleine et vie, mais tant de gens venaient envahir le pont durant les heures fraîches qu'il était vain de vouloir fermer l'œil. Et puis l'air autour des corps puait, car l'eau douce faisait défaillance pour se laver. Dame Isabelle avait pitié de l'eunuque Manès, mal logé sur un carré de planches avec les sergents grossiers. Le pauvre moine se combattait vaillamment aux mouches, aux jurons sacrilèges, aux risées dont il était la cible et aux puanteurs variées.

– Songe, mon petit Théophane, lui disait-elle afin de l'encourager, que pour prix de tes peines, tu iras droit en paradis.

– Je ne sais, ma Damoiselle, répondait-il, si la cité de Tyr est ou non le paradis. Mais je sais bien que nous retrouverons là-bas Monseigneur Balian, assurément le meilleur gentilhomme du siècle, et Madame la reine, votre mère, en qui notre sire Dieu a mis tant de perfections. Les tribulations que nous souffrons aujourd'hui seront oubliées, soyez-en sûre, le jour bienheureux où nous les verrons paraître.

Un soir, le troisième depuis qu'on avait laissé Tripoli, Manès fut abattu par la fièvre et Dame Isabelle en eut le cœur angoissé. Plus d'une fois depuis qu'elle était au monde, elle avait entendu geindre son nourricier, mais jamais encore ne l'avait vu malade. Elle se démena pour qu'il reçût les meilleurs soins. Le chanoine du roi Gui, s'il ne savait un seul mot de la physique, vint de bonne grâce le visiter et le bénir. De son côté, la seigneuresse d'Outre-Jourdain lui fit porter par sa bru un remède puissant dont elle charriait une fiole dans son bagage. Composée avec de la mandegloire, cette médecine aux magiques vertus purgeait le ventre, apaisait la fièvre et endormait les sens. Quand elle eut administré à l'eunuque la mandegloire, Dame Isabelle demeura auprès de lui, priant tout bas ou bredouillant un psaume, et serrant entre ses mains la main brûlante du moine.

Elle veilla ainsi longtemps. Et tandis qu'elle veillait, le soleil se retirait de la terre et le jour se muait en crépuscule, puis en nuit noire semée d'étoiles. Peu à peu les esclaves, les serviteurs et les soudards qui de ce côté-là s'hébergeaient regagnèrent leur carré de pont. Avant de chercher le sommeil, ils burent et mangèrent, parlèrent à voix tonnante, jouèrent aux dés sur le plancher encombré de souillures, jurèrent et rirent avec lourdesse. Maintenant ils environnaient la jeune damoiselle perdue dans ses songes. Mais n'ayant souci d'eux, elle n'apercevait pas qu'ils se rapprochaient assez près de son corps et ce fut seulement quand une main effleura sa hanche, quand une crinière pouilleuse lui balaya le col, quand un doigt gourd lui toucha sans adresse la joue, qu'elle tressaillit.

Elle sermonna son cœur afin de surmonter la peur sauvage qui l'avait saisie d'un coup. Par la Vierge Absolue ! Qu'aurait-elle pu redouter de ces hommes dont les cheftains, les seigneurs et les maîtres se tenaient à cinquante pas d'eux ou guère davantage ?

Qu'un sergent ou un serf montrât envers la damoiselle trop de hardiesse et il verrait bientôt punie sa belle audace. Au moindre cri qu'elle jetterait, les chevaliers jailliraient alentour. Dame Isabelle pourtant avait beau appeler à l'aide sa raison, elle sentait la peur creuser en elle son chemin. Toujours plus de mains agrippaient sa ceinture, plus de masses lui pressaient les flancs, et dans la nuit obscure montaient des ricanements effrayants. Elle eût voulu garder l'âme sereine, dominer par la parole ces hommes accoutumés à obéir aux commandements. Mais la crainte l'empêchant de se contenir avec dignité, elle ne sut que se mettre à brailler comme une enfant.

À peine trois cris se furent-ils échappés de sa gorge que la foule des hommes s'ouvrit et qu'un bras de fer entoura ses épaules, cependant qu'une voix rieuse lançait à son oreille :

– Par Dieu vivant ! Damoiselle, où donc avez-vous égaré votre bonne dague ? Jadis, lorsque vous viviez au désert, vous n'aviez nul besoin d'un chevalier pour vous défendre. Oh ! certes, vous auriez jadis bellement pourfendu quelques ventres et trucidé une dizaine de ces vilains afin de vous tirer d'affaire ! Je vous le confesse, vous me décevez de tout en tout.

Et il la guidait, ce disant, hors du cercle des hommes devenus muets. Ils allèrent, le chevalier soutenant la damoiselle dont les jambes tremblaient sans trêve, jusqu'au garde-corps de la poupe où ils s'accoudèrent.

– Vous outrez la chose, balbutia-t-elle à deux doigts des pleurs. Il est vrai pourtant que le cœur me faillit certains jours depuis la perdition du royaume. Que me vaut, je vous prie, de grandir en âge, si toute vaillance m'abandonne quand je vieillis ? Vous me contiez mensonge pur, autrefois, en affirmant que la guerre m'endurcirait. Loin de m'endurcir, elle m'a rompu l'âme, sachez-le, en cent morceaux, elle m'a tuée à peu de chose près. Et vous aussi, Messire Connétable, vous m'avez tuée en même temps que la guerre avec votre haine !

– Premièrement, Dame Isabelle, jamais je n'ai prétendu que la guerre vous endurcirait. Je vous ai engagée à vous affermir en prévision de la guerre, ce qui est fort différent et se prouva, je pense, être un sage conseil. Votre âme, de surcroît, se réparera d'elle-même un jour prochain, comme vous verrez de vos yeux noirs.

– Et qu'en savez-vous, Messire ?

– La fortune, répondit le chevalier, aime à varier. Elle se nourrit de changements et de voltes comme nous faisons de viandes, vous et moi. Enfin quant à la haine, vous oubliez, paraît-il, qu'elle se tient dans votre camp, nullement dans le mien. Sur ma foi, je n'ai désir de haïr âme qui vive, pas même les Sarrazins et pas même vous, mon cœur.

À ces paroles Dame Isabelle négligea de répondre. Bien qu'elle fût pleine de courroux, elle se sentait si déconfortée à cette heure et si lasse qu'elle se laissait bercer par la voix du chevalier mauvais, se laissait aller malgré elle à humer son odeur et à chercher en le touchant une once de sa chaleur. Penchés au-dessus des flots sombres, tous deux contemplaient à la lueur des trois lanternes suspendues aux mâts les vagues alanguies qui portaient le navire sans la moindre violence. La damoiselle ne savait pourquoi ses jambes toujours tremblaient.

– Dame Isabelle, murmura le chevalier, par le Dieu du ciel ! ayez, je vous prie, la bonté de m'entendre. Les temps ont été rudes pour les Francs après la bataille de Galilée. Ils ont été rudes pour moi, et dans les bas-fonds du chastel de Naplouse bien plus que dans ma geôle de Damas, je vous assure. Car à Damas je recevais des Sarrazins abondance d'air, d'eau, de lumière, et aucun fer ne me liait. Or durant l'automne où j'étais à Naplouse un prisonnier dolent, je vous vis paraître devant moi et il advint cette chose que je vous donnai un baiser. Croyez-m'en, Damoiselle, si je vous dis que seule fut la cause de ma faiblesse la noirceur des traitements que j'endurais alors. Souvent les hommes s'estiment plus forts qu'ils ne sont. Et le plus fort d'entre eux peut devenir aux mains de la malefortune un faible enfançon n'ayant ni sens ni courtoisie. Vous devez saisir que la misère m'égarait. Il n'y avait en moi, certes, aucune volonté de vous infamer.

– En nom Dieu ! Messire, laissez là vos misères et vos baisers ! Les uns comme les autres ont passé. Vous voilà tiré de la geôle et quant à moi, j'ai ôté de ma cervelle votre baiser. Pour vous dire le vrai, j'en ai tant vu, à Tripoli, de ces baisers que dames et chevaliers s'entre-donnaient bouche sur bouche, n'ayant seulement l'un envers l'autre un brin d'amour ! Et par Christ ! ils faisaient bien pire, tous les voyant, que se baiser la bouche ! Si mes yeux ne mentent, Messire Connétable, un baiser n'est rien, en somme : vite octroyé, vite oublié.

Le connétable de Jérusalem répondit :

– À ce qu'il me paraît, Dame Isabelle, vous êtes enseignée de l'amour à merveille, malgré votre peu d'âge. Sur ma foi, je ne sais s'il vaut mieux avoir de vous pitié ou vous louer pour la froideur avec laquelle vous considérez la joie d'aimer. Vieux bordeliers et jeunes pucelles, ceux-là seuls ont de pareils dédains. Quoi qu'il en soit, vos paroles soulagent ma conscience entièrement. Si jamais l'envie me prenait de me frotter à vous une autre fois, je n'en serais empêché par nul remords, étant instruit désormais qu'attouchements ou mignotises, vous les estimez tous néant !

– Ne vous avisez pas, Messire Connétable, de me faire souffrir à nouveau l'un de vos sales accolements ! Gardez-les, de grâce, pour les putes femmes qui vous font des lécheries dans les festins !

– Vous négligez une chose, Damoiselle, qui hélas vient contrarier vos désirs. Il y a aujourd'hui cinq ans, si ma mémoire est claire, que vous me devez un service d'amour. Aussi puis-je, sans faillir à la droiture, traiter votre corps comme il me plaît.

– Pourquoi d'amour ? s'écria la damoiselle.

– Ainsi, soupira le chevalier, en avions-nous ensemble convenu.

– Mais l'affaire, Monseigneur, eut lieu longtemps avant la guerre, et de surcroît je n'étais en ce temps-là qu'une enfant.

– Croyez-vous, Dame Isabelle, que la guerre ait effacé tous vos devoirs d'honneur ? Et si vous n'étiez en ce temps-là qu'une enfant, par le corps Dieu ! vous étiez la plus vaillante enfant qui fût dans l'Orient latin ! Alors, ne sachant mentir votre foi, vous reconnaissiez volontiers avoir envers moi une dette. Vous aurais-je demandé mon dû que vous me l'auriez sur l'heure payé comptant, vous le savez comme je le sais.

– Or, fit la damoiselle dont la voix chancelait, en quelle manière voulez-vous maintenant que je vous serve ?

– Ayez encore un peu de patience ! dit le chevalier. Quelque jour, soyez-en sûre, vous l'apprendrez de ma bouche. Car maintenant n'est point la bonne heure pour que vous me serviez.

Soudain, il étendit la main vers la mer paisible sur laquelle tous deux côte à côte restaient penchés.

– Non, répéta-t-il entre ses dents, par Dieu vivant ! ce n'est point maintenant la bonne heure !

Suivant des yeux la main du chevalier, Dame Isabelle aperçut dans le lointain plusieurs lumières qui clignotaient au ras des flots. Elles avaient le semblant des étoiles, songea-t-elle, mais les étoiles ne pouvaient luire si bas.

– Pensez-vous, Monseigneur, qu'un navire sarrazin nous pourchasse ?

Et le chevalier répondit :

– Je le crains durement, Damoiselle.

Ces paroles finissaient d'être prononcées quand jaillirent de longs cris, que lançait au-dessus d'eux le guetteur perché dans les vergues.

– Déguerpissons d'ici ! clama le connétable de Jérusalem. Tandis que j'irai prendre mes armes, rejoignez votre tente sans délai ! Et gardez-vous, en nom Dieu ! de passer outre mon commandement !

– Allons-nous périr, selon vous ? s'enquit la damoiselle, dont les jambes ne tremblaient plus.

Contre sa joue vint s'appuyer la joue de celui qu'elle haïssait de si grande ardeur.

– Périr ? souffla-t-il dans son oreille. Non, ma petite âme, n'en croyez rien. Ce sont les gens pleins d'amour qui meurent tôt. Les gens tels que vous et moi, entre lesquels se dresse une bonne haine mortelle, vivent jusqu'à cent ans au moins !

Puis il s'écarta d'elle avec tant de hâte qu'elle trébucha et faillit de peu choir sur les planches rincées par la mer. Lorsqu'il eut disparu, elle s'en alla regagner sa tente, mais au lieu d'y courir tout droit, elle fit un détour afin de visiter l'eunuque endormi dont la fièvre, lui sembla-t-il, avait baissé.

Dame Isabelle devant le pavillon royal trouva le roi de Jérusalem déjà en armes, n'ayant plus à revêtir que le heaume.

– Des Sarrazins, dirait-on, nous cherchent noise, lui déclara-t-il tout effaré. Dieu seul sait s'ils auront la hardiesse et la force de nous donner l'assaut !

– Et premièrement s'ils nous rattraperont, Monseigneur. Ils sont loin encore et le vent cette nuit est presque mort.

– Je vous prierai, ma belle amie, dit le roi, de vous abriter jusqu'au point du jour sous notre tente auprès de la reine. Votre sœur gémit sans relâcher à la pensée que je puisse tantôt batailler. Par grâce, vous-même et la princesse d'Outre-Jourdain, faites-lui compagnie ce soir et ayez soin de l'apaiser !

Là-dessus, un écuyer s'avança pour lacer le heaume du roi. En un éclair la tête de Messire Gui fut engloutie par le couvre-chef d'acier bruni, puis la damoiselle, écartant la tenture de cuir, franchit le seuil du pavillon royal.

Les dames passèrent éveillées les deux tiers de la nuit. La couche de la reine apparaissait ravagée, sans nul doute à cause d'une amoureuse tempête, si bien que Dame Isabelle n'osa y allonger son corps et se logea par terre comme elle put au milieu de coussins mis en tas. La seigneuresse, qui connaissait la vie, montra moins de répugnance et tint au lit compagnie à la reine. Après s'être un long moment lamentée, maugréant que son seigneur bien-aimé allait mourir, qu'elle aussi allait mourir, que tous à bord allaient mourir, celle-ci reprit courage, ou plutôt son bon sens, car Dame Sibylle n'avait guère en elle de couardise. Elle était seulement une femme qui aimait d'amour un homme avec flamme et folie. Les dames tout en devisant ne cessaient d'écouter les bruits au-dehors que faisaient les chevaliers et les sergents appareillés pour combattre. À chaque instant la reine envoyait quérir nouvelles, mais ses gens rapportaient sans variance que les feux du navire ennemi brûlaient toujours, loin en arrière de la galée franque.

Au plus noir de la nuit, vers l'heure de laudes, le tintouin sur le pont s'accrut et les dames sous leur pavillon de cuir pensèrent qu'approchait le temps du combat.

– Ce moine grec, déclara Dame Isabelle, qui m'a nourrie depuis ma naissance, bien souvent m'a conté comment les Sarrazins lâchent par mille et par cent des serpents venimeux dans les vaisseaux chrétiens qu'ils assaillent.

– Des serpents ? fit la reine. Dieu fasse qu'ils aient oublié cette fois de prendre avec eux cette belle engeance !

– Nous autres gens du désert, dit à son tour la seigneuresse d'Outre-Jourdain, nous sommes accoutumés à côtoyer de près les serpents. La seule région de Montréal en héberge quarante variétés environ, des longs et des brefs, des innocents et des morteux. Qu'ils viennent donc envahir notre nef, je ne les crains, quant à moi, en nulle manière et sais fort bien m'en garantir !

Mais les dames ne virent se dresser en face d'elles ni serpents venimeux ni même Sarrazins. Le tumulte engendré au-dehors par les hommes était un bruit de fête. Les lumières qui depuis la fin du jour poursuivaient le vaisseau chrétien avaient semblé peu à peu reculer puis soudain s'anéantir dans les flots. On ne discernait plus trace de l'ennemi sarrazin. Avançait-il sur l'onde à trop petite allure, ou se croyait-il trop faible pour affronter les Francs ? Et savait-il seulement que naviguait devant eux une troupe de Francs ? Les guetteurs et les sergents occupèrent le reste de la nuit en veilles. Les chevaliers comme le roi sommeillèrent d'un œil sous le ciel étoilé. Quant aux trois dames, elles dormirent de laudes jusqu'à prime sans faire aucun songe. À leur lever, l'aurore ayant paru, le navire fantôme ne se montrait en nul endroit sur toute l'étendue visible de la mer. Un vent revigoré entraînait vite vers le sud la galée chrétienne, qui, n'ayant rencontré durant sa course ni encombres ni âmes sarrazines, toucha deux jours plus tard le havre de Tyr.

Et ce fut là, quand le roi de Jérusalem et ses gens se présentèrent à l'entrée du port, que commencèrent les ennuis. Messire Gui, voyant une lourde chaîne lui barrer la voie, n'apercevant sur le quai nul peuple en liesse, n'oyant enfin la moindre cloche retentir pour saluer la venue d'un navire aux enseignes royales, sourcilla. Il commanda qu'on sonnât de la trompe sans épargner son souffle. On en sonna, encore et encore, jusqu'à perdre haleine et perdre courage, mais dans la cité de Tyr pas un remuement ne répondit à ces appels. On attendit ainsi le temps d'une demi-chandelle. Or Messire Gui, maintenant enivré de courroux, mugissait plus haut que la trompe, lorsqu'un batelet à rames quitta le quai pour voguer droit vers la galée du roi. Au-dedans, vit-on bientôt, ils n'étaient que deux hommes n'ayant en rien l'apparence de gentilshommes. Ils annoncèrent en arrivant qu'ils faisaient au port office de gardiens.

– Le seigneur de notre cité, dirent-ils, vous mande son message par notre bouche. Hâtez-vous, beaux seigneurs, en nom Dieu ! de remettre les voiles et de retourner d'où vous venez ! Car nous ne pouvons en nulle guise héberger entre nos murs les gens qui peuplent ce vaisseau.

L'ire du roi Gui à ces mots mortifiants devint rage et fureur. La cité phénicienne, hurla-t-il, avait pour seul seigneur le roi de Jérusalem, lequel n'était autre que lui-même. Il entendait gouverner dorénavant Tyr et les Tyriens selon son droit. En conséquence, il ordonnait qu'on allât aussitôt relever la chaîne du port et que toute la ville fît bel accueil à son maître souverain. Les gardiens du port, après avoir soupiré, hoché dix fois le chef et présenté au roi Gui un morne visage, répliquèrent :

– Naguère, avant la perdition du royaume, par Dieu oui ! Messire, vous étiez notre commandeur. Mais tant sont allées les choses que c'est aujourd'hui le marquis de Montferrat qui nous seignore et dont nous faisons avec joie toute la volonté. Car il a sauvé nos avoirs, nos vies et notre liberté quand les Sarrazins s'apprêtaient à nous les ravir et à prendre en leur pouvoir la cité. Or sachez bien, Messire, que jamais le marquis ne vous ouvrira ses portes.

– Nous l'assiégerons, votre marquis, par le sang Dieu ! cria le roi, et nous le vaincrons !

– En vérité, Monseigneur ? Et comment y parviendrez-vous ? Il y a trois saisons d'ici, nous contemplions depuis les murailles pas moins de trente mille Infidèles qui se vautraient sur la grève, croyant pouvoir nous affamer ou nous occire. Pourtant nous les avons vus déguerpir deux mois plus tard, allégés des hommes que nous leur avions tués et de leur bel orgueil trépassé. Aurez-vous de surcroît si peu de vergogne et tant de méchanceté que vous irez assaillir vos frères en Jésus-Christ, vos frères de nation et pire encore, ces Francs bannis par la guerre et abrités chez nous, bourgeois mais aussi bons chevaliers d'un royaume dont vous vous clamez le roi ?

Le connétable de Jérusalem alors s'entremit. D'une parole plus sèche que cliquetis de fouet, il rendit coi son frère, qui paraissait à deux doigts de la folie furieuse.

– Gens de Tyr, dit-il aux commis du port, le roi de Jérusalem est venu ici en ami et en père de votre peuple, non en tyran désireux d'abattre sous vos yeux le vaillant cheftain auquel vous devez le salut. Nous-mêmes nous lui rendrons en votre nom cinq cents mercis. Allez, par Jésus-Christ ! l'aviser que nous sommes accourus dès notre délivrance pour l'aider à défendre la cité contre nos ennemis. Au diable ces querelles entre Francs dont nous avons déjà recueilli les fruits immondes l'année dernière en Galilée ! Il nous convient aujourd'hui, si nous voulons survivre, de rassembler nos maigres forces. Dites encore, par grâce, au marquis de Montferrat, que nous avons parmi nous la propre fille de la reine Marie, laquelle reine, vous le savez assurément, demeure entre vos murs.

– Et de quoi vous mêlez-vous, par Dieu ! ? fit aigrement Dame Isabelle, qui écoutait de près les pourparlers.

– Soit, répondit l'un des Tyriens. Nous allons rapporter, Messire, vos paroles à notre seigneur Conrad. Or comment, s'il vous plaît, vous appelle-t-on ?

– J'ai pour nom, répondit le frère du roi, Aimeri de Lusignan, et suis le connétable de Jérusalem. Dans votre cité sont aussi ma femme, Dame Échive d'Ibelin, et mes enfants.

Tandis que s'éloignait le batelet des Tyriens, les Francs sur la galée royale restaient assommés par les propos glacés qu'ils avaient reçus en manière d'accueil. Le fol courroux du roi Gui s'était mué en stupeur et il bégayait maintenant au lieu de glapir. Se tournant vers Dame Sibylle, vers son frère, vers toute l'assemblée, il demandait sans fin ce qu'il ferait si le marquis s'entêtait à lui dénier le passage. Après un moment, le connétable d'une voix lassée lui rétorqua :

– Et par Dieu ! que feras-tu, je te prie, si d'aventure Messire Conrad change son opinion et relève sous notre nez la chaîne du port ? Avant longtemps, sois-en certain, la guerre se mettra entre lui et toi, pour le malheur des Francs.

– Tyr est à moi, dit Messire Gui, selon le droit divin et la justice. Toi-même le premier m'avais naguère encouragé à entreprendre le voyage de Tyr. Tu affirmais...

– Je croyais en ce temps-là, interrompit le connétable, que le marquis de Montferrat gardait pour toi la cité. À Damas, où nous restâmes en geôle tant de mois, nous étions parfaitement ignorants de ce qu'il advenait en Palestine. Je comprends mieux les choses, depuis une heure, ayant vu comment s'adressaient au roi de Jérusalem les gardiens du port.

– Je les soumettrai à mon vouloir ! fit Messire Gui entre ses dents. Ils me feront l'hommage, tête baissée : car Tyr est à moi !

Le connétable répondit :

– Hélas ! plus rien aujourd'hui n'est à quiconque, mon pauvre frère, du moins suivant nos vieilles coutumes. Les cités sont à ceux qui osent les prendre et savent les garantir. Dieu fasse que le marquis nous laisse fermées ses portes ! Nous regagnerons alors Tripoli où prudemment et sans hâte nous rallierons sous ta bannière des forces nouvelles, chevaliers tripolitains ou de la princée d'Antioche, ou encore gens arrivés la veille d'Occident. Puis avec notre ost rétabli nous irons affronter Saladin, car c'est lui, notre mortel ennemi, et nullement Messire Conrad de Montferrat.

Tout, sur la galée royale, se tenait muet, quand revinrent les deux messagers. Pas même pour l'empire de Rome et ses richesses, déclarèrent-ils sombrement, le marquis ne lèverait la chaîne du port afin que pénétrât dans la cité le roi de Jérusalem. Toutefois Messire Conrad consentait à héberger derrière ses murs la fille de la reine Marie. Dame Isabelle, si tel était son vœu, pouvait monter sur la barge des gardiens avec ses servants, ses suivantes et ses malles. Comme la damoiselle dubitait, voulant revoir sa mère et ne voulant sembler trahir Dame Sibylle ni le roi Gui, elle vit le connétable s'approcher d'elle et se courber jusqu'à lui toucher la nuque de sa bouche.

– Si vous restez là où je suis, murmura-t-il, je veillerai à faire de vos jours un enfer, je vous en avertis.

– Maudit soyez-vous ! répondit-elle.

Or ayant redressé la face, le chevalier allait rire quand il découvrit qu'elle avait le regard encombré de pleurs.

– De par ma foi, dit-il plus doucement, vous avez fini bel et bien d'être une enfant !

Puis il ajouta :

– Vous commettriez une faute en refusant l'offre libérale du marquis. Tous diraient sans faille, je vous assure, que vous demeurez parmi nous seulement pour l'amour de moi.

Dame Isabelle sans répliquer tourna le dos au chevalier moqueur. Elle s'en fut rejoindre la seigneuresse d'Outre-Jourdain, qui déjà commandait que soit pliée leur tente. Suivies par l'eunuque Manès encore dolent, par leurs gens et par leur fourniment, les deux dames saluèrent la compagnie et, abandonnant la galée royale, sautèrent l'une devant l'autre dans la barge des Tyriens.

VI

Tyr, au temps des rois qui avaient tenu la terre avant la déconfiture et avant Gui de Lusignan, Tyr, estimait-on, était plus riche que Rome. Et la chose devait être vraie, puisque chacun allait le disant. Mais après la bataille perdue sous les cornes de Hattîn, quand furent passées aux mains des Sarrazins toutes les places du royaume chrétien, fors une poignée de châteaux lointains et la cité phénicienne, les avoirs de Tyr, comme aussi son peuple, s'enflèrent à démesure. Des mois durant, suivant le cours de la conquête sarrazine, les bannis chargés de leurs biens y allèrent demander refuge. Malaisément s'entassaient les hommes sur la terre close de la cité changée en île, cependant que leurs trésors venaient grossir l'or convoyé naguère depuis Constantinople par le marquis de Montferrat. L'an 1188, à Tyr, on dépensait avec chicheté sinon pour acheter aux marchands d'Occident harnais et armes neufs. Les deniers, on les gardait amoncelés dans des coffres scellés où ils attendraient le moment tant désiré de la reconquête. Car, le monde entier le savait, jamais pauvreté ne faisait vaincre en guerre.

Les Tyriens, toujours sous la menace de l'Islam, prisonniers en conséquence de leurs murailles, menaient alors vie moins joyeuse que les Tripolitains. Au contraire du comté qui avait grands champs, grands fiefs, cités ouvertes et longs chemins, Tyr donnait à respirer un air étouffant. La mer partout environnante empêchait les citoyens de se mouvoir et d'errer suivant leur convenance. Le marquis lui-même ne pouvait chevaucher en dedans des murs, tant la ville regorgeait d'âmes. Dix ou douze chevaliers, parfois, gagnaient avec leurs montures le rivage palestinien et galopaient sur la grève pour le plaisir, mais le péril sarrazin les retenait de courir bien loin. Nulle assemblée ne les aiguillonnant de la voix, ils tournoyaient un moment l'un vis-à-vis de l'autre, puis s'en revenaient délassés dans la cité. Aux dames, en revanche, il était rarement accordé licence de franchir l'enceinte.

La reine Marie et son baron, Monseigneur Balian d'Ibelin, pressèrent longtemps entre leurs bras Dame Isabelle, qui voyait pour la première fois couler deux larmes sur les joues de sa mère. La joie, disait Marie Comnène, l'ensottissait tellement qu'elle en pleurait.

– À cause de vous, mon enfant chère, disait Messire Balian, j'ai failli de peu être fait mort par la propre main de votre mère. Sans vous mentir, quand elle s'avisa que je n'avais pu vous attendre à Jérusalem, l'automne dernier, elle voulut m'arracher l'âme du ventre ! Je savais bien, moi, que le Sultan vous garderait hors de danger, comme il me l'avait promis. N'avez-vous donc souffert aucune injure sur les chemins de Tripoli ?

– Pas la moindre, Messire Balian, croyez-en ma parole. Nos convoyeurs sarrazins nous ont guidées avec honneur et ont défendu au mieux nos corps comme nos biens. J'ai seulement vu en tous lieux trop d'infortunes qui m'ont crevé le cœur.

– Vous oublierez près de nous, dit la reine Marie, les malheurs du siècle. Pour vous qui êtes jeune, la joie reviendra tôt et vous rendrez grâce à Dieu d'être encore en vie.

Dame Isabelle fut par les quatre enfants de sa mère fêtée à merveille. Jean d'Ibelin, qu'elle aimait au-dessus des autres, chanta pour elle des vers de bienvenue. À dix ans pleins, il scintillait de vertu autant que d'esprit et avait en tout le semblant d'un prince. La damoiselle dut dépenser des heures et des jours à répondre à ses enquêtes. Gravement, il s'informait des chemins qu'avait parcourus sa demi-sœur, de la guerre et du royaume branlant, de Tripoli qu'il avait trouvée belle, de Messire Onfroi de Toron que le sultan des Sarrazins retenait par force dans Damas, enfin et surtout du Sultan lui-même.

– Je voudrais tant le rencontrer par aventure, soupirait-il, et entendre sa parole ! Dis-moi donc, Isabelle, sans rien me cacher, comment il se contient.

Et Dame Isabelle riait, parce qu'elle aussi, au même âge, n'avait rien tant désiré comme de connaître le Sultan. Ainsi pour plaire à Jean contait-elle Saladin de pied en cap, depuis les sandales en cuir de Maroc jusqu'au turban sur lequel ruisselaient perles de nacre et perles d'or. Elle contait sous toutes ses faces le conquérant des Francs, peignait son cœur, son âme et sa parole. Puis elle déclarait, hors d'haleine :

– À toi, maintenant, mon bel ami, de répondre à mes demandes. Enseigne-moi un peu, je te prie, quel est ce haut seigneur qui gouverne aujourd'hui la cité de Tyr. Si j'en juge par la manière dont il a débouté le roi de Jérusalem à notre arrivée, il ne paraît nullement aimable ni courtois.

– Il est, s'écria Jean tout enflammé, pareil à un démon ! Notre mère ainsi que moi le tenons pour le meilleur chevalier du monde. Sur ma foi, Isabelle, Messire Conrad a en lui tant de force qu'il pourrait surmonter en combat singulier même le sultan des Sarrazins.

– Dieu veuille que tu parles vrai ! lança la damoiselle. J'ai ouï dire souvent que les hommes gros hébergeaient en leur cœur moins de cruauté que les autres.

– Le marquis ? fit l'enfant soulevant une épaule. Un homme gros, lui ? En nulle guise. Au contraire, tu le verras demain de tes yeux, il est long et maigre comme un pieu !

À Tyr, Dame Isabelle retrouva encore l'astucieux, le gai et sémillant Ernoul de Gibelet, qui servait d'écuyer à Messire Balian. Elle jeta sans vergogne les bras au col du damoiseau dont elle sema les joues de baisers.

– Encore, encore ! quémandait-il riant follement, car il n'avait pas attendu d'elle, qui était aujourd'hui une jeune dame, tant d'amour prouvé.

– Pardonnez-moi, balbutia-t-elle, soudain confuse, je devrais me contenir avec moins de sottise maintenant que j'ai seize ans pleins et vous, Messire Ernoul, à peine moins de vingt, je crois. Mais vous êtes, songez-y, le plus ancien de mes amis, et j'ai si grand plaisir à vous voir, Dieu le sait !

– Dame Isabelle, par grâce, ne changez rien à votre contenance ! Je la trouve parfaite, je vous assure, de tout en tout. Je vendrais mon âme, sans vous dire mensonge, à qui en voudrait, pour que les autres dames et pucelles de la cité m'arrosent de baisers comme vous le faites !

– Voudriez-vous qu'on vous plaigne, Messire Ernoul ? Tel que vous voilà, vous avez, nul n'en douterait, toutes les dames à vos genoux.

– Ah ! soupira le damoiseau, vous n'entendez goutte aux souffrances que j'endure ! Hélas, par leurs mères les pucelles sont trop bien gardées et quant aux dames, il n'y en a guère qui ne soient affublées de noir, à cause de leurs barons morts durant la Bataille. Qu'irais-je muser en compagnie de ces corbeaux ? Sur ma foi, elles ne sont avantageuses qu'au lit, quand elles se tiennent toutes nues.

– À mon escient, dit la damoiselle avec rancune, les hommes envient des femmes une chose et une seule, qui est de les enfouir dans un lit afin de pouvoir les manier à leur gré. En conséquence, vous n'avez, Messire Ernoul, aucun motif de geindre.

– Laissons là les veuves, Dame Isabelle : ce sont, je vous l'affirme, des choses toujours dolentes et tristes à périr. Vous ne savez point, paraît-il, que nous passons des jours bien mornes dans ce lieu du monde. Nous vivons en captivité, ma belle amie, ayant pour nous ébattre un morceau de terre si menu que nos corps le recouvrent entièrement. Bientôt nous nous marcherons les uns sur les autres. Et comble d'ennui, le marquis dédaigne les plaisirs qu'offre le siècle. Aussi votre venue est-elle une bénédiction. Par tous les saints ! Vous allez redonner de gaies couleurs à notre royaume, ou du moins au peu qu'il en reste.

– Parlez-moi du marquis, Messire Ernoul, je vous en prie ! À en juger d'après son renom, il me semble être un homme étrange ou même pire.

– Le marquis, Dame Isabelle, attend miracle de sa fortune. Il s'aperçoit en songe sur la cime de la puissance et des honneurs. Il se voit le meilleur chevalier qui fût jamais, le plus haut seigneur, le plus riche baron, un prince, un roi, un empereur, et se verrait, je crois, s'il se pouvait, Dieu lui-même.

– A-t-il en vérité tant d'orgueil ? s'écria la damoiselle.

– Certes oui, l'orgueil lui mange l'âme à belles dents. Mais sauf ce détail, sur ma foi, Messire Conrad n'est un homme étrange en nul endroit.

Après la reine Marie, Monseigneur Balian, les quatre enfants et l'écuyer joyeux, reparut devant la damoiselle Dame Échive d'Ibelin. Celle-ci, par méchéance, pensa Dame Isabelle dépitée, ne se lassait ni d'être belle ni d'être sage et douce et débonnaire. Une fois échangées les courtoisies d'usage, Dame Isabelle, qui voulait esquiver une matière brûlante, s'enquit à grande allure du marquis de Montferrat. Pour quel homme Dame Échive tenait-elle Messire Conrad ? Quelles vertus avait-il reçues de Dieu, selon elle, et quelles faiblesses renfermait-il en son cœur, ou quels vices ? Les prunelles pâles de la dame parfaite s'arrondirent quand elle entendit ces demandes. Sa pensée, Dame Isabelle s'en avisa en soupirant, gisait à mille lieues et davantage du marquis. C'est tout juste, murmura la dame, si elle avait croisé trois fois le seigneur de Tyr. Comment donner un jugement droit sur un gentilhomme qui en toute occasion se montrait froid, égaré dans quelque songe et hâtif ?

– Hâtif ? répéta la damoiselle.

– Oui, assurément. Jamais le marquis n'arrête son pas devant quiconque. Pas plus il ne devise en paix qu'il ne siège longtemps au manger. Tout le jour il court de l'un à l'autre. Pourtant Messire Conrad, nul n'en peut douter, est un vaillantissime chevalier, auquel maintes gens doivent le salut.

En ce moment s'interrompit Dame Échive, dont luisirent les yeux pâles d'une étincelle soudaine. Et sa compagne, estimant la chose de mauvais augure, comprit qu'elle allait devoir parler sans autre délai de ce chevalier qu'elle maudissait entre toutes les créatures humaines.

– Par votre bonté, Isabelle, reprit doucement Dame Échive, me direz-vous enfin les nouvelles de mon cher seigneur ? Il y aura demain treize mois que je l'ai vu avec angoisse partir en guerre, et depuis ce jour infortuné, je suis restée loin de lui le cœur lourd et peineux. Or vous avez pu quant à vous le regarder à loisir et lui parler durant votre navigation. L'avez-vous découvert changé par la prison ? Vous a-t-il paru sain et fringant comme avant la Bataille ? Ne vous a-t-il chargé d'aucun message pour moi ?

La damoiselle assez légèrement répondit :

– Votre baron, si je ne me fourvoie, jouit d'une belle vigueur, et sa taille n'a varié d'un seul pouce. La rumeur, ce m'est avis, aura outré les tourments qu'il eut à souffrir entre les mains des Sarrazins. Sa prison de Damas, a-t-il confessé lui-même devant moi, était plus douillette que la chambre ordinaire d'un chevalier du Temple.

– Mais quoi d'autre ? fit Dame Échive la voix haletante. Que déclare-t-il ? Que pense-t-il ? Se montre-t-il gai ou morose, plein de foi ou découragé ? En nom Dieu ! Isabelle, dites-le-moi !

– Vous pouvez, Dame Échive, réconforter votre cœur, je vous assure. Messire le connétable m'a affirmé qu'il vivrait cent ans au moins, tellement Dieu lui a mis de fermeté dans les membres et dans l'âme. Croyez-m'en, il se rit de tout aujourd'hui comme à l'accoutumée. Son seul mal, puisque vous me demandez mon opinion, est d'avoir les cheveux trop longs.

– Trop longs ? redit en balbutiant Dame Échive.

– Trop longs d'un doigt et demi, certes. Néanmoins cette nouveauté, dont il se trouve enlaidi, ne le soucie guère. Et j'oubliais – pardonnez-moi, je vous prie – de vous transmettre ses paroles : Messire le connétable vous mande son salut.

– Un salut seulement ? murmura Dame Échive tandis qu'elle blêmissait et qu'une eau amère lui montait aux yeux.

La damoiselle répliqua :

– Veuillent, dit votre baron, Jésus-Christ et la Vierge Sainte vous avoir en leur bonne garde ! Et pour finir, déclare-t-il, vous êtes chère à son cœur et il vous baise la bouche.

En l'hôtel de ses parents, lors d'un souper offert au seigneur de Tyr par la reine Marie, Dame Isabelle fit connaissance du marquis de Montferrat. Lorsqu'il eut annoncé, à l'heure de la présentation : « Vous rencontrer m'honore, Damoiselle : que Dieu vous bénisse ! », Dame Isabelle faillit de peu se retourner, quoiqu'il n'y eut certainement rien derrière elle sinon le mur de la salle. Mais en lui parlant, Messire Conrad n'avait pas daigné poser les yeux sur les siens et avait laissé voyager ailleurs son regard, loin au-delà d'elle. Au contraire, elle ne mit aucune hâte à le contempler de haut en bas et de bas en haut. Ainsi vit-elle un grand corps pourvu en os mieux qu'en chair, de longs pieds, de grêles mains sombres qui ne cessaient de remuer, des cheveux noirs et plats, drus et luisants, portés si courts qu'ils venaient à peine lui tatouiller les oreilles. La face du marquis était brune de teint, garnie de manière notable par un nez sans petitesse qui déployait une belle courbe au-dessus de la lèvre fine, par un menton ayant hardiesse et entêtement, par des yeux étroits et ténébreux dont le tranchant comme l'éclat enseignaient que Messire Conrad ne devait en nulle occasion être estimé busard.

Le marquis, semblait-il, ne portait à sa vêture le moindre soin. Dame Isabelle, apercevant la robe dont il était attifé, se fourra le poing dans la bouche pour s'empêcher de rire. Bien que précieuse, l'étoffe de la tunique pendelochait devant, derrière, à dextre et à sénestre, et formait des enflures singulières autour de la ceinture qui elle-même allait son chemin comme si une main ivre l'eût nouée. Un carré de chemise blanche apparaissait par le col béant, que ni fermail ni boutons ne paraient. Pour couleur dominante, le seigneur du Piémont avait élu un vert pré de riche ton sur lequel s'égaillaient par-ci par-là des rubans rouges. Malgré tant de signes désavantageux, vous n'auriez pu rire longtemps aux dépens de Messire Conrad, et bientôt Dame Isabelle ôta comme sans y songer la main de sa bouche. Car le marquis ayant en lui-même une foi nonpareille, il redressait le chef, creusait les reins, parlait d'une voix brûlante, si bien qu'on oubliait vite sa risible vestaille, ou plutôt celle-ci de moment en moment acquérait de la grâce, et on restait frappé d'enchantement par la force dont resplendissait le gentilhomme piémontais.

Des semaines durant, les premiers mots adressés par le marquis à la damoiselle demeurèrent aussi les derniers. Le seigneur de Tyr, comme l'avait déclaré Dame Échive, courait sans trêve et ourdissait ou conduisait mille affaires de front. En tous lieux on le voyait et lui jamais ne voyait nulle âme, ses jours comptant trop peu d'heures pour qu'il s'abandonnât un moment à deviser avec un autre vivant. Il veillait en personne sur les droits de chaque citoyen, rendait la justice, octroyait charges et offices, visitait les hôpitaux, les monastères, les ateliers, les échoppes, les greniers et les bazars. Il machinait et apprêtait les arrivées des victuailles dans la cité, barguignait avec les paysans syriens des casals voisins le prix de leurs denrées et avec les marchands d'Outremer le prix de leurs armes, plus rarement de leurs étoffes. Encore s'instruisait-il du jargon sarrazinois, qui lui rentrait fort aisément dans la cervelle, et durant la nuit lisait-il avec persévérance les assises du royaume de Jérusalem, royaume dont on lui enseignait durant le jour les us et les coutumes. Enfin il s'occupait ardemment des communes, fondouks et divers établissements de négoce que renfermait Tyr depuis un demi-siècle et plus.

Car chaque peuple dans la cité avait son canton, ses devoirs et ses privilèges. Les Provençaux, gens issus de Marseille, de Saint-Gilles, de Montpellier, de Barcelone, demeuraient au voisinage du Palais Vert, dont le marquis leur avait concédé la jouissance pleine et entière dès sa venue en Palestine. Toujours opposés par des querelles violentes, Pisans et Génois se logeaient de part et d'autre du port. Et quant aux Vénitiens, ils occupaient le quartier de la cathédrale Saint-Marc, édifice bellissime qu'ils avaient cinquante ans plus tôt bâti de leurs gens et de leurs deniers, et qui, pour cette cause, portait le nom du saint patron de Venise.

Jean d'Ibelin, tout jeune et plaisant compagnon, voulut montrer lui-même les beautés de Tyr à Isabelle. Saint-Marc, disait-il, entre les cinq cents précieux monuments dont la ville pouvait s'enorgueillir, était assurément le plus digne d'admiration. Vingt fois, la damoiselle, Jean et Manès parcoururent les trois nefs lumineuses, le chœur et les trois chapelles absidiales édifiées en demi-cercle, dont se rehaussait la cathédrale vénitienne. Les cent et cent palais qui émaillaient les rues, palais ouvragés par les meilleures mains d'Orient et d'Occident, chacun orné de métaux purs et de gemmes, de bois façonnés et de marbres fins, de vitraux n'ayant en nul endroit de la terre leur égal, Dame Isabelle dut les contempler et s'y promener de la cime jusqu'aux basfonds sans en esquiver un seul.

– De par Dieu ! dit-elle à son frère un jour qu'elle sentait cligner malgré elle ses yeux aveuglés par trop de splendeurs, ne te lasses-tu donc jamais de parcourir tant de salles, de chambres et de cours, ni de prier tous ces seigneurs qui en sont les habitants de nous les montrer ?

– Jamais, sur mon chef ! répondit Jean. Quand j'aurai l'âge d'homme, tu verras, Isabelle, je bâtirai pour ma dame et pour moi le plus beau chastel du monde, le plus riche palais de ce siècle et de tous les siècles. Depuis les pays d'Outremer viendront l'admirer chevaliers et princes, reines et rois, qui s'en retourneront chez eux conter à leurs enfants les merveilles de mon manoir.

– Et peut-on savoir, Messire le maçon, en quelle place vous irez élever votre beau chastel ?

– Je n'ai pas encore trouvé le lieu parfait, dit Jean à voix songeuse. Mais d'une chose je suis bien sûr : l'une de ses faces regardera la mer et l'autre la montagne. Et devant la mer tu apercevras un jardin plein de fleurs, tandis qu'au pied de la montagne s'étendra un verger plein de fruits. Puis dans les cours je ferai couler des ruisseaux et des fontaines, j'y planterai des arbres sur lesquels s'hébergeront cent mille oiseaux aux chants variés, j'y mettrai des divans mous sous des berceaux de lys et de roses. Toi-même, Isabelle, tu en resteras ébahie.

– Ce sera un endroit enchanté, dit la damoiselle, un palais de fées où je n'oserai, je pense, moi, pauvre créature humaine, aventurer mes pas.

– Toi, Isabelle, quoique tu sois durement ensottée parfois, tu es une fée, tu peux en croire ma parole qui ne ment jamais. Pour cette cause, tu seras toujours dans mon palais la bienvenue. Ici même je jure, Dieu me voyant, que tu y entreras la première entre toutes les dames, le jour de son achèvement.

Le frère guidant la sœur et l'eunuque byzantin les suivant, ils allèrent encore visiter les grandes verreries de Tyr.

– Sans dire mensonge, déclara Jean, mille ans avant la venue de Monseigneur Jésus, les gens d'alors, qui avaient nom Phéniciens, m'a-t-on dit, connaissaient déjà la science du cristal. Et les ouvriers verriers d'aujourd'hui ne font guère autrement que ne faisaient les Phéniciens. Les secrets dont usait ce peuple ancien se sont transmis des pères aux fils jusqu'à nous sans jamais s'égarer. N'est-ce pas là une chose qui peut sembler miracle ?

Dame Isabelle, quand elle eut vu un moment à l'ouvrage les verriers, estima que l'art du cristal était en vérité miracle de A jusqu'à Z. Les pâtes aux couleurs sombres et mates qui devant elle prenaient pour commencer des formes folles se transmuaient doucement sous le souffle des hommes en bimbelots, coupes et figurines aux teintes si lumineuses qu'elles éblouissaient le regard. D'une matière morte naissaient des choses vivantes que les rais du soleil réjouissaient en les touchant. La damoiselle s'émerveillait aussi de la foule d'ateliers où les divers métiers du verre s'exerçaient, puis des milliers et milliers de vases, fioles, coupes, hanaps, aiguières, vitraux, qui s'entassaient sur les étals et dont chaque jour croissait le nombre. Y avait-il, se demandait-elle, dans la cité aux portes closes, tant de gens désireux d'acquérir tout ce verre fin et ce pur cristal ? Pourtant lorsqu'elle s'enquit de la chose auprès de son frère, il souleva une épaule en signe d'ignorance. Dame Isabelle s'en fut alors faire semblable demande à la reine Marie, sa mère, qui répondit :

– Dès mars et jusqu'en automne, les marchands venus d'Italie achètent comme autrefois le verre fameux de Tyr et de Sidon. Mais d'octobre à mars, quand s'interrompent les passages entre l'Occident et la Palestine, les temps sont durs pour les verriers. Depuis la Bataille ont disparu nos bons échanges entre Francs, les Francs ayant eux-mêmes péri en masse et leurs cités et fiefs s'étant rendus à l'ennemi. Et avant la guerre, de surcroît, nous vendions aux Musulmans les deux tiers de nos marchandises, tandis qu'ils nous vendaient les leurs. En vérité, c'est grand deuil de voir autour de nous tant de ruines !

– Ne peut-on redouter, insista la damoiselle, que les maîtres verriers quelque jour ne ferment boutique ?

– En nulle guise, dit la reine Marie. Car le marquis, Dieu l'ait en sa sainte garde ! paie le salaire des ouvriers sur ses propres deniers. Il ne veut à aucun prix, a-t-il déclaré, que l'art du verre se perde en Palestine par défaillance du négoce. Et pas davantage il ne souhaite voir les Vénitiens dérober à leur profit le haut renom de Tyr. Déjà ils seraient parvenus par astuce, murmure-t-on, à percer un ou deux secrets de cet œuvre délicat et auraient fondé un atelier de verre soufflé dans Venise.

Et les jours puis les semaines vinrent et s'enfuirent, l'été s'effaça derrière l'automne, l'automne enfin derrière l'hiver. Avant longtemps s'annoncerait le renouveau et Tyr verrait alors le retour des premières galées marchandes ayant en mars quitté les rivages d'Italie et de Sicile. Dame Isabelle dans la cité phénicienne vivait en bonne quiétude. Les cruautés et méchéances de la guerre qu'au long de l'an maudit la damoiselle avait touchées de si près semblaient évanouies à jamais de sa vision. Elle ne rencontrait plus sur son chemin la moindre aventure, ne connaissait ni dur malheur ni grand bonheur. Autour d'elle grandissaient en âge les quatre enfants de sa mère, Jean le mieux aimé, Helvis, Philippe et Marguerite, cependant que vieillissait un peu l'eunuque Manès, qui se souvenait encore avoir en naissant reçu le nom béni de Théophane et porté dans sa prime jeunesse, non loin de Constantinople, un habit brun de moine. L'image de Messire Onfroi, toujours captif des Sarrazins, était devenue si lointaine qu'elle paraissait représenter un mort glacial, un mort éternellement muet plutôt qu'un chevalier vivant.

Les Tyriens, reclus sur leur île trop étroite pour eux, attendirent le printemps de l'an 1189 comme si la belle saison devait charrier vers eux une vigueur nouvelle, un espoir, qui sait même une délivrance. Tout le premier, le marquis de Montferrat les exhortait à reprendre courage, assurant que les galées marchandes, cette fois, s'en viendraient chargées d'heureux messages par les princes d'Occident. Le dimanche de Ramis Palmaus, après la messe chantée, Messire Conrad sur le parvis de Saint-Marc alla courber son long corps devant la reine Marie et Dame Isabelle, qui passaient avec leurs palmes le seuil du saint lieu. Les ayant saluées toutes deux comme chevalier courtois, il regarda la damoiselle droit dans les yeux, chose jamais advenue jusque-là et lui dit :

– Apprêtez-vous, ma belle amie, à chanter, à boire et à danser. Car les nouvelles d'Outremer, que je sois damné si je mens ! seront bonnes, et nous les fêterons comme il sied en compagnie des jolies dames au clair visage telles que vous.

Dame Isabelle, dont le « clair visage » était à ces paroles devenu cramoisi, ne sut que balbutier de la plus sotte manière :

– Oui, certes, Monseigneur.

Messire Conrad n'en eut souci toutefois, qui déjà courait ailleurs à toutes jambes.

– Or çà, fit la reine Marie avec dans la voix un grain de moquerie, Dieu sait que peu de dames, dans la cité, en ont reçu autant du marquis !

Parce que chacun allait redisant après le seigneur de Tyr : « les nouvelles seront bonnes », il y eut certaines âmes lugubres qui commencèrent à murmurer le contraire. Mieux valait, soufflaient ces âmes de mauvais augure, n'espérer guère des prélats et princes d'Occident, lesquels depuis la malaventure des cornes de Hattîn, il y avait aujourd'hui deux ans à peu de chose près, n'avaient seulement remué un doigt pour porter secours à la Terre de Dieu en détresse. Et quand se montra le mois d'avril flambant, nul ne savait plus que croire ni que penser. Dame Isabelle, comme les autres citoyens de Tyr, ne vivait jamais une heure sans jeter un œil sur la mer dont le dos ne laissait voir pour le moment que des vagues aux crêtes blanches que chevauchait parfois une mouette famineuse. Messire Ernoul de Gibelet, présumé avoir des prunelles d'oiseau de proie, discernait vingt navires par jour dans le lointain le plus lointain.

– Mon ami, lui disait la damoiselle, vos navires là-bas sont des fantômes qui peuplent vos songes. À votre accoutumée vous prenez grand plaisir à nous conter fardailles.

– Il est bien mal à vous de me vilipender, rétorquait le damoiseau. J'aide les gens à endurer leur attente et à ne point désespérer des marchands italiens. En outre, vous le savez comme je le sais, il adviendra bientôt que j'aurai dit la vérité pure.

Et le 6 avril 1189, l'heure de none ayant sonné, Messire Ernoul de Gibelet pour une fois parla vrai. Il cria que la mer, d'ici un bref moment, se couvrirait non pas d'une mais de trente nefs aux voiles claires qui réclameraient l'entrée au port.

– Qu'on fasse mander sans délai, ajouta-t-il à voix joyeuse, architectes, maçons et ingénieurs ! Qu'ils saisissent leurs outils et nous bâtissent entre none et vêpres des manoirs par dizaines, de même qu'un second port ! Car où allons-nous abriter, par Dieu vivant ! tous ces navires et tous ces peuples d'Outremer ?

Les guetteurs tyriens, peu après qu'eut jargonné ainsi le jeune écuyer, virent paraître à l'horizon une foison de voiles blanches. En un éclair fut cornée la nouvelle merveilleuse et chacun aussitôt laissa là sa besogne pour courir aux créneaux des murailles orientales, cependant que les cloches retentissaient partout à travers la cité avec une allégresse qui avait le semblant de la rage. Le marquis de Montferrat, volant en ce jour au lieu de courir, gagna l'une des tours gardiennes des quais et fit relever la chaîne grosse qui verrouillait le port.

– Lequel de mes cousins, l'entendit-on clamer, nous envoie aujourd'hui un secours aussi libéral ? Diable, diable, mes amis, je suis durement envieux de l'apprendre !

Mais les bons cousins du marquis, à savoir l'empereur d'Allemagne Frédéric et le roi Philippe de France, n'avaient ni l'un ni l'autre en l'occasion mis la main à leur bourse afin d'armer les grandes nefs qui glissaient gracieusement à cette heure vers le havre de Tyr. La flotte pisane dont Messire Conrad et ses gens fouillaient du regard les voiles, c'était le pontife de Rome Clément le troisième qui la dépêchait aux frais de Sainte Église vers la Palestine rompue. En vérité Messire Ernoul de Gibelet n'avait pu se retenir de proférer pour le moins une fausseté, car non pas trente mais tout bien compté cinquante-deux galées pisanes se présentèrent en rangs serrés aux portes de la cité phénicienne. La grande nef de l'amiral fit en avant de la flotte son entrée dans le port et neuf ou dix vaisseaux la suivirent avec majesté. Après quoi, le port se trouvant engorgé de tout en tout, les autres vaisseaux allèrent jeter l'ancre autour de l'île ou encore le long du rivage palestinien.

Jamais chevalier, jamais prince, roi ni empereur, jamais prélat ni amiral ne reçut d'un peuple étranger si bel accueil que celui dont les Tyriens honorèrent alors Monseigneur Ubaldo, archevêque de Pise et légat du pape Clément. Quoiqu'il fût italien et coutumier des foules tant enragées par la fureur que par la liesse, Monseigneur Ubaldo, quand il eut mis un pied sur le quai où les citoyens empilés, aurait-on dit, les uns par-dessus les autres, se bousculaient rudement, hurlaient de joie et se ruaient telle une troupe de guerriers sauvages au-devant de son faible corps, Monseigneur Ubaldo, assurément, ressentit un léger trouble avec une once d'ébahissement. Il pèlerinait en Palestine pour la première fois, aussi ne savait-il comment se contenir sur une terre dont il n'apercevait guère encore la sainteté. Se pouvait-il que régnât en ces lieux brûlants la douceur de Jésus ? Les créatures qui jetaient partout alentour des vociférations et partaient à l'assaut d'un chétif homme de Dieu lui semblaient au premier coup d'œil plutôt gens de Satanie que bonnes âmes chrétiennes. Les cloches elles-mêmes, songeait le pauvre archevêque, rendaient ici un son farouche !

Le marquis, descendu rencontrer sur le quai l'amiral pisan, fit garantir celui-ci de la tourbe en folie par sa compagnie de gardes syriens. Monseigneur Ubaldo put ainsi cheminer sans périr étouffé ni broyé jusqu'au chastel de Tyr où Messire Conrad l'hébergea auprès de lui en grande magnificence. Néanmoins, avant même de pouvoir laver ses membres crasseux et las, puis d'échanger sa puante vestaille de chevalier contre une robe de prélat, il dut satisfaire le seigneur piémontais toujours bouillant et hâtif en lui accordant un parlement privé. Si enivré de joie fut le marquis lorsqu'il eut ouï les paroles prononcées à voix mourante par Monseigneur Ubaldo qu'il ne put se retenir de mander aussitôt pour les lui redire Messire Balian d'Ibelin, dont il prisait haut l'amitié.

– Asseyez-vous là, Messire Balian, lui déclara-t-il, dans ce fauteuil où siégeait, apprenez-le, il y a une heure à peine, l'archevêque de Pise. Or il m'a conté, sur ma foi, les meilleures choses du monde.

– Quelles choses, Messire Conrad, vous a donc contées l'archevêque ?

– Premièrement, mon bel ami, les nations d'Outremer, à ce qu'il paraît, en ouvrant un matin leurs yeux, se sont d'un coup souvenues que vivait naguère au monde un royaume de Jérusalem. Partout là-bas, depuis Palerme jusqu'à Londres, on ne parle plus que de nous et de nos infortunes. Puis le pontife de Rome se démène comme un diable en notre faveur. Il prêche à perdre haleine le peuple chrétien, octroyant le pardon de ses péchés à tout homme qui jure de prendre la Croix. Et ce Clément n'est pas plus chiche en deniers qu'en paroles : vous avez pu voir comme chacun de nous les cinquante-deux puissantes galées qu'il nous envoie. Mais la purissime, la grandissime nouvelle, mon ami, la voici : Frédéric, mon beau cousin d'Allemagne, entendez-vous, se mettra en chemin vers la Palestine le mois prochain, menant par voie de terre une armée comptant cent mille guerriers, pas un de moins !

– Par Christ ressuscité ! s'écria Messire Balian, pareille venue changera entièrement la face de nos affaires ! Dieu du ciel ! cent mille hommes ! La chose est-elle sûre, Messire Conrad ?

– Oui, sans doute aucun, dit le marquis, ou alors l'archevêque de Pise n'est qu'un félon menteur, ce dont je serais bien ébahi, quant à moi, et vous aussi le seriez, Messire Balian. Or maintenant allons-nous-en d'ici, car cent devoirs m'appellent en d'autres lieux ! Vous voudrez bien, je pense, vous charger ainsi que la reine Marie de répandre ces joyeuses nouvelles à travers la cité.

Comme le marquis de Montferrat le lui avait annoncé, Dame Isabelle dansa durant ces jours d'avril. Elle dansa, elle chanta, but assez de vin de Chypre ou d'Italie et se crut ramenée au temps de Tripoli, quand au sein de la guerre et de la déconfiture tout n'était que fête. Le peuple de Tyr pouvait enfin franchir les murailles, chevaucher ou cheminer à pied dans les environs que gardaient désormais les chevaliers et les sergents du pape. Ce n'était plus seulement une cité enclose dans une île étroite que tenaient les Francs, mais un fief pourvu de champs, de fermes, de boqueteaux, de villages et de bourgs. Et pas un combattant sarrazin ne montrant alors le nez, les chevaucheurs s'aventurèrent de plus en plus loin sur les voies et les sentiers, si bien que nul ne s'émerveilla quand parut un jour devant la cité phénicienne le comte de Sidon. Lassé d'avoir longtemps séjourné sur sa terre, où la compagnie des chevaliers lui défaillait durement, le comte Renaud avait parcouru sans encombre les sept lieues qui reliaient le chastel de Beaufort au chastel de Tyr.

La reine Marie, son baron, ses cinq enfants, tous accueillirent au manoir d'Ibelin leur ami cher, l'ami des jours heureux de Naplouse et de Jérusalem, aussi chaudement que les citoyens avaient accueilli l'archevêque de Pise deux semaines plus tôt. Messire Renaud pensa rendre l'âme sous leurs accolades et leurs embrassements, qui n'auraient, lui semblait-il, trêve ni achèvement. Il dut vingt fois demander grâce avant qu'on ne lui accordât délivrance. Et tandis qu'il reprenait vie lentement, grands et petits ne cessaient autour de lui de prononcer paroles de folage.

– Il y a ici, disait Jean, plusieurs choses que vous pourrez fabler pour notre plaisir. Ainsi la vitesse des jambes du marquis, et sa vestaille surtout. Avez-vous, Messire Renaud, apporté votre luth ?

– Hélas non, mon jeune ami. En Galilée, durant la Bataille, chacun le sait, j'en jouai si bellement que les Infidèles charmés par mes sons me laissèrent la vie sauve. Cependant je le perdis par mégarde sur le chemin en prenant l'escampe avec votre père.

– Je m'en souviens fort bien ! s'écria Messire Balian. Vous n'aviez, Renaud, sur le mont Hattîn, rien de mieux à faire que jouer du luth ! Mais rassurez votre cœur : nous vous en achèterons un autre au bazar de Tyr et vous chanterez devant nous comme jadis.

– Quand vous m'aurez prise pour votre femme, dit à voix pointue Dame Helvis, qui avait depuis peu dix ans d'âge, vous abandonnerez, Messire Renaud, vos histoires de guerre et me ferez des chansons d'amour.

Damoiselle, soupira le comte Renaud, j'ai grand peur que la reine votre mère ne rechigne beaucoup à donner en mariage une pucelle aussi parfaite que vous à un jongleur vieux et léger comme je suis.

– Sur ma foi, répondit Marie Comnène, qui entrait elle aussi dans la folie du jour, Helvis pourrait trouver pire baron que vous.

– Il convient, poursuivit Dame Isabelle, d'élire dès maintenant le temps des noces. Pourquoi retarder plus avant les fiançailles ? Sans mentir, Messire Renaud, je brûle de vous appeler mon frère.

– Non, de grâce, non ! jeta la reine Marie soudain épouvantée par la tournure que prenait le jeu absurde. Non, assurément, Renaud, je ne saurais, étant venue au monde la même année que vous, je crois, me changer en votre mère !

Dame Helvis pourtant contredit ces paroles, disant avec soupirs et plaintes qu'elle ne voulait épouser nul seigneur sinon le comte de Sidon, que son cœur avait toujours aimé d'amour. Tout effarée, la reine Marie entraîna son hôte vers la table ronde qu'à force de sueur et de peine lui avaient façonnée les charpentiers de Tyr, guère instruits jusque-là des bonnes manières byzantines.

– Par Dieu ! s'exclama le comte Renaud, qu'il est plaisant de se retrouver parmi vous !

À ses vieux amis qui riaient, il demanda s'ils savaient quel était le pire dommage causé aux Francs par Saladin, puis sans attendre aucune réponse, il ajouta :

– Le Sultan, afin de nous tourmenter cruellement, a consenti que Dame Marie convoyât depuis Jérusalem ses malheureuses fourchettes forgées à Constantinople !

Et Dame Isabelle, regardant le comte Renaud saisir une fourchette et malgré ses médisances la manier avec art, songea que la malefortune avait peut-être enfin détourné d'elle sa face.

Au terme de ce mois d'avril si abondant en arrivées et retrouvailles, d'autres Francs encore vinrent frapper aux portes épaisses de la cité phénicienne. Plus têtu qu'un âne, le roi Gui voulut à nouveau pénétrer dans la place, qu'il estimait son fief. S'étant plusieurs mois durant démené entre la princée d'Antioche et le comté de Tripoli afin de rassembler sergents et chevaliers sous sa bannière, ayant rallié de surcroît les Siciliens du roi Guillaume, lesquels ne savaient au juste à quel cheftain ils devaient obéir en ces pays d'Orient, Messire Gui avait cette fois cheminé par terre au-devant d'une véritable petite armée. Le marquis de Montferrat, cependant, ne s'émut guère des forces déployées sur le rivage par le seigneur poitevin. Or le roi Gui s'avança lui-même vers la porte maîtresse et hurla tel un forcené pour commander qu'on lui ouvrît les battants sans disputer et sans demeure. À quoi répondit en personne le marquis, depuis les créneaux de la tour dominant le grand portail :

– Ohé, par Dieu et les saints ! quel homme êtes-vous donc, là en bas, qui si hautement réclamez qu'on vous ouvre le passage ?

– L'ignorez-vous ? cria le roi Gui. Je suis le droit sire du royaume de Jérusalem et je viens avec la reine Sibylle, ma dame, séjourner dans Tyr, qui est à moi.

– La cité n'est vôtre en nulle guise, répliqua le marquis. Tout au contraire, Dieu dans sa mansuétude me l'ayant donnée, j'en suis aujourd'hui seul maître et seigneur. En outre les rois d'Outremer, dont je suis en Palestine le commis, ne souffriraient pour un empire de me voir vous l'abandonner. Tyr a été confiée à ma garde par Dieu et par les rois et je veillerai si bien sur elle que jamais, roi Gui, entendez-moi, vous ne mettrez dedans les pieds !

Du premier jusqu'au dernier, les Tyriens louangèrent le marquis de Montferrat qui avait osé jeter telles paroles à Messire Gui de Lusignan, un busard dont chacun pensait qu'avant tout autre, il était cause de la déconfiture. Certes, aucun citoyen de Tyr n'aurait voulu le regarder comme son seigneur. En l'occasion, Dame Isabelle demeura coite. La reine Marie et Messire Balian pouvaient bien approuver avec une ardeur outrée toutes les faisances du marquis, rien ne l'obligeait elle-même à se contenir comme ses parents se contenaient. Messire Conrad ne la mettait-il pas à honte quand il injuriait en face la reine Sibylle, dont elle était la sœur ? Dame Isabelle ne sentait envers ce seigneur ni une once de malveillance, ni un fétu d'amour. Et tandis que s'éloignaient du rivage les souverains de Jérusalem et leurs troupes fraîches, peu s'en fallut qu'elle n'entreprît de réconforter Dame Échive d'Ibelin, laquelle un bref moment s'était vue en songe réunie au connétable du royaume, son baron, et maintenant pleurait.

Ayant paru le mois de mai, qui marque en Palestine le déclin du printemps, la plaine grasse dont s'environne la cité phénicienne, de verdoyante et fleurie qu'elle était, devint jaune et sèche par le méfait qu'apporta sur la contrée une chaleur d'enfer. Les habitants enduraient cette fournaise d'autant plus malaisément que leur nombre ne finissait de croître. Sans doute les guerriers de Pise et de Rome dormaient-ils communément sur leurs galées, voire sur la grève où ils allaient planter leurs tentes. Néanmoins on ne pouvait, comme au roi Gui, leur défendre l'entrée de la ville, dont ils venaient hanter les tavernes, les églises, les fondouks et les bazars. La chaleur et l'entassement des corps engendraient assez d'irritation dans les âmes, si bien que de mauvaises querelles éclataient partout, leur tintouin résonnant depuis l'aube crevée jusqu'à la nuit noire. Aussi le comte de Sidon, que trois semaines passées parmi ses pairs avaient remis en bénestance, parla-t-il bientôt de regagner son chastel de Beaufort, bâti sur un haut tertre, et où il faisait durant la saison d'été meilleur vivre qu'à Tyr.

– En nom Dieu ! Messeigneurs, lesquels d'entre vous auront de moi pitié ? allait-il gémissant auprès de ses amis et des rares chevaliers palestiniens que renfermait la ville. Peut-on croire sans rire que j'aie l'âme d'un ermite ? Sur ma foi, je jure de traiter comme princes ou empereurs ceux qui voudront bien me suivre jusqu'à Beaufort !

La reine Marie, quoiqu'elle eût aimé quitter avec sa maisonnée la fournaise et jouir quelque temps des agréments dont elle savait pourvu le chastel de Beaufort, déclina en soupirant l'offre de Renaud. Ni elle ni Messire Balian ne lâcheraient le marquis de Montferrat tant que la position de ce dernier resterait menacée, moins peut-être par les Sarrazins que par Messire Gui de Lusignan, qui avait déjà rassemblé, malgré sa sottise, plusieurs bataillons derrière sa piteuse couronne.

– Messire Gui a des bataillons, soit, répondit le comte Renaud, mais il a perdu toutes les cités et les terres de son domaine royal. Un roi errant tel un fantôme, voilà ce qu'est aujourd'hui Messire Gui. Tandis que le marquis gouverne Tyr, place forte gorgée d'or, peuplée à démesure et ouverte sur la mer, garantie en outre par ses puissantes murailles autant que par les flots.

– Je crains, dit la reine Marie, que les chevaleries d'Outremer, quand elles arriveront, ne discernent bien où gît en Palestine la vertu et ne fassent comme fit hier l'armée de Sicile. Car le nom seul de roi de Jérusalem frappe d'émerveillement les étrangers. Par Dieu ! Renaud, vous comprendrez que je doive en cette saison des passages demeurer dans Tyr, où accostent les vaisseaux. Ayant été moi-même non seulement reine sacrée de la contrée, mais encore femme au plus sage et vaillant des rois de Jérusalem, je puis par mon influence renforcer le pouvoir comme le renom du marquis de Montferrat.

Hormis deux vieux chevaliers, si vieux qu'ils n'avaient point guerroyé sous les cornes de Hattîn, le comte de Sidon ne rallia nulle âme pour lui servir à Beaufort de bons compagnons. Dame Isabelle serait volontiers partie avec lui, mais de son désir elle n'osa rien déclarer, tant l'idée paraissait loin de toute raison. Dieu cependant voulut que la damoiselle s'en allât à Beaufort dans la suivance du comte Renaud. Et l'affaire se noua un certain jour brûlant où la seigneuresse d'Outre-Jourdain lui envoya un message au manoir d'Ibelin. Dame Étiennette, qui se disait les membres affligés par une soudaine faiblesse, priait sa bru de venir la visiter en son hôtel. Y ayant accouru sur l'heure, Dame Isabelle découvrit la seigneuresse gisant au lit.

– Par le Sauveur ! quel mal vous a saisie, Dame, vous que je n'ai jamais vue ainsi dolente ?

– Je ne souffre d'autre mal, ma chère enfant, que de cette chaleur damnée dont nous endurons les assauts depuis quinze jours ou davantage.

– Cependant, contredit la damoiselle, si je m'en souviens, la chaleur de votre désert était bien pire que celle-ci. A-t-on, je vous prie, mandé auprès de vous un bon mire ?

– Je n'ai besoin ni de mire, ni d'herbes à guérir, ni de remèdes. Qu'on me donne un peu de fraîcheur, et ma faiblesse, je vous le promets, m'aura bientôt quittée.

« Par malheur, faillit laisser échapper Dame Isabelle, c'est à peine si l'été aujourd'hui commence. » Et comme elle se mordait la lèvre et ne répliquait mot, la seigneuresse poursuivit :

– J'ai ouï dire que le comte de Sidon emmènerait à Beaufort quiconque serait désireux d'y séjourner en sa compagnie. Sur ma foi, il me plairait beaucoup de respirer ces jours-ci l'air de Beaufort. Hélas, je ne connais guère le comte Renaud, et requérir pour moi seule son hospitalité me paraît malaisé. Vous, en revanche, Isabelle, qui depuis toujours côtoyez Messire Renaud et le tenez pour votre ami proche, ne pourriez-vous agréer en votre nom et au mien son offre libérale ? Nous irions ensemble attendre sous des cieux plus légers la fin des grosses chaleurs. Qu'en pensez-vous ?

– J'aurai grand plaisir, Dame, Dieu le sait, à vivre une saison dans Beaufort entre vous et le comte Renaud. Si toutefois ma mère consent à me laisser partir. Car un jour ou l'autre, la chose est sûre, le Sultan viendra mettre le siège devant Beaufort.

– En ce cas, répondit Dame Étiennette de Milly, étant dans la place, je plaiderai auprès de Saladin la cause de votre ami le comte de Sidon. Et je le ferai non sans profit, n'en doutez pas, ma belle enfant, car jamais le sultan Yûsuf n'a renié ni ne reniera la vieille amitié qu'il me porte.

À laisser Dame Isabelle s'éloigner de Tyr, la reine Marie consentit. Premièrement, ce fut Messire Renaud Garnier lui-même qui vint lui présenter la demande et le fit avec l'astuce dont Dieu l'avait fort bien doué. Puis, dut reconnaître la dame byzantine, les jours de sa fille ne seraient ni plus ni moins en péril à Beaufort qu'à Tyr. Pour dire le vrai, ils ne seraient menacés d'aucune manière, que Saladin allât ou non assiéger la puissante forteresse au cours des mois d'été. Enfin, et cet argument-là était le meilleur de tous ceux qu'elle pesait dans sa cervelle et dans son cœur, la reine Marie savait pouvoir se fier au comte de Sidon comme à ses yeux.

VII

Ayant cheminé depuis l'aube, la compagnie du comte de Sidon arriva en vue de Beaufort à la vesprée, sous un soleil bas dont les rais teintaient de rose et de vermeil tout ce qu'ils touchaient. Une géante forteresse à peine moins orgueilleuse que la Pierre du Désert, un édifice dont la masse puissante et belle se dressait sur la cime d'une roche qui de très haut surmontait la vallée verte où s'avançaient les chevaucheurs, voilà ce que découvrirent alors Dame Étiennette de Milly et sa bru. Beaufort, autrement nommé par les gens du lieu « la Roche-Renaud », semblait n'avoir nulle chose à redouter de quiconque, sauf de Dieu. Comme le firmament domine la terre et ses habitants, le chastel dominait sans partage la plaine du Marj'Ayûn, la grande courbe du fleuve Lîtânî et la voie plénière menant de Tyr à Damas.

Le comte de Sidon se dépensa de son mieux afin que le séjour des dames dans sa forteresse fût aussi plaisant qu'elles avaient pu le souhaiter. À la Roche-Renaud régnaient de pair la douceur avec la bienséance et avec une gaieté sans folie. En grand honneur y étaient tenus les livres, la sapience, les arts libéraux. Salles et chambres du donjon exhibaient à foison des œuvres précieuses créées tant par l'Orient que par l'Occident. Là plus souvent qu'ailleurs, il se rencontrait parmi les Francs des poètes arabes au voile bleu sombre, aux manches larges démesurément et au mantel traînant par terre. Sur les perrons, dans les vergers, le long des passages ou même à la table du souper, on entendait jargonner en français, mais aussi en langue d'oc et en sarrazinois. Les deux princesses franques avant longtemps se furent déclarées vaincues par le charme que leur jetait ce lieu retranché du monde, écarté à jamais, semblait-il, de la guerre et des sanglantes batailles.

Messire Renaud devant ses familiers faisait des contes. Il rimait pour eux bellement les aventures de sa jouvence, de ses compagnons d'armes, de maint chevalier dont il avait ouï parler, de damoiselles et de seigneurs qu'il avait aperçus lui-même se déchirant le cœur ou s'entr'aimant d'amour parfait. Dame Isabelle s'abandonnait béate à la paix que Beaufort nourrissait et choyait dans son giron. Dame Étiennette de Milly souriait en écoutant le son du luth ou la voix de Renaud, elle chantait même à ton bas derrière lui quoiqu'elle demeurât lasse. Les nuits apportaient, il est vrai, la fraîcheur tant désirée, mais durant le jour on vivait dans la fournaise comme à Tyr. Depuis trente ans au moins, affirmait le peuple du chastel, on n'avait enduré à Beaufort chaleur pareille. Le comte Renaud, qui parcourait chaque jour son fief, seul ou bien en compagnie de ses hôtes, voyait pour la première fois les prairies environnant villages et casals se changer en terres brûlées. Dans la verte vallée coulait de plus en plus faiblement le Lîtânî, et les paysans maugréaient contre l'eau défaillante, les ruisseaux ne charriant que boue, les puits asséchés, les citernes vides. En sus des petites bêtes volantes pourvues de dards cruels, chacun devait aux champs se défier des bêtes rampantes.

Ce mai bouillant n'avait pas encore trépassé que l'on découvrit par un matin sans nuages ni bonté la plaine du Marj'Ayûn disparue entièrement sous les pavillons sarrazins. Le Sultan venait en force et en nombre assiéger Beaufort, un lieu voisin du ciel, donc des anges, une demeure bénie où il semblait malaisé, quand on s'y abritait, de se figurer la guerre à ses portes. Et Dame Isabelle, après avoir clamé à Tyr que le siège de Beaufort était la chose du monde la plus certaine, maintenant ne pouvait croire ce qu'elle voyait clairement.

– Jamais, à mon escient, dit-elle au comte Renaud, un seul pierron de Saladin ne touchera la muraille. Votre roche est trop roide et s'élève trop haut pour que les tirs d'un mangonneau en atteignent la cime où est assis votre chastel. Or je me demande ce qu'espère le Sultan avec ses engins mortels qui frapperont néant.

– Les engins de siège, répondit le comte Renaud, resteront muets. Nous n'entendrons tonner à nos oreilles, si je ne me fourvoie, nulle pierrière, nul trébuchet ni mangonneau. Les Sarrazins se déploieront en bon ordre autour de la forteresse, puis ils attendront dans l'oisiveté que la faim nous abatte. Par le corps Dieu ! cette affaire durera un siècle ou deux ! Nous allons sombrer ici, je le prévois, dans un ennui qui nous fera périr avant la faim. Non, sur mon chef ! je m'en irai plutôt avec un luth chanter à Saladin une ou deux de mes trouvailles ! Quand les chansons lui auront un peu adouci l'âme, nous établirons entre nous une belle accordance et le plaisir alors continuera de gouverner Beaufort.

– Messire Renaud, fit la damoiselle, sans mentir, c'est merveille que vous preniez le siège de votre château si légèrement.

– Sans mentir, Dame Isabelle, fit en rebondie le comte de Sidon, j'ai prononcé devant vous de gravissimes propos et non quelques paroles de rigolage. Finissez donc de rire, je vous en prie. À ce jour, tout étrange que la chose vous paraisse, je n'ai point l'honneur de connaître le sultan Yûsuf. Aussi dévaler aujourd'hui même vers son hébergement, galoper jusqu'au seuil de sa tente, requérir de sa courtoisie un parlement privé, enfin voir se nouer entre lui et moi des liens d'amitié fine, me plairait à démesure.

– Le Sultan, Messire Renaud, soyez-en sûr, vous priserait très haut, car il sait discerner un chevalier preux, un savant baron et un homme plein de bénévolence. Mais pour l'heure il brûle de tenir en sa main le fief de Beaufort. Il convoite votre bien, si vous m'en croyez, cent fois plus que votre amour.

– Qu'il puisse convoiter une seule once de mon amitié,

répliqua le comte Renaud, me suffira. Du temps, par Dieu ! du temps, voilà ce qu'il nous convient premièrement de gagner auprès de Saladin ! Suivant les galées envoyées à notre rescousse par le pape, d'autres navires bien armés arriveront sur nos rives d'ici la fin des passages, comme l'archevêque de Pise nous en a instruit. En conséquence, je puis garder un espoir de sauver Beaufort. Et dès demain je m'en irai dans la plaine sur mon fier coursier à la rencontre du Sultan.

Lors intervint Dame Étiennette de Milly, disant :

– Messire Renaud, si vous ne méprisez mon conseil, vous aurez soin d'aviser le Sultan que je séjourne près de vous au chastel de Beaufort. Cette nouvelle assurément inclinera son cœur à la patience et à la mansuétude.

– Ce peut être qu'alors, Dame Étiennette, il voudra vous voir et vous parler. Que lui dirai-je, s'il vous plaît, en pareille occasion ?

– Je ne sais, murmura la seigneuresse d'Outre-Jourdain. Sur ma foi, je n'ai plus ni les membres assez forts ni l'esprit assez droit pour faire face à un tel homme.

– Un homme qui est votre ami, toutefois.

– Oui, par infortune, répondit la dame.

Le lendemain s'en fut le comte de Sidon chevauchant son noir cheval arabi houssé d'argent. Ayant négligé de s'annoncer par message, il se présenta sans tambour et sans armes devant l'huis du conquérant sarrazin.

– Qui es-tu, Seigneur ? lui demanda le portier en s'inclinant, car il apercevait le riche arroi en lequel arrivait le Franc.

Et le comte Renaud répliqua, usant d'un pur sarrazinois dont l'autre s'ébahit :

– Veuille, par courtoisie, aller dire à ton grand émir Salah ad'Din Yûsuf que Renaud, le seigneur de cette roche que tu vois là-haut, tout là-haut dans le ciel, vient en voisin le saluer. Tu ajouteras, je te prie, qu'étant un homme de paix, Renaud vient parler avec lui de nulle chose hormis de paix.

Le mameluk sans long délai eut rapporté la réponse de Saladin qui avait, assura-t-il, apprécié durement la déclaration du chevalier franc et le conviait à pénétrer sous sa tente noir et or. Tandis que le comte de Sidon, tout réjoui par ces belles paroles, franchissait d'un saut la portière de cuir doublée de soie fauve, il se heurta au sultan des Sarrazins dressé en pied sur le seuil pour l'accueillir.

– Par Allah et son prophète ! s'écria Saladin, que d'ardeur tu mets, comte Renaud, à vouloir me connaître !

– Je ne saurais le nier, Seigneur Saladin, répondit Messire Renaud. Voilà bien dix ans que je brûle de me trouver devant toi et de parler face à face avec le premier des Musulmans.

– Au lieu de flatter mon orgueil, tu ferais mieux de venir siéger dans l'un de ces profonds divans. Consentiras-tu à manger en ma compagnie ?

– Peux-tu croire, Seigneur Saladin, que je refuserais un tel honneur ? Et outre l'honneur, lequel plaît à mon cœur, je ne serai nullement fâché de goûter ces mets damasquins, lesquels plaisent fort à mon palais.

– On raconte, Seigneur Renaud, que tu aimes non seulement les épices délectables de notre nourriture, mais encore les poètes et les livres de l'Islam. Je confesse que tu prononces notre langue aussi parfaitement qu'un vieil ouléma.

– Étant né en Syrie franque, dit le comte Renaud, dont les yeux allongés, luisants et noirs s'entre-fermèrent, je prise comme il se doit l'histoire de cette contrée, ses peuples et ses coutumes. Je les prise, en vérité, parce que je les côtoie depuis que je suis au monde. Il n'y a là rien de bien singulier.

Vers son hôte se pencha le Sultan, et sa barbe teinte en bleu alla effleurer la manche du comte de Sidon.

– Or il paraît, comte Renaud, que tu viens me parler de paix, à moi qui justement suis venu apporter chez toi la guerre. Voudrais-tu, par bonté, m'éclaircir le cheminement de ta pensée ?

– Ma pensée, fit le comte de Sidon en plissant un peu plus les yeux, est pleine de clarté comme de simplesse. Ayant un jour, Seigneur Saladin, pénétré en terre chrétienne, tu as lancé les vagues magistrales de tes bataillons à l'assaut de notre glorieuse chevalerie, puis de nos cités, de nos bourgs, de nos forteresses, de nos villages et de nos champs féconds. À la puissance de tes armes, nulle chose n'a su résister, pas même la saintissime ville de Jérusalem. Sauf deux ou trois places fortes perdues au nord dans la montagne ou sinon dans les déserts du sud, sauf encore la riche cité de Tyr et mon chastel de Beaufort, tu as conquis le royaume de Jérusalem tout entier. Sur ton chef s'amoncellent aujourd'hui plus de lauriers que n'en reçut jadis à Rome aucun César. Ta renommée, après avoir parcouru les pays d'Orient jusqu'au dernier, a franchi les océans, gagné les contrées lointaines de l'Occident où ni toi ni moi, Seigneur, n'avons jamais porté nos pas. Crois-tu que je pourrais, seul comme je le suis derrière ma haute muraille, me combattre à un tel vainqueur ?

– Les Francs de Palestine, murmura Saladin, n'ont guère coutume de me livrer leurs fiefs sans combat. Dois-je te rappeler que j'estime à haut prix la vaillance ? Envers un ennemi qui m'affronte, on me verra plus libéral qu'envers un autre qui plie devant moi. Pourquoi m'abandonnerais-tu ainsi ta forteresse bien garnie en défenses non moins qu'en hommes et en vivres ?

– Ai-je dit, répliqua le comte de Sidon, que j'allais sur l'heure te livrer Beaufort ? Par Dieu vivant ! je n'ai nulle envie d'être cet ennemi dont tu me parlais, qui devant toi courbe le front ! Au contraire, je désire être pour toi un ami, si toutefois tu ne juges point offensante l'amitié d'un chevalier franc.

– Par Allah ! s'écria le Sultan, riant si fort qu'il en toussait dans sa barbe à deux pointes bleues, tu es l'homme le plus hardi et le plus effronté que je connaisse ! On m'avait loué ton esprit subtil, or tu ne prononces pour moi que paroles d'enfant. Ai-je compris les termes du marché que tu viens sans vergogne me proposer ? De mon côté, je te laisse en paix dans ton chastel, renonçant par pure bienveillance à le conquérir, et toi, en échange, tu m'offres ton amitié. Que ferais-je, dis-moi, comte Renaud, de ton amitié ? À quoi donc me serait-elle bonne ?

– Tout amour, Seigneur Saladin, réjouit Dieu, que Dieu soit par les uns nommé Allah et par les autres Jésus-Christ. Assurément, afin de gagner mon cœur, tu me laisseras vivre en paix dans Beaufort un peu de temps. Accorde-moi, dans ta largesse, une trêve de trois mois dont j'userai au mieux de ma nécessité. Le marquis de Montferrat, qui a en lui, tu le sais, obstination et dureté à outrage, retient entre ses murs mes gens et mes parents. Il conviendra que je négocie avec le marquis leur départ, que je les fasse convoyer jusqu'ici, puis que je vide le chastel de mes avoirs, de mes livres, de mes chevaliers, de mes sergents et serviteurs, de mes chevaux enfin. Et si tu refuses mon amitié, où irai-je, s'il te plaît, errer en ce monde ?

– Parmi les tiens, répondit le Sultan, à Antioche ou à Tripoli qui sont encore aujourd'hui terres chrétiennes.

– Aujourd'hui, certes, répliqua le comte de Sidon, mais demain ? Je n'ai, crois-en ma parole, nul désir de passer la mer pour aller m'établir en France auprès du roi Philippe, dont les barons ne se lavent guère, chose répugnante à mes yeux, et dont les mœurs me paraîtront cent fois plus étranges que les tiennes. Non, par grâce, veuille m'agréer, Seigneur, pour ton ami, et fais-moi don en quelque lieu de Syrie d'un petit manoir où je pourrai couler le restant de ma vie à jouer du luth et à rimer les aventures merveilleuses dont je fus le témoin ou que me contèrent certaines gens de bonne foi.

Un bref moment, l'émir des Sarrazins laissa en suspens le parlement. Ayant redressé son corps, il s'appuya du dos contre un amas de coussins rouges, verts et dorés, puis soupira d'aise et reprit :

– Tu demandes trop Ce peut être que je te donnerai un agréable manoir si tu me remets avec douceur ton chastel de Beaufort. Mais par Allah ! qu'as-tu besoin de trois mois pour ôter de la forteresse ton peuple et tes biens et pour rassembler ici ta maisonnée recluse à Tyr, cité si proche qu'on peut la joindre à cheval en un seul jour ? Mon avis, comte Renaud, est que tu te moques de Saladin et de l'Islam.

– Trois mois, fit le comte Renaud en hochant le chef, me suffiront à peine, Dieu le sait. Il y a le marquis dont je dois apaiser le cœur plein de courroux envers moi, songes-y. Encore y a-t-il mes parents qu'il sera malaisé de faire quitter la cité phénicienne sans encombre. Et il y a moi-même, ici présent, moi, Renaud Garnier, un homme pourvu d'une âme, qui ne pourra en une heure et les yeux secs abandonner le beau chastel que son père en mourant lui a légué. Ne me laisseras-tu pas, Seigneur, m'accoutumer à le perdre ? Enfin il y a les hôtes que j'accueille chez moi durant la chaude saison. Plusieurs vieux chevaliers me tiennent là-haut compagnie, sache-le, et des dames aussi. En vérité, l'une d'elles, qui eut jadis une accointance avec toi, paraît-il, te mande par ma bouche son salut.

– Et quel nom, dit le Sultan, a cette femme ?

– On la nomme Dame Étiennette de Milly. Te souviens-tu d'elle, Seigneur, par aventure ?

Le Sultan à voix murmurante répondit :

– Je la croyais dans Tripoli où mes propres officiers la menèrent, en même temps que la fille du roi Amaury, en novembre de l'an 1187, après que j'eus rendu à l'Islam Jérusalem.

– Depuis lors, dit le comte Renaud, l'une et l'autre dames ont gagné Tyr par voie de mer. Et maintenant elles séjournent à Beaufort près de moi, car la seigneuresse d'Outre-Jourdain, étant devenue dolente, ne pouvait endurer plus avant la chaleur diableuse de Tyr.

– Que me contes-tu là ? s'écria Saladin. Cette femme jamais n'a souffert d'aucun mal en toute sa vie, que je sois maudit d'Allah si je mens ! Et comment la chaleur de Tyr la mettrait-elle à malaise quand naguère elle vivait au désert de Moab, où elle supportait sans inconvénient une chaleur vingt fois pire ?

– Je te l'ai dit, Seigneur Saladin, la dame dont nous parlons souffre cette saison-ci de faiblesse ou de fièvre. Sa face a blêmi et ses membres sont las. Mais après quelques semaines, les nuits fraîches de Beaufort lui seront favorables, n'en doute pas.

Le chef kurde et le baron franc poursuivirent jusqu'au dîner de la mi-journée leur parlement privé. Messire Renaud paraissait avoir gagné sa trêve de trois mois par la seule magie d'un nom de femme prononcé à la bonne heure. Il promit de dévaler souvent de son chastel pour venir saluer le Sultan sous sa tente noir et or et disputer avec lui tantôt poésie, tantôt religion, deux matières que prisait Saladin entre toutes. Ce dernier quant à lui demanda si la seigneuresse d'Outre-Jourdain avait souhaité le rencontrer un jour ou l'autre, et le comte de Sidon répondit qu'elle redoutait de n'avoir plus aujourd'hui la force de tenir tête au sultan des Sarrazins.

– Pourquoi donc, répliqua Saladin, devrait-elle se combattre à moi, qui depuis trente ans suis son ami loyal, quoiqu'elle soit chrétienne et franque et moi kurde et musulman ?

– Par Dieu ! Sultan, avant d'être l'ami ancien, tu es son conquérant, le conquérant non seulement de son peuple, mais de sa terre, dont tu l'as bannie pour les besoins de ta conquête. Or comment l'oublierait-elle, je te prie ?

– Ou bien tu parles faussement, comte Renaud, ou bien tu ne connais rien d'elle. Car je puis t'assurer, moi qui ai sauvegardé sa vie quand elle avait dix ou neuf ans à peine, qu'en dépit de toute guerre, elle m'aime et m'aimera toujours d'amitié fidèle.

– Oui, rétorqua le comte de Sidon, elle-même a prononcé devant moi semblables paroles. Mais une fois qu'elle les eut dites, Seigneur Saladin, je l'entendis ajouter avec un soupir : « hélas ! ».

Ainsi commença le siège de Beaufort. Déployés en ordre parfait, les guerriers sarrazins cernèrent le chastel sans empêcher cependant les assiégés d'aller et de venir, de sortir de la forteresse et d'y rentrer à leur entière guise. L'ennemi était là, visible partout à la ronde, mais il ne faisait rien de rien, ne lançant le moindre assaut, ne tirant un seul coup, laissant même les paysans francs et les marchands syriens monter vendre leurs denrées au peuple de Beaufort. La famine, en conséquence, ne menaçait nullement le comte Renaud et les gens de sa compagnie. Pour se rendre à Damas ou ailleurs, le Sultan quittait parfois la plaine du Marj'Ayûn et s'en tenait éloigné de longs jours durant. Lorsqu'il revenait, le comte de Sidon, quelque présent à la main, descendait jusqu'au pavillon noir et or saluer son nouvel ami. Les émirs qui entouraient Saladin l'accueillaient avec honneur et joie car ils estimaient très haut le savoir comme la politesse du baron chrétien dont le si pur sarrazinois ne finissait jamais de les enchanter. Ainsi qu'ils le contèrent pour vous et moi dans leurs mémoires, chacun trouvait plaisir à parler musique, poésie, religion ou histoire avec le comte Renaud. Les plus savants en matière divine tentèrent de le convaincre par de beaux arguments que sa croyance était fausse de tout en tout et qu'il ferait sage en y renonçant au profit d'Allah, qui seul est grand. Mais ce fut en vain qu'ils se peinèrent.

Vers le milieu du mois de juin partit le Sultan pour les terres d'Outre-Jourdain. La Pierre du Désert, lui avaient appris nouvellement ses messagers, était à l'agonie. Assiégés depuis dix-huit mois par les bataillons d'Égypte, ses défenseurs apercevaient l'achèvement de leurs forces, de leurs ressources, de leur rancune, de leur terrible orgueil. Après avoir épuisé les victuailles contenues dans les oubliettes et greniers, ils avaient mangé tous les rats des bas-fonds, puis tous les chevaux des écuries, puis tous les chiens des cours, puis tous les cuirs des harnais. En face d'eux, qui mouraient de faim et en devenaient fous, les Sarrazins jouissaient de provende à foison. Alors les défenseurs avaient troqué avec l'ennemi chaque affiquet, chaque joyau, vestaille, meuble et bibelot précieux de Dame Étiennette de Milly, leur seigneuresse, que tant chérissait le Sultan, contre viandes et grains. Et le chastel étant vidé de ses richesses grandes et moindres, les hommes de la Pierre du Désert avaient aux Sarrazins vendu comme esclaves leurs enfants et leurs femmes. Les défenseurs de Montréal, quant à eux, ne connaissaient en rien une meilleure fortune que ceux de

Moab. L'un et l'autre kraks se rendraient sans faille au Sultan un jour qui ne tarderait guère.

Les feux de l'été syrien brûlaient toujours et Dame Étiennette de Milly ne retrouvait ni son teint vif ni sa vigueur. Elle ne se plaignait plus de lassitude, pourtant elle usait son temps dans une langueur que ne venait assombrir aucun pleur, animer aucun rire. Dame Isabelle, sa bru, avait peine à voir en cette femme semblant flotter entre mort et vie celle guerrière autant que rieuse qui naguère dansait jusqu'à l'aube sous les lampes d'argent de la Pierre du Désert. Dame Étiennette ne parlait jamais au comte Renaud du sultan Yûsuf, elle ne manifestait devant le monde nul souci de revoir l'ami singulier de sa jouvence, l'homme de qui elle tenait la vie et les pires méchéances qu'elle eût rencontrées sur sa voie.

Or il advint qu'à la seigneuresse fut remise une lettre portant le sceau de Saladin, lettre non pas dictée à quelque scribe, mais tracée de la main propre du Sultan. « Je suis allé, lui écrivait-il, au pays de Moab d'où j'arrive ce matin même. Là-bas j'ai trouvé au comble de la faiblesse et de l'angoisse tes valeureux défenseurs. Ayant reçu de leur chef, Pons Girard, un homme que j'ai connu autrefois, car lui et toi, je m'en souviens assez, vous jouiez ensemble dans la cour basse quand vous étiez enfants, ayant reçu, dis-je, les clefs de ta forteresse, j'ai fait rechercher parmi les Bédouins comme parmi les nôtres chaque enfant, chaque femme vendus à des familles musulmanes par tes sergents au désespoir. Le seigneur de Beaufort, dont la compagnie et l'amitié me sont agréables, déconforte mon cœur quand il me parle de toi. Au nom d'Allah ! je t'en conjure, femme, si les bons physiciens te font défaillance, appelles-en à moi et je dépêcherai vers la Roche-Renaud ceux de mon entourage, lesquels sont les meilleurs du monde. Garde-toi encore d'oublier, je te prie, que nous devons un jour pénétrer ensemble dans la Pierre du Désert, moi l'émir de Damas et toi la princesse d'Outre-Jourdain. Sur ma foi, tu n'as qu'une parole à dire et je monterai hâtivement te visiter au chastel de Beaufort, à moins que tu n'aies le désir et la force de descendre jusqu'aux pavillons sarrazins. Par pitié ! prends soin de toi, ma petite Étiennette ! Il convient, sois-en bien assurée, que tu guérisses ton corps sans demeure afin d'accueillir avec festins et danses ton fils délivré, afin en outre de me plaire et de plaire à Dieu. »

Dame Étiennette de Milly en lisant les mots tendres écrits par le Sultan eut un frêle sourire. « Sois remercié, Seigneur Yûsuf, lui écrivit-elle en retour, pour tes paroles dont la douceur contredit si merveilleusement tout le mal que tu m'as fait. Aucun de nous ne sachant discerner les intentions du maître des jours, ce peut être que je vais vivre dix ans, vingt ans ou trente, et ce peut être que je vais mourir demain. À mon fils Onfroi, me paraît-il, tu as octroyé délivrance après avoir pris en ton pouvoir mes forteresses du désert. Mais tu ne m'apprends sur lui rien de plus. Par grâce, fais-moi connaître ce qu'il en est d'Onfroi. Où a-t-il couru s'abriter après avoir quitté Damas ? L'a-t-on informé que je séjournais cette saison dans Beaufort et qu'Isabelle, sa femme chère, s'y hébergeait près de moi ? Or pour te répondre sur un point, jamais de tes yeux, veuille le croire, tu ne verras la créature chétive que je suis en un seul mois devenue. Je te dissimulerai ma laideur nouvelle comme il sied à une dame qui ne veut en nulle guise qu'on finisse entièrement de l'aimer. Donne-moi donc tes réponses par message, s'il te plaît, car ni je ne t'ouvrirai ma porte ni je n'irai à toi. Comme toujours, mon cœur t'absout, tandis que ma raison te vitupère tant et plus. En vérité, Seigneur Yûsuf, si j'y songe un peu longuement, tu me plaisais mieux esclave que sultan. »

« Femme, écrivit encore Saladin à la dame franque, je comblerai tes désirs quoi qu'il doive m'en coûter. Je briderai, par conséquent, mon cheval impatient de gravir les chemins roides s'élevant jusqu'à Beaufort. Autant que je puisse le savoir, ton fils, qui fut aussi le mien deux années durant, est parti pour Tripoli rejoindre le roi des Francs, comme le commandait sa loyauté. En le délivrant, je l'ai fait aviser que tu demeurais à la Roche-Renaud avec le seigneur du lieu. À revoir ce fils bien-aimé tu ne tarderas guère, si ton dieu le veut, et si le comte Renaud tient la promesse qu'il m'a faite. Allah dans sa justice parfaite jugera mes intentions et mes faisances parmi les hommes de ce siècle. Sans dire mensonge, esclave ou sultan, je suis en tous temps resté semblable à moi-même, je le crois. Et toi, femme, que j'ai vue enfant, puis jouvencelle, puis dame gouvernant un immense fief, mes yeux de vieil ami te verront toujours belle. Use à ton entier loisir de Saladin, qui réclame de te servir tant qu'il vivra et incline pour te saluer son corps devant toi. » Après ce message, qui trembla une heure et plus dans la main de la seigneuresse d'Outre-Jourdain, les échanges prirent fin entre la dame chrétienne et le prince musulman.

Comme ailleurs en Syrie, les moissons de juillet se firent dans les champs à terre grasse environnant Tyr et dans la plaine riche du Marj'Ayûn. Les paysans, pour qui la saison était bonne, engrangeaient en sifflant et en chantant les blés, les orges, les pois, les haricots d'espèces variées et les lentilles. Ils recueillaient des herbes à potage en grand nombre et jetaient de la poussière sur les vignes. Alors Dame Étiennette de Milly dépérissait et le comte de Sidon allait avec constance faire aux émirs sarrazins de belles courtoisies. Raisins, poires, pommes et grenades mûrissaient déjà, pourtant les gens du comte Renaud renfermés dans Tyr ne daignaient montrer seulement leur ombre à ceux de Beaufort. Messire Renaud, il est vrai, ne s'en souciait en nulle guise.

Les nouvelles d'Onfroi de Toron elles aussi tardaient à venir. Dame Étiennette les attendait heure après heure et jour après jour, cependant que Dame Isabelle n'attendait rien, sa mémoire ayant à peu près égaré l'image de Messire Onfroi. Elle s'angoissait pour la seigneuresse dont les forces ne cessaient de déchoir, et pareil tourment suffisait à remplir son temps et ses songes. Elle ne regrettait plus même les festins de Tripoli joyeux et pleins de magnificence. Elle reposait à Beaufort son âme qui avait enduré trop de batailles, de sièges, de bannissements, de déconfitures, trop de haine et trop de morts. La damoiselle parfois pensait que Messire Onfroi de Toron, cet aimable et jeune seigneur lointain, lui avait été donné en mariage par Dieu et les hommes dans une vie maintenant trépassée.

Alors août s'annonça dans une chaleur maudite, le comte de Sidon s'en alla vers Tyr et s'en revint sans sa maisonnée, les dattes mûrirent et les jujubes, les paysans recueillirent le sésame et vendangèrent, la santé de Dame Étiennette de Milly déclina encore, Messire Onfroi resta écarté de Beaufort et le sultan des Sarrazins manifesta devant les siens une once d'irritation. Par Allah et son prophète ! il n'avait une seule fois aperçu ces derniers jours le subtil comte de Sidon ! Or l'heure n'allait-elle pas sonner où le baron franc devrait livrer comme promis au chef kurde son beau chastel, puis déguerpir de la place avec ses gens, ses avoirs, ses chevaux et, par infortune, Dame Étiennette de Milly ? De la seigneuresse qui désormais se tenait muette, le Sultan ne recevait plus que nouvelles vagues ou douteuses portées par la rumeur. Mais il ne pouvait se résoudre, quoiqu'il en brûlât d'envie, à faire quérir le comte Renaud et à le questionner sur son départ de Beaufort et sur la dame franque. Il s'empêchait de concevoir envers lui une défiance que rien encore ne justifiait sûrement.

La défiance, pour l'heure, c'était plutôt de l'autre côté qu'elle se logeait, dans le cœur vaillant de Messire Renaud de Sidon. Messire Renaud demeurait en son chastel tapi et coi, il ne remuait guère plus qu'un mort, il croyait – ou espérait du moins – que Saladin l'oublierait un peu de temps s'il se gardait de paraître devant lui. En outre il craignait que le conquérant ne lui demandât des comptes. Cependant qu'il jouait contre Dame Isabelle au jeu d'échecs, il soupirait et gémissait, maudissant la fortune qui l'avait bel et bien pris en abomination, lui et tous les Chrétiens de Terre Sainte. Car août bientôt s'achèverait sans qu'on ait vu cingler vers le rivage palestinien les cent galées comblées jusqu'à la gueule de chevaliers beaux et preux, les cent galées dont avait rêvé follement tout l'été le comte

Renaud. Celui-ci peu à peu abandonnait l'espoir de sauvegarder Beaufort. Et il advenait cinq ou dix fois par jour qu'il traitât à haut ton le pontife de Rome, Clément le troisième, de menteur prouvé.

Les jours passant, l'irritation du Sultan croissait et devenait courroux puis rage. Le seigneur de Beaufort dès le commencement l'avait étourdi de fausses paroles, de promesses félonnes, la chose aujourd'hui ne pouvait plus être niée. Jamais le Franc ne livrerait de son plein gré aux Sarrazins la Roche-Renaud. Saladin méditait sur les moyens de sa vengeance quand se présenta sous son pavillon un Musulman lettré que le comte de Sidon hébergeait avec libéralité auprès de lui. Cet homme, un écrivain dont Beyle était le nom, et que les Francs de Beaufort appelaient communément « le Crocodile », désirait soudain par-dessus tout plaire au Sultan. Il vivait pourtant à grande aise chez le seigneur franc arabisant qu'il prenait plaisir à instruire des finesses de l'Islam et auquel une amitié déjà longue le liait. Mais le cœur du Crocodile était assiégé par l'épouvante comme Beaufort par les Sarrazins. Allah seul savait quels tourments lui feraient souffrir ses frères de religion le jour où ils forceraient en vainqueurs la porte maîtresse du chastel ! Saladin, dont il ignorait, ne l'ayant jamais approché, l'âme et les sentiments, lui pardonnerait-il d'avoir vécu en ami chez un ennemi chrétien ? L'écrivain Beyle, après s'être prosterné, offrit au Sultan ses loyaux services.

– Or en quelle manière, lui répliqua Saladin, penses-tu me servir ? J'ai dans mon entourage bien assez de secrétaires pour mes besoins.

– Je t'honorerai, Seigneur, et te serai utile autrement que tes scribes, répondit Beyle. Je te peindrai, si tu le veux, les coutumes, l'esprit et le cœur du comte de Sidon, auquel j'ai enseigné sept années durant tout ce que je sais de l'Islam et des Musulmans.

– Est-ce lui qui t'envoie, demanda le Sultan, ou est-ce toi qui trahis ton maître ? Apprends, si tu l'ignores, que la vue seule d'un traître me fait vomir.

– Tu dois alors, Seigneur, murmura Beyle, avoir en parfaite exécration la vue du comte Renaud, qui n'a en vérité le moindre souci de la foi qu'il t'a jurée.

Malgré lui, le Sultan tendait l'oreille aux déclarations de l'écrivain Beyle. Celui-ci conta comment le comte Renaud menait des parties d'échecs depuis l'aube jusqu'à la nuit noire contre une damoiselle née dans la maison royale de Jérusalem, comment il n'avait encore entassé dans ses malles que du vent, et comment sa maisonnée séjournait toujours à Tyr sous le gouvernement du marquis de Montferrat, ce dangereux démon.

– À la parfin, grommela le conquérant, tu m'apprends fort peu de choses. J'avais découvert sans ton aide la tricherie de ce Renaud. Et maintenant il s'emmure dans Beaufort, ne met plus un pied dehors, ne descend plus jamais deviser avec moi et les autres émirs de l'ost. Ce n'est pas tantôt, certes, que je vais pouvoir me revancher de lui.

– Et pourquoi non, Seigneur? Te saisir du comte de Sidon, à mon escient, ne te sera malaisé en nul endroit. Car apprends-le, il dévalera aujourd'hui même jusqu'à la plaine et tu prendras son corps comme tu voudras.

– Voilà bien une parole menteuse, par Allah! fit Saladin, soulevant une épaule. Depuis deux semaines ou trois, l'homme est devenu défiant et il se garde avec soin d'aller chevaucher hors des murailles. Si tu m'en crois, il ne remuera d'un seul pouce durant l'année entière à venir.

– Avant que deux heures n'aient passé, contredit le Crocodile à ton ferme, il aura quitté la forteresse et galopera vers les rives du fleuve Lîtânî. Sans détours et sans faille, Seigneur, il gagnera la chapelle de Godefroi l'Ermite.

– Par la barbe du Prophète! scribe, que me contes-tu là? Qu'irait faire en ce lieu désert le comte de Sidon, au péril de sa liberté sinon de sa vie? Peux-tu douter qu'il ne me sache en grand courroux, prêt à bondir sur lui à la première occasion, comme le tigre sur sa proie trop longtemps convoitée?

– Le comte Renaud, poursuivit Beyle, ne convaincra le vieux Godefroi de monter au chastel qu'en allant le quérir lui-même.

Entre tous les saints hommes chrétiens qui sont encore dans la région, Godefroi l'Ermite est celui qui prononce et conçoit les plus belles oraisons des morts. Aussi je te l'affirme, Seigneur, le maître de Beaufort en dépit du péril chevauchera jusqu'à l'ermitage afin de ramener le prieur auprès de la dame qui s'en est allée à Dieu ce matin.

– La dame ? dit le Sultan. Que vient faire une dame dans cette querelle ? Et de quoi donc me parles-tu, fol que tu es ?

– À l'aube ce matin, Seigneur, déclara Beyle, a trépassé dans Beaufort une dame de haut lignage, laquelle était naguère, je l'ai ouï dire, seigneuresse au pays de Moab. Car il advient chez les Francs, comme tu sais, que de simples femmes gouvernent des fiefs entiers.

L'écrivain Beyle ne discernait plus le regard de l'émir, dont les paupières s'étaient closes. N'ayant reçu aucune réponse aux paroles qu'il venait de proférer, il n'osa ouvrir de nouveau la bouche. En face de lui, Saladin gardait les mains jointes sur le devant fleuri de sa tunique jaune citrin, des mains qui reposaient en parfaite quiétude et n'avaient eu le moindre frémissement. Tout sous le pavillon or et noir demeura muet si longtemps que l'écrivain se sentit bientôt à malaise. D'un pied sur l'autre il balançait son corps avec lourdesse. Et quand se fut écoulée une éternité, alors que la sueur inondait la peau du Crocodile épaisse et blême, le Sultan releva les paupières et frappant son visiteur d'un coup d'œil dur comme l'acier, jeta au milieu du silence écrasant :

– Va-t'en !

À reculons se retira l'écrivain Beyle qui tremblait. Par la portière de cuir il se glissa en toute hâte et disparut. Lors le Sultan, resté seul parmi les fumées bleues d'encens, appela d'une voix brève les mameluks de sa garde privée. Sans hausser le ton, il commanda qu'on allât avec diligence au bord du fleuve Lîtânî se saisir du comte Renaud de Sidon.

Sous les voûtes basses d'une petite chapelle avoisinant l'eau de rivière fut pris par les Sarrazins le seigneur de Beaufort.

L'ennemi se rua sur lui à l'heure où il prêchait de son mieux Godefroi, dans l'espoir que le vieil ermite viendrait chanter ses divines oraisons au chevet de Dame Étiennette de Milly aujourd'hui morte. En fait d'oraisons, Godefroi injuria les mameluks du Sultan à voix gueulante et les maudit cent fois. Mais il eut beau tonner, invoquer Christ et la Vierge Absolue, lever le poing au ciel puis secouer sa longue toison chenue, il ne put nullement empêcher le baron franc d'être tiré hors du sanctuaire, emmené lié sur un cheval et enfin traîné sans égards aux pieds du Sultan.

Messire Renaud s'émerveillait si peu de son aventure qu'il retrouva en un éclair sa belle contenance et qu'il parvint à saluer le chef kurde aussi courtoisement que de coutume. Saladin à trois pas de lui montrait aux regards du monde une face nouvelle, une face dont les yeux plus froids que la neige de l'Hermon figeaient le sang de quiconque les rencontrait. Messire Renaud, dès l'heure où il découvrit cette apparence jamais vue, comprit que son rapt par les officiers musulmans n'était ni fantômerie ni jeu d'enfant. Il garda plissés comme ceux d'un Chinois ses longs yeux noirs, tout en retenant sa parole avec prudence. Devant lui se dressait le Sultan changé en image de glace et le chevalier franc dans cette image reconnaissait à peine celui qui le traitait hier encore en ami et familier de sa maison. Entre les deux hommes s'étendit un silence que le Sultan rompit enfin en lâchant à voix rude :

– Que trouves-tu à me dire, Comte Renaud, pour ta défense ?

– Rien, sur mon nom et ma foi, Seigneur Saladin. Je ne sais de quoi l'on m'accuse et tu voudrais que je plaide ma cause avec de chauds arguments ? Instruis-moi premièrement de mon forfait, puis je serai heureux de prouver ici même que tes reproches sont fausseté pure et médisance. En nom Dieu ! qu'ai-je donc fait, qui me vaut de ta part un traitement communément réservé aux truands ?

– Aux truands, Renaud, et aux hommes dont le cœur est comme le tien enflé de félonie. Toutes les promesses que j'ai entendues jaillir de ta bouche, tu les as brisées sans vergogne. Peux-tu le nier ?

– Par Dieu oui ! je le peux, dit le comte de Sidon. Quand le mois d'août aura trépassé, nous reparlerons, si tu le veux, de ma trahison ou de ma loyauté, mais pas avant.

– Dans ma bienveillance folle, Renaud, je t'avais accordé trois mois de trêve. Or le délai échut il y a quatre jours et tu es toujours le seigneur de Beaufort, il me semble.

– Tu comptes les jours, Seigneur Yûsuf, ainsi que l'avare ses pièces d'or. Toi, partout vanté pour ta largesse, te montres envers moi chiche à merveille. Une bonne moitié du mois de mai, souviens-t'en, avait passé quand nous établîmes notre convention de paix. Si je n'ai guère mesuré, quant à moi, le temps qui coule, je sais du moins qu'août n'est point encore arrivé à sa fin. Doit-on entre amis se quereller pour une poignée d'heures ? Nous avons eu à Beaufort des ennuis qui ont alenti contre mon gré mes préparatifs de départ.

– Tu n'en as fait aucun, Franc menteur ! s'écria Saladin. Par Allah ! du matin au soir tu joues aux échecs avec la fille d'Amaury de Jérusalem ! Et quand tu cesses de manier tes pions, tu t'occupes de chansons ! Oui, en vérité, tandis que j'attends dans la plaine les clefs de Beaufort, toi, comte Renaud, tu chantes ! Et veux-tu que je t'enseigne par quelle bouche venimeuse me furent livrées ces nouvelles ? C'est ton scribe, un certain Beyle, qui vint tantôt de son plein gré me parler de toi. Un homme lettré, mais plus vil qu'un porc, qu'Allah le maudisse ! Il a quitté ses frères en religion pour te servir et maintenant, te voyant menacé par l'infortune, il arrive chez nous en courant pour te trahir ! Voilà, comte Renaud, l'animal auquel tu t'es fié sept années durant !

– Tu noircis l'homme à outrance, répondit le comte de Sidon. Ce pauvre Beyle a de toi et des autres Musulmans une peur mortelle. Cependant il m'aime d'amitié vraie, quoiqu'il me trahisse. Et moi, par Dieu ! que de science profonde et plaisante j'ai acquise en le côtoyant ! Crois-tu que je connaîtrais sans son enseignement les discours des Frères Sincères, ou bien les poèmes d'al-Ma'arri, ou encore le roman d'amour de « Leyla et Majnun », ou seulement les Séances maligneuses d'Hariri qui sont tant renommées par tout l'Islam ?

Le Sultan au lieu de répliquer resta muet. S'abandonner aujourd'hui au devisement avec l'aimable chevalier franc, dont l'esprit délié le charmait, il devait s'en garder envers et contre son désir même. Il ne cessait, après chaque parole prononcée face à lui par le comte Renaud, de reculer vers le fond du pavillon, comme s'il craignait que le Franc ne parvînt à attirer dans un piège le sultan des Sarrazins, qui en ce moment se sentait le cœur navré. Saladin s'éloignait des chandeliers d'argent, des lampes émaillées et des coupes de bronze où brûlait une huile odorante, sous l'ombre il se dissimulait tel un homme vergogneux, un ladre honni et puant, un mauvais larron, une bête blessée par la flèche du chasseur. Mais c'était à son propre regard qu'il se dissimulait plutôt qu'à celui de Renaud de Sidon.

Sous les murailles de la Roche-Renaud fut conduit les poings liés le seigneur du lieu. Saladin y alla aussi, toujours sombre et glacé, attentif à maintenir entre lui et son otage un espace de dix pas. Il répandait ses commandements alentour en ouvrant à peine la bouche. Vingt-cinq mameluks en armes cernaient de près le comte Renaud, et leurs sabres dégainés lançaient des éclairs. Tous, fors le Sultan de marbre, déchevalèrent au pied des murs. Lors sonna de la trompe l'un des Turcs afin d'appeler aux créneaux le peuple de la forteresse. Et le peuple y accourut en masse, curieux de voir ce qui pouvait advenir en bas, si la paix s'annonçait par cette cornée ou bien la guerre. Un porte-voix fut approché des lèvres du prisonnier auquel un officier paraissant gouverner la troupe sarrazine adressa ces mots tranchants :

– Crie à tes gens, Seigneur Renaud, que notre Sultan est là, qui te tient en son pouvoir ! Enjoins-les par ton Crucifié de nous livrer la place ! Dis-leur, je te prie, que nous te malmènerons s'ils regimbent !

– Ils regimberont, crois-en ma parole, répondit Renaud. Quant à moi, je ne saurais leur conseiller, même pour te plaire, la couardise. Mais je vais, puisque tu le veux, les aviser que ton Sultan est là, ayant triste semblant, de par ma foi.

L'officier répliqua néant et sourcilla. Embouchant lui-même le porte-voix, il hurla vers les Francs de Beaufort son noir message. Il les somma de rendre le chastel aux Sarrazins partout vainqueurs, faute de quoi leur beau seigneur serait tourmenté sur l'heure, tous le voyant. Jaillis des créneaux, mille et cent hurlements de malédiction vinrent saluer cette annonce.

– Me laissera-t-on leur parler, à la fin ? s'enquit le comte de Sidon.

L'officier, après avoir médité une once, fit remettre le porte-voix devant la bouche du prisonnier qui sans délai cria :

– Par Jésus, notre Sauveur, écoutez-moi, gens de ma maison, vassaux et compagnons ! Certes, chacun de vous le sait, j'aurais un jour prochain livré Beaufort aux Sarrazins, si leur Sultan ne m'avait pris par traîtrise alors qu'il se clamait haut et clair mon ami. Or maintenant la face des choses a changé. Du moment que Saladin me traite comme son pire ennemi, je lui répondrai en ennemi juré. En conséquence, gardez la place, gens de Beaufort, aussi longtemps que Dieu vous donnera force et vaillance ! De grâce, ne livrez un arpent ni un pouce ni un caillou de ma terre aux Infidèles ! Et n'ayez le moindre souci de moi, qui aime mieux dix fois souffrir leurs cruautés et en périr que leur abandonner un seul pavé de ma demeure !

Saladin sur son cheval blanchet n'avait, en entendant l'exhortation de l'homme franc, baissé un cil ni tressailli. Le cheftain des mameluks alla jusqu'à lui quérir ses volontés, puis, les ayant reçues, fit chemin arrière vers le seigneur aux bras liés. Celui-ci à grande allure fut suspendu par les poignets au plus bas rameau d'un cèdre qui inclinait son feuillage par-dessus la descente verticale de la roche. Et depuis créneaux, loges et tours, les habitants de Beaufort contemplèrent épouvantés leur seigneur qui se balançait entre la terre et l'abîme, ayant les pieds dans l'air, cependant que vingt-cinq Turcs brandissant d'une main leur sabre nu, de l'autre cinglaient Messire Renaud sur tout le corps tantôt avec des verges souples, tantôt avec des lanières de cuir, tantôt avec des faisceaux de cordes. Ceux de Beaufort à travers les flammes rouges du soleil en son déclin apercevaient couler d'une seule chair flagellée des flots de sang.

Dame Isabelle, agenouillée sur les dalles, priait dans la chapelle de Beaufort, flanc à flanc avec l'eunuque Manès, qui pleurait. Devant eux reposait sur la parure en soie précieuse de son cercueil béant Dame Étiennette de Milly, que la mort avait saisie à la prime jeunesse de ce jour. Levant soudain le front, Dame Isabelle murmura :

– Jamais je n'aurais cru, mon petit Théophane, que tu l'aimais tant que ça.

– Je l'aimais, oui, certes, ma Damoiselle, pour la bonne raison qu'elle-même vous chérissait et avait soin de vous garantir en tous lieux contre les périls de ce siècle diableux. Jésus-Christ, à mon escient, l'accueillera au pied de son trône parmi les anges.

La damoiselle, avec un menu rire bientôt enfui, hocha le chef, tandis que l'eunuque poursuivait en reniflant :

– Pourquoi donc, par les saints du ciel ! un homme a-t-il sonné de la trompe, il y a un bref moment ? Les nouveaux trépassés ont besoin de quiétude, chacun le sait.

– Ils ont besoin de nos prières, surtout, rétorqua Dame Isabelle. Or toi, Manès, faux moine que tu es, tu laisses là tes oraisons pour écouter les bruits du dehors !

Manès commençait à protester qu'un tel sabbat n'était nullement en usage les jours de deuil, quand arriva au pas de course une chambrière aussi tremblante que rouge et privée de souffle.

– Monseigneur Renaud ! haleta-t-elle à haut ton, n'ayant cure de la morte. Monseigneur Renaud, que la Vierge Sainte ait pitié de nous ! les Sarrazins l'ont pris dans la plaine ! Et pour l'heure, Dame, leur satané sultan le fait battre et tourmenter si malement sous la muraille qu'il aura rendu l'âme, nul n'en doute, avant la nuit !

Dame Isabelle se dressa comme une flamme, le moine contrefaisant aussitôt sa damoiselle. Sans même recommander à Dieu Dame Étiennette, que l'on ne pouvait plus veiller, ils s'en furent en grande hâte rejoindre les gens de Beaufort, tous massés aux fenestrages tournés vers l'occident. Et depuis une tourelle basse qui offrait la meilleure vision sur le lieu du martyre, Dame Isabelle discerna le comte Renaud, bon trouvère et bon chevalier, Renaud son vieil ami autour duquel virevoltaient les fouets et les lames claires des Infidèles. Du sang vermeil, il semblait y en avoir partout sous le gros cèdre et devant lui. À l'écart se tenait Saladin sur son cheval, ni l'homme ne remuant ni la bête ne bronchant. Et la damoiselle dit :

– Reste coi, je t'en supplie, mon petit Théophane, cependant que j'irai parlementer avec le sultan Yûsuf. Par le corps Dieu ! je lui en cracherai tant à la face qu'il cessera de faire périr Messire Renaud sous la torture !

– N'y allez pour rien au monde, ma Damoiselle, et pas même pour le comte Renaud, que j'estime un gentil baron. Vous voyez aujourd'hui de vos yeux comment le Sultan nous hait. Si vous mettez un pied hors de l'enceinte, il bondira sur vous, ce satan, et vous pendra au cèdre en compagnie du comte Renaud, puis il vous tourmentera et vous tuera. Non, ma Damoiselle, vous devez vous abriter derrière la muraille. Et moi, qui suis votre gardien et votre guide, je dois vous empêcher de courir à votre perdition.

– Tes sermons sont d'un fol, Manès, et en outre d'un busard ! Le Sultan m'accordera la vie de Messire Renaud, quand je l'aurai prié comme il convient, et il me fera, crois-en ma parole, non des misères, mais des courtoisies.

– Je ne crois nullement votre parole, grogna l'eunuque. Si vous mourez maintenant, ma Damoiselle, j'en mourrai, Dieu le sait, par conséquent mieux vaut que vous demeuriez ici dans la paix.

– J'irai pourtant aux Sarrazins, répliqua Dame Isabelle, et tu ne pourras me retenir, mon pauvre nourricier, parce que la vérité est que je cours trois fois plus vite que toi.

Là-dessus s'envola Dame Isabelle, qui dévala jusqu'à la poterne Saint-Georges, sise au flanc occidental du chastel. Hâtivement lui fut ouvert l'huis étroit par le sergent de garde, lequel n'aurait osé contredire fille de roi. Et la damoiselle tout éperdue, ses tresses d'or lui battant les épaules, courut droit à la terrée où le comte Renaud était mis à martyre. Mais avant d'atteindre le chevalier infortuné, elle arrêta ses pas près du Sultan sur son cheval.

– Seigneur, dit-elle, et sa voix soudain trembla, car elle venait de lever le regard vers une statue aux yeux vides. Seigneur, assurément ce n'est pas toi, le grand émir des Sarrazins, qui ordonnes ici qu'on tourmente jusqu'à la mort le meilleur gentilhomme qui soit en la terre. Non, ce n'est pas toi, mais quelque démon venu par malheur s'héberger dans ton âme. Car jamais, je le sais, tu ne commettrais si grand forfait, ni un jour comme un autre ni surtout ce jour-ci où a péri une dame que tu aimais d'amitié vraie. Or peux-tu messavoir que Dame Étiennette de Milly repose au lit mortel à un jet de lance de ton cheval ? Et crois-tu qu'en ce moment elle se réjouisse du bel hommage que tu lui rends ? Crois-tu qu'elle te bénisse et t'aime comme hier encore elle t'aimait ?

– Jeune dame, grondilla Saladin entre ses dents, aujourd'hui j'ai le cœur las. Aussi reva-t'en sans tarder, je te prie, dedans la forteresse ! Toi et moi nous parlerons une autre fois, si Allah y consent. J'accomplis, sois-en sûre, ce que je dois pour l'honneur de l'Islam.

– Non, Seigneur ! cria la damoiselle dont la main, par mégarde, s'agrippait au genou du Sultan. L'Islam ne peut être honoré d'un tel crime, et toi moins encore !

– Quel crime ? lâcha le Sultan.

– Le comte Renaud trépassera, ne le vois-tu pas ? des coups maudits dont tu le frappes. Son corps déjà ruisselle de sang !

Par ton dieu et le mien, Seigneur, laisse-lui la vie, si tu es un homme et non une figure de pierre !

– Le Franc, répondit Saladin, en faveur duquel tu me pries, est un trichard qui m'a conté depuis des mois mensonge sur mensonge. Il en est puni justement par les tourments qu'il endure.

– Et la princesse morte à cinquante pas d'ici, veux-tu qu'elle t'abomine durant l'éternité ? Pour l'amour d'elle, Seigneur, délivre-le !

– Par Allah ! femme, dès que son peuple m'aura porté les clefs de Beaufort, je le délivrerai sans faille. Que ton ami se déclare envieux de me satisfaire et sa vie sera sauve, je te le promets. Désires-tu entendre sa parole à ce propos ?

Négligeant la réponse, le conquérant d'un signe et de la voix commanda qu'on interrompît les tourments. Lors ses hommes tous ensemble abaissèrent lames, bâtons et fouets, et dans la quiétude restaurée, Saladin lança :

– Que nous dis-tu à cette heure, comte Renaud ?

– Le corps est entre tes mains, répondit faiblement le chevalier vaillant, mais l'âme est entre les mains de Dieu ! Voilà ce que je dis, Sultan, par Jésus-Christ mort et vivant !

Comme il ne voulait parler davantage ou ne le pouvait, les Turcs recommencèrent à le battre et lui entailler les chairs laidement. Or la brune s'avançant, l'ombre ayant déjà vaincu le soleil, on apercevait sur le lieu du martyre moins d'éclairs et moins de rouge. Les gens de Beaufort aveuglés par le crépuscule se retirèrent un à un des ouvertures. Par la poterne Saint-Georges rentra au chastel Dame Isabelle déconfortée, qui allait à deux genoux, se dit-elle, supplier sergents et chevaliers d'échanger avec le Sultan leur forteresse contre la vie du comte de Sidon, leur seigneur. En bas, sur la terrée, le chef kurde restait à cheval sous les étoiles, muet et froid comme les morts.

VIII

Le lendemain, on ne voyait plus trace de sabres, de lanières, de cordes ni de bâtons, et le comte Renaud pendu au cèdre par les poings avait disparu. Pourtant les troupes ennemies cernaient toujours le chastel. Dans la douceur pâle du matinet, un défenseur de Beaufort cria aux Sarrazins que le peuple ne se rendrait pour nulle chose au monde et pour nul homme, fût-il Renaud de Sidon, gentilhomme que tous ses gens aimaient. Dame Isabelle, dont les prières brûlantes avaient failli à leur but, versait des pleurs sans fin devant le cercueil maintenant clos où reposait Dame Étiennette de Milly. On avait attendu en vain Godefroi, le vieil homme de Dieu qui pour les morts chantait merveilles, quand il venait chanter. L'ermite à moitié fou, se demandait la damoiselle, monterait-il au chastel un jour prochain afin d'honorer la dépouille du comte Renaud, si toutefois les Sarrazins renvoyaient aux Chrétiens son corps meurtri ?

Les Sarrazins trois heures plus tard gagnèrent la poterne Sainte-Marie sise au flanc oriental de la forteresse. Contre le battant ferré ils déposèrent une litière sur laquelle gisait le comte de Sidon enveloppé de voiles blancs. Puis, ayant sonné de la corne à pleins poumons, ils s'en retournèrent vers leurs pavillons déployés en contrebas. Aussitôt quatre sergents suivis du peuple entier allèrent quérir au-dehors la litière, et jusqu'en sa chambre du donjon ramenèrent leur seigneur. Nul n'osait toucher au blanc linceul qui recouvrait de pied en cap Messire

Renaud. Comme chacun restait frappé d'effroi devant cette forme sans visage et sans mouvement, Dame Isabelle en balbutiant fit mander le mire syrien qui veillait à l'accoutumée sur le puissant baron. Et quoiqu'il eût la main tremblante, le mire s'enhardit à soulever les voiles et à tâter par en dessous la face du gisant. Mais vitement il retira sa main, comme s'il se fût brûlé les doigts.

– Dieu le sait, clama-t-il, Monseigneur vit au monde, car il est chaud !

Après ces paroles de bel augure, plus d'un autour de la litière avança le bras pour écarter les draps blancs, qui glissèrent à terre, dévoilant aux yeux le corps presque nu du comte de Sidon. Et ni plus ni moins que les autres témoins, Dame Isabelle jeta des cris d'ébahissement. Car Messire Renaud, dont le souffle était paisible et qui dormait d'un lourd sommeil, n'avait guère le semblant du misérable tourmenté de la veille, pendu au cèdre sur la terrée.

Messire Renaud avait bien la chair déchirée en maints et maints endroits. Ses membres, sa poitrine, son dos, présentaient vingt ou trente longues entailles encore saignantes, peu profondes néanmoins. Du sang poissait encore sa chevelure, pourtant le physicien ne put découvrir dans sa tête la blessure la plus menue. Des marques de horions variés étaient empreintes sur tout son corps ici bleui et là rougi par le plat des lames ou les lanières des fouets, marques trop visibles pour être niées, quoique venant, semblait-il, de coups nullement mortels et plutôt assenés à la légère. Si des sillons creusés dans la chair et hideux à voir encerclaient ses poignets, sa face en revanche avait été épargnée, sauf qu'une écorchure mince lui barrait le front d'une oreille à l'autre et que sa lèvre du bas était fendue. Messire Renaud en vérité ne paraissait menacé ni de trépas prochain ni de mutilations ni d'infirmités ni de souffrances perpétuelles. D'ici trois jours, chacun dans la chambre l'aurait juré, il serait vif comme devant, marcherait, sauterait, mangerait et boirait à satiété, chanterait ses chansons bellissimes en maniant son luth avec amour. Déjà, dans son doux sommeil, il avait une ombre de sourire sur la bouche.

Le comte de Sidon, qui certes était vaillant, chanta et but d'abondance trois jours plus tard. Il courut, sauta, s'occupa d'appareiller la défense de Beaufort. Il conta même pour amuser sa cour que les mameluks du Sultan n'avaient une once de vigueur dans les bras. Or quand on eut ri tout à loisir, le comte Renaud déclara que Dame Isabelle ferait sage maintenant de prendre l'escampe et s'en aller rejoindre à Tyr ses parents.

– Je partirais volontiers, dit-elle, car je serais pour vous un poids durant le siège et d'ailleurs un ventre de plus à nourrir, mais le Sultan voudra-t-il m'accorder le passage ? À vous dire le vrai, Messire Renaud, je lui ai trouvé le cœur durement refroidi, et il m'est apparu tout autre qu'il n'était dans ma mémoire.

Le comte de Sidon répliqua :

– Malgré sa nouvelle rudesse, laquelle n'est peut-être que désespérance, il vous accordera un sauf-conduit, Dame Isabelle, j'en suis certain. Il me doit une faveur au moins, souvenez-vous-en, pour les traitements infamants qu'il me fit endurer l'autre jour, et par surcroît en un moment de deuil.

Le comte Renaud sans s'émouvoir envoya vers le Sultan un message lui exposant sa demande en langage clair. Troublé quant à lui, Saladin répondit par le message suivant : « Tu requiers, comte Renaud, de ma libéralité, un sauf-conduit en faveur de la fille du roi Amaury de Jérusalem, prince qui en son temps fut estimé grand et sage par nos deux peuples. Garantir cette jeune dame contre les embûches du voyage me sera plus à honneur qu'à honte, et lui procurer mon aide une fois encore afin qu'elle puisse rejoindre les siens contentera mon cœur. Pour te parler d'autre chose, je ne sais quand nous aurons l'occasion, toi et moi, d'étaler à nouveau entre nous le tapis des conversations. Chaque homme, si béni de Dieu soit-il, a ses jours de ténèbres et ses jours lumineux. Tu as éveillé ma juste fureur par ta tricherie et en retour, Allah m'ayant plongé dans une heure ténébreuse, je t'ai fait violence, quoique sans démesure, tu voudras bien le reconnaître. Je me représente aisément la rancune que tu dois me vouer en ton âme. Pense donc ce que tu voudras, je t'affirme ici que malgré ta langue menteresse, l'amitié d'un homme tel que toi m'était chère. Si un jour, demain ou dans un an, Beaufort se livre en mon pouvoir, je te rendrai, je m'y engage devant Allah, disons la moitié de ton fief de Sidon, pour preuve de ma loyauté. En attendant, je t'accorde comme à la jeune princesse, ton amie, un passavant grâce auquel tu pourras chevaucher avec ta suivance par toute la Syrie jadis franque et maintenant musulmane. »

Le comte de Sidon se déclara hautement satisfait de la contrition manifestée par le Sultan. Cependant que ses doigts déliés effleuraient les cordes du luth, il commença, l'œil rêveur, de songer à Sidon, à son chastel qui l'avait vu naître, aux voiles claires ornant son port, à sa fine cristallerie et à ses grèves blondes. Ayant soupiré d'aise, il choisit de laisser aller toute revanche et toute haine, la guerre en somme étant la guerre. Chastel-Renaud, soit dit avant l'heure, devait résister à la puissance de l'Islam huit mois entiers, mais en dépit du temps écoulé, Saladin tiendrait parole. Et au printemps de l'an 1190, deux chevaliers francs seulement, le marquis Conrad de Montferrat, demeuré seigneur de Tyr envers et contre tous, et le comte Renaud, qui aurait retrouvé la moitié de Sidon pour prix de ses tourments, régneraient encore sur quelques lopins de l'ancien royaume de Jérusalem.

Dame Isabelle avec sa compagnie quitta Beaufort à jamais le 27 août 1189. Partie sur les pas de l'aurore, elle atteignit Tyr au crépuscule. Messire Balian d'Ibelin, son parâtre, et la reine Marie, sa mère, après lui avoir fait bel accueil, se montrèrent peu curieux des nouvelles de Beaufort. La seigneuresse d'Outre-Jourdain venue à sa fin et enfouie loin de sa terre, le comte Renaud doucement martyrisé par les Sarrazins, le Sultan devenu soudain froid et mélancolique, retinrent à peine leur attention, tant les affolait le message qu'ils avaient reçu le jour même. La chose en vérité laissait chacun tout ahuri dans la cité phénicienne : le roi de Jérusalem, disait le message, ayant refondé à Tripoli une armée chrétienne puissante en ardeur et en foi sinon en nombre d'âmes, avait mené fièrement ses hommes, chevaliers de Palestine bannis par la déconfiture et chevaliers siciliens du roi Guillaume, outre une piétaille abondante rassemblée au hasard des chemins, jusque sous les murailles de la cité d'Acre.

Conseillé par plus hardi que lui, en l'occasion par son frère, le connétable de Jérusalem, le roi Gui avait pris la voie de terre avec sa troupe le 20 août. Pour racheter son nom et sa gloire, il s'était déterminé à défier les Infidèles triomphants. L'armée du royaume perdu avait dévalé vers le sud en serrant de près le rivage, tandis que les navires italiens et tripolitains faisaient voile à son flanc, les uns chargés d'armes et de fourniment, les autres de grains, breuvages et victuailles. Messire Gui au-devant de ses bataillons avait suivi point par point mais à rebours la route parcourue naguère par Dame Isabelle et Dame Étiennette de Milly allant de Naplouse à Tripoli sous la guidance de Mansouras, de l'Islam le plus beau guerrier. Messire Gui comme les dames ne s'était point approché de Tyr et avait abandonné la côte un bref moment afin d'esquiver les injures du marquis de Montferrat. Or depuis hier l'armée franque assiégeait valeureusement la cité d'Acre, et les Tyriens, le marquis en tête, se pinçaient pour y croire.

De sa nouvelle mélancolie, Saladin ne recueillit aucun bénéfice. Non seulement elle ne le servit en rien, mais de surcroît causa nuisance et empêchement à sa conquête. Car la tristesse lui ayant ôté une part de sa divination, il se fourvoya de tout en tout quant à la randonnée entreprise par le roi de Jérusalem. Après que ses espions eurent devant lui rapporté comment l'armée chrétienne avait déguerpi de Tripoli et cheminait en colonnes serrées du nord au sud, il crut que les Francs couraient se porter à la rescousse de Beaufort. Aussi ne remua-t-il d'où il était et s'apprêta-t-il pour le combat. Or de la vérité pure il ne s'avisa que le 26 août, jour flamboyant où le roi de Jérusalem et ses troupes fraîches atteignaient le Toron de Saint-Nicolas, petit mont sis à mille pas environ de la muraille d'Acre. Laissant derrière lui plusieurs bataillons, le Sultan quitta Beaufort en toute hâte afin d'aller pourchasser l'ennemi chrétien. Mais il eut beau voyager sous le soleil comme sous les étoiles en forçant l'allure, il ne put rattraper les preux guerriers francs qui, par le méfait de sa mélancolie, avaient pris sur lui trois jours d'avance.

Le marquis de Montferrat, les seigneurs d'Ibelin, Dame Isabelle et tout le peuple de Tyr virent jaillir en ce temps-là tant de prodiges en Terre Sainte que l'esprit de chacun faillit tourner à la folie. Entre le 27 août, jour où deux messagers étaient venus conter aux Tyriens les exploits singuliers du roi Gui, et le 1er septembre, il y eut néanmoins quatre jours de trêve dans les merveilles. La reine Marie, en devisant avec sa fille aînée, oublia durant ce répit les affaires du royaume perdu, dont elle se souciait à démesure.

– Une chose me confond, disait à Isabelle Dame Marie. Depuis que la Pierre du Désert s'est rendue aux Sarrazins, il y a deux mois, nous n'avons reçu la moindre nouvelle d'Onfroi, votre baron. Or Saladin, que nul ne tient pour foimenti, n'avait-il point devant Dieu promis de le délivrer lorsqu'il aurait en sa main la forteresse ?

– Il l'avait promis, répondit Dame Isabelle, et pour vous dire le vrai, il a été fidèle à sa promesse en le laissant aller dès le commencement de juillet.

– Par tous les saints ! Isabelle, votre baron n'est donc plus captif à cette heure ? Et comment, de quelle bouche, s'il vous plaît, l'avez-vous su ? Et en quel lieu du monde, selon vous, a-t-il couru s'abriter ?

– Je l'ai appris, Dame, du Sultan qui l'écrivit lui-même à Dame Étiennette avant qu'elle ne quittât le siècle. Messire Onfroi est parti après sa délivrance rejoindre le roi Gui, comme son honneur le lui commandait.

– Son honneur ? fit la reine Marie, dépitée. Pensez-vous, ma fille, que son honneur lui défendait d'aller premièrement là où vous étiez ? Le roi Gui l'aurait attendu sans inconvénient une semaine ou deux, me paraît-il, tandis que vous attendiez son retour, quant à vous, depuis deux ans pleins.

– Pouvait-il deviner, balbutia la damoiselle, que je séjournais alors, non à Tripoli, mais au chastel de Beaufort ?

– Croyez-m'en, Isabelle, je l'aurais avec joie instruit du lieu où vous viviez si seulement nous l'avions vu se ruer vers Tyr, tout brûlant de retrouver sa jeune épouse. En outre les bataillons francs sont passés il y a cinq jours à deux lieues d'ici. Par Dieu ! votre baron, en éperonnant jusqu'à nos portes pour s'enquérir de vous, n'aurait pas même usé trois heures de son temps !

– Dame Étiennette elle aussi espérait un signe de Messire Onfroi, songez-y, Dame. Il ne s'est enquis, je vous assure, ni de moi ni de sa mère, laquelle pourtant il aimait de grand amour. Et s'il ne l'a fait, c'est qu'il en aura été empêché par la guerre ou sinon par Dieu lui-même.

– Quoi qu'il en soit, ma fille, dit la reine Marie peu convaincue, vous avez là un étrange homme pour seigneur.

Et vint le 1er septembre 1189. Sur la mer bordée par les rivages palestiniens jaillirent en ce jour des voiles rouges, des voiles brunes, voiles blanches et voiles grises, qui d'heure en heure croissaient et se multipliaient comme les pains au temps de Jésus le Sauveur. Toutes ces voiles d'un pareil accord cinglaient vers la cité phénicienne changée en île. Ayant gagné la rive, ayant trouvé le port comble et clos par une chaîne, les nefs arrivées d'Outremer allaient s'ancrer le long des grèves, s'y masser en épaisses rangées qui bientôt s'étendirent sans fin. Chacun des jours suivants amena sa foison de galées, de buzzes, de naves rondes aux voiles carrées, de bateaux huissiers transportant par centaines les chevaux. Dès la mi-septembre, les Francs de Tyr étaient noyés sous les Francs d'Occident jetés sur la côte syrienne par vagues géantes qui n'avaient de cesse.

En deux semaines de temps, cinq cents vaisseaux touchèrent la terre de Dieu anéantie. Les dix mille hommes étrangers descendus de ces navires et répandus soit dans Tyr, soit alentour, ne parlaient aucun des langages dont usaient les peuples des royaumes chrétiens d'Orient. Ils n'entendaient ni la langue de France ni celle des pays d'oc, restaient sourds à l'arabe, à l'arménien comme au grec, ne savaient pas plus le jargon des Italiens que celui des Flamands, des Anglais ou des Allemands. À peine pouvaient-ils bredouiller vingt mots de latin qui leur servaient aux échanges avec les autres nations chrétiennes. Telles gens étaient de haute stature, ayant l'œil et la chevelure si clairs que leur vision engendrait la frayeur. Ils habitaient, disait-on, des îles d'Outremer sombres et glacées. Tous priaient Christ avec ardeur, qu'ils fussent nés Danois ou bien Frisons.

Puis survinrent des Bretons, des chevaliers de Flandre et des Frisons encore. Et après ceux-là parurent au loin sur les flots des nefs aux voiles latines qui amenaient en Terre Sainte une belle chevalerie de France. Lors entrèrent dans la cité phénicienne et chevauchèrent sur le chemin du chastel avec le son des cloches le comte Henri de Bar, le plus courtois gentilhomme qui fût depuis l'Ornain jusqu'au phare de Messine, le comte Érard de Brienne et Andrieu, son frère, hauts barons champenois ayant bon sang et bon courage, le prince Robert de Dreux et son frère, l'évêque Philippe de Beauvais, tous deux capitaines vaillants et droits cousins du marquis Conrad de Montferrat, lequel avait grâce à Dieu des cousins partout, puis maints et maints autres chevaliers issus de la preuse Champagne. Tous pleuraient au seul nom de la Ville Sainte livrée aux Turcs, tous voulaient guerroyer contre l'Infidèle, arracher à ses mains impures, dussent-ils en périr, le Sépulcre de Jésus, et restaurer dans son ancienne puissance le royaume franc de Jérusalem.

Or avant longtemps eut couru de grève en grève le bruit qu'une armée chrétienne ayant pour cheftain le roi vaincu assiégeait la cité d'Acre. Et un à un les vaisseaux arrêtés sur la côte phénicienne levèrent l'ancre et s'éloignèrent vers le sud en suivant le rivage. Septembre n'avait pas encore trépassé que nul chevalier venu d'Outremer ne doutait plus que la cité d'Acre était désormais le champ réservé des combats.

Puis, le 24 septembre, des vaisseaux allemands et italiens arrivèrent en vue de la Palestine. Ceux-là passèrent devant Tyr sans même y jeter l'ancre un demi-jour et coururent tout droit s'amarrer devant Acre. Alors les flottes chrétiennes, dépêchées en si grand nombre par les nations d'Occident, avaient déjà conquis la maîtrise de la mer, et aucune galée sarrazine n'osait plus s'aventurer près des côtes entre la cité d'Acre et la cité de Tyr, aucune n'osait plus tenter de pénétrer dans le port d'Acre tenu par l'Islam. Italiens ou Allemands, ils furent en ce 24 septembre vingt mille piétons et mille chevaliers qui allèrent grossir les bataillons des Croisés déployés non loin des troupes du roi Gui. Parmi les gentilshommes italiens se voyait beaucoup l'évêque de Vérone, Monseigneur Adelardo Cattaneo, dont le maintien royal rabaissait quelque peu la gloire de l'archevêque de Ravenne, prélat morne quoique vertueux. Parmi les Allemands reluisait moins le comte Otto de Gueldre, une âme douce dont il n'y avait guère à dire, que le landgrave Louis de Thuringe, homme farouche au courroux aussi rapide que son puissant cheval d'Espagne.

Jusque-là le marquis de Montferrat, depuis les tours du donjon, avait sans une once de joie regardé les flottes envoyées par l'Occident se détourner de son île et de lui-même en conséquence, pour aller rallier Messire Gui de Lusignan, roi de Jérusalem n'ayant ni terre ni trône et assurément point l'amitié du marquis. Si le seigneur de Tyr demeurait le champion de la résistance à la conquête musulmane, s'il restait l'aube de l'espérance pour les Chrétiens, si aucun navire franc n'eût pu approcher du rivage sans l'abri, le havre et la protection que la cité phénicienne encore libre lui offrait, toutefois la guerre et la revanche menaçaient bel et bien d'échapper à Messire Conrad, qui ne souffrait en nulle affaire que la fortune lui adjugeât la seconde place au lieu de la première. À condition que Dieu l'octroyât, la résurrection du royaume se ferait devant Acre, « et vous alors, mon beau cousin, avait au marquis déclaré le jeune évêque Philippe de Beauvais, du moment que vous aurez continué à fainéantiser chez vous et renoncé à partir en bataille, vous verrez sans faille, je vous le dis sur ma foi, les fruits de votre œuvre bénie choir entre les mains d'un autre ».

À mesure que s'écoulaient les jours de septembre, que les nefs apparaissaient sur l'onde pour aussitôt disparaître et s'élancer vers la cité d'Acre, l'impatience du marquis s'aiguisait jusqu'à la souffrance. Du matin au soir, il entendait répéter qu'un assaut, le plus puissant jamais livré sous le ciel, s'apprêtait là-bas, et il en frémissait de rage comme d'envie.

– Messire Balian, dit-il enfin au seigneur de Naplouse, qu'il estimait digne de sa confiance, mon devoir, vous en conviendrez, je pense, me requiert au siège d'Acre où vont advenir des choses que je désire voir de mes yeux et prendre en main si besoin est. Dieu, mon ami, me commande d'y aller tout maintenant, et je ne puis faillir à Dieu, que j'ai toujours servi loyalement.

– Vous ne ferez que sage en y allant, Messire Conrad, répondit Balian d'Ibelin, et il me plaira de vous suivre, car je suis tout chaud de reprendre les armes pour la sauveté du royaume.

– Par grâce, Messire Balian, attendez avant de partir guerroyer quinze jours ou vingt ! En nom Christ ! à qui, dites-le-moi, laisserais-je en garde ma cité de Tyr, sinon à vous, tandis que je serai au loin ? Accordez-moi ce don, mon bel ami, je vous le rendrai cent fois, je le jure !

Monseigneur Balian d'Ibelin estima que le marquis usait de lui trop à son aise, comme il eût fait d'un vassal. Cependant son orgueil fléchit sous les prières de Messire Conrad et il promit de veiller sur Tyr en son absence.

– Rassurez votre âme, lança le marquis de Montferrat, je ne saurai endurer la compagnie de votre roi poitevin plus de quelques jours ! Aussi me verra-t-on revenu ici avant le milieu d'octobre. À vous dire le vrai, je veux juste aller apprécier dans Acre les forces des Sarrazins et les nôtres.

– Que je sache, dit à sa fille aînée Marie Comnène, quand elle eut appris les intentions du marquis, votre sœur, la reine Sibylle, s'héberge au camp d'Acre près du roi Gui, son seigneur. Et il y a comme elle, à cause de la déconfiture et de l'exil, assez de femmes qui s'abritent sur le lieu du siège avec leurs barons. Suivant mon opinion, il serait temps, Isabelle, que vous couriez demander en face à Messire Onfroi s'il se souvient vous avoir jamais prise pour épouse, vous qui êtes issue de la maison comtale d'Anjou – laquelle règne sur l'Angleterre –, de la maison impériale de Constantinople et de la maison royale de Jérusalem. Et s'il en a gardé remembrance, par tous les saints du ciel ! qu'il le prouve donc !

Dame Isabelle à ces orgueilleuses paroles ne répondit ni que ni quoi. La pensée de Messire Onfroi la mettait à malaise et la rendait un peu vergogneuse, car elle avait elle-même, au fil de la guerre, perdu l'image gracieuse de son jeune baron, oublié sa parole aimable et ses tendres soins. Elle redoutait le jour où elle se dresserait en face de lui, ainsi que sa mère le souhaitait. Que lui dirait-il, en ce moment des retrouvailles ? Et que lui dirait-elle, par Dieu ressuscité ! ? Que se disaient-ils, jadis, à voix murmurante, quand montés sur un seul chameau, ils erraient enlacés par tout le désert de Moab ? « Des venvoles et des sottises d'enfants », songeait Dame Isabelle en faisant une moue triste. Elle n'était plus aujourd'hui naïve comme au temps de ses noces, elle avait à dix-sept ans moins de douceur qu'à douze, et dans le cœur moins d'espérance. Les infortunes du royaume, assurément, lui avaient mieux enseigné la mort que l'amour. Et de l'amour elle se défiait, pour l'avoir trop longtemps attendu en vain, aussi se défiait-elle de Messire Onfroi de Toron comme de tous les hommes.

La reine Marie, qui n'avait reçu de sa fille ni encouragement ni déni à ses propos, s'entremit auprès du marquis afin qu'il emmenât au siège d'Acre la damoiselle. Messire Conrad, parce qu'il ne se souciait à cette heure de nulle chose hormis de sa gloire branlante, inclina son chef par courtoisie devant l'ex-reine de Jérusalem, dont il ne percevait aucune des paroles tandis qu'elle lui présentait sa requête. La dame byzantine dut renouveler trois fois la demande avant que le marquis de Montferrat ne daignât lui répondre.

– Par Dieu ! lui dit-il en regardant ailleurs, comment saurais-je, Dame Marie, contredire la sagesse de vos avis ? Que Dame Isabelle fasse comme il vous plaira et comme bon lui semble ! Je n'aperçois, croyez-le bien, aucun empêchement à la convoyer sur ma nef jusque sous les murailles d'Acre. Mais voulez-vous me dire quel bénéfice trouverait votre fille à séjourner dans la crasse, la misère, les merdiers et les périls mortels plutôt que dans ma belle cité où elle jouit de la paix et d'un plaisant manoir ?

– Messire Conrad, répliqua la reine, ma fille, comprenez-le, brûle de rejoindre au siège d'Acre son jeune baron, qu'elle n'a pu rencontrer une fois seulement depuis deux ans et plus.

– Non, fit le marquis en jetant soudain ses yeux droit sur ceux de la reine, qui se crut frappée à mort par deux lames aiguës, non, Dame Marie, selon moi, elle ne brûle en nulle guise !

Puis il se détourna et s'en fut sans autre parole, cependant que la reine Marie, changée en image de sel, se demandait si elle entreverrait jamais l'âme de cet homme, en vérité pareil à un démon, ainsi que le clamaient hautement les Sarrazins.

Manès l'eunuque en apprêtant son bagage et celui de sa damoiselle marmonnait les yeux baissés non des psaumes ou des prières, mais de sombres doléances. Dame Isabelle, qui l'écoutait se plaindre, soulevait les épaules à chacun de ses gémissements.

– Tu devrais craindre, disait-elle, que Monseigneur Jésus, lassé comme je le suis par tes lamentations, ne te refuse après ta mort l'entrée en son Paradis. Sur ma foi, tu y donnerais de l'ennui aux anges et aux saints. Ne pourrais-tu pour une fois me montrer un gai visage ?

– Or qu'y a-t-il de gai, ma Damoiselle, à s'en aller mettre son corps dans les guerres et les tourments ? Nous avions trouvé ici un bon endroit où nous établir, et vous enviez déjà d'en chercher un autre mauvais. Certes, je n'oserais, moi, misérable esclave, blâmer ma Dame la reine qui vous encourage à partir au siège d'Acre, mais pourquoi le veut-elle, en nom Christ ?

– Il convient, mon petit Théophane, que je sois hébergée auprès de mon droit seigneur afin d'engendrer un jour une foison d'enfants, ainsi que toi-même le désire. Il y a, je t'assure, cent dames et pucelles au moins qui séjournent sous les murs d'Acre et n'y souffrent le plus petit dommage. Un siège, tu devrais le savoir, tout moine que tu es, n'a guère le semblant des batailles. Puis nous irons là-bas sous la guidance du marquis de Montferrat, le plus fort chevalier du monde, à ce que disent les gens.

– À ce que disent les chevaliers et les sergents piémontais, oui, grommela Manès.

– Le marquis, poursuivit Dame Isabelle, nous garantira sans faille contre les infortunes pouvant nous advenir durant le voyage.

– Le voyage ne durera qu'un jour, dit Manès, et il ne reste plus aujourd'hui un seul Sarrazin assez hardi pour s'aventurer sur la mer où nous voguerons.

– Le marquis, répliqua la damoiselle, connaît mieux les périls que toi et il a promis à ma mère de veiller sur nous comme si nous étions, toi et moi, tous les trésors assemblés de l'Arabie.

– Onques n'a-t-on vu, dit Manès, l'ombre seule de ces trésors arabes dont on parle tant et qui ne se trouvent, à mon avis, que dans les contes et fatrasies des Sarrazins impies. Et il ne me plaît en rien que le marquis veille sur vous de près. Cet homme-là, Dieu le sait, ma Damoiselle, est un diable dont les mœurs ne sont pas celles d'un Chrétien. Sans vous mentir, il a deux femmes vivantes, chose que Monseigneur Jésus-Christ tient en parfaite abomination.

– Et qui donc, pauvre sot, t'a fait croire pareilles menteries ? Le marquis de Montferrat, la ville entière en est témoin, vit seul comme un ermite, et selon Messire Balian, nul ne l'a jamais surpris s'approchant des putains.

– Il a deux femmes, répéta l'eunuque en hochant avec vigueur le chef. La première l'attend en son Piémont, la malheureuse dame, et l'attendra pour néant au milieu des larmes le restant de ses jours. La seconde pleure aussi, votre marquis l'ayant un jour de l'an maudit abandonnée sans lui jeter un adieu. Celle-là est une princesse de Constantinople qu'il a prise à femme contre la loi de Dieu afin de devenir chez les Grecs un homme puissant et riche. Le scandale, ma Damoiselle, court dans Tyr de bouche en bouche parmi les gens de ma nation établis ici pour la cristallerie ou le négoce. Et pire encore, certains Piémontais vont jusqu'à faire vantance par toute la cité de cette bigamie honteuse de leur seigneur. Notre sire Dieu, assurément, punira ces mécréants-là bien avant que ne vienne le jour du Jugement !

– Ce peut être, Manès, que tu parles vrai. Néanmoins, soit que Messire Conrad n'ait aucune femme, soit qu'il en ait deux, trois, ou quatre comme les Infidèles, nous souffrirons sa compagnie durant le voyage d'Acre. Au lieu de le vilipender pour des riens, tu devrais songer que le royaume a esquivé la ruine entière grâce à lui et à sa prouesse nonpareille.

N'ayant à l'âme ni angoisse profonde ni grande joie, Dame Isabelle quitta le havre de Tyr le 24 septembre sur une galée génoise envahie d'hommes bruyants et ployant sous les armes. Si rares étaient en ce lieu les femmes que la damoiselle attirait les regards de tous hormis celui du marquis de Montferrat, lequel s'affairait à cent besognes variées entre la poupe et la proue du navire. Aux mariniers de Gênes pas plus qu'aux chevaliers et sergents piémontais ne défaillait la hardiesse, et leurs yeux noirs et chauds pourchassaient la jeune dame où qu'elle allât. Manès, qui jugeait malséantes ces manières d'Italie, blâmait à voix aiguë la convoitise comme les jurons dont les hommes du marquis entouraient sa damoiselle.

– Quand l'abbé nous récitera sa messe, répliquait Dame Isabelle, tu verras changer sans délai leur contenance. À peine auront-ils mangé le Corpus Christi qu'ils deviendront des anges.

– Ils ne le mangeront en nul endroit, hélas ! et nous non plus.

– Comment donc ! Tu oublies, Théophane, que nous sommes aujourd'hui dimanche. En conséquence, l'abbé dira la messe et communiera les fidèles présents.

– Non, ma Damoiselle, par Dieu non ! L'abbé dira la messe, mais il ne communiera nulle âme, soyez-en sûre. Si vous aviez retenu mes leçons, vous sauriez qu'emmener sur la mer le corps vivant de Jésus-Christ est défendu par Sainte Église et par les lois de la navigation. Aussi, par grâce, gardez-vous avec soin de ces hommes ribauds qui ne vont acquérir un grain de sagesse avant notre arrivée !

La messe fut célébrée à grande allure sous le soleil déjà flambant. Du moment que le Corpus Domini était resté à terre, l'assemblée se montra peu dévote et se lassa d'ouïr le prêche après trois mots. Venu s'agenouiller aux côtés de Dame Isabelle sur les planches du pont, le marquis levait quant à lui un visage fervent. Seul entre ses compagnons, il chantait à gorge pleine les répons, ne perdait rien des Écritures que lisait l'abbé, tendait ses deux oreilles au sermon et mettait à prier tout son zèle. Dame Isabelle, n'ayant pas ce jour-là tant de piété, glissait un œil durant l'office vers le haut seigneur dont la hideuse vestaille rose et le beau profil aiglantin la laissaient bouche bée. « Un satan véritable, songeait-elle, un homme dévergondé, un hérétique prouvé, un bigame enfin, adresserait-il à Dieu des oraisons si enflammées ? Ce sont gens de mauvaise foi qui vont le noircissant par jalousie pure et par rancœur. Il ne peut, selon moi, commettre les péchés que l'on dit, ou bien alors les anges eux-mêmes peuvent passer du paradis à l'enfer et se muer en diables. »

Messire Conrad sitôt la messe dite bondit sur pied. Avant de s'éloigner, toutefois, il aida courtoisement la damoiselle à redresser son corps.

– Merci à vous, Monseigneur, lui dit-elle. Dieu aura écouté vos prières, sans nul doute, et il comblera votre cœur.

– Quelles prières ? fit en bref le marquis.

– À ce qu'il m'a semblé, Messire Conrad, vous étiez le plus ardent de nous tous à prier Jésus.

– Notre saint royaume, Damoiselle, a besoin du secours des hommes et du secours de Dieu. Tout chevalier en Palestine devrait ces temps-ci prier avec fureur, il devrait guerroyer avec rage, se lever au matinet l'âme gonflée par la passion et se coucher à la nuit close enivré de foi et d'espérance. Voilà, pour vous donner mon opinion, comment nous sauverons le royaume de Jérusalem, s'il advient jamais que nous le sauvions.

– Pourtant, Messire Conrad, vos chevaliers et vos hommes ne paraissent nullement convaincus par votre exemple. Sur ma foi, jeter aux dames des regards lorgnes en jurant et faisant résonner des rires gras leur plaît mieux aujourd'hui qu'entendre la messe.

– Vous parlez vrai, par infortune, répondit le marquis de Montferrat. Ils tiennent pour néant cette messe aride que l'on nous sert sur tous les vaisseaux de la Chrétienté. Du moment que le Christ n'est devant eux ni en chair ni en sang, et du moment qu'ils ne le mangent, ils croient que Dieu ne saurait les voir ou les entendre.

– Pourriez-vous, Messire, par votre bonté, m'éclairer le mystère de la messe aride auquel je ne comprends rien ?

– Diable ! dit le marquis, vous apercevez, Dame Isabelle, des mystères là où il n'y en a aucun. Le pontife de Rome, la chose ne peut être plus claire, défend aux gens d'Église de charrier en mer le Corpus Domini. Car si une tempête se levait, par aventure, il serait peineux à outrage que pérît sous les flots le corps glorieux de Jésus-Christ.

– Par la Vierge Pure ! Messire Conrad, s'écria Dame Isabelle, ce sont hérésies et fantômes que vous me dites ! Jamais, quoi que pense l'évêque de Rome, ne périra Jésus-Christ dans une pauvre tempête, lui qui se prouva Dieu en ressuscitant d'entre les morts après avoir été cloué sur une croix comme un larron. Votre messe aride, à mon avis, est l'affaire du monde la plus sotte !

– Apaisez-vous, Damoiselle, et taisez-vous-en ! jeta le marquis. Nul ne nie, que je sache, l'éternité de Dieu. Mais il serait peu convenable, affirme l'Église avec justice, que s'abîmât dans la mer l'hostie consacrée.

– Trouve-t-on alors plus convenable de refuser la communion aux gens qui naviguent parmi les pires dangers ? Veuillez, Monseigneur, avoir pardon de moi si je ne puis agréer toutes vos paroles. Dieu m'est témoin que je n'ai le moindre désir de vous offenser.

– Je ne m'estime nullement offensé par vous, murmura le gentilhomme piémontais en renouant avec soin les pans de sa ceinture jaune sur sa tunique rose. Tout au contraire, vous m'égayez, Damoiselle. Vous êtes, sur mon chef, une chose plaisante ! Les femmes de ce pays, dites-le-moi, ont-elles coutume de disputer ainsi comme clercs bien enseignés des préceptes de la religion ? Dans ma contrée, elles se soucient plus volontiers, je le confesse, de chansons et d'amour, et encore y en a-t-il qui peuvent, à l'occasion, guerroyer bellement.

Dame Isabelle à haut ton répliqua :

– Croyez-vous, Messire, que les dames de Syrie ne puissent manier la lance ou l'épée de même que vos dames d'Outremer ? Croyez-vous qu'elles aient moins de science dans la cervelle et moins de vaillance dans le cœur ?

– Je crois, dit le marquis de Montferrat, que les femmes sont ici plus amollies qu'elles ne sont là-bas. Car jusqu'au jour de la déconfiture, elles vivaient environnées par une magnificence dont les gens d'Occident n'ont pas l'idée. Mon vieux père, qui visita Jérusalem et parcourut le royaume à son loisir avant la

Bataille, observa de près vos splendeurs dont il garde encore les yeux éblouis. Dames et damoiselles, prétend-il, se donnaient toutes ou presque à la luxure, tant les avait corrompues la bénestance orientale où elles étaient plongées. Or, Damoiselle, chacun le sait, les femmes qui montent sans trembler aux créneaux pour défendre leur terre sont rarement ribaudes ou putains.

En Dame Isabelle jaillit en ce moment une ire dont elle fut sur l'heure affolée de pied en chef. Il était bien un démon, une âme damnée, un bigame assurément, l'homme assez félon pour mettre à honte les gens du saint royaume, le peuple de la Terre Promise, les femmes bonnes et belles nées au pays de Dieu ! À la face du marquis elle cria, n'ayant cure des paroles qui s'échappaient de sa bouche comme serpents et comme flammes :

– Choses de néant vous êtes, vous et vos pairs, Messire, avec votre orgueil outrageux et vos croix à l'épaule ! Vous traversez les mers et à peine descendus sur notre terre, vous honnissez bassement, par jalousie pure, les gens que vous étiez venus sauver ! Ce peut être que nous avions, avant la Bataille, des richesses dont vous n'avez jamais aperçu le centième en vos pays, mais nous vous surmontons encore par la science, la sagesse, la courtoisie, et nous avons soin de laver nos corps au lieu que les hommes d'Outremer aiment bien mieux rester puants. Et de vaillance, Messire, Dieu nous en a octroyé à grand foison, je vous prie de croire ma parole, car nous entrons dans le monde avec la vaillance au cœur et usons d'elle dès notre prime jeunesse. Quant à moi, par le sang Dieu ! je n'avais pas douze ans d'âge lorsqu'on m'enseigna l'escrime et la défense d'un chastel ! En ce temps-là, il advint même qu'armée d'une dague fine, je me combattis à un bon chevalier lors d'un tournoi. Vous pouvez demander si je mens au comte de Sidon, qui fut à ce tournoi, je m'en souviens. Et Dame Étiennette de Milly eut jadis le meilleur renom de guerrière, car maintes fois elle garantit sa forteresse du désert contre les assauts des Sarrazins. Et avec toutes les femmes et tous les enfants de la ville, j'aidai à tenir Jérusalem quand le Sultan vint l'assiéger, à l'automne de l'an maudit. Alors plusieurs milliers de pauvres Chrétiens, sachez-le, furent sauvés de la mort ou de l'esclavage par Saladin, qui voulut repayer de ce don notre courage. Mais vous autres étrangers méjugez nos coutumes sans les connaître, et vous avez en l'âme tant d'outrecuidance que vous nous méprisez avant de nous avoir sonné un seul mot ! En nulle guise les femmes franques de Syrie ne sont, comme vous dites, couardes et bordelières de la première à la dernière, ou sinon vous-même, je le jure devant Dieu, tout beau seigneur que vous soyez, vous êtes fils à putain !

Le seigneur piémontais, si malement injurié par une damoiselle furibonde au corps dressé devant lui sur le bout des pieds et tendu comme un arc, une damoiselle dont les yeux noirs à démesure lançaient plus de feu que les langues des diables, frémit tout entier sous l'affront. Il saisit les poignets de l'enragée, les broya dans ses paumes avec assez de force pour en faire une chair morte et haleta :

– Qu'oses-tu me dire en face, garce folle ?

Un moment bref, ils demeurèrent à trembler l'un devant l'autre, prunelles noires contre prunelles noires, puis le marquis vit s'enfuir la fureur du regard qui soutenait le sien. Le visage de la damoiselle s'adoucit un peu, son corps roidi se délia, sa lèvre s'attendrit et elle déclara d'une voix fraîche et menue :

– Bien laidement je vous ai parlé, Messire Conrad, en la rude et vile manière des soudards. Voilà, par infortune, ce que la guerre a fait de nous, femmes du saint royaume de Jérusalem. Sur ma foi, Monseigneur, depuis que je vis au monde, jamais je n'ai connu que la guerre et son épouvante et son angoisse. Vous apercevez bien, maintenant, que les femmes ne sont dans cette contrée ni molles ni ribaudeuses. Là où elle est parmi les anges, votre mère, qui toujours montra sagesse et bonté, ne peut me garder rancune, et vous aussi, je pense, me pardonnerez, car notre sire Dieu vous a donné un cœur libéral. Qui sait si je serais encore en vie, à cette heure, sans votre prouesse merveilleuse qui nous a rendu Tyr et l'espérance? En retour, convenez, je vous prie, que je n'ai guère le semblant d'une garce folle!

Dame Isabelle offrait une figure toute jeune, toute avenante et belle au marquis de Montferrat, qui à cette vision choisit le rire plutôt que la querelle.

– Vous n'avez guère celui d'un ange, la chose me paraît sûre, Damoiselle. Pour le restant, n'en parlons plus! Oublions les garces folles et les fils... comment disiez-vous donc le mot?

– J'ai fini de prononcer ce jargon-là, Messire Conrad. Vous ne l'entendrez plus de ma bouche, sauf si vous recommencez pour votre malheur et le mien à dédaigner notre royaume.

– Dieu du ciel! Dame Isabelle, on ne se lasse une once de temps en votre compagnie! Vous êtes, je le clame hautement...

Or la damoiselle dut renoncer à apprendre ce que le marquis voulait clamer. Car partout sur l'onde jaillissaient derrière eux des voiles gonflées aux teintes gaies et des forêts de mâts. Et les étendards diversement armoriés qui surmontaient ces mâts étaient tous chargés de croix. S'étant rué vers la poupe, le marquis discerna bientôt que les galées faisant suivance à la sienne venaient les unes d'Allemagne et les autres d'Italie. Et quand elles furent assez proches à son gré, il envoya quérir un porte-voix, une table en guise d'échafaud, un joueur de tambour et un sonneur de trompe. En ce moment, Dame Isabelle apaisée l'avait rejoint. Elle s'égaya durement de le voir grimper sur la table du capitaine et remonter pour ce faire jusqu'à ses cuisses chaussées de cuir fauve le bas de sa tunique en penaille. Messire Conrad avec orgueil se redressa, il parcourut du regard ces foules de Croisés qui maintenant recouvraient l'onde et avaient les yeux tournés vers lui. À son commandement résonna la trompe et tonna le tambour, puis il cria dans le porte-voix son nom, sa qualité, son titre et sa vertu. Aussitôt lancée cette annonce, dans tous les vaisseaux italiens éclatèrent des cris de liesse, tandis que les Allemands restaient muets. Lors commença une étrange danse navale autour de la galée piémontaise, les vaisseaux allemands s'écartant à dextre et à sénestre pour laisser le passage aux vaisseaux de Pise, de Gênes, de Venise et de Rome, ceux-là virant avec douceur pour venir cerner la nef triomphale qui voguait en avant. La noise joyeuse retentissait de plus belle à mesure que s'ordonnait la procession. Chacun depuis sa nef, l'archevêque de Ravenne et l'évêque de Vérone saluèrent le sauveur de Tyr à grands coups de chapeaux de soie. Dame Isabelle ne savait taire son plaisir, elle riait comme une enfant de contempler les navires danser par-dessus les vagues, les prunelles du marquis de Montferrat étinceler là-haut comme des brandons, et voler au vent du large sa tunique rose infâme. Elle aurait pu croire que ces belles gens et elle-même s'en allaient fêter en quelque cité chrétienne l'an neuf, le mai joli ou encore le temps liesseux du carnaval. Bientôt la compagnie entière atteindrait le port, descendrait sur les quais et commencerait à caroler à travers rues et venelles. Chacun endosserait son déguisement, sauf Messire Conrad, qui déjà portait le sien. Certains dissimuleraient leur face derrière de fausses barbes rouges ou vertes, certains derrière de fols visages façonnés en velours ou en cuir. Dame Isabelle serait un Bédouin du désert, ou sinon un mameluk au long sabre courbe, et elle s'empiffrerait de crêpes.

Ce fut dans un tel arroi et une telle joiance que se poursuivit le voyage en mer jusqu'à ce qu'on parvînt en vue de la cité d'Acre livrée depuis deux ans aux mains impies des Infidèles, et où ne se voyaient partout que misère et que guerre.

IX

On jeta l'ancre à hauteur de Montmusart, faubourg nord de la cité. Passagers et armements, chevaux en petit nombre et victuailles en quantité mesurée gagnèrent la terre ferme dans des barges légères dont les rameurs besognèrent entre les vaisseaux et la rive deux heures durant. Le crépuscule pâlissait la plaine d'Acre brûlée quand les premiers arrivants se mirent en chemin. Dame Isabelle, qui chevauchait près du marquis, apercevait droit devant elle, à moins d'un quart de lieue, les pavillons francs plantés sur le tertre de Saint-Nicolas. Des Sarrazins, en revanche, elle ne voyait nulle trace alentour, ceux garnissant la cité se trouvant cachés par les murailles, ceux venus en renfort à la fin d'août avec le Sultan s'étant établis à une lieue de là vers l'est et vers le sud.

– Messire Conrad, cria-t-elle au seigneur de Tyr alors que leurs coursiers ralentissaient l'allure en commençant à gravir la côte, comment donc, selon vous, ces multitudes qui nous suivent pourront-elles s'héberger en un lieu déjà si encombré ?

– Ils éliront pour dresser leurs pavillons une autre place, répondit le marquis. Et même plus d'une place, à mon escient. Car les Pisans et les Génois sont en guerre perpétuelle et ne sauraient se loger les uns avec les autres. Puis les gens d'Allemagne voudront s'éloigner des peuples d'Italie, dont ils n'entendent ni les us ni la contenance. Et quant à moi, Damoiselle, pensez-vous que je vais endurer longtemps l'ennuyeuse compagnie de votre roi poitevin ? Entre lui et moi, il y a haine déclarée sinon mortelle, chacun le sait. En conséquence, j'irai m'établir un peu à l'écart, au nord de Saint-Nicolas, ou bien plutôt au sud, afin d'être le premier, lors d'un assaut, qu'affronteront les Sarrazins.

Ils s'élevèrent jusqu'à la cime du tertre en avançant moins vite que le pas. De tous côtés se pressaient par milliers les tentes, les hommes et les montures, si bien que chevaucher s'avérait une gageaille sur les passages trop resserrés, parfois effacés entièrement, parfois envahis de piétons, d'animaux, d'ordures en tas, de charrettes vides ou pleines. Par égard envers la damoiselle, Messire Conrad retenait dans son gosier les pires jurements qui fussent. À peine Dame Isabelle, dont l'allégresse allait s'amenuisant de moment en moment, l'entendit-elle soupirer deux ou trois fois, et murmurer « Diable ! Diable ! » suivant sa coutume. Devant la tente rouge et or de Messire Gui, sise comme il convenait au sommet absolu du mont, le marquis s'en fut de son côté avec toute sa compagnie, laissant Dame Isabelle avec la sienne. Les huissiers du roi se hâtèrent d'aider la damoiselle à déchevaler, puis ayant couru annoncer sa venue, la firent pénétrer sous le pavillon où s'abritait le plus haut Franc de Palestine.

Déjà obscur était le ciel au-dehors, et au-dedans étincelaient les lumières des chandelles et des lampes qui ornaient la salle sans chicheté. Lorsque parut sur le seuil la visiteuse, le roi de Jérusalem entouré de ses familiers soupait. Dame Isabelle en un seul coup d'œil eut discerné entre plusieurs convives premièrement la reine Sibylle, sa sœur, qui siégeait coude à coude avec le roi au centre de la table, non loin d'elle frère Gérard de Ridefort, Grand-Maître des Templiers, Messire Hugue de Fauquenberge, prince attitré de Galilée, puis encore le vieux sire Geoffroy de Cafran et le bon chevalier Yvain du Plessiez. Avant les autres, mais sans vouloir se le confesser à elle-même, elle avait aperçu Messire Aimeri de Lusignan, connétable du royaume de Jérusalem. Après les autres, parce qu'il avait, lui parut-il, beaucoup changé, elle reconnut Messire Onfroi de Toron, dont elle était la femme devant Dieu et les hommes, bien qu'elle ne se fût jamais étendue sur une couche à son flanc, chair nue contre chair nue.

La damoiselle, dressée en pied devant la noble assemblée, se sentait l'esprit confus, la langue empêtrée, la vestaille poudreuse et les jambes faibles. Trop de gens parmi ceux qui siégeaient ici et gardaient fichés sur elle des yeux ébahis ou curieux lui tenaient au cœur, soit qu'ils lui fussent chers, soit qu'elle les eût en haine. Ainsi aimait-elle sa sœur la reine, comme elle aimait les deux jeunes chevaliers, Yvain le Fidèle et Hugue le Valeureux, jadis compagnons proches du roi Lépreux. L'image de frère Gérard, dont la cruauté furieuse et folle avait naguère durement dommagé le royaume, lui répugnait, tandis que le roi Gui semblait ne rien avoir pour lui plaire, même si elle s'exerçait à le chérir, hélas en vain. Elle abominait par-dessus toutes créatures et toutes choses Messire le connétable de Jérusalem, lequel à n'en pas douter le lui rendait. Enfin elle ne savait quel sentiment nourrir aujourd'hui envers Messire Onfroi, demeuré aux mains des Infidèles deux années pleines. De son baron courtois et beau, elle avait à peu près égaré le souvenir durant un si long temps. Mais autrefois, se rappelait-elle, quand ils parcouraient la terre d'Outre-Jourdain ensemble et ensemble vivaient dans la Pierre du Désert, où leurs deux rires mêlés résonnaient sous les voûtes, elle concevait assez d'amour pour Messire Onfroi de Toron.

Or en ce moment Messire Onfroi, sauté à bas de son fauteuil, accourait l'accueillir avec bienveillance et une fièvre étrange.

– Isabelle, ma mie, lui disait-il, est-ce bien vous ? Par la Vierge Sainte, comme il me paraît plaisant de vous revoir ! Confessez-nous tout maintenant, je vous en prie, quel malheur grandissime vous amène ici au milieu des batailles.

– Messire Onfroi, répondit-elle en prenant la main blanche que son seigneur lui tendait, une bonne fortune, croyez-le, m'a envoyée vers vous et non le noir malheur que vous redoutez sans cause.

– Contez-moi donc, s'il vous plaît, ma mie, cette faveur qui nous échoit dans un temps que Dieu a fait pour nous si miséreux.

– Messire Onfroi, murmura-t-elle, assurément je suis jeune et saine à ce jour, cependant que vous voilà revenu en terre chrétienne, réchappé vivant de votre prison sarrazine. Il est vrai que le royaume à cette heure est affligé malement, que les Sarrazins n'ont la moindre pitié de nous, que la guerre sera encore, dit-on, peineuse et rude. Néanmoins je resterai dorénavant auprès de vous et nous passerons nos jours, si Dieu le veut, ainsi que mari et femme s'aimant de cœur loyal.

– Oui, sans doute, ma mie, si Dieu le veut, balbutia Messire Onfroi le rouge au front.

Elle regardait son beau seigneur tandis qu'il la guidait, lui tenant la main, jusqu'à la table du roi. Doux étaient ses yeux tantôt couleur de la pervenche et tantôt gris comme un couvert de nuages, tendre était sa lèvre et vigoureux son corps enforci depuis l'enfance tant par les joutes que par les longues chevauchées dans le vent. Dame Isabelle en nul endroit n'eût su répéter les paroles de bel accueil que le roi, la reine et les chevaliers lui adressaient alors. Avec entêtement, elle gardait les yeux tournés vers son baron dont la vision aimable ne pouvait lui navrer l'âme ni lui pourfendre le cœur. Mieux valait cent fois détailler les grâces variées d'Onfroi de Toron que lever sur l'assemblée un regard qui irait sans faille se heurter au connétable de Jérusalem, un tourmenteur et un maudit prouvé. Messire Onfroi disposait pour elle un siège près du sien, puis la faisait asseoir en se plaignant que les denrées des Francs s'épuisaient de jour en jour et qu'il n'y avait plus guère à manger dans leur campement que des rats.

– Serait-ce, ma chère sœur, demanda le roi Gui, un vaisseau nouvellement arrivé d'Outremer qui vous convoya entre Tyr et le rivage d'Acre, ou serait-ce une galée tyrienne ?

– Je suis venue, Monseigneur, sur la nef du marquis de Montferrat, marmonna les yeux baissés la damoiselle.

– Par tous les saints du ciel ! ma chère sœur, le marquis vous aurait-il accompagnée lui-même ?

– Oui, certes, Monseigneur.

– Dieu fasse, cria le vieux sire de Cafran, qu'il nous ait apporté bon vin et grasses viandes ! Car nous allons tantôt périr de faim. Or savez-vous, Damoiselle, si vos cales étaient pleines ?

– J'ai ouï dire, Messire Geoffroy, que la nef charriait assez de victuailles pour nourrir un mois ou deux les chevaliers et sergents du marquis. Mais vous pouvez rassurer votre âme de tout en tout. Car nous avons rencontré sur la mer une foison de vaisseaux que les princes d'Allemagne et d'Italie ont envoyés secourir le royaume. Leurs gens vous pourvoiront en vivres dès demain, quand ils auront fini de décharger dans la plaine destriers et fourniment.

– Ma pauvre enfant, soupira le vieux seigneur, toute belle que vous soyez, vous rêvez comme folle ! Ces Croisés, vous pouvez m'en croire, lorsqu'ils atteignent nos rivages, n'ont plus à leur bord une croûte à manger. Ce sont eux, en vérité, qui nous affament.

– Depuis un mois, poursuivit la reine Sibylle, nous les voyons se répandre parmi nous en nombre chaque jour croissant. Ils ont englouti toute notre provende, estimant que nous devions les nourrir pour prix de leurs peines. Mais si nous avions encore nos richesses, nos fiefs, nos moissons et nos troupeaux, quel besoin, dites-moi, aurions-nous de leur aide ?

En ce moment Dame Isabelle, n'y pouvant tenir davantage, releva les paupières et dans son regard vint aussitôt se ficher par malice le regard de Messire le connétable de Jérusalem, qu'elle découvrait siégeant à son flanc droit, cependant que Messire Onfroi se tenait côté sénestre. Le chevalier poitevin, en bliaut bleu et brun de simple futaine, portant plus courts les cheveux qu'au temps de sa délivrance et n'ayant revêtu ni chapel ni joyaux, lui dit à voix suave :

– Ne vous mettez en souci de rien, Dame Isabelle ! Vous ne mourrez point ici de la disette, je vous en fais la promesse, dussé-je renoncer à mes portions de rats pour vous les offrir, quand nos ventres vides crieront si fort que nous pourchasserons ces gracieuses créatures par tout le tertre Saint-Nicolas. En nom Dieu ! Damoiselle, bienvenue soyez parmi nous !

– Y a-t-il, s'enquit Dame Isabelle, une telle abondance de rats alentour ?

– On en compte cinquante ou cent, je présume, pour chaque homme franc. Nous leur livrons une guerre sempiternelle ainsi qu'aux Sarrazins. Mais, par infortune, ils s'engendrent plus vite que nous ne les trucidons.

– Les dames qui séjournent ici, déclara Messire Onfroi, jugent l'endroit plus diableux qu'un enfer, tant elles y sont à malaise. Outre les rats, elles doivent endurer l'air puant, les mouches, la faim ou sinon les nourritures pourries, la noise que jour et nuit fait la piétaille et enfin les fièvres maligneuses.

– Bel ami Onfroi, lui répliqua la reine Sibylle, Saint-Nicolas me paraît loin d'être l'enfer que vous dites. Nous souffrons, ce peut être, des rats, des mouches et de l'eau défaillante, pourtant nous avons eu jusqu'à maintenant viandes et grains en suffisance. Et l'espérance que nous apportent ces foules de Croisés qui descendent sur notre Terre Sainte pour la sauver vaut bien qu'on se prive un peu et qu'on ait parfois la tête brûlante. Pourquoi voulez-vous ainsi déconforter votre femme dès son arrivée au siège d'Acre ? Isabelle, je vous en avise, a plus que d'autres vaillance et fermeté au cœur.

– Sa valeur, Dame, je la connais mieux que quiconque, étant son seigneur devant Dieu. Or devez-vous en bonne justice me reprocher le soin que je prends de votre sœur ? Sur ma foi, je ne pensais en parlant qu'à son plaisir et à son aise.

– Messire Onfroi, supplia la damoiselle, je vous en prie, apaisez-vous ! Chacun sait ici, et moi surtout, que vous me souhaitez le meilleur du monde.

– Sans doute, ma mie, étiez-vous à Tyr bien malbaillie, pour avoir mieux aimé partir vers les méchéances de la guerre que demeurer là-bas dans la richesse et dans la paix. Ce gentilhomme du Piémont, le marquis de Montferrat, que j'ai entendu nommer maintes fois un pur démon, vous aurait-il causé dommage ?

– Non, Messire Onfroi, jamais le marquis ne m'a fait grief en la moindre chose. Et j'estimais durement plaisante, je vous assure, la cité de Tyr, où la vie est restée bonne et belle comme avant la Bataille. Néanmoins, je suis venue me joindre à vous qui endurez ici un temps cruel, afin de guérir vos peines, si je le puis.

– Mes peines ? redit en clignant des paupières Messire Onfroi. Par Dieu ! vous montrez envers moi, Isabelle, trop de pitié ! Un preux chevalier surmonte seul ses peines, quand il en a. Et la fortune jusqu'à ce jour ne m'a envoyé que menus tourments, je vous le dis sans mensonge. Sur ma foi, je ne redoute ni batailles, ni fièvres, ni infamies, pas même d'engouler, si besoin en était, la chair bouillie des rats ! Mon seul souci, pour l'heure, est de vous trouver aux environs un logis convenable. Car cette nuit, quant à moi, j'irai suivant mon devoir m'héberger avec mes compagnons en bas du tertre, où nous attend demain une rude besogne. Le siège d'Acre, hélas ! est un champ de guerre sanglant et nullement une cour d'amour. En nom Dieu ! ma mie, gardez-moi votre foi et tâchez de manger une chose ou deux ! Nous avons encore aujourd'hui, voyez, de la poule farcie, des poissons frais et du pain blanc.

Dame Isabelle sentait sa force lui faillir. Contre le sien pesait le bras du connétable de Jérusalem, lequel ferait d'elle risée devant tous, à peine aurait-il ouvert la bouche, ce qui ne pouvait tarder. Lasse elle était en ce moment et envahie par la vergogne, pourtant ce fut un visage orgueilleux qu'elle tourna vers le chevalier maudit pour lui demander le plus courtoisement du monde :

– Savez-vous toujours comme autrefois, Messire Connétable, où sont détenus les chevaux et les fournitures de l'ost ?

Et le chevalier au lieu de rire inclina le menton, répondant à voix mesurée :

– Je demeure le cheftain des troupes royales, Dame Isabelle. En conséquence, je continue à veiller sur nos bagages, nos armes et nos chevaux. Auriez-vous besoin, par aventure, d'un coursier bien affilé ? Voulez-vous déjà vous enfuir loin de nous ?

– Je n'ai besoin, Monseigneur, que d'une tente en cuir ou sinon en bonne toile, ayant oublié, dans ma folie, d'en apporter une.

– Ici à Saint-Nicolas, Damoiselle, tous les chevaliers, moi compris, seraient trop heureux de vous accueillir sous leur propre pavillon et de vous ouvrir leur lit, si une sotte bienséance ne le défendait. Un grand nombre d'entre nous, me paraît-il, n'ont point des tâches aussi lourdes que Messire Onfroi et prennent repos ou plaisir quand la nuit est noire.

– Nous creusons, dit à Isabelle Messire Onfroi, une tranchée qui cernera le pied du mont et nous garantira contre les assauts ennemis. Ma compagnie de sergents a part à cet ouvrage et moi-même je commande les manœuvres depuis l'aube jusqu'à la vesprée.

Dame Isabelle, qui s'efforçait vaillamment de manger sans faim, répliqua entre deux bouchées de volaille :

– Vous me parlez, Messire Onfroi, d'un ouvrage de défense. Or je croyais nos troupes rassemblées sous les murailles pour assiéger la cité d'Acre. Ne l'assiégez-vous point ?

– Nous l'assiégeons, certes, ma mie, et les Sarrazins derrière les créneaux sont plus famineux que nous. Mais les bataillons du Sultan Yûsuf étant venus s'établir dans notre dos, nous sommes depuis la fin août assiégés à notre tour.

– Vous faites là une guerre bien singulière, Messire Onfroi.

– Singulière et périlleuse, Dieu le sait. Voilà pourquoi vous auriez fait sage en restant abritée à Tyr auprès de vos parents. L'angoisse me serre le gosier quand je songe aux dangers qui vont se presser autour de vous, que tant je prise et aime de bon amour. Par grâce ! ma douce amie, buvez un peu moins de ce vin et mangez davantage !

D'une main qui tremblait, Dame Isabelle rendit la coupe à l'échanson, puis elle s'écria hautement, le rouge lui montant aux joues :

– Certes, Messeigneurs, je puis coucher sous les étoiles parmi les pierres et la poussière, comme jadis lorsque je parcourais le désert entre Moab et Montréal avec le prince d'Outre-Jourdain. Ou bien je puis aller m'héberger auprès du marquis de Montferrat, qui soigne à merveille damoiselles et dames, dont il a une expérience nonpareille, affirme-t-on dans Tyr.

– Par le corps Dieu ! que dites-vous, Damoiselle ? clama le roi Gui, cependant que bégayait Messire Onfroi : « Que dites-vous, ma mie ? » et que la reine Sibylle à voix aiguë lançait : « Que dis-tu, Isabelle ? »

Et Dame Isabelle, inclinée vers le maudit chevalier, lui souffla au creux de l'oreille :

– La vérité, Messire, croyez-en ma parole !

Murmurant lui aussi, le connétable de Jérusalem répondit :

– Hormis celui du roi mon frère et de la reine votre sœur, le pavillon où vous dormirez cette nuit sera, je m'y engage, le plus beau qui soit au siège d'Acre. Vous le découvrirez apprêté pour vous à deux pas d'ici et pourrez y reposer avec vos gens et votre eunuque sans mordre la poussière.

– Merci à vous, Messire Connétable. Vous me ferez bientôt payer chèrement, je n'en doute guère, votre bonté d'aujourd'hui. Cependant, comme je me sens lasse à mourir, ce que vous m'offrez, je le prends, malgré ma défiance.

– Vous devez vous défier des rats, Dame Isabelle, non de ma bonté. Ces gentes bêtes, sachez-le, usent de la moindre ouverture, de la moindre faille dans nos défenses pour se glisser sous nos tentes et répandre parmi nous leurs nuisances. Mais je vous conseille de regarder assez légèrement la chose, d'en rire même, en songeant que certains hommes se montrent souvent plus cruels que les rats envers les pucelles.

Dame Isabelle à ces paroles ne put empêcher l'eau de lui monter aux yeux. Se détournant du chevalier, elle pencha la tête vers son baron, qui lui sourit avec douceur.

– J'ôterai votre angoisse dès ce soir, lui dit-il, en vous donnant une poudre précieuse dont la vertu est si puissante qu'elle occit les rats tout net. Votre sommeil sera paisible et je viendrai demain à la mi-journée passer près de vous le temps d'une chandelle.

En magnificence, le pavillon où fut hébergée la damoiselle valait bien le pavillon royal. Cette nuit-là et tant d'autres qui allaient suivre, elle y dormit seule dans son lit douillet. Messire Onfroi lui envoya au soleil levé une grande bassine d'eau fraîche qu'avaient recueillie ses hommes dans la plaine. Et sans y faillir, il parut devant elle cependant que l'heure de none résonnait à travers le campement de Saint-Nicolas. Il était sale et recru, ayant besogné aux tranchées depuis l'aurore, et de surcroît il traînait la jambe, mais une lueur joyeuse éclairait sa face, qu'il avait belle à démesure. Il conta, un rire au bord des lèvres, comment son pied, par malencontre, avait glissé sous une roue ferrée de charrette. L'aventure lui coûtait une cheville tordue déjà reboutée, une plaie au genou déjà bandelée avec toile et charpie, et lui gagnait la compagnie d'Isabelle pour le restant du jour.

– Mes sergents, déclara-t-il en soulevant une épaule, accompliront leur ouvrage sous la gouverne d'un autre chef. Raoul de Fauquenberge, ce chevalier dont vous affolez entièrement le cœur, veillera jusqu'à la nuit tombée sur ma fosse en même temps que sur la sienne.

Dame Isabelle n'osa porter la main à la jambe de son baron, qui ne voulait d'elle ni tendres soins ni pitié aucune. Sans remuer, elle regarda Messire Onfroi gagner un siège en claudiquant.

– Si vous aviez, reprit-il, gardé trois onces d'eau par-devers vous, j'aurais grand plaisir à ôter de moi cette crasse des tranchées.

Sautillant sur un pied, il se lava lui-même le visage et les bras, courbé par-dessus la cuve de bronze que deux serviteurs lui présentaient. Puis la damoiselle et son seigneur s'assirent côte à côte, burent un vin rond en gueule que les Templiers vendaient à prix d'or par tout le Toron de Saint-Nicolas et se contèrent des riens en attendant la déchéance du soleil. Messire Onfroi peignit le désarroi qui ne cessait de croître avec les foules de guerriers arrivant chaque jour d'Outremer et allant grossir le siège d'Acre. Issus de quinze nations ou vingt, ces étrangers avec leur croix à l'épaule jaillissaient sur la Terre de Dieu par torrents qu'on ne pouvait contenir en un lieu. Leurs chefs ne se comprenant pas entre eux, ils ne pouvaient s'assembler en une même et unique alliance comme les peuples de l'Islam. Ils plantaient leurs tentes à l'aventure, là où la terre semblait bonne, sans le moindre souci des positions ennemies. D'ailleurs ils ne savaient ni que ni quoi des Sarrazins, qu'ils croyaient dépourvus d'âme et tenaient sans en avoir vu un seul pour des manières de chiens. Assurément ils apportaient des armes à foison, mais de victuailles, néant. Et donc plus on en verrait venir, plus à l'entour d'Acre on aurait faim.

Quand la chaleur du jour eut décliné, Dame Isabelle et son baron dévalèrent à cheval dans la plaine. Jusqu'au seuil de la nuit, ils errèrent parmi les bataillons d'Occident qui s'étaient établis en lisière du fleuve d'Acre et s'étalaient par-delà celui-ci vers le nord aussi loin qu'œil d'homme pouvait aller. Il s'élevait de leurs hébergements cris et tumulte, fumées lourdes et puanteurs. À en juger par leurs vestailles, leurs arrois ou leurs tentes, les Croisés paraissaient aux princes de Jérusalem gens misérables. Messire Onfroi hochait le chef tristement. Leurs chevaliers eux-mêmes, disait-il, faisaient moins belle figure que les esclaves des Sarrazins.

– Ils ont, renchérissait Dame Isabelle, à peu de chose près le semblant de ces bannis que l'on rencontrait sur tous les chemins de Syrie après la Bataille. Pensez-vous, Messire Onfroi, qu'ils aient apporté avec eux de bonnes armes ?

– Oui, soyez-en sûre, ma douce amie. Et leur vaillance est grande, car les chevaliers d'Outremer ont coutume chez eux de guerroyer sans trêve.

La damoiselle, effarée par le nombre infini et la pauvreté des hommes au milieu desquels ils chevauchaient à petite allure, soupirait que le royaume n'aurait jamais assez de vivres pour nourrir tant de corps.

– Les temps qui s'annoncent, ma mie, seront durs. À défaut de viandes, nous serons ravitaillés en poissons, puisque la mer est à nous. Mais ils ne sauraient suffire longtemps à de telles multitudes. Vous verrez que les fièvres de Syrie saisiront un à un les Croisés rendus débiles par la disette. Les pires maux se répandront jusque parmi nous, et je me sens plein d'effroi, Isabelle, en pensant aux infortunes qui s'abattront sur vous. En nom Dieu ! que la Vierge Pure vous aide à regagner Tyr où ne soufflera demain nulle tourmente !

– Messire Onfroi, par votre bonté, finissez de noircir les choses ! Ma sœur la reine et plusieurs autres dames, jeunes ou vieilles, sont au siège d'Acre et, sur ma foi, elles y font entendre moins de gémissements que vous. Si vous aviez une demi-once d'amour pour moi, vous seriez tout chaud de me garder ici près de vous au lieu de vouloir dès maintenant me renvoyer d'où je viens !

La main sur le cheval de la damoiselle, Onfroi de Toron freina les deux montures qui déjà n'avançaient qu'au pas. Ayant la face blanche, il dit en un murmure :

– Vous êtes si jeune, Isabelle, ma mie, et si belle en vérité ! Vous contempler ici environnée par ces hommes sauvages ne réjouit nullement mon cœur et au contraire l'épouvante. Vous périrez, je le crains, après trois mois de siège ou six, quand vous aurez maigri et endurerez un à un les maux qu'engendrent les guerres.

– Avez-vous, Messire Onfroi, compté les Francs qui assiègent aujourd'hui la cité d'Acre ? Ils sont comme les gouttes d'une pluie drue. Et chaque jour en jaillit de nouveaux, hâtifs de relever notre royaume de Jérusalem. Le Sultan a dans sa main une puissance merveilleuse, pourtant les forces du Christ surmonteront cette fois les forces de l'Islam. Aussi le siège d'Acre s'achèvera tôt, ce peut être, et je ne périrai en nulle guise. Puis vous me parlez comme à l'enfant que j'étais au jour de nos noces. Mais je n'ai plus onze ans d'âge, Monseigneur, entendez-le, j'en ai dix-sept bien entiers et je vous jure que Sainte Église ne saurait désormais nous faire défense de demeurer la nuit ensemble, gisant dans un même lit. Or n'êtes-vous point envieux d'avoir un fils ?

La main de Messire Onfroi, glissant sur la rêne, vint recouvrir celle de Dame Isabelle, dont les doigts menus tressaillirent sous la douceur et la tiédeur qui les enveloppèrent.

– Avant le fils, belle amie, je veux voir naître la victoire des Francs et renaître le royaume. Et quoiqu'il me plaise de vous choyer, je devrai attendre pour dormir en votre compagnie d'avoir achevé ma fosse et en outre d'avoir guéri mon mal.

– Quel mal ? fit la damoiselle à voix rogue.

Le rire de son baron, frais comme un bruit de source, lui tinta aux oreilles ainsi qu'à celles de trois chevaliers danois qui, marchant près d'eux sur le chemin, leur jetèrent des regards ébahis.

– Ce mal, ma mie, que j'endure au pied depuis qu'une maudite charrette m'a heurté par accident. L'auriez-vous oublié ?

– Oui, Messire Onfroi, j'ai oublié, je crois, votre pied meurtri. Vous semblez, sur ma foi, si à l'aise en chevauchant, que je n'y songeais plus.

Loin de se courroucer, Messire Onfroi de Toron clama joyeusement que sa jambe souffrait durement de toucher terre mais fort peu d'éperonner son cheval.

– Trouvez-moi des ailes, dit-il, si vous avez pour moi un grain d'amour. Alors ma douleur s'envolera en même temps que moi et je vous ravirai entre mes griffes pour vous emmener visiter la lune et les étoiles.

Comme le crépuscule descendait, ils s'en rallèrent vers le Toron de Saint-Nicolas. Dame Isabelle eût mieux aimé visiter la couche de son seigneur plutôt que le ciel immense. Mais après s'être nourri fort petitement à la table du roi, Messire Onfroi prit congé de sa dame et salua la compagnie. On avait au manger disputé longuement du grand assaut dont le marquis de

Montferrat s'était angoissé naguère à l'idée qu'on le donnerait sans lui. La provende s'épuisait, la famine commençait d'étendre sur les Francs son ombre mortelle. Remettre vingt fois le combat, déclarait le connétable de Jérusalem, valait néant. Le roi Gui alors éleva la voix. On attendrait huit jours, déclara-t-il, pas un de plus, avant d'entrer en bataille. D'ici là on apprêterait les hommes et les armes. Des chevaliers d'Occident, on rallierait Allemands et Pisans, mais surtout Champenois et Flamands, qui jargonnaient le français, quant à eux.

– Et le marquis, lança Messire Hugue de Fauquenberge, qu'en fera-t-on ?

– Qu'il aille au diable ! cria le roi Gui. Onques je ne batailLerai aux côtés du félon qui a rapiné mon fief de Tyr sans vergogne !

Cependant le connétable contredisait la parole de son frère, assurant que le marquis serait avisé de l'affaire par un message et qu'il se joindrait ou non aux assaillants, suivant sa guise.

La damoiselle durant le parlement s'était tenue muette. Sa condition de dame restée pucelle occupait nouvellement tout son cœur et son esprit. Pouvait-elle se fier à Messire Onfroi quand il promettait en riant qu'après la blessure et après la tranchée, il se soucierait de faire femme sa jeune épouse ? Il convenait que Dame Isabelle se montrât juste envers lui. Comment l'eût-elle blâmé d'avoir jadis honoré loyalement la loi ecclésiastique en ne touchant point à une enfant ? Et s'il avait vécu parmi les Sarrazins deux ans de son âge, prisonnier sans liens ni geôle et néanmoins prisonnier, en était-il coupable ? Messire Onfroi se réaccoutumerait peu à peu à vivre au milieu des siens. Bien que souffrant par lui une honte mortelle, Dame Isabelle saurait lui octroyer du temps. Avec largesse elle lui accorderait trois jours pour finir aux tranchées sa besogne et cinq autres jours pour guérir entièrement son pied navré. En conséquence, Messire Onfroi de Toron, s'il ne voulait déchoir aux yeux de la damoiselle, devrait, le 4 octobre dans la nuit, dernier délai, s'être prouvé un véritable ami charnel. Et tandis qu'elle suivait sa pensée, Dame Isabelle perçut la voix lointaine du roi de Jérusalem qui disait en ce moment :

– Le 4 octobre, mes beaux amis, sera le jour de l'assaut!

Octobre s'étant annoncé, les passages entre l'Occident et la Syrie s'arrêtèrent comme de raison. Ils ne reprendraient qu'au mois d'avril suivant, après la trêve imposée par l'hiver. Les Francs de Palestine, malgré leur désir de voir rassemblée sous la croix du Christ la plus puissante armée jamais déployée sous le ciel, se sentirent soulagés. Trop de ventres criaient déjà famine devant les murailles de la cité assiégée. Les denrées devenaient si rares qu'elles n'avaient plus de prix. On se préparait à guerroyer de grande ardeur, moins pour occire des Infidèles et surmonter l'ennemi en bataille que pour tenter une percée dans les troupes qui assiégeaient les assiégeants, se ruer par la brèche et s'en aller piller les vivres du Sultan. Car si les Sarrazins peuplant la cité d'Acre mouraient de faim et si les Francs étaient malement travaillés par la disette, au contraire les guerriers de Saladin, n'apercevant derrière eux que champs et vergers, avaient à manger tant qu'ils voulaient.

Le 4 octobre au matinet, les chevaliers du roi Gui tout en armes, lance brandie et heaume rabattu, quittèrent sur leurs vigoureux destriers le Toron de Saint-Nicolas. Dans la plaine se joignirent à la troupe royale premièrement les chevaliers du Temple menés par frère Gérard de Ridefort, leur Grand-Maître flamand, puis la preuse chevalerie de Champagne en avant de laquelle chevauchait le comte Henri de Bar, puis les Hospitaliers et les gens d'Italie, enfin les Allemands conduits par le landgrave de Thuringe. À travers l'aube grise, les bataillons faisaient voie vers l'orient quand ils rencontrèrent sur le chemin le marquis Conrad de Montferrat qui les attendait de pied ferme avec sa bannière levée haut et ses Piémontais. Après un froid salut qu'échangèrent de loin Messire Gui de Lusignan et Messire Conrad, les assaillants rassemblés et disposés en bon ordre s'élancèrent à franc étrier, le connétable de Jérusalem allant devant et le marquis le talonnant avec rage.

Ce jour-là fut pour les Francs jour de liesse et jour de deuil. Environ l'heure de midi, les rangs ennemis comme espéré furent disloqués par les charges terribles que leur donnait depuis l'aube l'armée chrétienne. Le comte Henri de Bar, chevalier d'une hardiesse nonpareille, se jeta dans la trouée la plus large et galopa suivi de sa troupe jusqu'au campement du Sultan où il déroba en un éclair ce qu'il put trouver de vivres et d'avoirs. Alors les Sarrazins gémissaient et pleuraient, se plaignant d'Allah qui laissait périr sans miséricorde leurs officiers en grand nombre et même leurs émirs, tels Mujallî ou encore Zâhir ad-Dîn, seigneur dont le frère gouvernait Jérusalem. Et les Francs joyeux rendaient grâce de leur côté à Monseigneur Jésus.

Or le Sultan, qui avait pu s'écarter à temps de son hébergement, gardait foi et sérénité durant l'orage. Comme il voyait les gens du Christ perdre le sens tandis qu'ils se livraient, débandés et fiévreux, au pillage du camp sarrazin, il ordonna de leur servir sans demeure un contre-assaut. Les émirs, qui s'enfuyaient de çà et de là comme des lièvres affolés, revinrent sur le champ de bataille. Par cris et clameurs ils rendirent courage à leurs hommes, puis ayant reformé les rangs en ordre parfait, ils coururent sus aux forces franques éparpillées parmi les tentes musulmanes. Surpris en pleine confusion, les Francs abandonnèrent là l'entreprise de brigandage qu'ils avaient si bellement commencée. Ce furent eux, cette fois, qui firent les lièvres et prirent l'escampe. Vainqueurs et vivants quand résonnait l'heure de midi, ils se trouvaient pourchassés à la vesprée. Maints d'entre eux s'écroulèrent meurtris ou morts sous les sabres courbes des Infidèles, qui rejetèrent le restant jusqu'au Toron de Saint-Nicolas.

Or la chance, qui aime à rire et se moquer de nous, mêla un temps durant la retraite chevalerie poitevine et chevalerie du Piémont. Ainsi conduisit-elle avec malice le marquis de Montferrat auprès du roi de Jérusalem, deux hommes remplis de haine l'un envers l'autre. Ils galopaient et guerroyaient de grande ardeur pour échapper aux ennemis dont ils étaient cernés sans fin. Autour d'eux sifflaient les flèches, retentissaient les cris de mort, luisaient par éclairs les lames courbes tranchant les cols, et déjà le fer étincelant d'un Turc tourbillonnait derrière le chef du marquis de Montferrat, lorsque Messire Gui de Lusignan, apercevant la chose, abattit l'Infidèle d'un jet de lance en pleine gorge. Si périt ce jour-là Andrieu de Brienne, beau chevalier champenois, dont la tête blonde soudain vola et s'en alla rouler dans la poussière, Messire Conrad, en revanche, que l'on disait pareil à un démon, rentra de l'aventure ayant encore, par la faveur singulière du roi, son chef planté sur ses épaules.

X

Dans l'entreprise vaine avait péri le comte de Brienne et avec lui s'en étaient allés à Dieu assez de chevaliers moins renommés ou dont le temps déloyal a enseveli les noms. Parmi ceux qui jamais ne revinrent à leur pavillon fut le Grand-Maître des Templiers, frère Gérard de Ridefort. Certains contèrent comment l'ennemi, s'étant saisi du chevalier en robe rouge à croix blanche, l'avait trucidé sans longue demeure. Mais il y en eut pour contredire ce rapport, affirmant que le Templier s'était évanoui du champ de bataille par félonie, ou sinon par enchantement. Quoi qu'il en soit, nul ne le revit plus chez les Francs, et Dame Isabelle ne put trouver dans son œil seulement une larme à répandre sur lui.

Pour la damoiselle, cette journée du 4 octobre 1189 n'avait en rien été plus avantageuse que pour les chevaliers valeureux partis à l'assaut. Messire Onfroi, parce qu'il avait la jambe dolente et le pied gourd, s'était vu charger par le roi de garder le Toron de Saint-Nicolas. Jusqu'après none, Dame Isabelle avait pu aimablement deviser et chichement dîner avec son baron comme avec les autres seigneurs demeurés en arrière à veiller sur les pavillons francs. Mais cependant qu'on siégeait au manger, les Sarrazins garnissant la cité d'Acre, ayant vu depuis les créneaux l'hébergement chrétien vidé de ses combattants, avaient pris les armes et franchi les murailles. Le ventre tordu par la faim, ils s'étaient rués sur Saint-Nicolas, espérant à la faveur d'une envahie soudaine dérober les maigres denrées de ces Francs pour l'heure tout occupés à piller celles du Sultan.

Messire Onfroi, ses compagnons et les sergents de leur troupe avaient dû batailler plus fièrement que lions en rage afin de garantir le campement contre les Infidèles et débouter l'ennemi. Le dernier Sarrazin ayant pris l'escampe et dévalé à grande allure le flanc du tertre, les chevaliers et les dames s'en étaient allés cheminer de pavillon en pavillon pour évaluer les dommages. Messire Onfroi, son clair visage souillé par la sueur et la poussière, sa parole encore haletante, sa tunique en penaille sous le haubert de mailles serrées, traînait la jambe misérablement tandis qu'il avançait vaille qui vaille entre sa femme et la reine Sibylle, comptant avec elles blessés et trépassés, pavillons dégâtés et victuailles défaillantes. La damoiselle, devant la vaillance manifestée par son jeune seigneur, avait fléchi et banni de son esprit tous reproches, toutes semonces, tous délais et toutes rancœurs. Au soir du 4 octobre, elle s'était endormie seule sur sa couche, ne songeant à rien hormis à la guerre qui lui prenait sa vie et ne s'achèverait, prévoyait-elle, ni en un jour ni même en cent.

Les morts jonchaient la terre alentour de la cité d'Acre. Chacun enfouissait les siens quand la chose pouvait se faire, mais entre l'hébergement du Sultan et celui des Francs s'étendait un espace périlleux où nul n'osait s'aventurer. Quiconque voulant aller quérir là des corps devait redouter d'être assailli par l'ennemi. Et donc les morts qui gisaient en ce lieu pourrissaient sur place. Bientôt l'air se chargea de relents infects que les vents couraient en hâte mettre sous le nez des vivants. Puis les vivants furent gagnés par une fièvre maligne issue du charnier, laquelle devint générale et s'accompagnait de hideux flux de ventre. Lors le Sultan, seul à pouvoir reculer, entraîna ses forces trois lieues plus loin vers le sud, espérant par là esquiver l'épidémie. Lui-même pourtant, malgré ces mesures prudentes, souffrit le mal commun et ses boyaux se vidèrent sans relâcher plusieurs jours durant.

Quoique le terme de cette bataille laissât les Francs défaits, accablés sous le nombre de leurs blessés et de leurs morts, affaiblis par la dysenterie et toujours famineux, ils gagnaient dans l'affaire un avantage précieux : désormais ils n'avaient plus dans les reins les sabres des Sarrazins. Ils maudissaient l'épidémie et la bénissaient aussi, car elle éloignait d'eux le Sultan. Cloué sur un lit pour de longs jours, Saladin allait oublier un moment le siège d'Acre, et les Francs auraient bon loisir, après avoir repris haleine, de préparer le futur. Les forces des Chrétiens étaient aujourd'hui puissantes à merveille, riches en armes comme en piétailles et en chevaleries. Peu à peu, les morts du 4 octobre disparaîtraient des chemins, leur sang finirait de rougir le fleuve, leur souvenir pâlirait dans les mémoires puis s'effacerait entièrement. Preux, têtus, enflés d'espoir, les combattants du Christ surmonteraient l'angoisse et le déconfort causés par un jour d'automne infortuné.

Frisons ou Danois, gens d'Allemagne ou de Sicile, gens de Pise, de Rome, de Champagne ou de Flandre, seigneurs ou sergents du royaume de Jérusalem, tous d'un même élan se mirent à l'ouvrage. Ne sachant si le Sultan resterait éloigné des jours, des semaines ou des mois, ils se peinèrent de l'aube à la nuit en grande hâte. Après avoir élargi le champ du siège en cernant la cité d'Acre depuis la mer au sud jusqu'à la mer au nord, ils prolongèrent les fossés déjà creusés de manière à entourer de tranchées tout leur hébergement. Et tandis que certains creusaient, d'autres sergents avec la terre enlevée bâtissaient un mur devant le trou. Les choses ne traînaient guère, tant il y avait alors de bras francs en ce lieu du monde.

L'épidémie continuait à frapper et faire morts les hommes, quel que fût leur dieu. Elle touchait aussi bien un clerc de Bruges, un sergent de Pise, un chevalier de Mayence, un écuyer de Provins qu'un émir de Roum, un officier du Diyârbékir, un imam du Caire ou l'un de ces étranges Musulmans qui avaient la peau noire comme la suie et se coiffaient de bonnets rouge sang. Ces derniers, quand le mal diableux les gagnait, souvent rendaient l'âme, de même que les Croisés foulant la terre d'Orient pour la première fois. Au contraire les Arabes, les Turcs et les Francs natifs de Syrie périssaient rarement et se relevaient tôt. Le Sultan, toutefois, resta faible si longtemps qu'il aima mieux maintenir l'hiver durant ses bataillons sur le mont Kharrûba où il s'était établi. Chaque jour il envoyait son avant-garde harceler de flèches et pierrons les Francs qui besognaient à leurs ouvrages de défense, et là s'achevait tout son effort de guerre.

S'étendant sur deux lieues au moins de la mer à la mer autour des murailles d'Acre, l'hébergement chrétien se muait lentement en cité géante aux logis de cuir et de toile, parfois même de planches. Enclos derrière leurs murs de terre, les étranges citoyens du lieu se rassemblaient comme il se devait par nations. Et cette cité, qui recouvrait en partie la plaine d'Acre en plus du Toron de Saint-Nicolas, se divisait en vingt quartiers, puisqu'il y avait là vingt peuples parlant vingt langages divers. Les quartiers à leur tour se divisaient en cantons par le moyen de rues et de venelles portant sur une enseigne un nom écrit dans le jargon propre des habitants. Étals de marchands, échoppes de manouvriers côtoyaient les masures du peuple menu, tandis que les hauts seigneurs avaient leurs demeures à l'écart de la presse, dans un carré de verdure ou sur un mamelon boisé. Soulevant à l'aventure la portière d'une tente, le nouvel arrivé pouvait aussi bien découvrir devant lui une taverne qu'une chapelle silencieuse ou une écurie puante.

Les guerriers étaient loin d'être seuls à peupler la cité nouvelle qui compta, dit-on, jusqu'à soixante mille âmes et au-delà. Besogneurs, gens de négoce, gens d'Église, ingénieurs, physiciens, pèlerins empêchés d'atteindre Jérusalem et se donnant pour tâche d'encourager par la prière les combattants, tous exerçaient leurs talents comme ils l'eussent fait à Paris, à Compostelle ou à Cologne. On en voyait certains s'enrichir à outrage, tels changeurs et drogmans, les premiers ayant fondé une place du Change où se pressait la foule entre l'aurore et le couchant, les seconds courant sans répit offrir leurs services d'un quartier à l'autre du campement devenu ville. Cependant ce peuple d'hommes qui ne guerroyait nullement et remplissait les offices les plus variés se doublait d'un peuple de femmes et d'enfants dont le nombre d'ailleurs en perpétuelle croissance laissait bouche bée les Sarrazins.

Dames et putains composaient la majorance des femmes. Communément jeunes et vaillantes, accoutumées à la contrée comme à la guerre, les premières accompagnaient au siège d'Acre leurs barons, chevaliers palestiniens dépouillés de leurs fiefs et demeurant dans la suivance du roi Gui. La reine Sibylle et sa sœur Isabelle étaient de ces dames les modèles achevés. La reine avait en outre deux enfançonnes qu'elle gardait auprès d'elle sous la tente cheftaine.

Quant aux putains, le campement chrétien en hébergeait à grand foison. Les unes, syriennes, géorgiennes, franques de basse génération nées au royaume de Jérusalem, s'étaient traînées sur les chemins après la Bataille, puis avaient rejoint l'armée nouvelle de Messire Gui devant Tripoli. Nul n'en savait le nombre juste. Les autres, en revanche, venues d'Outremer avec les Croisés pour la consolation des preux guerriers, n'étaient pas moins de trois cents, suivant l'estimation donnée par le capitaine du navire qui les avait transfrétées depuis Messine. À en croire les Francs de Jérusalem, ces putains d'Occident, fardées et affublées d'une manière ignorée d'eux, outrepassaient en beauté les putains de la Syrie franque. Les Croisés approuvaient ce jugement les yeux fermés, car ils avaient une peur mortelle des femmes orientales, qu'ils tenaient sans les connaître pour créatures sorcelières qu'enfantait dans son enfer le Diable.

Outre les putains et les dames, la cité des vingt nations abritait quelques bourgeoises plus ou moins pécunieuses, femmes de changeurs, de physiciens ou de boutiquiers rentrés en Palestine après deux années d'exil à Tripoli, puis quelques rares servantes ayant par miracle esquivé la mort ou l'esclavage lors de la déconfiture, enfin plusieurs femmes sergents ou même chevaliers, que l'on voyait guerroyer lance au poing comme des hommes. Dès le temps lointain de Godefroi de Bouillon, ces femmes d'armes priant le Christ avaient hanté les batailles sur la Terre Sainte. On les apercevait dans tous les combats, à peu de chose près. Parmi les guerrières d'Acre, il se rencontrait des femmes natives de Syrie et des femmes d'Occident s'étant croisées durant l'été.

Or, puisque l'hébergement chrétien regorgeait de femmes, il fourmillait aussi d'enfants. Les physiciens en mettaient au monde sous les tentes, quand ils ne soignaient pas les blessés ou les foireux. Les enfants abondaient plus qu'en nul autre endroit sur le Toron de Saint-Nicolas où demeuraient dames, ribaudes et bourgeoises du royaume perdu de Jérusalem. Chevauchant de petits ânes, des chèvres, des chiens ou des cochons, tant garçons que filles dévalaient en braillant à pleine voix les flancs de Saint-Nicolas. Ils se cachaient par jeu dans les tranchées, grimpaient sur les engins de guerre, tendaient des pièges aux rats, se divisaient en Sarrazins et en Francs avant de s'entre-combattre avec des bâtons. Certains mouraient du mal dont le Sultan et bien d'autres cette année-là souffraient. Mais il en restait toujours assez pour semer à travers le campement un tohu-bohu dont les Croisés jusqu'ici n'avaient jamais eu l'idée.

Assurément la vision d'enfants s'ébattant à qui mieux mieux dans le giron de la guerre n'était nullement la seule chose à laquelle n'entendaient goutte les Croisés. Pour dire le vrai, ils ne cessaient d'écarteler leurs yeux d'ébahissement, de sourciller et maugréer comme s'ils avaient mis le pied par malaventure sur une terre non point sainte mais damnée. En descendant de leurs navires, ils croyaient comme gens naïfs et trop fervents qu'ils allaient sans demeure courir sus aux Sarrazins, les pourchasser de bourg en bourg, de cité en cité, reprendre d'assaut un à un les fiefs et les chastels francs, pour à la parfin pénétrer dans Jérusalem délivrée par eux de l'Infidèle maudit. Mais rien n'était allé ainsi qu'ils l'avaient conçu en songe. Ayant à peine touché la Terre de Promission, voilà qu'ils s'étaient trouvés arrêtés dans leur élan, contraints de planter leurs tentes là où le roi de Jérusalem assiégeait l'ennemi, en un lieu, hélas ! dont l'air nuisait au corps des étrangers, un lieu qui favorisait malement les fièvres et les flux de ventre mortels. Et pour comble d'infortune, voilà que le Sultan était venu avec sa chiennaille de Turcs se poster dans leur dos, les assiégeant à leur tour, les emprisonnant, les affamant sans merci, tantôt les harcelant de flèches, tantôt les abreuvant d'un feu infernal dont l'Occident n'avait jamais ouï parler. On ne pouvait plus remuer à son loisir, partir vaillamment en guerre et parcourir sous le vent frais plaines, champs, villages, monts et vallées.

Pourtant ces méchéances, Dieu les aidant, ils les enduraient en hommes preux. Elles les tuaient ou sinon les débilitaient, mais n'émerveillaient guère si rudes combattants, qui tous se souvenaient, disaient-ils, avoir connu pire. Non, en vérité, ce qui leur semblait merveille absolue et enrageait leur cœur, c'était la manière dont les Francs du royaume de Jérusalem et les chiens musulmans se contenaient les uns envers les autres.

L'hiver étendait maintenant sa main nue sur la plaine d'Acre. Avec lui et l'épidémie toujours vivace, avec la famine rongeant le peuple franc plus ardemment depuis que l'amiral Lûlû, conduisant la flotte égyptienne, était venu rendre à l'Islam la maîtrise de la mer, les manœuvres de guerre se ralentissaient peu à peu, les assauts s'amollissaient, les hommes relâchaient leurs efforts d'un côté comme de l'autre. Et le temps passant, les gens d'Orient, Chrétiens et Musulmans, se lassaient durement de s'entre-combattre sans se parler jamais, de s'entre-tuer sans jamais s'honorer. Dieu sait qu'un Franc de Jérusalem comprenait mieux le jargon, l'être et les coutumes d'un Sarrazin que ceux de certains Croisés qui peuplaient par-delà la mer des nations étranges !

Pour commencer, Musulmans et Chrétiens d'Orient eurent seulement entre eux de brefs parlements après la déchéance du soleil, quand par défaut de lumière ils devaient interrompre les batailles. Ils se contaient alors une ou deux fardailles, qui les faisaient rire d'une seule voix. Mais comme les nuits s'allongeaient à mesure que l'hiver s'avançait, les contes s'allongeaient aussi, jusqu'au jour où un sergent franc natif de Blanchegarde, en Judée, cria qu'il voulait défier à la soule Abû Hâkim, un jeune sergent damasquin dont il prisait comme chacun la parole moqueuse. Abû Hâkim releva le défi, quoiqu'il connût à ce jeu néant. Et cependant qu'on se peinait afin d'enseigner au Sarrazin les règles de la soule, quelqu'un envoya quérir aux environs lanternes et brandons. Il y eut, ce soir-là, sous les étoiles, grande fréquentise de Chrétiens et d'Infidèles pour contempler en jetant des clameurs un guerrier priant Allah et un autre priant le Crucifié frapper des boules de bois avec des crosses. Ils jouèrent par honneur et par plaisir, sans compter les points, car Abû Hâkim supportait, jugeait-on, un trop lourd désavantage vis-à-vis du sergent de Blanchegarde.

Les Musulmans le lendemain se firent un devoir d'instruire leurs ennemis francs des meilleurs jeux sarrazinois. Et depuis lors, sitôt annoncée la brune, les gens des deux religions déposaient les armes. Sous les yeux effarés ou furibonds des Croisés qui regardaient de loin, Francs du royaume latin et Sarrazins d'Égypte comme de Syrie s'assemblaient gaiement dans la plaine sur un lopin de terre voué à la neutralité. Là s'échangeaient paroles de rigolage et contes plus volontiers ribauds que chevalereux. Là les ennemis du jour devenus les amis du soir jouaient à tous les jeux dont ils avaient la science, fors aux jeux de combat, décrétés bannis par accordance mutuelle. Bientôt ils s'enhardirent jusqu'à manger, assis dans l'herbe, aux mêmes plats, et bientôt après, ils dansèrent ensemble.

Ces belles gens si singulières qui oubliaient la guerre au soleil couchant et se la remembraient sans faille au soleil levant, c'était de la piétonnaille, de la sergentaille, du petit peuple des armées qu'ils étaient issus. Quant aux chevaliers et princes francs de Jérusalem, aux officiers et émirs sarrazins, ils suivaient d'un œil moult envieux les plaisirs que leurs hommes se donnaient sur le terrain de jeux que tous nommaient d'un commun accord le « maydân ». Les officiers et gouverneurs sarrazins de la garnison, penchés aux créneaux, guettaient leurs sergents ayant franchi les murailles pour aller se réjouir parmi ceux qui les assiégeaient. De leur côté, les émirs et capitaines commandant l'avant-garde glorieuse du Sultan venaient souvent errer autour du maydân et saluaient en s'inclinant les barons chrétiens qu'ils rencontraient au passage. Dame Isabelle plus d'une fois dévala sur son gris palefroi le Toron de Saint-Nicolas à la lueur des lanternes pour courir voir dans la plaine danser, jongler et jouer les gens de sa nation avec ceux de la nation maudite. Les autres dames y couraient aussi, la reine Sibylle en tête. Les fêtes du maydân étaient le plaisir du jour, qui bannissait des esprits mort, sang, fièvre et famine.

Or il advint cette chose que le Sultan Yûsuf, retourné à sa mansuétude naturelle sous le coup du mal qui devait lui tourmenter les entrailles jusqu'au printemps, souhaita rétablir les liens de courtoisie qu'il entretenait naguère avec les princes de Jérusalem. Il écrivit au roi Gui, lui reprochant assez légèrement d'avoir menti sa foi, « car, par la barbe du Prophète ! lui disait-il, tu n'as ni franchi la mer ni cessé de porter les armes contre moi, comme tu l'avais promis à la face de ton dieu ! ». Messire Gui répondit tout aussi légèrement qu'il avait bel et bien passé la mer pour se rendre en personne sur l'île de Ruad. « Et ma promesse, ajoutait-il, me tenant durement au cœur, Seigneur Sultan, je veille à faire toujours porter mes armes par mon cheval quand je pars en bataille contre vous. » Cependant il achevait son message par trois mots d'honorance et d'amitié qui surent émouvoir Saladin, lequel aima mieux rire du commencement que s'en courroucer. Le roi Gui s'efforçait de racheter sa niaiserie d'antan par un sursaut de vaillance, or le Sultan estimait la vaillance au-dessus de tout.

Les deux cheftains s'adressèrent après ceux-là d'autres messages sans rancune et même s'échangèrent des présents, suivant la mode musulmane. Et c'est ainsi qu'émirs et barons, officiers de l'Islam et chevaliers du Christ, voyant les premiers d'entre eux se traiter de la manière la plus amiable, jugèrent légitime de les contrefaire. Un second maydân, en conséquence, fut établi pour les seigneurs, qui venaient s'y délasser au déclin du jour, les uns portant bliaut, pourpoint et chaperon, les autres ayant revêtu qabâ, caftan et turban de soie maintes fois enroulé autour du voile ou de la chéchia. La noble assemblée cheminait à petits pas, siégeait devant un échiquier, prêtait l'oreille aux mélodies qui résonnaient partout alentour. Si jamais on ne discernait là de dames sarrazines, les dames du royaume volontiers accompagnaient leurs barons et parlaient, riaient, jouaient comme les hommes. Charmés malgré eux, émirs et officiers musulmans se bousculaient pour les servir.

Les Chrétiens restèrent enclos dans leurs hébergements durant la semaine pieuse et joyeuse de la Nativité. Mais ils retournèrent sur les maydâns quand arriva le temps de célébrer l'an neuf. Et parce qu'il était coutume chez les Francs qu'en pareille occasion hauts hommes et vilains fussent mêlés en un seul peuple festoyant, on abattit les palis qui séparaient le maydân des petits du maydân des grands. Par trois crieurs que devançaient trois tambours fut annoncée la fête aux ennemis sarrazins : il y aurait le 1er janvier de l'an chrétien courses de chevaux, combats de coqs, jongleries et danses. Le baronnage de Jérusalem, d'Antioche et de Tripoli offrirait tous les plaisirs, sauf les mets du souper, car les denrées faisaient pour l'heure malement défaillance. Adonc chacun devrait apporter avec lui son manger.

Au premier soir de l'an 1190 reluisait la lune dans le firmament. Quoique le soleil eût flamboyé jusqu'à sa chute, on sentait venir la froidure. L'air était sec et sans grande puanteur. Sur la voûte céleste s'éclairaient une à une les étoiles, cependant que des hommes boutaient le feu aux brandons, lampes et lanternes dispersés à travers le champ clos afin d'enluminer la fête. Avant même que la nuit ne fût noire, il se pressait là une telle multitude qu'on avait dû reculer d'une portée de lance les frontières du maydân. Pas une dame, sinon mourante, ne serait en ce jour demeurée sous son pavillon, et pas une putain non plus. Honnêtes femmes et vilotières apparaissaient parées avec magnificence, ayant toutes le cœur embelli comme le corps et comme la face. Alors guerroyer devenait un songe qu'effaçaient d'heure en heure les élans de la liesse folle.

Conseillés fort sagement par Allah, les officiers de Saladin avaient usé le plus clair du jour non à projeter fer et feu sur l'ennemi chrétien, mais à chasser dans les bois environnants. Ils gagnèrent le maydân chargés de pesantes gibecières dont ils firent en riant rouler le contenu aux pieds des chevaliers francs : lièvres, perdrix, faisans, biches, gazelles, c'étaient là les proies friandes qu'ils offraient à leurs hôtes pour l'amélioration du festin. En lisière de la planée furent dressés tout maintenant vingt bûchers d'où s'élevèrent jusqu'à l'aube les odeurs suaves des viandes rôties. Entraînés par le vent, ces arômes allèrent irriter les narines des chevaliers danois, frisons, allemands, italiens, flamands et champenois, qui en ce moment dévoraient herbes et racines avec un peu de pain noir dit reboulet. On entendit hurler certains que les Francs de Jérusalem, gens félons et déloyaux, étaient fils du Diable ayant bien mérité, assurément, d'avoir perdu leur royaume. Nul d'entre les Croisés ne se montra sur le maydân, fors le marquis de Montferrat, en lequel Dieu avait mis plus d'une once de hardiesse et de curiosité.

Il y eut des tables longues aux nappes de fine futaine qui accueillirent le gibier sarrazin, mais à cause de la foule dense, on laissa les sièges sous les pavillons. Dame Isabelle faisait le tour de chaque table dans un sens puis dans l'autre. Elle s'arrêtait devant toutes les viandes, saisissant et arrachant à grande allure autant de lambeaux de chair rôtie qu'elle pouvait en engloutir. Elle ne se souvenait pas s'être empiffrée en cette guise depuis le jour de ses noces, dans la Pierre du Désert assiégée par le Sultan. Mais alors Messire Onfroi posait des yeux émerveillés sur sa petite épouse de onze ans, qui mangeait malgré la guerre avec une faim de loup. Au lieu que la damoiselle aujourd'hui ne savait seulement où errait Messire Onfroi. Il avait, deux mois plus tôt, maudit cent fois l'amiral Lûlû, qui, pour avoir repris aux Francs la maîtrise de la mer, empêchait désormais Dame Isabelle de rejoindre Tyr. Messire Onfroi se tuait à la besogne, œuvrant tout le jour aux tranchées ou aux machines de siège, et dormant ici ou là parmi ses compagnons. Il soupait parfois près de sa femme à la table des princes, lui parlait comme à son amie chérissime et jamais il ne la touchait.

Dame Isabelle reçut trois doigts de vin, pas davantage, que lui versa l'échanson royal.

– Voilà, dit-elle à Messire Hugue de Fauquenberge, un homme dont la main devient jour après jour plus avaricieuse. Pourtant on s'ébahit de voir le vin couler toujours, même aussi chichement. Sauriez-vous, par aventure, d'où on le tient ?

– Je sais, répondit le prince de Galilée, que les chevaliers du Temple en sont les pourvoyeurs. Mais où, comment et par qui eux-mêmes se le procurent est mystère absolu.

– Un autre mystère, Messire Hugue, est l'endroit où ils le renferment.

– Par Dieu ! Dame Isabelle, n'en doutez une once, le vin du Temple repose en de fraîches et bonnes caves, comme il sied.

– De bonnes caves, Messire, sur le Toron de Saint-Nicolas ? Sans mentir, les avez-vous aperçues de vos yeux ?

Le valeureux prince de Galilée avala en une goulée le restant de sa coupe et déclara :

– On trouve partout des caves, Damoiselle, croyez-en ma parole, car il n'est un seul vivant qui ne veuille pour le moins dissimuler au monde une chose ou deux. Et si le Toron de Saint-Nicolas ne recèle aucune cave, les Templiers auront enfoui leur vin ailleurs. Songez que les souterrains, les bas-fonds, les fosses, les loges secrètes sont les pierres d'angle avec lesquelles se bâtit leur fortune.

Dame Isabelle eût aimé demander à quoi leur servait de s'enrichir en cachant des trésors dans les caves, puisque étant gens de Dieu, ils choisissaient lors des batailles la position entre toutes périlleuse et donc rendaient l'âme avant les autres. Mais elle demeura bouche bée, sa coupe de vin tressaillant dans sa paume, en apercevant un officier sarrazin qui s'approchait pour saluer Hugue de Fauquenberge. Messire Hugue à son tour inclina courtoisement le chef et Dame Isabelle fut soudain en face de l'officier, lequel se souvenait d'elle aussi bien qu'elle se souvenait de lui.

– Seigneur Mansouras, murmura-t-elle, comme il reculait d'un pas et détournait le visage.

– En nom Dieu ! s'écria le prince de Galilée, faites-moi la grâce d'éclairer mon cœur ! Par quelle aventure, douce amie, connaissez-vous le seigneur Mansouras ?

– Or qui ne le connaît ? répliqua la damoiselle. De l'Islam entier, Messire Hugue, il est le plus beau guerrier, ainsi que je l'ai ouï dire un jour par le propre frère du Sultan.

L'officier sarrazin paraissait endurer un martyre allant empirant de minute en minute. S'il ne le parlait guère, il comprenait sans doute le jargon des Francs. Confus depuis l'instant où son regard s'était mêlé à celui de la jeune dame, il avait maintenant les lèvres tremblantes et la sueur au front.

– En outre, poursuivit Dame Isabelle, que réjouissait la contenance tourmentée de l'officier, Allah dans sa grandeur lui a mis à l'âme une loyauté sans faille. Ensemble nous avons voyagé de Jérusalem jusqu'à Tripoli, et j'ai trouvé en lui à tout moment, je vous assure, un guide et un compagnon fidèle. Sais-tu, Seigneur Mansouras, reprit-elle en sarrazinois, que nul de nos chevaliers, sinon celui-ci, que chacun nomme Hugue le Valeureux, ne montre envers les dames un dévouement pareil au tien ?

L'officier fit en arrière un nouveau pas et la damoiselle revint au prince de Galilée, disant :

– Je vous en prie, Messire Hugue, par Dieu et votre bonté, allez en d'autres lieux fêter l'an neuf ! Car si vous demeurez à mon côté, jamais le seigneur Mansouras ne me soufflera mot, quand même nous nous aimons, lui et moi, d'amitié ancienne.

– Je veux bien faire votre plaisir, Dame Isabelle, et vous l'abandonner, sous condition néanmoins que vous le rendiez cette nuit à son peuple sain et sauf. Car sur ma foi, votre vision le tourmente cruellement. Par grâce, ayez grand soin de son honneur !

Là-dessus s'en alla Messire Hugue de Fauquenberge s'égayer ailleurs. De ses paroles riait Dame Isabelle comme folle. Cependant le jeune capitaine sarrazin cette fois n'y comprenait ni que ni quoi. Il fronça les sourcils et maugréa :

– Par Allah ! quelle trufferie te contait à l'instant le prince Hugue ? Chez les Musulmans, sache-le, ce sont les hommes qui prennent soin des femmes et veillent sur leur honneur.

– Chez les Chrétiens, au contraire, fit la damoiselle entre deux rires, il est coutume que les dames aient égard sans cesse à la vertu des chevaliers afin qu'ils restent purs et chastes. Par infortune pour nous, Seigneur Mansouras, les peuples négligent trop souvent l'usage bénissime dont je te parle, sauf au premier jour de l'an, que nous célébrons tout juste, comme tu le vois, à l'heure qu'il est. Car en ce jour, songes-y, nous mettons toute chose à l'envers.

– Qu'est-ce que cela, femme, je te prie, mettre toute chose à l'envers ?

– Ne cherche dans ma parole, Seigneur, le moindre sens caché. Comme je l'ai dit et te le répète, une fois l'an nous renversons le monde et ce qui était à l'endroit se trouve donc mis à l'envers. Par exemple, si tu es pauvre, tu seras traité en riche et les monnayeurs te prêteront avec plaisir autant d'or que tu voudras. Si tu es né vilain, chacun te nommera « Monseigneur », et « Magister » si jamais tu n'as su lire ni écrire. Tu seras injurié comme un larron et bastonné, ce peut être, si un renom de saint t'environne. En revanche si tu te contiens en ribaud puant, on te conduira avec révérence à l'église où tu monteras en chaire, ayant revêtu l'étole du prêtre, afin de prononcer le sermon pour édifier les fidèles. Enfin si tu es esclave, Seigneur Mansouras, on te couronnera dans la liesse roi ou même empereur.

– Ou bien tu mens, femme, ou bien les Francs sont les gens les plus fols que la terre ait portés. Ne craignez-vous point d'offenser Dieu en changeant l'ordre qu'il a fondé parmi les hommes, puis en punissant les meilleurs et récompensant les pires ?

– Non, Seigneur. Quand Il nous voit réparer les injustices du siècle, une fois l'an, Dieu nous approuve, tu peux m'en croire. Et nous maintenons cet usage en mémoire de Jésus le Sauveur, qui déclara qu'après la mort et le Jugement, les premiers seraient les derniers et les derniers les premiers.

– Vos docteurs, femme, n'ont ni sagesse ni sapience, me paraît-il. Votre prophète Jésus, dont l'Islam prise haut la pensée, a parlé là des riches et des miséreux, des puissants et des petits, des forts et des chétifs, mais nullement des bons et des méchants, des saints et des démons.

La damoiselle, qui apercevait la justesse du propos, répliqua pour sa défense :

– Parfois les vertueux ont trop d'orgueil, Seigneur Mansouras, et les truands moins de mauvaiseté au cœur qu'on ne le dit. Est-ce trop, selon toi, de les entr'échanger un seul jour chaque année ?

– Quoi qu'il en soit, rétorqua Mansouras, tu m'as conté mensonge pur, j'en suis convaincu jusqu'au fond de l'âme. Depuis longtemps je voyage en messager du Sultan Yûsuf à travers la Palestine et jamais, par Allah ! je n'ai vu les Francs mettre le monde à l'envers ainsi que tu le prétends.

– Dieu me voyant, fit la damoiselle, je te jure qu'il en va comme je te l'ai dit au royaume de France, en Champagne, en Aquitaine, en Provence, en Anjou et en pays poitevin. Mais pour confesser le vrai, il y a moins de hardiesse chez les Francs de Syrie que chez ceux d'Outremer, aussi ne mettons-nous ici à l'envers que les petites choses.

– Et quelles sont ces petites choses, je te prie ?

– Tu as entendu, Seigneur Mansouras, le prince Hugue représenter devant toi l'un de ces riens. Il m'a recommandé chaudement de ne faire à ta chasteté nulle offense, de ne violenter ni ton innocence ni ta chair. Et certes, je suivrai son bon conseil.

– Ma chair, femme ? Quel mal pourrais-tu lui causer, quand pas une once de vigueur n'arme ton bras menu ?

– Par courtoisie envers nous, Seigneur, qui t'avons convié à fêter l'an neuf, tu devrais jouer sans rechigner au lieu de contrebattre sottement les règles du jeu. Comprends donc, par Dieu ! que ce soir un seul coup de mon poing t'enverrait choir à terre, le nez dans la poussière, quoique tu sois le plus fier guerrier de l'Islam et que je sois, moi, une femme faible

– Les Musulmans n'ont pas des plaisirs si singuliers que les vôtres, marmonna l'officier sarrazin. Comment comprendrais-je ce que nie toute ma raison ?

– Par grâce ! fais taire un moment ta raison ! Et veuille avaler maintenant, pour amender ton être, le vin fort de cette coupe ! Si tu refusais de boire, sache-le, tu outragerais les chevaliers du Temple qui nous l'ont fourni gratis.

– Aimes-tu mieux, femme, qu'en buvant ton vin j'offense Allah et son Prophète ?

Parce qu'à l'envers allaient ce soir-là les choses, Dame Isabelle gagna sa cause et l'officier but le bon vin des Templiers. Avec ardeur avait plaidé la damoiselle, disant qu'Allah et Mahomet désiraient assurément le voir honorer les coutumes de ses hôtes. Elle s'était rapprochée du beau guerrier, sur sa manche avait posé la main, contre son oreille avait prié d'une bouche dont le souffle tiède aurait donné à tout homme des frissons. Sous l'œil si noir de la jeune Franque aux cheveux si blonds, il s'abandonna et vida la coupe d'un trait. Alors il sentit courir le sang dans ses veines à grande allure, une joie nouvelle enfla son cœur et un soupir d'aise lui échappa des lèvres.

– Par Dieu ! tu as bien mérité, Seigneur Mansouras, de danser avec moi parmi la foule des Francs et des Sarrazins rassemblés ici dans la paix.

– Danser ? Y songes-tu, femme ? Je suis un Musulman de noble génération, qui peut regarder danser le peuple et ceux ou celles faisant métier de nous dérider, mais quant à moi, je serais la risée de mes pairs si je dansais, et la honte serait sur mon nom.

– Chacun, au contraire, te louangera, Seigneur, si tu danses. Car tu oublies qu'aujourd'hui sont renversées toutes choses cul par-dessus tête. Or laisse là ta mélancolie, s'il te plaît, et viens danser !

Le fier guerrier à cette heure ne savait plus où étaient son devoir, sa vergogne, son honneur ni même sa raison. Le vin, le vin gaillard et vif, ne lui montrait désormais que son plaisir. Et pour conforter l'envie brûlante qu'il avait de se réjouir en compagnie de la jeune Franque, il aperçut un émir hautement prisé en terre sarrazine entrer devant lui dans le bal et sautiller, virer, tournoyer, se démener comme un diable.

– Par Allah ! femme, allons danser, murmura-t-il, puisque tel est ton vœu !

Joyeusement dansa Dame Isabelle flanc à flanc avec Mansouras au milieu des gens amis et ennemis. Tant de cris, musique, noises variées résonnaient à leurs oreilles qu'ils ne se disaient mot. Leurs yeux seuls parlaient de la guerre vaincue ce soir, de la disette changée pour une heure en abondance, du cœur des Francs qu'un dieu unique avait créé à la parfaite semblance du cœur des Sarrazins. Leurs mains se touchaient de moment en moment, leurs doigts s'entrelaçaient puis se déliaient, et le voile blanc comme neige de l'officier glissait en voletant sur la joue d'Isabelle. « Par grâce, priait-elle en son secret, faites, Seigneur Christ, que la nuit soit longue à démesure ! » « Qu'Allah me pardonne, songeait Mansouras tout étourdi, ces Francs jouissent de la vie mieux que nous et leurs femmes sont les plus aimables du monde ! » Cependant la presse allant croissant autour d'eux, leurs corps souvent s'écartaient par force l'un de l'autre et ils devaient mener une lutte brève pour se rejoindre. Puis il advint qu'ils furent emportés par une lourde ruée de la multitude. Alors l'officier fut entraîné à sénestre, la damoiselle à dextre, et ils se perdirent de vue.

Elle se trouva au sein du bal sans guide sûr pour la garantir contre les assauts tumultueux de ces mille et mille corps dansants. Elle se croyait jetée dans un océan que la tempête affole, mais ne s'épouvantait de rien. Jadis, au pays de Moab, elle avait appris la nage sous rude contrainte et en nulle guise ne se noierait durant la fête. Quoiqu'elle errât deçà et delà comme une épave, heurtée à chaque instant par un pied, un dos, une épaule ou un genou, elle gardait la face hors de cette eau périlleuse. Riant seule pour nulle cause, elle ressentait une bénestance dont elle goûtait la saveur si bel et bien qu'elle se renfrogna soudain en discernant l'homme franc déjà proche qui, avec aisance, quant à lui, fendait la foule drue et se frayait un chemin vers elle.

« Et voilà, pensa-t-elle déconfortée, revenir au galop la malefortune ! Qu'ai-je fait, hélas ! pour que notre Sire Dieu envoie toujours cet homme damné à mes trousses ? » Il atteignit la damoiselle et se tint vis-à-vis d'elle, planté sur deux jambes qui ne remuaient d'un pouce. Parce qu'elle entendait, maintenant, son cœur battant plus haut que le vacarme et la musique, elle ralentit ses pas, ne sautilla et ne tournoya plus qu'à peine, puis abandonna toute danse pour demeurer sous le regard du chevalier comme un oiseau frémissant pris à la glu. Il avait l'œil riant, toutefois, plus doux ce soir que vair et velours. En inclinant le chef il disait :

– Par Dieu ! c'est un bonheur, Dame Isabelle, de vous voir danser le rigolet !

Un bliaut de camelin rouge sombre l'affublait, sur lequel s'ouvrait un pourpoint noir galonné d'or, et au rebours de son usage, il s'était ceint le chef d'un tressoir en soie scintillante. Pressant une main contre sa poitrine, elle répondit :

– Pour moi, au contraire, c'est toujours une méchéance de vous apercevoir, Messire Connétable.

– Oui, assurément, Damoiselle, tous les autres jours de l'an. Mais non point celui-ci, le premier, le béni, le bénissime ! Comment, dites-le-moi, pouvez-vous oublier que nous mettons aujourd'hui, suivant la coutume, chaque chose à l'envers ? Aussi devez-vous confesser hautement que me voir est pour vous un plaisir sans pareil et que danser avec moi vous enchantera comme rien jusqu'ici ne vous a enchanté.

– En vérité, Messire, dansez-vous ? Plus raides que pieux fichés en terre sont vos jambes, me paraît-il. Montrez-moi un peu, je vous prie, vos exploits en la matière !

– Oui, ma petite âme, nous allons danser, malgré mes jambes dures. Nous rirons tout en menant la danse et vous me direz dans l'oreille et je vous dirai à mon tour les paroles qu'échangent ceux qui s'aiment de fol amour. En outre, je vous conterai par le menu la belle histoire de vous et de moi.

– Une histoire de haine, Messire Connétable, hideuse à entendre comme à conter, sur ma foi.

– Vous verrez, Damoiselle, combien plaisante elle vous semblera, cette histoire où ne paraissent jamais qu'amitié tendre et passion absolue.

– Ainsi jouerez-vous pour saluer l'an neuf, oui, je le crois, fit Dame Isabelle avec rancune, puis viendra l'heure où vous recommencerez à me tuer par cruauté pure. Car vous avez l'art de choyer avant de tourmenter, je l'ai plus d'une fois éprouvé, Messire, depuis que je vis au monde.

– Assurément, Dame Isabelle, reviendront la guerre, la faim et les flux d'entrailles bien avant ma cruauté. Pourquoi donc songez-vous à demain quand il fait si bon s'ébattre ce soir dans la plaine d'Acre ? Mieux vaut, croyez-m'en, s'aimer tant que dure la fête.

Il avait, se dit-elle découragée, dansé chaque jour tout le temps de son âge, depuis l'aube jusqu'à la mi-nuit, ainsi que les jongleurs. Où donc à cette heure gisait le chef de guerre froid et glorieux ? Il n'en demeurait trace dans celui qui tenait par le bras la damoiselle pour qu'elle suivît son pas, ou lui enserrait la taille pour qu'elle tournoyât de pair avec lui, ou gardait enfouie dans la sienne la main petite et blanche dont elle lui faisait l'abandon. Les yeux du chevalier où passaient les couleurs dorées et brunes de l'automne disaient néant fors bénévolence et amour tendre, qu'accompagnait un grain de moquerie seulement. Et sa bouche, comme annoncé, déclarait folage sur folage, dont elle riait, mais en tremblant.

– Une parole de vous, murmurait-il, et mon âme sera guérie. Je t'attendrai, belle enfant de mes jours, un an, si Dieu le veut, ou cinq ans ou bien dix. Je flamberai pour toi sans gémir et me tapirai dans ton ombre, veillant sur toi sans que tu t'en soucies. En nom Jésus le Crucifié, Damoiselle, ôtez de moi l'angoisse des amants ! Par grand pitié, dites-moi votre cœur !

– Vous me parlez, Monseigneur, comme à votre dame, or je ne puis l'être, vous le savez et je le sais.

– Non, certes, reconnaissait le chevalier, vous n'êtes ma dame en nulle guise. En revanche, vous êtes mon sang, ma lumière, mon or et ma bonté ! Vous êtes ma désespérance, ma mort et mon tourment ! Je vous en supplie, ma petite âme, dites-moi votre cœur !

Dame Isabelle s'égarait dans les lacis félons du jeu. Elle cherchait en vain une issue à la muraille que le connétable de Jérusalem avait dressée devant elle. Pouvait-elle faire en arrière trois ou quatre pas et remettre sans demeure au moins une chose à l'endroit ? Car en vérité, il était un chevalier maudit qui lui voulait tout le mal du monde. Il lui prenait si bien sa force qu'elle ne pouvait ni dénouer ses doigts des siens ni s'éloigner aisément de son corps ni jeter un œil alentour sur un autre que lui. Mais sans mentir, avait-elle tant envie que rejaillisse entre eux la haine avant l'aube crevée ? Cette nuit d'hiver sous les étoiles scintillantes lui donnait joie et plaisir. Elle aimait durement mieux honorer la fête de l'an neuf qui mettait la guerre en oubliance, que rompre le charme contrefait jeté sur elle par le connétable de Jérusalem.

De sauts en tournoiements et en pas légers, ils avaient cheminé loin. Ils dansaient en lisière du maydân, là où la foule quêtant la fraîcheur et un soupçon de paix s'éparpillait dans les boqueteaux, quand le chevalier pour la troisième fois pria :

– En nom Dieu ! Dame Isabelle, dites-moi votre cœur !

– Mon cœur ? Hélas pour vous, répliqua-t-elle, je crains qu'on ne l'ait guère instruit d'amour. Il est plutôt accoutumé à la dolence et au dépit, soyez-en sûr. Pourtant ce soir, je le confesse, il dit, pense et fait tout ce que dit, pense et fait le vôtre.

– Alors, ma petite âme, je vois que vous m'aimez d'amour.

– À peu de chose près, fit-elle en baissant les paupières.

Puis ils marchèrent au lieu de danser et s'abritèrent sous l'ombraille des grands arbres. Il y avait là moins de gens pour les épier, tandis que les voix comme les mélodies devenaient lointaines. Plus doucement ils pouvaient deviser, et sans doute plus dangereusement. Le chevalier gardait par-devers lui la main de la damoiselle, qui n'eût échangé une seule once de l'heure tendre contre cent trésors arabes. Un tel moment n'était qu'un jeu bienheureux, un jeu et un songe, mais on en rêvait et on y jouait avec délice.

– Monseigneur, dit la damoiselle, vous vouliez, s'il m'en souvient, me conter l'histoire de vous et de moi. Or le ferez-vous maintenant ?

– L'histoire est longue, Dame Isabelle, répondit le chevalier à voix basse et malaisée. Nous avons traversé ensemble, vous et moi, tant de bonnes aventures que je devrais employer un siècle à vous les peindre toutes.

– Ne pouvez-vous, par votre bonté, m'en conter une pour le moins ?

Le connétable de Jérusalem resta muet longtemps. Dame Isabelle discernait à grand-peine son visage perdu sous les ténèbres, mais elle aurait juré par Dieu que s'y lisait ennui ou même dureté. Enfin, ayant assez médité sa réponse, il déclara :

– Soit.

Mais derechef il se tint coi, et Dame Isabelle redouta qu'il ne reprît en ce moment sa cruauté ancienne.

– Seriez-vous irrité, Messire, balbutia-t-elle, à cause de ma demande ?

Il répondit :

– Non pas, mon cœur. En vérité, je cherchais laquelle de nos aventures saurait le mieux vous émerveiller. J'ai balancé entre deux ou trois avant de choisir la bonne. Je vais vous la conter afin de faire votre plaisir. Écoutez-moi, je vous prie, des deux oreilles et promettez de m'entendre sans jeter une parole.

– Sur ma foi, Monseigneur, dit-elle, je promets.

Et le chef de guerre ainsi commença :

– En ce temps-là, Damoiselle, qui n'est guère si lointain, je demeurais à Naplouse dans une richesse jamais vue. Alors dominait la paix au royaume de Jérusalem, une auréole de gloire m'environnait et la fortune me comblait de ses faveurs. J'habitais, ma petite âme, un palais bâti sous terre qui avait le semblant d'une cathédrale. En ce lieu béni luisaient sans trêve tant de lumières que je m'y croyais au Paradis. On venait souvent me visiter avec des présents conçus pour les rois. Cependant, je languissais après vous, Damoiselle, qui m'aimiez depuis l'enfance d'amour nonpareil. Par bonheur, il advint qu'un jour flamboyant, le jour même de la Saint-Jean d'été, je me le rappelle, je vous aperçus franchissant le seuil de mon paradis. Je vous laissai venir à moi, ébloui de voir avancer d'un pas tremblant une lumière qui surmontait en éclat toutes les lampes et chandelles. Or, votre premier désir en m'approchant fut de m'ôter ma vêture et me mettre à demi nu sous vos yeux. Vous ayant accordé ce vœu, je pris sur vous une revanche en vous engeôlant dans mes bras. Vous et moi tout ardents, ma petite âme, tout enfiévrés d'amour, nous nous entre-baisâmes la face et puis la bouche où nous trouvâmes chacun une fontaine de béatitude. Mais le baiser alla comme il convenait à sa fin et mourut sur nos lèvres. Et quand il eut trépassé, Damoiselle, je vous regardai la rage au cœur faire chemin arrière, vous écarter avec froideur de mon corps presque nu et de la joie d'aimer. À cette heure mélancolique, fortune, avoirs, puissance, me parurent devenus néant. Sur ma foi, vous me causiez si dure peine qu'en ce moment de désespérance je tournai mon front contre la muraille et pleurai tout haut comme un enfant.

– Par le corps Dieu ! s'écria Dame Isabelle, vous mentez la chose ! Au lieu de répandre des pleurs, Messire Connétable, vous riiez tel un damné !

– Ah ! mon cœur, soupira le chevalier poitevin, Dieu sait qu'il y a souvent bien peu de variance entre le rire et le pleurer !

La nuit, la fête de l'an neuf, les lumières du ciel et celles des hommes semblèrent un rien changées après cette parole. Dame Isabelle avait toujours sa main gisant au chaud dans la paume du chevalier. Le monde, songeait-elle, était-il à peine plus triste qu'auparavant ou à peine plus joyeux ? Comment pouvait-elle estimer sans se fourvoyer si elle ressentait soudain une manière d'aise ou de malaise ? Ils continuaient à cheminer et, fuyant l'ombre des bois, revenaient en bordure du maydân. Tandis qu'ils restaient se taisant, non pas amers ni rancuneux, mais accordés pour une fois l'un à l'autre, ils discernèrent en face d'eux dans la clarté vive de la fête fraternelle Messire Onfroi de Toron.

Venant avant sur le même chemin, Messire Onfroi tout comme Dame Isabelle tenait un homme par la main. L'homme dont je vous parle, un mameluk de la garde personnelle du Sultan, portait riche vestaille de samit brodé aux larges manches, collier d'or, barbe teinte en jaune et turban à plis dont un pan dévalait sur son oreille gauche. Beauté, grâce, jouvence, nul de ces biens ne lui faisait défaillance, pas plus qu'à Messire Onfroi de Toron, lequel en avançant gardait la face tournée vers son ami sarrazin. La damoiselle à cette vision étreignit sans y songer les doigts du chevalier. Or le chevalier lui dit :

– Fermez vos yeux, Dame Isabelle, ou bien regardez-moi et moi seul, qui vous ai plus chère que la vie même. Nous allons trouver une voie meilleure afin de gagner la planée où sont les feux et les tables dressées. Quand nous serons arrivés là, vous pourrez à nouveau contempler autour de vous le siècle. Sur ma foi, vous n'y apercevrez autour de vous que joie et bonheur. Car je ne veux pas que vous ayez au cœur, ce soir, la moindre peine en ma compagnie.

Trop doucement parlait le connétable de Jérusalem pour que Dame Isabelle ne souhaitât faire tout son vouloir. Elle détourna le regard d'Onfroi, son baron, qui se plaisait mieux auprès d'un jeune Turc paré comme une femme qu'auprès d'elle, sa femme devant Dieu. Le chef de l'armée royale, dont la chaleur et la force l'apaisaient, l'entraîna sur un sentier rencontré à main dextre. Sans avoir pressé le pas, ils eurent en guère de temps retrouvé la fête de l'an neuf, les mélodies et les danses, les Francs du royaume ruiné de Jérusalem qui, entre deux batailles, se réjouissaient avec ces guerriers sarrazins qu'ils iraient pourfendre demain de grand courage. Onques n'avait-on vu les Francs, sur la Terre Sainte ni même en Occident, mettre si bellement le monde à l'envers que lors du commencement fou de l'an 1190, devant Acre assiégée, famineuse et accablée de maux mortels.

XI

Malgré les fêtes, malgré les danses, malgré une amitié contre raison qui rapprochait à la vesprée les Francs d'Orient et leurs ennemis sarrazins, l'hiver 1190 fut peineux à démesure pour les peuples qui s'hébergeaient alors dans la cité ou dans la plaine d'Acre ou sur les tertres alentour. De part et d'autre on eut si faim que tous les animaux vivant en ces lieux furent occis et mangés, hormis les chevaux. Un œuf se payait aisément le prix que valait naguère trois poules grasses. Les Francs guerroyaient depuis les tranchées où dominait la lassitude, mais ne lançaient plus d'assaut contre les troupes du Sultan, mieux nourries et donc moins affaiblies par la dure saison. Les putains consolaient les hommes, ce pourquoi elles se trouvaient là, et la viande des bêtes fournie par les provendiers ne se vendait pas si bon marché que leur chair bien parée.

Aux premiers signes du renouveau, le marquis de Montferrat eut soudain le sang qui s'échauffa dans ses veines. Sans perdre une once de temps à méditer, il sauta sur un cheval, s'en fut gravir le Toron de Saint-Nicolas, où il ne se montrait guère communément, et abandonna sa monture devant le pavillon royal rouge et doré dont il franchit le seuil comme une flèche.

– Messire, clama-t-il quand il fut parvenu en face du roi Gui, sachez de ma bouche que je n'entends en nulle guise endurer un jour de plus le séjour puant de ce pays ! Or donc je quitte le siège tout maintenant, vous en voilà instruit ! Je ferai voile sur ma galée jusqu'à mon fief de Tyr, afin d'y quérir assez de vivres pour soutenir toutes nos gens trois mois durant. Comme j'esquivai naguère, grâce à vous, une mort certaine, il est droit qu'en retour je vous sauve la vie. Car n'en doutez pas, même vous qui êtes roi, Messire Gui, finirez par périr de faim dans ce merdier !

– Tyr est à moi, répondit le roi Gui. Toutefois soyez remercié, Messire Conrad, pour votre propos. Je crains, hélas ! que vous ne soyez pris, si vous partez, par les navires égyptiens qui tiennent la mer sans nul contredit.

– Je m'échapperai à la nuit pleine, répliqua le marquis, avec l'espoir que l'ennemi n'y verra goutte. Qui n'ose rien n'a rien, Messire Gui, et c'est encore trop peu dire. Par Dieu ! aujourd'hui, croyez-en ma parole, qui n'ose rien périt !

Le marquis ne put déguerpir le soir même, ayant été enjoint par le roi d'attendre deux jours ou trois avant de lever l'ancre, à cause d'un très petit morceau de lune qui luisait encore au firmament. Plusieurs seigneurs durant ce délai vinrent lui livrer des messages pour leurs femmes, parents ou amis abrités dans la cité phénicienne. Messire Onfroi, dès qu'il connut la nouvelle, courut vers le logis royal où Messire Gui, la nuit étant avancée, jouait aux échecs avec son frère le connétable, et perdait.

– Monseigneur, dit-il au roi, voudriez-vous, par grâce, prier le marquis de Montferrat d'emmener à Tyr ma dame Isabelle, qui là-bas retrouvera la reine Marie, sa mère, et mangera tout son content ?

– Beau frère Onfroi, rétorqua le roi Gui d'une voix morne, allez donc vous-même présenter devant le marquis votre requête ! Je doute qu'il vous refuse une faveur aussi légère. Maintenant laissez-nous ! Je ne puis penser au jeu comme il convient quand on me parle.

Or en ce moment intervint le connétable de Jérusalem, disant fermement :

– Quant à moi, bel ami Onfroi, je n'estime bonne en rien votre idée d'encourager Dame Isabelle à quitter Acre avec le marquis de Montferrat. Messire Conrad va se jeter, la chose me paraît claire, dans une aventure périlleuse à outrance. Quarante ou cinquante galées égyptiennes tiennent la mer entre le port d'Acre et celui de Tyr. Certes, la folle hardiesse du marquis peut nous valoir grand bien, si tant est qu'il se tire sauf de son dangereux voyage. Mais il est plus certain, à moins que Dieu ne fasse miracle envers lui, que l'amiral Lûlû saisira son corps, son navire et tous ses gens jusqu'au dernier. Toutefois, pour ce que le marquis est chevalier vaillantissime, il y aura eu auparavant rude bataille, et les batailles, Messire Onfroi, font toujours une foison de morts !

– Tu parles sage, mon frère, déclara le roi Gui en branlant le chef. Par Dieu vivant ! nous garderons Dame Isabelle parmi nous ! Elle mangera quand Messire Conrad s'en reviendra chargé de bonnes denrées, ou bien s'il est pris maigrira comme nous.

Dame Isabelle écrivit à la reine Marie et à Messire Balian qu'ils n'eussent à se soucier d'elle en aucune manière, car elle se sentait saine et séjournait auprès du roi Gui sans déconfort. Bientôt, poursuivait-elle, reprendraient les passages. De nouvelles et vaillantes chevaleries descendraient des navires sur la Terre Promise, et la cité d'Acre se rendrait enfin. Avant l'automne elle reverrait ses parents, dont l'amour lui était cher plus que nulle chose au monde. Elle courut à franc étrier porter sa lettre au marquis de Montferrat, qui lui promit d'adoucir beaucoup devant les Tyriens la peinture du siège d'Acre.

Par l'eunuque Manès, l'homme le mieux informé de Palestine, la damoiselle avait appris comment Messire Onfroi s'était entremis afin de la renvoyer séjourner dans la cité phénicienne. Elle s'ébahit en entendant Manès, qui soupirait après Tyr à longueur de jour, approuver en cette occasion le connétable de Jérusalem et vitupérer Messire Onfroi.

– Je croyais, dit-elle, que tu jugeais Tyr un vrai paradis sur terre et Saint-Nicolas un enfer absolu ou même pire.

– Oui, certes, ma damoiselle. Mais le marquis, dont la cervelle est dérangée, périra de malemort avant d'atteindre son fief, du moins l'assure-t-on. Et j'aime encore mieux pour vous et pour moi un enfer qu'un tombeau.

Le marquis s'en fut avec ses Piémontais par une nuit de mars entièrement obscure. Du haut des cieux, Monseigneur Jésus, l'apercevant si preux et dévoué au saint royaume de Jérusalem, choisit de faire en sa faveur non un miracle seulement, mais deux. Car Messire Conrad, ayant trouvé à son départ bon vent du sud, gagna en peu d'heures le havre de Tyr où il se vanta tout joyeux de n'avoir rencontré en chemin l'ombre d'un Égyptien. Et son retour, trois jours plus tard, s'il fut loin d'être aussi heureux que l'aller, toutefois le laissa revenir vainqueur et vivant au rivage d'Acre. Cinquante vaisseaux chargés de fourniment et victuailles entouraient alors sa grande nef. Une telle puissance n'ayant pu échapper aux yeux des cinq mille Égyptiens qui couraient sur l'onde sans trêve, Messire Conrad et ses compagnons durent livrer combat.

Entre Francs et Sarrazins, la bataille navale s'engagea au voisinage d'Acre, alors qu'un bon vent du nord avait conduit pour ainsi dire à leur but le marquis et sa suivance. Les Égyptiens se présentèrent en grande pompe, comme gens se rendant à la fête, leurs navires étant de même qu'eux tout couverts de draps d'or et de soie, de tapis aux figures merveilleuses, de bougrans et mousselines vivement colorés. Les guerroyeurs s'entre-jetèrent à qui mieux mieux feux grégeois et traits d'arbalètes, les coques musulmanes et chrétiennes s'entrechoquèrent en engendrant un vacarme terrible, on vit rougir la mer qui engloutissait maints blessés et maints trépassés. À la fin, le marquis de Montferrat, que Dieu aidait, mit la main sur une galée égyptienne, après quoi l'ennemi découragé s'amollit, s'effraya, se dérouta et s'enfuit.

La prouesse jamais ouïe du gentilhomme piémontais avait rendu aux Francs la maîtrise des flots. Avec son affublement qui faisait rire, sa tunique en penaille, il avait surmonté les beaux émirs cousus de soie et d'or. Grâce à lui, les galées de l'Islam ne pourraient plus fournir aux citoyens retranchés derrière les murailles une bouchée de ravitaillement. Pourtant, l'arrivée du marquis parmi les bataillons francs ne fut guère triomphale. Avisée qu'une des galées égyptiennes était perdue, les autres forcées à une retraite piteuse, l'armée entière du Sultan se rua sur les tranchées ennemies. Elle accabla pour se revancher l'armée du Christ sous les flèches, les flammes et les galets. Tant furent les Francs malmenés qu'on n'apercevait plus dans la plaine sous les corps gisant sanglants un pouce de terre nue.

Dame Isabelle, en découvrant aux côtés du marquis la haute figure de Monseigneur Balian d'Ibelin, entendit son cœur battre de joie et de frayeur aussi. Elle chérissait à l'égal d'un père le géant baron qui l'avait nourrie, instruite et aimée comme sa propre enfant, qui en outre surpassait en largesse et bonté tous les chevaliers du siècle. Mais que penserait, que dirait Messire Balian quand il apprendrait qu'elle dormait sous une tente au sommet de Saint-Nicolas et Messire Onfroi sous une autre en bas dans la plaine ? La damoiselle, c'était à redouter, allait en mourir de honte. Malgré ses craintes, elle accueillit son parâtre en se jetant à son col avec des rires et des larmes de bonheur. Il ne lui fit les jours suivants aucun sermon sur la manière dont les époux doivent se contenir dans leur privé, mais elle vit bien qu'il témoignait à Messire Onfroi de Toron assez de froideur et peut-être une pointe de mépris.

Aussitôt distribués, les vivres convoyés par le marquis à grand péril apaisèrent les angoisses de la faim chez tous les peuples francs qui assiégeaient la cité d'Acre. Les Croisés en eurent leur part comme les gens du royaume de Jérusalem. Avant longtemps fut revenue dans les bras une belle vigueur, et dans les cœurs eut refleuri la confiance. Famine, dysenterie, découragement, tous ces maux parurent s'être envolés ensemble. Avec la reprise des passages, on attendait la venue de nouveaux Croisés par bataillons entiers. Surtout, on espérait l'arrivée prochaine de l'empereur Frédéric, parti par voie de terre dix mois plus tôt. Ivres d'allégresse étaient les Allemands, dont le souverain serait le premier haut prince d'Occident à venir secourir le saint royaume. Afin d'honorer Monseigneur Frédéric, leurs ingénieurs construisirent dans la plaine un moulin à vent, plaisant engin de bois jamais encore contemplé en Syrie. Tant les Sarrazins que les

Francs d'Orient allèrent en foule regarder tourner ses ailes avec des yeux émerveillés.

Au mois d'avril, cependant que les ailes du moulin tournaient, les premiers navires ayant passé la mer touchèrent le havre de Tyr. C'étaient là deux ou trois navires marchands qui ne transportaient qu'un petit nombre de chevaliers sans cheftain ni renom. Pressés autour des arrivants, les habitants de Syrie leur faisaient tous la même demande : quand donc les rois de France et d'Angleterre se mettraient-ils à la voile pour s'en aller sauver la terre de Jésus et délivrer Jérusalem ? Chevaliers et marchands répondaient d'une seule voix qu'ils en savaient néant. Car le roi Henri d'Angleterre, contèrent-ils, avait rendu l'âme l'été d'avant, et nul ne pouvait dire si son héritier prendrait ou non la croix. Le nouveau roi, semblait-il, se démenait au milieu d'affaires noueuses qui ne lui laissaient aucun répit.

La noire nouvelle courut bientôt par-dessus les vagues jusqu'au rivage d'Acre. Un chevalier d'Occident alla lui-même la porter sous la tente royale où soupait avec ses familiers Messire Gui. À l'annonce du message transmis d'un ton dolent répondit un franc éclat de rire qu'en nulle guise ne tentait d'étouffer, depuis l'angle de la table où il siégeait, Messire le connétable de Jérusalem. Le roi, quant à lui, s'il s'empêchait de rire, montrait une face enluminée par la joie. Et comme il demeurait muet, ce fut le prince de Galilée qui prit la parole, déclarant au nom de l'assemblée :

– Paix à l'âme du roi Henri ! Que Dieu, notre Sire, l'ait en sa garde maintenant et dans l'éternité des âges ! Or peut-on savoir, chevalier, qui est aujourd'hui roi d'Angleterre ?

– Le duc de Normandie, répondit le messager, ou si vous aimez mieux, Messire, le comte de Poitiers, troisième des fils du roi Henri, car les deux aînés, à mon escient, trépassèrent longtemps avant leur père.

– Et ce comte de Poitiers, je vous prie, s'enquit la reine Sibylle, quel nom a-t-il ?

– Richard ! cria de toute sa voix Dame Isabelle, avant de rougir et baisser les yeux sur son écuelle.

– Richard, en vérité ? Par tous les saints, Isabelle, comment le sais-tu ?

La damoiselle répondit :

– Notre cousin Richard, je m'en souviens, fut jadis dans sa jouvence l'ami le plus cher de Messire le connétable. À la cour d'Aquitaine où ils vivaient tous deux, ils trouvaient ensemble des chansons et tournoyaient pour le plaisir.

– Le connaissiez-vous aussi, Monseigneur ? demanda au roi la reine Sibylle.

Gui de Lusignan fit un signe du chef qui disait oui et murmura :

– Nous étions alors, Madame, les premiers de ses vassaux.

– Or dites-nous, Messire Aimeri, clama le prince de Galilée, si votre ami le roi Richard voudra venir, selon vous, à la rescousse de notre malheureuse Terre Sainte ?

À quoi répliqua le connétable de Jérusalem :

– Il viendra, Messire Hugue, sans nul doute, sitôt qu'il le pourra. Car le roi Richard a en lui l'amour de Dieu, et par surcroît, je vous l'affirme, il n'est d'homme au monde si aventureux que lui.

Comme avril s'achevait, Dame Isabelle oublia le roi Richard, qui ne jaillirait ni demain ni les jours suivants sur le Toron de Saint-Nicolas pour qu'elle pût faire sa connaissance. En revanche, celui qui jaillit un beau soir sous son pavillon était un chevalier bien connu d'elle et que son cœur aimait. À peine voyait-on un léger nuage de mélancolie assombrir le regard toujours subtil du comte Renaud de Sidon, auquel Saladin, hélas ! avait pris Beaufort à la parfin, le vingt-deuxième jour d'avril. Nanti d'un sauf-conduit octroyé par le Sultan, il avait galopé jusqu'à Tyr, puis de là jusqu'au siège d'Acre.

Dame Isabelle, malgré la cité de tentes et les combats, redevenait une enfant choyée. Monseigneur Balian d'Ibelin étendait sur elle sa protection et sa bonté. Le comte Renaud, cependant qu'il jouait du luth, lui chantait à la vesprée ses bonnes chansons. Aux moqueries, aux fardailles et aux farces que lui servait sans chicheté son vieil ami Ernoul de Gibelet, l'écuyer de Messire Balian, elle riait à perdre la raison. Puis elle tenait compagnie volontiers à la reine Sibylle, sa sœur, dame frivole et gaie, peu sage, peu méchante et moins sotte qu'il n'y paraissait. Rarement, il est vrai, la damoiselle et Messire Onfroi se rencontraient seul à seul, mais elle n'avait plus guère souci de lui. Même le connétable de Jérusalem lui témoignait ces temps-ci une semblance de courtoisie. Enfin elle mangeait à suffisance, et comme elle mangeait, son âme se satisfaisait aisément de tout.

En juin, quand les blés furent levés et les figues mûres, derechef il arriva aux assiégeants une très noire nouvelle, pire dix fois que le trépas déjà ancien du roi Henri Plantagenêt. Le message, en tous lieux chanté par les Sarrazins au comble de la liesse, disait que l'empereur Frédéric avait chu de son destrier dans le Selef, rivière glacée de Cilicie, et s'y était noyé. Ses compagnons, apercevant sa barbe rousse flotter sur l'onde, s'étaient rués pour le repêcher, mais trop tard. Messire Frédéric ne verrait onques le beau moulin bâti en son honneur dans la plaine d'Acre. Et jamais il n'irait délivrer Jérusalem.

La douleur des Allemands d'Acre égala par la grandeur la joie des Sarrazins. Pourtant ce deuil dont résonna la plaine des semaines durant sembla chose de rien comparé à celui qui étreignit les cent mille hommes qui suivaient l'empereur depuis Ratisbonne. Leur désespoir devint folie et les perdit. Débandés, chaque jour plus misérables et malingres, cheminant à l'aventure, ils se laissaient prendre par l'ennemi sans batailler, puis vendre sur les marchés syriens comme du bétail. Après huit ans, on en trouvait encore qui erraient par troupeaux épars à travers tout l'Orient latin. À leurs cheftains eux-mêmes le courage faillit. Les uns hâtivement repartirent vers leur nation, les autres, suivant Frédéric de Souabe, second fils de l'empereur trépassé, allèrent s'abriter à Antioche auprès du prince Bohémond. Là, ils s'amollirent parmi les réjouissances, ne songèrent plus ni au combat ni au royaume perdu de Jérusalem. Ayant survécu à la famine rencontrée en chemin, ils dévorèrent tant de riches victuailles dont regorgeaient les festins d'Antioche que maints d'entre eux en périrent. À la mi-octobre seulement, le duc de Souabe gagna le siège d'Acre où il rendit l'âme sans longue demeure. Et comme son armée géante s'était décomposée loin de lui à grande allure, l'empereur défunt aussi se décomposa fort laidement, quoiqu'on l'eût enfermé dans un tonneau de bon vinaigre vieux.

Un soleil de plomb bouillant accompagna la venue de juillet, dont le commencement fit descendre sur les monts et la plaine d'Acre des maux accrus. De la provende libéralement offerte par le marquis de Montferrat, il ne restait un seul fétu et le moulin allemand ne moulait plus un grain. Tyr ne pouvait suffire à nourrir tant de bouches affamées, celles des Francs du royaume et celles de ces Croisés qui étaient passés en Palestine par milliers durant l'été 1189, outre les bouches de ses propres citoyens. En conséquence les assiégeants, s'ils voulaient manger la moindre chose, devaient tendre les mains – et avant les mains les deniers – vers les marchands génois ou pisans dont les vaisseaux tenaient la mer entre Tyr et Acre. Ces marchands d'Italie, comme tous les marchands du monde, mettaient le négoce au-dessus de la guerre et de la misère des peuples. Qu'était pour eux le siège d'Acre, sinon une aubaine ? Ils recueillaient grains et vivres divers dans les ports siciliens, grecs ou syriens, en remplissaient les cales jusqu'à la gueule, après quoi ils allaient écouler leurs marchandises par quantités toutes menues auprès des assiégeants qui les payaient cent fois ce qu'elles avaient coûté.

La sergenterie, parce qu'elle endurait plus de tourments que la chevalerie, commençait à geindre et à gronder. Lasse de guerroyer pour néant dans les tranchées, elle voulait qu'on partît à l'assaut. L'hébergement de Saladin, comme celui du sultan d'Égypte, largement pourvus en victuailles, seraient bons à piller. Une victoire, par surcroît, conforterait les hommes que la longueur du siège décourageait. Cependant les cheftains de l'ost se bouchaient les oreilles aux prières des sergents. Naguère, le roi

Gui de Lusignan avait appris la raison sous les cornes de Hattîn et il ne lancerait aujourd'hui aucun assaut à la légère. Mais la voix du ventre famineux pouvait-elle se soumettre à la voix mesurée du seigneur ? De jour en jour, les sergents criaient et blasphémaient plus vilement contre les hauts barons qui faisaient les sourds sans la moindre pitié.

Ils furent dix mille piétons, ce jour-là de juillet, qui sans semonce ni capitaine s'escampèrent des hébergements chrétiens pour se ruer sur les pavillons du sultan d'Égypte plantés au nord d'Acre. Sachant bien leur intention, Malik al'Adil commanda que chacun abandonnât sa tente et courût se dissimuler aux environs. Les Sarrazins depuis leur cachette observèrent à loisir l'ennemi chrétien affolé par la vision des vivres étalés partout. Avant de semer la ruine et rapiner, les Francs se jetèrent sur les victuailles dont ils engloutirent assez pour en crever. Or tandis qu'ils se repaissaient, les troupes de Saladin appelées en renfort cernèrent les lieux. Tous en même temps, Égyptiens jaillissant de l'ombre et Damasquins arrivant en ordre serré, sautèrent sur les sergents à la panse alourdie, qui ne purent se garantir contre leurs coups, moins encore les rendre. La moitié d'entre eux s'abattit aux pieds des Sarrazins, ayant le corps détranché de part en part, le restant prit la fuite en hurlant. Parmi les cinq mille Francs massacrés lors de cette malaventure, les Sarrazins découvrirent plusieurs femmes guerrières dont ils renvoyèrent par courtoisie les corps enveloppés de voiles vers les pavillons chrétiens.

Avaient-ils cru un moment, les pauvres gens de pied, valoir autant que les chevaliers ? Avec orgueil ils s'étaient plu à lancer encontre leurs cheftains laides paroles et huées, puis, rétifs à tout conseil de prudence, ils avaient tourné les talons et couru les armes brandies jusqu'au bel endroit qui abondait en vivres, n'apercevant nullement la mort tapie derrière la mangeaille. Cette bataille des sergents, au lieu de s'achever dans la gloire, s'était muée en boucherie dont la vue abominable effrayait même les Sarrazins. Vautours et chacals s'aviseraient bientôt de l'immense festin qui s'apprêtait non loin de la cité d'Acre au milieu des prairies.

Un charnier recouvrit la terre au nord des murailles, le plus grand depuis l'assaut infortuné du 4 octobre. Sous les fortes chaleurs, cinq mille corps se corrompirent en dégageant une horrible pestilence et devinrent charognes. Chaque jour les Sarrazins, ne pouvant endurer la puanteur, allaient en balancer quelques dizaines dans le fleuve Bélus, dont les eaux se changèrent en poison pour les entrailles. Maintenant les Francs, qui avaient devant eux les murs de la cité, dans leur dos les combattants syriens et égyptiens, mouraient non seulement de faim mais de soif, ou alors ils périssaient d'avoir bu. Il y en eut plus d'un, cette saison-là, qui renièrent le Christ et passèrent à l'Islam. De leur côté, les défenseurs d'Acre, dont la méchéance était pire encore, abandonnaient en foule Mahomet pour se rallier au Christ et souvent aussi, hélas ! aux belles putains des Francs.

Dame Isabelle en ce temps-là si angoisseux maigrit un peu et se décolora. Ce que voyant, Messire Balian d'Ibelin la fit monter sur un navire pisan faisant voile vers Tyr. Se sentant affaiblie, elle obéit sans souffler mot. Avant de quitter l'enfer, cependant, la damoiselle galopa jusqu'au pavillon où se logeait le marquis de Montferrat.

– Par votre bonté, Messire Conrad, lui dit-elle, voudriez-vous m'octroyer un don ?

– Assurément, Damoiselle, si je le puis, répondit le gentilhomme piémontais.

– Offrez donc à Dame Sibylle, je vous en prie, de m'accompagner dans votre fief. Ma sœur avait hier le front brûlant, et ses deux enfançonnes sont de jour en jour plus chétives. Là-bas, nous guérirons toutes bientôt, car l'air qui souffle sur Tyr est le meilleur de la Syrie.

– Diable ! fit le marquis. Où donc avez-vous entendu cela ?

– Le roi Baudouin, mon frère, souvent le répétait du temps qu'il vivait au monde.

– Hélas, Dame Isabelle, quoique Messire Baudouin eût cent fois raison, votre vœu me paraît assez malaisé à satisfaire. Je veux bien convier chez moi votre sœur et ouvrir pour elle en grand les portes de Tyr, mais je doute qu'elle soit envieuse d'y aller séjourner. Car elle s'imagine, la chère dame, que je lui ai dérobé Tyr, dont elle se clame la droite seigneuresse. À la seule pensée d'en franchir les murs sous mon gouvernement, elle se pâme d'horreur. Elle déboutera mon offre gracieuse, comme vous verrez, sauf si je viens lui présenter humblement les clefs de la cité sur un carreau de velours, ce que je ne ferai ni pour l'empire de Rome, ni même pour vous.

Dès le lendemain furent confirmées ces paroles de mauvais augure. Avec un bel ensemble, reine et roi s'écrièrent qu'aucun d'eux n'iraient mettre un pied dans Tyr tant que le marquis tiendrait la place. À l'aube du 27 juillet, Dame Isabelle peu vaillante s'éloigna d'Acre par mer, et Dame Sibylle demeura en la place, pour son malheur.

Au crépuscule ce jour-là touchèrent le rivage palestinien de nouveaux Croisés qui arrivaient d'Outremer. Ils étaient bien cinq cents chevaliers rassemblant parmi eux les plus beaux noms de Champagne et de France : Blois, Sancerre, Chacenay, Boves, Clermont, Châteaudun, Arcis, Fontenay, Arzillières, Saint-Valéry, une foison d'autres encore qui reluisaient de gloire. Vous auriez vu à leur tête s'avancer un chevalier suivi par dix mille regards émerveillés. Tandis qu'il cheminait vers Saint-Nicolas pour aller rencontrer le roi de Jérusalem, les assiégeants misérables se pressaient sur son passage en hurlant leur joie. Ayant à peine vingt ans d'âge, ce chevalier surmontait de loin ses compagnons par la valeur et la naissance. Neveu de Philippe de France, neveu aussi bien de Richard d'Angleterre, le jeune comte Henri de Champagne venait annoncer le prochain passage en Palestine des deux rois. Sitôt qu'ils auraient fini de s'entre-guerroyer, mis de l'ordre dans leurs affaires et garanti leur trône, chacun d'eux monterait sur sa nef royale et accourrait toutes voiles dressées à la rescousse du royaume en détresse.

XII

Dame Isabelle sous les bons vents de Tyr eut bientôt recouvré force et gaieté. Sa mère la harcelant de demandes, elle peignit sans fard la contenance étrange sinon injurieuse pour elle de Messire Onfroi de Toron. À mentir, avait-elle songé, elle gagnerait néant, car la reine Marie sans long délai serait avisée de la chose par Messire Balian ou sinon par le comte Renaud de Sidon ou même par quelque autre chevalier traversant Tyr. Mieux valait en parler entre femmes froidement, comme d'une affaire lassante que Dame Isabelle tenait, quant à elle, en assez grand dédain. Marie Comnène aux paroles de sa fille ne s'ébahit guère, mais se renfrogna. On se demandait, murmura-t-elle, ce qu'il adviendrait d'Isabelle ayant pour baron un tel homme.

– En nom Dieu ! se récria la damoiselle, oubliez, ma mère, mon pauvre mariage ! Ce souci-là n'est que venvole, je vous assure. Ah ! si vous aviez contemplé le siège d'Acre et enduré un seul moment son séjour ! Si vous aviez vu tous ces morts pourrissants et puants, ces vivants affamés, ces malades avec leurs fièvres, leurs vomissements et leurs flux de ventre, et ces mouches, et ces rats, et cette crasse partout ! Satan lui-même ne sait rien concevoir de pire, à mon avis.

– Le marquis de Montferrat, dit la reine Marie, nous avait représenté le siège de manière plus aimable. Sarrazins et Francs du royaume, l'ai-je entendu conter, dansaient le soir ensemble au son des mélodies.

– Le marquis, ma mère, s'empêchait de vous angoisser. Durant l'hiver, il est vrai, on dansait à la nuit close, mais aujourd'hui nul ne danse ni ne chante plus, croyez-en ma parole. Au siège d'Acre sont rassemblées toutes les abominations du siècle.

– Par Jésus crucifié ! bredouilla la dame byzantine pleine d'effroi, comment donc êtes-vous si longtemps demeurée dans ce lieu de damnation ? Le marquis, que Dieu le garde ! nous a rendu la mer il y a quatre mois entiers. Ne pouviez-vous sauter sur la première galée parue et venir vous abriter sous mon aile ? N'êtes-vous pas mieux ici auprès de moi et de vos frères et sœurs, qui vous aiment comme je vous aime ?

La damoiselle, deux larmes au bord des cils, répondit en balbutiant elle aussi :

– Je me sens ici parmi vous, ma mère, en paradis. Pourtant, je devais rester au siège, malgré les tourments qu'on y souffre, à cause de ma sœur qui voulait avoir ma compagnie, et en outre à cause de mon orgueil. Car vous montrer la honte qui est sur moi me répugnait. Mais soudain je me suis trouvée envahie par une grande faiblesse, et la honte, pour vous parler vrai, je n'y ai plus songé alors.

– C'est sur votre baron, Isabelle, non sur vous, que s'étend la honte. Un jour viendra, je le prévois, où il recueillera les fruits de sa mauvaiseté.

Au siège d'Acre, Messire Onfroi poursuivait sans défaillir son bel ouvrage. Il guerroyait du meilleur cœur, faisait prouesses par la lance et l'épée en tous lieux où il portait ses pas, sommeillait à peine la nuit le temps d'une chandelle et s'épouvantait des songes qu'il concevait soit en dormant, soit en veillant. Mais en vérité, nulle rumeur de scandale ne l'environnait. Qui donc, dans l'enfer qu'était devenue Acre cet été-là, se souciait de Messire Onfroi ? On désirait mettre sa foi en des hommes plutôt que salir des noms, et en conséquence toutes les attentions allaient aux chevaliers nouvellement survenus, dont les corps laissaient voir encore une belle santé, les âmes une ardeur sacrée, les cœurs enfin une hardiesse qui avait cessé, l'hiver passant, d'aiguillonner les autres, fors toutefois le marquis Conrad de Montferrat.

Dedans la cité où se tenaient retranchés citoyens et défenseurs gouvernés par l'émir Qarâqûsh, la souffrance endurée faisait paraître suave la condition des Francs. Les flottes italiennes barraient si bien l'entrée au port qu'une miette seule de ravitaillement ne pouvait franchir les murailles, à moins d'astuce. Or de l'astuce, les Musulmans en avaient assez pour conserver vivants Qarâqûsh et ses gens. Ainsi, au mois d'août, une galée sarrazine quitta-t-elle Beyrouth avec dans ses cales quatre cents sacs de froment. S'étant affublés de la vestaille franque et rasé le menton, les mariniers parcouraient le pont sans trêve parmi un troupeau de cochons gras. En approchant d'Acre, ils saluèrent joyeusement les navires francs qui montaient la garde et qui s'écartèrent à leur vue pour livrer le passage. Par infortune, le blé de Beyrouth ne dura guère : trop de bouches famineuses le dévorèrent en un éclair, et la disette revint au grand galop. Cependant, le 17 septembre, trois vaisseaux égyptiens gorgés de vivres pénétrèrent aisément dans le port à la faveur d'une tempête violente qu'Allah envoya souffler sur Acre durant la nuit afin d'aveugler les maudits Francs. Musulmans et Chrétiens surent alors que le siège n'irait pas s'achever demain.

Entêtés et rageurs, les Croisés bâtissaient des châteaux de bois. Ces édifices comportaient des roues en fer, une toiture de cuir, parfois un bélier puissant, et plusieurs étages sur lesquels s'établissait une troupe de combattants. Manœuvrés par les ingénieurs francs, les châteaux s'élançaient à l'assaut des ennemis ou des murailles, cependant que leurs occupants, se croyant abrités de tout péril, tiraient flèches et pierrons vers les Sarrazins. Mais hélas ! les Sarrazins jetaient à leur tour sur les châteaux de bois leurs damnés feux grégeois qui anéantissaient régulièrement dans les flammes chevaliers et bâtiments. Le comte de Champagne fabriqua un bélier ferré haut et large à démesure, un engin si terrible qu'il devait à lui seul, pensait-on, abattre la muraille d'Acre. Pourtant il fut en peu d'heures bel et bien réduit en cendres comme les précédents tours et chastels roulants.

Cette saison-là, les efforts des Francs semblaient choses de rien. Sans renoncer à leurs machines de guerre, les Croisés voulurent se mettre en d'autres aventures, comme s'en aller par mer assaillir la Tour des Mouches, qui dominait le havre, en balançant contre elle des cuveaux remplis de pétrole flambant que supportait une double galée. Or par la faute d'un vent mauvais, cette belle entreprise elle aussi finit en déconfiture. Le duc de Souabe, quant à lui, ayant choisi de partir affronter face à face les bataillons du Sultan, selon la bonne vieille manière, s'en retourna bientôt l'oreille basse, galopant devant ses hommes épouvantés, débandés et sanglants. Depuis Saint-Nicolas, les Francs de Jérusalem, un rire aux lèvres, suivaient des yeux les singulières faisances que concevaient jour après jour et tentaient sans lassitude leurs alliés d'Occident.

L'été brûlant ainsi passa. Ne passèrent avec lui, par méchéance, ni la faim criante, ni les maux de ventre, ni les fièvres maligneuses. Maints enfants rendirent l'âme durant cette saison peineuse, comme il advint pour les deux fillettes frêles que la reine Sibylle avait engendrées de Messire Gui de Lusignan. L'une abandonna le siècle un jeudi, quand s'achevait septembre, la seconde mourut sept jours plus tard. Le roi de Jérusalem était seul en descendant les enfouir dans la plaine, pour ce que Dame Sibylle balbutiait alors sur sa couche paroles de folage et vomissait du sang. Jamais plus elle ne retrouva la raison et de sa bouche s'enfuit son dernier souffle au terme d'octobre, en ce temps où jadis, dans le royaume béni de ses pères, se recueillait le safran et la graine d'anis.

Les chevaliers qui portaient à l'épaule une croix d'étoffe blanche entendirent peu de chose au deuil qui laissait assommés les chevaliers de la Syrie franque. La reine avait péri et c'était grand dommage pour la pauvre dame si jeune encore, gentille et belle. Mais tant de gens périssaient quand dominait la guerre! Du moment que vivait le roi de Jérusalem, rien n'irait changer en Terre Sainte, les chiens d'Infidèles devraient toujours être boutés hors des cités naguère franques, le Sépulcre et Jérusalem devraient être délivrés, les guerroyeurs chrétiens devraient comme avant souffrir au siège d'Acre misère et famine durant une éternité. On trouverait au roi Gui une femme nouvelle qui lui donnerait, ce peut être, un héritier robuste, et la douleur d'aujourd'hui serait tôt oubliée.

Cependant les Francs de Syrie n'appréciaient nullement en la même guise le trépas qui venait d'enlever au monde la reine Sibylle, fille aînée du roi Amaury de Jérusalem, lui-même fils du roi Foulque et petit-fils du grand roi Baudouin le second. Au royaume de Jérusalem, on se fondait sur des institutions fermes et bien définies, des lois claires, des coutumes fortes, contre lesquelles pas une âme ne se dressait. Messire Gui de Lusignan pouvait se clamer roi tant qu'il voulait, une fois la reine morte, il redevenait simple chevalier poitevin, demeurant par surcroît l'homme faible qui avait conduit le royaume vers l'abîme. Le roi Gui, murmuraient quelques rares barons, avait reçu cependant couronne et sceptre au Saint-Sépulcre devant le Patriarche, les chanoines et le peuple, sans enfreindre la coutume. Assurément, répliquaient les autres, mais c'était la main de sa femme et non, comme requis, celle du Patriarche qui l'avait couronné, le premier prélat du royaume n'ayant osé, quoiqu'il fût en vérité un diable pur, confirmer les droits prétendus de Messire Gui au trône de Syrie. En aucune manière Messire Gui ne pouvait aujourd'hui l'emporter sur Dame Isabelle, seule héritière légitime du saint royaume de Jérusalem.

La nouvelle, plus rapide que l'éclair, courut le long du rivage et s'abattit sur Tyr. La damoiselle en pleurs fut menée le jour même par sa mère, dont le visage ni souriant ni larmoyant semblait de pierre, à bord d'une galée pisane. Leurs familiers accompagnaient les deux dames partant pour Acre, et l'eunuque Manès avec un linge fin essuyait les larmes de sa bien-aimée damoiselle. Par-dessus le pont, les mariniers avaient tendu des banestières de cuir, car il pleuvait. Un vent du nord soufflait assez furieusement pour soulever des vagues plus hautes que la nef, laquelle ne cessait de monter jusqu'au ciel, puis de dévaler jusqu'en enfer. Dame Isabelle avait comme chacun les entrailles retournées, le visage blêmi et les paumes glacées. Elle priait au milieu de ses larmes, adjurant Monseigneur Jésus qu'il l'empêchât de recracher dans la mer son dernier repas, chose qui eût enlaidi son deuil. Elle ne savait seulement pourquoi elle se trouvait là, environnée par ces vagues enragées, ni ce que la reine Marie, sa mère, voulait d'elle. Au terme du voyage bref, pas un vomissement n'ayant franchi ses lèvres, la damoiselle rendit grâces à Dieu, qui par bonheur est amour et pitié aussi.

Le rivage d'Acre, la longue plaine, le Toron de Saint-Nicolas, tout demeurait endormi quand arrivèrent les dames passé minuit. Seules de tremblantes lumières luisaient à la cime du mont où dominait la tente royale. Aussi les chevaucheurs, la reine douairière allant devant, cheminèrent-ils en gardant l'œil fiché sur cette apparence de vie. Dame Isabelle frissonnait dans l'air qu'avaient refroidi vents du nord et pluies abondantes. Elle redoutait l'heure à venir, la défaillance de ses forces, le sommeil, la vision du corps gisant mort de la reine Sibylle, qui toujours s'était montrée pour elle une sœur débonnaire. Après la reine Marie, elle déchevala au seuil du pavillon rouge et or qu'enluminaient dehors cinq ou six lanternes suspendues à des pieux et dedans cinq ou six chandelles blanches. À leur approche, deux portiers s'avancèrent d'un pas, découvrant l'huis béant, et les convièrent à entrer.

Lors, une fois franchi le seuil, elles aperçurent une maigre assemblée de gens qui récitaient à voix basse les prières des morts. Au milieu de ces gens était le roi Gui, agenouillé sur un tapis de Perse, le chef baissé, la face dans ses mains. Éclairée par les cierges dressés en couronne et disposée sur une table encourtinée, l'image en bronze doré du Crucifié, au pied de laquelle se tenait Messire Gui, scintillait doucement. Mais la reine Sibylle de Jérusalem, son corps sans vie, son linceul et sa bière, on ne voyait d'eux nulle trace dans le pavillon royal. Comme les dames restaient ébahies devant les orants, ne sachant que faire, jaillit à leurs côtés le frère du roi qui les entraîna en hâte vers une chambre voisine.

– Par Dieu vivant ! mon beau neveu, s'écria Marie Comnène sitôt qu'ils eurent quitté l'assemblée, nous direz-vous où on a mis la reine ?

Le connétable de Jérusalem conta en bref comment Dame Sibylle avait commencé à pourrir à si grande allure qu'on avait dû l'enfouir avant la fin des oraisons et offices mortuaires. Messire Gui, le cœur dégâté par la douleur, s'était refusé à prier vis-à-vis d'un cercueil clos.

Puis le connétable, tout en s'enquérant de Dame Échive, laquelle était sa femme chère et la droite nièce à Messire Balian d'Ibelin, conduisit les dames jusqu'à ce même seigneur, dont le pavillon s'élevait non loin du sien en un lieu assez retiré du tertre. Étant venue l'heure de les laisser, il tira prestement dans l'ombre la damoiselle et à voix murmurante lui dit :

– Sur ma foi, c'est grand pitié, Dame Isabelle, que notre vieille haine ait tant molli ces temps derniers. Car prenez-y garde : il y aura bientôt querelles et batailles autour de votre tête, et il conviendra que vous soyez en l'occasion une âme forte, sinon rude.

– Par Dieu ! des querelles, Messire Connétable ? Et pourquoi donc, je vous prie ?

– Ah ! mon cœur, les choses, quoique vous n'en aperceviez goutte, sont allées en telle manière que vous voilà aujourd'hui, par le plaisir de Dieu, reine de Jérusalem !

– En vérité, Messire ? La belle trouvaille ! Or que devient dans cette affaire le roi votre frère ? Va-t-on selon vous le dépouiller de sa couronne pour me la planter en tête ?

Mais le connétable du royaume à ces paroles demeura muet. Après avoir étreint l'épaule de la damoiselle tremblante, il recula de plusieurs pas et la nuit obscure en trois onces de temps l'eut effacé.

Le lendemain avaient disparu de Saint-Nicolas Messire Balian et son sémillant écuyer, la reine Marie, Dame Isabelle et toute leur suivance. Dès l'aube crevée, ils étaient partis s'héberger auprès du marquis de Montferrat, qui les accueillit le mieux du monde. Peu avant none, la reine Marie et son baron, le marquis et son cousin l'évêque de Beauvais – cousin aussi du roi de France – tinrent tous quatre un parlement qui fut long à démesure. Nul ne l'ayant mandée à ce concile, Dame Isabelle songeait sous sa tente cependant qu'ils disputaient sans fin à deux pas d'elle. Par éclairs, leurs voix mêlées lui parvenaient étouffées et elle frémissait. Parlait-on d'elle ? Pour quelle cause étrange ses parents l'avaient-ils écartée du débat, comme si elle fût encore une enfant, ou sinon une fille simplette ou bien folle ? Sans mentir, sur le gouvernement d'un royaume, elle en savait durement plus long que maints princes régnants. Car dès son jeune âge, les meilleurs maîtres s'étaient présentés pour l'instruire : une mère pourvue d'un subtil cerveau byzantin, la guerre permanente et la vision des complots machinés à la cour, puis un roi lépreux dont elle était la sœur chérissime et qui surmontait en sapience comme en prouesse tous ses pairs, et même un sultan ingénieux et bon quoique ennemi des Francs.

Les prophéties du connétable de Jérusalem, elle croyait déjà les voir advenir. La discorde allait renaître, on n'en pouvait douter, qui flamboierait entre les barons du royaume comme avant la Bataille. La reine Marie défendrait les droits de sa fille aînée avec la passion qu'elle eût mise à défendre sa vie. En cette aventure, ce ne seraient ni les appuis ni les conseils qui failliraient à l'ex-reine de Jérusalem, née princesse de Constantinople et nièce d'empereur. La soutiendraient sans réserve Messire Balian d'Ibelin, son seigneur, premier baron du royaume par le renom, puis les quatre princes de Galilée, le comte Renaud de Sidon et, par-dessus tout, le marquis Conrad de Montferrat, lequel avait sauvé Tyr et défié Saladin. En face, Messire Gui aurait pour lui prêter aide le connétable son frère, les chevaliers du Temple et un entêtement à nul autre pareil, dont Dieu par mégarde l'avait doué. Mais elle-même, Isabelle, dernier membre vif de la maison royale d'Anjou-Jérusalem, qui donc en l'occasion lui demandait son avis ?

Chaque jour dorénavant se tinrent parlements et conseils autour de Marie Comnène, le plus souvent sous la tente bleu et or du marquis. Novembre cependant s'écoulait, et en d'autres champs les paysans semaient l'orge, les fèves, le lin et le froment, ils ramassaient les baies du myrte et les châtaignes. Mais dans la plaine d'Acre n'étaient semés que batailles et massacres. Le 12 novembre, lassés par les châteaux de bois, les Francs s'en furent du siège en ordre serré. Suivant le fleuve Bélus, ils descendirent vers Caïffa où les Sarrazins, disait-on, recelaient dans leurs greniers des monceaux de victuailles. Par malaventure, l'ennemi survint en chemin, forçant les Chrétiens à des combats meurtriers, tant à La Recordance qu'au casal de Doc. Et c'est ainsi que les denrées de Caïffa demeurèrent un songe. Les bataillons francs, devant lesquels flottait la bannière blanche à croix rouge des chevaliers d'Occident, regagnèrent en piteuse condition leur enfer familier.

L'eunuque Manès, l'oreille toujours en éveil, s'en allait marcher à pas menus entre les tentes, le chef incliné, un chapelet de buis à la main. Il errait plus volontiers qu'ailleurs autour du pavillon de Messire Conrad où l'on parlementait et ourdissait le sort de sa damoiselle. Angoisseux était le moine quand il recueillait une bribe de nouvelle dont il tournait et retournait en esprit le moindre terme.

– Alors, faisait en le revoyant Dame Isabelle, que sais-tu de neuf aujourd'hui, mon petit Théophane ?

Comme il n'osait dévoiler hautement ses craintes, il esquivait le regard qui cherchait le sien et répondait néant. Or un jour elle lui déclara :

– Par Dieu ! Manès, tu es un félon menteur ! Si tu continues à te taire, j'irai m'instruire, sache-le, auprès d'Ernoul de Gibelet.

– Rien n'est assuré encore, ma Damoiselle, voilà pourquoi je me tais. Et Messire Ernoul, suivant sa coutume, vous contera fardailles, ce qui ne vous instruira guère.

Dame Isabelle grommela :

– Puisque tu connais la volonté de ma mère, à ce qu'il semble, dis-la-moi de cœur vrai, je te prie, sans ergoter plus avant ! Quelle chose pourrais-tu craindre, en nom Dieu ? Ou bien ta nouvelle me plaira, et tu te réjouiras avec moi. Ou bien je l'estimerai mauvaise, et alors en être avisée dès maintenant sera pour moi un bienfait. Parle donc !

– Sur ma foi, bégaya le moine, je crois que Madame la reine, Dieu l'ait en sa garde ! ne prise le moins du monde Messire Onfroi, votre baron.

– Jamais elle ne l'a aimé, dit la damoiselle. Ta parole, en conséquence, ne vaut pas un frelin.

– Du moment, pense Madame la reine, que la terre vous est échue par droit héritage, il vous convient d'avoir à votre flanc un seigneur fort et glorieux.

– Messire Onfroi est mon seigneur devant Dieu, que ma mère le veuille ou non. Doit-on croire, Manès, qu'elle ira nuitamment l'occire dans son lit ?

– Vous étiez si jeune, ma Damoiselle, soupira l'eunuque, en ce temps-là de vos fiançailles ! Nul ne vint requérir votre consentement et l'on vous maria par force, chose que Sainte Église et notre Sire Dieu lui-même réprouvent durement.

– Tu dis là mensonge pur ! Chacun avant la Bataille appréciait Messire Onfroi et moi la première. Il avait, affirmait-on, toutes les vertus et beautés du monde.

– Or vous a-t-il, ma Damoiselle, témoigné le moindre égard depuis vos noces ? Vous traite-t-il comme une épouse chère ? Non, en nulle guise, à mon escient.

– Quoi qu'il en soit, fit Dame Isabelle avec rancœur, on ne défait pas si aisément ce que Dieu a fait. Les gens d'Église contrediront les désirs de ma mère, ainsi que nous verrons bientôt. Car pareilles matières ne peuvent être jugées à la légère.

Peu convaincu, Manès l'eunuque branla le chef.

– Madame la reine, murmura-t-il, a de puissants appuis au sein de l'Église.

– Quels appuis, je te prie ?

– Monseigneur Philippe, l'évêque de Beauvais, qui représente en Syrie l'Église de France, jure qu'il accomplira tout son vouloir. Et comme lui, si j'ai bien entendu, se contiendra l'archevêque de Pise, Monseigneur Ubaldo, que le pape lui-même a envoyé vers nous.

– Tes paroles, mon pauvre ami, sont d'un fol ! Ni l'évêque de Beauvais ni l'archevêque de Pise ne connaissaient ma mère il y a trois jours. Pourquoi voudraient-ils l'aider ?

– Pour ce que, ma Damoiselle, répondit Manès, l'un et l'autre sont liés au marquis. Monseigneur Philippe est son proche parent, Monseigneur Ubaldo le gouverneur des Pisans, que le marquis sans cesse favorise par honneurs et deniers.

À ces mots frémit de rage Dame Isabelle.

– Convient-il, cria-t-elle, que Messire Conrad soit ainsi mêlé à mes affaires ? Par tous les saints du ciel ! Comment ose-t-il mettre le nez dans ma vie et jusque dans mon mariage ? Que Dieu le damne, et cent fois au lieu d'une !

– Hélas ! ma Damoiselle, marmonna l'eunuque, votre mère, paraît-il, aime ce gentilhomme à démesure.

Sur quoi Dame Isabelle abandonna le parlement. Elle devinait assez bien les intentions et convoitises des uns comme des autres, apercevait trop clairement l'homme fort dont on s'apprêtait à la pourvoir malgré elle. Par Dieu ! la dame byzantine avait un jeu bellissime sous la main ! Elle allait jeter sa fille dans le champ clos où se combattaient les deux cheftains du royaume franc. Elle offrirait l'héritière des princes de Jérusalem au champion élu par elle, afin qu'il pût supplanter celui qui répugnait à son cœur. Mais, que nul n'en doute ! Isabelle tout en fureur viendrait troubler le jeu mauvais, car jamais, pensait-elle en son secret, dût-elle en périr, elle ne se laisserait manier suivant le gré d'un quelconque envieux piémontais, ni même de sa mère !

Au galop partit la damoiselle quérir à travers la plaine Messire Onfroi de Toron. Sur le bord d'une tranchée se tenait Messire Onfroi, que la vision d'Isabelle rose et haletante émerveilla.

– En nom Dieu ! belle amie, qu'avez-vous ? s'enquit-il avec douceur.

– Pour moi, Messire Onfroi, sans vous mentir, je n'ai rien, répondit-elle, pas le moindre mal au corps ni à l'esprit. Et quant à vous, si j'en crois mes yeux, vous n'avez rien non plus. En conséquence, nous dénierons ensemble et à voix haute le brisement de notre mariage.

– Parlez-vous là, Isabelle, ma mie, pour vous moquer ? Notre mariage, souvenez-vous-en, fut jadis béni par Dieu lui-même à la Pierre du Désert, malgré la guerre qui tonnait. Vous et moi n'avons, de surcroît, une seule goutte de sang commun, aussi nos liens ne sauraient en nulle guise être rompus. C'est là chose que Sainte Église garantit.

– Vous êtes fort naïf, Messire. Le légat du Pontife de Rome, et avec lui le légat des évêques français, pensent, je vous assure, tout autrement que vous. Pour satisfaire ma mère et le marquis de Montferrat, ils consentiront volontiers, disent-ils, à déclarer nul notre mariage. Que ferez-vous alors ?

– De toute ma vigueur, Damoiselle, je m'opposerai à cette offense vile ! s'écria Onfroi de Toron, les yeux dans les yeux de sa femme.

– Je m'y opposerai de même, sur ma foi, Messire Onfroi, fit le cœur soulagé Dame Isabelle.

Cependant sur le Toron de Saint-Nicolas et dans la plaine couraient les choses à grande allure. Mêlés à ceux de Messire Onfroi, les cris de l'héritière, enfin avisée ouvertement du sort prévu pour elle, ne s'entendaient guère parmi les voix puissantes qui disputaient et tranchaient, tantôt au nom de la cause royale, tantôt au nom de Dieu, sous la tente bleu et or du marquis de Montferrat. La reine Marie perdait trois minutes chaque jour, pas davantage, à sermonner sa fille, pensant non sans un grain de raison que Dame Isabelle récalcitrait beaucoup par orgueil et fort peu par amitié envers son beau seigneur. Elle lui représentait en bref comment une reine de Jérusalem devait se contenir pour le bien de la Terre Sainte martyrisée par les Sarrazins, comment Jésus-Christ commandait qu'elle sacrifiât au royaume son être, comment son honneur valait son cœur et au-delà, comment d'ailleurs elle attendrait vainement une vie entière qu'Onfroi de Toron lui enseignât les plaisirs d'amour et lui donnât des enfants.

Novembre allait maintenant vers son terme, et Dame Isabelle toujours regimbait. Ne trouvant mieux à faire, les barons soutenant la reine douairière et le marquis de Montferrat se rabattirent sur Messire Onfroi. Et Messire Onfroi, quoiqu'on le pourchassât en tous lieux comme bête sauvage, qu'on le harcelât d'arguments, prières ou menaces, ne concédait rien : il voulait garder sa femme, qu'il avait devant Dieu, disait-il, reçu des mains sacrées du roi Baudouin le Lépreux.

Or il advint cette chose qu'un baron français ayant nom Gui de Senlis, chevalier nouvellement passé en Syrie avec l'évêque de Beauvais, provoqua le seigneur de Toron en lui jetant au nez son gage. Sans daigner relever le défi et répondre à l'injure par l'injure, l'offensé souleva les épaules, puis s'en fut répétant qu'il garderait sa femme. Depuis ce jour où le cœur lui avait publiquement failli, on l'appela félon et couard, on l'accabla sous les outrages et moqueries cruelles. Mais lui, faisant le sourd, maintenait sa parole : Dame Isabelle était sa femme, qui resterait auprès de lui jusqu'à la mort, si Dieu y consentait.

Alors Monseigneur Philippe, l'évêque de Beauvais, conduisit à l'écart le chevalier rebelle. Et quand ils reparurent, l'évêque montrait un visage riant. Derrière lui traînait le pas Onfroi de Toron, la face blanche et les paupières baissées. Parmi une large assemblée où se voyaient princes, prélats et chevaliers, Monseigneur Philippe sans rudesse pria Messire Onfroi de clamer hautement qu'il renonçait à sa femme. Et la voix plus blanche encore que la face, Messire Onfroi balbutia qu'il renonçait à elle.

Sur la cime de Saint-Nicolas enrageait en ce temps-là le roi Gui de Lusignan, auquel ses messagers rapportaient heure par heure les bruits qu'ils descendaient glaner dans la plaine. Partout autour de lui errait la malefortune. Laissé morne et gourd par son grand deuil, Messire Gui sentait lui échapper la couronne de Jérusalem. Ceux qui auraient pu le défendre s'évanouissaient les uns après les autres comme par enchantement. Ainsi son vieil allié, Monseigneur Héraclius, patriarche de Jérusalem, qui en ce moment gisait sur une couche, tremblant de fièvre et vomissant ses tripes. Ainsi encore l'archevêque de Cantorbéry : envoyé par le roi Richard dont la maison de Lusignan demeurait vassale, Monseigneur Baudouin avait touché la Terre Sainte en octobre et était mort la veille, n'ayant souffert que trente jours de siège. Avant de rendre à Dieu son âme, il avait prêché d'une voix faible en faveur du roi Gui et contre ceux qui voulaient briser le mariage d'Isabelle et d'Onfroi. Ne se tenaient plus aujourd'hui aux côtés du roi que les Templiers à robe blanche, mais les Sarrazins en avaient tant égorgé sous les cornes de Hâttin, lors de la Bataille, que le pouvoir de l'ordre semblait allé en déchéance.

Lorsque Messire Onfroi eut été rendu soumis comme un agneau, lorsque Dame Isabelle eut haussé les épaules en manière de mépris et ravalé sa rage, les évêques et prélats divers s'assemblèrent suivant la loi pour entendre plaider les requérants, en l'occasion la reine Marie et elle seule, puis les opposants, s'il s'en rencontrait. Ce plaid fut tenu à la prime candeur de l'aube, le 22 novembre 1190, dans le pavillon or et bleu azur du gentilhomme piémontais. Messire Onfroi ayant déjà, tous les évêques le voyant, dit ce qu'il devait dire, on avait jugé sage de ne point le convier à venir déclarer son opinion. Tapi en quelque recoin d'une tranchée, esquivant le roi Gui, fuyant Dame Isabelle et à peu de chose près son ombre elle-même, il ne connut son sort qu'à la vesprée.

Au contraire, Dame Isabelle portant le front haut vint siéger au plaid sous la tente du marquis de Montferrat. Les paroles terribles prononcées par la reine douairière, elle sut les endurer sans rien montrer de son cœur. Isabelle, déclara froidement la reine Marie, n'avait que huit ans d'âge quand le roi lépreux, déjà fiévreux et pourrissant, l'avait promise contre toute raison au sire de Toron. Cette alliance infortunée, célébrée en pleine guerre trois ans plus tard, ne pouvait être que néant au regard de Dieu comme des hommes, ni l'enfant ni sa mère n'y ayant apporté leur agrément. Dame Isabelle, poursuivit la reine Marie, n'avait en outre jamais engendré le moindre enfant de Messire Onfroi. Chose qui, acheva-t-elle avec une hardiesse folle, ne semblait merveille à personne, car pareil en rien aux autres chevaliers vaillants, celui-ci s'était fait partout sur la terre de Syrie un renom d'homme efféminé.

Sous la stupeur, toute l'assemblée se tint muette un long moment. Les Croisés, pris de mésaise, détournaient leurs yeux de la plaideuse, les fermaient ou bien les levaient au ciel. En Occident, pas une reine, pas une dame, pas même un jeune seigneur bordelier n'eussent osé lancer de leur bouche une si noire accusation, qui changeait un homme en criminel méritant mort et damnation. Mais la reine Marie vivait sur une terre lointaine, dans un Orient étrange où se répandaient sans frein, disait-on, les voluptés les plus viles. Certains péchés hideux paraissaient ici fautes légères, dont on se riait. Messire Onfroi, certes, ne serait en nulle guise brûlé vif à cause des paroles jetées devant tant de hauts seigneurs par l'ex-reine de Jérusalem. Et la dame byzantine aurait donné l'empire de Constantinople pour gagner à sa cause les juges, tous gens d'Église tenant le mariage pour sacré. Or les arguments qu'elle leur servait ne pesaient guère, songeait-elle, hormis le dernier, ce dur grief proféré encontre Messire Onfroi de Toron.

Après quoi, Dame Isabelle fut encouragée avec chaleur à prendre la parole. S'étant dressée, elle ouvrit la bouche et dit en bref :

– Sur ma foi, Messeigneurs, je ne sais si je fus jadis mariée par force à Onfroi, mon baron. Sans vous mentir, je n'en ai aucune remembrance. Mais je sais bien que je vais être aujourd'hui par force départie de lui à jamais.

Puis elle se laissa choir sur son siège et ne desserra plus les dents. À ces mots s'ébahit l'assemblée entière, qui avait attendu de la damoiselle protestations, gémissements et ruisseaux de pleurs. Monseigneur Ubaldo, représentant en Syrie le pape Clément, délibéra un instant à voix basse avec ses pairs. Cela fait, et la coutume ayant été honorée de bout en bout, il déclara tout maintenant nulle et non avenue l'alliance qui unissait depuis sept années, jour pour jour, Dame Isabelle d'Anjou à Messire Onfroi de Toron.

XIII

Dame Isabelle, qui en avait tant vu depuis qu'elle vivait au monde, pouvait souffrir sans mortel dommage une blessure d'orgueil et le brisement de son mariage vain. Bien pire lui paraissait la chose à venir, une destinée assez prochaine et sûre pour affoler son cœur. Le soir du plaid, elle fut parmi les gens un corps sourd et aveugle, se mouvant à grand peine et presque muet. En elle bougeait seule sa pensée : elle cherchait une réplique au doute, une issue à la peur, un ami loyal sur l'épaule duquel reposer son front. La nuit suivante, elle chercha encore, dans le songe comme dans la veille, et à l'aurore du 23 novembre, elle n'avait rien trouvé. Même ses amis les plus anciens ne sauraient cette fois l'aider. Ni au comte de Sidon, éloigné d'elle non par le cœur mais par l'âge, ni au joyeux Ernoul de Gibelet, dont l'âme renfermait trop de moquerie, ni au prince Hugue de Galilée, si noble et vaillant qu'on se troublait devant lui, ni au prince Raoul de Galilée, qui bavait en devisant et aimait la damoiselle depuis l'enfance d'amour imbécile, ni à la reine Sibylle morte et enfouie, elle ne confesserait ses tourments. À son nourricier lui-même elle ne dirait une parole, car l'eunuque Manès n'était hélas aucunement instruit des femmes. Dame Isabelle éperdue regardait monter par-dessus la poussière le soleil pâle. Demain, se répétait-elle, avant none, son sort serait noué. Ainsi avait ordonné l'affaire Monseigneur Philippe, l'évêque de Beauvais, qui devant l'autel officierait. Il ne restait plus qu'un jour à la damoiselle, un petit jour angoisseux et chétif.

L'une après l'autre furent sonnées dans la plaine les heures allant du lever du soleil à son coucher. Dame Isabelle avec de longs soupirs traînait une âme peineuse parmi les tentes. L'eunuque agenouillé sous un figuier poudreux priait en balançant le chef à dextre et à sénestre. Il ne parlait qu'à Dieu et ne levait guère les yeux sur sa damoiselle quand elle passait par là. Ayant lui aussi le cœur noir, il craignait s'il disait mot de paraître blâmer la reine Marie, dame pour lui sacrée entre toutes, qui l'avait sauvé jadis des Sarrazins diableux. Il était, pensait-il tristement, un misérable esclave apercevant les affaires du monde et n'y comprenant goutte. Madame la reine assurément choisissait le meilleur et le mieux pour sa fille chère, cependant que lui, Théophane le moine, lui, Manès l'eunuque, Manès l'esclave, jugeait de tout comme un âne.

Partis au matinet jeter pierrons et béliers contre la haute muraille d'Acre, les chevaliers compagnons du marquis s'en revinrent avant le crépuscule. Monseigneur Balian, un pli dur lui barrant le front, conta comment le roi Gui et ses chevaliers, venus donner l'assaut de leur côté, l'avaient écrasé sous les reproches, clamant que Balian d'Ibelin, autrefois seigneur de Jérusalem, faisait grande félonie envers le royaume en s'hébergeant aujourd'hui dans la plaine auprès d'un étranger piémontais, au lieu de se loger sur Saint-Nicolas parmi les gens de sa terre. Le comte Renaud lui-même s'était écrié que ruine et méchéance avaient toujours suivi pareilles divisions entre les Francs de Jérusalem.

– Demain à la vesprée, déclara la reine Marie, nous monterons là-haut rassurer notre ami Renaud.

– Laissez-moi, par votre bonté, ma mère, pria Dame Isabelle, y aller dès ce soir ! Il me plaira, je vous assure, de chevaucher jusqu'à Saint-Nicolas pour me délasser les membres. À dire le vrai, ce qui m'advient est si singulier que j'en perds un peu l'esprit. Mais je m'apaiserai, je crois, en écoutant Messire Renaud deviser et chanter. Il ne faillira pas, en outre, à me donner son bon conseil.

La reine Marie faisant la moue répondit :

– À dix-huit ans, Isabelle, vous avez assez d'âge pour vous contenir suivant votre guise. Partez courir sur le Toron, si vous le souhaitez ! Mais la nuit sera pleine lorsque vous reviendrez. Aussi je vous engage à prendre avec vous, par sûreté, un ou deux sergents bien armés et de bonnes lanternes.

– Puis-je accompagner Dame Isabelle ? fit hardiment Ernoul de Gibelet, qui n'avait encore dépouillé que le heaume. Je suis tout armé déjà, comme vous voyez.

– Vas-y, mon ami ! trancha Messire Balian. Mais aie soin, je te prie, de ramener de bonne heure ta belle amie et ne point faire le fol en chemin.

– Je serai l'image de la sagesse, Monseigneur, comme à l'accoutumée, répliqua Ernoul.

À travers la plaine, ils s'en furent en galopant sous un vent affaibli et une lumière déclinante. La damoiselle chevauchait avec une ardeur farouche, l'œil noir étincelant, les dents serrées, les doigts agrippant trop fortement la rêne. Près d'elle son compagnon allait avec un plaisir manifeste, ayant gardé le chef découvert et aspirant le vent par la bouche. Au pied du Toron de Saint-Nicolas, ils freinèrent leurs montures, puis commencèrent à s'élever par le chemin étroit toujours plein d'encombres. En gravissant le coteau, Messire Ernoul sifflait gaiement, cependant que Dame Isabelle derrière lui se taisait. Or, quand apparut à un jet de pierre le pavillon où s'abritait le comte de Sidon, elle se pencha sur le col de son gris palefroi et dit :

– Arrêtons-nous là, Messire Ernoul, voulez-vous ?

– Arrêtons-nous, soupira le jeune écuyer, qui brida sans délai son cheval bai.

– Messire Ernoul, déclara la damoiselle, dont les joues étaient roses, je ne pourrai, je crois, par défaut de temps, visiter ce soir le comte Renaud, car il me convient de mener ailleurs une affaire épineuse.

– Fort bien, Dame Isabelle. Où donc irons-nous maintenant, je vous prie ?

– Vous irez de votre côté, Messire, et moi du mien.

– Il serait bon, dit Ernoul, que je médite un moment pour savoir si la chose que vous proposez contient un seul grain de prudence. J'ai promis, vous paraissez l'oublier, de veiller sur vous.

– Non, répliqua la damoiselle, vous avez promis néant. Au contraire, vous avez entendu ma mère clamer que j'avais acquis l'âge de me conduire suivant mon plaisir. Plus tard, nous redescendrons ensemble dans la plaine, je vous le promets devant Dieu.

– Et que ferai-je de moi-même, tandis que vous mènerez votre affaire en secret ?

– Vous saurez vous réjouir, je n'en doute pas, en compagnie de vos bons amis.

– Quels amis, s'il vous plaît ?

– Vous en trouverez par ici à foison, Messire Ernoul. Si la plupart des pucelles ont fui vers Tyr depuis que la mer est à nous, il reste assez de jeunes chevaliers. Le prince Raoul de Galilée, par exemple, vous accueillera volontiers pour une partie de tables ou de dés.

– Pouacre ! Le prince Raoul, Dame Isabelle, me jettera une pluie de salive à la face dès qu'il prononcera une parole ! Dieu lui créa la bouche baveuse, qu'y pouvons-nous ?

– Toutefois il est noble et preux chevalier, aimable envers tous, par surcroît.

– Aimable envers vous, ma pauvre amie ! Non, non, je vois avec désespoir que vous voulez m'envoyer tout droit dépenser ma force et mes deniers dans les bras des ribaudes qui hantent Saint-Nicolas !

– Vous avez l'âge, Messire Ernoul, tout comme moi, de vous contenir suivant votre plaisir, fit la damoiselle en éperonnant son cheval.

Se retournant, elle ajouta :

– Venez me rejoindre ici lorsque vous entendrez tinter l'heure de complies ! Et que Dieu vous donne joie et santé !

Elle guida son beau palefroi parmi les chariots, les moutons, les ânes ou les chèvres qui traversaient la voie, les mendiants accroupis et tout le merdier engendré par un siège vieux déjà de quinze mois. Ayant touché le sommet du mont, elle vira en longeant la tente royale rouge et or, puis dévala sur l'autre flanc, dont elle parcourut le tiers environ. Alors elle quitta la voie pour s'aventurer sur un menu sentier à demi dissimulé par les herbes hautes et la ramée abondante. Le crépuscule maintenant mettait partout ses ombres grises. La damoiselle avançait malaisément, et son cheval reniflait avec des sons rauques. Elle allait sans rien voir devant elle sinon au loin une pièce de toile brune que surmontait une oriflamme vermeille. Elle ne pouvait discerner encore les dessins portés par l'oriflamme, une croix d'or à sénestre et un lion d'or à dextre, mais elle les apercevait en songe. Soudain, comme elle atteignait une planée couverte de gazon frais, le lion et la croix devinrent choses réelles. Parvenue devant le pavillon dont ils étaient l'enseigne, elle n'osa mettre pied à terre et aima mieux crier de toute sa voix :

– Y a-t-il, par Dieu vivant ! une âme en ce lieu ?

À la portière se montra un homme affublé entièrement de sombre, qui avait les mains nues et les cheveux au vent. Il marcha lentement vers sa visiteuse et l'ayant contemplée sous le nez, lui dit gaiement :

– Il y a moi, Dame Isabelle, si toutefois vous voulez bien considérer que je suis une âme. Et il y a en outre mes deux jeunes écuyers, mais ce sont là des âmes si légères qu'elles s'envoleront au premier commandement donné par votre bouche.

– Qu'elles s'envolent, Messire Connétable, je le commande et vous en prie ! Car vous et moi, je vous l'affirme, devons deviser en privé sans perdre une once de temps.

– Descendez ! fit le chevalier en tendant la main pour saisir celle de la damoiselle.

Dedans la tente brune où demeurait à l'écart du monde le connétable de Jérusalem, Dame Isabelle entra, et aussitôt s'envolèrent les deux damoiseaux battant des ailes. Peu de cierges brûlaient sur les candélabres suspendus aux palis ou garnissant les coffres. La chambre était envahie par des ombres géantes, mais il s'y répandait une chaleur suave que procurait un vase en bronze rempli d'ardentes braises. Un grand lit aux courtines relevées occupait un angle du logis dont le milieu s'ornait de trois divans bas faisant office de sièges, suivant le mode sarrazinois. Dame Isabelle s'assit au bord du premier divan rencontré à tâtons, Messire le connétable s'établit vis-à-vis d'elle.

– Bienvenue soyez, Damoiselle ! dit le chevalier. Or de quoi, s'il vous plaît, devons-nous débattre avec tant de hâte ?

Elle avait la bouche qui tremblait et ses prunelles élargies semblaient posées sur un autre siècle, un siècle vague, semé de mystères et d'abîmes. Il attendit sa réponse longtemps, mais en vain. Ils se tenaient muets l'un devant l'autre, le chevalier la regardant et elle ne voyant rien. À la fin, il reprit la parole, déclarant légèrement :

– Vous avez toujours, nul ne saurait nier la chose, le semblant d'une fée poitevine. Pourtant les fées n'ont au cœur ni crainte ni effroi. Et vous voilà aujourd'hui, à ce qu'il me paraît, assaillie par une peur nouvelle. Serait-ce moi que vous redoutez si fort, Dame Isabelle ?

Du chef elle approuva, puis ouvrit des lèvres dont il ne jaillit un seul mot.

– Jadis, poursuivit-il, n'ayant que dix ans d'âge, vous trouviez grand plaisir à me défier. Ma vue alors ne vous causait la moindre frayeur. Par Dieu ressuscité ! ma petite âme, que vous est-il advenu ?

Elle ouvrit encore la bouche et cette fois répondit :

– En vérité, Messire Connétable, aujourd'hui j'ai peur non seulement de vous, mais de tout au monde, à peu de chose près.

– Non, Dame Isabelle, je ne saurais vous croire. Vous connaissez, j'en suis certain, la peur qui vous hante, son visage et sa vêture. Néanmoins, vous n'osez me le confesser, pour je ne sais quelle raison d'orgueil ou de honte.

– J'ai osé venir, se défendit-elle, à cela, Messire, vous ne songez guère. J'ai conté mensonges afin de quitter la plaine après la déchéance du soleil et monter sur le Toron vous rejoindre.

– Espérons, Damoiselle, que vos mensonges finiront là. Ne dites plus avec moi que vérité pure, par grand pitié !

Elle reprit sa contenance première, demeurant sans répliquer, les bras pendant le long du corps, le visage blêmi comme une qui a le cœur déconforté.

– En nom Christ ! qu'avez-vous ? dit-il doucement.

– Par la Vierge Absolue et par votre bonté, Monseigneur, aidez-moi !

– Vous aider ? Sur ma foi, Dame Isabelle, je l'ai fait si souvent que j'en suis las un tantinet. Ne se trouve-t-il donc autour de vous que votre vieil ennemi pour vous secourir dans les jours périlleux ? Enfin, je veux bien entendre votre requête, la considérer de franc cœur, puis vous donner ou ne point vous donner mes conseils, selon mon gré.

– Je n'ai aucun besoin de vos conseils ! s'écria la damoiselle. Je vous demande, je vous supplie, Messire, de m'octroyer un don !

– Et pourquoi le ferais-je ?

La damoiselle inclina la tête, et il ne vit plus d'elle qu'une masse lourde et longue de blonds cheveux rendus sages par un tressoir de fils d'or entre lesquels nichaient des perles d'argent. Il redit à voix molle : « Pourquoi le ferais-je ? » en songeant que cette chevelure était un péril pour l'homme. Or devait-il redouter là-dessous une proche envahie de larmes et de sanglots ?

– Regardez-moi ! ordonna-t-il en bref.

Elle releva la face, mais il ne vit trace de pleurs dans ses prunelles, qu'elle avait brûlantes et noires comme l'enfer.

– Ce peut être, murmura-t-elle, que vous y trouverez un peu de plaisir.

– Commençons, voulez-vous, Dame Isabelle, par le commencement. Déclarez-moi sans feinte votre méchéance, vos craintes et les tourments qui assiègent votre âme !

– Savez-vous, Messire Connétable, que l'évêque de Beauvais a prononcé hier le brisement de mon mariage ?

– Qui ne le sait ? fit le chevalier.

– Or demain, à l'aube – le savez-vous, Messire ? –, on me donnera pour nouveau seigneur, que j'en aie ou non le désir, ce gentilhomme piémontais, le marquis de Montferrat.

– Sentez-vous donc tant de répugnance envers le marquis ? Nourrissez-vous de pesants griefs contre lui ?

Une rage contenue montait en la damoiselle et se discernait sur son visage.

– Premièrement, dit-elle, nul ne requiert mon opinion. De moi on use comme d'une jument ! Messire Conrad, quant à lui, ne me plaît ni ne me déplaît. Mais il a déjà deux femmes vivantes, l'une en Piémont, l'autre à Constantinople. Dois-je trouver bon d'être la troisième ?

– De votre côté, mon cœur, vous avez déjà, me paraît-il, un époux non seulement vivant, mais présent ici même. Car les subtilités de l'évêque de Beauvais pour satisfaire son ambitieux cousin ne sont pas moins suspectes que les femmes du marquis. Si vous en croyez ma parole, vous oublierez tous ces détails. Ils ne vaudront jamais la peine et l'épouvante que j'aperçois sur votre face.

Dame Isabelle battit des paupières, joignit les mains à hauteur de son giron, reprit haleine comme si l'air lui défaillait.

– Vous m'avez prié, Monseigneur, de commencer par le commencement. Ainsi ai-je fait avec droiture, Dieu me voyant. Mais après la bigamie du marquis, en vérité, il y a bien pire, pour mon malheur.

– Contez-moi ce pire ! soupira le chevalier.

– Certes, gémit-elle, si Dieu me tient en son amour, Il me défendra d'aller au marquis de Montferrat telle que je suis maintenant, la plus niaise des niaises qui soient sur terre. Ou sinon j'en mourrai, je le crois !

– De quoi mourrez-vous, Dame Isabelle, à parler clair ?

– C'est un homme redoutable et fort que le marquis, comprenez-le, un homme pareil à un démon, chacun le clame en Palestine. Il fera de moi la risée du siècle et me dédaignera quand il découvrira que je suis pucelle encore à dix-huit ans, après sept années pleines de mariage. Pourquoi, dites-le-moi, tairais-je la chose devant vous, puisque vous en êtes instruit parfaitement, comme vous êtes instruit, hélas, de mes jours du premier jusqu'au dernier ? Pourtant je me garderai sauve, si vous me consentez ce don.

– Quel don, Dame Isabelle ?

Ébahi, le chef de guerre considérait la damoiselle qui à ses pieds venait glisser, lui étreignait les genoux de ses mains et suppliait :

– Par votre merci, Messire Connétable, ôtez de moi mon pucelage ! Cela ne vous coûtera guère et sur ma foi, je ne me plaindrai de rien, ne geindrai ni ne répandrai un seul pleur. Je ferai toute votre volonté sans montrer une once de déplaisir.

– Par le sang Dieu ! laissa échapper le connétable de Jérusalem à travers un rire qui ne pouvait finir.

Elle attendit, laissant posés sur lui des yeux larges et doux, qu'il se fût apaisé.

– Pourquoi riez-vous, Messire, d'une affaire si simple, paraît-il, et assurément si commune ?

– Je ne ris pas de la chose, mon cœur, mais de la manière dont vous venez me proposer votre marché.

– Un marché ? Vous avez mal entendu ma parole. J'étais venue vous prier, Monseigneur, et je vous prie encore, de m'accorder un don.

Le chevalier en avant se pencha et ses yeux regardèrent de si près les yeux de la damoiselle qu'elle reprit à voix balbutiante :

– Allez-vous me le refuser ?

– Pareil don, répondit-il, requiert à octroyer assez de temps. Or, votre mariage sera célébré, dites-vous, demain au matinet. Pour l'heure il est tard, la nuit sera bientôt noire et l'on s'angoissera de vous dans la plaine.

– J'ai loisir de rester ici un petit moment, dit-elle.

– Un petit moment ne saurait suffire, ma belle enfant.

– Vous me servez là faussetés, Messire Connétable. Au siège d'Acre sont maintes femmes bordelières que nous voyons en tout temps mener leur ouvrage, où que nous allions. Sur ma foi, c'est à peine si elles demeurent avec un homme derrière leur courtine plus de trois onces d'heure.

– Pensez-vous, Dame Isabelle, que les putains soient à votre semblance ? Par Dieu ! elles n'ont, quant à elles, nul besoin d'enseignement, connaissant déjà la doctrine entière de la fornication. Mais il en va pour vous bien autrement, je vous assure.

– N'étant ni fainéante ni trop sotte, j'apprendrai tôt, croyez-m'en !

Il dédaigna de répondre. Les sourcils froncés, il ne s'avançait ni ne se reculait et la contemplait toujours, son front à deux paumes de son front à elle. Cependant elle finit par esquiver le regard mi-sombre mi-doré, qui l'engeôlait. Sur la poitrine du chevalier elle inclina la tête, et sa joue rencontra par aventure la suavité du velours noir qui couvrait cet homme étrange lié au pays poitevin ensorcelé, aux sylves et aux fées. En se frottant à l'étoffe, elle chercha et trouva des senteurs forestières dont elle fit un instant son délice. Puis elle combattit vaillamment cette lâche béatitude et murmura :

– Quoique le monde fût mis à l'envers, le soir de l'an neuf, quand nous dansions avec les Sarrazins, vous avez laissé alors, Messire Aimeri, au moins une parole à l'endroit.

– Quelle parole ? demanda le chevalier.

– Un jour, vous vous en souvenez, Messire, au temps de la déconfiture, j'allai vous visiter dans votre prison de Naplouse, où l'on vous gardait enchaîné. Durant mon séjour là-bas, je reçus de vous un baiser d'amour. Ainsi que je vous entendis l'affirmer ici même, sur le maydân, au premier jour de janvier, nous recueillîmes vous et moi de ce baiser un fol plaisir.

– En vérité, Dame Isabelle, j'ai assez de mal à m'en souvenir. C'était il y a longtemps, et la guerre, cette saison-là, nous affolait tous.

La damoiselle, s'arrachant avec peine à l'abri du velours, redressa l'échine. De ses bras elle fit un collier au chevalier, dont elle ramena peu à peu le visage vers le sien.

– Si Dieu, dit-elle, m'avait créée plus hardie, croyez-m'en, je suivrais mon envie et vous rendrais votre baiser sans demeure. Et ce peut être qu'après ce baiser nouveau, vous me consentiriez le don que je veux.

– Ce peut bien être, Damoiselle, souffla-t-il d'une bouche qui tressaillait contre la bouche d'Isabelle. Mais, poursuivit-il, par infortune, par grandissime infortune, au bon moment, le cœur vous faut.

Elle pressa plus fort ses mains contre la nuque du chef de guerre et lui mordit les lèvres doucement. Ne regimbant ni ne la combattant, il se lécha la bouche qu'elle avait mordue, avant de déclarer :

– Le cœur ne vous faut pas tant, à la parfin. Sur ma foi, je vous estimais moins que vous n'êtes.

Il dit encore, d'une voix affaiblie :

– Continuez, je vous prie !

Des lèvres elle tâta sans hâte ses lèvres, de la langue sa langue. Elle goûta dans sa bouche une eau ayant un pouvoir miraculeux, mais le fit avec prudence, n'osant plonger très loin, fouiller cet océan profond où devaient s'oublier tous les malheurs du monde et les siens jusqu'au dernier.

– Courage ! murmura-t-il. Où donc s'en va votre vaillance ?

La voyant confuse, il se laissa glisser à son tour du divan et se tint comme elle agenouillé.

– Serez-vous ainsi mieux à l'aise, ma petite âme ?

– Je ne sais, Messire. Vous me sembliez moins sombre et lointain au chastel de Naplouse. Vous n'aviez pas sur vous si riche affublement.

Le chevalier détacha les fermaux en argent ciselé de son pourpoint, se dépouilla du pesant vêtement noir qu'il jeta par-dessus son épaule.

– Me voici devant vous, sinon en chemise, comme au chastel de Naplouse, du moins en tunique légère.

– À Naplouse, rétorqua-t-elle, vous ne portiez ni tunique légère ni même une chemise. J'étais enclose dans vos bras nus, serrée contre votre poitrine nue, ce qui me plaisait durement.

Alors, lâchant là son frein, il étreignit la damoiselle de ses bras garnis de manches. Il entreprit de lui baiser la lèvre du bas, la lèvre du haut, les deux joues, les quatre paupières, le front, les cils battants et la longue vallée de la gorge. Mais bientôt il s'écarta pour maudire à ton bas le peliçon de vair dont elle avait le corps couvert. Et elle ôta le peliçon volontiers, volontiers laissa le chevalier revenir à genoux l'accoler, se mettre avec elle chair vêtue contre chair vêtue et la toucher soit tendrement, soit ardemment, suivant son gré. Sans retenance, elle appuyait sur cet homme son ventre et ses tétins, sans vergogne il appuyait sur elle un tronc d'acier, une verge lourde et une bouche brûlante.

– C'est un songe d'ensottée, Monseigneur, Dieu le sait, mais il me plairait tant que vous me requériez d'amour !

– Je vous requiers d'amour, ma petite âme, et voyez, je le fais agenouillé, tremblant et suppliant comme un pauvre homme qui mendie. Sur la foi que je dois à Dieu, je vous requiers d'amour.

Il retirait une à une les broches d'or maintenant clos le bliaut de futaine sous lequel s'abritait la damoiselle, dénouait la double tresse de soies blanches dont elle avait les hanches ceintes, soulevait la chemise fine taillée en croix, tâtait enfin avec les paumes la chair dévoilée des mamelles, chair plus tendre et friande que nulle chose du monde. Le chevalier disait en la maniant bellement qu'elle était depuis une éternité son désir et sa désespérance. Il donnait à la bouche qu'elle lui tendait des baisers longs comme un jour de juin, forts comme un vin de Chypre et toutefois légers comme un sorbet à la neige de l'Hermon. À ses mamelles douces, le chevalier donnait aussi plus d'un baiser, mais ceux-là étaient d'une autre sorte, qu'elle estima aussitôt pur et vrai présent du ciel. Chaque faisance d'amour qu'il lui montrait l'émerveillait de tout en tout, la réjouissait et affolait son cœur, son ventre et sa raison. Or elle s'instruisait à grande allure, ayant souci de ne point faillir à sa promesse.

Quand fut Dame Isabelle toute nue à très peu de chose près, tandis que Monseigneur le connétable de Jérusalem avait encore sur la peau chemise en lin brodée au col, chausses de soie, braies de toile, tunique à larges plis et larges manches, ceinture noire nouée serrée, elle s'abandonna aux bras de fer qui la portaient sans nul effort, la posaient sur une couche étroite, faisaient à son corps une prison qui, si je vous parle vrai, était un paradis. Et contre son corps, dont il jolivait sans fin de la bouche et de la main chaque parcelle, chaque mont et chaque ravine, il étendit le sien. Moment après moment, il accompagnait de paroles sa quête d'amour et murmurait :

– C'est merveille, ma belle enfant chère, que ta convoitise et ton bonheur !

Il balbutiait :

– Toi mon cœur, toi ma mort et ma vie ! Toi mon envie, toi ma tourmente !

Et il disait à voix tendre :

– N'aie crainte, ma petite âme : te mettre nue me plaît, t'amener vers mon désir me plaît, t'aimer me plaît.

Il disait mille et cent folies dont elle n'aurait jamais pensé ouïr une seule de bouche d'homme. Il allait jusqu'à perdre le sens.

– Je veux, soufflait-il dans son oreille, non te tuer mais te choyer, te donner joie au lieu de douleur, t'honorer, te servir, te manger et te combler.

Or il advint qu'à ces derniers mots elle répondit, toute langoureuse :

– Plus jamais, je le jure, Monseigneur Aimeri, je ne vous haïrai. En nom Jésus ! comment pourrais-je dorénavant vous avoir en haine ?

– M'avoir en haine ? fit-il en rebondie.

Et la voix du chevalier mourut.

Il avait relevé un peu la face et repris haleine. Sa main ne courait plus sur le corps d'Isabelle blanc comme la perle, sa bouche n'entremêlait plus les baisers aux paroles. Contre la chair dévoilée de la damoiselle, sa chair à lui continuait néanmoins à trembler. Si fort tremblait encore le chevalier sous la fièvre que Dame Isabelle désira l'apaiser en lui tendant avec un petit rire des bras frais, des lèvres devenues savantes, un ventre qui saurait l'accueillir assurément et l'héberger comme un roi. Mais elle demeura les bras vacants, la gorge encombrée par son rire, car déjà il avait esquivé l'étreinte, sauté hors du divan bas, et il errait maintenant parmi les ombres démesurées qui hantaient le pavillon. Il revint à elle cependant sans long délai pour lui couvrir le corps. Tunique de futaine et peliçon fourré de vair, il les étendit l'un après l'autre sur la damoiselle nue, disant à voix étouffée :

– Dame Isabelle, par Dieu d'amour ! que faisions-nous ?

Elle répondit :

– Ni mal ni péché, Messire, je crois. Je n'ai plus, quant à moi, de baron légitime. Et vous deviez, quant à vous, m'accorder le don que j'avais de vous requis. Pourquoi m'abandonnez-vous ainsi, dites-le-moi, au nom du ciel ? Pourquoi m'avez-vous en pareil dédain ? Pourquoi voulez-vous toujours que je périsse ?

Loin d'elle, de ce corps jeune et offert avec largesse, il retrouvait lentement froideur et maîtrise de lui-même.

– Vous ne périrez pas, déclara-t-il, je vous en fais serment.

Il ne pouvait se tenir en paix sous la tente et allait à grandes enjambées de çà et de là, tantôt s'enfonçant dans l'ombre et tantôt franchissant la clarté.

– La vérité, Dame Isabelle, est qu'au lieu de rendre l'âme, vous irez célébrer vos noces demain dès l'aube avec le marquis de Montferrat. Je ne songe nullement, comprenez-le, à vous reprocher cette union richissime, néanmoins vous me pardonnerez si en cette aventure, je choisis la retraite. Mieux vaut pour moi comme pour vous que je reste écarté de vos affaires.

– Il y a seulement un bref moment, répliqua-t-elle, vous n'étiez pas tant écarté de mes affaires. Par surcroît, vous paraissiez priser la chose.

– Par Dieu ! Qui donc à ma place n'eût été tenté ? Sur mon honneur, Damoiselle, vous vous offrez avec assez de libéralité !

Elle commença de manière hâtive et désordonnée à rajuster les pièces de sa robe ou à s'en revêtir. Laisser éclater une fureur qui enflait en elle minute après minute, l'aurait-elle pu étant nue ? Et quand elle eut retrouvé, estimait-elle, figure bienséante, elle s'en fut se planter sur le chemin du chevalier.

– Je ne m'offrais en nulle guise, maudit soyez-vous, Messire Connétable ! Je vous avais demandé un don, et comme vraie busarde, je vous pensais trop noble gentilhomme pour me le dénier. Or vous aviez prévu de m'humilier, selon l'un de vos usages qui vous réjouit au-delà de tout, et même, je le vois, au-delà du plaisir d'amour.

– Vous outrez mes vices lourdement, Dame Isabelle, je vous l'affirme. Vous étiez sur ce divan alléchante au plus haut point, que Dieu me damne si je mens ! Et dois-je vous le confesser ? Durant notre aimable accointance, vous m'avez, par votre charme, ôté entièrement la raison.

– Vous l'avez tôt regagnée, à ce qu'il paraît, jeta la damoiselle avec rancune.

– Je l'ai regagnée juste à temps, dit le chevalier. Maintenant, vous feriez sage en partant sur l'heure au grand galop. Ces temps-ci, les nuits sont très obscures. Je vais, de par ma foi, quérir une lanterne et vous convoyer jusqu'à la plaine.

– Assurément non. J'ai une lanterne déjà et un compagnon sûr.

– Quel est ce compagnon, je vous prie, et où le dissimulez-vous ?

– En nom Dieu ! Messire, n'ayez souci de moi ! Être veillée par un homme tel que vous me causerait sans faille un surcroît d'infortune.

Soudain la damoiselle sentit s'échapper d'elle son courroux, qui déclina comme un soleil puis s'anéantit. Au lieu de rage, son cœur s'emplit d'une tristesse noire, et à voix plaintive elle murmura :

– Ce don-là pourtant ne vous coûtait rien !

En arrière il fit un pas, non pour se glisser de la lumière à l'ombre, mais pour mettre un plus long espace entre le visage déconforté d'Isabelle et son propre visage durci. Un moment, il garda la parole, méditant en son secret, avant de répondre sans bienveillance :

– Vous vous fourvoyez, Damoiselle. Par tous les saints ! il ne me coûtait rien, ce don-là, dites-vous ? Fille folle ! Ouvrez grand vos oreilles et je vous enseignerai son prix ! Car je n'ai point coutume, sachez-le, de souffrir qu'une pucelle rendue un jour femme par mes soins s'en aille courir le lendemain au lit d'un autre !

– Un homme courtois, fit-elle, eût acquitté sans rechigner ce prix léger. Mais dans votre âme ne s'hébergent qu'outrecuidance et diablerie ! Peu vous chaut la détresse où je me noie. Que ferai-je devant le marquis, en avez-vous la moindre idée, lorsque le temps sera venu de nous trouver seul à seul au bord du lit ?

– J'ai de la chose une idée fort claire, Dame Isabelle. Vous regarderez en face Messire Conrad et lui déclarerez, sans y ajouter fardaille, si vous pouvez, la vérité pure.

– La vérité ? Elle me tuera, vous le savez bien ! Le marquis regardera ma niaiserie avec un mépris qui n'aura ni trêve ni fin.

– Le marquis, au contraire, mon cœur, sera enchanté de votre nouveauté. Il bénira Messire Onfroi de Toron, lequel pourtant ne mérite une once de bénédiction.

– Par grâce, laissez en paix Messire Onfroi ! Il est aujourd'hui, à mon escient, triste et rejeté comme je le suis.

– Rejeté, ce peut être, Damoiselle, mais assez peu dolent, semble-t-il. Messire Onfroi trouve sa consolation dans les avantages que les évêques de France lui ont offerts.

– Quels avantages, Messire Connétable ?

– Pensez-vous, dit le chevalier, qu'il ait renoncé à vous pour néant ?

– Que lui a-t-on promis, en nom Christ ! ? s'enquit Dame Isabelle, dont le cœur tremblait.

– Maints bruits, Damoiselle, trop de bruits, en vérité, vont et viennent dans la plaine et sur le mont Saint-Nicolas. Sans doute blâme-t-on avec justice votre premier baron. Néanmoins, je ne me soucie guère de connaître les détails d'un barguignage aussi puant. Et vous devriez de même boucher vos oreilles lorsqu'on en jasera devant vous. Cet Onfroi de Toron, croyez-en ma parole, tirez-le à jamais hors de votre esprit, car l'y laisser ne vous vaudrait ni bon ni bel !

– Pour moi le vrai bienfait, Messire Connétable, serait d'oublier la créature maudite que vous êtes !

– Hélas ! ma petite âme, quoique vous vous y efforciez nuit et jour, vous ne pouvez en nul endroit perdre mon souvenir. Le ciel refuse de vous accorder cette faveur. Ainsi auriez-vous été mieux avisée, je crois, en adressant aujourd'hui votre prière à un autre que moi. Combien de chevaliers, par Dieu ! vous eussent octroyé votre don le plus vaillamment du monde ! J'en connais vingt et davantage qui se fussent damnés afin de prendre ce que vous m'encouragiez si ardemment à prendre. Certains même seraient morts volontiers contre le bonheur de vous défouler une fois, et la première surtout. Le prince Raoul de Fauquenberge, par exemple, que votre apparition change sans faille en pauvre d'esprit. Pourquoi donc m'avoir choisi entre tous, quand vous et moi depuis tant d'années sommes de rudes ennemis ?

Dame Isabelle répondit, le regard pur et la voix claire :

– Avec un ennemi tel que vous, Messire, j'étais bien peu en danger de me lier d'amour. Demain, je vous l'ai dit, je donnerai ma foi au marquis de Montferrat, et il serait alors malséant que mon cœur fût occupé d'un autre homme.

Dressé dans l'ombre, le connétable de Jérusalem pâlit et serra les poings, mais de sa rage muette, la damoiselle n'aperçut goutte. Comme il reculait encore, elle frissonna sous son mantel garni de vair. Au loin résonnait une trompe, dont elle perçut dans le brouillard de ses pensées le chant familier. Le chevalier ne prononçant plus mot, elle s'enquit avec assez de sottise :

– À votre escient, Messire, est-ce l'heure de complies que l'on entend corner ?

– Par la mort Dieu ! en allez-vous d'ici ! Regagnez la plaine tout maintenant ! Il ne convient aux pucelles ni de ribauder la veille de leurs noces, ni d'errer la nuit à travers monts et vaux !

– Je suis lasse, dit-elle, d'endurer votre école, vos conseils, vos commandements et par-dessus tout votre mauvaiseté ! Je suis lasse de votre vue, sachez-le, et de votre âme entière !

– Malgré votre lassitude mortelle, Dame Isabelle, vous devrez cheminer en ma compagnie jusqu'au lieu où vous êtes hébergée. À moins que votre convoyeur ne s'avère figure vivante et non fantôme, ce dont je commence à douter. Pourriez-vous seulement le nommer ?

– Il a nom Ernoul de Gibelet, Messire, que Dieu me tue si je mens !

– Et qu'avez-vous fait en arrivant de votre ami Ernoul, je vous prie ?

– En arrivant, nos chemins se sont écartés, Messire Connétable. Qui sait comment il aura usé son temps ? Mieux que moi, je l'espère durement. Il a promis de m'attendre à la cime de Saint-Nicolas vers l'heure de complies.

– Et quel compagnon vous guidera jusqu'à la cime de Saint-Nicolas ?

– Dieu sera mon compagnon. Et j'ai de surcroît une bonne lanterne.

Le cheftain de l'armée royale suivit dehors la damoiselle. Quand elle fut montée sur son gris palefroi, il saisit la rêne du cheval et marcha en avant parmi les herbes hautes. Elle ne dit une parole, se laissa conduire sans disputer le long de la sente faiblement éclairée par le falot qui pendait au harnois. Ils allèrent ainsi, le chevalier à pied, la damoiselle chevauchant, tant qu'ils rejoignirent la voie plénière où il y avait encore fréquentise de gens.

– Damoiselle, dit en lâchant la rêne le chevalier, je vous abandonne là. Que Dieu vous garde et vous octroie pour don un grain de sa divine sagesse !

– Que Dieu vous damne ! répondit-elle en un murmure, soucieuse de dissimuler sa voix tremblante.

Devant le pavillon du comte Renaud, Dame Isabelle trouva l'attendant le prince Raoul de Fauquenberge. Messire Raoul conta de manière empêtrée comment Ernoul de Gibelet, engagé dans une furieuse partie d'échecs, l'envoyait à sa place raccompagner en bas du Toron la damoiselle.

– Sur ma foi, Dame Isabelle, je n'aurais pu concevoir joie plus grande ni plus bel honneur. Je n'ai guère la chance de vous parler, quoique vous soyez ma Dame, que j'aime et aimerai toujours d'amour parfait. Étant page, rappelez-vous, je vous aimais déjà, et je vous aime à ce jour, ayant plus de vingt ans d'âge. Sachez-le, ce n'est point mystère, mais miracle.

– Non, Messire, assurément, ce n'est point mystère. À mon avis, les Sarrazins eux-mêmes connaissent votre secret d'amour, tellement vous le clamez haut.

– Dieu bénit tout amour et le mien par conséquent. Pourquoi en aurais-je remords et honte ? Je vous aime, belle amie, d'amour absolu, sans déloyauté ni vilenie aucune. Pourtant vous me tenez en mépris, je le crains, pour une cause obscure que je ne puis découvrir. Serais-je à vos yeux un homme couard ou félon ? Mon esprit est-il celui d'un sot ? Est-ce mon maintien qui vous déplaît ? Ou bien ma face vous semble-t-elle hideuse ?

– Vous avez, Messire Raoul, je vous le dis de cœur vrai, beau visage et esprit subtil. Chacun en Palestine connaît votre chevalerie et votre prouesse. Il n'est guère au siècle de gentilshommes qui vous égalent, croyez-en ma parole, sinon Messire Hugue, votre frère. Par surcroît, notre vieille amitié m'est chère plus que vous ne pensez. Toutefois vous méritez un reproche, et cette défaillance gâte un peu vos vertus, me paraît-il.

– Dieu du ciel ! Quel méfait, Madame, ai-je pu un jour commettre ?

– Non point un jour, Messire, mais tous les jours. Vous ne cessez de me pourchasser où que j'aille et de me prier d'amour, alors que je n'ai une seule once de temps à moi. Mon cœur lui-même, comprenez-le, appartient au royaume de Jérusalem. Aussi ne pouvez-vous l'avoir en nulle guise.

– Je vous aimerai sans espérance, Dame Isabelle, répondit le jeune prince de Galilée, mais rien au monde ne saura m'empêcher de vous aimer.

En ce moment, la damoiselle entendit son compagnon aspirer avec un bruit mauvais une coulée de salive, et elle se renfrogna. L'apercevant à peine dans la nuit profonde, elle avait oublié que le prince Raoul bavait légèrement.

– Allons, maintenant, voulez-vous ? soupira-t-elle en éperonnant sa monture.

L'un suivant l'autre, ils dévalèrent vers la plaine d'Acre à petite allure, prenant garde aux embûches dressées sur le chemin et se taisant. Parvenus en bas du mont, ils virent la voie s'élargir devant eux, et le prince Raoul ayant rejoint la damoiselle en un bref galop, ils chevauchèrent flanc à flanc le restant du voyage. Alors Dame Isabelle rouvrit le parlement, disant à voix tendre et suave :

– Aurez-vous la bonté, Messire Raoul, de répondre à une demande ?

– Assurément, je n'ai d'autre désir, Madame, que de vous servir. Sans délai je vous contenterai, croyez-m'en, si du moins je connais la réponse à votre demande.

– Vous la connaissez, Messire, je n'en doute guère. Tant de gens autour de vous la connaissent ! Dites-moi donc de cœur sincère et tout maintenant quelle chose offrit hier l'évêque de Beauvais à mon seigneur Onfroi pour lui clore la bouche !

– Par Christ ressuscité ! ma Dame chère, vous tendez l'oreille à des bruits n'ayant ni raison ni fondement ! Chacun au siège d'Acre va contant fausseté sur fausseté en manière de jeu. Ainsi passe le temps plus vite.

Bridant son cheval d'un coup sec, Dame Isabelle dans la nuit cria :

– Je vous priais par amour, Prince Raoul, mais d'amour, en vérité, vous n'avez au cœur un seul fétu !

– Je jure, déclara-t-il, freinant de même son cheval, que je vous aime comme jadis aima Jésus, qui périt de malemort pour sauver les hommes !

– Soit vous êtes un moqueur, Messire, soit un félon ! M'avez-vous une fois seulement prouvé votre amour ? Avez-vous, comme l'eût fait tout ami véritable, répondu à ma demande sur l'heure et en bonne foi ? Non, certes, je ne puis estimer loyal celui qui s'esquive dès la première prière qu'on lui fait !

– En nom Dieu ! douce amie, ayez de moi merci ! Commandez selon votre guise et j'accomplirai toute votre volonté les yeux bandés !

– Répondez à ma demande ! jeta la damoiselle. Qu'a reçu des évêques Messire Onfroi de Toron en échange de son obéissance ?

– Les gens disent, Dame Isabelle, murmura le jeune chevalier, que Monseigneur l'évêque de Beauvais aurait versé entre les mains de votre baron un trésor.

– En vérité ? Or qu'appelez-vous un trésor, je vous prie ?

Le prince Raoul resta coi un bref moment, puis il reprit plus bas encore :

– Plusieurs sacs de besants d'or. Mais quant au montant juste, sur ma foi, nul ne le sait.

– À la parfin, déclara paisiblement la damoiselle, je vois que vous êtes un compagnon fidèle, Messire Raoul, et soyez certain que je garderai la chose en remembrance. Pourtant je trouve singulier que vous chérissiez une créature vendue par son propre seigneur pour une misérable poignée de deniers. À mon escient, un gentilhomme de votre noblesse déchoit en s'éprenant d'une femme vendue aussi vilement qu'esclaves sur les marchés syriens.

– En nom Jésus le Crucifié ! Dame, taisez-vous-en ! Vos paroles sont cruelles à outrage et ne clament rien de bon. Nulle injure, nulle douleur ne valent que vous vous rabaissiez si laidement. Promettez-moi d'aller toujours la tête haute et le cœur orgueilleux, car c'est votre seigneur Onfroi qui s'est mis en l'occasion plus bas que l'esclave, plus bas que le larron le plus ignoble. Quant à vous, belle amie, nulle tache ne vous déshonore, voilà ma pensée pure qui est celle de tous les Francs du royaume et d'Occident.

– Béni soyez-vous, Messire Raoul ! Vous prêchez si bien ma défense que je reprends à vous entendre foi et vaillance, dont j'ai tant besoin à cette heure, je vous le confesse. Par Dieu ! vous surmontez en courtoisie votre frère Hugue lui-même ! Et je rends grâce au jeu d'échecs et à mon vieil ami Ernoul qui vous a envoyé à sa place me faire compagnie.

– Dame Isabelle, répliqua le prince de Galilée, je vous estime trop pour vous mentir. J'ai supplié Ernoul de me laisser vous convoyer jusqu'à la plaine. En vérité, le convaincre m'a donné rude peine. Mais j'enviais si fort de vous guider, vous contempler et vous parler, qu'il m'a enfin accordé mon vœu. Par bonheur, il me doit quelques services légers.

– Sans vouloir vous dépiter, Messire Raoul, j'avais deviné ce complot dès votre apparition devant moi, déclara la damoiselle en remettant au trot son gris palefroi.

Le lendemain, Dame Isabelle se leva quand eut crevé l'aube. Elle reçut les soins diligents de l'eunuque Manès qui avait ce matin-là les lèvres closes, le regard fuyant, la face blanche et des sillons de larmes sur les joues. Elle se fit affubler d'un bliaut non de soie, mais de futaine, parce que, dit-elle à son nourricier qui hochait le chef tristement, on était en un temps et en un lieu de guerre. Elle choisit toutefois le vêtement de jolie teinte rose, priant pour que Messire Conrad n'eût pas lui aussi élu le rose, qu'il paraissait avoir en grand amour. Elle ceignit ses hanches d'un long ruban brodé d'argent et posa un tressoir de perles sur ses nattes relevées. La reine Marie et Monseigneur Balian, venus la chercher afin de la conduire en solennité sous le pavillon qui faisait au camp usage de chapelle, s'écrièrent ensemble qu'Isabelle resplendissait comme une aurore. Elle les accueillit aimablement, l'œil sec, la bouche riante, et se forçant à garder la tête droite en mémoire du prince Raoul. Puis entre ses parents elle quitta sa tente et s'en fut se marier, la cervelle aussi vide que le cœur, avec le marquis Conrad de Montferrat, premier sauveur du royaume franc anéanti.

XIV

D'une voix haute et claire, Dame Isabelle, seule héritière à ce jour de la couronne de Jérusalem, s'unit par serment au grand seigneur piémontais qui se présenta dans la chapelle tout affublé d'azur. Par chance, Messire Conrad avait esquivé le rose, mais le bleu de sa vestaille était si pâle, si enfantin, si doucereux, que son alliance avec la teinte parant la damoiselle donnait matière à rigolage. Toutefois, nulle âme présente à ce mariage n'eut la moindre envie de rire, tant avait de grâce Dame Isabelle et de noblesse le marquis. Après la cérémonie, on festoya sous le soleil de none avec ce qu'on avait pu se procurer d'un côté ou de l'autre. Si le roi Gui en cette occasion demeura muet sur la cime de Saint-Nicolas, les princes de Galilée envoyèrent leurs congratulations par un joyeux message, et le comte de Sidon dévala dans la plaine à la celée pour aller baiser aux deux joues la mariée. Celle-ci ne reçut aucun signe venant du connétable de Jérusalem.

Une fois les noces faites, serments échangés, messe dite, festin consommé, les nouveaux époux laissèrent le siège d'Acre et se mirent à la voile pour cingler vers Tyr. La reine Marie, qui partait retrouver ses jeunes enfants dans la cité phénicienne, voyageait sur la nef du marquis. Le temps s'obscurcit à la vesprée, un vent d'orage se leva, mais le ciel par miracle retint sa rage au-dessus des têtes. Néanmoins depuis le soir jusqu'à l'aurore il venta dur et le vaisseau remua sans trêve comme un diable sur les vagues. Dame Isabelle passa la nuit étendue sous un toit de cuir près de sa mère, l'une et l'autre ne se sentant guère vaillantes. Messire Conrad leur fit porter par ses marins génois des breuvages brûlants et les visita deux fois, déclarant afin de les voir un peu rire qu'un mariage pour être bon devait mal commencer, puis doucement croître en accordance et plaisir jusqu'à toucher le bonheur absolu. Dame Isabelle en entendant ces contes souleva les épaules et ne souffla mot. Elle eût aimé voir de ses yeux le bonheur absolu dans lequel baignaient aujourd'hui les deux autres femmes de son baron. Il est vrai que leur mariage avait peut-être mieux commencé que le sien.

Le lendemain, au déclin du soleil, on atteignit Tyr changée en île qui flamboyait sous des rais bas et vermillon. La reine Marie chevaucha vers son manoir et le marquis, tenant par la main la damoiselle, marcha jusqu'à son propre logis, sis non loin du port. Tous leurs gens les suivaient, certains charroyant coffres et malles, d'autres ne portant rien et s'ébattant à grand bruit le long du chemin. Dame Isabelle retrouva l'eunuque Manès dans le palais qui serait dorénavant sa demeure. Dès son arrivée, elle se rendit avec lui aux étuves, lieu délectable où elle put détendre ses membres las et en ôter la crasse et le sel. Tandis qu'elle se laissait vêtir et parer, elle dit soudain à son nourricier :

– Hâte-toi, s'il te plaît, mon petit Théophane ! Je voudrais que tu ailles quérir pour moi le marquis de Montferrat, auquel je désire parler tout maintenant.

– Et comment donc saurais-je où le trouver, ma Damoiselle ? Assurément je me perdrai en chemin dans ce palais nouveau. Si vous en croyez mon conseil, vous attendrez pour parler à votre baron l'heure du souper, qui sera bientôt cornée, je pense.

– Non, Manès, je n'attendrai en nulle guise un moment de plus. Je dois rencontrer le marquis en privé avant l'heure du souper, sinon je ne pourrai avaler ce soir une seule bouchée de nourriture.

– Dieu du ciel ! ma Damoiselle, de grâce, taisez-vous-en ! Depuis le festin de vos noces, vous n'avez touché à rien. Il convient que vous preniez vigueur et courage, aussi vais-je aller courir dans le chastel après votre seigneur.

– Sur ma foi, Manès, tu n'as rien de mieux à faire, soupira la damoiselle.

Mais il advint qu'en partant des étuves, Dame Isabelle se heurta au gentilhomme piémontais venu lui aussi laver son corps.

– Messire Conrad, bredouilla-t-elle, par votre bonté, consentiriez-vous à me voir un peu de temps avant souper ? Choisissez, je vous en prie, un lieu à votre convenance où j'aurai loisir de vous parler sans témoins.

– Diable ! s'écria le marquis de Montferrat, quel jargon me servez-vous là, jeune Isabelle ? Apprenez-le une bonne fois, je n'ai aucunement l'intention de « consentir », comme vous dites, à vous octroyer la moindre chose. Et quant à ma convenance, pourquoi devrait-elle surmonter la vôtre ? Maintenant soyons clair : je veux et je commande que vous veniez me déclarer droitement : « Conrad, mon bel ami, j'ai à vous dire deux ou trois choses », quand l'envie vous prendra de me parler. Je ne suis point, que je sache, une image de pierre. Vous me parlerez au lieu qui vous agréera et à l'heure qui vous plaira, m'entendez-vous ?

– Oui, Messire Conrad.

– En vérité, il serait fort réjouissant que vous me suiviez à l'étuve pour deviser, mais hélas, nous sommes encore, vous et moi, des amis trop peu intimes. Aussi vais-je m'apprêter à grande allure, puis j'irai vous rejoindre, où que vous soyez.

– Je vous attendrai dans ma chambre, Monseigneur, qui sera un lieu parfait, me semble-t-il.

– Dans la chambre des dames, grogna le marquis, se démène toujours une foison de femmes, servantes ou pucelles. On ne peut s'y entendre parler, à mon escient.

– Messire Conrad, seul me veille depuis l'enfance l'eunuque Manès, mon nourricier. Les femmes n'entrent chez moi que si je les mande.

Le gentilhomme piémontais, après avoir déclaré en sourcillant qu'on avait au royaume de Jérusalem des coutumes singulières, s'accorda de bon gré sur la chambre d'Isabelle comme lieu de leur parlement.

Il se présenta bientôt, récuré de pied en cap, tout cousu de jaune safran et de violet tel un jongleur des petites cours. Ayant élu pour siège un banc large à haut dossier, il convia Dame Isabelle à s'établir près de lui. L'un et l'autre contemplèrent un moment devant eux la cheminée qui n'abritait ni flammes ni cendres tièdes, car il faisait doux. Puis la damoiselle prit la parole, disant avec vaillance :

– J'ai grand besoin de manger, Messire Conrad, voilà pourquoi je désirais vous parler avant souper. Ce que j'ai à vous confesser m'angoisse tant que je ne pourrais, je vous assure, avaler à cette heure un seul morceau de viande.

– Que dois-je craindre, Isabelle, en nom Christ ! ? fit le gentilhomme ébahi. Crime ou péché seulement, à ce que je crois, méritent confession. Auriez-vous par aventure commis quelque mortel péché ?

– Non, Dieu m'en garde, Monseigneur ! Mais je serai peut-être pour vous, hélas ! une chose de risée. Voulez-vous, par grâce, ne point rire ni avoir de moi dédain ?

– Allez avant sans rien redouter, Damoiselle, et nous verrons bien si je ris. Naguère, je m'en souviens, vous vous vantiez d'avoir le cœur valeureux et pour tout dire un peu guerrier. Maintenant, prouvez-moi que vous ne craignez au monde pas même la moquerie.

– Je la crains, toutefois, murmura Isabelle, surtout venant de votre bouche. Et comme vous êtes mon nouveau seigneur, je devrai la souffrir en me tenant coite.

– Et qui donc vous y force ? Défendez-vous, amie, quand on vous assaille, ne vous a-t-on jamais enseigné ce précepte, le meilleur entre tous, à mon avis ? Défendez-vous, par Dieu ! mais premièrement, confessez-moi votre faute !

– Y a-t-il faute, Messire Conrad ? Sans vous mentir, je ne sais.

– Alors disons menue défaillance. Quelle est-elle, je vous prie ?

– Au siège d'Acre, dit la damoiselle en regardant au visage le marquis, vous aurez aperçu, je pense, Messire Onfroi de Toron, mon précédent baron.

– Diable ! jeta le marquis, une étrange figure que cet Onfroi ! Preux en bataille, nourri de courtoisie et encore fin lettré, m'a-t-on rapporté. Pourtant plein de mollesse et joli comme une femme. D'aucuns disent qu'il renferme la félonie dans son âme.

– Le diriez-vous aussi, Monseigneur ?

– Certes non. Je ne saurais juger un homme dont je ne connais rien sinon la face et la vêture. Je m'en garderais d'autant mieux que ce chevalier irrite par ailleurs ma rancune, car il vous a eue pour femme longtemps avant moi, le maudit !

– En nul endroit, Messire Conrad, il ne m'a eue pour femme selon la chair, voilà purement ce dont je voulais vous instruire.

– Pourriez-vous, par votre bonté, Damoiselle, me dépeindre les choses de manière moins obscure ? De par mon chef, je n'entends guère votre patois !

– Messire Conrad, vous vous lasseriez tôt si je vous récitais en détail toutes les causes bonnes ou mauvaises de l'état singulier où je suis aujourd'hui. Que ce soit mon trop petit âge au temps de ce mariage, ou bien ma nature tardive à outrance et la dure loi de Sainte Église, ou que ce soit la guerre sauvage qui retint en geôle deux ans pleins Messire Onfroi, ou même les dispositions dont Dieu pourvut chacun de nous, que ce soit pour une raison ou pour une autre, en vérité, par infortune, je suis toujours pucelle, n'ayant jamais eu part au lit de mon premier baron.

Le marquis de Montferrat, entendant la nouvelle, en resta un bon moment bouche béante. Onques n'avait-il en tout son vivant rencontré merveille si grande. Puis, quand les paroles de la damoiselle eurent assez cheminé dans son esprit, un rire lui monta aux lèvres, qu'il ne put ravaler, un long rire aux tintements chauds et bienheureux.

– Or qu'y puis-je ? cria en rage Dame Isabelle. Me mettre à honte vous est aisé, comme il est aisé aux hommes tantôt de prendre avec les femmes tout leur plaisir, tantôt de les traiter avec nonchaloir et de faire fi d'elles entièrement ! Aurais-je pu, dites-le-moi, enforcer suivant ma guise le corps de Messire Onfroi ou de quelque autre chevalier au monde ?

– Par les saints du ciel ! apaisez-vous, Damoiselle, et donnez-moi votre pardon ! Croyez-m'en, je riais, non de votre méchéance, mais au contraire de ma bonne aubaine. Quelle nouvelle bellissime vous m'apprenez là ! Comment aurais-je pensé voir s'accomplir un jour à mon profit pareil prodige ? Tenir en ma main l'héritière du royaume de Jérusalem, jolie et blonde créature à peine parvenue à la fleur de son âge et restée, par une espèce de sortilège divin, blanche comme un lis après sept années pleines de mariage ! Que soit béni cet Onfroi de Toron et sa nature toute féminine ! Dieu m'aime, assurément.

L'outrecuidance de ce langage eût fait rire à son tour la damoiselle si une frayeur ne lui eût serré la gorge. Elle avait attendu si longtemps sa nuit de noces qu'un tel moment revêtait aujourd'hui dans ses songes des formes démesurées. Il n'y avait guère, un homme damné l'avait boutée hors de son lit sans lui manifester le moindre égard. Qu'en serait-il donc avec le marquis ? Se combattre aux Sarrazins sur un champ de bataille paraissait à la damoiselle une idée moins angoisseuse que se coucher nue sous le grand seigneur piémontais. Irait-il se soucier de sa peur ou s'en moquerait-il cruellement ? La guiderait-il avec douceur sur les chemins du bel amour ou l'envahirait-il comme on conquiert d'assaut une place forte ?

– Allons souper ! dit le marquis à voix joyeuse. Je vous ferai servir des mets friands qui vous ôteront sans délai cette pâleur et ce déconfort dont je vois empreinte votre face. N'ayez crainte, belle enfant : vous recevrez de mon corps plaisir et non dolence, bonheur et non tourment. Je suis un chevalier courtois, quand il me convient de l'être.

Par maints passages étroits et faiblement éclairés, par maints degrés de pierre tournant sans fin, ils montèrent après souper jusqu'à une chambre haute. La chambre avait en son milieu un lit carré conçu pour des géants. Sur la moelleuse couche on s'en allait dormir grâce à trois échelons de bois rivés au châssis d'ébène. Le ciel suspendu aux quatre montants ouvragés s'ornait de prairies où croissaient buissons et fleurs, où coulaient fontaines et ruisselets, où des animaux gracieux s'ébattaient parmi un peuple de bergers et de princes. Les courtines en soie sergée couleur de la grenade mûre avaient été laissées ouvertes largement, aussi apercevait-on la courtepointe blanche aux bordures brodées avec perles de verre et fils d'argent. Les murs de la chambre qui composaient l'écrin de ce lit à nul autre pareil étaient peints sur fond d'ocre et de rouge sang. L'imagier y avait représenté dans une forêt des seigneurs pourchassant le cerf et dans un verger des damoiseaux poursuivant de rieuses jouvencelles. Sans doute la salle renfermait-elle encore une cheminée à mantel peint comme les parois, de lourds coffres ferrés, des tapis et chandeliers précieux, des sièges profonds et bibelots divers. Mais le visiteur qui pénétrait en ce lieu pour la première fois ne voyait rien en vérité sinon le lit grandissime et beau à merveille. Et c'est pourquoi Dame Isabelle en y entrant s'écria tout émue :

– Par Dieu ! Messire Conrad, vous avez là chambre de roi !

– Elle fut bien jadis, répondit le marquis, la chambre assignée aux rois de Jérusalem, vos aïeux, quand ils séjournaient en la cité. Un seul d'entre eux la récusa, et ce fut Baudouin, votre frère, le roi lépreux. Il estimait, dit-on, ce lit trop haut pour un corps aussi faible et maladif que le sien. Après la déconfiture, le comte Renaud de Sidon s'hébergea là quelque temps, et lors de mon arrivée sur la Terre Sainte, il y demeurait encore. J'espère, Damoiselle, que cette nouvelle ne vous met point à malaise.

– En nul endroit, Monseigneur. Je suis liée d'amitié ancienne et sans faille avec le comte Renaud, malgré l'écart de nos âges. Savoir qu'il habita cette chambre et coucha dans ce lit me réjouit le cœur, ou peut-être me rassure.

En cheminant à travers la chambre seigneuriale, Dame Isabelle regardait avec plus de soin autour d'elle. Pas une chose d'usage familier, découvrait-elle un peu ébahie, pas un vêtement, pas une arme, pas un fermail ni un peigne, pas une aumônière ni une croix d'argent, pas un gant de cuir, pas un message laissé entrouvert ne reposaient sur les meubles, témoignant qu'un homme était ici logé. Le marquis de Montferrat, qui accompagnait la damoiselle pas à pas et devinait sa pensée en la contemplant au visage, lui dit alors :

– Quant à moi, je m'étais avant ce soir établi ailleurs. Me trouver seul dans ce beau lit m'eût donné, je crois, de mauvais songes. Mais ceux que nous y ferons ensemble, vous et moi, seront heureux.

Elle inclina la tête sans répondre et Messire Conrad, ayant souci de l'apprivoiser, alla moucher toutes les chandelles fors trois ou quatre, afin que la chambre et leurs corps fussent doucement éclairés.

– Votre premier baron, s'enquit-il en revenant à elle, vous a-t-il enseigné le baiser d'amour, par aventure ?

– Des baisers, Monseigneur, en vérité, j'en reçus plusieurs de Messire Onfroi. Mais à mon escient, ce n'étaient là que baisers d'enfants.

– Bien, bien, fit le marquis avec un plaisir apparent. Nous allons tout maintenant guérir votre ignorance. Fermez les yeux, belle amie, et fiez-vous à moi !

Ses yeux noirs gardés grands ouverts, la damoiselle put voir approcher les yeux tout aussi noirs de son baron. Saisie par des bras longs à démesure, elle fut étreinte sans dureté. Une bouche aux traits fermes vint prendre appui contre la sienne dans laquelle jaillit une langue ayant ardeur et diligence. La langue du marquis accomplit au fond de la place qu'elle assiégeait cent voltes et tourneboules, tant qu'Isabelle en perdit l'haleine. Et quand s'acheva le baiser, ils restèrent moites, cramoisis, haletants comme deux personnes qui se querellent. Mais des éclairs de gaieté passaient sur la face du marquis.

– Vous me semblez être, Damoiselle, une fontaine de délices. Je tiens pour un sot dix fois prouvé cet Onfroi, s'il ne vous faisait ce que je viens de faire.

– Il ne me faisait rien de tel, Messire Conrad.

– Laissez, par Dieu ! vos « Monseigneur » et vos « Messire » ! Conrad suffit, lorsque nous sommes loin du monde. Les manières trop courtoises que dames et seigneurs ont ici ne sont plus en usage depuis un siècle dans nos contrées d'Occident ! Reviens donc, amie, t'abriter entre mes bras ! Car j'ai encore à t'enseigner d'autres matières que le baiser.

Dame Isabelle obéit sans chaleur ni déplaisir. Le marquis ne puait nullement comme certains chevaliers croisés. Après son passage à l'étuve, il fleurait même agréablement la rose, le musc et la violette. Il courba son grand corps pour cerner la damoiselle entièrement. Et cependant qu'il se rassemblait avec elle bouche à bouche, il tâtait d'une main empressée le cou, le giron, les mamelles et les flancs d'Isabelle.

– Or, lui disait-il en reprenant souffle, je vais bientôt dépouiller une à une les pièces de ta vestaille. Et toi, gente amie, tu devras souffrir la chose pour l'amour de moi, qui suis ton baron devant Dieu.

Elle hochait doucement le chef en signe d'accordance. Alors sans plus tarder il commençait à dénouer une ceinture, à ôter un fermail-ci, un ruban-là, et Dame Isabelle en face de lui se tenait patiente. Il n'usa guère de temps pour la mettre nue, et moins encore pour se désaffubler lui-même, car il aimait que sur terre toute affaire allât prestement. Par la main il mena sa jeune épouse jusqu'au lit tout blanc si bellement encourtiné de rouge. Puis tous deux étendus s'étreignirent ventre contre ventre, ne cessant d'échanger l'eau de leurs bouches ni de découvrir chacun à tâtons le corps de l'autre. Enfin, comme sur Isabelle montait Conrad et lui glissait un membre enflé entre les cuisses, la damoiselle perdit vaillance et ferma les yeux. Pourtant elle ne sentait plus, en ce moment, une once de frayeur, mais elle eût mieux aimé, Dieu la voyant, supporter le poids d'un autre chevalier que celui du marquis de Montferrat. En maintenant ses paupières closes, elle s'efforçait de refréner un pleur qui malgré elle venait mouiller le bord de ses cils.

Pas un nuage, le jour suivant, ne parcourait le ciel d'azur ni le cœur d'Isabelle. En somme, l'envahie hardie et franche du marquis ne l'avait nullement endommagée. À peine durant le jeu avait-elle eu mal dans sa chair, à peine dans sa chair avait-elle perçu un soupçon de bénestance. La fornication s'était achevée sans long délai, et le seigneur piémontais, ayant autour d'elle ramené le drap blanc, l'avait laissée dormir d'une traite jusqu'au matin. À son réveil, la place du marquis près d'elle se trouvait vacante et les oiseaux dehors chantaient. Quoiqu'on fût en hiver, un soleil printanier luisait gaiement. Dame Isabelle songeait avec bonheur qu'elle n'était plus désormais une étrangère à la société des dames, grâce éternellement en soit rendue à Messire Conrad, chevalier certes mal attifé mais vaillantissime, sauveur de Tyr et champion victorieux du sultan des Sarrazins.

L'hiver étant là, Chrétiens et Musulmans relâchèrent par commun agrément leurs efforts de guerre. À voix véhémente, les émirs vassaux du Sultan avaient requis de lui congé afin d'aller hiverner sur leurs fiefs, et Saladin contre son cœur avait dû consentir à les voir s'éloigner. Lui-même recula ses bataillons amenuisés jusqu'au mont Kharrûba, s'estimant trop affaibli à cette heure pour demeurer dans le voisinage proche des Francs. Quant aux Francs, que l'ennemi cessait de harceler et presser dans les reins, ils envoyèrent la majorance de leurs vaisseaux jeter l'ancre devant Tyr. En février de l'an 1191, le renouveau s'annonçant, plusieurs galions égyptiens purent gagner le port d'Acre nuitamment. Les Sarrazins à demi morts qui garnissaient la cité vidèrent la place par voie de mer et des hommes sains franchirent en sens contraire les murailles. Toutefois, tant et si bien firent en cette occasion les scribes d'Acre, lesquels par coutume étaient coptes ou syriens, tous par conséquent gens voués au Christ, qu'ils mirent à escient faussetés dans les rôles recensant les défenseurs choisis pour être mutés. C'est ainsi que les troupes fraîches qui vinrent garantir la cité se révélèrent plutôt maigres. Les nouveaux cheftains eux-mêmes furent loin d'égaler en nombre leurs prédécesseurs : car on en compta vingt seulement, quand il y en avait eu soixante auparavant.

Les Francs alors usaient leur temps comme ils pouvaient, et parfois misérablement. Les épidémies couraient parmi eux sans en démordre, les meurtrissaient et les tuaient, mais on se lassait d'en parler. Croisés et gens du royaume de Jérusalem se rencontraient peu, les premiers demeurant éparpillés à travers la plaine suivant leurs nations et leurs langues, les seconds maintenant fièrement leurs tentes plantées sur le Toron de Saint-Nicolas. Messire Gui n'apercevait qu'en bataille – et rarement s'en allait-on par colonnes rangées donner la bataille – le haut baronnage de France, de Champagne ou de Flandre. S'il répondait aux messages et présents du Sultan par d'autres messages et présents gracieux, sa chevalerie et sa piétaille n'allaient plus guère, le soir venu, comme l'année d'avant, s'ébattre en bas du mont avec les Sarrazins.

Cependant le marquis de Montferrat et la marquise respiraient les vents salutaires de Tyr et jouissaient de leurs corps en faisant chaque jour la folie. Pour dire le vrai, la marquise eût aimé s'attarder au déduit dont plusieurs mystères lui restaient celés. Quand le marquis se joignait à elle dans le grand lit carré, qu'il menait sa danse avec zèle et presque fureur, elle entrevoyait des sommets lointains où l'attendait, pensait-elle, ce plaisir parfait que troubadours et trouvères nommaient « joye d'aimer ». Certains soirs, la chandelle étant à deux doigts de mourir, elle s'enhardissait jusqu'à prier son beau seigneur de vouloir bien, par amour et bonté envers elle, faire un peu durer la chose. En chevalier courtois, Messire Conrad aussitôt freinait le jeu, mais pour une once de temps seulement. Et du parfait plaisir ne pouvait guère se rapprocher Dame Isabelle durant un si bref moment. Pour cela, le marquis n'était nullement à blâmer, je crois, car Dieu l'avait ainsi créé qu'il devait vivre en hâte, aimer en hâte et par-dessus tout gagner en hâte le pouvoir.

Sa femme plaisait durement au gentilhomme piémontais. Sans doute l'oubliait-il dès le soleil levé, tout brûlant de courir vers mille affaires dont il s'octroyait le gouvernement. Il la laissait gisant endormie, blonde et blanche, vêtue de ses cheveux seuls, sous le ciel champêtre du beau lit. Mais à la nuit pleine il se souvenait d'elle et volontiers lui contait en soupant sa journée. Puis contre elle, qui jamais ne le déboutait, il étendait ses membres longs. En l'étreignant et l'attouchant d'un doigt léger, il lui disait :

– Par Dieu ! Isabelle, nous avons là chambre et lit de reine, en vérité, non de roi ! Pour moi, je ne suis rien encore, cependant que tu es reine de Jérusalem.

Elle répondait :

– Riez-vous, Monseigneur ? Le royaume de Jérusalem a un roi, que l'on sache, Messire Gui de Lusignan, mon beau-frère, lequel fut couronné régulièrement au Saint-Sépulcre un an juste avant la Bataille. Auriez-vous oublié la chose, par aventure ?

Le marquis grommelait :

– Couronné, oui, douce amie, régulièrement, que non ! C'est votre sœur qui de sa main lui mit couronne en tête. Le Patriarche de Jérusalem, n'ayant voulu s'en mêler, se croisait en ce moment les bras, chacun vous le dira. En outre, ce chevalier devint roi par son mariage avec la reine Sibylle, votre sœur, nullement par droit héritage, et la reine Sibylle aujourd'hui s'en est allée à Dieu. Croyez-m'en, le royaume de Jérusalem n'a point de roi, mais assurément il a une reine, couchée pour l'heure toute nue dans mon grand lit.

– Conrad, mon beau seigneur, ce peut être que vous parlez vrai. Pourtant les hauts barons du royaume ont tous fait naguère l'hommage au roi Gui, et pas un, je vous assure, ne lui faillira, sauf Messire Balian, mon parâtre, qui toujours prend ma défense et dont Messire Gui a exilé vilement le frère aîné.

– Attends un peu, Isabelle, que descende sur nos rivages le roi Philippe de France, mon cousin ! Ce ne serait point merveille, me paraît-il, s'il arrivait avec le printemps. Par Dieu ! il aura tôt fait de jeter à bas du trône ce Lusignan et de nous rétablir dans notre bon droit !

– Or quel homme, selon vous, est votre cousin le roi Philippe ?

– Quel homme ? redit le marquis. Par ma foi, un homme sage, qui prise haut les gens de sa parentèle. Un homme qui sait juger des forts et des faibles, des sensés et des sots. En conséquence, n'aie souci de rien, je te prie, sinon de me donner un enfant mâle !

À Messine, dans l'île de Sicile, séjournaient depuis l'été 1190 les rois de France et d'Angleterre. Leur pèlerinage avait commencé le 4 juillet devant la bellissime église abbatiale de Vézelay, lieu coutumier de partance pour Saint-Jacques-de-Compostelle comme pour la Terre Sainte. Quand les rois étaient parvenus dans Messine, l'été allait vers sa fin. Pourtant, sans une affaire de famille qui retint à la rive le roi Richard et sans des vents contraires qui ne cessèrent de souffler jusqu'en automne, ils eussent pu encore gagner la Syrie cette année-là. Toutefois, Dieu voulut que le temps fût mauvais et la veuve du roi Guillaume de Sicile, sœur de Richard, gardée captive par le nouveau roi, un prince bâtard nommé Tancrède, lequel s'était hissé tout seul sur le trône en usant de violence. Le roi Philippe laissa peut-être passer là une occasion de partir en avant, mais il croyait devoir surveiller de près le roi d'Angleterre, son ennemi naturel, malgré la paix entre eux jurée. À peine se serait-il mis à la voile, songeait-il en son secret, le Plantagenêt pouvait renier son vœu de pèlerinage, faire hâtivement chemin arrière et fondre sur le royaume de France abandonné par son seigneur.

L'hiver étant achevé, la défiance de Philippe s'apaisa. Voilà neuf mois que les deux rois avaient quitté leurs terres. L'un comme l'autre avaient envoyé en Palestine des messagers annonçant leur venue certaine, sinon prochaine. Leurs nefs étaient appareillées, chargées de chevaliers, d'armes et de victuailles. Richard ne pouvait plus reculer, tous les regards de la Chrétienté restaient posés sur lui et sur le roi de France. Dès l'ouverture des passages, le 30 mars, Philippe se mit donc à la voile, devançant de onze jours son vieil adversaire et allié nouveau, et sa nef toucha la Terre de Promission le 20 avril, après un heureux voyage.

Quand apparut sa flotte aux environs de Montmusart, le siège d'Acre battait son plein, la guerre ayant repris son cours avec le renouveau six bonnes semaines auparavant. Les troupes de Saladin étaient revenues se poster dans le dos des Francs, les engins de guerre officiaient sans trêve et le marquis de Montferrat, depuis longtemps rentré sous la tente, faisait au combat des prouesses. Dame Isabelle, qui avait voulu le suivre, usait son temps comme naguère. Nulle chose, hormis son baron, ne lui semblait changée sous les murailles d'Acre.

Le roi Philippe descendit sur la Terre Sainte en simple pèlerin, sans étaler pompe ni vaine gloire. Chacun put voir sa robe bleue dépourvue d'ornements, sa face rose à souhait et sa crinière mal peignée, car l'entouraient seulement trois ou quatre compagnons lorsqu'il vint au rivage. Il accomplit un devoir sacré en mettant genou en grève et en inclinant son chef jusqu'à baiser la terre du Sauveur. Comme il se redressait, il aperçut marchant à sa rencontre ses beaux cousins, l'évêque de Beauvais et le marquis de Montferrat, qui l'accueillirent chaudement.

– Amis, leur dit-il, menez-moi, je vous prie, en un lieu où coule une fontaine et où j'aie bon loisir d'entendre vos paroles. Je veux boire, boire encore, ou sinon je vais périr dans ce pays brûlant. Et en outre je désire qu'on m'enseigne sur l'heure les affaires du royaume de Jérusalem, qu'on m'instruise des Sarrazins, de ce siège perpétuel et des batailles !

Le roi Philippe à grande allure fut conduit sous le pavillon de l'évêque. Là ne coulait nulle fontaine, mais on servit au roi breuvages à foison. Il écouta parler ses cousins, tendant à leurs propos une oreille qui ne laissait rien perdre et gardant quant à lui le silence. À l'annonce qu'avaient trépassé durant l'hiver peineux le comte Étienne de Sancerre et le comte Thibaut de Blois, il dit seulement, après avoir frémi et s'être signé en hâte :

– Or qu'est-il advenu du comte Henri, neveu de ces deux princes, mais aussi le mien ? Assurément, s'il ne fût mort, nous l'eussions vu accourir vers le rivage pour me souhaiter la bienvenue.

L'évêque de Beauvais rapporta comment le comte Henri de Champagne gisait depuis de longues semaines sur sa couche, fiévreux, dolent et las. Désespérant de le guérir, on avait cru qu'il irait sans faille à sa fin. Pourtant, la force de sa jouvence paraissait aujourd'hui surmonter la mort et le mal satané qu'il endurait. Le roi s'écria qu'il visiterait le soir même le comte Henri, jeune homme dont il prisait moult la vertu.

Le parlement se prolongeait et le roi de France buvait coupe sur coupe d'eau pure ou d'eaux de fruits. Quand les barons se turent enfin, il fit en peu de mots la somme des choses dites. Le marquis et l'évêque en l'entendant s'émerveillèrent comme à l'accoutumée. La cervelle du roi, bien affilée, subtile, jamais obnubilée, avait saisi en un éclair les traits les plus menus des aventures et des hommes. Il jugeait avec droiture Saladin, ne mésestimait ni le cœur des Sarrazins ni leur puissance, discernait clairement les avantages dont les Francs étaient pourvus et les méfaits qu'engendrait pour eux leur position singulière d'assiégeants assiégés. Déjà il comprenait le combat mortel où s'étaient engagés deux hommes voulant chacun tenir dans sa main les débris du royaume de Jérusalem. Et déjà il savait que derrière ces deux hommes, le marquis Conrad de Montferrat et le roi Gui de Lusignan, allaient s'entre-combattre sans merci lui-même, Philippe, roi de France, et Richard, le roi d'Angleterre.

Il demeura un bref moment la face morne, contemplant devant lui sa coupe vide. Puis, ayant fait signe à l'échanson de lui verser à boire, il se frotta les yeux afin d'en bannir la mélancolie, et s'enquit auprès du marquis à voix enjouée :

– Or dites-moi, bel ami Conrad : votre dame de Jérusalem – qu'il vous convenait, assurément, de prendre à femme en un tel cas – n'est-elle point trop chargée d'âge, trop hideuse et trop noire de cuir ?

Comme le marquis riait follement à ces paroles, ce fut l'évêque de Beauvais qui répondit :

– Messire Philippe, Dame Isabelle, confessons-le, a des yeux plus noirs que la peau du Diable et si longs, de par ma foi, que vous diriez des yeux de biche. Au contraire, sa chevelure blondoie mieux que les épis de blé mûr sous soleil d'été. Sa chair est aussi blanche que la perle et enfin, sans vous mentir, elle me paraît loin encore d'avoir vingt ans d'âge.

– Par la lance de saint Jacques ! fit le roi, où celez-vous cette merveille, Conrad, je vous prie ? J'aurais dû, je crois, jeter l'ancre devant Tyr afin de l'apercevoir une heure ou deux.

– Vous la verrez, Sire, quand vous voudrez, dit le marquis. Elle demeure ici en ma compagnie, la nuit du moins, car nous bataillons durant le jour.

– Vous séjournez au siège d'Acre d'une manière fort plaisante, mon cousin.

– Fort plaisante, non pas, Messire Philippe. Hormis ma femme, laquelle en vérité n'est à la semblance de nulle autre, vous ne rencontrerez en ce lieu qu'épouvante, misère et tribulations. Un jour, quand nous aurons conquis cette place maudite, si la chose advient jamais, je vous emmènerai dans ma cité de Tyr et vous connaîtrez alors le goût véritable du paradis.

– Concevriez-vous, beau cousin, d'abandonner Acre à nos ennemis ? Perdriez-vous foi en la force des Francs ? Je vous le dis et le redis, avant trois mois nous aurons franchi la muraille. Et savez-vous comment je le sais ? Mon royaume de France a grand besoin de moi. En conséquence, nous devons nous hâter de vaincre. Les Sarrazins qui défendent la cité peuvent-ils se sentir moins las que vous et moins famineux ?

– Certes non, répondit le marquis. Et leurs infortunes sont même aujourd'hui notre espérance. Tant de nos vaisseaux errent maintenant sur les flots qu'un seul petit grain de blé aurait bien de la peine à entrer chez eux.

– Je repasserai donc dans peu de jours en Occident, déclara le roi Philippe, durement réjoui.

Par tous les peuples chrétiens répandus à travers la plaine ou accrochés aux coteaux environnants fut bellement accueilli

Messire Philippe de France et les denrées, les deniers, les armes et les chevaliers qu'il avait convoyés jusqu'en Terre Sainte. On le louangea hautement, on l'honora de cent manières, on lui offrit dès le soir où il vint un festin digne de son auguste personne. Chacun pourtant montrait en le voyant plutôt révérence que joiance. En vérité, il riait peu, fouillait les âmes d'un regard froid, paraissait méditer le contre et le pour de la moindre affaire, n'élevait guère la voix, ne portait ni joyaux scintillants ni vestaille reluisante et se peignait en dépit du bon sens. Dieu l'ayant élu pour être l'un des premiers rois de la Chrétienté, il était à la semblance d'un bourgeois et d'ailleurs prisait haut les bourgeois dont il s'entourait volontiers, trop volontiers, grommelait le baronnage français. Il tenait triste cour et partout le suivaient ses clercs, car il se défiait de lui-même, qui pour la science valait un âne. En bref, quoiqu'il fût encore dans sa jouvence, ayant vingt-cinq ans d'âge seulement, il n'attirait par son image ni la gaieté ni l'amitié. Mais là-dessus, tout ce que faisait le roi Philippe en gouvernant son royaume, il le faisait bien.

Le roi de Jérusalem dévala sans grande ardeur dans la plaine pour aller saluer le roi de France. Il ne put esquiver le festin auquel par devoir le conviait sous son pavillon l'évêque de Beauvais. Mal à son aise, Messire Gui siégea en cette occasion flanc à flanc avec le roi Philippe, qui l'accablait de questions mordantes sur la guerre et les Sarrazins. Il voisinait aussi avec la marquise de Montferrat, sa belle-sœur, qu'il aimait assez naguère mais jugeait aujourd'hui une vraie félonnesse. Et le marquis de Montferrat, son ennemi, qu'il soupçonnait de vouloir lui rapiner son trône, mangeait comme lui près du roi de France. Les convives qui l'entouraient, croyait-il, étaient tous occupés, même le roi Philippe, à le vouer à la ruine, à l'opprobre, à l'anéantissement, à la malemort. Entre deux bouchées, plein d'angoisse, il quêtait le regard de son frère, dont il attendait suivant sa coutume encouragement et réconfort. Mais ce soir-là, le connétable de Jérusalem avait les yeux ailleurs.

Messire le connétable ne regardait rien, en vérité, hormis son écuelle remplie de nourritures variées envers lesquelles il ne sentait que dégoût. En arrivant, il avait jeté un œil vers la jeune marquise de Montferrat, puis s'était détourné d'elle et non seulement d'elle, mais de l'assemblée entière. Il avait eu le temps, néanmoins, d'apercevoir joie et dédain mêlés sur le visage qu'offrait Dame Isabelle, visage de femme orgueilleuse d'être femme. Il entendait dans le lointain parlementer le roi de France à voix tantôt sèche, tantôt véhémente, mais nulle des paroles clamées autour de lui ne touchait son esprit. Noblement assis parmi ses pairs, il se trouvait un étranger perdu au milieu du monde.

Et de son côté, contemplant sans fin le roi de Jérusalem, un homme qui éveillait en elle néant, Dame Isabelle se jugeait à ce moment bienheureuse, après tant de jours infortunés, quoiqu'elle n'eût pu empêcher son cœur de battre sous la haine à la vue du chevalier maudit. Celui-ci, moqueur et outrecuidant, elle ne le craignait plus une once, elle n'aurait plus dorénavant honte ni douleur de ses malfaisances. Conrad, son seigneur au bras vaillant, était de force à la garantir contre quiconque lui causerait tourment. Un temps viendrait où, songeant au connétable de Jérusalem, elle rirait avec légèreté, l'estimerait paisiblement pour ce qu'il valait, ne saurait guère le discerner des autres chevaliers. Alors elle serait délivrée de son sortilège et croiserait sur le chemin ce gentilhomme sans le voir. Devenu à la semblance du roi Gui, son frère, il n'aurait plus pour elle de maintien, de visage, de parole. Peut-être périrait-il, et entendant la nouvelle de son trépas, la marquise de Montferrat hausserait le sourcil et murmurerait dans un soupir : « Dieu l'ait en sa garde ! » Car tels sont les mots qu'il sied de dire à l'heure où disparaît une âme dont vous avez autant de souci que d'une bille ou d'un frelin.

XV

Le roi Philippe de France alla planter ses pavillons face à la Tour Maudite, chose que nul n'avait osé faire avant lui. Ouvrage majeur défendant la cité d'Acre, cette Tour Maudite avait une apparence propre à décourager les assaillants. Épaisse et bâtie dans une pierre polie, s'élevant, semblait-il, jusqu'aux étoiles, de surcroît ne présentant d'ouverture qu'en sa cime, elle était estimée invincible par les Musulmans comme par les Chrétiens. Pourtant le roi Philippe dès son arrivée la choisit pour but premier de ses efforts de guerre. Avec entêtement, il déclarait vouloir frapper sans trêve et abattre ce monstre qui défiait la prouesse des Francs. Et quand le marquis de Montferrat lui demanda s'il croyait en vraie bonne foi pouvoir prendre d'assaut ou même seulement dommager la Tour Maudite, il répliqua entre ses lèvres blanches :

– Pas une seule défense d'Acre ne s'écroulera, Dieu le sait, et vous le savez aussi, mon cousin. Famine et désespérance, voilà les coups sous lesquels ploieront un jour les défenseurs sarrazins. Mais nous pouvons accroître leur déconfort. Nous pouvons avec nos pierrons dégâter un tantinet leur maudite tour dont ils pensent, les sots, qu'elle durera toute l'éternité. Puis ils seront surpris de voir les Francs tirer sans relâcher sur un point décrété communément hors de combat. Et quelle force, dites-le-moi, empêchera nos ingénieurs de miner la tour à sa base, malgré sa puissance ?

– Vous oubliez, Messire Philippe, le fossé profond qui cerne le pied des murs.

– Un fossé, mon bel ami, finit par se combler, si profond soit-il, quand on s'emploie valeureusement à la besogne. Dix et vingt mille bras s'offriront pour ce faire, je n'en doute point.

On tira donc jour et nuit sur la Tour Maudite, hélas de trop loin pour causer grand mal à son corps massif. Conçu par des ingénieurs pisans qu'avait pris à solde le roi Philippe, un char roulant couvert d'une ferme toiture et garni des meilleurs arbalétriers fut envoyé jusqu'au bord de la douve. Mais comme avant lui tant d'engins terribles construits sur ordre des Croisés, il fut brûlé sans longue demeure, les défenseurs ayant fait choir sur lui le damné feu grégeois. Cependant qu'on édifiait d'autres machines et béliers, les guerroyeurs français chargeaient leurs pierrières de galets d'une grosseur jamais vue à ce jour et les projetaient contre la Tour Maudite, parvenant quelquefois à ruiner un pan de mur. Et petit à petit, grâce au labeur de tous, la douve ceignant la muraille se comblait. On y lançait terre et morceaux de roche, ordures et charognes de chiens, de pourceaux, de mulets. Il y eut, dit-on, plusieurs combattants frappés à mort qui demandèrent qu'on les y enfouît en nom Jésus, après leur dernier soupir, pour la sauveté de la Terre Sainte.

Ainsi allaient les choses quand survint le 7 juin, tel un éclair de gloire et de vengeance, le roi Richard d'Angleterre. En vérité, il était descendu un mois plus tôt sur la terre d'Orient, puisque le 6 mai au matin, la tempête malmenant sa flotte, il avait pénétré dans Limassol, second havre de Chypre. Un tyran grec en lutte ouverte contre le pouvoir byzantin seignorait l'île en ce temps-là et oppressait le peuple chyprois sous mille et cent cruautés diverses. Pris d'un fol courroux en voyant cet Isaac envieux de rapiner ses nefs, Richard Plantagenêt, après avoir avisé par message le roi de Jérusalem, naguère son vassal, de l'aventure où il se trouvait engagé, s'était rué sur les cités, bourgs et villages de l'île bellissime. Or le roi Gui, dès la nouvelle reçue, avait plié sa tente, abandonné le siège d'Acre et hissé les voiles, emmenant avec lui ses loyaux chevaliers parmi lesquels Messire Onfroi de Toron. Le roi de Jérusalem et sa troupe s'étant réunis sur Chypre aux Anglais, on avait trois semaines durant assailli, combattu, envahi, trucidé, engeôlé à qui mieux mieux, pour conquérir à la parfin l'île entière. Plus orgueilleux qu'un César triomphant arrivait donc Richard devant la cité d'Acre assiégée par les Francs.

Au rivage il se présenta, flamboyant et beau, montrant en riant toutes ses dents, qu'il gardait blanches comme l'écume des flots. Sans l'avoir jamais aperçu, vous l'auriez reconnu entre tous ses compagnons, car à la hauteur et à la puissance de son corps, à sa chevelure qui n'était que soleil et feu, aux étincelles de ses yeux, nul ne pouvait se fourvoyer. Tenant lui-même sa bannière qui portait deux lions affrontés, il gravit sur son cheval roux le Toron de Saint-Nicolas parmi la foule hurlant sa joie. Mais on vit aussi, ô merveille ! hurler de joie le roi Richard lorsqu'il discerna soudain à mi-coteau, dévalant à son encontre, un chevaucheur solitaire qui allait sans chapel et sans armes.

– Démonte, Lusignan, par la mort Dieu ! clama Richard, démonte, frère, que je t'accole et te serre entre mes bras !

L'homme seul mit pied à terre hâtivement et le roi d'Angleterre, sautant de sa monture plus vite encore, courut à lui, qui était le connétable du royaume perdu de Jérusalem.

– Pourquoi, fit Richard en l'étreignant, m'as-tu déçu, mauvais cœur que tu es ? Pourquoi, au lieu de venir m'accueillir à Chypre et y batailler avec moi, comme ton frère Gui, as-tu mieux aimé rester ici à muser comme un fainéant ?

Dans le même langage d'oc dont avait usé Richard, le connétable répliqua :

– Je suis demeuré au siège d'Acre afin de veiller sur nos troupes, dont je suis le commandeur depuis douze ans. Devais-je les abandonner pour vous, Messire Richard ? Si j'ai méfait, alors ayez de moi pardon !

– Les abandonner, frère ? Oui, par Christ ! Ou plutôt non ! Quoi qu'il en soit, je fus pris d'un courroux furieux en découvrant que tu esquivais ma vue, que tu m'oubliais et me dédaignais, que tu me trahissais pour de misérables chiens turcs. Or telle est aujourd'hui ta haine de Richard que tu lui parles avec des « Messire » et pire encore, avec des « vous ». Dieu du ciel ! Aimeri, mon frère, que me reproches-tu ?

Confus et coi, le connétable de Jérusalem étreignit à son tour le roi d'Angleterre, jadis comte de Poitiers, lequel pleurait sans honte, laissant couler le long de sa face des ruisseaux de larmes, tous le voyant, puis soudain se mettait à rire en faisant grand bruit. Après ces retrouvailles, les deux chevaliers reprirent leurs montures et gagnèrent flanc contre flanc le sommet de Saint-Nicolas, où déjà les sergents déployaient la tente rouge et or qui hébergeait le roi de Jérusalem.

Quand le soleil déchut et s'anéantit, quand descendit avec lenteur le crépuscule, quand pâlit sous l'ombraille la chevelure du roi Richard, il fut temps pour lui d'achever sa visite au baronnage de Jérusalem et de redévaler dans la plaine où l'attendait le roi de France. Il chemina en avant, bannière au poing, ayant derrière lui ses fiers chevaliers d'Aquitaine et d'Anjou, ses clercs, ses docteurs, ses physiciens, ses troubadours et enfin Messire Ambroise, le bon poète, qui en nulle occasion ne le quittait. Et tandis qu'allait Richard à petite allure, dans son dos Ambroise chantait en son secret avant même d'écrire ses vers, chantait ainsi en chevauchant :

Lors vit-on Acre à découvert,
Cités, plaine, monts, vals et mer,
Et la fleur de la gent du monde
Se pressant partout à la ronde.
Là sonnaient trompes à merveille
Envers Richard le nonpareil,
Les peuples francs communément
Célébraient son avènement.
La joie fut grande et la nuit claire
Pour fêter le roi d'Angleterre,

Sonnèrent tambours et flûteaux,
Busines, cors et chalumeaux.
Là les Chrétiens de toute espèce
Faisaient éclater folle liesse,
Retentir beaux sons et chansons
Et vins porter par échansons
En coupes d'or à travers rues,
Tant aux hauts hommes qu'aux menus.
Onques n'eussiez-vous contemplé
En aucun autre lieu peuplé
Telle abondance de lumières,
Si bien qu'aux Turcs de l'ost contraire
Il paraissait que la vallée
Était de feu tout embrasée.

Ayant salué dans un joyeux tumulte le roi de France, qui le welcomait avec une froide courtoisie, le roi Richard s'en fut quérir un morceau de terre séant pour y héberger tous ses bataillons, sa chevalerie, ses gens de pied, ses prélats, ses ingénieurs, ses pèlerins, sa servantaille, ses jongleurs et ses femmes. Il regrettait de ne pouvoir s'établir sur le Toron de Saint-Nicolas auprès de tant d'amis et vassaux poitevins qu'il venait de retrouver ce jour-là, mais assurément la montagne était pour lui trop étroite et bien encombrée déjà. Sur le prudent conseil du comte de Leicester, maréchal d'Angleterre et homme sage, il alla se loger non loin des Français, confirmant ainsi l'alliance nouvelle qu'il avait conclue avec eux pour le temps du pèlerinage en Palestine. Après tout, l'ennemi au siège d'Acre était le Sarrazin et non le roi Philippe de France.

À peine Richard eut-il posé le pied sur la Terre Sainte qu'il fut partout à la fois, comme si le Créateur lui eût mis dans le cœur cent lions au lieu d'un seul. Il visita en personne chaque chevalerie envoyée par les nations chrétiennes, tint parlement avec les ambassadeurs du Pontife romain, avec le roi et les barons français, avec les chevaliers du royaume de Jérusalem. Il alla rencontrer les frères Hospitaliers, parcourut en long et en large l'hôpital de cuir et de toile qu'ils avaient fondé dans la plaine. Après quoi, il marcha vers les pavillons des chevaliers du Temple, ceux-ci étant prêts à le servir de préférence au roi Philippe, car Messire Gérard de Ridefort, leur Grand-Maître défunt, s'était naguère démené en faveur du roi Gui, le portant premièrement sur le trône, puis le conseillant au pire sur la manière de combattre les Sarrazins. Plusieurs fois on aperçut Richard qui errait parmi les engins de guerre, les observant l'un après l'autre et disputant avec les ingénieurs. Nul ne sut l'empêcher de courir jusqu'à une caverne cachée sous des ronçois où demeurait un ermite syrien dont le renom tenait à son interprétation magistrale du saint livre de l'Apocalypse. Car si le roi Philippe avait reçu des hommes peu de science et de Dieu grande subtilité, le roi d'Angleterre, quant à lui, était fort bien enlatiné, connaissant maintes matières et maints langages, fors l'anglais, dont il ne savait guère plus de vingt mots. Cependant, il avait un peu moins de finesse dans la cervelle que le jeune sire de France.

Tout le jour il se dépensait avec autant de folle ardeur et plus encore que le marquis de Montferrat. Éveillé le premier avant l'aube, il était le dernier à choir sur sa couche pour un sommeil bref. Il manœuvrait lui-même l'arbalète, la bombarde ou le mangonneau, maniait aux tranchées pelle et pic, chargeait sur son dos les bois servant à bâtir les machines de siège, concevait des embuscades pour les Sarrazins du Sultan et y mettait la main, joutait avec ses compagnons afin de vigorer son corps déjà dur comme l'acier. Il jurait sans retenance par tous les membres du Christ, engoulait une mangeaille mesurée en quantité mais qu'il faisait noyer sous l'ail et les épices, chantait à la vesprée ses propres chansons dont retentissait la vallée entière tant il avait la voix tonnante, jouait du luth en inclinant son chef flambant et en montrant des yeux tendres. Il forniquait à dextre et à sénestre plus souvent qu'il ne mangeait, outrance dont les évêques ne se lassaient jamais de le blâmer. Enfin il gémissait beaucoup sur ses péchés, s'en repentait dix fois par jour, et dix fois par jour se confessait en répandant de vraies larmes.

Depuis son arrivée, le roi Richard avait à chacun de ses pas ouï parler du marquis de Montferrat, l'homme qui s'était acquis Tyr par prouesse et octroyé par astuce, affirmait-on, une dame précieuse entre toutes, seule héritière des anciens rois de Jérusalem. On ne pouvait, Richard le savait, méconnaître le marquis et la dame, ni les côtoyer au siège d'Acre sans les voir. Mais après sa venue, il se tint loin d'eux prudemment deux jours ou trois, malgré sa curiosité, le temps d'estimer les positions occupées par les uns et les autres, par lui-même et par le roi de France, par son ami et féal Gui de Lusignan et par Messire Conrad, lequel semblait avoir les dents longues à démesure. Et lorsque sa vision des choses lui parut claire, il envoya prier à souper sous sa tente le roi Philippe, le marquis et la marquise de Montferrat, outre plusieurs barons champenois et flamands.

Dame Isabelle au reçu du message eut le cœur tout réjoui. Certes, elle n'allait guère aimer ce Richard qui tant aimait, quant à lui, un chevalier dont elle ne pouvait souffrir ni la contenance ni l'âme ni les dires. Pourtant elle brûlait comme chacun d'approcher le roi d'Angleterre, prince resplendissant tel un soleil au-dessus du siècle, ainsi que les jongleurs chantaient. D'un bliaut blanc brodé de lys d'argent elle s'affubla, mettant le plus grand soin au choix des parures, joyau de cou, aumônière, ceinture, diadème perlé, rubans et fermaux. L'eunuque Manès la contemplait et branlait le chef :

– Je croyais, grommelait-il, qu'en lieu et saison de guerre, on ne devait revêtir que futaine et renier la soie. Sur ma foi, vous avez moins honoré l'autre roi d'Occident que celui-ci !

– Le roi Richard, sache-le, Manès, prise la magnificence. Tuniques, joyaux, dames, chevaux, il désire voir et avoir les plus beaux. Je m'efforce de l'honorer suivant son goût, par courtoisie pure.

Le marquis et la marquise de Montferrat, elle parée comme une reine, lui orgueilleusement dressé dans une robe aussi laide qu'un péché mortel, s'en furent sous son pavillon royal rencontrer Richard étincelant. Et le temps du souper, Dame Isabelle crut vivre un songe. Elle s'ébahissait moment après moment devant le seigneur mi-angevin mi-aquitain, cent fois meilleur et cent fois pire, découvrait-elle, que les contes ne le disaient. Sans aucun doute, Richard surpassait en force et beauté, premièrement, puis en ardeur, gaieté, savoir, foliance, fureur et suavité, l'image trop pâle de son renom.

– Pourquoi donc, s'écria-t-il quand parut Dame Isabelle sur le seuil, m'avait-on celé traîtreusement que demeurait en Syrie une damoiselle de mon lignage belle à merveille ? Si j'en eusse été avisé, je serais accouru plus tôt ! Car je vous jure en nom Dieu, ma tante, que je n'ai jamais vu au monde si plaisante chose que vous !

– Monseigneur, lui répondit-elle, sans vouloir vous offenser, je suis votre cousine, à ce que je crois, et non point votre tante. Or comment le serais-je, n'ayant pas encore vécu vingt ans pleins et vous-même étant aujourd'hui dans la force de votre âge ?

– Ce sont là, chère âme, les joyeux mystères de la parenté. En vérité, notre ancêtre commun, le roi Foulque d'Anjou, engendra le roi Amaury, votre père, et le comte Geoffroy Plantagenêt, mon aïeul. En conséquence, vous étiez cousine germaine à mon défunt père le roi Henri, que Dieu l'ait en sa garde ! Et vous êtes bien, par ma foi, ma jeune et bellissime tantine, que je salue ici jusqu'à terre et entends servir jusqu'à la mort !

Dame Isabelle abandonna en ce point la querelle, soupçonnant le roi Richard de ne faire alors que rire. Et depuis ce moment, rieuse elle aussi, elle nomma hautement le roi d'Angleterre, qui avait vu le jour quatorze ans avant elle, « mon beau neveu ».

Elle siégea au souper à la dextre de Richard, elle et lui mangeant au même tranchoir. Il se tournait rarement côté sénestre, où se tenait douce et à peine morose une autre dame. Aux yeux de tous, il paraissait lancer paroles pour la seule princesse de Jérusalem, et c'était bien ainsi qu'il se contenait. Il se dressait en pied pour lui présenter les mets friands et d'une voix chantante, comme les Tripolitains, devisait avec elle si familièrement qu'elle sentait l'assaillir une once de malaise.

– Ma belle enfant, dit-il soudain en dépeçant un oiseau rôti, quelle magie ténébreuse a donc pu vous conseiller de prendre à mari cet absurde baron piémontais ? Il n'est, à mon escient, ni de nos alliés ni de nos vassaux. Vous auriez fait chose plus sage en élisant pour votre seigneur le roi Gui de Lusignan, un bel homme, sur ma foi, et de surcroît issu d'Aquitaine.

– Le roi Gui, répondit la marquise de Montferrat, conduisit il n'y a guère, par niaiserie et par faiblesse, le royaume de Jérusalem à sa perdition. Ne vous l'a-t-on jamais enseigné, mon beau neveu ?

– Qui croirait, Damoiselle, qu'il eût été seul coupable ? Alors le royaume n'était rien, semble-t-il, sinon déchirements et luttes intestines. En outre le roi Gui racheta ses fautes, s'il en commit, par la vaillance qu'il montra au monde lorsqu'il vint mettre le siège devant cette cité d'Acre.

– Sachez-le, Messire Richard, même pour l'empire d'Alexandre et même pour le vôtre, je n'eusse pas consenti à épouser ce gentilhomme.

– Alors, ma tante, vous auriez dû vous donner à Aimeri, son frère, le connétable du royaume, l'ami de ma jouvence, l'une de mes deux mains et l'un de mes deux yeux. Par le sang Dieu ! voilà un homme que vous ne sauriez accuser de sottise, et qui vous aurait convenu, je le vois maintenant, de manière absolue.

Dame Isabelle, qu'enrageait le sermon du roi Richard, dissimula sa rougeur en baissant le nez sur son plat d'argent. Il ne pouvait percevoir, espérait-elle, un seul battement de son cœur courroucé.

– Votre ami le connétable, fit-elle à ton sec, est marié depuis douze ans ou plus avec Dame Échive d'Ibelin, ma cousine, dont il a une foison d'enfants.

– C'est grand dommage pour vous, belle amie, et pour lui pire encore. Croyez-en mon jugement, vous méritiez mieux que ce marquis de Montferrat. Par Christ ! regardez-le se remuant dans ses loques, tout satisfait de lui ! La vestaille dont il a couvert son corps, ce soir, pour me témoigner son dédain, nul de mes serfs n'en voudrait pour aller le dimanche entendre la messe !

– Sur ma foi, répliqua Dame Isabelle, vous vous fourvoyez de tout en tout. Conrad, mon seigneur, s'est affublé ce soir comme à l'accoutumée. Il a grand dédain de son apparence, je vous assure, et non de votre personne.

– Isabelle, ma mie, comment vous, étant si belle, avez le cœur d'endurer un tel homme à vos côtés ? Ah ! par la mort Dieu ! si nous n'appartenions à la même parentèle, vous et moi, et si je n'avais pris femme, le mois dernier, en l'île de Chypre, j'aurais brisé votre mariage sans délai, puis vous aurais épousée sur l'heure, enfin serais devenu roi de Jérusalem !

Dame Isabelle riait à perdre le souffle et tandis qu'elle riait, le roi Richard ajoutait :

– Isabeau, je le confesse, tout votre être m'enchante. Je tiens votre marquis en abomination, non pour ce qu'il cherche à m'affronter, mais pour ce qu'il vous a ! En vérité je suis une âme bien mélancolique ! Et si seulement vous désiriez me plaire, je vous demanderais une grâce.

– Demandez, Monseigneur, prier ne coûte guère !

– Sans vous mentir, douce amie, je songe avec pitié aux deux nobles femmes qui m'ont suivi jusqu'en Palestine. Femmes égarées sous le soleil d'Orient, mais femmes valeureuses, je vous l'affirme. L'une est la dernière-née de mes sœurs et se nomme Jeanne : la voyez-vous près du roi Philippe, lequel tremble d'émoi en posant l'œil sur elle ? Si jeune, la voici veuve du roi Guillaume de Sicile. Or quand j'arrivai à Messine, je dus la tirer d'une geôle puante où l'avait jetée un usurpateur, bâtard cruel et envieux de gloire. Elle voulait partir pèleriner avec moi et je l'ai donc emmenée, lui abandonnant le soin de veiller sur ma fiancée, Dame Bérengère de Navarre, douce pucelle n'ayant jamais connu que les palais espagnols où vivent les femmes parmi des nains de compagnie. Dame Bérengère, vous l'apercevez à mon bras sénestre. Elle garde souvent la bouche close, mais son âme renferme sagesse et vaillance. Elle ne se plaint de rien, ne me reproche rien, ne me réclame rien. Elle est une sainte prouvée, par bonheur ou par infortune. Or je vous en prie, ma belle tante, soyez aimable envers ces deux dames qui me sont chérissimes, soyez en pays d'Orient leur guide et leur amie !

– Volontiers, Monseigneur, si en retour vous consentez à me conter vos noces. Car je ne puis comprendre, je l'avoue, pour quelle cause vous souhaitiez vous marier sur l'île de Chypre, si loin du royaume d'Angleterre, de votre cour et de vos parents.

– L'intention, répondit le roi Richard, l'intention merveilleuse, était de célébrer ce mariage en Terre Sainte, là où Christ avait souffert et vécu. Pourtant il advint qu'une tempête me jeta sur Chypre. Et sur Chypre il me convint de batailler dur afin de conquérir l'île entière, qui sera dorénavant pour les Francs de Syrie un grenier riche en fruits et fraîches victuailles. Or savais-je, moi, si les combats cesseraient bientôt ou s'ils dureraient une éternité ? Je perdis patience, je le confesse, car je brûlais de me coucher la nuit avec ma gentille pucelle. On me démontra en outre que Chypre était un lieu consacré à l'amour depuis les temps anciens, puisque Vénus elle-même en est la sainte patronne, connue là-bas sous le nom de Cypris. Pouvais-je, dites-le-moi, faillir à la déesse d'amour ? Adonc un doux matin je fis mes noces parmi les senteurs des fleurs qui recouvrent cette île bienheureuse et parmi les puanteurs de la guerre. J'étais beau à démesure, croyez-en ma parole, car Dame Aliénor, ma mère, non seulement m'avait procuré la damoiselle, mais la vêture aussi : un bliaut de samit rose tout semé de croissants d'argent m'affublait, que surmontait glorieusement un chapel en velours vermeil avec des plumes d'oiseaux retenues par une épingle d'or. Et me ceignait un baudrier de soie blanche d'où pendait le fourreau or et argent de mon épée valeureuse. La foule des Chyprois, je vous l'affirme, restait à me voir la bouche béante.

– Et votre fiancée, Messire Richard, comment était-elle ? s'enquit Dame Isabelle.

– Vêtue comme une reine, ma tante, ainsi qu'il convient à femme de roi, dans une robe dont j'ai oublié les détails, vous me le pardonnerez.

– Me direz-vous encore, par votre bonté, qui est cette jeune damoiselle siégeant au retour de la table et qui montre si triste semblant ?

– Une Byzantine, répondit le roi d'Angleterre, la face réjouie. Je la tiens, quant à moi, pour une aimable pucelle. Je la pris sur l'île de Chypre, lors de ma conquête, en même temps que sa mère, chétive et malheureuse créature, et que son père, un tyran sauvage qui gouvernait le peuple chyprois de la plus hideuse manière.

– Et qu'advint-il de la pauvre mère, Monseigneur, et du tyran ? Qu'en fîtes-vous ?

– Néant, Damoiselle. Tous deux périrent sans longue demeure, ne pouvant endurer la geôle ni les chaînes. Or je pris en pitié leur enfant, que j'emmenai dans ma suivance.

– Et quel nom a-t-elle, je vous prie ?

– Anne est son nom, déclara le roi Richard, Anne Comnène, si je me souviens bien.

Dame Isabelle contemplait depuis un moment la jeune Grecque, dont six à huit convives l'éloignaient. La captive de Richard, assurément, n'avait point vécu au monde quinze années pleines. Belle et déconfortée, elle demeurait coite et ne mangeait guère. Parfois elle tournait vers son conquérant de longs yeux d'où s'échappait alors toute mélancolie et où passait hâtivement un éclair d'orage. Avant longtemps la marquise de Montferrat eut saisi quelle sorte de pitié entraînait le roi d'Angleterre vers la jouvencelle réduite à merci et quel jeu il la forçait de jouer dans sa suivance. Laissant son cœur s'enfler de rage, elle se tint muette une once de temps, puis le front relevé, elle dit à ton léger :

– Le savez-vous, mon beau neveu ? Il y eut jadis, dans Constantinople, une autre dame ayant nom Anne Comnène, laquelle dame s'acquit en son temps les plus grands honneurs. Je connais bien son histoire, car moi-même je descends par ma mère de la lignée glorieuse des Comnène. La première Anne donc, fille de l'empereur Alexis, avait de Dieu reçu un esprit si subtil qu'à la cour nul n'entendait mieux qu'elle aux affaires de gouvernement. Elle était en outre lettrée comme un clerc et de sa main propre elle écrivit au fil des ans une chronique dont la reine Marie, ma mère, garde avec soin une copie dans son trésor. Je vous la montrerai, Monseigneur, si vous venez un jour à Tyr. Dame Anne cependant n'apercevait autour d'elle que des sots prouvés. Son frère, son baron, les hauts conseillers, les sénéchaux, les maréchaux, les connétables, tous ces hommes gouvernaient la terre de la manière la plus niaise. Hélas ! Messire, étant femme, elle ne pouvait prendre sur eux l'avantage et seignorer l'empire de Constantinople, malgré son mérite et son talent. Un jour enfin, elle se sentit le cœur noir, si noir et courroucé qu'il s'échappa de sa bouche une parole de désespérance. Or voulez-vous que je vous enseigne, Messire Richard, ce que la première Anne Comnène clama ce jour-là ?

– Par la jambe Dieu ! fit le roi d'Angleterre, les yeux luisant de curiosité, hâtez-vous de m'en instruire, belle amie, ou sinon je vais périr d'impatience devant vous !

Dame Isabelle acquiesça du chef, un doux sourire aux lèvres.

– Elle s'écria, Messire, dans son profond désespoir : « Dieu du ciel ! quel malheur d'avoir un trou à la place d'une verge ! »

À ces mots vacilla le roi Richard sur son siège et sa face pour longtemps s'emplit d'ébahissement, si bien que toute beauté en vint à lui faillir. Assurément il ne craignait nulles paroles au monde, usant volontiers quant à lui des pires qui fussent. Mais il messavait jusque-là qu'un tel jargon pût jaillir des lèvres tendres d'une jeune dame au sang royal.

– De par mon chef! bredouilla-t-il enfin, jamais je n'ai rien vu de pareil à vous!

Et il fit résonner un petit rire contraint auquel Dame Isabelle mêla le sien plein de joyeuseté.

Le moment suivant, il se tourna vers Dame Bérengère, la gracieusa, la mignota, lui demanda ses désirs, se soucia de son manger, de son boire et de ses dires. Pourtant il revint vite à la marquise de Montferrat, qui enfantômait son esprit. Pour changer de matière, car songer aux deux Anne Comnène, l'ancienne trop hardie, la nouvelle pesant trop lourd sur sa conscience, lui déplaisait, il conta joliment une de ses aventures. L'île de Vénus, rapporta-t-il, une fois conquise et remise aux bons soins des frères Templiers, il partit pour Acre avec sa flotte. Il naviguait du nord au sud le long du rivage syrien quand, à la hauteur de Sidon, il rencontra une galée sarrazine qui voyageait dans ces ondes sans la moindre prudence. Il lui donna l'assaut et bientôt s'en rendit maître.

– Je commandai, poursuivit Richard, qu'on trucidât toute cette putaille de Turcs dont elle était encombrée, puis la chose accomplie, j'allai visiter le navire et estimer ses richesses. Le croirez-vous, Damoiselle? Au fond des cales, je découvris parmi un amas d'armes neuves deux cents serpents encagés qui mesuraient bien chacun quatre ou cinq coudées. On les avait, m'apprit-on, rangés avec les armes pour ce qu'ils étaient eux-mêmes des armes empoisonnées. Car on les nourrissait afin de les jeter à l'occasion des batailles navales sur les Chrétiens, dont ils envenimaient le sang mortellement en les mordant. Par mon chef! semblables coutumes guerrières ne sont point faisances de gens nobles!

– Jugez-vous, Messire, la guerre plus belle en Occident?

– Oui, sur ma foi, répondit le roi Richard, ou plutôt non. La guerre partout est belle autant qu'elle est cruelle. Mais en nos contrées, l'homme qui guerroie s'affronte à un autre homme et non comme ici à un vil chien sans âme.

– Vil chien, en vérité, Messire ? Qui donc nommez-vous ainsi ? s'enquit Dame Isabelle dont la lèvre tremblait sous la fureur.

– Apaisez votre cœur, ma chère tante, et goûtez, je vous prie, à ce confit d'oranges composé avec nos doux fruits chyprois. Foi de Richard ! nous occirons ces chiens noirs jusqu'au dernier en guère de temps, puis nous rentrerons triomphants dans Jérusalem délivrée !

Après souper, le roi Richard chanta devant ses hôtes une chanson d'amour dont il avait trouvé les tendres paroles sur la mer, entre Messine et l'île de Vénus. Le roi Philippe ne manifesta son agacement qu'en soulevant une épaule et faisant une petite moue à peine dédaigneuse lorsque le troubadour se tut. Le restant de l'assemblée se laissa prendre aux sortilèges déployés par le roi d'Angleterre. Et la marquise de Montferrat, ayant regagné avec le marquis leur hébergement, se sentait le cœur confus de tout en tout. Elle se renversa sur le lit avant même d'ôter sa robe et ses parures, lasse et vide, songea-t-elle, comme si Richard lui eût aspiré sa force le temps du festin.

– Un vrai satan, s'écria-t-elle, et un ange de Dieu ! Comment connaître l'âme d'un tel homme ?

– Il est plein de folie, répliqua le marquis, ainsi qu'était son père. Ni Diable ni Dieu ne le mènent, croyez-en ma parole, mais folie seulement. Sa vaillance, que je sais sans égale, heureusement le rachète. Vous ferez sage en vous défiant de lui, car j'ai vu dans ses yeux flambants de la convoitise envers vous.

– Envers moi, Monseigneur ? La chose ne se peut. Vous oubliez que nous sommes parents proches, lui et moi, par le roi Foulque, mon aïeul. Vous oubliez encore et surtout que je vous ai pris à baron nouvellement, pour mon bonheur.

– Peu lui chaut, Isabelle, je vous l'affirme, votre bonheur, mon honneur ou votre sang trop pareil au sien. Observez donc, je vous prie, sa contenance. Le mois dernier, sur l'île de Chypre, il épousa en noces régulières Dame Bérengère de Navarre, dont le corps était pur, qui donc en douterait ? Cette pauvre enfant, méprisant les dangers du voyage, de la guerre, d'une terre étrangère et lointaine, avait suivi son prince jusqu'en Orient. L'apercevez-vous, douce amie, comme je l'aperçois ? Maintenant, la voilà reine, la voilà femme et de surcroît femme de Richard, qui a tant de beauté. Or Chypre sans longue demeure se rend au roi Richard, lequel saisit le gouverneur, sa femme de grand âge, sa fille jeune et bellissime. Hâtivement, on rompt l'échine des parents mais non de la pucelle, qui plaît assez au nouveau maître. Que va-t-il en faire, selon vous ?

– Je le sais, cria Dame Isabelle, comme vous le savez ! La haine de Richard était peinte sur le visage d'Anne Comnène, que je voyais en face.

– Il la força, poursuivit le marquis, de manière furieuse et déshonnête, sous les yeux de Dame Bérengère épousée de la veille.

– Vous outrez, me semble-t-il, un tantinet la chose, murmura Dame Isabelle.

– Nullement. Ses forfaits sont notoires, lui-même les confesse devant tous à la moindre occasion. Mais pire que son âme sauvage, dont Dieu sera juge, me paraît sa cervelle où entre malaisément la lumière. Sans cesse il varie dans son jugement, répond ensemble non et oui à la même demande, aime batailler cent fois mieux que penser. Il n'attache de valeur qu'aux liens de vassalité, en conséquence de quoi il favorise non ceux qui sauveront la Terre Sainte, mais celui qui l'a perdue.

– Par quelle sorcellerie, Messire Conrad, en avez-vous tant appris sur lui le temps d'un seul souper ? Sur ma foi, je siégeais à son flanc, mangeais à son tranchoir, devisais avec lui, tendais l'oreille à chacune de ses paroles. Et pourtant je me trouve à cette heure moins avisée de l'homme que vous.

– Ce Richard, déclara le marquis de Montferrat, je le connais depuis longtemps. Étant jeune, je l'ai rencontré maintes fois, en Provence ou ailleurs, et même à la cour du roi de France. Tous deux nous parlons le langage d'oc, tous deux nous avons trente ans d'âge ou environ. En outre, je m'enquis de lui la saison dernière, voulant savoir si le comte de Poitiers avait beaucoup changé en devenant roi d'Angleterre. Car un chevalier, belle amie, doit connaître au mieux son adversaire avant de l'affronter.

– Est-il sûr, Monseigneur, que le roi Richard voudra se combattre à vous ? Je suis de son lignage, sinon de ses vassaux, et vous dites vous-même que je lui plais.

– Hélas ! dit le marquis, déjà sont apprêtées les lices, choisis et armés les champions qui vont entrer dans le tournoi. Depuis mon arrivée en Terre Sainte, qui ne le sait ? je m'efforce de surmonter Gui de Lusignan, que soutiendra envers et contre tout Richard, son droit seigneur en Poitou, comme le roi Philippe, mon cousin, me soutient. Chacun sur l'arène verra Gui et Conrad, mais en vérité, douce Dame, je vous le dis, derrière eux le roi de France et le roi d'Angleterre poursuivront leur guerre perpétuelle. Toutefois votre Richard vous regarde avec trop d'envie et je lui arracherai du ventre la tripe s'il ose jamais toucher à vous !

– Je pensais, murmura Dame Isabelle tristement, que les rois d'Occident venaient en nom de Dieu secourir le royaume de Jérusalem. Or ne feront-ils que batailler entre eux ?

– Votre royaume, répondit Messire Conrad, je le sauverai, moi, cependant que les rois mèneront leurs querelles. J'en fais serment devant vous, Isabelle, en ce jour et en cette heure : le premier Franc qui mettra un pied dans la cité d'Acre conquise et rendue à la Chrétienté se nommera Conrad de Montferrat !

– Que Dieu le veuille, Monseigneur !

– Par mon chef, gronda le marquis, Dieu le voudra !

XVI

Trahison, déloyauté, foi-mentie, telles furent les injures qu'un chevalier poitevin nouvellement arrivé dans la plaine s'en fut vomir à la face du marquis de Montferrat. Les Croisés d'Angleterre, d'Anjou et d'Aquitaine approuvèrent ces jugements sans retenance. Partout ils vantaient à grand remuement et grand bruit la hardiesse de celui qui défiait si bellement le gentilhomme piémontais. Au contraire, le roi de Jérusalem et ses compagnons se tenaient cois, leur cœur plus troublé que réjoui par l'infâme défi. Messire Gui haïssait Messire Conrad, nul n'en pouvait douter, mais il avait combattu flanc à flanc avec le marquis, l'avait sauvé un jour de malemort, avait eu cent fois sous les yeux sa droiture et sa vaillance. Il voulait le vaincre afin de garder couronne en tête, et non point le déshonorer.

Messire Conrad, s'il en eut, ne manifesta devant nulle âme son courroux. Comme chacun, Dame Isabelle voyait déjà son baron jouter en combat singulier, s'élancer furieusement contre l'homme étranger dont il avait reçu outrage. Pourtant la chose alla diversement et le marquis ne fit aucun semblant de relever le défi. La voix légère, il informa sa femme de leur départ prochain.

– Prendre l'escampe ? s'écria Dame Isabelle. Dieu du ciel ! on vous tiendra, Messire Conrad, pour couard et pour félon ! Ce mauvais chevalier qui vous a causé offense, croyez-le bien, en sera ivre de joie !

– Il est, répondit le marquis, trop vile créature pour que je consente à l'affronter. Nous monterons demain sur ma nef et naviguerons vers Tyr en bonne paix. Quant à moi, belle amie, je crois votre opinion fausse de tout en tout. Seul celui qui m'a injurié me clamera couard et félon. Les autres ne pourront oublier ce que je vaux, et ils seront à la parfin cinquante mille me prisant contre un me méprisant.

– Vous parlez vrai, Monseigneur, et je ne vous disais que sottises. Ayez, je vous en prie, pardon de moi ! Ces chevaliers poitevins, je les ai toujours abominés, même quand je n'étais qu'une petite enfant. Selon moi, ils sont une génération maudite, que Dieu déboutera de son règne.

– Déboutera-t-il aussi votre beau cousin Richard ? fit le marquis.

– Je ne connais guère encore le roi Richard, dit la marquise, et j'attendrai par prudence une saison ou deux avant de déclarer si le sang poitevin surmonte chez lui le riche sang angevin.

La chevalerie piémontaise, gardant devant tous le front haut, vida la plaine puante le jour de la Saint-Jean d'été. Elle galopa derrière son seigneur et Dame Isabelle jusqu'au rivage, où l'on mit à la voile sans demeure pour la cité phénicienne, que l'on trouva étalée dans la paix, traversée de vents purs et gorgée comme jamais de biens divers. Depuis la reprise des passages, au printemps dernier, les marchands italiens, n'ayant souci de la guerre, venaient à nouveau traiter leurs affaires en Orient, vendant et acquérant tant aux Chrétiens qu'aux Sarrazins. Ce fut à peine toutefois si Dame Isabelle put poser un œil sur les merveilles dont Tyr semblait comblée. Car après trois petits jours de bénestance, elle vit entrer dans le palais seigneurial un messager portant la bannière de France. Le roi Philippe, déclara l'homme, redisait au marquis de Montferrat son amitié pleine et entière. Que le seigneur de Tyr veuille bien s'en retourner à grande allure vers le siège d'Acre où l'on avait le plus dur besoin de sa prouesse ! Messire Philippe lui ferait justice, lui donnerait à son conseil la première place et le défendrait quoi qu'il advînt contre ceux qui oseraient encore l'offenser.

Dame Isabelle s'arracha donc le jour même aux plaisirs seulement entrevus, aux bras de sa mère, aux jeux joyeux avec ses frères, aux vents sereins soufflant sur Tyr. En atteignant le havre et apercevant la puissante nef du marquis, elle dissimula derrière sa paume une moue dépitée. Messire Conrad, cependant, montrait un visage réjoui. Pas une once de temps, confessa-t-il entre deux rires, il n'avait songé rester longtemps reclus dans son île. Pour dire le vrai, il était venu y puiser or et joyaux dans ses coffres ferrés. Le siège d'Acre, la chose lui paraissait manifeste, allait maintenant à sa fin. En conséquence, pensait-il, bientôt sonnerait l'heure où le plus riche serait aussi le plus fort.

– Même si vous feignez vaillamment le contraire, dit-il à Isabelle, je vois bien que vous aimeriez cette fois demeurer en arrière auprès de vos parents. Soit vous êtes lasse enfin des laideurs du siège, soit vous êtes lasse déjà de votre seigneur.

– Sur ma foi, Messire Conrad, je suis lasse d'entendre vos moqueries. Je devrais, afin de vous punir, clamer que j'abomine de tout en tout votre vue, mais à la fin j'y renonce par faiblesse d'âme, car je prise trop haut votre compagnie.

– Et moi, belle amie, je veux vous emmener malgré vous, premièrement pour mon plaisir, et de surcroît pour que vous contempliez à mon côté notre victoire.

Autour des murailles d'Acre dominaient alors désolation, dolence et brouillis. En vérité, sauf Messire Conrad, nul ne croyait proche l'achèvement du siège et la victoire des Francs. Dix jours après son entrée flamboyante sur le champ guerrier, le roi Richard s'était abattu comme un chêne foudroyé. En un moment il devint délireux et brûlant, puis une enflure de la langue et des lèvres le rendit muet, plus tard toute sa chair se mit à peler hideusement. Ses bons physiciens normands se grattaient le front, hochaient le chef, geignaient sur leur impotence à traiter une infirmité dont ils n'avaient onques été enseignés dans leurs écoles. Sur les conseils du comte de Sidon, Messire

Gui envoya visiter le malade un mire syrien de haut renom, lequel déclara que Monseigneur le roi d'Angleterre souffrait de la léonardie aggravée de la fièvre des charniers. Il est vrai qu'arrivés dans la plaine les derniers, les Anglais n'avaient pu trouver à se loger qu'au voisinage des charognes.

Le roi Philippe cependant se trouvait contraint – mais guère mécontent – de mener seul la guerre de siège. Après avoir lancé deux assauts terribles contre les murailles, enduré en retour une envahie sarrazine conduite par le Sultan, reçu comme à l'accoutumée les tourments du feu grégeois et vu dégâter ses plus beaux engins guerriers, Messire Philippe voulut changer de manière. À la fin juin, ce fut lui qui par deux fois courut envahir l'hébergement de Saladin. Hélas ! les Francs ne recueillirent aucun bénéfice de ces entreprises nouvelles. Bien exercés et bien nourris, les hommes du Sultan s'élancèrent contre l'assaillant chrétien qu'ils firent en un moment reculer, puis pourchassèrent dans sa fuite jusqu'au soir. Lors Messire Philippe, affligé à démesure par tant de vains efforts, s'effondra sur sa couche où il resta gisant une semaine entière, fiévreux et tremblant comme le roi Richard.

Guéri le premier, car il avait échappé heureusement à la léonardie, le roi de France alla visiter le roi d'Angleterre dont le corps pelait sans répit, mais qui lentement reprenait courage et force.

– Jusqu'ici, déclara Messire Philippe, je méconnaissais, je le confesse, la puissance de ces Turcs. Nous devrons dorénavant, Messire Richard, nous départir la besogne. J'entends poursuivre, si vous agréez la chose, mes assauts contre les murailles, tandis que vos bataillons, disposés par vos soins en travers du chemin, empêcheront le Sultan d'accourir à la rescousse de la cité. Par la lance de saint Jacques ! unissons nos pouvoirs dès demain ou sinon le siège d'Acre durera un siècle au moins !

Le roi d'Angleterre fit ouïr un grognement sourd en guise d'agrément, sa langue demeurant toujours empêtrée sous l'enflure.

– Je propose, écrivit-il depuis sa couche, avec une aisance qui enragea le roi Philippe si peu enlatiné, que le jeune comte de Champagne, votre beau neveu et le mien, serve de lien entre nos deux armées et nos deux personnes. Qu'en pensez-vous ?

– Je m'accorde à ce sage conseil entièrement, répliqua Philippe de France. Or que Dieu vous redonne en hâte la santé ! Sur ma foi, votre bras nous fait à cette heure malement défaillance, Messire Richard !

Ayant vingt ans d'âge seulement, le comte Henri de Champagne se trouva investi par les deux rois, ses oncles, d'une autorité à la fois grandissime et périlleuse. Devenu pour ainsi dire le connétable des forces alliées d'Occident, il devait unir les entreprises lancées dans la confusion par les uns et les autres, guerroyer avec l'avant-garde anglaise contre le Sultan, commander avec le roi Philippe les engins français tirant contre les murs de la cité, être en bref partout à la fois, tantôt apaisant les conflits entre nations et étouffant les convoitises, les haines, les rancœurs, tantôt aiguillonnant la flamme des combattants. Jour après jour il se couvrait de gloire, et quand le marquis de Montferrat et Dame Isabelle regagnèrent la plaine accablée par l'abomination et la désolation, Henri de Champagne était le nom qui errait sur toutes les lèvres. Dame Isabelle eût aimé croiser en chemin ce chevalier au visage pour elle demeuré mystère. Frappé du mal commun dès son arrivée en Palestine, il s'était combattu à la mort des mois durant, maintenu gisant loin des hommes sous un pavillon clos. Jamais en conséquence elle ne l'avait contemplé en face. Par infortune, l'apercevoir aujourd'hui paraissait tout aussi malaisé, tant il se remuait et se démenait, courait de dextre à sénestre comme une flèche, le heaume dissimulant son visage depuis l'aube jusqu'à la nuit obscure. Il ne s'était seulement présenté au souper du roi Richard, Dame Isabelle n'eût su dire pourquoi.

Messire Philippe s'en retourna batailler de grande ardeur contre la Tour Maudite. Vis-à-vis d'elle fut amenée avec magnificence « Male Voisine », pierrière géante nouvellement bâtie, qui se mit à cracher sur les murs ennemis de vrais rochers dont furent enfin dommagées les défenses d'Acre. Néanmoins, à « Male Voisine », les Sarrazins répliquèrent par un engin d'égale puissance, que les Francs gaiement surnommèrent « Male Cousine ». Pour surmonter « Male Cousine », il convint d'adjoindre à « Male Voisine » toutes les machines que détenaient les Templiers, les Hospitaliers, les Pisans et Messire Philippe lui-même, lequel s'enorgueillissait beaucoup d'un « chat » et d'une « cercloie » nouvellement conçus dans ses ateliers.

Le 1er juillet, l'entêtement déployé par le roi de France reçut son prix. Devant les Croisés en ébahissement s'effondra un pan de la muraille qui vint remplir à la bonne heure le fossé déjà mi-comblé. Avisés du péril, Saladin et son frère le sultan d'Égypte se ruèrent aussitôt sur les pavillons chrétiens. Longtemps on dut guerroyer avec rage avant de débouter l'ennemi. D'un côté comme de l'autre, il y eut en ce jour maints corps meurtris ou bien faits morts. Voyant flamber son « chat » et sa « cercloie », le roi Philippe fut à deux doigts de verser un pleur, tant il se sentait dolent malgré l'issue favorable des combats. Du moins, songea-t-il, ne pouvait-on reprocher aux Anglais d'avoir failli à soutenir leurs alliés français, et cette pensée réconfortante lui fit oublier ses beaux engins anéantis. L'accord établi entre les deux rois avait été honoré à merveille, grâce en soit rendue au jeune comte de Champagne. Puis la Tour Maudite commençait de laisser voir çà et là des brisures dont la profondeur faisait plaisir à voir. Enfin les espions rapportaient que les défenseurs d'Acre épuisés demanderaient merci sans long délai. Par la lance de saint Jacques ! Si Dieu voulait, on repasserait la mer avant l'automne et la douce terre de France retrouverait bientôt son sire.

Tandis que les Croisés jetaient ainsi dans la guerre de siège toutes leurs forces rassemblées, Dame Isabelle se lassait. Le temps, estimait-elle, devenait long à périr. Elle se remembrait avec une once de regret l'an maudit 1187 et Jérusalem assiégée, quand elle demeurait dans la Cité Sainte parmi les défenseurs. On ne dédaignait point alors les dames, qui besognaient dur aux créneaux et bataillaient ferme contre les Sarrazins. Au lieu qu'au siège d'Acre, les dames se traînaient dans la fainéantise. L'été venu étendait ses brûlures sur la plaine où croupissaient d'infectes pestilences que la chaleur avivait. Ces puanteurs décourageaient Dame Isabelle d'aller, comme naguère, de canton en canton découvrir des peuples nouveaux, leurs coutumes, leurs patois, leurs affublements et leurs parures, de muser devant les étals des marchands étrangers ou les tables des changeurs. Elle eût aimé, certes, retourner épier de près les Danois et les Frisons, qu'elle prisait au-dessus des autres Croisés pour leur blondeur, leurs yeux bleus toujours pleins de songe et leur semblance de bons géants. Mais l'air de la plaine puait trop fort.

Sur le Toron de Saint-Nicolas, où elle s'était logée avant de prendre à seigneur le marquis de Montferrat, on respirait un peu mieux. Elle enviait Messire Gui et ses chevaliers, plus fortunés que les Piémontais. Si seulement elle avait pu partir galoper là-haut chaque jour sur son gris palefroi et errer au milieu des enfants, des chèvres, des chiens et des gens de Jérusalem ! Hélas ! elle ne l'osait, le roi Gui étant l'ennemi déclaré de Messire Conrad. Aussi se tenait-elle recluse dans l'hébergement du marquis, montrant un visage morne, écoutant gémir l'eunuque Manès et tonner les engins de guerre. Elle soupirait après Tyr et ses palais, après Tripoli et ses fêtes, après Naplouse et ses fontaines, soupirait même après sa vieille haine aujourd'hui hors d'usage. Par tous les saints du ciel ! combien jouter de la parole, voire des mains, avec Messire le connétable de Jérusalem lui paraîtrait chose plaisante à cette heure !

À la déchéance du soleil s'en revenait le marquis vers le riche pavillon où avait langui tout le jour Dame Isabelle. Messire Conrad laissait de bon gré sa femme le dépouiller du heaume et doucement lui essuyer la face qu'avaient souillée depuis l'aube sueur et poussière. Côte à côte ils soupaient en aimable compagnie, tantôt parmi les Français, tantôt parmi les fiers chevaliers du Piémont. Et le souper achevé, qui durait à peine le temps d'une demi-chandelle, chacun regagnait en hâte son logis et sa couche. Le marquis, assez revigoré par la chère, gisait au lit nu à nu avec la marquise, montait sur elle sans retard et accomplissait là un bref galop d'amour, puis s'endormait d'un coup, comme s'endorment les guerriers. Parfois il balbutiait en chevauchant : « Diable ! ma mie, allez-vous cette fois me donner un héritier ? », demande à laquelle n'était octroyée nulle réponse. Dame Isabelle détournait la tête, raidissait malgré elle son ventre labouré d'où fuyait le plaisir. Elle avait, songeait-elle en regimbant, espéré tant d'années dans l'angoisse et la honte saigner à chaque lunaison ! Et voilà qu'elle devait maintenant pour plaire au marquis souhaiter chaque mois ne plus saigner ! Par la Vierge Pure ! que ferait-elle en ces temps misérables d'un enfançon ? Les deux filles qu'avait engendrées sa sœur, la reine Sibylle, étaient mortes comme hélas mouraient durant les sièges maintes petites âmes chétives. Le marquis finissait sa besogne, s'écartait dormant déjà, et Dame Isabelle revenait se presser contre lui, implorant tout bas le pardon divin pour ses pensées mauvaises.

– Belle amie, dit un matin le marquis de Montferrat, comme il s'apprêtait à partir se combattre aux Sarrazins, votre cœur ne paraît en ce moment nullement satisfait. Vous ne pouvez, je le vois, endurer plus avant le siège d'Acre. Mais gardez foi en ma parole : juillet n'aura point touché son terme que nous serons entrés dans la cité en brandissant nos bannières. Soyez donc patiente quelques jours, je vous en prie.

– Assurément je le serai, Monseigneur. Je suis accoutumée depuis l'enfance aux duretés de la guerre et c'est de n'avoir la moindre chose à faire qui me rend dolente.

– Vous avez oublié, Isabelle, si je ne me fourvoie, la promesse que vous fîtes au roi d'Angleterre le soir où nous allâmes souper sous sa tente. Or vous êtes-vous soucié une seule fois des dames parties si loin de leur terre en sa compagnie ?

– Par Dieu vivant ! Messire Conrad, vous dites le vrai ! Avec notre voyage à Tyr et ma mélancolie, j'ai oublié de tout en tout les dames du roi Richard. Sur ma foi, j'irai les visiter aujourd'hui sans faille.

Montant Bélior, son gris palefroi, s'en fut Dame Isabelle vers les pavillons des Anglais. Pour ce que le soleil brûlait comme feu de Satan, elle cheminait voilée jusqu'aux yeux à la mode sarrazinoise. Une étoffe jaune diaphane lui enveloppait les épaules, ceignait son cou, venait couvrir ses tresses pâles, dissimuler son front, son menton, ses joues, sa bouche et son nez. On n'apercevait d'elle que deux yeux longs et noirs à démesure. Ainsi allait-elle garantie contre les rais ardents mais non point, par infortune, contre la puanteur qui empirait cependant qu'elle approchait de l'hébergement anglais et des charniers environnants. Elle découvrit aisément, grâce aux richesses dont elles se paraient, les tentes abritant le roi Richard et les gens de sa maison. Ayant fait annoncer sa venue, elle fut menée entre deux gardes, comme si elle eût été prisonnière, à un logis qu'elle trouva aussi humble et dépouillé en dedans qu'il apparaissait précieux au-dehors. Avant même d'avoir songé : « Mon cousin le roi d'Angleterre est-il donc un si pauvre homme ? », elle aperçut dans la chiche lumière Dame Bérengère, qui avait laissé en la voyant résonner un petit cri de frayeur.

– Par la Vierge Sainte ! qu'est-ce là donc ? bredouilla la reine, tournée vers les gardes figés sur le seuil.

Ils ne répliquèrent mot, et Dame Isabelle s'avança, déclarant hautement :

– Je suis, Dame, chacun ici vous le dira, issue de la maison royale de Jérusalem. Et par surcroît je suis cousine au roi Richard, votre seigneur. Il n'y a guère, nous siégeâmes ensemble à un souper sous votre pavillon, n'en avez-vous nulle remembrance ?

– Alors, murmura en reculant Dame Bérengère toute blême, vous n'êtes point une Turque venue m'occire par traîtrise ?

Émue de pitié, Dame Isabelle freina son rire et fit glisser le voile qui cachait ses nattes blondes.

– Réconfortez votre cœur, Dame Bérengère, je vous en prie pour Dieu. Rien ici ne vous menace, et les dames turques, vous devez m'en croire, sont loin de songer à vous occire. Car les Sarrazins communément sont de courtoises gens, dont l'âme renferme plutôt bienveillance que félonie.

– L'âme ? s'écria la reine Bérengère. Les Sarrazins ne peuvent en avoir une !

– Et pourquoi non ?

– Ils méconnaissent le vrai Dieu, ne reçoivent ni baptême ni communion, vivent et périssent comme des chiens. Le roi Richard, mon seigneur, les a clamés devant sa cour moins encore que des chiens, à cause de leur haine mortelle envers Jésus le Sauveur.

– À mon escient, fit Dame Isabelle, Jésus est un de leurs prophètes. Mon cousin Richard, il me semble, n'a rencontré un seul Sarrazin en tout son vivant.

– Et vous, Dame Isabelle, sans dire mensonge, en avez-vous connu ? Je vous en prie, allons siéger l'une près de l'autre sur mon lit. En vérité, hormis ce lit, je n'ai guère qu'un banc à vous offrir.

Dame Isabelle choisit le lit, où elle s'établit avec son hôtesse parmi de bons coussins.

– Oui, certes, répondit-elle, j'en connais des foules. Je vins au monde à Jérusalem, pourtant c'est dans la belle cité de Naplouse que je fus nourrie et enseignée. Avant la Bataille, sachez-le, plusieurs peuples y demeuraient en bonne amitié : des Francs, des Syriens, des Grecs, des Samaritains – oh ! ceux-là, que Dieu les bénisse ! – et des Sarrazins à grand foison. Sur le pré de Naplouse étaient données des fêtes merveilleuses qui rassemblaient ces gens divers. Étant enfant, je ne faillissais jamais à y aller et je dansais comme une folle au milieu des Sarrazins et des autres.

– Ce peut-il être, Dame Isabelle, qu'on vous laissait approcher des Infidèles, vous, une enfant chrétienne et la fille d'un roi ? En Navarre, on me gardait quant à moi recluse au palais quoi qu'il advînt.

– Quelle male méchéance, Dame Bérengère ! Sans vous mentir, je quittais selon mon gré le chastel de Naplouse, allais errer dans le bazar ou courir sur les montagnes voisines. Ainsi vivait-on au royaume de Jérusalem avant la déconfiture. Ce temps-là était celui de la joiance.

Les deux dames en devisant goûtèrent à une eau de fruits miellée qu'on leur servit.

– Les fruits, dit la reine Bérengère, nous arrivent par la droite voie de Chypre. Hélas ! la chaleur de Syrie empêche l'eau de rester fraîche. Ici nous devons boire nos breuvages soit tièdes soit brûlants.

– Ici au siège d'Acre, déclara Dame Isabelle. Car je me souviens qu'autrefois nous achetions aux marchands sarrazins de la glace par grosses pièces qu'ils descendaient en chariots de leurs montagnes du nord. Nous la brisions, la pilions et la mêlions à des eaux de fleurs et fruits variés. Certaines tavernes de Jérusalem offraient des sirops glacés qui faisaient nos délices. Pourtant les sorbets à la neige du Sultan étaient les plus renommés de tous.

– Le Sultan ? L'auriez-vous un jour aperçu, par aventure ? J'ai ouï rapporter, dans ma contrée, qu'il avait le corps noir et velu comme un loup et qu'il rugissait en la manière des bêtes sauvages. Sur ma foi, je ne crois guère ces fardailles contées par de vieux pèlerins fous. Mais vous-même, Dame Isabelle, que savez-vous de lui ?

Dame Isabelle ouvrait la bouche quand sous la tente jaillit tel un éclair Dame Jeanne de Sicile, clamant à haut ton :

– Bérengère, ma douce amie, j'accours à votre mandement ! Malgré ce damné flux de ventre qui m'a saisie durant la nuit, j'ai sauté à bas de ma couche pour venir saluer la marquise de Montferrat, la voir et lui parler.

– Vous rencontrer, ma cousine, me réjouit durement, déclara Isabelle.

De tout son long s'étendit Dame Jeanne sur le lit entre la reine et la marquise, puis elle s'enquit :

– Que disiez-vous à mon entrée ? Qui donc est le loup dont on parlait ?

– Saladin, le sultan des Sarrazins, répondit Dame Bérengère. Trois pèlerins en Navarre m'ont assuré qu'il avait le semblant d'une bête puante.

– Ce sont fantômes qu'ils vous ont dit là, fit Dame Jeanne, les yeux au ciel. Qu'en pensez-vous, ma belle cousine ? Tenez-vous le Sultan pour une bête puante ?

– Je tiens la guerre pour une bête puante, la guerre et la guerre seule. Certainement je connais le sultan Yûsuf. J'ai séjourné un temps au désert en sa compagnie et je m'étais auparavant trouvée devant lui dans Jérusalem. Il regardait Messire Onfroi, mon premier baron, comme son fils propre. J'étais alors une jouvencelle, néanmoins il ne me témoignait le moindre dédain. Et pour preuve de son estime, il me donna une perle si luisante et si grosse que le monde jamais n'a vu sa pareille.

Dame Jeanne gisant sur le dos fit tinter un petit rire frais comme ruissellement de fontaine et répliqua :

– Vous aussi, ma cousine de Jérusalem, vous nous servez menteries et fantômes. Votre Saladin est l'ennemi mortel de Jésus-Christ et des Francs. Il a ruiné votre royaume, envahi la Ville Sainte, mis la main sur le Sépulcre de Dieu et dérobé Sa croix, détruit dans les sanctuaires chrétiens toutes les images sacrées. Peut-on croire, ma belle amie, qu'il ait eu pour vous tant d'égards, lors même qu'il combattit à outrance votre père, après lui votre frère, et qu'il déconfit entièrement l'époux de votre sœur ?

Dame Isabelle baissa le front. Comment éclairer ces dames étrangères sur la Syrie et ses mystères, sur le royaume de Jérusalem et ses singularités, sur l'Orient merveilleux où deux peuples s'entre-guerroyaient sans merci, ne cessant toutefois d'échanger leurs biens, leurs coutumes, leur savoir, et se connaissant trop bien à la parfin pour ne point s'honorer ? Ces choses-là, les gens de Sicile, de France ou de Navarre y entendaient néant et qui voudrait les en instruire dépenserait sa parole vainement. Elle répondit dans un soupir :

– Je vous ai conté, Dames, la vérité pure. Le Sultan montra envers moi la plus haute courtoisie, au désert comme à Jérusalem. Par manière de rigolage il me surnomma « la perle du milieu du collier », ce pourquoi il m'offrit une perle que j'ai gardée dans mon trésor. À vous aussi, ma cousine, il fera un jour de riches présents, n'en doutez pas, largesse étant sa vertu première. Et vous les prendrez avec joie, croyez-en ma parole, car au monde, je le jure devant Dieu, rien n'a moins la semblance d'un loup que le sultan des Sarrazins !

Oubliant son flux d'entrailles, Dame Jeanne bondit sur son séant.

– Pour l'empire de Rome, cria-t-elle en fureur, je ne prendrai un seul grain de poussière d'un Infidèle, fût-il émir, sultan, ou l'on ne sait trop quoi ! Les Infidèles sont nos ennemis jurés, que Richard pourchassera et pourfendra jusqu'au dernier ! À vivre parmi les chiens, vous avez perdu le sens, ma cousine !

– En nom Dieu ! Dame Isabelle, pria la reine Bérengère joignant les mains, n'ayez de ces paroles aucun souci ! Le courroux des Plantagenêt monte au grand galop et redescend à même allure. Par votre bonté, pardonnez-lui !

– Pardonnez-moi ! contrefit Dame Jeanne, qui retomba sur la couette, le visage déjà riant. À dire le vrai, ma cousine, je suis durement envieuse d'apercevoir vos Sarrazins. Pour l'heure, nous n'avons vu d'eux que leurs flèches et leurs pierrons.

Les deux dames, songeait la marquise de Montferrat, l'irritaient et lui plaisaient à la fois. Elles étaient des sottes prouvées, croyant qu'il n'y avait d'hommes au monde sinon Francs et Chrétiens. Dame Bérengère jugeait tout le siècle par les yeux de Richard, son baron, qui l'éblouissait et l'épouvantait plus encore, dont le sang turbulent heurtait sa douceur d'agneau prêt au sacrifice. Dame Jeanne, moins tendre et naïve, ayant connu déjà méchéances, deuils, haines, prisons, manifestait aisément l'orgueil et la rage répandus à outrance dans son âme. Pourtant ni la faible dame ni la forte ne geignaient. Les misères sans égales du siège d'Acre, elles les enduraient bouche close. Elles restaient de pierre, établies vaillamment au fin fond d'une plaine envahie par les pestilences, les épidémies, l'ordure, les morts mués en pourriture, l'eau croupie et les flèches des Sarrazins. Si elles regrettaient leur terre lointaine, leurs parents, leurs coutumes, elles n'en soufflaient mot. Elles avaient pris la croix, estimaient-elles, comme leurs compagnons chevaliers. Adonc pour l'amour de Dieu elles traverseraient l'enfer sans lance brandir, mais sans jeter une plainte.

Jusqu'à la déchéance du soleil, Dame Isabelle dut peindre le saint royaume, les Sarrazins, Jérusalem et la Grande Bataille en Galilée. Volontiers elle parla sur la prière des dames, conta et reconta cent aventures dont elle se souvenait. Quand elle s'en fut, la reine Bérengère avec un soupçon d'angoisse lui demanda :

– Reviendrez-vous ?

Et elle inclina le chef en signe d'agrément, disant :

– Oui, Dame, si Dieu le veut.

Puis elle franchit le seuil en compagnie de la reine Jeanne de Sicile, qui regagnait son pavillon voisin.

– Vous avez, ma belle amie, lui affirma Dame Jeanne, réjoui nos cœurs en nous contant si bien les choses de Syrie. Or pourquoi faites-vous la moue ? Quel souci vous occupe la cervelle ?

– Je ne sais, ma cousine, si je dois vous le confesser.

– Par Dieu ! Isabelle, hez avant ! Je puis tout entendre, sur ma foi, quoique n'étant ni abbé ni chanoine.

– En vérité, dit la marquise de Montferrat, il m'aurait plu d'apercevoir un moment cette damoiselle déconfortée, qui est elle aussi de mon lignage.

– Une damoiselle de votre lignage, ici, dans cet hébergement ?

– Certes oui. Ma mère, la reine Marie, a pour nom Comnène, sachez-le, et la damoiselle, à ce que crois, se nomme Anne Comnène. L'une et l'autre sont issues de la famille impériale de Constantinople.

– Dieu du ciel ! vous me parlez là, j'en ai peur, de la pucelle dont se saisit Richard sur l'île de Chypre. La fille du tyran grec Isaac. Aujourd'hui elle a part au lit de mon frère, chacun le sait, et je crains fort qu'elle ne le trucide un jour dans son sommeil. Elle a un esprit plein de ruse et de diablerie. Je fus néanmoins bienveillante envers elle, au commencement, car je prenais en pitié ses infortunes. Songez, elle n'avait pas quinze ans d'âge et elle voyait ses parents enchaînés puis morts, se voyait elle-même captive et bannie de sa terre, condamnée à souffrir exil, pauvreté, abaissement, outre les plaisirs d'un maître.

– Me direz-vous alors, ma cousine, comment elle vous déçut ? Qu'advint-il ? Quel péché commit-elle, si jeune damoiselle et misérable ?

– Ma belle amie, lorsque Dieu envoie les pires malheurs à une tendre pucelle ayant tout juste abandonné l'enfance, on attend que la pucelle gémisse, lève sur vous une face en pleurs, vous déclare en tremblant son espoir et sa désespérance. Mais il y a de quoi s'ébahir, me semble-t-il, et se défier, si on la découvre pesant et comptant sans trêve les bénéfices qu'elle pourrait tirer, avec un grain d'astuce, de sa condition nouvelle.

– Homme ou femme, répliqua Dame Isabelle, un Byzantin conçoit des artifices, prévoit, ourdit et machine à longueur de jour, même en dormant, je crois. Dieu ainsi a créé le peuple de Constantinople, nul n'y changera rien. Et Anne Comnène, malgré sa jeunesse, fait comme en tous temps ont fait les siens. Rien de plus, je vous assure, ma cousine.

– Ce peut être qu'elle est byzantine, fit la reine Jeanne, mais elle est mauvaise par surcroît. Ses yeux souhaitent malemort et navrance à Richard, lequel, je vous l'accorde, usa d'elle assez vilement. Et tandis qu'elle le maudit en son âme, elle se contient de manière à l'ensorceler. Elle jette sur lui ses charmes comme une vraie putain. De par mon chef, je ne comprends goutte à vos Byzantins !

– La tient-on renfermée, Dame Jeanne, ou bien va-t-elle selon sa guise ? Fait-on aux visiteurs défense de l'approcher ?

– Il n'y a guère, croyez-m'en, de visiteurs pour la demander. Puis finissez, voulez-vous, de m'appeler « Dame » et dites « Jeanne » sans autre apparat. Nous ne sommes plus accoutumés en Occident à ces vieilles courtoisies. Or discernez-vous une tente bleu et blanc droit devant vous ? Entrez-y et vous trouverez là dans la première chambre Anne Comnène et sa servante grecque. Pas l'ombre d'un sergent ne les garde. Où iraient-elles, par Dieu vivant ?

– À vous merci, Jeanne, fit Dame Isabelle en s'inclinant avec la « vieille courtoisie » des gens nés au royaume de Jérusalem.

Sous le blanc et bleu pavillon lisait Anne Comnène environnée par les lumières de huit cierges garnissant deux chandeliers d'argent. Elle se vautrait parmi des coussins répandus à terre, un pan relevé de sa tunique laissant paraître ses pieds nus. Frêle et petite, la face étroite, la bouche ronde, elle eût semblé une enfant si Nature ne se fût travaillée pour lui octroyer une sombre et lourde chevelure de femme, un lourd et sombre regard de femme. Agenouillée derrière elle, sa servante la coiffait. Des flots de rubans scintillants et de fils d'or pendaient aux beaux cheveux de la damoiselle chyproise qui ne daigna redresser le corps ni remuer d'un pouce en entendant Dame Isabelle se nommer depuis le seuil. Mais elle déclara :

– Je ne vous connais en nulle guise. Pourquoi diable vous parlerais-je ? Et pourquoi, s'il vous plaît, devrais-je vous accueillir sous ma tente ?

Avec patience, Dame Isabelle répondit :

– Nous sommes vous et moi, Damoiselle, de la même parentèle. Car ma mère, je vous l'affirme, a nom Marie Comnène. Elle vit le jour à Constantinople et était nièce au grand empereur Manuel, votre aïeul ou votre cousin, je pense.

– Les empereurs de Chypre, dont je fus engendrée, Dame, tiennent vos princes de Constantinople en haine et en mépris. Fuyez d'ici, où vous n'avez que faire, voilà mon conseil !

Dame Isabelle en dépit du conseil vint avant jusqu'aux carreaux de soie sur lesquels gisait la damoiselle, jetant gaiement :

– Finissez, Damoiselle, en nom Dieu, de dire enfance et folie ! Vous avez, nous le savons, enduré malheurs et cruautés sans nom. Mais je puis vous aider par mon amitié, par les seigneurs puissants que je connais, ou par deniers même, si besoin en avez.

– Non, Dame, je ne désire de vous la moindre chose. Mieux j'aime cent fois souffrir la malefortune que votre pitié ! Par Dieu ! il vous est aisé d'avoir l'âme bonne ! Je vois bien à votre robe que jamais rien ne vous a failli.

– En vérité, Damoiselle ? Je vois bien aussi à votre tunique en soie brodée, à vos colliers d'or et de perles, à tous ces rubans de velours sur votre tête que jamais aucun bonheur ne vous a failli.

– En allez-vous d'ici ! cria la jeune Grecque. Un seul homme au monde peut m'aider, et il m'aidera, je le jure, c'est Richard, le roi d'Angleterre, ce satan !

– Richard ! En quelle manière, Damoiselle, vous aiderait-il, étant selon vous un diable ? En vous offrant parures et bibelots, comme à une putain ?

Anne Comnène, damoiselle petite et bellissime, posée au milieu de ses coussins précieux, ouvrait de larges prunelles et haletait, criant encore :

– Il m'a forcée, le porc infâme, et il riait à perdre le sens devant mon angoisse et ma peine ! Il a jeté l'empereur, mon père, entre les fers, l'a convoyé en laisse tel un chien, a craché dans l'œil de ma mère, les a fait tous deux périr, m'a défoulée avec violence jour après jour sans écouter mes prières ! Il a le poil rouge des démons ! Oh ! croyez-en ma parole, je me revancherai de lui bientôt, je lui plairai tant qu'il m'emmènera sur sa nef outre la mer ! Ici je suis néant, une serve, une captive, la putain qui se roule aux pieds du maître. Mais là-bas un prince ou un comte m'aimera à démesure, si bien qu'il voudra me prendre pour sa dame. Ainsi je retrouverai mon orgueil, mes richesses, mes honneurs et tout mon pouvoir. Je verrai, n'en doutez pas une once, Richard, ce maudit, vomir ses entrailles et roter son âme ! Dieu du ciel ! son trépas me donnera du plaisir pour le restant de mon âge !

Lors Dame Isabelle recula. Et cependant qu'elle faisait en arrière dix pas menus jusqu'au seuil, elle gardait le regard fiché sur l'enfant singulière étalée dans la soie, la souffrance et les désirs malins. Elle ne saurait oublier de sitôt, se disait-elle, Anne Comnène, la deuxième du nom. Longtemps la face fine à peau d'ange, les yeux où brûlait un feu d'enfer, la dévorante chevelure que parcouraient ou hérissaient en se tordant et en dansant fils d'or étincelants et rubans colorés, hanteraient ses songes. Elle murmura :

– Que Monseigneur Jésus vous ait en sa garde !

Et la jeune Grecque hurla une autre fois :

– En allez-vous d'ici ! Et veillez à ne plus venir m'empoisonner avec vos sermons !

Ayant regagné le canton piémontais, la marquise de Montferrat manda l'eunuque Manès, qui sommeillait sur sa Bible.

– Ouvre, je te prie, lui dit-elle, nos coffres et nos malles. Je veux envoyer dès demain plusieurs choses de mon avoir aux dames du roi Richard. Le croirais-tu, mon petit Théophane ? Elles sont hébergées misérablement. Sur ma foi, je pensais moins chiche le roi d'Angleterre.

– Il n'est chiche en nul endroit, ma Damoiselle. Au contraire, sa largesse émerveille ici tous les peuples. Savez-vous qu'il octroie pour solde aux chevaliers envieux de le servir quatre besants d'or par mois, quand le roi de France n'en offre que trois ?

– Cette libéralité, mon ami, l'appauvrit tellement qu'il ne lui reste plus de quoi payer trois chandelles à la reine Bérengère, sa femme, et à la reine Jeanne, sa sœur. Elles n'ont sous leurs tentes ni tapis ni fauteuils ni miroirs ni seulement courtines autour de leurs lits.

– Non, non, ma Damoiselle, ainsi ne vont pas les choses ! Enquérez-vous du roi Richard, et vous apprendrez qu'il détient plus d'or et de deniers que les autres princes rassemblés. Pourtant ces hommes d'Occident, même les hauts seigneurs, vivent encore comme gens sauvages. Ils se logent dans de tristes demeures dépourvues de beaux ornements, ne se rendent jamais ou presque aux étuves, ne lavent guère plus leurs vestailles que leurs corps, et donc puent. Ils recouvrent chez eux dalles et planchers d'herbe fleurie ou de paille sèche, nullement de tapis moelleux, dont ils ne connaissent point l'usage.

– Ils puent, ce peut être, Manès, mais nous puons aussi, toi et moi, je te prie de me croire, car ici, au siège d'Acre, la puanteur pénètre tout, l'air, la terre, les denrées comme les hommes. Si tu priais Dieu avec plus de ferveur, au lieu de marmonner tes oraisons en dormant, Il abrégerait sans nul doute cet enfer.

L'eunuque se récria. Nuit et jour, dit-il en pleurant, il priait Dieu, son doux Sire, d'un cœur ardent comme braise. Et Dieu l'entendrait, certes, avant le terme de juillet, ainsi que prévoyait à bon escient Monseigneur le marquis de Montferrat. Dame Isabelle souleva une épaule et rétorqua néant. Le lendemain, elle dépêcha aux deux reines Jeanne et Bérengère une charrette où s'entassaient coussins brodés, tentures et tapis, lampes et encens, miroirs d'étain et candélabres d'argent. À ces présents elle joignit pour Anne Comnène un menu joyau. Jadis, dans Jérusalem, avait été façonné ce frêle anneau d'or ciselé qu'elle-même, Isabelle d'Anjou, étant jeune pucelle, avait moult aimé porter au doigt.

XVII

« Saîf ad-Dîn Qarâqûsh et Saîf ad-Dîn al'Meshtûb, commandeurs de la cité d'Acre, à Salah ad-Dîn Yûsuf, premier émir de l'Islam,

« Voici venu, Seigneur, l'achèvement de nos forces. Demain, 8 Jumada II 586 [1], à moins qu'Allah ne t'inspire le moyen miraculeux de nous secourir, nous ouvrirons les débats avec l'ennemi chrétien pour lui rendre la place. Il ne demeure, sois-en certain, aucun autre choix devant nous que cette résolution désespérée. »

Le Sultan ce jour-là refusa toute nourriture fors un élixir vigorant procuré par ses physiciens. Il passa lentement à cheval parmi les troupes, tenant en main le message noir des défenseurs, ayant les yeux remplis de larmes et criant d'une voix qui fendait tous les cœurs : « Pour l'Islam, Croyants, mes frères ! » Entendant retentir ces mots fervents, les hommes, du plus grand au plus humble, redressaient leur échine courbée sous l'angoisse et la lassitude. Ils guerroyaient aux environs d'Acre depuis deux ans, avaient combattu la veille encore à outrance et mille maux les accablaient, tels que famine, infirmités, blessures, deuils, découragement. Mais ils promirent d'aller en bataille le jour suivant sans défaillance, pour l'honneur de l'Islam. Et ils y allèrent, nul d'entre eux ne mentit sa

1. 3 juillet 1191.

foi, nul ne s'esquiva quand battirent les tambours à l'heure du départ.

L'aube venait alors de crever. Dame Isabelle, réveillée par le sabbat que faisaient en approchant les tambours sarrazins, aperçut dans l'ombre Messire Conrad qui s'affublait en hâte et revêtait ses armes. Puis, le marquis s'étant glissé hors de la chambre, elle bâilla deux fois, étira longuement son corps nu avant de rejeter le drap et abandonner la couche molle. Par Dieu ! ce n'était qu'un jour de guerre, un jour, en conséquence, pareil à tous les jours ! Au fond de la plaine immonde elle userait le temps comme hier en songes et en errances. Déjà lui montaient au nez les odeurs de charognes.

Plus tard, le ciel au-dehors ayant bleui, l'eunuque Manès lui apporta une cuvelle d'eau jaunasse avec des linges blancs, un pot de poule bouillie avec du pain bourgeois et une coupe d'hypocras avec biscuits et fruits séchés. La nuit avait bien mal rafraîchi l'air, aussi prit-elle à rincer son corps, malgré l'eau croupie, autant de plaisir qu'à manger.

– Oyez-vous le tintouin ? fit Manès après le Bénédicité. Cette fois, Saladin nous envoie ses forces entières. Les Sarrazins qui tiennent la cité d'Acre sont morts, selon nos espions, à peu de chose près. Mais il paraît que nous autres Chrétiens n'irons seulement remuer le bout du pied. Nous resterons cois comme des pierres, par-delà nos murets et nos tranchées. Nous ne voulons nous laisser attirer dans la mêlée pour nulle chose au monde. Point de bataille, point de combats aujourd'hui, ma Damoiselle. Nous pourrons prier, lire, cheminer en paix entre nos pavillons. Et vous surmonterez ce soir au jeu d'échecs Messire Ernoul de Gibelet, qui vous fera rire tant et plus.

– Es-tu malade, mon petit Théophane ? Te voir ainsi joyeux, toi qu'on entend grogner sans trêve, m'angoisse le cœur.

– Sur ma foi, jamais je ne grogne, ma Damoiselle, sauf les jours mauvais. Et je me réjouis, chacun le sait, quand Dieu nous octroie des jours heureux.

– Or pourquoi celui-ci serait-il heureux, selon toi ?

– Si nos espions ne mentent, répondit Manès, les gens de la cité viendront aujourd'hui se rendre et demander l'amân.

Au fil de la matinée, à mesure que l'astre montait, la plaine devint fournaise. Dame Isabelle se voila et quitta le pavillon. Elle marcha vers l'étable où était enclos son gris palefroi, mais à mi-voie elle s'arrêta soudain et revint en arrière. Pour aller jeter un œil aux tranchées, songeait-elle, monter Bélior serait folie. Chacun planterait sur elle son regard, Franc comme Sarrazin. Les Croisés lui lanceraient reproches et dédain et les Infidèles, quant à eux, de bonnes flèches venimeuses. Mieux valait en l'occasion ne pas chevaucher. Elle poursuivit donc sa route à pied, marchant d'un pas diligent et sachant sans faille où elle allait. Ayant parcouru le quart d'une lieue environ, elle aperçut à main sénestre un hameau composé de petits pavillons bruns surmontés d'enseignes fleuries avec des roses peintes ou brodées. Là s'hébergeaient des femmes guerroyeuses qui avaient traversé maintes contrées étrangères, franchi cent fleuves et montagnes, passé enfin la mer périlleuse pour toucher la Terre de Promission, qu'elles voulaient secourir par leurs armes.

Dame Isabelle traînait souvent près des pavillons bruns dont les hôtes soulevaient en elle envie et curiosité. Les guerroyeuses ne dépendaient, semblait-il, d'aucune nation. Afin qu'on ne pût les confondre avec les ribaudes, chose qui advenait pourtant, par infortune, elles ne fréquentaient guère les hommes et ne parlaient qu'aux chefs. Les clercs qui les accompagnaient veillaient sur leur sûreté, les confessaient, les communiaient, pansaient leurs plaies, parfois même se muaient en leurs ambassadeurs ou messagers auprès des autres Chrétiens. Certaines d'entre elles partaient batailler sur de hauts destriers, tenant en main la lance, ayant au côté le glaive, comme bons chevaliers, mais le plus grand nombre combattait à pied avec arcs de bois et arbalètes.

La marquise de Montferrat n'osait leur dire un mot. Comprenaient-elles seulement son langage ? En outre, ces femmes dont l'épaule s'ornait d'une croix brodée accomplissaient un pèlerinage sacré, elles étaient des âmes saintes, cependant que la marquise était une âme oiseuse. Désarmer au crépuscule son baron, voilà bien la seule besogne qu'on espérait d'elle dans la plaine enfouie sous l'horreur. Les guerroyeuses qu'elle venait contempler à la celée peuplaient un monde lointain pour lequel assurément nul sauf-conduit ne serait fourni à l'héritière des rois de Jérusalem.

Elle ralentit le pas en longeant les tentes rangées autour d'une terrée formant courtille et servant l'été de lavanderie, cuisine et réfectoire. Bien que son œil ne découvrît qu'une parcelle de cette cour entre les tentes, elle discerna plusieurs femmes affairées autour de grandes marmites noires. Comme elle percevait peu de noise, elle pensa que la troupe, à l'annonce de l'assaut ennemi, s'en était allée vers les tranchées dès matinet. Jamais les guerroyeuses ne restaient fainéantes lors des batailles. Le chef couvert du heaume qui dissimulait leurs longs cheveux et en partie leur face, la poitrine bardée d'une cotte à doubles ou triples mailles, elles ne différaient des hommes que par le mantel vert parachevant leur affublement guerrier, mantel dont elles rabattaient le chaperon sur le heaume afin de garantir l'acier contre une chaleur outrancière. Elles arrivaient les premières au lieu des combats, s'élançaient avec ardeur en clamant le nom du Sauveur, s'aventuraient même assez près des Sarrazins qui regardaient pleins d'effroi se dresser devant eux dans leur vert manteau flottant ces créatures qu'ils croyaient être chevaliers ou sergents célestes. Car les anges guerriers, qui ne le sait ? toujours sont affublés en vert.

Dame Isabelle n'avançait plus. Elle demeurait là bouche béante, essayant de concevoir ce qui restait caché tant à sa vue qu'à son esprit. Les guerroyeuses, que faisaient-elles donc sous leurs tentes quand passait un jour sans bataille, ou une semaine entière ? À quoi usaient-elles leur temps et leurs mains ? Quelles aventures vraies ou quelles fantômeries se contaient-elles tandis qu'au ciel s'allumaient les étoiles ? Et encore, aimaient-elles porter des coups, meurtrir et trucider, ou couraient-elles sur les champs de bataille afin de plaire à Dieu ? Ainsi songeait Dame Isabelle qui n'avait pas vingt ans d'âge et de la moindre chose enfantée par le siècle s'émerveillait.

Oui, elle songeait ainsi alors qu'issue de la courtille venait à son encontre une femme au vert mantel chargée d'un pesant arc de bois et d'un carquois en cuir. La femme s'approchait sans hâte, car elle boitait. Son chemin rejoignit le chemin d'Isabelle, et bientôt marchèrent les deux femmes à trois pas d'écart, la guerroyeuse étant devant et derrière la marquise de Montferrat, qui dut alentir son allure pour s'empêcher de dépasser l'autre. Et après un moment se retourna l'éclopée, clamant à voix courroucée :

– Par le nom Jésus ! que me voulez-vous, Dame ? Je vous ai aperçue de loin épiant nos logis et maintenant vous me suivez comme une ombre. Serait-ce que vous me cherchez querelle ?

– En nulle guise, croyez-en ma parole, répliqua Dame Isabelle. Jadis, avant la déconfiture, j'étais citoyenne de Jérusalem, où je naquis. Je n'ai visité aucune autre contrée au monde que la Syrie. En vérité, je vous regarde avec envie, pour ce que vous montrez chaque jour votre prouesse. Quant à moi, je combattis parmi les défenseurs lors du siège de la Ville Sainte. Mais aujourd'hui je n'ai plus licence de tirer une seule flèche.

– Et pourquoi ça, Dame ? fit la guerroyeuse. Votre bras s'est-il rompu en la manière de ma jambe ?

– Non, certes. Mon bras peut tirer juste. L'achoppement, si vous désirez le savoir, gît ailleurs.

– Où gît-il donc ?

– J'ai pris à mari nouvellement, déclara Dame Isabelle, un chevalier plein de vaillance. Il combat tout le jour contre la Tour Maudite auprès du roi Philippe de France. Et moi tout le jour je dois attendre sous la tente son retour. Par Dieu ! je suis lasse à périr d'accomplir néant ! Or comment vous appelle-t-on ?

– Je suis Bertrade, répondit la guerroyeuse. Et vous, qui êtes-vous ?

– Je suis Marie, répondit Isabelle.

Sans y songer, l'une et l'autre avaient repris leur marche côte à côte. Bertrade, guère plus haute que sa compagne, paraissait toutefois plus charnue et vigoureuse. L'arc dans ses bras pesait une plume. Affronter corps contre corps un guerrier sarrazin devait lui sembler chose de rien, malgré sa boiterie. Dame Isabelle s'affirma bienheureuse d'avoir en chemin rencontré une femme entendant et parlant à merveille son propre langage.

– Sur ma foi, dit Bertrade, il n'y a point là miracle, puisque votre jargon est mon jargon. Je viens d'un pays d'oïl, étant née dans Corbie, en Picardie.

– Par tous les saints du ciel ! s'écria Dame Isabelle saisie de joie, dans Corbie, en Picardie ? Autrefois, nous avions à Jérusalem un Robert de grand renom qui venait lui-même de Corbie. Sans vous mentir, il était arrivé avec les premiers Croisés, l'an 1099, ayant seulement treize ans d'âge. Et il vivait encore, songez-y, quand les Sarrazins prirent Jérusalem, l'an maudit 1187. Après la déconfiture, il resta là-bas, choyé par le Sultan qui avait promis de le nourrir, l'héberger et le soigner à ses frais. Ce peut être qu'il vit toujours, si Dieu l'aide.

– Il serait mieux mort que vif, le pauvre sire, dit Bertrade. Et vous devriez vous escamper de ce lieu damné, à mon avis, du moment que vous y faites néant. Nous autres qui allons en guerre comme les hommes n'avons ni enfants ni mari, et nous voulons même oublier notre nation. Ainsi nul ne pleure sur nos corps quand nous trépassons au combat.

– Cependant, qu'adviendra-t-il de vous le jour béni où sera délivré le Sépulcre ? Laisserez-vous les armes ? Repasserez-vous la mer ? Où irez-vous alors, Bertrade ?

– J'irai où Dieu me mènera. Oui, j'irai droit devant moi, Marie, tu peux en être sûre.

L'une clopinant et l'autre freinant son pas, les deux compagnes marchaient vers les tranchées, traversaient les hébergements de peuples variés, devançaient, croisaient ou suivaient des chariots convoyant victuailles et outils, armes et machines de guerre, blessés et morts. Au loin elles discernaient les troupes franques massées derrière les murets bâtis en avant des tranchées.

– Me diras-tu, Bertrade, s'il te plaît, pourquoi tes amies sont parties combattre aujourd'hui sans toi ? Ne pouvaient-elles t'attendre ? Avais-tu tant tardé ce matin ?

– À cause de ma jambe navrée, déclara la guerroyeuse, elles m'ont enjoint de demeurer sous la tente, le pied en l'air. Mais je méprise leurs conseils. Ma blessure guérira tantôt et ce n'est point avec les jambes qu'on envoie des flèches sur les Sarrazins !

– Pour l'amour de Dieu, Bertrade, me prêteras-tu un moment ton arc pour que je puisse lancer moi aussi des flèches sur les ennemis ?

– Non, Marie, par Dieu non ! Tu as les bras si grêles qu'ils ne sauraient soulever un arc pareil au mien.

– J'en ai manié pourtant de plus pesants, tu peux me croire. Et je vise bien, sur ma foi, ayant été enseignée dans les armes par le meilleur des maîtres.

– Quel maître, je te prie ?

– Un prince puissant qui régnait sur un désert entier. Il était le guerrier le mieux famé de toute la Syrie franque. Il domptait de la voix les serpents venimeux, commandait aux sauvages Bédouins et ne redoutait ni Dieu ni Satan. À la fin, Saladin l'occit de sa main, tellement il avait dommagé le peuple sarrazin.

Bertrade avec effroi se signa, tandis que Dame Isabelle répétait :

– Alors, me le prêteras-tu ?

– Non, trois fois non, répondit la guerroyeuse. Tu as sans doute un enfançon dans le ventre, à cette heure, aussi ne saurais-tu batailler, Dieu te voyant.

– Pour l'enfançon, n'en aies souci ! fit Dame Isabelle avec hargne. Il est trop tôt suivant mon opinion. J'ai le ventre vide, je le sens, comme une outre à sec.

– Tranchons l'affaire, Marie : je te laisserai tirer une flèche et une seulement, afin de voir si tu parles vrai ou si tu ne me sers que mensonges.

– Tu ne nous connais guère, Bertrade. Au royaume de Jérusalem, nous sommes tous gens de parole.

À mesure qu'elles approchaient des tranchées croissaient le tumulte, le remuement et la foule. Dix ou quinze patois divers s'entendaient alentour, piétons et chevaliers se côtoyaient, pressés aux bornes du campement chrétien. Bertrade arrêta un charretier qui cheminait en sens contraire. Que machinaient les Sarrazins ? s'enquit-elle. Saladin avait-il amené en face des Francs toutes les forces rassemblées de l'Islam ? Les bataillons chrétiens allaient-ils courir au-dehors les affronter ? Par le saint nom de Jésus, y avait-il déjà bataille ?

– Que non, ma belle sergente, répliqua le charretier. De notre côté, on s'enfouit dans les trous, on se tapit à l'abri de la basse muraille et on se tait. Enfin, on jette malgré tout sur les Turcs maints traits et pierrons par-ci par-là, pour se revancher de ces maudits et ne point leur paraître couards. Mais ils sont pires qu'ensottés s'ils croient nous entraîner dans la mêlée. Onques ne mettrons-nous un pied hors de nos retranchements. Car pourquoi irions-nous à la mortaille ? Les mécréants de la cité vont se rendre, à ce qu'on dit, tant ils sont famineux et dolents. Puis ce matin même, la Tour Maudite fut ébréchée malement par le seigneur de Tyr, un marquis hardi et beau comme un démon. Si grande est la brèche, assure-t-on, qu'un troupeau de loups s'y pourrait engouffrer sans peine.

Les deux femmes continuèrent d'avancer. Bertrade fendait la foule en s'aidant de son arc dont elle heurtait à escient les dos, les bras, les flancs des hommes. Outrepasser les tranchées serait chose malaisée, estima Dame Isabelle qui garda cette pensée en son secret et demanda :

– Où trouverons-nous tes compagnes, le sais-tu bien ?

À cause du bruit satané qui éclatait soudain, Bertrade en réponse cria :

– Que dis-tu, Marie ? Mes compagnes ? Par Dieu ! elles sont allées en d'autres lieux et je ne les cherche en nulle guise ! Elles détrancheraient ma chair en lanières si elles me découvraient l'arc à la main devant les murs. Par le saint nom de Jésus ! tiens bon le pan de mon mantel ou tu perdras ta chance de tirer une flèche !

Là où elles parvenaient dominait la confusion parmi les hommes. Les Anglais surtout, arrivés il n'y a guère, se démenaient et rugissaient. Une pluie de feu grégeois venait de s'abattre sur les Chrétiens établis entre murs et tranchées, et des flammes s'échappaient de plusieurs combattants mués en brandons vifs.

– Quant à moi, hurla Bertrade, je vais me glisser au-delà des trous. Il convient que j'atteigne la basse muraille, car je fais métier de guerroyer. Or toi, Marie, par la mort Dieu ! demeure où tu es ! Ton corps n'est garanti ni par heaume d'acier ni par haubert. Sur ma foi, je croyais trouver ce lieu moins garni de guerriers et moins durement assailli par les Turcs !

– Et ma flèche ? regimba Dame Isabelle, quand donc vais-je la tirer ?

– Je reviendrai vers toi dans un moment, je le jure, si Dieu le veut. En attendant, veille à t'abriter et te garder sauve !

– Je m'abriterai à dix pas de toi, Bertrade, pas un de plus. Me tiendrais-tu pour lâche, par aventure ?

– Non pour lâche, mais pour folle prouvée, Marie. As-tu si grande envie de périr ?

Elles gagnèrent les tranchées comblées d'hommes jusqu'à la gueule, Dame Isabelle suivant la guerroyeuse qu'elle tenait par un pan de son mantel vert. Dressés entre les trous, des chef-tains lançaient à voix tonnante leurs commandements qui tous disaient la même chose en jargons divers : nulle troupe ne devait franchir la basse muraille et courir s'affronter aux Sarrazins. Une bataille en ce jour serait à la gent chrétienne affaire mortelle, tant paraissait puissant l'ost ennemi. Elles rampèrent sous le ventre d'un cheval empêché d'avancer par la multitude. Puis elles tournèrent sur leur dextre afin d'esquiver une volée de flèches qui venait choir en ce moment près d'elles.

– Vois-tu, Marie, à cent coudées devant nous, ces auvents de cuir où l'on recueille les gens blessés ? Cours jusque-là, mets-toi en sûreté, prie le sauveur Jésus et réconforte les pauvres gens meurtris, cependant que j'irai jeter mes bonnes flèches par-dessus les murets.

Dame Isabelle cette fois se soumit. Depuis l'auvent, assura-t-elle à voix menaçante, elle épierait la guerroyeuse, l'encouragerait et prierait pour elle, attendrait enfin sagement l'heure de tirer sa flèche. Sans penser plus avant, elle s'élança vers l'abri tête baissée. La foule, bien que toujours pleine et drue, allait s'amoindrissant aux approches de la basse muraille par-delà laquelle s'étendaient les bataillons ennemis à perte de vue. Aucun encombre majeur n'arrêta donc dans sa course Dame Isabelle dite Marie. Et quand elle se retourna, s'étant glissée sous les banestières de cuir mouillé, elle vit avec ébahissement la guerroyeuse loin encore des murets. Bertrade cheminait peineusement en boitant bas, le regard fiché sur son but. Vis-à-vis d'elle se dressait un géant qui mettait en péril son corps pour affronter les Sarrazins. Car maintenant des ennemis épars tentaient follement d'outrepasser la basse muraille et de pénétrer dans le champ chrétien. Le géant à lui seul, perché en haut du mur et couvert de flèches sarrazinoises comme un hérisson de ses épines, les déboutait en les frappant avec des pierrons dont le pourvoyaient depuis la terre trois compagnons sans relâcher. Au lieu de tirer leurs traits par les archères, maints sergents contemplaient béats ce prodige. Et Bertrade cheminait toujours vaille que vaille, parvenait enfin au pied de la basse muraille et s'arrêtait sous les bottes poudreuses du géant. Marie l'aperçut qui rejetait en arrière son vert chaperon, délaçait le heaume et l'ôtait afin d'en coiffer un garçon désarmé jailli là tel un diable et n'ayant pas même quinze ans d'âge, semblait-il, malgré sa riche vestaille de héraut. Le garçon hurla au géant son message, après quoi il déguerpit aussi vitement qu'un lièvre, non sans s'être avec rage désaffublé du heaume qui alla rouler dans la poussière.

Lors une fiole de feu grégeois vint s'écraser sur le mur entre les cuisses du géant, et le géant bientôt périt au sein des flammes. Bertrade, inclinée en ce moment pour saisir le heaume abandonné, se trouva d'un coup environnée de vingt et cent flèches mortelles qui sifflaient à son oreille. Et l'une d'elles, par malaventure, alla crever sa tempe. La guerroyeuse à terre s'effondra. Un sergent courut la soulever, l'emporter dans ses bras jusqu'au refuge des blessés. Mais quand Marie la reçut contre sa poitrine, elle avait rendu l'âme. Ainsi demeurèrent quelque temps les deux compagnes d'un jour, l'une morte et l'autre vive berçant la morte. Puis arriva un charretier chargé d'emmener à l'arrière navrés et trépassés. Avant de laisser prendre Bertrade, Marie lui enleva son vert mantel dont elle-même s'enveloppa. Elle négligea le haubert malaisé à retirer du corps, et d'ailleurs qu'avait-elle besoin de tant se garantir pour tirer deux ou trois flèches à travers les archères ? L'arc et le heaume, Dieu l'aidant, elle les retrouverait dehors sur la terrée.

Dame Isabelle quitta l'auvent comme partait vers les tranchées la lugubre charrette. À cette heure, l'endroit maudit où s'était écroulée sous les traits ennemis la guerroyeuse regorgeait de sergents, car les capitaines avaient envoyé une troupe renforcer en ce point la défense et empêcher tout Sarrazin trop hardi de franchir la basse muraille. On voyait même çà et là des chevaliers venus commander les manœuvres. Malgré la foule, Dame Isabelle découvrit gisant par terre le heaume étroit qui n'eût pu convenir au chef d'un homme. Toutefois le bel arc pesant avait disparu. La nouvelle guerroyeuse dans son mantel vert s'en irrita si durement qu'elle entreprit de crier à la ronde :

– Ohé ! compagnons, avez-vous vu mon arc ? Par la Vierge Absolue ! qui d'entre vous a rapiné mon arc ?

Et ce disant, elle enfouissait sous le heaume sa tête et rabattait le chaperon. Autour d'elle riaient les hommes dont plus d'un redisait par moquerie :

– A-t-on vu l'arc de la jolie guerrière ?

Celle-ci enragée n'entendait rien, elle continuait à se démener en tous sens, à quêter l'arc perdu parmi les combattants. Le soleil, qui luisait au plus haut du ciel, répandait sur la plaine d'Acre une chaleur d'enfer, mais un tel tourment eût découragé de batailler l'entière chevalerie franque bien avant Dame Isabelle.

– Dérober un arc misérable, grondait-elle, est-ce là, je vous prie, faisance de bons Chrétiens ?

Au passage l'effleura la croupe d'un haut destrier noir et elle se mit à trotter près du cheval, priant ainsi le chevalier :

– Par votre bonté, Messire, voudriez-vous me donner aide et protection ?

– Que demandez-vous, femme ? dit-il rudement. Hâtez-vous de parler !

– Un de vos sergents, Messire, a dérobé mon arc, voilà la vérité !

Une once de temps, le chevalier demeura coi. La guerroyeuse et lui se regardaient vainement, ayant l'un et l'autre le heaume en tête. Il ne voyait rien d'elle sinon une bouche ronde et rose, fraîche comme la fleur à peine éclose, tandis qu'elle voyait de lui des lèvres fines et blêmes comme le fer tranchant.

– Tu me parais, déclara-t-il enfin, pucelle bien jeunette pour besogner à la guerre. Sans fardailler, depuis combien d'années vis-tu au monde ?

– Environ vingt, sur ma foi, et plusieurs de mes amies guerroyeuses n'en ont pas tant vécu, je vous assure.

– Maintenant, dit le chevalier, je dois retourner en arrière, au-delà des tranchées. Si tu désires trouver un arc, il te convient d'aller de ce côté. Je puis te convoyer sur mon cheval, mais par Dieu ! veille à ne point me faire attendre !

Il tendit vers elle une main qu'elle saisit en refrénant un soupir, car elle n'espérait plus guère tirer aujourd'hui une seule flèche. La bonne heure de batailler était pour elle passée, lui semblait-il : Bertrade avait été occise, la belle arme dérobée, son ardeur à elle, Isabelle, ruinée de tout en tout.

Le chevalier la souleva de terre et l'établit devant lui en la ceignant d'un bras d'acier. Quoi qu'elle fît pour se raidir, elle ne pouvait empêcher le gentilhomme de peser contre elle, de lui tâter le corps depuis les flancs jusqu'au col.

– En nom Christ ! regimba-t-elle, ôtez de moi votre main, Messire ! Je ne suis, sachez-le, une ribaude en nulle guise !

– Qui te parle de ribaude ? répliqua-t-il. Par la mort Dieu ! tu pars en guerre presque nue ! Je vois bien que tu n'as revêtu par-dessus ton bliaut ni gambeson rembourré ni cotte à doubles mailles. Sur ma foi, ces guerrières au mantel vert sont toutes folles ! Dis-moi un peu, toi, si tu en as la moindre idée, pourquoi tu fais métier de batailler comme un homme ?

– Je le fais pour l'amour de Dieu et pour nulle autre chose, croyez-en ma parole.

– On devrait vous claustrer dans un monastère, toi et tes compagnes. Vous encombrez nos champs de bataille sans profit aucun, à mon escient. Or de quel pays viens-tu ?

– De Corbie, Messire, en Picardie.

– Et comment t'appelle-t-on ?

– Marie, répondit-elle doucement.

Ils eurent au pas du cheval atteint les tranchées avant longtemps. Par-delà, ils purent accroître leur allure et bientôt galoper à travers la plaine sur un large chemin. Le chevalier laissait toujours errer sa main le long du corps d'Isabelle, qui estimait le voyage long à démesure et la contenance de ce chevalier déplaisante à outrage.

– Convient-il, demanda-t-elle hardiment, que j'aille si loin quérir un arc ? Par grâce, freinez votre cheval, Messire ! Je veux descendre sans délai et m'en retourner vers mon hébergement. Vous m'emmenez au diable, d'où je mettrai pour revenir en marchant des heures ou bien des jours.

– N'aie crainte, Marie de Corbie, dit le seigneur. Dieu me voyant, tu auras ton arc, et je te ramènerai à franc étrier jusqu'au lieu des combats.

Dame Isabelle se tut. Comment eût-elle sauté à bas d'un grand coursier galopant, pauvre chétive ayant en outre les membres empêtrés par un bras puissant ? Elle ne redoutait guère le chevalier malotru qui paraissait moins la convoyer que la ravir de force. Tant de gens allaient et venaient dans la plaine qu'un seul cri jeté rassemblerait autour d'eux mille âmes. Ce dont elle avait grand peur, c'était qu'on ne découvrît son nom et son être. Mais alors, en cas de péril, pourrait-elle brailler à pleine gorge ? Elle sentait un malaise obscur l'envahir tandis qu'elle contemplait les villages de tentes jaillissant les uns derrière les autres. Elle connaissait assez bien les lieux parcourus, avait elle-même cent fois chevauché le long de ces chemins tantôt herbus et tantôt sablonneux. Plus loin, ils commenceraient à s'élever sans rudesse, leurs bords s'orneraient de buissons d'épines puis de boqueteaux épars. Déjà elle discernait derrière un voile de chaleur les coteaux familiers du Toron de Saint-Nicolas.

– C'est merveille, en vérité, dit-elle, que vous ne portiez point la croix sur votre épaule, comme les autres chevaliers.

Il répondit :

– Apprends, la belle, que je suis quant à moi un chevalier de Syrie, nullement un homme étrange né en vos lointaines contrées d'Occident.

– Vous aviez donc, Monseigneur, votre fief au royaume de Jérusalem ?

– Certes non. Je l'avais au comté de Tripoli, droit vers le nord, et je te prie de croire que je l'ai toujours. Car Saladin se brisa les dents sur nos défenses. Malgré sa force, il ne sut conquérir ni Tripoli ni la princée d'Antioche.

Dame Isabelle en un éclair eut oublié son malaise. Par les saints du ciel ! un chevalier tripolitain ! Ce pouvait être qu'elle avait dansé en sa compagnie, elle et lui tout affublés de soie, au temps où elle s'hébergeait dans la cité joyeuse de Tripoli parmi les bannis du royaume.

– Or votre nom, Messire, s'enquit-elle hâtivement, quel est-il ?

– Par le sang Dieu ! s'écria le Tripolitain, en voilà une effrontée de pucelle ! Tu n'as aucun besoin, sache-le, de connaître mon nom. Satisfais-toi d'accomplir ma volonté, quand je t'en aviserai !

– Votre volonté ? fit-elle en un murmure.

Hélas ! elle avait trop tôt rassuré son cœur. « Busarde que je suis ! », songea-t-elle. Pourtant sonnerait bel et bien pour eux l'heure de mettre bas le heaume et se regarder en face. Que feraient-ils, que diraient-ils si par malaventure ils se reconnaissaient ? Après tout, qu'avait-elle à se reprocher ? Elle prendrait devant lui la chose légèrement, parlerait pour justifier le vert mantel d'un jeu secret et d'un déguisement. À la parfin, le plus ennuyé des deux serait le chevalier tripolitain.

Ils commencèrent à gravir les flancs du Toron de Saint-Nicolas. Comme naguère s'y ébattaient les enfants malingres, les cochons, les chèvres et les chiens. Ils s'élevèrent jusqu'au faîte sans échanger une parole, sans proférer le moindre son hormis un petit cri que Dame Isabelle jeta soudain lorsque le chevalier mauvais, dont les doigts venaient de forcer l'ouverture du mantel vert, lui pinça durement le téton à travers son bliaut de futaine. Elle ravala injures et fureur le temps de laisser en arrière le pavillon rouge et or du roi de Jérusalem. Puis elle hurla et se débattit comme forcenée, mais chaque chose en vain, car premièrement le chevalier tripolitain scella sa bouche en y plaquant une paume épaisse et large, et par surcroît il resserra autour d'elle son étreinte en usant du vert mantel comme d'un lien solide.

Or si elle ne pouvait plus ni remuer ni brailler, elle gardait en revanche les yeux ouverts. Elle avait un jour, découvrait-elle ébahie, suivi cette voie, dévalé sur un tiers ce flanc du mont, tourné comme tournait maintenant le cheval noir dans ce menu sentier encombré d'herbes hautes. Elle était venue par là l'automne dernier pour son malheur et pour sa honte. Et déjà elle apercevait l'oriflamme vermeille qui surmontait la tente retirée où s'hébergeait le connétable de Jérusalem, l'homme qu'elle tenait en pure exécration entre tous les hommes. La chose lui semblait de mal augure. Où donc l'emmenait le chevalier tripolitain ? Elle entendit battre son cœur sous l'épouvante au moment où le cheval atteignait le pavillon orné de l'enseigne rouge. Mais il passa outre et poursuivit au pas sa route avant que le frein ne l'arrêtât au seuil d'un pavillon portant haut la bannière de Tripoli. Le chevalier, maintenant contre lui Dame Isabelle emmaillotée dans son mantel, démonta sans donner à sa proie la moindre espérance de s'échapper. À cause de l'heure et du petit nombre de pavillons qui s'y dressaient, l'endroit était fort désolé. Aussi demeura-t-elle coite quand, ayant délivré sa bouche, l'homme dit avec un ricanement :

– Or çà, ma belle guerroyeuse, hurle tant qu'il te plaira ! Sur ma foi, j'aime entendre crier les femmes. Nul ici ne te viendra en aide, sinon moi. Et la manière dont je t'aiderai, tu peux m'en croire, t'émerveillera. Par le ventre Dieu ! je ne sais si tu trouveras chez moi ton arc, mais je vais, la chose est sûre, ficher une grosse flèche entre tes cuisses blanches !

Dedans le pavillon de toile fut entraînée Dame Isabelle sans défense. Elle passa devant un jeune sergent qui gardait la porte et montrait une face angoisseuse dégâtée par maintes plaies, horions et bosses.

– Toi, dit au portier le seigneur, ne laisse désormais entrer ici une seule âme ou je te crève les yeux comme à un Grec !

La tête basse, le jouvenceau ne répliqua mot.

– Et ne laisse non plus s'en aller du logis une seule âme, sauf si je l'accompagne !

Large était la tente et richement garnie. Huiles et encens y brûlaient en répandant des odeurs subtiles, comme sous la tente du Sultan. Arches d'ébène, fauteuils et même bahuts de chêne y étaient disposés sur un côté, grand lit à courtines, divan bas, coussins précieux et miroirs sur l'autre côté. Pendant aux parois, deux tentures semées de mille fleurs brodées se faisaient vis-à-vis et de profonds tapis dissimulaient la terre brute. Or malgré tant d'ornements, le lieu apparaissait plus singulier qu'attrayant. À peine entrée, Dame Isabelle se troubla. Ici régnaient sans doute harmonie et beauté, mais un vice peu commun déformait ces vertus et les ruinait. Car on avait négligé d'aplanir le terrain montueux sur lequel se dressait la tente. Aussi une manière de folie errait-elle à travers la salle parmi les meubles finement ouvrés et les tapis que le pied foulait. Des vagues et des creux, des tertres et des vaux çà et là jaillissaient en un damné assemblement qui défiait la raison.

– Messire, parvint à balbutier la captive, par grâce, délivrez-moi ! Jamais, je le jure devant Dieu, je n'ai eu pour nom Marie, qui plutôt est celui de ma mère. Toute l'aventure ne fut qu'un jeu rempli de sottise, je l'avoue. Mon nom véritable, chacun ici vous le dira...

– Que me chaut, garce menteresse, ton nom vrai ou faux et celui de ta mère ? Tu seras pour moi Marie, ainsi que tes lèvres l'ont dit. Pourtant, sache-le, ton mensonge, Marie de Corbie, sera puni comme il se doit !

Ayant parlé en cette guise, le chevalier tripolitain eut soin de sa prisonnière. Il lui fit sauter le heaume du chef, dénoua le mantel vert qu'il jeta au loin, saisit dans son poing la chevelure d'Isabelle aussi pâle que champ de blé mûr. Isabelle enfin, par Dieu vivant ! il la frappa trois fois en pleine face avant de délacer son propre heaume et de l'ôter, rugissant :

– Ma parole, tu es belle putain, Marie de Corbie, à ce que mes yeux voient ! Je messavais les doux attraits des guerroyeuses, me paraît-il. Et tu seras plus belle encore tantôt quand tu crieras à perdre le souffle.

Dame Isabelle, sans souci de son visage en flammes, regardait le chevalier tripolitain. Au tréfonds de sa mémoire tremblait une image ancienne, si ancienne qu'il était bien malaisé en vérité de lui faire remonter le temps. Une prunelle grise, large comme un œil de bœuf, une crinière grise elle aussi, drue et plate, qui dévalait bas sur le front et pendait le long des joues jusqu'à la gorge, un menton lourd entaillé en son milieu de la lèvre au cou, un corps bref, ossu, charnu, pourvu de bras forts au terme desquels battaient des mains si grandes aux doigts si gros qu'elles engendraient l'effroi. Jadis, étant une damoiselle petite encore, une enfant de huit ou sept ans à peine, elle avait aperçu parfois ce seigneur. Venait-il donc au chastel de Naplouse ? Non pas, mais à Jérusalem, pour les fêtes que donnait en son palais le roi Baudouin, dont elle était la sœur puînée. Elle aimait alors durement contempler les chevaliers de la Syrie franque, parce que Messire Renaud, le comte de Sidon, volontiers lui contait leurs aventures en jouant bellement du luth. Elle connaissait ce chevalier-ci, sans doute aucun, mais hélas ! n'aurait su dire son nom. Il y avait, en ce temps-là, pour une enfant si jeune, tant de noms à se mettre dans la cervelle !

Le chevalier sauvage tenait toujours sa captive par les cheveux. Il se désaffublait d'une main, enlevait son haubert à triples mailles qu'il envoyait choir à dix pas et déclarait :

– De par Dieu ! la belle, jamais je n'ai discerné sur mon rivage de Tripoli sirène aussi alléchante que toi ! Hormis une fois, pourtant, le jour où j'en pêchai une fraîche et blonde parmi les bannis du royaume. Et je lui fis ce que je vais te faire, Marie de Corbie !

Ployant le chef pour esquiver la douleur ou l'affaiblir du moins, elle gardait à l'œil cependant son tourmenteur et soudain entendait clairement la voix flûtée de Dame Étiennette de Milly lui disant : « Ma belle enfant, je le tiens, ce Raynouard de Néphin, pour le comble de la félonie. » Et là-bas, sur la grève, tout un peuple réduit à misère criait avec angoisse que le sire de Néphin, chevalier chrétien et franc, meurtrissait, trucidait, rapinait les pauvres bannis qui traversaient par malheur sa terre. Dame Isabelle assemblait sans nulle peine la face avec le nom. Des souvenirs lointains lui arrivaient en remembrance, mariages princiers, festins, deuils, parlements solennels où paraissait dans la suivance du comte de Tripoli le cruel seigneur de Néphin.

– En nom Christ ! veuillez, Messire Raynouard, ôter de moi vos mains ! fit-elle, contenant sa voix qui eût aisément frémi de terreur.

– Ainsi, gronda-t-il, tu me connais, garce ! Or d'où me connais-tu ? Qui t'a parlé de moi ?

– Les guerroyeuses, Messire, mes compagnes.

– Tu mens ! Tes compagnes t'ont conté néant. Quand j'en prends une, par aventure, j'ai soin qu'elle ne puisse plus, après les réjouissances, jargonner un seul mot.

Dame Isabelle pensait à grande allure. S'il apprenait qui elle était, le seigneur de Néphin la tuerait-il sans faille ou au contraire la laisserait-il aller ? Quel conseil lui donnait jadis au pays de Moab son maître d'armes, ce prince du désert dont elle avait aujourd'hui même vanté à Bertrade la valeur ? Cent fois il répétait, plus haut que ciel qui tonne : « Devant l'ennemi, ne songe à rien, pucelle, fors à batailler de bon courage ! Garantir ton corps et dommager tant que tu peux le corps qui t'affronte, voilà ta pensée, ta besogne et ton honneur ! Use de tes armes suivant nécessité, n'en dédaigne aucune et souviens-toi que toute chose créée devient entre les mains d'un bon guerrier arme mortelle. Et en dernier recours, oublie mes avis, pucelle, et frappe tout de but aux couillons de l'homme ! » Hélas ! elle avait essayé déjà le dernier recours, à Naplouse, l'an 1186, contre Messire le connétable de Jérusalem. Et le coup s'était perdu misérablement, elle n'avait gagné à pareille faisance que vergogne et mortification. Mais depuis lors elle avait grandi et l'ennemi beaucoup rapetissé. Car assurément les cheveux grisets du sire de Néphin n'atteignaient point le menton du seigneur poitevin. De quelle arme pouvait-elle user à cette heure, étant tenue ferme par les cheveux et ne cachant dans son bliaut de futaine la moindre dague fine ? En guise de défense, elle avait seulement deux genoux, deux pieds bottés et dix doigts menus.

Le seigneur tripolitain se désencombrait du fourreau abritant son glaive, puis enfouissait dans l'abîme d'une arche ferrée l'arme pesante. Gardait-il sur lui un coutelas léger ou n'avait-il plus pour méfaire que ses gros poings meurtriers ? Il se dévêtait à la hâte, enlevait gambeson et tunique, dénouait ses chausses, tirait en même temps sur la chevelure blonde, la tordait comme une corde et grognait d'aise en voyant la face d'Isabelle sous la douleur. Elle devait, se dit-elle, commencer le combat sans délai, appeler à elle toute sa force avant que le satan ne l'ait trop longtemps malmenée. Tandis qu'il ouvrait ses braies de toile et mettait à nu tout son harnois, bourses brunes et velues, vit rose enflé à outrage, elle faisait vers lui trois petits pas, s'offrant largement au péril, certes, mais se rapprochant assez du lieu où frapper.

– Or çà, fit-il avec un rire outrecuidant, tu viens le contempler de près, mon gros pal gaillard, à ce qu'il paraît ? Par le sang Dieu ! aurais-tu les yeux lorgnes, Marie de Corbie, ou bien ai-je trouvé sur mon chemin la plus ribaude putain du siècle ?

Soudain il délivrait la longue chevelure qui demeurait douloureuse tant elle avait été tourmentée. Il enserrait dans son bras Dame Isabelle et commençait avec elle un nouveau jeu diableux. Sa paume large et grasse, il prenait plaisir à lui en recouvrir la face. Il déployait ses doigts bouffis et lui pétrissait les joues, lui pinçait maligneusement le nez, les paupières, les oreilles, mais sa fureur peu à peu croissait et il faisait pire : de ses ongles effilés et longs comme griffes de vautour, il lui déchirait les chairs du visage, y creusait dix et vingt sillons sanglants. Puis il refermait son poing et l'abattait contre cette face tendre livrée à lui et estimée trop peu dégâtée encore. Et Dame Isabelle criait à corps perdu, elle criait la douleur endurée autant que pouvait le souhaiter le sire de Néphin. Pourtant elle gardait l'esprit veillantif et clair, fourbissait dans un canton de sa pensée la seule arme gisant à cette heure en son pouvoir.

– Par Dieu ! braillait le seigneur tripolitain riant toujours, voilà comme tu me plais, Marie de Corbie ! À présent, la belle, que je t'ai bien appareillée, tu vas mignoter un peu mon dard et le réchauffer en ton pertuis.

Le baron pervers s'écartait une once pour saisir en main son vit et relever le bliaut d'Isabelle.

– Premièrement, Marie, sache-le, toi et moi, il nous convient de foutre à bon loisir. Après quoi je t'embellirai tant et plus et tu te tairas.

Il avait le regard brouillé par la folie, la face rougeoyante, les lèvres qui tremblaient sans trêve. Lors Dame Isabelle accrut son hurlement continu. Elle balança deux ou trois fois le pied d'avant en arrière, puis d'un coup projeta sa botte à la pointe ferrée droit dans les couillons frêles du tyran. Elle entendit hurler plus haut qu'elle Raynouard de Néphin, le vit se courber comme un arbre sous la foudre et elle glissa hors de son emprise. Aveuglée par le sang qui lui coulait des paupières et du front, elle ne pouvait discerner l'huis barrant la voie de sa délivrance et trébuchait à chaque pas en rencontrant les monts et les vaux dont la chambre était semée. Son cri s'éteignit et bientôt mourut aussi le cri du sire de Néphin. Il se mit à gronder sourdement tel un grand fauve blessé clamant proche sa vengeance. Par défaillance de temps, elle devait renoncer à découvrir l'issue bienheureuse et concevoir autre chose pour sa sauveté. Car il allait tout maintenant fondre sur elle, détrancher sa chair, transpercer son ventre, anéantir son corps entier ! Mieux valait dans cette occasion chercher à l'assaillir qu'à prendre en vain l'escampe.

Redoutant la chute, elle rampait le long des hauts et des bas. Ces choses créées dont parlait jadis le prince du désert, choses qui par magie se muaient en armes bonissimes, où les trouvait-on, par Dieu omnipotent ? Isabelle en dur péril n'apercevait rien autour d'elle sinon les faibles lueurs que répandaient en brûlant les huiles odorantes. L'œil rivé sur une lumière tremblant non loin de sa tête, elle dénoua d'une main fiévreuse le drap diaphane qui au matin lui voilait le chef et dont elle s'était ceint les hanches avant de revêtir le mantel à chaperon des guerroyeuses. Vers la coupe où vacillait une flamme brève elle tendit son voile dont une frange toucha l'huile et devint brandon. Lors se redressait le sire de Néphin.

– Garce maudite ! Fille à ribaude ! Putain au diable ! Attends que je t'écorche entre les dents ! lâchait-il en ahanant.

Il avançait pour la rejoindre, mais lui aussi achoppait sur les creux et les bosses, les abîmes et les montagnes jonchant la terre de son pavillon. Elle continua cependant à ramper, traînant avec elle sa torche vive et boutant le feu aux coussins précieux, aux tapis, au pied des courtines et des murs de toile. Puis elle s'affola, parce qu'elle percevait à deux pas le souffle du chevalier fou, parce qu'elle ne trouvait en nul endroit l'issue et que les flammes la cernaient.

Les flammes, peu à peu, grâce au Christ! elles s'élevaient le long des parois et à terre couraient partout. Dame Isabelle avait jeté le rémanant du brandon entre elle et son ravisseur, elle avait fini de ramper, de remuer même et ne savait plus où aller ni que faire. Elle se sentait si égarée qu'elle oubliait Dieu et la Vierge Absolue. Et tandis que le sang lui roulait du front jusqu'aux lèvres, coulait dans sa bouche et sa gorge et y mettait un goût de mort, elle vit jaillir à son flanc le jeune portier défiguré comme elle. Derrière lui paraissait un quartier de jour, le monde vivant, la douceur et la joie. Elle se dressa d'un saut, bouscula le garde effaré par la vision du feu dévorant, de la dame ensanglantée, de son maître au bas-ventre nu, à la pendeloche tout amenuisée, aux vêtements qui s'embrasaient.

– Par Dieu! Jacquin, saisis la garce ou je te troue la panse! rugit le sire de Néphin.

Mais aussitôt il reprit sa parole, suppliant avec des larmes :

– Non, non, éteins le feu, sauve-moi, guéris-moi, pour Dieu et par pitié!

Dame Isabelle entendit-elle ces gémissements? Déjà elle fuyait, abandonnait l'enfer à l'âme damnée qui avait nom Raynouard de Néphin et à ses pareils. Elle courait parmi les herbes hautes, sentant approcher le terme de sa force et craignant mortellement d'être pourchassée. En vérité, l'eût-elle voulu, elle n'eût pu outrepasser le pavillon brun à l'enseigne vermeille, car s'effondraient là son corps, son courage, sa pensée, sa volonté. Dieu fasse que le connétable de Jérusalem ait laissé au logis un écuyer ou un sergent! Nul pourtant ne gardait la porte quand elle atteignit le pavillon, et la porte elle-même en peau de bœuf béait de manière singulière. Elle franchit le seuil hors d'haleine, sans appeler ni songer ni rien percevoir. Tous ses membres tremblaient, ses dents se choquaient malgré la chaleur de juillet et malgré le feu qui un moment plus tôt l'environnait.

Sous la tente elle s'avança. Elle dut faire en chancelant trois pas ou quatre avant de découvrir accroupi ou peut-être agenouillé un homme seul dont la vision la porta au comble de l'épouvante. Par Jésus le Crucifié ! c'était là encore une créature issue d'enfer, un pauvre tourmenté qui montrait des plaies saignantes. Sur son bliaut clair s'étalait du sang par longues et larges ruelles. Dame Isabelle apercevait une main rouge d'où le sang dégouttait, une face inclinée que maculaient poussière et sang. Il leva vers elle un regard morne et à voix lente clama :

– Dieu du ciel ! ma petite âme, la journée ne fut en rien pour vous meilleure que pour moi !

– Est-ce vous, Messire Connétable ? Est-ce bien vous, dans cette noire méchéance ? Qui donc vous a si malement meurtri ?

– Et qui donc, mon cœur, vous a meurtrie si vilement ? Je fus, de mon côté, entaillé par le trait d'un Sarrazin, comme il advient communément aux chevaliers francs. Mais quant à vous, Dame Isabelle, me direz-vous la cause de vos plaies ? Quelle arme ou quel démon ou sinon quelle bête sauvage vous a ruiné la face ? A-t-on licence, je vous prie, d'écorcher vive une fée poitevine ?

– Je ne suis fée en nulle guise, vous le savez, Messire Connétable, répondit-elle, cependant que l'eau du cœur lui montait aux yeux. Et jamais je n'ai vu le Poitou ni ne le verrai, je pense.

Elle ploya les genoux tant qu'elle eut son visage en larmes et en sang devant le visage souillé du seigneur poitevin.

– J'ai grand peur, Messire, balbutia-t-elle, d'être découverte et prise. Il viendra, le démon, et il nous occira ensemble, vous et moi, croyez-en ma parole, pour ce que votre main dextre ne peut plus tenir une épée ni même une dague.

– S'il vient, mon cœur, j'escrimerai de l'autre, n'ayez de la chose aucun souci. Or quel est, dites-moi, ce satan qui vous tourmente et harcèle ?

– Votre voisin, Messire Connétable, un chevalier tripolitain nommé Raynouard de Néphin. Oh ! sur ma foi, vous avez besoin d'un physicien à cette heure ! Vous perdez votre sang à grands flots et devriez être étendu sur une couche au lieu de rester par terre les membres tout rencoquillés. Or avez-vous ici des linges propres ?

Le connétable de Jérusalem ceignit de son bras sain Dame Isabelle qui pleurait dru et l'amena vers lui, mais doucement, car l'un et l'autre avaient le corps dolent.

– Le sire de Néphin, dit-il, nourrit en lui cruauté plutôt que miséricorde. À mon escient, Dieu n'a guère figuré de pire homme depuis l'aube de la Création. Eût-il osé, pourtant, se ruer sur l'héritière des rois de Jérusalem, la propre femme, en outre, au sauveur de Tyr ? On a peine à le croire, ma petite âme.

– Il ne me connaissait en nul endroit, Messire, je vous le jure. Et c'est une aventure si longue ! En nom Jésus ! dressez-vous, soyez un peu vaillant, laissez-moi vous soutenir jusqu'à votre lit ! Je veux laver et bandeler sans délai votre main.

Il murmura :

– N'en ayez cure ! Je suis trop lourd et trop orgueilleux pour être porté par vous, Dame Isabelle. Déjà s'en est allé mon écuyer quérir un physicien qui ne tardera plus, je pense. Il soignera ma main et votre face. En attendant, vous me conterez votre longue malaventure et cette fois, me paraît-il, à cause de vos pleurs ou bien de ma faiblesse, je croirai votre parole. M'entendez-vous ?

– Oui, Monseigneur Aimeri.

– Et nous resterons ainsi, toi et moi, ton sang contre mon sang, ton sang mêlé au mien, ma petite âme.

Ni elle ni le chevalier ne remuaient plus. Elle avait renoncé à s'écarter de lui pour chercher un pan de toile blanche. Elle avait déchiré sa tunique et enrobé dans les morceaux la main lacérée du connétable de Jérusalem dont les lèvres serrées et le teint blême disaient les mille maux soufferts. Et elle contait par le menu, afin qu'il oubliât sa peine, la guerroyeuse et le géant guerrier, l'envahie des Sarrazins, l'arc perdu, le mantel vert, le rapt sur le noir destrier, les monts et les vaux peuplant le pavillon satané, la folie et les tourments, le feu enfin, le feu et Raynouard de Néphin. Il écoutait en la berçant avec son bras sénestre et ne soufflant mot. Il dit seulement, lorsqu'elle fut parvenue au terme de l'histoire :

– Sur ma foi, c'est un nom joli que Marie de Corbie.

Puis il ferma les yeux, mais elle ne pouvait croire qu'il allait mourir, car il continuait à la bercer comme une enfançonne et à la presser contre lui avec douceur. Aussi demanda-t-elle :

– Pourquoi le sire de Néphin a-t-il abandonné la poursuite ? Pensez-vous qu'il ait péri dans les flammes ?

– Les flammes, répondit-il tenant les yeux clos, n'ont duré qu'une once. Nous n'avons pas même ici perçu l'odeur de la fumée. Point de fumée, point de feu. Le portier sans doute l'aura éteint.

– Alors ce maudit me retrouvera, Messire Connétable, pour me ramener dans son enfer ! Il m'enforcera et me fera morte sans faille !

– Certes non, Dame Isabelle. Rien n'adviendra comme vous le dites. Vous voilà maintenant sous ma défense et quoique les Sarrazins m'aient à demi broyé une aile, je suis toujours l'ange qui vous garde.

– Ce sont faussetés que vous dites là, Messire, Dieu le sait. Il y a entre nous, hélas ! trop grande haine.

– Vous me haïssez, Dame Isabelle, durant les jours heureux. Puis quand viennent la douleur et l'infortune, vous vous souvenez soudain de l'ange qui vous garde et l'appelez à la rescousse.

– Vous mentez la chose. Ai-je voulu, quant à moi, que ce Raynouard de Néphin allât planter sa tente près de la vôtre ? Il m'a ravie sur son cheval. Pouvais-je savoir où il m'emmenait ? J'ai couru en prenant l'escampe et me suis abritée sous votre pavillon que le ciel avait mis là devant moi. Et pour finir, vous auriez dû être à la guerre, étant le chef de l'ost royal.

– Je l'aurais dû, oui, ma petite âme. En vérité, souvent le ciel me met devant vous et vous devant moi.

Ils se tinrent cois un bref moment, puis le connétable de Jérusalem rouvrit les yeux. Le mal enduré lui troublait le regard, pourtant il parla encore, d'une voix lourde et trébuchante :

– Il vous a donc si tôt lassée, dit-il, votre beau marquis de Montferrat ?

– Le siège m'a lassée, Messire Connétable, et seulement le siège. Il y a ici tant de pestilences, tant de plaies, de morts et d'abominations ! Messire Conrad, au contraire, se montre envers moi le meilleur des barons.

– Il eût fait sage, mon cœur, en vous envoyant rejoindre à Tyr votre mère.

– Messire Conrad, répliqua Dame Isabelle, est très envieux de m'avoir en sa compagnie. Il croit prochaine la délivrance d'Acre et désire que je voie le jour où flotteront nos bannières sur la cité.

Comme le chevalier ne murmurait plus mot, Dame Isabelle aussi se tut. Ils attendirent la venue du physicien environ le temps d'une demi-chandelle. Tandis que le jour baissait, ils demeuraient à terre tels deux fardeaux posés là par lassitude, l'un de l'autre ne s'éloignant d'un pouce, l'un et l'autre se regardant en face ou bien fermant les yeux pour se regarder l'âme, respirant de la même haleine et laissant leurs sangs se mêler.

XVIII

Dans les premiers jours de juillet, le roi d'Angleterre, ayant fait peau neuve et recouvré ses forces, fut à nouveau vaillant. Les hommes du Sultan, rapportaient les espions des Francs, découragés par l'assaut tenté vainement le 3 juillet, se clamaient las de combattre pour néant. Aussi le roi Richard, qui n'avait plus à répondre aux envahies des Sarrazins, alla-t-il devant la Tour Maudite appuyer les efforts du roi Philippe. Sur la brèche où était la veille tombé mort le maréchal de France montèrent les Anglais. Mais ils ne purent entrer dans l'enceinte et redévalèrent bientôt sous une pluie de flèches et de pierres. Dépité, le roi Richard fit jaillir à voix tonnante les pires jurements de sa science. Lors le roi Philippe lui dit, soulevant une épaule :

– N'ayez trop grand souci de la brèche, Messire Richard ! Tant mieux si nous trouvons là un passage et tant pis si la tour nous résiste, car nous prendrons la place quoi qu'il en soit.

– Nous la prendrons, Messire Philippe, assurément, répliqua le roi d'Angleterre, mais quand ?

– À l'aube ce matin, déclara le roi de France, est venu parlementer sous ma tente l'un des commandeurs de la cité, cet émir al'Meshtûb que les Francs de Syrie nomment le Mestoc. Les citoyens, a-t-il plaidé, sont famineux et recrus. Si j'ai bien entendu le Mestoc, Messire Richard, l'ennemi s'en ira d'Acre quand nous voudrons, moyennant des conditions honorables fort méritées, semble-t-il.

– Par le corps Dieu ! hurla Richard, vous êtes le plus félon homme du monde, le plus maligneux et le plus faux, qui tenez parlement avec les Turcs derrière mon dos ! Vous n'avez de loyauté au cœur un seul fétu, sur mon chef ! Suivant nos accords conclus à Vézelay, vous eussiez dû me convier à ces débats, m'en aviser du moins par droiture et courtoisie.

– Refroidissez votre ire, en nom Dieu ! Messire Richard ! Si j'avais désiré vous celer la chose, vous en parlerais-je à cette heure ? Saladin, que je sache, n'en fut nullement plus instruit que vous. Le Mestoc me rendit ce matin une visite privée. Nous devisâmes d'homme à homme, sans témoins, en vue d'éclairer « le tapis des négociations » comme disent les Musulmans, avant qu'elles ne commencent.

– Adonc, Messire Philippe, l'affaire étant si bien engagée, pourquoi m'avez-vous laissé monter avec mes gens à l'assaut de la Tour Maudite ? Plusieurs bons chevaliers angevins, poitevins et anglais sont morts sur la brèche. La chose vous plaît-elle tant ?

– Elle m'abomine, répondit le roi de France. Mais vous pouviez forcer la tour avec tous vos Anglais, vos Angevins et vos Poitevins, ce qui n'était nullement à dédaigner. Nous aurons tantôt la place, Messire Richard, comme nous le disions. Pourtant nous aurions tiré, je vous assure, plus grand avantage d'hommes envahis, pourfendus, plongés dans l'épouvante, que de citoyens seulement affamés et rompus. Sur ma foi, il convenait de tenter ce dernier assaut.

Le roi Richard à ces paroles grommela, disant que gens à demi morts ne parlementaient guère. Envahis ou non, ivres de frayeur ou non, ils s'inclinaient devant la volonté du vainqueur.

– Et quelle sera, fit le roi Philippe, notre volonté ?

– Premièrement, répondit Richard, les Turcs rebailleront à la Chrétienté la Vraie Croix de Dieu. Puis ils nous rendront Jérusalem et le royaume entier tel qu'il était avant la Grande

Bataille. Enfin ils délivreront les prisonniers chrétiens jusqu'au dernier. Voilà, Messire Philippe, ce qu'ils jureront sur leur Mahomet d'accomplir sans délai !

À pareille fantômerie négligea de répondre le roi de France. Il songea que le sultan des Sarrazins, lequel ni affamé ni recru n'était, et qui en outre parlait seul au nom de l'Islam, allait rire à outrance en apprenant l'accord juré par les pauvres défenseurs d'Acre au bord de trépasser.

Lors même que disputaient les deux rois devant la Tour Maudite en vérité imprenable, Dame Isabelle rentrée au logis soignait les plaies de son âme et de sa face. Monseigneur Balian d'Ibelin était celui plein de bonté qui l'avait redescendue à cheval depuis le Toron de Saint-Nicolas jusqu'à la plaine. Choyée comme au temps de l'enfance par le géant baron, elle avait sommeillé entre ses bras pour ne reprendre conscience qu'à la nuit pleine, gisant au lit sous l'œil affolé de l'eunuque Manès et l'œil bienveillant du marquis de Montferrat. Mais en quittant Saint-Nicolas, au crépuscule, Messire Balian, son parâtre, l'avait sagement endoctrinée :

– Isabelle, mon enfant chère, si vous en croyez ma parole, vous alliez rejoindre en ce jour votre seigneur et moi-même non loin des tranchées, quand un Sarrazin enragé, passé dans notre camp avec plusieurs compagnons, vous heurta le corps et meurtrit votre face. Je pus, grâce au Christ, accourir à la rescousse et vous sauver. Avez-vous compris ma parole ?

– Oui, Messire Balian. Il vaut mieux, je crois, qu'ainsi soit allée la chose.

– Il vaut mieux, certes, mon enfant. Par chance, le message de mon neveu me parvint cependant que j'atteignais ma tente après la déconfiture des Sarrazins. Reposez-vous, maintenant, Isabelle, et ne vous angoissez de rien !

Le connétable de Jérusalem, reconnaissait Dame Isabelle, avait eu en priant Messire Balian d'accourir à Saint-Nicolas une idée bonne. Envers le seigneur poitevin, son parent, Messire

Balian se montrerait loyal en toute occasion. Messire Balian, d'autre part, saurait avec art et finesse remettre Isabelle endommagée aux mains du marquis, dont il était à ce jour le plus ferme appui. Enfin Messire Balian, qui aimait Dame Isabelle comme ses propres enfants, la défendrait au besoin de tout son pouvoir. Comment deviner pourtant si Monseigneur Balian d'Ibelin avait été instruit de l'entière aventure ? N'osant le demander, la marquise récitait devant chacun le conte fourni par son parâtre et jamais à celui-ci ni à son baron ni même à l'eunuque Manès elle ne souffla mot de Raynouard de Néphin.

Sur la face elle garda emplâtres et onguents sept jours durant. Des substances variées entrant dans ces composts, les physiciens faisaient mystère et Dame Isabelle, qui reniflait à longueur de jour les relents infects pénétrant sa peau, ne s'en plaignait nullement. Après avoir, sous la tente à l'enseigne vermeille du connétable, reçu les premiers soins d'un mire syrien attaché au roi de Jérusalem, elle fut visitée par le physicien privé de Messire Conrad, un Italien qui jeta tous les emplâtres préconisés par le Syrien et en appliqua de nouveaux, gras et puants. Le lendemain, le roi Richard, assez libéral pour oublier un moment la querelle qui l'opposait au marquis quant à la couronne de Jérusalem, envoya un mire normand à Dame Isabelle, sa cousine.

Ce Ranulphe Besace, que l'on voyait depuis dix années pleines dans la suivance du roi Richard, connaissait néant, certes, à la léonardie. En revanche il était maître en la science des écorchures, tranchaisons et entailles dont son sire bouillant avait souvent le corps semé. Il tira de sa manche largissime une médecine souveraine, selon lui, nommée le « baume aux trois Marie ». Et Dame Isabelle sourit à ce nom, car elle se souvenait de Marie de Corbie. Plus rapide que l'étoile filante, Ranulphe Besace fit disparaître les onguents puants et gras ordonnés par l'Italien, puis il enduisit de son baume la face d'Isabelle. Nul n'aurait pu dire ce que chacune des trois Marie, femmes saintes ou sorcelières, y avait mis. Mais leur baume assurément surmontait en puanteur tous les autres.

Dans leur longue robe rouge à croix blanche se présentèrent en dernier deux chevaliers de l'Hôpital, gens voués par la règle régissant leur ordre à guerroyer une heure et soigner l'heure suivante malades et mourants. Devant l'héritière du royaume ils sortirent de leur escharpe une pâte blanche et onctueuse d'où s'exhalait une odeur divine. Cependant, ils ne dissimulèrent en nulle guise que le principe de ce remède miraculeux dit « thériaque » gisait dans le venin puissant de serpents foisonnant aux environs de Jéricho. Depuis la perdition de la terre, les Hospitaliers marchandaient les serpents de Jéricho avec les Infidèles, qui vendaient cher ces animaux bénis et les dispensaient chichement. La thériaque se composait parfois sous forme de breuvage dont on usait pour combattre empoisonnements et maux de ventre divers, parfois sous forme de baume, lequel apaisait les lésions, refermait les plaies, régénérait hâtivement les chairs gâtées. Rien qu'à humer le baume des frères Hospitaliers, Dame Isabelle sentit sa face en voie de guérison. Elle déclara qu'elle ne voulait plus voir l'ombre d'un physicien franchir son seuil. Dorénavant, l'eunuque Manès oindrait ses blessures matin et soir de bonne thériaque, dont la vertu nonpareille était cent fois prouvée.

Matin et soir, quand on changeait l'emplâtre, le marquis venait contempler le visage nu de la marquise.

– Douce amie, disait-il, votre beauté se restaure au grand galop, tant et si bien que vous aurez peau neuve sans la plus légère faille le jour où nous entrerons dans Acre délivrée. Or vous savez que ce jour-là est proche.

En vérité, les combats peu à peu cessaient, les traits mortels s'effaçaient du ciel et vis-à-vis de la Tour Maudite les mangonneaux se taisaient. Le Sultan avait fini par consentir malgré lui aux pourparlers de paix, puisque ses hommes ne voulaient plus combattre ni les défenseurs tenir la cité.

Les négociateurs s'assemblaient sous un pavillon blanc dans le canton où logeaient les Hospitaliers. Au nom des Musulmans parlait Malik al'Adil, frère du Sultan et sultan d'Égypte, au nom des Francs le Grand-Maître de l'Hôpital épaulé par le maréchal de l'ordre. Les Templiers eussent durement aimé conduire cette ambassade, mais ils penchaient trop en faveur du roi Richard, qui leur avait octroyé le gouvernement de Chypre, aussi le roi Philippe refusa-t-il de les assigner. Pourtant, lorsque Richard détermina de son propre chef les conditions des Francs, celles mêmes qu'il avait clamées devant la Tour Maudite, Philippe resta coi, estimant qu'on pouvait toujours demander le plus pour gagner au moins quelque chose.

La hardiesse démesurée manifestée par les Chrétiens rendit furieux le Sultan. Il menaçait de rompre les pourparlers quand le marquis de Montferrat s'entremit. Encouragé secrètement par son cousin le roi de France et négligeant de quérir l'avis du roi d'Angleterre, Messire Conrad lança au grand galop son cheval d'où il sauta d'un coup de reins en atteignant le pavillon blanc des négociations. À peine se troubla-t-il passé le seuil en découvrant le trucheman à l'œuvre du côté franc, celui-ci n'étant autre que Messire Onfroi de Toron, premier baron de sa femme. Sans sourciller, Messire Onfroi transmit fidèlement les paroles du seigneur piémontais aux délégués sarrazins.

– Seigneur Sultan, dit-il, tourné vers Malik al'Adil, par ma bouche le marquis de Montferrat te salue. Or voici ce qu'il te déclare : « Nos amis, les chevaliers de l'Hôpital, ont été auprès de toi, contre leur cœur assurément, les ambassadeurs de la folie. Aujourd'hui je viens parler en ambassadeur de la raison, langage que tu entends à la perfection, chacun le sait. Demain, donc, si tu l'agrées, les défenseurs d'Acre ouvriront aux Francs les portes de la cité. Ce faisant, ils ne perdront ni la vie ni leurs avoirs et seront par nous traités honorablement. Ils resteront nos prisonniers jusqu'au jour où vous remettrez entre nos mains deux cent mille dinârs d'or pour prix de leur rançon. En outre, vous rendrez à la Chrétienté la Vraie Croix de Jésus, le sauveur du monde, et sans nul délai délivrerez les Chrétiens que vous tenez en vos prisons, soit environ deux mille cinq cents hommes. Là, Seigneur Sultan, s'arrêteront nos requêtes, que seule a dictées la sagesse, comme tu le vois. Veux-tu, par la grâce de Dieu, répondre à mon propos ? »

Le sultan d'Égypte hocha le chef et demeura quelque temps les yeux clos, se donnant le semblant d'un homme qui médite. Les Francs, après avoir hautement réclamé le soleil, la lune et les étoiles, étaient revenus sur terre et se contentaient maintenant d'un rien. Cependant, songeait Malik al'Adil, ce rien renfermait davantage qu'il ne paraissait. Rendre la Vraie Croix, morceau de bois sans vertu découvert par des malins, ne coûtait aux Musulmans ni dinârs ni peine. Rendre la cité, au contraire, leur causait lourd dommage : en abandonnant à l'ennemi chrétien les riches places d'Acre et de Tyr, ils renonçaient à dominer la mer et perdaient une portion majeure du rivage. Tyr seule où régnait sur une poignée de bannis un chef trop hardi ne pouvait être qu'un point de défi. Mais Tyr et Acre formaient déjà le commencement d'un royaume, qui plus est soutenu au nord par Antioche et Tripoli, terres demeurées entre les mains des Francs. Si enfin la rançon des défenseurs n'allait en nulle guise ruiner l'Islam, la délivrance des prisonniers francs, quant à elle, serait cher payée. Car on verrait bientôt deux mille cinq cents captifs déliés se muer en deux mille cinq cents combattants du Christ.

Revenant au parlement, le sultan d'Égypte s'inclina vers le gentilhomme piémontais et prononça une volée de paroles sarrazinoises que traduisit ainsi Messire Onfroi de Toron :

– Chacun en Syrie, Seigneur Conrad, me connaît pour un homme qui marche droit au but, honore par-dessus toute chose la loyauté, ne prise ni détours ni feintes ni renardises. Nous gagnerons des heures précieuses, me paraît-il, si je vous avise dès maintenant que votre offre bienséante a satisfait mon cœur. Je la rapporterai volontiers à mon frère le sultan Yûsuf, m'efforçant de la lui présenter sous une lumière favorable. Musulmans comme Chrétiens, nous sommes tous las à outrage de ce siège devenu trop vieux et misérable. Souhaitons ensemble, voulez-vous, que nos pourparlers de paix s'achèvent aujourd'hui sur une heureuse accordance.

Rentré à son hébergement, le marquis attendit auprès de la marquise le décret de Saladin. Une dernière fois, Dame Isabelle s'était fardaillée la face avec le venin issu des serpents de Jéricho.

– La thériaque, assura-t-elle, a réparé ma chair à merveille et l'a même renouvelée de manière miraculeuse. En conséquence, nous pouvons prévoir que le Sultan fera bel accueil à vos conditions, puisque nous devons entrer dans la cité, Messire Conrad, si je m'en souviens, le jour de ma guérison. Et ce jour sera demain, douzième du mois de juillet.

À ces mots de folage, le marquis laissa éclater un joyeux rire, ajoutant qu'il espérait voir la chose tantôt prouvée. Son rire tintait encore faiblement quand parut un messager syrien venu apporter la réponse du Sultan.

Devant les Francs s'ouvrirent les portes de la cité d'Acre le 12 juillet 1191, jour suivant la fête solennelle du grand saint Benoît. Le premier à franchir les murailles, chevauchant un puissant palefroi bai et brandissant haut sa bannière dorée, fut le marquis Conrad de Montferrat. Dame Isabelle en bliaut de soie, le visage blanc comme un lys et frais comme la rosée, trottait loin derrière son baron. Entre les deux époux s'étendaient diverses chevaleries chrétiennes qui se peinaient à rassembler dans la place les défenseurs prisonniers. Poussière, chaleur d'enfer, désordre et multitude régnaient en ce jour sur Acre. Les chevaliers tant bien que mal triaient les Sarrazins rencontrés en chemin. Émirs, officiers, sergents, ceux-là devaient être pris en otages, mais on ne savait encore où les garder enclos. Tous les autres, manœuvriers, servantaille, besogneurs variés, marchands, scribes et imams, les Francs les laissaient aller où ils voulaient. À cause du tohu-bohu qui avait envahi la cité avec les vainqueurs, certains de ces gens étaient contrôlés jusqu'à vingt ou trente fois et les rues encombrées retentissaient de cris de liesse, de réclamations et doléances, de lamentations et de rires.

Après deux ans d'un siège angoisseux, les Musulmans d'Acre semblaient des ombres. Aux guerriers captifs qui ne pouvaient aller ailleurs chercher pitance, le marquis commanda de départir grains et viandes par portions mesurées. Puis survint le roi de France qui fit comme le marquis. Et quand arriva le roi Richard, toujours épris de largesse et plus encore de challenge, il renchérit là-dessus, faisant gorger de provende les prisonniers sarrazins.

Cependant capitaines, rois et princes couraient à qui mieux mieux vers les hauts édifices de la cité afin d'en garnir les cimes avec leurs bannières. Et l'on vit Messire Richard en dur courroux, pour ce que le duc d'Autriche avait planté son étendard plus haut que le sien. Par manière de vengeance, il envoya un sergent arracher l'étoffe injurieuse du lieu où elle flottait sous le vent, c'est-à-dire au sommet de la Grande Mosquée redevenue deux heures auparavant la cathédrale de Sainte-Croix. Le roi d'Angleterre s'en fut jeter lui-même la bannière du duc « in cloacam profundam », ce que je puis négliger de vous traduire. Messire Léopold d'Autriche fut rendu par l'affaire si furibond qu'il ne l'oublia jamais et jamais ne la pardonna au roi d'Angleterre. L'année suivante, comme Richard s'en revenait de la Sainte Aventure, le duc parvint à mettre la main sur lui et le retint seize mois environ dans ses prisons de déplaisance, infortune qui pesa lourdement sur le roi dont le cœur de lion tout ce temps-là resta oisif.

Dame Isabelle en parcourant les rues de la cité délivrée sentait de moment en moment son allégresse décliner. Elle avait cru chevaucher flanc à flanc dans la gloire avec son baron, et voilà qu'une foule plus étendue qu'un océan l'éloignait de lui. Elle regrettait maintenant d'avoir laissé Manès en arrière veiller sur le bagage. Cependant qu'elle cheminait, pas une âme connue ne jaillissait devant elle. Son œil n'apercevait de loin ou de près aucun seigneur du royaume de Jérusalem, aucun chevalier piémontais, aucune des dames du roi Richard. Elle guidait

Bélior, son gris palefroi, parmi un peuple étranger, qu'il fût musulman ou chrétien. Et la cité d'Acre, où elle avait naguère séjourné, lui semblait un lieu nouveau dont ni les gens ni les choses ne lui étaient familiers.

Par Dieu vivant ! dévalait-elle vraiment à cette heure la rue Sainte-Anne ? Ces pans de murs en ruine, étaient-ce là les beaux moulins à sucre d'antan ? L'Hôpital dressait toujours entre les moulins sa face hautaine, mais ses pierres blanches disparaissaient aujourd'hui sous une peinture jaunasse. Dame Isabelle retrouva sans peine la rue des Merciers, celle des Drapiers, celle des Chaudronniers, car si les cités changent de mains et même de dieux, les petits métiers y sont exercés en tous temps par tous les peuples. Non loin de la cathédrale, derrière la maison du Temple qui montrait encore ses quatre tourelles aux lions d'or, eût dû serpenter la rue de la Carcaisserie, pourtant Dame Isabelle ne sut la découvrir. Et quant au fondouk de Venise jadis étalé sur un large canton de la cité, il s'était évanoui avec ses marchands et ses trésors.

Elle allait au pas, les yeux levés afin de contempler manoirs et palais qui égalaient jadis en nombre comme en splendeur ceux de Tyr. Le palais royal, demeure des gouverneurs musulmans depuis quatre ans, s'entrevoyait sur la hauteur à travers un voile de chaleur tremblant. Retrouverait-on en dedans les riches ornements dont il se parait à merveille au temps des rois angevins de Jérusalem ? Il avait suffi, songeait-elle, qu'un Poitevin fût couronné au Saint-Sépulcre par mégarde et folie pour que le royaume s'écroulât en moins de quatre saisons. Les Poitevins, gens soumis aux fées et aux striges, Dieu les avait créés peu subtils, ayant plus de cœur à la guerre qu'à l'amour et pourvus d'une âme noire communément. D'eux il convenait de se défier jour et nuit, car ils détenaient le don d'enchantement, tel ce chevalier singulier qui arrivait encontre elle maintenant.

Tout occupée à lever les yeux en l'air, elle avait aperçu pourtant le chevalier avant qu'il ne la vît lui-même. Son bras dextre bandé reposant sur le col du cheval ferrant, il tenait le frein dans la sénestre et avançait à petite allure, comme la marquise de Montferrat. Ils s'arrêtèrent l'un devant l'autre, les naseaux de Bélior touchant les naseaux de Maginois, le grand coursier monté par le seigneur poitevin.

– En nom Dieu ressuscité ! Dame Isabelle, enseignez-moi ce miracle ! Si je ne me fourvoie, il n'y a pas dix jours d'ici, quelque bête sauvage heureusement rare au monde, créature mi-loup mi-porc, vous entailla de part en part la face avant de vous la marteler avec force et cruauté. Or je contemple aujourd'hui vos joues, Dame Isabelle, dans la lumière éblouissante qui réjouit cette heure bénie où la cité d'Acre nous est enfin rendue. Et voici entièrement guérie votre face, ayant la douceur d'un velours, le poli d'un marbre et la blancheur d'une perle. Sur mon chef, j'ai peine à croire en cette sorcellerie ! Sans doute avais-je le 3 juillet la vision brouillée par mes plaies, et ai-je en conséquence outré les vôtres un tantinet.

– Sans doute, Messire Connétable. Mes entailles étaient choses de rien, chacun vous le dira. Par Dieu ! que vous chaut si je souffre ou si je ris, si je vis au monde ou si je péris, si l'on me choie ou l'on me défigure ? Vous avez le cœur plus froid que les neiges de l'Hermon ! Et maintenant, par grâce, Messire, en allez-vous de mon chemin !

– En vérité, Dame Isabelle, c'est réclamer de moi beaucoup. Sur ma foi, nulle chose ne sait m'égayer autant que vous. Un jongleur voudrait-il chanter la somme de vos aventures qu'il devrait avoir la vie longue à démesure, outre une excellente mémoire. Sous vos pas menus, heurs et malheurs croissent comme des herbes drues.

– Les malheurs surtout, Messire Connétable, répliqua-t-elle, deux ou trois larmes sur les cils.

– Aujourd'hui pourtant, ma petite âme, est jour de joie pour nous. Aussi considérez que je parlais en manière de rigolage et contez-moi plutôt comment votre visage écorché en vingt lieux ou trente, couvert de plaies saignantes et profondes, fut si bien restauré qu'il semble neuf jours plus tard un pétale de lys.

– Les frères Hospitaliers, grommela-t-elle, m'ont procuré cinq onces de leur thériaque, un emplâtre qui surmonte en bonté tous les autres.

– Que de vaillance, Dame Isabelle, vous avez dû montrer ! Pouacre ! Nulle créature humaine, selon moi, ne s'enduirait la peau d'un cœur léger avec ce compost où entrent, paraît-il, des serpents immondes.

– J'ai pris grand plaisir à en user, Messire, n'en doutez pas. Car sa fraîcheur soulage tôt la douleur et son odeur merveilleuse prouve assez sa vertu.

– Non, mon cœur, dit le chevalier. C'est votre face désormais tout embellie qui prouve sa vertu. Par Dieu ! j'en mettrais volontiers sur ma main dextre une tonne, si je ne craignais que vos serpents de Jéricho n'aillent jeter leur venin dans mon sang et jusque dans mon âme.

– Votre âme, en vérité, Messire, elle renferme déjà un poison mortel pour ceux qui vous approchent. Le venin des serpents ne pourra guère vous empirer, croyez-en ma parole.

– Mais il en va autrement avec vous, ma petite âme. Si la thériaque a purifié votre visage de tout en tout, elle vous a, j'en ai peur, envenimé durement le cœur.

Dame Isabelle sentait son corps trembler. Y avait-il en elle plus de fureur ou plus de peine ? La journée glorieuse ne lui apportait à la parfin que dépit. En face d'elle se moquait le chevalier maudit, jamais las, quant à lui, de la tourmenter, l'ensorceler et la poursuivre. Il ne prononçait plus une parole, pourtant ses yeux continuaient à faire d'elle risée. Une foule de gens marchant ou chevauchant les devançait, les croisait, les heurtait parfois gaiement au passage, car l'heure était joyeuse pour les Francs.

– Si vous voulez mon avis, murmura-t-elle, ni vous ni moi ne devons plaire à Dieu. Pourquoi, Messire Connétable, nous disons-nous des mots vils et puants ? Il vaudrait mieux, je pense, nous haïr chacun en notre secret. Entendez-vous mon propos ?

Le chevalier demeura muet, les yeux détournés d'elle et ne hochant pas même le chef. Il contemplait le chemin droit devant lui, l'œil non plus riant mais noir et figé. Comme elle chevauchait en face et ne pouvait donc voir ce qu'il voyait si bien, elle lança par-dessus l'épaule un regard bref. Et allant par malefortune en rencontrer un autre, ce regard se troubla, s'angoissa et devint fou.

– Non! commanda le chevalier entre ses dents serrées. Empêchez-vous d'éperonner votre monture, ou vous serez en grand danger d'être perdue! L'homme déjà est trop proche de nous. Il vous rattraperait sans faille. Aussi, restez, je vous le conseille, sous l'aile de votre ange et par grâce, taisez-vous-en!

L'homme était là, en vérité, qui l'ayant reconnue, s'était rué sur elle comme un loup enragé. Il paraissait à cheval plus haut que nature ne l'avait créé, portait au flanc une dague bien affilée, un glaive pesant, une hache et un kandjar sarrazin. Il criait :

– La guerroyeuse, la diableuse! Par le sang Dieu! te revoilà en mon pouvoir! Quel beau jour, Dieu du ciel! qui voit la cité d'Acre à nous rendue et mon plaisir et ma revanche! Salue ton maître, Marie de Corbie, garce tricheuse, fille à Satan! Aujourd'hui, la belle, crois-en ma parole, tu ne pourras esquiver l'amour de Raynouard de Néphin!

Cependant Maginois, le grand cheval ferrant, avait avancé d'un pas et la jambe du seigneur poitevin était allée s'accoter à la jambe d'Isabelle. Ayant la tête haute et le ton froid, le sire de Lusignan dit au sire de Néphin :

– Or que désirez-vous, mon voisin? J'ai mal ouï votre parole, à ce qu'il me paraît. Soyez assez bon, je vous prie, pour me redire tout maintenant votre intention.

– Je veux, mon bel ami, cette fille maligneuse qui se tient à cheval devant vous et dont je suis le maître. Par Dieu! elle va me suivre, et le chef bas, je vous l'affirme, jusqu'en mon nouveau logis de la cité!

– Hélas pour vous, répliqua le connétable de Jérusalem, la chose ne se peut. La fille est à moi, si bien à moi, Messire Raynouard, que je l'ai entièrement vêtue de soie, comme vous voyez, puis l'ai pourvue de ce beau palefroi.

À ces paroles frémit Dame Isabelle, dont le visage devint rouge sous le courroux.

– Vous montrez, Messire, dit Raynouard de Néphin, trop grande largesse envers elle, une garce vilotière, par surcroît dangereuse, une truande et une menteresse prouvée. Mais que me chaut ce que vous en faites ? Je la pris avant vous et l'emmènerai donc sur l'heure, car elle a un menu service à me payer.

Le connétable de Jérusalem en signe de déni branla son chef. Comme par contenance familière, il posa la main sur la rêne du noir coursier que montait le seigneur tripolitain, déclarant :

– Sans nul contredit, elle est ma putain, Messire, et je vous la baillerai seulement quand j'en serai las.

Dame Isabelle ne savait plus refréner sa rage. Discernait-elle encore le cruel seigneur de Néphin ? Elle ne voyait nul homme l'environnant fors ce chevalier damné engendré par une terre d'abomination nommée Poitou, un homme dont elle endurait pire à présent que des entailles sur la face. Elle envoya son pied droit dans la jambe du maudit, mais le cuir de la botte qui le chaussait réduisit à néant le coup. Et un cri en même temps lui échappa des lèvres :

– Comment osez-vous, chien félon ?

– Mon bel ami, dit le sire de Néphin, la ribaude ne vous prise guère, ce me semble, et vous aurez dépensé vos deniers en vain. Ces garces-là, vous devez tantôt les manier sans retenue avec un vit gros et dur, tantôt les mater avec un bon fouet. Présents et mignotises ne leur valent rien, suivant mon opinion. En nom Dieu ! Messire, contentez-moi et laissez la fille entre mes mains le temps d'une nuitée ! Sur mon chef, je vous la rendrai si bien domptée qu'elle rampera devant vous à terre et viendra lécher le dessous de vos bottes.

– Christ me voyant, Messire Raynouard, vous ne l'aurez ni pour une heure ni pour cent. J'entends la mater sans votre aide, usant de mes propres outils, lui faisant faire mon propre plaisir, et je vous promets qu'avant longtemps elle rampera et lèchera mes bottes.

Lors Dame Isabelle affolée d'ire, n'ayant souci du sire de Néphin et haïssant le connétable de Jérusalem comme jamais femme née au monde ne sut haïr un homme, Dame Isabelle éperonna malement Bélior qui se cabra puis partit comme une flèche. Derrière elle voulut s'élancer le sire de Néphin, mais son frein était tenu ferme contre l'oreille du cheval par le seigneur poitevin. Aussi le noir coursier, après avoir un moment regimbé, demeura-t-il sur place.

– Par la mort Dieu ! hurla Raynouard de Néphin, dépêtrez mon cheval, satan que vous êtes ! Vais-je rester les bras ballants cependant que s'enfuit la foutue garce ? Je l'ai juré vingt fois et le jure encore : elle me paiera ce qu'elle me doit !

– Vous m'avez offensé, dit à voix mesurée le connétable de Jérusalem. Je vous réclame donc réparation et vous défie. Si vous n'avez, Messire, le cœur empli de couardise, nous nous combattrons en pied loyalement. Nous prendrons l'épée pour cette escrime, car je n'ai apporté quant à moi nulle autre arme dans la cité délivrée. Allons sans tarder, voulez-vous, quérir un lieu séant où nous bataillerons à l'aise loin des regards. Trouver un logis vide aujourd'hui ne nous donnera, je pense, la moindre peine.

– Y songez-vous ? fit le sire de Néphin avec un ricanement de dédain. A-t-on vu jamais deux bons gentilshommes se pourfendre à cause d'une fille bordelière qui se met le ventre nu devant le premier soudard venu ?

– Je m'estime offensé, Messire Raynouard, cela suffit. Trembleriez-vous de m'affronter ?

– Je suis chevalier valeureux, répondit l'autre. Mes ennemis me font rire et toi le premier, Connétable, dont la main dextre meurtrie, comme elle apparaît, ne pourra tenir la poignée d'un glaive. Luttons, par Dieu ! et j'aurai tôt fait de t'occire, tu peux m'en croire !

– Hez avant ! donc, Raynouard de Néphin, traître sanguinaire, et n'aie soin de ma main dextre ! Elle est gourde en ce moment, je le confesse, mais Dieu me voyant, je jouterai contre toi de la sénestre !

Le sire de Lusignan, paisible et sombre, se mit en chemin aux côtés du sire de Néphin, orgueilleux et jubilant. Ils quittèrent la voie plénière, parcoururent une venelle en observant les logis qui la bordaient, ouvrirent çà et là une porte, franchirent enfin la grille d'une maison bourgeoise où tout semblait muet. Au perron ils démontèrent, passèrent une porte de bois, suivirent des passages tournants, marchèrent flanc à flanc jusqu'à la grande salle déserte et abandonnée où n'entrait guère de clarté.

– En nom Christ ! maugréa le sire de Néphin, vous avez là une idée folle ! Nous n'avons, songez-y, ni gants ni heaumes ni cottes de mailles pour garantir nos chairs. Et le sang coulera, ce peut-être.

– En vérité, Messire Raynouard, il coulera, comme vous le devinez. Si bel et bien il coulera que l'un de nous ici mourra.

– Lors, Messire, s'écria le chevalier tripolitain, le mort, ce sera vous !

Cruel, rapineux et lubrique mais gentilhomme, Raynouard de Néphin jeta au loin toutes armes dont sa ceinture était garnie hormis son glaive, qu'il tira du fourreau. Quand il le fit tournoyer en l'air par manière de jeu, la lame étincela et les murs dépouillés résonnèrent longtemps au rire de l'homme.

– Commençons ! dit en bref le connétable de Jérusalem, son glaive pendant mollement à sa main saine.

Avec cette parole finit le jeu pour le sire de Néphin. Chacun des chevaliers se mit en position d'escrime et les fers soudain se croisèrent.

Les premiers coups entre-donnés furent légers et faillirent à leur causer des plaies. Le seigneur de Lusignan avait sans doute pour aïeule une sirène ailée, mais cette fée Mélusine exerçait sa magie trop loin du rivage syrien pour s'en aller voler au secours de son descendant, lequel eût eu besoin de plus grande adresse dans le seul bras vaillant qui lui restait. S'il exerçait depuis son jeune âge sa main sénestre à tenir l'épée, il se sentait plus affermi en joutant de la droite. Et le cruel seigneur de Néphin, qui n'apercevait ni le pourquoi ni le comment de l'aventure et clignait des yeux à cause de l'ombraille, entreprenait le combat en désarroi. Son bras semblait trembler autant que le bras du connétable. Aucune assemblée, par bonheur, ne remplissait les lices, pas une dame ne battait des mains, n'envoyait ses rubans sur le champ clos, ne clamait haut le nom de son champion. En vérité, mieux valait que les deux hommes se fussent écartés du monde, car le commencement de leur joute faisait à voir pitié.

Les chevaliers lentement s'accoutumèrent au demi-jour. Maintenant cois, ils n'entendaient résonner dans la salle déserte que le battement de leurs bottes sur les dalles nues et le cliquetis des fers qui durement se choquaient. Raynouard de Néphin paraissait de moment en moment se revigorer. Il remuait ses courtes jambes à bonne allure et non plus comme pierres pesantes. Sa force revenue, il négligeait de songer aux causes d'une bataille trop étrange pour sa cervelle. Trucider, meurtrir et dépecer lui plaisait, combattre en conséquence lui enivrait le cœur, et son plaisir luisait dans ses yeux pâles. Vis-à-vis escrimait peineusement le connétable de Jérusalem. Une encombre majeure, un poids mortel, voilà ce qu'était sa main dextre bandelée qu'il ne savait où mettre en bataillant. La sénestre besognait de manière continue et entêtée, sans faire honte ni merveille. Mais si le combat durait longtemps, elle faiblirait, on n'en pouvait douter une once, et ploierait devant le poing massif du sire de Néphin.

Entre les adversaires montait l'ardeur. Il jaillissait des lames d'acier cent éclairs pareils à ceux de la tourmente quand le ciel tonne. Les glaives tourbillonnaient, abaissaient leur pointe ou la redressaient, et les chevaliers reculaient pour méditer leur prochain assaut, puis se couraient sus l'arme brandie. Chacun s'efforçait de porter à l'autre les plus rudes coups, les plus perfides et les plus périlleux, tellement qu'un filet de sang vint rougir l'épaule du chevalier poitevin délaissé par Mélusine. Or bientôt après fut ensanglanté au coude le bliaut rayé bleu et jaune du chevalier tripolitain qui grogna tel un sanglier en percevant l'entaille. Pourtant ces navrances n'étaient encore que jeux d'enfants. Elles échauffaient l'âme des ennemis, aiguillonnaient leur haine et leur courage en prévision du mortel combat.

Il devait, se répétait entre ses dents le sire de Lusignan, mener l'affaire en grande diligence, ou bien il irait droit à sa perdition. Encourageant de l'esprit son bras débile, resserrant les doigts sur la poignée du glaive, il déploya peu à peu une puissance et une allure nouvelles, multiplia reculées et avancées, ruées, sauts et esquives. Cependant le sire de Néphin rendait coup pour coup avec une vigueur toujours accrue. Né court en taille, il avait reçu en guise de revanche des membres gros et robustes semblant créés pour un géant. La passion folle de massacrer l'enrageait, lui donnait une espérance maudite, l'assurait qu'il serait vainqueur, le haussait par-dessus les hommes en faisant de lui non un ange du paradis, mais un démon de l'enfer. De chaque part jaillissait le sang vermeil. Le connétable de Jérusalem endurait ses plaies bouche close, en preux chevalier, Raynouard de Néphin, quant à lui, voyant le sang qui s'étalait sur l'autre, oubliait ses propres maux et rugissait de plaisir.

Ils parurent bientôt guerroyer à dix dans la salle et non plus à deux. L'épée sanglante au poing, ils couraient en tous sens, viraient, se pourchassaient et harcelaient, se détranchaient et pourfendaient, s'affrontaient pleins de hargne et de rage, ayant tous deux leur face peinte en rouge et leur vestaille aussi. Dix fois déjà ils avaient traversé le champ du combat sans rencontrer d'embûches sinon eux-mêmes, corps malmenés qui luttaient à outrance et lutteraient jusqu'au trépas. Or la bataille les avait entraînés devant l'âtre quand par malaventure le connétable de Jérusalem heurta du talon un chenet et trébucha. En un éclair il se trouva acculé contre le manteau de la cheminée, corps à demi courbé, jambes roides et glaive baissé, tendant en avant son bras dextre meurtri dans un effort enfantin et désespéré pour se garantir contre un coup qui viendrait sans faille et sans faille l'abattrait mort.

Et en vérité, il sentit sur son cœur peser la pointe effilée du glaive ennemi.

– Par le ventre Dieu ! je n'en avais point médit ! brailla le sire de Néphin entre deux halètements. Connétable, mon bel ami, te voilà mort !

Et ce fut ainsi qu'il périt, en ce moment juste, à cause de son âme encombrée de vaine gloire. Par vantance pure, il avait accordé une once de répit au chevalier poitevin, lequel étant chef de guerre savait relever sa fortune à la moindre occasion donnée. Or donc le chevalier poitevin, rapide comme la foudre, avait dressé le bras, le bras armé, le bras sénestre auquel par coutume l'ennemi ne prenait trop garde, et il avait lancé son coup d'épée tranchant par-dessus la lame dont lui-même était menacé. Le chevalier tripolitain s'effondra, un trou dans la gorge, sanglant de pied en cap et déjà mort avant de toucher terre.

Monseigneur Aimeri de Lusignan, connétable de Jérusalem, ne trouvant rien pour essuyer sa bonne épée, la remit au fourreau maculée du sang vermeil. Puis il s'en fut hors de la demeure, prit par le frein les deux chevaux restés dans la courtille, marcha le long des venelles et des rues en cherchant une fontaine. Il voyait alentour grande fréquentise de gens et entendait partout retentir des cris de joie parmi les tintements des cloches. Ceux qui apercevaient cet homme et le sang frais dont il paraissait teint riaient follement au lieu de s'épouvanter. Car les Francs aujourd'hui se réjouissaient pour célébrer la délivrance d'Acre et la fin du long siège angoisseux. Le chevalier quand il parvint à la fontaine se laissa choir sur un muret. Il rinça comme il put son épée, sa main sénestre et sa face, toutefois il dut garder souillés bottes et bliaut, cependant que saignaient toujours d'abondance les plaies cruelles que lui avait causées Raynouard de Néphin durant la joute.

XIX

Ambroise, l'ami normand du roi Richard, était entré dans la cité d'Acre avec son prince.

Vous auriez dû voir les églises,

chantait le bon poète,

Qui dans Acre étaient alors sises,
Comment la male gent farouche
Que Dieu maudit de sa bouche,
Avait les statues mutilées,
Toutes les faces martelées,
Avait les autels abattus,
Les croix et crucifix battus,
En mépris de notre croyance
Pour assouvir leur mécréance,
Et par hideuse diablerie
Faire là leurs mahomeries.

Mais à la parfin on rebâtirait les autels divins, on façonnerait de nouvelles images saintes, on rincerait à grande eau et repeindrait les sanctuaires du Christ. Pour l'heure les Francs avaient d'autres soucis en tête, le majeur étant sans contredit l'hébergement des chefs et de leurs gens.

Princes, rois, chevaliers, toute la haute noblesse d'Occident et celle du royaume de Jérusalem ou ce qu'il en restait, vinrent dès le premier jour envahir la cité reconquise. Après tant de mois passés en plein merdier, ils méritaient bien, songeaient ces beaux seigneurs, de se loger à l'aise dans de vraies demeures. Le roi Philippe de France, qui avait œuvré mieux que tout autre à reprendre la cité, alla occuper avec sa suivance le palais royal, tandis qu'au roi d'Angleterre était courtoisement prêtée par les Templiers leur ancienne commanderie. Si Philippe manda aussitôt près de lui le marquis de Montferrat et la marquise, Richard, de son côté, offrit sans tarder l'hospitalité au roi de Jérusalem. Ainsi la victoire du 12 juillet n'avait en rien apaisé la guerre des princes, laquelle au contraire se clarifiait et empirait.

Les jours qui suivirent l'entrée des seigneurs dans la cité arrivèrent en longues files aux portes et poternes bourgeois, besogneux et petites gens diverses, qui traînaient avec eux leurs biens sur des charrettes. S'étant répandues à travers rues, ces foules errèrent longtemps avant de se rassembler sur les places pour crier justice. Les plaignants clamaient leur courroux à grand tumulte, hurlant avec désespoir qu'ils étaient le peuple du royaume de Jérusalem, autrefois honnêtes citoyens d'Acre, pauvres ou riches, manouvriers ou bourgeois, et qu'ils voulaient maintenant rentrer chez eux. Or ils avaient découvert leurs maisons saisies par des Francs étrangers à la terre et n'ayant aucun droit sur ces logis. Que les rois, Dieu voyant la chose, veuillent bien défendre les citoyens contre pareils rapineux, singulière engeance venue secourir les Chrétiens de Palestine et aujourd'hui les dépouillant!

Pour une raison ou une autre, le roi Richard se tint coi devant une si chaude affaire qui dressait Francs d'Orient contre Francs d'Occident, et par voie de conséquence, le roi Gui, pourtant naturel garant de son peuple, se garda d'ouvrir la bouche. Ce fut donc le roi de France que l'on vit rendre la justice en l'occasion. À tout citoyen d'Acre, trancha-t-il, qui prouverait avoir eu avant la conquête sarrazine l'entière tenance de telle habitation, ladite habitation lui serait sans délai rendue. Sous condition, ajouta Messire Philippe, que les citoyens du royaume ainsi rentrés dans leurs avoirs se fissent les hôtes gracieux des valeureux Croisés qui tant s'étaient peinés afin de délivrer leur cité d'Acre. Le jugement français dut paraître bon, car on ne perçut nulle part grondement ni murmure à son annonce.

L'héritage des citoyens d'Acre, cependant, semblait une question bien légère et menue comparée à la couronne de Jérusalem, sur quoi reposait la querelle des princes. Le roi Philippe, désireux de rejoindre sa terre la même année, se trouvait contraint de quitter la Terre Sainte avant le mois d'octobre, qui marquait la fin des passages. Sans perdre une heure, il devait donc trouver avec le parti anglais un accord dans lequel serait proclamé haut et net à quel homme devait échoir aujourd'hui le royaume de Jérusalem. Comme le roi Philippe croyait durement en la vertu de la parole, son avis fut de réunir une assemblée où siégeraient lui-même, le roi Richard, les conseillers français et les conseillers anglais, mais encore plusieurs hauts prélats et barons palestiniens dont les opinions pourraient enrichir, voire apaiser les débats. Le roi d'Angleterre n'ayant contredit un seul mot de ces propos, on fixa au 27 juillet l'ouverture du parlement.

À l'ébahissement général, cette assemblée eut parachevé en deux jours sa besogne. Le roi Richard, demeuré faible et ne montrant guère sa coutumière turbulence, défendit son ancien vassal à voix mesurée. Messire Gui de Lusignan, déclara-t-il, avait été régulièrement sacré au Saint-Sépulcre. Pour toute la Chrétienté d'Occident, il apparaissait revêtu d'un droit divin. Il était depuis cinq ans roi de Jérusalem, roi premièrement infortuné, puis roi vaillant à l'heure de la reconquête. Assurément on ne pouvait le bannir du trône comme on donne congé à un sergent. Et si un autre homme enviait la couronne, se disant héritier de Jérusalem avant le roi Gui, le roi Gui pourtant restait en Palestine l'unique chef souverain que reconnût le monde.

Après Richard parla Philippe. Ainsi que prévu, il plaida en faveur de son beau cousin, le marquis de Montferrat, homme fort et preux plus que cent chevaliers, qui avait sauvé Tyr à lui seul dans le pire moment, rendu courage aux Chrétiens de Syrie, mis en péril chaque jour sa vie en œuvrant à la délivrance d'Acre, dépensé pour la guerre sainte ses propres deniers à grand foison, et qui se trouvait aujourd'hui l'époux de la droite héritière du royaume de Jérusalem. La reconquête serait menée d'une main ferme et la terre au mieux garantie par un seigneur pareil au marquis, mais non, certes, par Messire Gui de Lusignan, roi couronné d'une manière bien davantage singulière que régulière, et n'ayant su garder son royaume une année pleine.

Enfin, quand les arguments français et anglais eurent été entendus, comparés et débattus jusqu'au dernier, les barons et prélats palestiniens se retirèrent un moment dans une chambre close afin de délibérer entre eux sans témoins étrangers. Et le 28 juillet à la vesprée ils s'en retournèrent devant l'assemblée, leur opinion faite. Le Grand-Maître de l'Hôpital, Monseigneur Garnier de Naplouse, que nul ne soupçonnait de vouloir favoriser soit le marquis soit le roi Gui, demanda la parole et déclara :

– Notre conseil à nous, gens du royaume de Jérusalem, le voici, Messeigneurs, tel que nous l'avons en bonne foi déterminé : renverser le roi Gui naguère sacré en l'église du Saint-Sépulcre serait, selon nous, grave péché contre Dieu. Par surcroît il y aurait là injustice, car le roi de Jérusalem racheta sa faiblesse, étant celui qui entreprit malgré ses forces chétives le siège d'Acre. Sans lui, Messeigneurs, la cité où nous siégeons en parlement serait-elle aujourd'hui délivrée ? Pas une âme loyale n'en jurerait, me paraît-il. Ainsi désirons-nous maintenir le roi Gui sur le trône de Jérusalem. Néanmoins ses enfants, s'il advenait qu'il en engendrât, ne sauraient d'aucune manière ceindre après lui une couronne dont la droite héritière était la reine Sibylle, sa femme, hélas trépassée durant le siège, et est maintenant la marquise de Montferrat et nulle autre qu'elle. Pour son mérite, pour sa prouesse et pour ce qu'il a pris à femme Dame Isabelle de Jérusalem, le marquis de Montferrat ou sinon l'un de ses enfants à naître sera élu roi le jour où aura péri le roi Gui.

Tout resta muet au sein de l'assemblée, Français et Anglais méditant les paroles du Grand-Maître. Le roi de France rageait en son secret. Une telle convention, songeait-il, soumettrait le marquis dont reluisait partout la valeur à Gui de Lusignan qui valait à peine un brin de paille. Pourtant, songeait-il encore, on aurait beau se ronger la cervelle des mois durant, on ne trouverait pas mieux que le conseil des barons syriens afin de satisfaire chacun. Aussi Messire Philippe dissimula-t-il prudemment son irritation. Plus tôt serait close la querelle de Palestine, plus tôt il rentrerait dans son royaume. Richard, quant à lui, se ralliait sans réserve aux avis du baronnage d'Orient. Son vassal garderait le trône de Jérusalem, c'était là tout ce qu'il apercevait alors et tout ce qu'il désirait.

Les deux rois adverses pour une fois se regardaient avec une once de plaisir au coin de l'œil. Sur les fondements jetés par le commandeur des Hospitaliers se ferait un accord unissant l'équité à la subtilité. Le roi d'Angleterre se sentait si joyeux qu'il voulait montrer sa largesse, et quand le roi de France réclama doucement un surcroît de faveur au profit du marquis, Richard aussitôt l'octroya. Or donc le roi Gui et son héritier, trancha-t-on, se départiraient dès maintenant les revenus de la terre. Demain, se disait le roi anglais, s'en irait le « Malpeigné » sur sa grande nef, et lui, Richard, pourrait se contenir en tout suivant sa guise. Demain, se disait le roi français, je m'en retournerai en France, mais du moins Conrad mon cousin restera ici bien pourvu en deniers sonnants. Et tel que nous le connaissons, il saura tenir tête à ce fol de Plantagenêt !

Messire Philippe annonça le soir même qu'il entendait reprendre la mer le 2 août, ayant accompli son pèlerinage sans défaillance. France, la douce France dont il était le sire et serviteur – allait-il répétant à la ronde pour apaiser les murmures –, l'appelait en hâte. Nul, toutefois, ne devait croire qu'il abandonnait le royaume de Jérusalem plongé dans l'angoisse. Il ne ramènerait au-delà des mers que son corps et les gens de sa maison. Les dix mille hommes composant l'ost français, outre la piétaille, le roi Philippe les laissait en Syrie sous le sage gouvernement de Monseigneur le duc de Bourgogne. Ces belles troupes conjointes aux bataillons du roi Richard et aux autres combattants envoyés par maintes nations chrétiennes poursuivraient la reconquête jusqu'à l'entrée des Francs dans Jérusalem.

Tous les peuples de Richard, Anglais, Angevins, Normands et Aquitains, clamèrent, qui ne s'en doute ? le roi de France traître et félon. Peu troublé, Messire Philippe monta sur sa haute nef le 2 août, gardant visage froid et chevelure en bataille. Devant la mer, il déclara au marquis de Montferrat venu l'accompagner jusqu'à la rive :

– Mon beau cousin, sans vous mentir, il n'y a plus qu'un fil entre votre tête et la couronne de Jérusalem.

– Croyez-vous, Sire ? dit le marquis faisant la moue. Alors le fil dont vous parlez est fort gros, par infortune.

– Au contraire, mon cousin, il est fort mince. Les barons du royaume, qui se sont querellés jadis à outrage, pour leur très grand malheur, veulent par-dessus tout voir la paix régner parmi les Francs. Qu'une accordance bien fondée nous unisse, Richard Plantagenêt et moi-même, que s'apaise la lutte vous opposant au roi Gui, voilà ce qu'ils désiraient en offrant de maintenir sur son trône le Lusignan. Mais à mon escient, ils ne l'aiment goutte et leur cœur va vers vous, Conrad, soyez-en sûr. Aussi, mon bel ami, si vous menez votre affaire avec un grain d'astuce, avant longtemps vous serez roi. Et vous, gente amie, avait-il poursuivi en inclinant son chef devant Dame Isabelle qui était là elle aussi en vestaille de soie gris et rose, parée de perles pures comme la chair de sa face et couronnée déjà par cinq tresses blondes réunies en faisceau, vous serez reine, comme le requiert votre naissance, mais plus encore votre beauté. Or passerez-vous la mer et viendrez-vous à Paris me visiter dans mon chastel, qui est sis comme la cité de Tyr dans une île ? Sur ma foi, Conrad et vous, Dame Isabelle, y serez toujours bienvenus.

– Je viendrai, Sire, n'en doutez pas, le jour que choisira pour m'y conduire Messire Conrad. Et le jour, hélas ! où la guerre contre les Sarrazins s'achèvera.

– Pourquoi « hélas ! », par saint Jacques ? s'écria le roi de France.

Et la marquise répondit avec douceur :

– Ici, Messire Philippe, ne vous l'a-t-on pas dit ? jamais la guerre ne finit.

Le voilà donc parti sur l'onde vers le soleil couchant, le voilà, Philippe de France, qui s'éloigne sous les vents portants, qui vide sans regarder en arrière la Terre Promise ruinée par les Sarrazins. Le roi Richard en est bien heureux, mais nul, pas même lui, ne devrait se réjouir. Avec Messire Philippe s'en vont les vertus que renferme son cœur, subtilité, prudence et mesure, qui tant failliront les jours prochains aux Croisés demeurés en Palestine. Il aura ce mois-ci vingt-six ans d'âge, et s'il portait la barbe, elle serait loin d'être fleurie. Pourtant il sait raison garder tel un vieil homme chenu maintenant réchappé des passions.

Siégeant à la proue du navire, il contemple en songe son royaume et Paris. L'an 1190, quand il prit la croix et s'en fut sur les chemins de la Syrie, on bâtissait à Paris suivant ses commandements des merveilles. Partout on entendait bruits de pics et de pelles, cris des maçons, des verriers, des imagiers et charpentiers. Une muraille géante garnie de portes et de tours s'érigeait, défense nonpareille qui ceindrait un jour la cité entière. Mais à l'heure où s'en allait Philippe avec l'armée du Christ, seule était entreprise la partie nord de l'ouvrage. Puis des églises nouvelles jaillissaient de terre pour s'élancer au ciel, et entre toutes la plus haute, la plus belle, qui flotterait sur la Seine et serait église cathédrale dédiée à la mère de Dieu. Alors qu'il demeurait en son palais, le roi pouvait apercevoir depuis le fenestrage les échafauds dressés par cent et par mille. Dès l'an 1182, le chœur étant édifié, on avait célébré la messe à Notre-Dame. Pourtant vingt ou trente ans passeraient encore avant que la nef et les transepts soient achevés. Ainsi erraient les pensées du roi de France tandis que disparaissait au loin le rivage palestinien. Et plus le navire avançait vers l'Occident, plus oubliait le roi Philippe Jérusalem avilie et perdue.

Heureusement, il y avait Richard, comte de Poitiers, Richard, sire d'Anjou, Richard, duc de Normandie, Richard enfin roi d'Angleterre, et ce Richard, selon ce que chantait Ambroise, renfermait en son ventre un cœur de lion. Il ne songeait quant à lui nullement au retour, voulait rester en Syrie pour le danger enivrant, pour la bataille et pour la gloire. Par Dieu ! la Sainte Aventure l'amusait à outrage ! Voyant fuir toutes voiles déployées Philippe de France, il gardait l'esprit serein. Car Philippe avant son départ avait prêté serment sur des reliques vénérables. Tant que Richard serait occupé à reprendre Jérusalem, avait-il juré devant une large assemblée où paraissaient maint haut prélat et maint seigneur, il n'irait semer noise ni guerre sur les terres tenues par le roi d'Angleterre, et ce jusqu'au quarantième jour après la revenue en Occident de son adversaire. Lors pouvait commencer en Syrie la véritable aventure, la guerre d'assaut et non plus seulement de siège, les bonnes joutes menées front à front avec l'ennemi turc, les prises d'hommes et de butin, en bref tout ce qui fait le sel de la vie.

Son beau cousin Philippe l'y ayant durement encouragé, le marquis de Montferrat était resté avec la marquise hébergé au palais royal. Ni le roi Gui ni le roi Richard n'avaient élevé la voix contre cette faveur excessive. On n'allait pas si vite briser ou du moins entailler la nouvelle concordance établie entre les princes. Par surcroît, les seigneurs séjourneraient peu de temps dans la cité d'Acre et emmèneraient bientôt leurs bataillons poursuivre la reconquête. Pour se mettre en chemin, les Francs attendaient que déclinât la saison brûlante, puis que leurs forces dégâtées par le long siège peineux fussent restaurées. Ils attendaient enfin que le Sultan acquittât le prix de sa déconfiture et honorât ses engagements. Selon la convention de paix, il devait laisser aller tous les prisonniers chrétiens détenus dans ses geôles, prisonniers dont pas un n'avait encore été aperçu de près ni de loin. Il devait restituer aux Francs le palladium de l'ost, la Vraie Croix de Jésus perdue par malencontre sous les cornes de Hattîn. Et il devait payer à son ennemi vainqueur un dédommagement de guerre en besants d'or.

Dame Isabelle sur le marquis de Montferrat levait alors des yeux doux. Il était bien, se disait-elle et redisait-elle, des chevaliers du monde le plus fort, des époux le meilleur, des amis le plus loyal. Chaque jour voyait se raffermir leur alliance et croître leur plaisir d'être ensemble. À peine, il est vrai, se rencontraient-ils au manger du soir le temps d'une chandelle, et rarement ils se côtoyaient, sinon jamais, entre l'aube et le crépuscule. Mais la nuit durant ils gisaient au même lit et souventes fois faisaient la folie, délectable folie quoique brève.

Depuis le jour de méchéance où Dame Isabelle était arrivée dans la cité, où l'avait retrouvée en route Raynouard de Néphin, le hideux seigneur tripolitain, où le connétable de Jérusalem s'était contenu envers elle tel un satan prouvé, la mettant à honte, la couvrant d'injures et moqueries pour lui témoigner sa haine jamais sommeillante, elle voulait que le marquis eût toutes les vertus. Il en avait assez, Dieu le sait, pourtant la marquise outrait leur nombre et leur grandeur. Et quant à lui, durement réjoui par les louanges, mignotises, regards béats dont le comblait sa dame aussi jeune qu'avenante, il s'enflait d'orgueil quand elle paraissait devant le baronnage, les ducs ou les princes. D'enfanter, songeait la marquise, elle serait maintenant bien aise, afin de plaire à Conrad et à Monseigneur Jésus, lequel chérissait les petits enfants. La nature, on pouvait l'espérer, se montrerait avec elle moins fainéante pour cette matière-là que pour le sang des femmes.

Réconciliés ou du moins faisant semblant de l'être, Anglais, Français, amis du roi de Jérusalem et compagnons du marquis se mêlaient cette saison-là volontiers. La chaleur décroissait et le nonchaloir dominait les âmes. Il entrait dans le port d'Acre abondance de provende, bon vin et riches viandes, cependant qu'affluaient les ribaudes par milliers, « dont il y avait de moult belles », chantait Ambroise. On festoyait tous ensemble en oubliant les rancunes. Dame Isabelle en vestaille neuve allait ouïr la messe dans la cathédrale de Sainte-Croix où elle prenait place entre la reine Jeanne et la reine Bérengère. Siégeant un peu à l'écart, la jeune captive du roi Richard la regardait avec haine, ainsi qu'elle regardait toutes choses. Puis, la messe dite, les dames s'attardaient devant les étals, saluaient au passage les seigneurs qui déambulaient à travers venelles et rues et qui leur adressaient de courtoises paroles. Cependant Dame Isabelle épiait le chemin d'un œil angoissé, redoutant toujours de voir fondre sur elle Raynouard de Néphin jailli de nul endroit.

Messire Conrad, satisfait de lui-même, de sa femme et du monde, courait de place en place d'un pas joyeux. Messire Gui, soulagé d'avoir encore le chef couronné, se tapissait dans l'ombre glorieuse du roi Richard. Et le roi Richard présentait chaque jour au monde une face plus rouge et plus courroucée. L'ire Plantagenêt si notoire montait en lui et ses familiers redoutaient qu'elle n'éclatât avant longtemps. Les Turcs, pensait Richard, faisaient risée de sa personne ! En vérité, comment cette gent à Diable, cette chiennaille pure, pouvait-elle honorer la parole donnée, se conduire en nation loyale et preuse ? Le sultan des Sarrazins était un chien aussi, pire que les autres, galeux et puant ! Qui donc hormis un niais croyait qu'il allait rendre la Vraie Croix, payer son tribut et délier en un moment deux ou trois mille captifs chrétiens ?

Peu à peu le sang de Richard Plantagenêt devenait feu et rage. Il ne contrôlait plus sa cervelle bouillante ni son cœur affoléti. Richard l'Aquitain, le comte de Poitiers, le fils d'Aliénor, le troubadour courtois et tendre, semblait à tous péri. Ses compagnons, qui parlaient maintenant dans un murmure, savaient qu'ils ne ramèneraient leur seigneur à la raison par aucun argument. Seul un sacrifice consenti à son ire folle apaiserait Richard, comme si un démon dissimulé en lui eût eu besoin pour se tenir muet qu'on lui offrît parfois une bonne immolation. Et le temps d'août passant, pas la moindre nouvelle du Sultan n'arrivait au roi furibond.

Le roi de Jérusalem, jadis jeune seigneur à la cour de Poitiers, soupirait et se taisait. De Richard il n'avait rien oublié, ni sa vaillance nonpareille, ni son âme chantante, ni la folie de ses courroux. Au contraire les barons du royaume, qui connaissaient à peine le roi d'Angleterre, déployaient de grands efforts pour l'apaiser. Ils plaidaient en faveur de Saladin, qui n'eût, selon eux, menti sa foi sous la torture, peignaient la nonchalance orientale, conseillaient d'engager de nouveaux pourparlers avec les Sarrazins dont la nature se plaisait aux débats sans fin. Et faisant ainsi, les prudents barons messavaient de tout en tout ce qu'était en vérité la folie Plantagenêt.

Cette folie, cependant, le roi Richard ne tarda guère à l'exposer devant leurs yeux et à les en instruire par un exemple parfait. Au soir du 19 août, chacun des trois cents convives qui soupaient dans la commanderie templière put voir les prunelles de Richard lancer des éclairs sauvages. S'il se nourrissait et buvait avec mesure, selon sa coutume, il riait pour nulle chose à tout moment et prononçait peu de paroles. Parmi les lacis d'un rêve il semblait égaré. Tout en mangeant il chantait, riait en chantant, contemplait autour de lui la salle en riant comme un forcené.

À ses côtés, la reine Bérengère avait la face épouvantée. Soupant non loin d'elle, Dame Isabelle regardait frémir les doigts frêles et les lèvres fines de la pauvre dame en grand effroi. « Bonne âme, certes, songeait-elle sans miséricorde, mais couarde à la parfin. Et quand l'approche son seigneur, elle se pâme, tant elle en a peur, et devient comme une chair morte. Que croit-elle donc, par Dieu vivant ? Que mon cousin Richard, le roi d'Angleterre, va soudain se mettre à jeter des flammes par la gueule, tel un dragon, et tous nous réduire en cendres menues ? »

Or, ce fut à peu de chose près ce qui advint le lendemain, vingtième jour du mois d'août 1191. Richard durant la nuit avait réclamé une femme et on s'était peiné afin de la lui procurer. Tandis que dormait seule sur une large couche sa nouvelle épouse et que sur un lit étroit gisait les yeux ouverts sa jeune captive, il défoulait à longs coups de reins une belle putain. Pareil exercice, plaidait-il, était chez lui nécessité quand il devait concevoir une entreprise majeure, car la fornication lui déliait l'esprit. Et à cette heure une affaire gravissime requérait que sa pensée fût claire.

Ayant ainsi médité la nuit entière, le roi Richard s'éveilla revigoré, sûr de son droit et plus encore de sa force. Après s'être confessé, agenouillé sur le pavement nu, il envoya des messages à tous les hauts seigneurs de la cité, aux évêques et moines-chevaliers, aux dames et damoiselles. Que chacun, disait-il en bref, le suive aujourd'hui dans la plaine où il offrirait à la noble compagnie un tournoi si glorieux que nul jamais n'en perdrait la remembrance. Lui-même, de son bras vaillant, accomplirait plus d'un exploit.

– Irons-nous, Monseigneur ? demanda au marquis de Montferrat la marquise.

– À ce qu'il semble, répondit Messire Conrad, je suis convié comme vous à contempler la joute, nullement à escrimer. J'eusse mieux aimé porter les armes, je l'avoue. Mais nous irons, belle amie, s'il vous amuse d'y aller. Quant à moi, je m'affublerai tout de blanc pour vous plaire, puisque vous estimez trop colorées mes vestailles, qui sont pourtant au goût excellent de notre Piémont.

Ils partirent en chevauchant flanc à flanc dans la suivance du roi Richard. Isabelle parée d'un bliaut de samit bleu et or allait le corps bien droit et la bouche toute riante. Que pouvait contre elle en ce moment le félon Raynouard de Néphin ? Qu'il vienne donc l'offenser ici même, et le marquis le recevrait de belle manière ! Comme annoncé, Conrad portait une blanche tunique. Taillée dans une étoffe de cendal qui étincelait et bruissait, la robe avait une cordelle de moine faisant office de ceinture, un trou mal frangé en guise de col et des ailes au lieu de manches. On eût dit que le marquis s'était couvert le corps de bannières blanches prêtes à flotter et clapper au moindre souffle de vent. Certains derrière leur paume allaient rire de lui, mais ceux-là ne seraient qu'un petit nombre et ne riraient qu'une once, car toujours le marquis finissait par triompher des moqueurs.

En avant de la chevauchée se voyait le roi Richard monté sur Fauvel, coursier splendide et roux comme lui, qu'il avait rapiné à l'empereur de Chypre en même temps que sa fille jeunette.

– Il paraît singulier, cria Dame Isabelle au milieu du tumulte environnant, qu'un chevalier aille en tête avec le roi d'Angleterre. Par Dieu ! quel est donc ce seigneur ? Le savez-vous ?

– Ne connaissez-vous point, belle amie, répondit Messire Conrad, le comte Henri de Champagne ?

La marquise branla le chef, déclarant que ce chevalier, par un mystère de la fortune, restait pour elle une ombre. Elle entendait vanter partout sa jeunesse comme sa valeur, mais jamais encore n'avait pu croiser son chemin.

– Ce ne sont, il est vrai, dit le marquis, ni la valeur ni la jeunesse qui font défaillance au comte Henri, mais l'or et les deniers sonnants. Les usuriers le pourchassent jusque dans sa chambre. Voilà pourquoi il a choisi de servir son oncle Richard, votre cousin, plutôt que son oncle Philippe, mon beau cousin, Richard étant de loin le plus riche.

À cause du tintamarre, la marquise laissa là les paroles, se promettant d'aller rencontrer durant la joute le comte Henri, dont elle n'apercevait pour l'heure que le dos.

Les nobles seigneurs avançaient au pas, formant une longue procession qui dévalait vers la plaine dans un soulèvement continu de poussière. Derrière le roi Richard et son neveu Henri le Champenois venaient les chevaliers et prélats d'Angleterre, d'Anjou, de Normandie et d'Aquitaine, tous brandissant leurs bannières peintes. Après ceux-là paraissait la troupe maigre des barons du royaume de Jérusalem que menait le roi Gui couronné d'un chapel de fleurs fraîches blanches et rouges. Suivaient sans ordre ni cheftain quelques Templiers d'une part et de l'autre quelques Hospitaliers. Puis on discernait dix toises de chemin vide, et enfin arrivait la foule drue des Français que conduisait le duc de Bourgogne, ce dernier entouré par le comte de Blois, par l'évêque de Beauvais, par le marquis et la marquise de Montferrat. Quant aux seigneurs allemands, danois, frisons ou italiens, le roi Richard n'avait mandé à son tournoi que les plus hauts d'entre eux, lesquels chevauchaient éparpillés le long de la procession.

Richard guida sa compagnie sur une voie bordée de champs brûlés qui était le commencement de la route plénière allant d'Acre jusqu'à Damas. Ils passèrent au pied du Toron de Saint-Nicolas dont les coteaux étaient encore semés de pavillons francs en grand nombre et ils cheminèrent vers le levant sur une lieue et demie. Lors ils se trouvèrent sous les flancs du mont Ayâdiya où le Sultan naguère laissait hébergée son avant-garde et où continuaient à s'abriter plusieurs bataillons musulmans chargés d'épier l'ost chrétien. Et là s'arrêta la riche procession des gentilshommes francs.

Ils se trouvèrent massés dans un creux de la plaine jonché d'herbes sèches et de rares buissons d'épines. Pas une ramée en ce désert ne venait adoucir la rage du soleil d'été, mais pour y tournoyer le lieu semblait séant à merveille : uni et plat, il pouvait contenir aisément la noble suivance du roi Richard et outre celle-ci, la multitude qui déjà s'y tenait assemblée à l'arrivée des seigneurs francs. Dame Isabelle, pour ce qu'elle avait les yeux éblouis, discernait mal ce peuple pressé sur la terrée en face d'elle et se tenant muet. Mais comme ses compagnons, elle se sentait l'esprit mi-ébahi et mi-troublé, ne comprenant en nulle guise l'intention du roi Richard. Que faisaient là ces gens serrés les uns contre les autres sur l'herbe brûlée, tels des moutons à la bergerie ? On ne pouvait les compter, tant il y en avait, ni même les envelopper tous du regard. Ils étaient une infinité de corps dressés en pied qui remuaient à peine et demeuraient sans voix.

Quand Dame Isabelle se tourna vers le marquis pour lui demander sa pensée, il avait disparu à travers la foule. Autour d'elle ne se montraient que visages étrangers de Croisés français, bourguignons, picards ou champenois. Elle guida Bélior avec prudence entre les rangs de ces chevaliers malconnus afin de se rapprocher de gens amis. Elle tenait les rênes d'une main ferme, étreignait les flancs de son cheval dont elle savait soumettre la nature à sa volonté, réclamait hautement le passage et finissait par avancer vaille que vaille. Après de longs efforts elle put s'esquiver de la troupe française et rejoindre le baronnage de Jérusalem.

Étant aujourd'hui rare, la chevalerie de Syrie franque se mouvait à l'aise en arrière des Anglais comme en avant des Français. Aux environs du roi Gui on respirait sans peine et chacun dès son arrivée sur le champ avait déchevalé. Dame Isabelle à son tour démonta, puis elle soupira de soulagement en reconnaissant à peu de chose près toutes les faces présentes. Parmi les chevaliers notoires se voyaient trois des princes de Galilée, Otton, Raoul et Hugue de Fauquenberge, dit le Valeureux, puis Messire Yvain du Plessiez, le sire de Gibelet et celui de Boutron, un jouvenceau déjà seigneur de Bélinas et un enfant déjà seigneur de la Blanchegarde, le jeune comte de Césarée accompagnant son oncle Renaud Garnier, comte de Sidon, et ce Renaud était le plus vieil ami qu'eût au monde la marquise de Montferrat.

Il y avait là encore, certes, le roi Gui, son beau-frère, que la marquise aimait avec une ardeur toujours défaillante, Messire Onfroi de Toron dont elle ne savait si elle devait le priser ou le mépriser et enfin le connétable de Jérusalem, frère du roi et âme damnée du siècle, un homme dont elle endurait depuis son jeune âge tant la haine que les sortilèges. Toutefois ces trois seigneurs eux-mêmes lui étaient si familiers que leur vision ne pouvait tuer sa joie de côtoyer maints amis des jours anciens. Quant à Raynouard de Néphin, elle n'apercevait jusqu'ici un seul poil de lui et s'en réjouissait fort. Aimablement elle salua un à un les barons de Syrie et les barons la saluèrent sans lui témoigner une once de froideur. Le roi et le marquis ne s'étaient-ils point réconciliés devant Dieu ? En outre, elle était pour eux l'héritière non déniée du royaume.

Ayant achevé ses courtoisies, Dame Isabelle se glissa entre le comte Renaud et le prince Hugue de Galilée, qui devisaient ensemble. Messire Hugue alors disait :

– Le roi Richard nous semble à tous un étrange homme, dont nul ne peut saisir le cœur ni prédire la contenance.

– Une chose est sûre, mon bel ami, répliqua le comte Renaud, il chante à merveille.

– Il chante, oui, mais croit-il donc, Renaud, que nous aurons si grand plaisir à voir s'entre-combattre dans un tournoi chevalereux des Infidèles par centaines ? Ou bien veut-il contrefaire la guerre, qu'il aime tant, et jeter face à face des Musulmans et des Chrétiens ? Si vous voulez connaître mon opinion, il a l'esprit malade.

– Je crains, dit à voix lente le comte de Sidon, que vous n'ayez de cette affaire une conception gaie et riante à outrage. Les Sarrazins rassemblés vis-à-vis de nous sur le champ sont liés de la manière la plus ferme les uns aux autres, sans quoi nous les verrions remuer jambes et bras. Et par surcroît ils sont remplis d'épouvante, sans quoi nous les entendrions brailler ou du moins parler et gémir dans leur jargon sarrazinois. Par Christ ! nous ne savons ce que s'apprête à nous servir le roi d'Angleterre, mais je gage qu'il ne nous donnera en nulle guise un tournoi pour le plaisir !

À ces mots, Dame Isabelle quitta du regard les deux barons. Elle n'avait plus maintenant la vue brouillée par le soleil, aussi lui suffit-il d'un coup d'œil lancé par-dessus l'épaule pour discerner les qabâs, les turbans et les barbes des hommes entassés comme bétail à une portée d'arc des seigneurs chrétiens. En ce moment venaient des sergents mettre un soupçon d'ordonnance parmi les Francs. Ils plantèrent des pieux le long de leur foule et tendirent des cordes entre les pieux afin de former les lices. Princes, dames et seigneurs durant la manœuvre se bousculèrent, chancelèrent et se murent de place en place. Quand Dame Isabelle reprit pied, le comte Renaud, qui l'avait soutenue dans la mêlée, lui ceignait toujours la taille, le prince de Galilée était loin et le connétable de Jérusalem à deux pas de là clignait de l'œil pour elle comme un jouvenceau.

Le chevalier maudit, remarqua-t-elle, portait en ce jour de fête une tunique sans plis galonnée de fils d'argent au col, aux manches et en son bas, tunique noire comme l'aile du corbeau. Les deux pans flottants de sa ceinture blanche étaient joints sur les hanches par une broche en perles fines figurant une étoile. Avec rancune, elle songea qu'il avait le semblant d'un mage venu annoncer non la bonne nouvelle, mais un malheur sans nom.

Lors un héraut se présenta devant l'assemblée. Il marchait de pieu en pieu, battant et rebattant du tambour, criant et recriant son message. « De par Dieu ! hurlait-il à pleine gueule, oyez la parole du roi Richard, qui va céans, Messeigneurs, et sans délai, réjouir vos cœurs ! Par le roi seront vengées vos peines, lavées vos hontes, restauré l'honneur de tous les Francs et glorifié Jésus le Sauveur. Que notre sire Dieu avec les anges et les saints du ciel aide le roi Richard ! » Ces paroles vingt et trente fois clamées au son du tambour laissèrent bouche bée les seigneurs de Palestine.

– Vous ne feriez que sage, Dame Isabelle, murmura le comte Renaud, en déguerpissant d'ici à grande allure. Prenez avec vous l'un de nos écuyers et rallez-vous-en dans la cité. Si Messire Balian n'était parti rejoindre à Tyr votre mère, il vous ôterait lui-même de ce lieu singulier dont l'air commence à puer, me semble-t-il.

– À ce que je crois, répliqua Dame Isabelle, mon cousin Richard fait mystère de son intention afin de mieux nous amuser et nous surprendre. Il va nous offrir, ce peut être, le plus beau tournoi jamais vu sous le soleil de la Syrie.

– Sur ma foi, Dame Isabelle, intervint le connétable de Jérusalem, vous êtes pâle un tantinet. Et vous ne croyez un seul mot de ce que vous dites !

Elle voulut répondre mais ne le put. Comme le chevalier poitevin et comme le comte de Sidon, elle tourna la tête vers le champ où venait de paraître sous les cris de liesse le roi d'Angleterre. Montant son cheval fauve, il avait jailli le chef nu, la chevelure flamboyante, l'oriflamme d'Anjou au poing sénestre et au poing dextre la lance aiguë. Derrière lui marchait un sergent qui tirait par une laisse un homme que ses liens contraignaient à se traîner sur les genoux. Affublé d'une riche robe d'émir, l'homme gardait les paupières baissées sous le voile bleu et le fin turban doré couvrant son chef.

– Sait-on, balbutia Dame Isabelle, qui est le noble Sarrazin maintenu à genoux ?

– Je le sais, quant à moi, dit le comte Renaud, car j'ai débattu avec lui lors des pourparlers de paix, il n'y a guère. Il a nom al'Meshtûb chez les siens et chez nous le Mestoc. Il fut durant le siège l'un des deux vaillants gouverneurs d'Acre et lui-même vint demander l'amân au marquis de Montferrat pour tous les défenseurs de la cité.

Cependant rugissait dans les lices le roi Richard :

– Voyez ce chien noir, voyez sa laide face ! Il a menti sa parole dix fois, m'a causé dix fois grief par sa basse félonie ! L'infâme a offensé mon chef, mon nom et ma couronne ! Aussi, mes beaux amis, vais-je le justicier devant vous et d'une manière qui ne faillira pas à vous plaire.

Il fit aller son cheval jusqu'à l'émir affaissé dans l'herbe jaune et prit des mains du sergent la longue laisse qui transmuait en bête son ennemi vaincu. Puis il éperonna Fauvel et galopa longtemps en formant des cercles diableux autour du Mestoc. Ce faisant, il hurlait cent paroles de folie que nul parmi la foule ne saisissait pleinement. Et quand il eut estimé avoir assez rompu, tourneboulé, meurtri avec ses voltes le Mestoc, il freina l'allure, courba le corps au-dessus du noble Sarrazin et lui ficha sa lance en travers de la gorge.

Tandis qu'une large part de l'assemblée louangeait le roi Richard par des clameurs d'allégresse, les barons du royaume restaient muets et blêmes après cette prouesse. Dame Isabelle avait maintenant la face blanche comme la blanche vestaille du marquis de Montferrat qu'elle ne pouvait ni voir ni entendre gronder, depuis le lieu où il était, « Chien toi-même ! » entre ses dents. Et sur le champ de son tournoi, le roi Richard ôtait du mort sa lance, puis à la foule présentait le fer vermeil dressé haut sous le soleil. Mais on contempla son visage resplendissant de plaisir une once de temps seulement, car sans demeure il tourna le dos aux Chrétiens pour regarder les Sarrazins.

– Or çà, commanda-t-il à voix plus grosse que Dieu qui tonne, venez par là, mes sergents, mes bons guerriers de Normandie, d'Anjou et d'Aquitaine, venez faire, tous vous voyant, votre bel ouvrage !

Des quatre angles du champ brûlé jaillirent les sergents, qui étaient cent et trois fois cent, contèrent les témoins à l'intention des générations futures. La hache dans un poing, le coutelas dans l'autre, ils marchèrent vers leur sire qu'ils entourèrent, débandés et hagards.

– Pour Dieu et pour son règne, brailla encore le roi Richard, détranchez-moi cette putaille entassée ici même, droit sous vos yeux, cette chiennaille à qui Dieu n'a point donné d'âme ! Hez avant, amis, tuez-les tous !

Derrière les pieux la foule des seigneurs cria plus haut que le roi des Anglais. Certains pris de folie criaient leur jubilation et certains sur qui Dieu veillait criaient leur épouvante. Même parmi les Croisés d'Occident on entendait maint chevalier regimber contre Richard, lui jeter en face blâmes et malédictions. Pourtant les sergents armés, n'ayant souci du baronnage, se ruaient sur les Sarrazins liés. À coups de haches et de couteaux, ces bons soudards égorgeaient, pourfendaient, éventraient, coupaient par milliers les membres et les chefs. La foule des nobles gens hurlait, la multitude infinie des Infidèles dont on faisait telle mortaille hurlait maintenant sans retenue et les sergents massacriers hurlaient aussi pour ce que la besogne leur était rude et qu'ils voulaient s'encourager de la voix. Et au milieu de cette gueulée d'enfer, propre à détourner Dieu du monde, riait le roi Richard monté sur Fauvel, son cheval roux.

Des plaies béantes et des tranchailles dégouttait le sang qui dévalait en ruisseaux vermeils dans le pré jaune. Il jaillissait du sang à si grands flots, jaillissait du sang si loin et si haut que le soleil lui-même en paraissait éclaboussé. Les beaux seigneurs francs clignaient des yeux, ne voyant plus que rouge. La boucherie puante irait-elle jamais à sa fin ? Autant il y avait de prisonniers sarrazins qui s'écroulaient morts à terre et autant il en restait dressés en pied sur le champ du tournoi. Et ces pauvres captifs, certes, pas un seul Franc ne pouvait messavoir leur être ni leur nombre. Ils étaient les défenseurs d'Acre valeureux et fiers. Par Dieu ! on les avait comptés en entrant dans la place et on en avait trouvé trois mille ! Trois mille qui attendaient une délivrance jurée par les Chrétiens et qui recevaient aujourd'hui la malemort au lieu de liberté !

Avec un soulèvement du cœur, Dame Isabelle détourna son regard de la tuerie pour s'abattre sur le comte de Sidon, se presser en haletant contre la poitrine robuste et large alors prête à l'accueillir. Les yeux clos, elle sentit, mais comme au loin, deux bras forts se refermer autour d'elle à demi pâmée. Elle tordit entre ses doigts une étoffe de soie douce, luttant afin de garder conscience et ne pas s'en aller si jeune vers un monde où elle ne connaissait nulle âme et nulle chose. Elle ne percevait plus les hurlements continus des foules sinon comme un bourdonnement lui agaçant l'oreille. À la fin, elle gagna son combat et revint de pâmoison. Mais elle paya sa victoire par une envie soudaine de vomir, chose qui la contraignit à entrer dans un nouveau combat. Et elle remporta encore celui-là, moins en vérité par sa vaillance que par l'appui rencontré en ce chevalier dont elle étreignait le corps comme un naufragé la planche de sauveté.

Car le toucher de si près guérissait Isabelle, effaçait sans longue demeure son malaise. Il répandait sur elle une force qui la soulageait, une tiédeur qui la consolait, une odeur qui la rendait béate. Et en même temps que l'esprit, elle retrouvait des souvenirs anciens. Cette chaleur, cette odeur, cette force dont elle tirait grande bénestance, elle les reconnaissait sans faille et pouvait nommer avec assurance leur possesseur, lequel en nulle guise n'était son vieil ami le comte de Sidon. Ouvrant les yeux, elle aperçut l'étoffe que ses mains angoissées froissaient, la sévère soie noire affublant en ce jour de deuil Messire le connétable de Jérusalem.

– Pouvez-vous, dit-il doucement, la voyant revivre, mettre un pas devant l'autre ?

Égarée, elle ne répondit ni que ni quoi. Comme elle cherchait à esquiver son regard et tournait le col sans y songer, le chevalier d'une main ferme lui voila les yeux.

– Venez ! commanda-t-il. Vous devez seulement marcher jusqu'à mon cheval, qui est fort près d'ici, et rassembler votre vaillance pour ne point vomir.

Elle hocha le chef, envahie par l'angoisse, toujours coite et blême. À travers le beau peuple braillant, elle se laissa conduire vers Maginois, le grand cheval ferrant du connétable.

– Vous allez monter avec moi, dit-il, et siéger sur ma selle qui est assez large pour deux. Je veillerai, croyez-en ma parole, à vous renvoyer plus tard votre palefroi.

Elle fit ce qu'il voulait et ils reprirent le chemin de la cité parmi d'autres chevaucheurs qui fuyaient comme eux le champ d'abomination.

Ils allèrent à petite allure sur la voie poudreuse. Tant qu'ils purent entendre les clameurs des gentilshommes rassemblés pour le mortel tournoi, ils restèrent l'un et l'autre se taisant. Affriolés déjà par le sang proche, promesse de charognes, des oiseaux de proie traversaient le ciel au-dessus d'eux, fendaient l'air brûlant avec de longs cris d'appel. Quand ils eurent disparu, quand se discernèrent dans le lointain les flancs familiers du Toron de Saint-Nicolas, Dame Isabelle à voix tremblante murmura :

– Il y avait derrière Messire Renaud deux chevaliers tripolitains, le seigneur de Gibelet et celui de Boutron, que je connais assez. Ils devisaient et ils disaient...

– Or que disaient-ils ? murmura lui aussi le connétable de Jérusalem.

– Si je ne me fourvoie, Messire, ils assuraient qu'on avait trouvé mort hier le sire de Néphin. Auriez-vous par aventure ouï parler de la chose, quant à vous ?

– Il a péri, Dame Isabelle, n'en doutez en nul endroit ! Serait-ce que vous désirez verser un pleur sur ce bon chevalier ?

– Je suis bien heureuse, Messire, qu'il ait rendu son âme. Et sait-on comment il a péri ?

– Par le fer. Il se créait moult ennemis, à mon escient, où qu'il allât. Cette fois, l'un d'eux l'aura surmonté en combat singulier.

Ils outrepassèrent le Toron de Saint-Nicolas sans prononcer plus de paroles. Dame Isabelle avait les bras du chevalier autour d'elle, son feu et sa force l'environnaient, pourtant elle ne pouvait bannir l'angoisse que le roi Richard avec son tournoi satané lui avait mise au cœur. Comme se dressaient à moins d'une lieue les murs de la cité, elle les apercevait couverts de sang gluant. Et les enseignes des rois sur leur cime, elle les découvrait teintes en rouge sang, croyait les entendre clapper ainsi que les langues rouges des démons. Lors elle pointa du doigt le ciel où flottaient au vent ces étendards maligneux en balbutiant :

– L'avez-vous vu, Messire ? Il avait en main, ce mauvais homme, l'étendard de mes pères.

– Qui donc, Dame Isabelle ?

– Richard d'Angleterre. C'était bien la bannière d'Anjou, croyez-m'en, qu'il brandissait comme un enragé par-dessus son carnage. Dieu le punira, je vous le dis, Dieu le tuera par l'esprit de sa bouche ! Comment ose-t-il user de nos bannières pour donner beau semblant à ses forfaits ?

– Le roi Richard, objecta le chevalier, descend ainsi que vous des seigneurs angevins. Sur ma foi, votre étendard est le sien, car vous et lui êtes issus de la même parentèle.

– Non, Messire Connétable, en nulle guise la chose ne se peut ! Je n'ai, je vous en fais serment devant Christ, aucun boucher dans mon lignage. Une vilaine bâtarderie aura de son côté rompu le fil, suivant mon opinion. Ses aïeux, je vous assure, sont des truands et non des princes.

Le connétable de Jérusalem ne répliqua rien. À nouveau ils retinrent un long moment leur parole, tant que jaillirent sous leurs yeux les portes de la cité. Dame Isabelle eût aimé se sentir saisie par un puissant courroux, mais grêle et chétive était l'ire tapie en elle, vaincue de tout en tout par la peine qui lui comblait le cœur. Aussi dit-elle à voix plaintive au lieu de crier et tempêter :

– Vous le défendez, quoi qu'il fasse. Pour avoir été en d'autres temps son vassal, son compagnon et son frère, vous appuyez ses crimes. Il demeure votre ami, et moi, Messire Connétable, je vous hais de l'aimer !

– Avec Richard ou sans lui, vous me haïssez, mon cœur, en toutes saisons. Par Dieu vivant ! quel homme piteux deviendrais-je si votre haine vous abandonnait ? Cependant vous m'accusez à mauvais droit. Je n'approuve nullement les faisances d'un fou. Et le roi Richard aujourd'hui nous a donné à contempler œuvre de fou. Demain, assurément, il reviendra de sa folie et sera par lui-même épouvanté. Alors il se repentira en pleurant, car il n'a point le cœur cruel.

– Votre Richard égorge en un moment trois mille hommes innocents, fit dans un sanglot Dame Isabelle, et vous lui trouvez le cœur tendre !

– A-t-il égorgé trois mille hommes ? Vous, ma petite âme, vous le savez, et moi, certes, je le sais aussi. Mais lui dans sa folie aveugle n'en a aucune idée. En outre, il ne peut concevoir les Sarrazins comme des hommes, n'en ayant jamais vu un seul de près jusqu'à ce jour. Ils sont une génération de bêtes, croit-il en bonne foi. Dieu les créa sans âme, à la semblance des loups, des chiens, des sangliers ou des singes.

– Plus d'une fois, Messire Connétable, j'ai parlé au roi Richard, et je l'estime durement moins busard que vous ne le peignez. Vous en souvenez-vous ? Il n'y a guère, il fut saisi de la léonardie, un mal périlleux dont il se releva, par infortune. Or à cette occasion le sultan Yûsuf lui envoya des présents accompagnés de messages bienveillants. Messire Richard a-t-il pensé, selon vous, que tels présents et mots courtois lui étaient adressés par un sanglier ou par un singe ? En vérité, Messire, vous plaiderez toujours en sa faveur. Pour continuer à l'aimer, vous voulez que sa cruauté soit folie.

– Dieu du ciel ! Dame Isabelle, nul homme ne tue en riant trois mille autres hommes, ni même, à dire le vrai, trois mille bêtes, sans avoir entièrement perdu le sens ! Afin de m'entendre, essayez un moment de vous représenter en un champ clos trois mille sangliers empêtrés ou trois mille chiens liés ou bien seulement trois mille chevreaux nouveau-nés, ces créatures étant soit détranchées à la hache, soit égorgées à la dague, pour le plaisir. Dites-moi donc là-dessus votre cœur, je vous prie !

Dame Isabelle à ces propos se vit revenue sur le lieu du tournoi où officiait le roi d'Angleterre en maître massacrier. Elle eut un long sanglot qu'elle étouffa dans la tunique noire du seigneur poitevin.

– Il coulait tant de sang, Messire, de leurs plaies ! Ils avaient la chair trouée de part en part et tous les membres dépecés ! Ils s'écroulaient morts en criant merci, les pauvres défenseurs ! Mais pas un ne trouvait pitié devant le roi Richard, qui faisait d'eux risée en les tuant. Et toute la chevalerie d'Occident et tout le baronnage de Syrie étaient accourus à son mandement sur le lieu maudit ! Songer que nous contemplions sa besogne infâme le réjouissait, ce peut être, autant que tuer trois mille hommes pour néant. Dieu l'aura damné avant longtemps, vous devez m'en croire. Et il vous damnera vous aussi, Messire Connétable, qui aimez d'un tel cœur le bâtard anglais !

Ils entrèrent dans la cité d'Acre au son des cloches. Étreinte sans violence par le bras du chevalier, Dame Isabelle pleurait doucement. De temps en temps elle disait des choses ténébreuses, disait : « leur sang trempait le pré entier... », ou bien :

« sur ce champ croîtront demain des fleurs de sang... », ou encore : « leurs chefs tranchés me regardaient droit dans les yeux ». Elle disait : « les mains coupées sautaient en l'air à grand foison, et les jambes et les pieds... », puis elle gémissait : « il y a trop de sang qui coule au monde. Monseigneur Jésus en a la robe toute souillée, je le jure. » Enfin elle hoquetait : « Mieux eût valu que je périsse, moi aussi, comme les défenseurs sarrazins. Si j'étais morte, Messire, plus jamais je ne verrais une goutte de sang. »

Le connétable de Jérusalem guidait Maginois sans presser l'allure à travers les ruelles d'Acre. Peu de chevaux trottaient là pour l'heure, mais un peuple dense marchait sur les côtés de la voie. Le chevalier laissait Dame Isabelle parler du mauvais songe et se taisait lui-même. Or ils atteignaient un ancien monastère de moines blancs quand il reprit soudain la parole :

– Nous allons, déclara-t-il à voix sèche, faire halte en ce lieu une once de temps. Après quoi, je vous reconduirai au palais royal.

Tout en larmes et en détresse, elle ne lui fit la moindre demande. Il démonta le premier, saisit à mi-corps Dame Isabelle qui était sans force pour regimber, et elle crut voler jusqu'au pavement dur. Longeant à pied le monastère, ils se trouvèrent bientôt à hauteur d'un sanctuaire endommagé qui avait nom jadis « la chapelle Saint-Benoît ». Ils s'avancèrent sur le parvis, où s'arrêta le connétable de Jérusalem et après lui Dame Isabelle.

Un moment bref, ils se tinrent vis-à-vis l'un de l'autre en ne remuant qu'à peine. Telle une ombre se dressait dans sa vestaille noire le chevalier poitevin, ayant la face blême, les bras ballants et les jambes roides. À dix pas coulait comme un fleuve la foule des passants d'où montait une rumeur continue percée de cris aigus. Isabelle aux joues encore mouillées demanda :

– Pourquoi sommes-nous, Messire, devant cette chapelle en ruine ? Qu'y devons-nous faire, je vous prie ?

– Même en ruine, dit le chevalier, elle est toujours une maison de Dieu.

Et cette parole étant prononcée, il se laissa choir à genoux sur les pavés entre lesquels croissait une herbe folle.

– Par Dieu et ses anges ! s'écria-t-elle, vous perdez le sens ! Relevez-vous, Monseigneur, tout maintenant ! Le peuple entier de la cité vous contemple agenouillé !

– Qu'il me contemple, Dame Isabelle, à son loisir ! Et que Dieu me contemple et vous de même, vous surtout ! Au nom du roi Richard, je vous supplie à genoux, devant Christ et le siècle, d'avoir de moi pardon pour l'enfer où vous avez été, les yeux grands ouverts, en ce jour d'horreur et de damnation.

Elle s'inclina, posa sur l'épaule du chevalier une main petite.

– Mais quant à vous, Monseigneur Aimeri, vous n'avez, Dieu le sait, tué nulle âme aujourd'hui. Que pourrais-je donc vous pardonner ?

– De Richard, Dame Isabelle, je suis le compagnon, l'ami, le frère et le vassal. En conséquence, je porte sur mon dos le poids si lourd de son péché.

Deux ou trois fois, il redit :

– Par votre pitié, ma petite âme, ayez de moi pardon !

Et elle, tremblant de pied en chef, pleurait sur lui. Assurément les citoyens d'Acre les voyaient et s'ébahissaient. Quelques-uns s'approchaient pour venir se masser autour du parvis en murmurant. Dame Isabelle répondit à la fin :

– Sur ma foi, Messire, je vous pardonne. Mais votre ami est un bâtard prouvé, confessez-le, qui jamais ne fut de ma parentèle.

– Volontiers, dit le chevalier, je le confesse.

Leur office achevé, ils s'en retournèrent vers le grand cheval ferrant, se remirent en selle et s'en furent au palais royal parmi le peuple qui ne savait rien encore des exploits accomplis par le roi Richard lors de son magistral et sanglant tournoi.

XX

Dès le crépuscule, cependant, ce même jour de méchéance, les citoyens reçurent les noires nouvelles du tournoi. De place en place, d'échoppe en échoppe, de logis en logis et de bouche en bouche courut le rapport sur la tuerie commise dans la plaine par le roi Richard. Avant ce printemps 1191, où l'ost anglais était venu avec son sire guerroyer sur la Terre Sainte, les peuples de Syrie franque ou musulmane, hormis les habitants de Jérusalem qui voyaient pèleriner dans leurs murs le monde entier, ne connaissaient guère les Anglais. Suivant une légende fort répandue en plusieurs contrées orientales, on croyait les Anglais pourvus de queues pareilles aux queues des singes, longues et recourbées. Il se pouvait, assurait-on, que certains n'en eussent point, mais la plupart en dissimulaient une au fond de leurs braies.

Après avoir observé les compagnons du roi Richard, beaucoup avouaient maintenant s'être fourvoyés et le bruit se répandait à grande allure que la légende était mensonge. Pourtant, si les Anglais naissaient sans queue, ils abritaient dans leur ventre, chacun l'avait appris d'abondance aujourd'hui, un cœur sauvage ne connaissant ni mansuétude ni foi jurée. Qu'ils allassent à l'église ou à la mosquée, tous les gens natifs de Syrie s'accordaient là-dessus. Et d'une seule voix on clamait le plus malfaisant d'entre les Anglais leur terrible roi aux cheveux roux. Que dans les veines de Richard Plantagenêt ne coulât une seule goutte de sang anglais, nul ne voulait le savoir, en vérité.

Devant le carnage, les Sarrazins s'épouvantaient et criaient vengeance, les Francs du royaume sentait leur front rougir sous la vergogne, et les uns comme les autres s'ébahissaient, tant la courtoisie coutumière d'ennemi à ennemi gouvernait les cœurs de ces deux peuples. Mais il y en eut aussi maints et maints parmi les hommes ayant passé la mer au nom du Christ pour se dresser contre le roi d'Angleterre et dénier publiquement son forfait. « En bien laide aventure il s'est mis là, grondaient-ils, qui lui vaudra l'enfer. Et de surcroît, où sera demain la Vraie Croix du Seigneur, où seront les prisonniers chrétiens devant par milliers nous être rendus, où sera le trésor en deniers que le Sultan avait promis de nous livrer ? De ces belles choses, nous semble-t-il, nous ne verrons jamais rien, à cause d'un roi fol et furieux. »

Tandis qu'Ambroise continuait à louanger par des vers bien sonnants le prince dont il tenait sa pitance, les grondements croissaient dans la cité d'Acre et dans les environs dont chaque arpent de terre apparaissait toujours couvert de pavillons chrétiens. Bientôt se répandirent à travers l'ost les paroles d'une chanson qui racontait les faisances merveilleuses du roi Richard d'Angleterre. Sergents ou chevaliers, dames ou putains, tous les surent en un éclair, tous les redirent et les chantèrent sans se lasser. On chercha partout quel poète, quel jongleur, avait pu les concevoir, et on ne le trouva en nul endroit. Si le nom de Renaud Garnier, seigneur de Beaufort et comte de Sidon, fut prononcé à voix basse plusieurs fois ici ou là, jamais le baron franc ne confirma la chose de sa bouche ni ne la démentit, et pas une âme ne parvint à prouver qu'il fût l'auteur de la chanson. Or entendez, gens loyaux et de bon vouloir, ce que disait la chanson qui déridait les guerriers francs et revanchait les Sarrazins :

Ohé ! sergents et chevaliers,
Guerriers de Dieu qui tant vouliez
Servir le preux roi d'Angleterre

Et le suivre en la Sainte Terre,
Voyez-le, gaillard et flambard,
Le beau seigneur aux léopards,
Il fait mortaille des païens
Qui sont pour lui comme des chiens.

Cœur de lion, partout redoutable,
Cœur de félon, vrai fils à Diable,
Il a souillé nos étendards,
Le roi Richard, le roi trichard.

Ohé! cheftains et bacheliers,
Hauts seigneurs par lui ralliés
Dans un champ clos sous sa bannière,
Sous la flamme de sa crinière,
Voyez-le répandant l'effroi
Sitôt qu'il entre en son tournoi,
Fier d'occire les Sarrazins
Qui sont pour lui choses de rien.

Cœur de lion, partout redoutable,
Cœur de félon, vrai fils à Diable,
Il a souillé nos étendards,
Le roi Richard, le roi trichard.

Ohé! les pauvres gens de pied
Qui rendez l'âme les premiers,
Vous, artilliers et sagittaires,
Menue ringaille et mercenaires,
Voyez-le, sur son cheval roux,
Soudain saisi d'un fol courroux,
Frapper les Turcs de malemort,
Qui sont pour lui pis que des porcs.

Cœur de lion, partout redoutable,
Cœur de félon, vrai fils à Diable,
Il a souillé nos étendards,
Le roi Richard, le roi trichard.

Ohé ! les moines-chevaliers,
Templiers et Hospitaliers,
Gens pieux autant que batailleux,
Fidèles à tous comme à Dieu,
Voyez-le, brisant sa parole,
Trancher les membres et les cols
Des émirs et de leurs vassaux
Qui sont pour lui blancs vermisseaux.

Cœur de lion, partout redoutable,
Cœur de félon, vrai fils à Diable,
Il a souillé nos étendards,
Le roi Richard, le roi trichard.

Ohé ! toi, l'arbalétrier,
Dont les carreaux sans varier
Vont droit au but quand nous assaille
L'ennemi durant la bataille,
Vois-le braillant et rugissant,
Riant et noyant dans leur sang
Les guerroyeurs de Saladin
Qui sont pour lui puant fretin.

Cœur de lion, partout redoutable,
Cœur de félon, vrai fils à Diable,
Il a souillé nos étendards,
Le roi Richard, le roi trichard.

Ohé ! toi, le gonfalonier,
Dressé sur le chemin plénier

De Jérusalem dont tu quêtes l'âme
Avec ta vaillante oriflamme,
Vois-le courant dans la prairie
Faire massacre et boucherie
Des combattants priant Allah
Qui sont pour lui moins que des rats.

Cœur de lion, partout redoutable,
Cœur de félon, vrai fils à Diable,
Il a souillé nos étendards,
Le roi Richard, le roi trichard.

Ohé ! Chrétiens du monde entier,
Maudissez Richard de Poitiers,
Beau prince gouvernant le Maine,
La Normandie et l'Aquitaine,
Or voyez-le, ivre d'ardeur,
Plein de superbe et resplendeur,
Tuer trois mille Musulmans
Qui avaient eu de lui l'aman.

Cœur de lion, partout redoutable,
Cœur de félon, vrai fils à Diable,
Il a souillé nos étendards,
Le roi trichard, le roi Richard.

Les Sarrazins connurent eux aussi la Chanson du roi Richard, laquelle courut se faire ouïr jusque sous la tente noire du Sultan. Elle réjouit durement les cœurs des Infidèles, pourtant ne changea rien aux décrets pris par Saladin au lendemain du tournoi malheureux. En conséquence, la Vraie Croix de Dieu arrivée nouvellement dans l'ost sarrazin repartit sans délai vers Damas. Là, sur commandement d'un émir, elle fut jetée avec grand mépris au fond d'un grenier où elle demeura oubliée pour les siècles des siècles. Déconfortés et hagards, les prisonniers chrétiens, qui avaient attendu pleins d'espoir leur délivrance, apprirent qu'ils resteraient en geôle, chaînes aux pieds, ou y retourneraient en bonne diligence. Quant aux dinârs d'or de la déconfiture, ils allèrent améliorer l'estance des guerriers sarrazins quand ils eussent dû, suivant les termes de la paix jurée, aller garnir les bourses franques. Enfin, ordonna le Sultan, tout ennemi pris en bataille aurait sans faille ni demeure le chef décollé au sabre courbe.

Messire Richard, roi d'Angleterre, comprenant néant à la manière dont on le contemplait, se sentait à malaise. Les oreilles remplies de sa Chanson qui résonnait partout, il ne pouvait plus endurer le séjour d'Acre et ne songeait qu'à reprendre lance au poing la Sainte Aventure. Sitôt qu'on l'aurait vu dans la guerre, se disait-il, défiant tous les périls, accomplissant à lui seul en un jour les prouesses de cent chevaliers, la gloire à nouveau auréolerait son chef et de la terrible mortaille nul ne soufflerait plus mot.

Alors qu'août s'achevait, l'air de la Palestine brûlait encore. Les longs cheminements à découvert sous un soleil diableux iraient plus sûrement dommager les Francs bardés de fer que les guerriers sarrazins vêtus à la légère. Et par surcroît il serait malaisé d'arracher au loisir, aux belles femmes et au vin joyeux des hommes qui revenaient d'Enfer où certains avaient séjourné deux années pleines. En dépit de ces inconvénients, le roi Richard donna le signal du départ. Prudence commandait, conseillèrent les barons, qu'on laissât dans la cité toutes les femmes, et Richard voulut bien s'accorder à cet avis. Seules, déclara-t-il, suivraient l'ost les siennes, qui étaient nobles dames de sage contenance, outre les vieilles pèlerines honorant Dieu et veillant les morts, les lavandières dont on n'eût pu se passer pour le linge et les poux, enfin diverses besogneuses qu'environnait un renom de vertu.

Ainsi par une aube déjà chaude s'éloigna d'Acre l'armée des Francs sans ses putains. En avant chevauchaient les rois d'Angleterre et de Jérusalem, en arrière le duc de Bourgogne avec les troupes du roi de France. Les Templiers suivaient Richard et les Hospitaliers précédaient de peu Messire Hugue de Bourgogne. Les piétons formaient les ailes de la colonne géante, cependant que la chevalerie en composait le cœur. Les plus hauts princes chrétiens venus pèleriner et guerroyer sur la Terre Sainte se voyaient là, hormis le marquis de Montferrat, parti au nord quand l'ost allait au sud. Messire Conrad convoyait jusqu'à Tyr Dame Isabelle devenue morne et mélancolique. Il s'angoissait pour elle, qui faisait toujours doux visage à son seigneur mais demeurait depuis le tournoi trop longtemps et trop souvent muette. Elle voulait retrouver Tyr où soufflaient des vents bienveillants, voulait ne jamais revoir la sauvagerie de la guerre ni le clair visage et le poil fauve de son cousin Richard.

Dès leur arrivée à Tyr, le marquis remit Dame Isabelle aux bons soins de la reine Marie. À peine demeura-t-il dans la cité phénicienne un demi-jour, car ayant touché le havre au lever du soleil, il reprit la mer avant sa déchéance. Il fit voile en suivant de près le rivage tant qu'il aperçut devant lui les navires francs qui avançaient sur l'onde, chargés du fourniment, à la même allure que la grande armée qui cheminait sur terre. L'œil tourné vers sénestre, il discerna bientôt par-delà les grèves le long serpent de fer. Lors il abandonna sa nef parmi les autres vaisseaux, gagna la rive en batelet et rejoignit à l'arrière-garde le duc de Bourgogne. On espérait, l'avisa Messire Hugue, atteindre Caïffa le lendemain, si Dieu voulait.

Longeant la mer allait la colonne guerrière avec une lenteur dont se plaignaient sans fin chevaliers et soudards, mais contre laquelle nul ne pouvait rien. Et nul ne pouvait non plus ôter du firmament le soleil flambant, afin que fraîchit un moment l'acier bouillant des hauberts et des heaumes. Les archers turcs sur leurs petits chevaux rapides comme le vent venaient assaillir l'ost en mille endroits, couraient deçà et delà, se démenaient en tous sens, fondaient sur leurs ennemis pour aussitôt repartir, tournoyaient en soulevant des nuages de poussière que les

Chrétiens avalaient malgré eux, criaient au son tonnant des tambours du matin jusqu'à la nuit noire : « Il n'y a d'autre dieu qu'Allah ! » Ils visaient moins les hommes trop bien garantis contre les horions des flèches que les montures. Toutefois abattre les hauts destriers francs devant lesquels se dressait la muraille épaisse des gens de pied n'était pas jeu de rien. Les Francs, certes, souffraient cent maux damnés, mais ils allaient avant, vaille que vaille, et ils parvinrent peu endommagés à Caïffa, d'où la garnison musulmane, effrayée par l'approche d'une si massive et puissante force, avait déguerpi hâtivement.

Dans la palmeraie de Caïffa se reposèrent les Francs deux jours. Et le troisième, ayant été ravitaillés en eau, armes et victuailles par les navires qui leur faisaient suivance, ils repartirent le long du rivage en formation serrée. Ils outrepassèrent Château-Pèlerin, Capharlet, Pierre-Encise, Merle où une charge magistrale du roi Richard mit en déroute les coureurs sarrazins. Délivré pour un temps des flèches ennemies, on put s'octroyer une heure de halte en lisière du fleuve des Crocodiles, fleuve si bien nommé que deux sergents normands qui s'y baignaient furent bientôt engoulés par ses hôtes famineux.

Après cette aventure, on marcha d'une traite jusqu'à Césarée. Là, des pleurs dans les yeux, le jeune comte de Césarée put contempler son fief que venait de détruire pierre à pierre le Sultan. On dressa pour la nuit les tentes sur les ruines, et le lendemain les gens de fer s'en furent avant l'aurore, laissant derrière eux Césarée anéantie. Ce jour-là, ils s'écartèrent du rivage devenu en ce point marais mouvant où croissaient aunes et roseaux à papier, où le pied de l'homme glissait dangereusement et où barbotaient dans la boue oiseaux criards et serpents d'eau. Ils cheminèrent par les hauteurs dominant la plaine de Saron, cependant que revenaient les harceler Turcs et Bédouins avec leurs flèches.

Sur les bords de la Rivière Salée ils séjournèrent deux jours afin que les physiciens pussent à loisir médeciner les blessés. Le roi Richard, quant à lui, repayé de sa hardiesse folle, avait reçu des ennemis une entaille menue dans l'épaule. Une fois sa plaie poudrée d'herbes à guérir et pansée, il défendit qu'on lui en parlât plus avant. Quand les troupes du Christ se remirent en chemin, il chevaucha en tête, comme de coutume. Le corps droit, il mena l'ost sous les ramées de la forêt d'Arsur qu'on traversa sans rencontrer d'embûches, puis la guida vers la rivière de la Rochetaillée. En ce lieu, il commanda un nouvel arrêt de deux jours et fit dresser les tentes au bord de l'eau courante.

Il y avait maintenant longtemps que songeait le roi Richard. Il songeait à son tournoi, dont la grandeur lui apparaissait de moins en moins sûre et dont il entrevoyait même la déraison. Le soir venu, après les rudes cheminements et les envahies sempiternelles des Turcs, il songeait à la guerre incertaine dans ces contrées sauvages où régnaient fournaise, désert et fièvres maligneuses. Pour l'heure, la mer était proche, on la trouverait à Arsur demain sans faille, et les navires francs viendraient répandre parmi les guerriers des denrées fraîches. Mais de quoi se nourrirait-on quand on prendrait la voie de Jérusalem ? Enfin le roi Richard songeait aux Sarrazins, qui lui semblaient aujourd'hui un peu plus des hommes que des chiens.

Cette fois, ce n'était plus pour le repos ni pour les soins aux navrés que Richard s'arrêtait deux jours entiers sur les rives de la Rochetaillée. Il attendait réponse au message envoyé la veille à Saladin. Il n'y avait guère, il soulevait les épaules quand on lui représentait les Sarrazins lassés des combats et désunis, prêts à négocier l'abandon aux Francs de la Ville Sainte. Par le corps Dieu ! le voyait-on parlementer avec des créatures dépourvues d'âme ? Cependant, au fil du voyage et la pensée aidant, son opinion changeait un peu. Si on pouvait par la vertu des paroles reconquérir Jérusalem en esquivant la famine tout en épargnant une bataille et des morts, pourquoi, se disait-il, s'empêcherait-on de parler ?

Le sultan des Sarrazins répondit au roi d'Angleterre favorablement. On le trouvait toujours, déclara-t-il, enclin à traiter et parlementer. Lui-même se tiendrait éloigné de ces débats, dont il n'apercevait la matière en nulle guise, confessait-il, mais il dépêcherait au parlement son frère, le sultan d'Égypte, pour disputer en son nom. Que le roi Richard veuille bien choisir les lieu, jour et heure de la rencontre, et l'ambassade musulmane se rendrait à son mandement, apportant suivant la coutume aux plus hauts seigneurs chrétiens et aux dames d'humbles présents en étoffes, parures et joyaux. Tandis qu'il parcourait le message, Richard sentait son front rougir et ses yeux lui saillir de la tête. Comte d'Anjou et duc d'Aquitaine par droit héritage, en conséquence lettré comme un clerc, il saisissait à merveille les subtilités dont chaque mot de l'émir kurde était chargé.

– Bel ami Onfroi, dit le roi Gui au seigneur d'Outre-Jourdain, vous voudrez bien, je vous en prie par Dieu, faire le truchement quand s'assembleront demain en parlement le roi Richard et le sultan d'Égypte.

– Messire Gui, répondit Onfroi de Toron, sur ma foi, je serai demain ce qu'il vous plaira que je sois. Mais pourriez-vous, par bonté, m'éclaircir un tantinet la chose ?

– Quelle chose, Messire Onfroi ?

– Je connais assez bien et depuis longtemps, vous le savez, le sultan al'Adil. Certes, quant à manier notre langage, il ne vaut pas le sultan Yûsuf, son frère. Je vous assure, néanmoins, qu'il n'aura nul besoin d'un truchement pour deviser avec le roi d'Angleterre.

– Ce peut être, mon bel ami, mais le roi d'Angleterre ne voudra jamais le croire et il vous a lui-même requis pour translater les paroles. Aussi, par grâce, accompagnez-le ! Du moins l'aiderez-vous à débattre en face d'un Musulman de Syrie, entreprise dont il ne paraît avoir aucune idée.

Messire Onfroi, qui était un modèle de courtoisie et de bon vouloir, s'inclina. Il se rendit le lendemain au parlement dans la suivance du roi Richard. Les ambassadeurs sarrazins furent accueillis sous une tente blanche dressée pour l'occasion à l'écart des autres pavillons. Richard, affublé d'une riche robe en estanfort brodée de lions vermeils, attendait ses hôtes à la portière frangée d'or. Le premier devant lui se présenta Malik al'Adil en qabâ de cendal noir comme jais. Pas un fil scintillant, pas une broderie, pas un ruban au bord du col ou des manches n'égayaient la tunique austère. Un long shall de mossulin noir enserrait les hanches du sultan d'Égypte, que coiffait un sharbûsh blanc comme le pavillon des pourparlers.

Sur de hauts fauteuils ouvragés siégèrent les deux princes, qu'entouraient les conseillers musulmans et chrétiens. Bouillant d'ardeur, le roi Richard eût voulu sans délai déclarer en face du Sarrazin sa pensée, son intention, son désir, en bref, sa volonté.

– Messire Onfroi, commença-t-il donc, avisez le Sultan, je vous prie, qu'il est ici le bienvenu et que je le salue. Dites-lui encore que je m'en vais lui donner tout maintenant ma vision de la guerre. Il me donnera la sienne à son tour, après quoi nous chercherons entre nous une belle accordance qui sera l'achèvement de notre parlement et, je l'espère, des combats.

Messire Onfroi de Toron ouvrait la bouche quand le sultan al'Adil prit en français la parole :

– Je me sens honoré, dit-il, d'être aujourd'hui en votre compagnie, Roi Richard, et je vous salue au nom d'Allah le Clément, le maître de miséricorde. À l'heure où va devant nous se déployer le tapis des conversations, je prie le seul Dieu du monde, immortel et omnipotent, de conseiller nos cœurs avec Son infinie sagesse.

– Par Christ ! Seigneur Sultan, fit Richard tout ébaubi, je ne savais en nul endroit que vous étiez si finement instruit de notre langage !

– Deux ennemis voisins, répondit le Sultan, doivent pouvoir se comprendre et non point seulement se porter les pires coups. Du moins est-ce là ce qu'affirma un jour à mon frère, le sultan Yûsuf, un tout jeune chevalier franc. Or vous en souvenez-vous, Messire Onfroi ?

– Je m'en souviens, fit dans un sourire léger Onfroi de Toron. Par Dieu ! je m'enorgueillissais tant alors de mon pauvre sarrazinois ! Je n'étais qu'un jouvenceau enflé d'outrecuidance, et le Sultan votre frère avait bien de la bonté pour moi.

– Pouvons-nous maintenant, Messeigneurs, ouvrir le parlement ? intervint le roi Richard en dissimulant sous un ton débonnaire son irritation montante.

Le grand émir se souleva du fauteuil et s'inclina si bas que son blanc sharbûsh vint effleurer la robe aux lions vermeils du roi chrétien.

– Allah nous voyant, ouvrons-le, Roi Richard, si tel est votre désir !

Le sultan d'Égypte, s'étant rassis, continua pourtant longtemps encore son vain devisement, usant de courtoisies sans fin et d'un verbe enjolivé, dont Richard ne saisissait guère le sens ni le but. Malik al'Adil suppliait Allah d'étendre en signe de paix Sa main céleste sur le toit blanc qui abritait les paroles. Et que le Prophète, clamait-il, veuille bien en ce jour favorable retenir au creux de sa manche les étincelles de la discorde ! Lui-même, sultan d'Égypte et frère du grand émir Salâh ad-Dîn Yûsuf, était venu au roi d'Angleterre non pour répandre sur son hôte éminent viles injures ou mensonges confits dans le miel, mais en quêteur de bienveillance. Et caetera, et caetera. Furibond était Richard à ce point, et sa face rubiconde.

Or le roi Richard, quoiqu'il fut enragé, ne pouvait ôter les yeux du bel émir kurde. Sur quiconque l'approchait, al'Adil jetait malgré lui des charmes, par sa voix lourde et profonde comme un abîme, par sa main qui avait des envolées de colombelle, par sa prunelle tantôt scintillante et moqueuse, tantôt langoureuse à ravir, et par ses mots chantants. Et l'ire de Richard soudain mourut, cependant que le seigneur sarrazin redisait pour la centième fois entre les fleurs de sa rhétorique : « Je vous laisse le soin, Roi Richard, d'ouvrir le parlement. » Un rire à la bouche, Richard dit aussi fort que ciel qui tonne :

– Je déclare, Seigneur Sultan, le parlement ouvert ! Ayez la bonté, je vous prie, de tendre l'oreille à mon propos !

Le sultan d'Égypte, émerveillé par semblable hauteur de ton, opina du chef. S'étant redressé contre le dossier de chêne, il se tint enfin coi. Ses prunelles s'élargirent comme celles d'un enfant qui veut s'instruire et sa main, cessant de voleter, vint se poser sur son genou. Lors le roi d'Angleterre, baissant la voix de trois tons ou quatre, se mit à discourir en cette manière :

– J'ai abandonné mon peuple, Seigneur Sultan, et passé la mer au milieu des périls. J'ai rudement bataillé durant le siège d'Acre et aujourd'hui, comme vous voyez, je mène la grandissime armée du Christ sur les chemins de Jérusalem. En cette contrée, sachez-le, je ne recueillerai un seul arpent de terre pour mon propre bénéfice, je ne saisirai l'ombre d'un trésor, je ne conquerrai à mon profit aucune cité, aucun royaume. Car je suis venu ici guerroyer au nom de Dieu et nullement au mien. Puis c'est toute la Chrétienté, Seigneur al'Adil, qui a fait vœu d'aller délivrer Jérusalem. Aussi, croyez-en ma parole, si je ne puis suffire à la besogne, d'autres princes passeront la mer après moi, emmenant d'autres chevaleries et d'autres bataillons. Les Chrétiens viendront se combattre à vous, toujours plus puissants, toujours mieux armés, tant que le Sépulcre du Christ restera entre vos mains. Déjà nous sommes rentrés victorieux dans la cité d'Acre. Cependant, des accords mesurés que vous-même en cette occasion aviez établis avec nos envoyés, vous n'avez, Seigneur Sultan, honoré une miette, si je ne me fourvoie.

– Qu'est-ce qu'une miette, s'il vous plaît ? s'enquit Malik al'Adil.

Et Onfroi de Toron aussitôt lui fournit le mot en sarrazinois.

– Pourtant, reprit le roi Richard, le pardon étant une vertu chère à Dieu, je vous pardonne en bonne foi pareille déloyauté. Maintenant je vous dirai sans tarder ni fardailler le tréfonds de mon cœur. S'entre-tuer des jours, des semaines, des mois ou des années durant ne saurait apporter à nos deux peuples que méchéance. Et à la parfin, comme je vous l'ai déclaré, nous reprendrons Jérusalem. Aussi mieux vaudrait pour tous que soit faite la paix au lieu de la guerre. Par les saints du ciel ! Seigneur al'Adil, rendez-nous le royaume de Jérusalem ! Avant longtemps Chrétiens et Musulmans auront su renouer les liens du voisinage comme ceux du négoce. À nous redonner nos fiefs, sur ma foi, vous perdrez moins qu'à poursuivre des combats sanglants où vous serez meurtris et pour finir déconfits.

Là s'éteignit la parole du roi Richard. Le sultan d'Égypte avait toujours les yeux écartelés posés sur son ennemi franc. Il retint un moment sa réponse, tirant sur les pointes fines de sa barbe teinte en noir luisant, puis il dit :

– Si j'ai bien entendu votre requête, vous demandez au peuple musulman de vider la Judée entière, l'Outre-Jourdain, la Galilée, la Samarie et tous autres fiefs qui naguère composaient le royaume franc. Ai-je droitement saisi votre pensée ?

– Oc, fit Richard, qui avait passé en Aquitaine sa jouvence.

Messire Onfroi de Toron transmua sur l'heure oc en oïl pour le sultan d'Égypte. Celui-ci hocha le chef, puis reprit :

– Voilà, Roi Richard, qui me paraît plus malaisé que de ramener hier à aujourd'hui. Au commencement d'août, alors que nos cœurs désespérés enduraient de vous savoir à nouveau établis en maîtres dans la cité d'Acre, nous aurions consenti, ce peut être, sous certaines conditions, à vous abandonner plusieurs places de votre ancienne contrée. Mais depuis lors il nous est advenu un deuil si lourd à porter que nos yeux en larmes ne peuvent plus discerner devant nous la moindre image de paix, de bienveillance ou de libéralité. Entre Chrétiens et Musulmans s'est élevé par votre faute un mur de haine. Car pour une once de lenteur que nous avions mise à accomplir nos engagements, vous avez ruiné la courtoisie, la droiture, souvent même la largesse dont se parait cette guerre perpétuelle opposant le peuple d'Allah au peuple du Christ. Certes, Roi Richard, en allant égorger dans la plaine d'Acre trois mille des nôtres que vous aviez juré de sauvegarder, vous avez rendu infâme cette guerre !

Et le roi d'Angleterre murmura :

– Vous parlez vrai, Seigneur Sultan, et je m'en repens.

À cette parole si singulière dans la bouche d'un grand roi, Malik al'Adil tressaillit. Pensant avoir mal ouï les mots murmurés ou mal compris leur sens, il s'écria :

– Vous dites ?

Richard alors joignait les mains comme un orant et ses yeux étaient pleins de lumière. Il contemplait l'émir sans manifester confusion ni malaise, mais sans montrer non plus d'orgueil.

– Seigneur Sultan, soupira-t-il, vous ne sauriez concevoir ce que sont les hommes qui vivent par-delà la mer. Des gouffres de sottise ? Non, assurément. Des abîmes de malfaisance et de cruauté ? Non encore, je vous l'affirme sur ma foi. Comme ailleurs dans le monde, ils ne sont là-bas ni fort bons, hormis de rares saints, ni fort méchants, hormis quelques-uns, dont je ne suis point. Pourtant, quoiqu'ils ne soient nullement pires que les autres hommes, les hommes d'Occident se figurent notre ennemi sarrazin sous l'apparence d'une créature engendrée par les démons, n'ayant âme ni cœur, ni seulement visage humain. Ils n'ont jamais vu un Sarrazin vif ou mort, aussi le Sarrazin n'est-il rien pour eux sinon une bête à pourchasser et à abattre. Comment deviserait-on avec lui, comment festoierait-on en sa compagnie, comment le traiterait-on de pair à pair et le défierait-on en loyal duel ? Un Sarrazin leur paraît une bête, et un Anglais, quant à lui, m'a-t-on conté un jour, semble vu d'ici une espèce de singe dont le derrière se pare d'une queue longue et velue ! En vous parlant ainsi, je n'espère en nulle guise effacer à vos yeux mon péché, mais lui donner au moins l'ombre d'un sens.

Le roi Richard sous le pavillon blanc des pourparlers se repentait. Son père aussi, le roi Henri Plantagenêt, se repentait jadis. De même que la confession publique, la repentance était une coutume de famille, ou sinon – et plus d'un malveillant allait le disant – une astuce. Pour l'heure, après avoir charmé Richard sans le savoir, il advenait que le sultan d'Égypte se trouvait lui-même pris au charme de ce prince chrétien dont la chevelure soudain ne lui semblait plus couleur d'enfer, mais de soleil. Et sous le regard du roi massacrier, regard pareil à un ciel pur, il voyait passer des lueurs franches et joyeuses, nullement des éclairs d'orage. Il eut foi en sa contrition, ne la prit point pour astuce vulgaire, et ce peut être qu'il jugeait là droitement.

– Qu'Allah, dit-il, vous fasse miséricorde ! Mon cœur se souviendra de vos paroles, Roi Richard. Hélas ! trois mille morts gisent à terre entre vous et moi, entre vos pieds et les miens, entre votre âme et la mienne. Et le temps seul, qui dans sa fosse engloutit tant de choses, pourra effacer leur sang.

– Adonc, Seigneur al'Adil, nous poursuivrons la guerre sans trêve ni merci ?

– Dorénavant, Roi Richard, si vous y consentez, nous la mènerons de manière noble, ainsi qu'il sied à deux chefs prisant l'honneur au-dessus des autres vertus.

Le parlement s'acheva sur cette bonne résolution. Malik al'Adil avant de se retirer versa dans les mains du roi Richard cent présents damasquins et égyptiens, puis cent trésors de la Perse et de l'Arabie heureuse. Il y avait parmi eux plusieurs merveilles destinées aux dames. Ce que voyant, Richard fit mander sous le pavillon blanc la reine Bérengère et la reine Jeanne de Sicile. Un tantinet effarées l'une et l'autre, elles parurent le visage découvert devant le grand émir sarrazin qu'elles assurèrent à voix frêle de leur reconnaissance. En rencontrant les yeux de l'une, l'émir eut un frémissement des cils qu'aperçut le roi d'Angleterre. Par bonheur, songea Richard, celle qui troublait le sultan d'Égypte était sa sœur et non sa femme chère.

Le lendemain, les Francs demeurèrent hébergés au bord de la Rochetaillée. Ils se rafraîchirent, sommeillèrent et s'appareillèrent pour le combat. Le jour suivant, ils se remirent à la voie en colonne serrée. Comme ils atteignaient les jardins d'Arsur, ils se heurtèrent aux forces ennemies venues les assaillir. Aiguillonnés par le résonnement des trompes, timbres et tambours, trente mille chevaucheurs turcs cernèrent en un éclair l'armée du Christ. Et l'on vit derrière eux se ruer les hommes noirs à bonnet rouge et les Bédouins du désert, tous piétons armés d'arcs et d'écus légers, qui s'avançaient durement près des Chrétiens pour occire les chevaux. Écrasés par la chaleur et la poussière, pris dans une tempête de flèches, sentant leurs montures se dérober sous eux, les preux chevaliers francs crurent premièrement que les attendait en ce lieu la malefortune.

Mais Richard les commandait, Richard était là, devant les jardins d'Arsur ensanglantés. Rapide comme l'étoile filante, il passa de la défense à l'assaut. Il rassembla en une seule masse les diverses chevaleries, puis, menant la troupe drue, donna la charge aux Sarrazins avec une ardeur si merveilleuse que tout sur le passage des Francs fut emporté. L'ennemi s'effondra plus sûrement que si la foudre l'avait frappé, il tomba mort, tantôt la gorge percée, tantôt le chef tranché, ou au mieux se dérouta. En ce jour, le roi Richard fit morte à lui seul une foison d'Infidèles : sans vous mentir, ceux qu'il avait de sa lance pourfendus jonchaient la terre en formant un chemin long d'une demi-lieue !

Le Sultan, qui gardait sa raison au milieu des périls, parvint à rallier autour de lui par le son du tambour les Sarrazins restés vivants. Ils s'arrêtèrent dans leur fuite, reprirent courage, se retournèrent contre les Francs et leur causèrent maints dommages. Il y en eut ainsi vingt mille et plus, pourvus d'arcs et de masses d'armes, vingt mille qui coururent sus aux Chrétiens pour leur casser membres et tête. Parmi les guerriers de Dieu portant la croix à l'épaule périrent là, loin de leur terre, plusieurs chevaliers vaillants que célébra Ambroise, le poète, les nommant saints et martyrs glorieux dans ses beaux chants. Pourtant cet assaut maudit, s'il procura aux Francs des tourments sans nombre, ne put changer la face du combat. Et quand le jour vint à sa fin, les gens de fer, Monseigneur Richard en tête, franchirent victorieux les murs de la cité.

Malgré les trépassés, malgré les mourants, les meurtris, les rompus et les mutilés, malgré les chevaux perdus, pour la première fois la puissance des Francs surmontait en bataille la puissance tant redoutée de Saladin. L'alliance des nations et l'oubli des querelles ou des rancœurs avaient accompli ce qui paraissait aujourd'hui miracle. Dressés flanc à flanc pour affronter l'ennemi, Français et Anglais s'étaient contenus en frères, Croisés et gens du royaume de Jérusalem s'étaient prêté appui comme font les vrais amis, Poitevins du roi Gui et Piémontais du marquis étaient devenus dans l'assaut les meilleurs compagnons de la terre. Tous avaient suivi d'un même cœur le roi Richard, en ce jour non plus diable guerrier mais ange, et ils avaient vaincu.

Lors le serpent de fer, ayant retrouvé la mer et les navires provendiers, s'avança le long des grèves à petites journées vers la cité de Jaffa. Le roi de Jérusalem recouvrait soudain une joie en allée depuis le trépas de la reine Sibylle. Car dans Jaffa, riche fief appartenant au domaine royal, Messire Gui avait jadis vécu des temps heureux. Il se renfrogna, pourtant, dès qu'il y fut, à la vision des murailles écroulées, du chastel démantelé, des manoirs et palais détruits, des logis dégâtés par le feu ou les pioches.

– Foi de Richard, mon bel ami, lui dit le roi d'Angleterre, avant longtemps vous serez consolé ! Nous allons sans délai nous atteler à la besogne et relever toutes ces ruines qui vous rendent mélancolique. D'ici un mois votre Jaffa vous apparaîtra aussi plaisante qu'autrefois.

Il n'y eut aucun chevalier dans l'ost pour condamner cette entreprise, hormis le marquis de Montferrat, que l'on vit premièrement soulever les épaules, puis courir droit au canton des Anglais.

– M'a-t-on conté mensonge, dit-il au roi Richard, ou voulez-vous en vérité restaurer Jaffa, ses murailles, ses champs, son chastel et ses habitances ? Ai-je bien entendu la chose ?

– À merveille, Messire Conrad. Eh ! comment donc, vous n'aimez point Jaffa ? Vous êtes parmi nous, à mon escient, le seul à réprouver mon choix. Nous planterons nos tentes sous les oliviers, mangerons les fruits délicieux qui croissent dans les vergers et rebâtirons en chantant cette belle cité. De par Dieu ! que pourrait-on souhaiter de mieux ?

– Quant à moi, Messire Richard, je souhaiterais franchir un jour les portes de Jérusalem et y séjourner comme vous prévoyez de le faire ici, quêtant l'ombre des oliviers et goûtant de bons fruits, mais avant toute chose allant prier au Sépulcre de Jésus rendu à la Chrétienté. Or nous voilà, me semble-t-il, fort loin de ce but sacré.

– Nous irons là-bas, Messire Conrad, fit légèrement le roi Richard, nous irons quelque jour. Ayez un brin de patience, je vous prie !

– Le Sultan, Messire Richard, qui ne le sait ? après avoir anéanti Jaffa, s'est rué avec ses troupes sur Ascalon, dont il s'occupe en ce moment de jeter bas les murailles pierre à pierre. Plutôt que de nous endormir sur nos victoires encore frêles et jouir des oliviers, nous devrions nous hâter vers Ascalon pour y surprendre les Sarrazins. Ou sinon quitter la côte et nous engager sans retard sur les chemins de Jérusalem, laquelle cité a aujourd'hui de mauvaises défenses, mais en aura demain d'excellentes, quand le Sultan s'en ira la fortifier cependant que vous séjournerez à Jaffa au milieu des délices.

– Le Sultan, Messire Conrad, vous l'avez déclaré de votre bouche, est parti vers les rivages du sud et non vers Jérusalem. Ses hommes, comme les nôtres, sont las de guerroyer par cette chaleur damnée. Les combats reprendront le mois prochain ou le suivant, lorsque les vents commenceront à fraîchir. Jusque-là nous rebâtirons Jaffa, tout en refaisant nos forces. Et puis finissez, par le corps Dieu ! de me tenir pour busard et fainéant ! Apprenez que je mène à cette heure des pourparlers avec Saladin par l'entremise du sultan al'Adil, son frère, et de Messire Onfroi de Toron. Si les messages que je reçois de Messire Onfroi ne mentent, l'ennemi nous reconnaîtra par traité seigneurs du rivage entier entre Tyr au nord et Gaza au sud. Et je ne désespère nullement, je vous l'affirme, de regagner un jour ou l'autre Jérusalem par la même voie des négociations. Quand le Sultan apercevra que jamais les Francs ne renonceront à Jérusalem, cité pour eux saintissime, il nous la livrera.

– Cité saintissime tout autant pour les Sarrazins, dit le marquis de Montferrat. Depuis ce lieu monta au ciel Mahomet, leur prophète, et là se rassemblent leurs anges. Quoi qu'il en soit de vos pourparlers, Messire Richard, vous trouverez dans un mois, si vous vous acheminez de ce côté, Ascalon réduite à néant, et si vous courez vers la Judée, Jérusalem bardée de défenses. Or du moment que vous demeurez à Jaffa, je m'en retournerai tantôt gouverner mon fief de Tyr, car vous me voyez peu envieux ces temps-ci de faire le maçon.

– En allez-vous, Messire Conrad, nul ne vous retient ici ! Par le sang Dieu ! nous saurons bien vivre et batailler sans vous !

Cependant, malgré cet encouragement venu de haut, le marquis resta un peu de temps encore avec les chevaliers du Christ. Sur l'ardente prière de Messire Hugue de Bourgogne, il s'était résigné à ne point déguerpir le jour même où les troupes s'établissaient dans Jaffa. Le commandeur des Français avait plaidé la patience, vertu à laquelle Messire Conrad n'entendait goutte, puis avec plus de bonheur la gloire espérée. Qui donc oserait prophétiser le futur ? Saladin voulant se revancher d'Arsur pouvait revenir donner aux Francs la bataille, et le marquis n'y serait pas. Ou bien le roi Richard, dont l'opinion variait beaucoup, variait tellement qu'il en avait gagné auprès de ses compagnons le surnom moqueur d' « Oc et No », pouvait soudain vider Jaffa et marcher sur Jérusalem. Et là non plus, par grande infortune pour tous, le marquis ne serait point. Durant ce sermon, Messire Conrad branlait le chef, peu convaincu mais pensif. Il attendrait, finit-il par déclarer au duc, cinq ou six jours avant de déterminer s'il partirait pour Tyr ou s'il resterait à Jaffa malgré son cœur.

Les combattants de Dieu fichèrent en terre leurs bannières dans le canton oriental de Jaffa, là où s'étendaient aussi loin que la vue allait bois d'oliviers, gras pâturages, vignes et vergers à foison. Sous les fruits cette année-là croulaient les arbres et les Francs n'avaient qu'à tendre la main pour cueillir amandes, raisins, figues et oranges tant qu'ils voulaient. Et s'ils trouvaient en redondance fruits et poissons frais, pas davantage ne leur défaillaient les viandes ni les grains. D'Antioche, de Tripoli, de

Chypre, d'Acre ou d'ailleurs la provende arrivait par voie de mer, aussi mangeait-on à Jaffa matin et soir mieux qu'on ne mange les jours de fête. Or bientôt les navires convoyèrent depuis Acre une chair autrement friande que celle vendue aux étals des boucheries. Car les guerriers ayant besoin de consolation, ils se firent amener à Jaffa au milieu des armes et des victuailles ces putains naguère laissées en arrière pour que Sagesse menât l'ost et non Folie.

Ainsi Jaffa devint terre de tous les plaisirs. On y voyait s'élever des murailles nouvelles et derrière chaque pan de muraille s'établir une taverne. En tous lieux ce n'étaient que rires et chansons, caroles, tournois, jongleries, beuveries et bombances, luxure, déduits et ribaudages. Le chemin du saint pèlerinage était moins pavé désormais d'oraisons que de fornications. Le marquis Conrad de Montferrat, quand il eut vu les putains descendre des navires et monter à l'assaut de la cité par bataillons entiers, sauta dans sa grande nef et cingla vers Tyr. À Tyr, songeait-il en fuyant le champ des délices, l'attendait une dame jeunette et bellissime, au corps plus frais, plus rond, plus juteux, plus suave que les fruits de Jaffa mangés sur l'arbre. Il abandonnait aux autres volontiers les ribaudes aux chairs bien souvent flétries par le long siège d'Acre, par la chaleur outrageuse, par la misère puante et par les défoulements soufferts sans répit sous les hommes famineux et concupiscents.

XXI

Dans les délices de Jaffa vécurent deux mois entiers chevaliers et sergents de Dieu. La saison était à la volupté, nullement à la bataille. En octobre de l'an 1191, il n'advint qu'un seul fait guerrier notable sur la terre de Syrie. Car un jour le roi Richard s'en fut aux champs pourchasser une troupe de coureurs sarrazins venue méfaire à deux pas des Francs. Et l'ayant mise en fuite, il déchevala sous une ramée plaisante, posa là glaive et lance, délaça son heaume puis l'ôta, étendit par terre son corps fortif et s'endormit.

En ce matin d'automne, peu de compagnons l'entouraient, qui s'égaillèrent parmi les buissons tandis qu'il sommeillait. Tout reposait en paix et les oiseaux chantaient quand devant le dormeur jaillirent les Sarrazins. Tant soudaine avait été leur ruée, tant preste et muette que le roi Richard encore engourdi eut à peine le temps de saisir une arme et de bondir sur son Fauvel puissant. Lors un de ses chevaliers, se trouvant environné par plusieurs ennemis, clama qu'il était le roi et qu'on eût, en conséquence, à le traiter avec honneur. À la faveur de cette astuce, les regards maudits se détournèrent de Richard, qui prit l'escampe au grand galop, et ce fut Guillaume des Préaux, le fidèle chevalier, dont se saisirent les Sarrazins.

Mais hormis le jour où dormit Richard en plein champ au lieu de veiller, nulle aventure ne vint éloigner les guerriers francs du maçonnage et des plaisirs. Cependant les pourparlers de paix allaient leur train. Ils se tenaient dans un lieu retiré, sis à mi-chemin d'Ascalon, où les Musulmans se peinaient pour abattre des murs, et de Jaffa, où besognaient les Chrétiens pour en bâtir ou du moins rebâtir. Le roi d'Angleterre s'était si bien entiché de Malik al'Adil qu'il accompagnait souvent Messire Onfroi de Toron jusqu'au pavillon du concile afin d'y rencontrer son chérissime ennemi. Et le sultan d'Égypte, qui se montrait volontiers bienveillant envers les Francs, accueillait Richard comme on accueille un ami d'antan, lui rendant amour pour amour.

Il y avait dans ces débats, menés suivant le mode oriental en employant avancées et reculs, tours et détours, déclarations semblant ne devoir s'achever qu'avec le souffle du parleur, des terrains doux et dépourvus d'ornières, puis des terrains semés d'épines et d'embûches. Lorsque les Francs demandaient restitution de leurs fiefs depuis la mer jusqu'au Jourdain, les Sarrazins disaient s'y accorder, nonobstant quelques menues réserves. Or ces réserves trop bien nourries croissaient de jour en jour, tellement qu'elles finissaient par se dresser ainsi que géantes murailles entre les deux parties. Al'Adil ne pouvait parler qu'au nom du Sultan, son frère, lequel servait Allah, l'Islam, le peuple sarrazin et nulle autre chose. Et demeurant loin des débats, Saladin assurément n'endurait ni le pouvoir ni le charme du roi Richard.

La première épine plantée dans le corps des débats avait nom Ascalon. Entêté, le Sultan refusait de voir les Francs se rétablir dans la cité, fût-elle ruinée de tout en tout par ses soins. Il voulait garder au sud un accès à la mer, comme il en gardait un au nord avec Beyrouth. Et la dispute sur ce point n'avançait d'un pouce.

La seconde épine gisait sur la terre d'Outre-Jourdain et se nommait la Pierre du Désert. Commandant l'ancien fief des seigneurs de Milly, fief richissime et grand à démesure, la forteresse aux mille splendeurs soulevait de singulières passions dans les âmes si occupées pour l'heure à fonder la paix. Seul Richard s'en moquait, n'ayant onques mis le pied au pays de Moab. Malik al'Adil, au contraire, aimait durement la Pierre du Désert, qu'il se plaisait à gouverner depuis deux ans. Et Messire Onfroi de Toron, quant à lui, avait vu le jour dans la forteresse dont il était par sa mère le droit héritier. Pour recouvrer son bien précieux, il se sentait prêt à toutes les folies, toutes les aventures, tous les sacrifices. Enfin le Sultan eût abandonné cent de ses conquêtes plutôt que l'Outre-Jourdain, terre de passage obligé entre l'Égypte et la Syrie. La Pierre du Désert, par surcroît, renfermait dans ses murs maint souvenir de sa jouvence et pour cette cause lui tenait à cœur. Et s'il avait longtemps hébergé auprès de lui Onfroi de Toron, le chérissant à l'égal d'un fils et le traitant comme tel, un sultan, pensait-il, ne pouvait en nul endroit délaisser le bien de son peuple en faveur d'un ami. D'ailleurs, déclarait-il par la bouche d'al'Adil, ce lieu tant convoité se trouvait sis à l'orient de la Mer Salée, prolongeant en somme le royaume de Damas, et non pas entre mer et Jourdain.

On appelait la tierce épine la Vraie Croix de Dieu. Celle-ci paraissait peu maligneuse, n'étant miracle et trésor qu'aux yeux des Chrétiens. De leur côté, les Musulmans l'estimaient chose de néant ou bien simple monnaie d'échange. Elle entrait néanmoins dans les débats lors de chaque assemblée, car évaluer son prix n'était jugé aisé ni par les uns ni par les autres. Communément, les Sarrazins la prisaient trop haut, s'imaginant qu'elle valait pour les Francs la cité de Tyr ou même celle d'Acre. Et les Francs la prisaient trop bas, se croyant assurés de la ravoir à vil coût puisque les Musulmans n'en avaient cure, mais ne pouvant se résigner à l'abandonner entre des mains impures et rêvant jour et nuit de retrouver leur Sainte Croix, la contempler et la toucher.

La quarte épine enfin, la dernière, la céleste et sacrée, celle qui navrait le plus rudement les hommes du parlement, était Jérusalem. Le roi Richard apercevait aujourd'hui que jamais les Chrétiens ne renonceraient à Jérusalem et qu'à Jérusalem jamais ne renonceraient les fervents d'Allah. Dût-on en disputer huit siècles durant, Jérusalem trop aimée du monde resterait champ sempiternel de discorde. Sans doute la Vraie Croix de Jésus avait-elle un prix, que l'on parviendrait bien un jour à cerner et déterminer, mais Jérusalem n'en avait aucun, sinon le sang des guerres menées pour sa conquête. Et si l'on voulait faire la paix, il conviendrait de songer à elle autrement qu'aux autres cités bâties sur terre.

Parmi les jardins de Jaffa galopait le roi Richard à franc éperon. Jeunes écuyers, sergents, chevaliers, prélats et ingénieurs, femmes vilotières faisant vendage de leur corps, maçons et princes, tous le regardaient filer sans but comme le vent. Mais Richard sur son Fauvel ne voyait nulle âme, car il songeait en galopant. Ne savait-on point que la reine Aliénor l'avait nourri, lui, le second de ses fils et le mieux aimé, dans les cours d'amour de l'Aquitaine ? Au bel enfant royal étaient contés chaque jour par ménestrels et jongleurs de nouveaux romans d'aventures. Il entendait chanter les plus folles amours, fortunées et infortunées, lointaines amours pleines de félonie ou de mélancolie, amours du pays poitevin toutes proches mais remplies de féerie, d'art magique et de sorcellerie. Lui-même entre deux chevauchées, plus tard entre deux batailles, trouvait de bonnes chansons. L'amour environnait Richard, l'enveloppait comme un riche manteau de soie, et certes les choses devaient ainsi aller pour un jouvenceau né de la dame qui avait fondé l'école de l'amour parfait.

À quoi songeait, demandez-vous, le roi Richard ? Il avait, en vérité, de hardies pensées que traversaient par éclairs les mots paix, conquête, alliance et amour. Ces pensées peu à peu lui donnaient une ivresse bienheureuse, l'exaltaient et l'étourdissaient. Pressant les flancs du coursier à la crinière fauve ainsi que la sienne, il ne galopait plus mais volait. Par le sang Dieu ! il allait prouver au monde ce que peut homme qui ose ! Pour conquérir, les autres cheftains, rois ou empereurs se souciaient seulement de livrer bataille sur bataille. Mais Richard, pourtant le meilleur guerrier du siècle, Richard qui avait dans le ventre, assurait-on, un cœur de lion, savait encore conquérir avec des pensées d'amour !

Il s'en revint à la vesprée vers son hébergement, soûlé d'air pur et de visions enchantées que le moins sensé de ses conseillers eût appelées fantômeries. Des conceptions merveilleuses qui lui étaient montées à la tête en chevauchant, il ne dit une parole à quiconque autour de lui. Non qu'il désirât en faire mystère, mais déjà Richard avait un pied dans Jérusalem. Pour l'heure, il rêvait à cent lieues de ses compagnons et un sourire de grande béatitude lui découvrait les dents.

Dès l'aube crevée, le lendemain, il envoya un message au sultan d'Égypte, le conviant à un entretien privé sous la tente des pourparlers. Ce jour-là, disait le message, Richard d'Angleterre et Malik al'Adil deviseraient sans conseillers ni témoins, car les paroles que voulait prononcer le roi chrétien pour son ami musulman devaient demeurer secrètes. Messire Onfroi de Toron lui-même serait tenu éloigné du devisement. On s'assemblerait vers l'heure de none, afin de manger ensemble, si toutefois le sultan d'Égypte y consentait. Les mets seraient apprêtés suivant le mode franc par les meilleurs cuisiniers de la Normandie et de l'Anjou. Après dîner commencerait le concile, où se parleraient en bonne franchise les deux cheftains. Et que Dieu ait en sa garde le sultan du Caire, comme aussi celui de Damas !

Al'Adil agréa la rencontre, le parlement seul à seul et jusqu'au repas mi-normand mi-angevin. Le vingtième jour d'octobre à l'heure de none, le soleil luisant droit au-dessus des têtes, l'émir avec sa garde égyptienne s'en alla retrouver Richard qui désirait alors non plus faire une mortaille hideuse, mais un très doux traité d'amour. Le roi d'Angleterre à cette assemblée apporta douze chaudrons de victuailles, des plats d'argent, couteaux et cuillères, tranchoirs, nappes de lin blanc, aiguières, hanaps émaillés, coupes de fruits frais et en confits, gâteaux et friandises, bouteilles d'hydromel, outre vingt serviteurs anglais. Hélas ! il ne pouvait, soupira-t-il tristement, se montrer plus large envers son hôte, à cause de la guerre. Le sultan d'Égypte le reprit courtoisement, se déclarant émerveillé par la redondance et la finesse des mets présentés. Ils mangèrent l'un et l'autre à suffisance, échangèrent des venvoles, comparèrent leurs usages, leurs sciences, leurs jeux, leurs poètes, rirent enfin sans retenue quand la nourriture eut accompli en eux son œuvre de vie.

Et le repas étant venu à sa fin, les deux princes comme convenu furent laissés seuls sous la tente. Un sourire sur la bouche, Malik al'Adil attendit que parlât le roi Richard, lequel commença ainsi son propos :

– Tous vous le diront, Seigneur al'Adil, je n'ai point coutume de deviser par énigmes, de celer mes intentions, de faire entrevoir ma pensée après mille et cent détours. Pareilles feintises ne sont bonnes, selon moi, qu'à perdre du temps, aussi je les abandonne volontiers aux menteurs et aux traîtres. Quant à moi, je dis bonnement ce que je pense et fais ce que je dis, ou du moins je m'y efforce, Dieu me voyant. Or voici en une courte parole mon opinion sur nos affaires : le nœud, la cause de notre sempiternelle discorde gît en la cité de Jérusalem.

Là se tut le roi d'Angleterre, et le sultan d'Égypte, qui n'entendait plus rien venir, crut aimable de hocher le chef et murmurer en se tâtant avec soin la barbe :

– Assurément, Roi Richard, la chose est vraie.

– De par Dieu ! reprit le roi Richard, devisons donc un moment de Jérusalem ! Jérusalem a tant de vertu, paraît-il, que jamais Chrétiens ni Musulmans ne se résigneront à la perdre. Et en conséquence, nous entre-combattre pour elle vaut néant, selon moi. Nous devons, Seigneur al'Adil, trouver certain artifice grâce auquel Jérusalem retournera en notre pouvoir tout en restant au vôtre. Croyez-m'en, il n'y a point d'autre chemin vers la paix que cet artifice-là.

– Vous me voyez forcé, Roi Richard, de contredire votre doctrine, quoiqu'elle me semble assez plaisante. Car en somme, vous voulez qu'entre Islam et Chrétienté soit départie la Cité Sainte. Mais si nous le faisions, pensez-vous que la paix établie par ce moyen durerait plus de huit jours ou de trente ? Les deux gouverneurs de Jérusalem se haïraient dès la première heure et leurs citoyens ne tarderaient guère à se déchirer comme des hyènes pour le moindre fétu de paille. C'est une loi naturelle, je vous l'affirme, que deux chefs ne peuvent régner conjointement sur la même terre et que toujours l'un d'eux en vient à surmonter l'autre et à l'abattre.

– Oc, fit doucement le roi Richard, je m'accorde à votre opinion. Toutefois elle n'est vérité prouvée que si vos gouverneurs sont deux hommes. Le cas aurait toute autre figure, Seigneur al'Adil, si régnaient ensemble sur le fief un homme et une femme, qui seraient baron et dame régulièrement unis devant Christ et devant Allah.

– Qu'avez-vous dit ? balbutia le sultan d'Égypte. Ai-je bien ouï votre parole ? Par la barbe du Prophète ! onques ne finirez-vous, Roi Richard, d'ébahir le monde !

Al'Adil cependant n'avait nullement bondi sur pied, ni rugi furieusement, ni rougeoyé sous le courroux. Il contemplait même le prince franc avec un rien de débonnaireté. Après une once, il reprit à voix mieux affermie :

– Et où irons-nous quérir, s'il vous plaît, le seigneur et la dame ?

Richard sans une ombre de mésaise répliqua :

– L'une de mes sœurs, dame belle et sage – que vous avez aperçue, je crois – m'accompagne ici. Je vous la donnerai de grand cœur, Seigneur al'Adil, afin de pouvoir vous nommer « frère » à mon loisir, vous pour lequel je ressens bonne amitié, je ne sais, en vérité, comment ni pourquoi.

Le sultan d'Égypte baissa le regard. Il demeura ainsi, bouche close, mains jointes, longue barbe noire et luisante reposant sur son sein, le temps de reprendre la maîtrise de sa belle âme qu'avait troublée Richard de fond en comble. Et quand il releva les paupières, il ne paraissait plus trace d'ébahissement dans ses yeux, où passaient maintenant des lueurs de gaieté.

– Ce soir même, dit-il, vos propos seront fidèlement rapportés à mon frère, le sultan Yûsuf. Or que vous répondra-t-il, Roi Richard, y avez-vous songé, par aventure ?

– Ma sœur ne vous plaît-elle point ? répliqua Richard, aussi joyeux qu'était l'émir.

– Par Allah ! votre sœur, Messire, a plus de beauté que Leyla, qui de Majnûn fut la bien-aimée, plus de grâce que Zulaykha si hautement chantée par le poète, plus de mystère encore que Tchihrâzâdh, laquelle tint sous son charme le calife de Bagdad mille nuits – mille, entendez-vous, seigneur Richard ? – et une par surcroît. Votre sœur est comme la gazelle sauvage aux yeux longs dont le regard tendre perce le cœur de qui l'approche. Elle est comme l'étoile filante que chaque homme voudrait arrêter dans sa course et voir scintiller pour lui seul à jamais... Or comment la nomme-t-on, par votre bonté ?

– Jeanne, répondit le roi d'Angleterre. Et je ne sais, par ma foi, si elle surmonte les dames de vos chansons sarrazines, si elle égale en beauté les étoiles du ciel syrien et les gazelles de vos déserts. Mais je vous promets qu'en sa compagnie nul ne se lasse. Elle a une cervelle bien affilée, un cœur libéral, un corps sain de tout en tout, une ardeur à vivre que ne décourage aucune infortune. Et elle est encore, je m'accorde avec vous sur ce point majeur, une figure jolie à outrage. Enfin, prenez-la, mon bel ami, si elle vous plaît, et faisons la paix !

Le songe fou du roi Richard semblait avoir engeôlé dans ses mailles le sultan d'Égypte, qui béait devant l'ennemi chrétien en peluchant sa barbe. Or la reine Jeanne de Sicile, quoique digne des plus hautes convoitises, eût-elle suffi à entraîner dans le rêve si grand émir ? Al'Adil était un prince juste, qui servait avec loyauté Saladin. Ni Allah ni âme vivante ne le verrait trahir par envie son propre frère. Mais comment se fût-il empêché de désirer en son secret un royaume pour lui-même ? Il n'avait ni terre ni couronne, régnait sur néant hormis sur sa troupe valeureuse, et à dire le vrai, ne gouvernait l'Outre-Jourdain et l'Égypte qu'au nom du Sultan. Les étranges conceptions de

Richard d'Angleterre lui offraient un trône acquis sans félonie. À l'idée folle, assurément, Saladin dirait non. Toutefois, tant que celui-ci n'aurait rien su de l'affaire et donc rien dit, al'Adil pouvait rêver.

Le soleil allait doucement vers sa déchéance et les cheftains adverses continuaient leurs pourparlers de paix. Richard, devait confesser l'émir, se montrait sage dans sa folie. Oubliant soudain l'Outre-Jourdain et cette Pierre du Désert qui enfantômait Francs comme Sarrazins, mais où le roi d'Angleterre, par bonheur, n'avait onques porté ses pas, il voyait Jeanne et son seigneur sultan régner ensemble sur un royaume contenu entre Jourdain à l'orient et mer à l'occident, Gaza au sud et la grande cité de Beyrouth au nord. L'époux musulman et l'épouse chrétienne s'établiraient au palais royal de Jérusalem, cité plus sainte que jamais, lieu béni où chacune des deux religions aurait ses sanctuaires, ses prélats, ses offices réguliers, ses célébrations, ses fêtes et ses pèlerins. Et si un étranger passant par là demandait qui, des Francs ou des Sarrazins, tenait à la parfin Jérusalem, pas une âme ne saurait le lui dire.

Ami de l'un et l'autre frères sultans, l'historien Behâ ad-Dîn fut envoyé rapporter à Saladin les paroles du roi d'Angleterre. Il est heureux pour nous que Malik al'Adil n'eût osé y aller en personne, redoutant la moquerie du Sultan qui allait sans faille, croyait-il, déclarer fatrasie pure le songe de Richard. Car après avoir délivré son message, Behâ ad-Dîn était rentré en son logis. Et s'étant accroupi devant une écritoire, il avait noté fidèlement tout ce qu'il pouvait connaître du mariage de la reine Jeanne et du sultan d'Égypte. Sa bonne chronique, « La vie du sultan Yûsuf », a cheminé avec vaillance de siècle en siècle jusqu'aux hommes d'aujourd'hui. Ainsi donc suivons-nous Richard qui rêve, entendons-nous parlementer al'Adil et répondre Saladin sous sa tente. Ainsi encore vous sentez-vous l'âme réconfortée, sachant maintenant que pas une fardaille ne vous est ici contée.

Le Sultan donna sa réponse à voix haute et claire, Allah et tous les émirs le voyant. Il dit – ô merveille non attendue, non prévue, non devinée, même plus espérée – qu'en vérité lui semblaient riches les idées de ce roi Richard. Il se clamait prêt à conclure une paix générale aux conditions nouvellement débattues par son frère et le roi d'Occident. Rien ne lui plairait mieux qu'un royaume de Jérusalem pour une moitié franc, et musulman pour l'autre. Et nulle chose ne comblerait son cœur comme d'achever la guerre en célébrant des noces. Un tantinet à malaise, Behâ ad-Dîn bredouille dans son histoire que Saladin feignait alors une ardeur qu'il était loin de ressentir envers un mariage si singulier. Mais qu'avait-il besoin en la circonstance – pourriez-vous nous le dire, Seigneur Behâ ad-Dîn ? – de mentir ou dissimuler ?

Richard montant Fauvel s'en revint à Jaffa au petit trot. Il méditait sur la manière dont il aviserait Jeanne de l'aventure où elle se trouvait engagée pour la sauveté de Jérusalem. Ayant un jour aperçu le sultan d'Égypte, ne l'avait-elle point estimé gentilhomme courtois et beau ? La Syrie ne semblait guère la rebuter, malgré sièges et combats. Le séjour d'Acre, affirmait-elle déjà, valait pour le moins celui de Messine. Et lorsqu'elle découvrirait Jérusalem, son cœur s'enivrerait de joie. Par tous les saints ! elle se laisserait convaincre sans regimber une once en entendant Richard faire scintiller à ses yeux une couronne bénie à nulle autre pareille.

Il entra sous le pavillon de Jeanne avec dans la bouche une foison d'arguments bien aiguisés. Il dut pourtant les ravaler en hâte. La nouvelle était arrivée comme une flèche dans Jaffa une heure avant le roi d'Angleterre, seul Franc au monde à en avoir la science. « Maudits soient les Sarrazins ! », gronda-t-il pour lui-même. Il trouva sa sœur Jeanne saisie par une fureur trop familière, dite communément « folie Plantagenêt ». Dressée au milieu de la tente, elle braillait injures sur blasphèmes. Tantôt des nuées ténébreuses, tantôt des éclairs sauvages traversaient ses yeux d'azur. Elle avait les membres parcourus de spasmes, les cheveux en tourbillon dans la tourmente, les joues écorchées par ses ongles tranchants. Or quand parut le roi devant elle, son mal furieux l'abandonna le temps d'une respiration, puis revint l'assaillir de plus belle. Jusqu'aux murailles neuves de Jaffa, les gens l'oyaient hurler :

– Hors de ma vision, Richard, truand maudit, frère félon, ribaud, connard, pouacreux, paillard, vilain, bourreau infâme, démon puant, chien maligneux, néant absolu ! Que Dieu te damne et que t'écouillent dès demain tes beaux ennemis ! Hors de ma vision, bâtard, ou je m'en vais t'arracher le cœur du ventre avec mes dents !

Lors au lieu de s'enrager comme elle ou sinon de rire à pleine gorge, le roi d'Angleterre baissa le chef sous l'orage.

– Honte sur toi, Richard, continua la dame gente, qui vends ta propre sœur à un chien d'Infidèle ! Tu te réjouiras, je pense, au tréfonds de ton âme, le jour où Christ, le bon Sauveur, me crachera dans l'œil et me bannira de son règne pour l'éternité, le jour où tu me verras faire aux côtés de mon baron turc de viles mahomeries ! Dieu du ciel ! mon baron ! Le baron de Jeanne d'Angleterre ! Un homme qui prie Allah et soumet à Mahomet sa volonté, un busard qui me voilera la face et m'enfermera dans son harem !

– Un prince libéral, répliqua Richard en un murmure, un seigneur ayant la figure la plus gracieuse et les manières les plus courtoises. Par surcroît, Jeanne, un cœur noble qui s'est épris d'amour pour toi.

– Jamais, cria Jeanne, je le jure devant Dieu, entends-tu bien, Richard, jamais je n'épouserai cet émir du diable !

Sur quoi, ne recevant aucune réponse, elle se figea. En trois onces de temps, les tremblements de son corps cessèrent, son visage froissé par la rage se détendit, ses yeux s'éclaircirent et redevinrent ciels purs ou lacs sereins. Et elle dit à ton léger :

– S'il veut m'avoir pour dame, votre sultan, il n'a qu'à renier sa foi païenne et se faire bon chrétien !

Nullement découragé par la tournure que prenaient les choses, le roi Richard poursuivit avec entêtement son rêve d'épousailles. Sous la tente des pourparlers il convia une seconde fois le sultan d'Égypte, lequel annonça qu'il s'y rendrait volontiers, à la seule condition de fournir pour le manger mets et breuvages sarrazinois. Richard emporta donc au parlement son luth pour tout bagage, et Malik al'Adil y vint environné de serviteurs charriant fourneaux, tapis, coussins de soie, plateaux de cuivre, lourdes bassines où nageaient dans le jus plusieurs viandes moelleuses. Le roi d'Angleterre eut tôt fait de déclarer hardiment à l'émir le nœud de l'affaire.

– Dieu est Dieu sans variance, plaida-t-il, partout au monde et pour chaque âme vivante. Que chaut aux hommes sensés qu'on le nomme Allah ou Dieu ? Puis notre Jésus-Christ n'a-t-il pas chez les Musulmans dignité de prophète ?

– Un petit prophète seulement, répondit al'Adil, fort loin d'égaler Mohammed, je vous l'affirme. Cependant, je ne puis renier l'Islam en une heure. Je dois, comprenez-le, méditer mon choix longuement, quérir des conseils et au premier chef celui de mon frère, le sultan Yûsuf.

Le roi Richard en savourant les nourritures orientales qui garnissaient les plats souriait. Du moment que l'émir sarrazin pouvait sans hurler, sans proférer menaces ni injures, sans brandir sa dague mortelle sous le nez du Franc, sans même prendre la fuite au grand galop, se figurer recevant le baptême, entrant dans le saint giron de la Chrétienté, enfin reniant l'Islam, toute espérance demeurait que le mariage se fît un jour, et avec lui la paix. Les deux cheftains parlèrent en mangeant d'autre chose et quand le dîner s'acheva, Richard pour le sultan d'Égypte chanta ses meilleures chansons d'amour.

Mais l'amour en cette aventure fut tristement vaincu. À la conversion de son frère, le Sultan dit « non » sur un ton qu'il ne prit nullement la peine de hausser, et ce « non » fut prononcé une fois pour toutes. Nul ne verrait Jeanne et al'Adil célébrer leur union merveilleuse, à moins que la dame ne voulût bien abjurer la loi du Christ afin de devenir fille d'Allah. Ce à quoi n'eût consenti Jeanne Plantagenêt ni pour l'empire de Rome ni pour celui de Saladin. Sur cet écueil de la foi se brisa net le songe fou du roi Richard. Lors, à son commandement, les troupes s'apprêtèrent au départ. On entendait dans l'ost maugréer les hommes, chevaliers comme sergents, peu envieux d'abandonner Jaffa et ses plaisirs. Pourtant ils s'apaisèrent et bientôt jetèrent des cris joyeux, en apprenant qu'on s'en allait cette foi délivrer Jérusalem.

Octobre finissant, Richard se remit à la voie. Il chevauchait le premier, suivi par le grand serpent de fer qui engendrait dans sa marche un bruit de tonnerre. On avait quitté la mer et on descendait vers l'orient et vers le sud. Jusqu'à Yâzûr, pas l'ombre d'un Sarrazin ne se montra, pas une flèche ne siffla aux oreilles des Francs. L'ost s'arrêta aux environs de Yâzûr deux semaines, le temps de restaurer le chastel des Plaines et celui de Maen. Comme au long du rivage, toute place forte rencontrée en chemin laissait voir cendres et ruines. Cendres encore tièdes et ruines causées la veille par l'ennemi qui allait devant les Francs et dégâtait une à une les défenses garantissant la voie du pèlerinage vers Jérusalem.

Les coureurs sarrazins revenaient harceler de flèches les Chrétiens. Peu redoutables tant que cheminait le serpent de fer massif et sourd aux défis les plus variés, ces chevaucheurs légers devenaient dangereux quand la troupe franque séjournait en un lieu plusieurs jours durant. Ils attiraient parfois dans une embuscade une poignée de chevaliers et piétons partis se ravitailler aux champs ou reconnaître le terrain. Lors ils les trucidaient avec ardeur, et s'il advenait que d'autres chevaliers se ruassent à la rescousse des leurs, il y avait bataille, communément une brève mêlée confuse qui faisait des morts et des sanglants, non des vainqueurs et des vaincus. Jour après jour, c'était la même guerre traîtreuse, dont chacun se déclarait las à périr.

Malgré le songe brisé du roi, le beau mariage rompu et malgré la guerre, les pourparlers de paix continuaient, grâce auxquels Richard et al'Adil entretenaient leur amitié. Cependant que Messire Onfroi de Toron disputait avec les hauts conseillers musulmans, le roi d'Angleterre et le sultan d'Égypte parlaient chasse, chevaux, art, jongleries et chansons. Le 6 novembre, étant parti secourir le comte de Leicester malement assailli par une troupe de Bédouins, Richard comme à l'accoutumée avait créé autour de lui une belle mortaille d'ennemis. Et le 8 novembre, ayant encore sur les mains tout ce sang frais, il était allé festoyé sous la tente d'al'Adil. Après un dîner fin, l'émir l'avait surpris et charmé en lui faisant entendre une chanteuse damasquine renommée qui s'accompagnait elle-même de la guitare. Tant s'aimaient, en vérité, ces deux princes, que la guerre entre eux apparaissait chose légère.

Le roi Richard s'en fut de Yâzûr avant la mi-novembre. Il mena l'ost jusqu'en la cité ravagée de Ramla, qui étalait ses restes misérables sous un ciel obnubilé. À peine l'eût-on atteinte que les nues crevèrent. Les cheftains commandèrent d'outrepasser la place et de cheminer vers Lydda, que le Sultan, espérait-on, n'avait eu encore le temps de détruire. Une pluie drue semblant n'avoir ni achèvement ni répit s'écrasait sur le serpent de fer qui usa un demi-jour pour franchir deux lieues. Mais quand l'avant-garde arriva devant Lydda, elle trouva cette cité aussi dégâtée que Ramla. Les pavillons furent plantés au milieu des ruines, dans la boue jaune et dans les flaques.

Pour ce que toute l'eau du ciel, suivant la volonté divine, descendit alors sur ce lieu, les guerriers francs durent demeurer vingt-deux jours à barboter parmi des murailles écroulées, des logis éventrés et des champs brûlés. Ils se sentaient l'âme déconfortée, regrettaient le soleil de plomb et la fournaise. On épargnait maintenant les victuailles, que l'on ne pouvait plus renouveler et qui pourrissaient d'heure en heure au fond des coffres moites. Si les archers sarrazins relâchaient leurs assauts, les bêtes rampantes et volantes, quant à elles, multipliaient les leurs, forçant les Francs à des combats menés tant la nuit que le jour. Famineux, fangeux, fiévreux et sommeilleux, ces guerriers du Christ souffraient mille maux au nom de Jérusalem.

Le 8 décembre enfin, la pluie s'amenuisant, les hommes repartirent sur le chemin plénier de la Cité Sainte. N'ayant plus pour se vêtir que robes souillées, pour se garantir que hauberts et heaumes rouillés, pour se nourrir que biscuits moisis et cochon pourri, tous chantaient sous le ciel bas. Ils s'élevèrent jusqu'au Toron des Chevaliers dont les murailles, tours et tourelles venaient d'être abattues par l'ennemi. Et de là, ils se traînèrent lourdement vers Betenoble. Grêle, pluies nouvelles, vents de tempête, voilà certains des délices qui les accueillirent à leur venue dans Betenoble, où Richard fit dresser les tentes. L'armée de Dieu était alors à cinq lieues de Jérusalem.

Outre l'eau qui dévalait du ciel, cet hiver apportait sur la Syrie grande froidure. Peu avant la Nativité périrent maints chevaux, qu'avait affaiblis la disette et que le froid occit. Des hommes aussi étaient trouvés morts à l'aube, gisant au lit et non glorieusement au champ de bataille. Les coureurs bédouins détournaient sans peine les rares convois francs qui tentaient de cheminer entre Jaffa et Betenoble afin d'aller pourvoir la troupe en denrées fraîches. Voyageant par petites compagnies et montant leurs chevaux légers, les hommes du désert s'approchaient aussi de l'hébergement chrétien sans qu'on les vît, délivraient des frères prisonniers et tourmentaient les Francs avec leurs flèches. Noël pourtant fut célébré dans la liesse. Car d'ici peu on irait à Jérusalem et sur le tombeau du Christ chacun déposerait ses peines.

Or à Jérusalem besognaient dur les Sarrazins. Depuis octobre, ils s'apprêtaient pour la venue des Francs. Ils restauraient les défenses, renforçaient tours, créneaux et murs, creusaient plus profondément les douves. Mossoul envoya vers la Ville Sainte un grand nombre de maçons qui aidèrent à bâtir une muraille nouvelle ceignant la cité entière. Et chaque semaine entraient dans la place grains, fruits, herbes et viandes qui allaient s'entasser au fond des caves. Chaque semaine aussi arrivaient des hommes par cent et par mille, puisque bonne défense ne peut être sans bons défenseurs. Tous les citoyens se travaillaient pour la gloire d'Allah et la sauveté de leur ville. Voulant montrer l'exemple, Saladin charriait lui-même des pierres sur l'arçon de sa selle. En conséquence, dès la mi-décembre, la Jérusalem du Prophète Mohammed s'élevant dans les airs se trouvait en état d'accueillir comme il convenait l'ennemi chrétien.

Mais cet ennemi-là ne mettait nulle hâte à jaillir sous les belles murailles neuves. Il se faisait désirer, pour dire la chose avec finesse. Embourbé jusqu'aux genoux dans la fange de Betenoble, tourmenté par la saison mauvaise et les farouches Bédouins, il contemplait bouche bée les monts de Judée qui lui cachaient la vision ineffable de Jérusalem, son seul désir et son espérance. Mais il ne remuait seulement un orteil pour y aller. Que faisait, que déclarait, que voulait donc le roi Richard, demandaient aux espions sultans et émirs ? « Malik » Richard se tenait coi, répliquaient les espions, il écoutait disputer entre eux les autres cheftains de l'ost. À ceux qui le pressaient de partir tout maintenant assiéger la Cité Sainte, il disait oui parfois, et parfois non.

Richard en vérité ne savait quel chemin prendre, celui de Jérusalem tant rêvé, ou bien celui du retour triste à mourir. Jour et nuit, les Croisés le suppliaient en pleurant d'aller avant jusqu'au but sacré de leur pèlerinage. Ils n'apercevaient dans l'aventure que le Sépulcre où les attendait Jésus pour les sauver. Parvenus au sanctuaire, ils s'agenouilleraient sur les dalles, joindraient les mains, baiseraient le marbre du tombeau et recevraient de Dieu le salut éternel. Pouvait-on, après tant de maux endurés, tant de morts laissés derrière soi durant le voyage, renoncer à délivrer Jérusalem ? « Par votre grand pitié, Messire Richard, courons demain prendre Jérusalem ! » Et c'est alors que Richard, hochant le chef, disait « oc ».

Puis venaient le roi Gui et les plus hauts barons du royaume de Jérusalem, avec eux le Grand-Maître et le maréchal des Hospitaliers, le Grand-Maître et le maréchal du Temple. Au nom de tous parlait Messire le connétable, qui avait la voix belle et puissante. S'étant dressé, il déclarait :

– Par Dieu vivant ! Messire Richard, entendez-nous, qui sommes les habitants de ce pays, dont nous étions naguère les seigneurs ! Ayez en remembrance, je vous prie, les lieux par lesquels nous avons cheminé ensemble depuis quatre mois ou plus. En vérité, nous n'avons rien trouvé devant nous sinon défenses jetées bas, cités ruinées et champs dévastés par les flammes. La Judée entière, voyez-la autour de nous, n'est plus que terre morte !

– Nous la ressusciterons, sur ma foi, répliquait Richard. N'avons-nous pas déjà restauré Arsur, Jaffa, Ramla et plusieurs autres places ?

– Nul doute, Monseigneur, que nous n'ayons aujourd'hui assez de bras vaillants pour rebâtir tout le royaume et aussi reprendre aux Sarrazins Jérusalem, Dieu nous aidant. Mais où sont, s'il vous plaît, les peuples qui partiront demain garnir villages et cités, qui laboureront, marchanderont et gouverneront ? Où sont les bonnes gens qui iront, le cœur en fête, s'établir dans la Ville Sainte ? Quant à vous-même, entendez-vous rester parmi nous quand Jérusalem aura été reconquise de haute lutte et le royaume relevé de part en part ? Et vos chevaliers, vos sergents, resteront-ils jusqu'à la fin de leur âge, une fois leur vœu bellement accompli ? Et les hommes au roi de France, dites-moi, et les Allemands, les Danois, les Frisons, les Italiens et les autres, pensez-vous, Messire Richard, qu'ils demeureront ? Non, certes, en nul endroit ! Cependant à la Bataille de Galilée périrent tant de Francs du royaume de Jérusalem que nous ne sommes plus aujourd'hui un peuple, mais une poignée de gens ! Or voulez-vous connaître l'opinion de mon frère, celle des Hospitaliers, celle des Templiers et la mienne ? De par ma foi, nous avons les uns et les autres la même, que voici : à peine serez-vous tous remontés sur vos galées que les Sarrazins reviendront à grande allure envahir Jérusalem. Et comment donc pourrons-nous les débouter, n'ayant ni chevalerie ni piétaille et n'étant que quelques âmes rassemblées dans la cité ? Lors ils nous feront morts jusqu'au dernier, après quoi ils courront comme en jouant vers le rivage dont les places fortes se rendront à eux une à une sans bataille, Jaffa plaisante à outrage, Arsur, Césarée, la belle cité d'Acre où nous souffrîmes si longue méchéance, et enfin Tyr qu'aucun marquis cette fois ne sauvera. En trois jours ou quatre, Monseigneur, anéantie sera votre conquête. Pourtant, je vous l'affirme en bonne loyauté, si nous tournons prudemment le dos à la Ville Sainte, nous retenant de la prendre quoi qu'il en navre nos cœurs, nous pourrons tenir aisément le rivage contre les Sarrazins, accueillir les navires dans nos ports, gouverner notre terre étroite et marchander, en attendant le jour où nous seront envoyés par la Fortune des forces neuves et des hommes surtout. Ce jour-là, certes, nous irons à Jérusalem pleins de ferveur. Mais devons-nous à l'heure qu'il est nous y ruer comme des naïfs trop sûrs de leur puissance, laquelle passera comme un éclair quand vous serez reparti ?

Et c'est alors que Richard, branlant le chef, disait « no », et s'écriait en pur langage poitevin :

– Tu parles sage, Aimeri, mon frère, mieux vaut pour nous ne point aller à Jérusalem.

XXII

Depuis son île aux vents propices, le marquis de Montferrat suivait pas à pas, comme s'il chevauchait en personne avec l'ost, l'avancée du roi Richard vers Jérusalem. Chaque jour il recevait des rapports l'instruisant des combats. Il connaissait par le menu les positions franques et musulmanes, les heurs ou malheurs divers advenus aux bataillons du Christ. Ses messagers lui contaient les moindres propos échangés sous la tente par le sultan d'Égypte et le roi d'Angleterre. Volontiers il redisait les nouvelles à Dame Isabelle, qu'il chérissait durement. Ainsi les vit-on rire ensemble de bon cœur à la pensée de Jeanne Plantagenêt prenant un Infidèle pour baron.

– C'est grand dommage, déclara la marquise en apprenant que le mariage avait failli, car le sultan al'Adil se fût conduit en parfait seigneur envers Dame Jeanne. Sa largesse, je m'en souviens, égale au moins celle du roi Richard. Et au contraire des autres Musulmans, cet émir estime les femmes des créatures bonnes et subtiles, je puis en témoigner moi-même.

– Adonc, belle amie, vous avez rencontré le sultan d'Égypte ?

– L'an maudit, Messire Conrad, rappelez-vous, j'étais dans Jérusalem quand nous perdîmes la cité. Au temps du bannissement, qui dura quarante jours, Malik al'Adil fit délivrer par mansuétude plus de mille Chrétiens si pauvres qu'ils ne pouvaient payer aux Sarrazins leur rançon. Puis, quand je rentrai du désert, il m'accueillit à merveille. Les Francs alors avaient jusqu'au dernier vidé la Ville Sainte. Cependant il me reçut avec honneur, m'hébergea auprès de lui au palais royal, enfin me procura des convoyeurs preux et courtois qui me conduisirent à Tripoli sans épargner leur zèle. Sur ma foi, la reine Jeanne eût pu trouver dans ce mariage une bonne fortune.

– Et vous, ma douce amie, une malefortune, ou même la pire des fortunes. En ce cas, certes, la couronne de Jérusalem fût allée tout droit sur la tête rousse de votre cousine et point sur la vôtre. Ni sur la mienne, en conséquence. La sotte accordance eût causé notre ruine.

– Il m'avait paru, Monseigneur, que ce mariage vous égayait plus qu'il ne vous déplaisait.

– La Syrie entière, ma belle amie, en faisait risée. Je riais comme riaient les Sarrazins, pour ce que nous savions tous que sa folie serait tôt prouvée.

La marquise répliqua :

– En outre, vous voulez sans cesse oublier que le royaume de Jérusalem a un roi, lequel ceignit régulièrement la couronne devant le Sépulcre de Jésus.

– Et quant à vous, dit le marquis, vous voulez sans cesse vous en souvenir. Seriez-vous donc si affligée d'être un jour clamée reine ?

– Je ne puis guère concevoir la chose, Messire Conrad. Nous sommes loin à cette heure d'avoir reconquis Jérusalem. Or sans Jérusalem, le royaume n'est qu'un grain de poussière. Et ce royaume, laissez-moi le redire, a depuis l'an 1186 un roi sacré, Messire Gui de Lusignan, homme dans la force de son âge et vigoureux comme un cheval. Par Dieu vivant ! que suis-je, moi, ayant à peine en l'affaire un lignage et un nom ?

– Vous, ma Dame, vous êtes l'héritière, c'est-à-dire tout ! Vous êtes le futur, l'espérance, le renouveau. Tandis que votre roi poitevin porte gravés sur sa face les jours d'antan, la méchéance, la déconfiture. Il pue la mort, je vous l'affirme, outre que Dieu l'a créé faible d'esprit !

Dame Isabelle un bref moment se tut. Le chef incliné bas, elle semblait occupée par la contemplation de ses pieds. Quand elle redressa le col et reprit la parole, un peu de rouge lui colorait le front.

– Monseigneur, dit-elle à voix confuse, je confesse devant vous ma sottise, qui vaut bien celle de Messire Gui. Aujourd'hui, assurément, nul autre vivant que moi ne descend des anciens rois de Jérusalem. Et s'il ne me convient en rien de songer à la couronne, je ne devrais jamais déclarer, penser ni faire aucune chose contre mon droit. Vous parlez vrai en disant que le mariage machiné par mon cousin Richard eût été un malheur pour nous. Et sur ma foi, je me prouvais niaise à vos yeux lorsque je m'en réjouissais.

Le marquis de Montferrat fit deux pas vers elle, qui ne fut plus qu'à une demi-coudée de lui. Une lueur de plaisir éclairait son œil tandis qu'il s'écriait :

– Diable ! douce amie, on aimerait voir tous les niais avoir autant de cervelle que vous ! Chaque jour je vous découvre une vertu nouvelle. Ainsi êtes-vous un cœur loyal, une âme vaillante qui regarde le péril en face et endure sans gémir les inconvénients de la guerre. Vous répandez autour de vous les bienfaits, je l'ai noté plus d'une fois, cependant que vous mentez à peine. Je vous estime en vérité une dame tendre, mais aussi une épouse ardente. Et voilà que je vous trouve maintenant belle joueuse au devisement, tout comme vous l'êtes au lit, si j'ose dire.

– Hélas ! Messire Conrad, je trouve, moi, que vous jouez trop vite !

– Je m'efforce tant à la lenteur, Isabelle, afin de vous plaire, que vous demanderez bientôt merci quand nous ferons la folie ensemble.

– Soit, Messire, je crierai merci. Or n'en serez-vous point émerveillé ?

Le marquis l'était déjà, et conquis de tout en tout. Cette saison-là, où son choix le tenait reclus dans Tyr, il se donnait à l'amour comme Richard, à la même heure, se donnait à la guerre. Il espérait toujours que la marquise engendrerait de lui un enfant, le fils béni dont Dieu, dans sa justice, avait privé Messire Gui de Lusignan. Adonc il unissait au plaisir d'aimer le devoir de procréer, une alliance heureuse à laquelle Nature consentait. Autant que les gens de l'ost parmi les jardins de Jaffa, le marquis vivait dans les délices. Pour la première fois en tout son vivant, il advenait qu'il se couchât nu par soleil levé, car la marquise, affirmait-elle, sentait plus fort le feu du désir entre none et le crépuscule. Ébahis, les chevaliers tyriens avaient vu leur seigneur commander hautement qu'on allât sans retard apposer un verrou sur sa porte.

À l'amour, Dame Isabelle s'accoutumait peu à peu. Elle estimait le marquis fort avantagé par la nudité. Jailli de ses vestailles mal taillées et colorées trop richement, il montrait un corps bellement façonné aux membres longs et à la peau fine. Du moins la marquise le devinait-elle ainsi dans l'ombre envahissant la chambre malgré le soleil qui reluisait dehors. Afin de ne point offenser Dieu ni Sainte Église, les amants voilaient le fenestrage de brunes draperies et tendaient les lourdes courtines autour de leur couche. En dedans du lit clos, chacun devait pour découvrir l'autre voir avec ses mains plutôt qu'avec ses yeux. Ni lui ni elle ne s'en plaignait, ne voulant point pécher. Pourtant ils rêvaient tous deux en leur secret de mettre une once de lumière sur leurs ébats.

Plus avançait la troupe sur le chemin de Jérusalem, plus avançaient les pourparlers entre les Sarrazins et le roi Richard, et plus se livrait le marquis de Montferrat, par désir et par revanche, au plaisir charnel. Jusqu'à l'ivresse il jouissait de sa dame chère, tout en s'angoissant à la pensée hideuse que le roi Gui serait là pour conclure la paix avec les Infidèles, qu'il serait là encore, le busard, pour entrer dans Jérusalem délivrée. Alors que Richard s'occupait à rebâtir le Chastel des Plaines dans les environs de Yâzûr, qu'il offrait présents et festins au frère du Sultan, Messire Conrad soudain ne put endurer plus longtemps de se taire et de ne faire nulle chose hormis l'amour.

Le marquis hébergeait en ce temps-là dans son île deux chevaliers puissants dont il avait su conquérir l'amitié loyale. Ces deux seigneurs s'étaient comme lui retirés de l'ost à Jaffa. Messire Balian d'Ibelin, qui le soutenait depuis la première heure, avait chevauché en sa compagnie jusqu'à Tyr. Le comte Renaud de Sidon, moins assuré du lieu où se trouvait son honneur, voulant en conséquence méditer avant de trancher, les avait enfin rejoints après trois jours. Un matin, le marquis rassembla devant lui l'un et l'autre barons et leur demanda :

– Sur votre foi, mes beaux amis, jugez-vous sage que nous laissions tous les avantages dans la main du roi Gui, homme de cerveau chétif que soutient le roi d'Angleterre outrageusement ?

– Messire Conrad, répondit Balian d'Ibelin, si nous détenions des hommes par milliers pour marcher derrière votre étendard, nous pourrions nous en aller de notre côté assaillir Jérusalem. Et je ne doute point qu'alors se rallierait à nous le duc de Bourgogne avec les bataillons français, outre un grand nombre de chevaliers du royaume. Hélas ! nous n'avons en abondance ni chevaliers, ni piétons, ni engins de guerre et devons abandonner l'espoir d'en voir miraculeusement choir du firmament. Pourtant, gardez courage, par grâce ! car nous savons bien que votre heure tintera.

– Il est vrai, déclara le comte Renaud, que les combattants nous font défaillance. Oubliez donc, Messire Conrad, la délivrance de Jérusalem ! Jamais vous n'entrerez dans ses murs devant tous, revêtu de vos armes et brandissant votre bannière, comme vous fîtes à la cité d'Acre. Mais le roi Gui lui-même franchira-t-il un jour la porte de David ? Prendre Jérusalem, suivant mon opinion, sera chose fort longue et malaisée. Aucun navire, soyez-en sûr, ne viendra là-bas pourvoir les assiégeants en victuailles ou fourniment. Les pourparlers de paix, en revanche, n'ont besoin d'aucune troupe, d'aucune arme et d'aucun trébuchet. Il suffit pour les mener d'une ou deux bonnes cervelles, rien de plus.

– La vôtre, Messire Renaud ! s'écria le marquis. Je vous requiers dès ce moment afin d'être mon ambassadeur auprès du Sultan. Vous irez, si la chose vous agrée, lui offrir mon alliance.

– J'irai, Messire Conrad, sans déplaisir aucun. Or quelles sont, je vous prie, les conditions de votre alliance ?

– Avant d'ouvrir les débats, dit le marquis, vous devrez avec fermeté rappeler au Sultan que je suis à ce jour l'héritier du royaume de Jérusalem. Certes, ma puissance ne peut valoir celle du roi Richard, mais bientôt le roi Richard s'en retournera vers sa terre, cependant que je resterai en Syrie le reste de mon âge. Les Francs du royaume, déclarerez-vous encore, me sont plus favorables dix fois qu'à Messire Gui de Lusignan. Après quoi, mon bel ami, vous en viendrez aux conditions.

– Et quelles seront-elles ? s'enquit le comte Renaud.

– Les voici en trois mots : nous voulons sagement la moitié de la terre qui était à nous avant la Bataille de Galilée, cette moitié comprenant sans faille Beyrouth, Ascalon et Jérusalem.

– La moitié de Jérusalem, corrigea le comte Renaud.

– Que dites-vous là ?

– Oui, certes, Messire Conrad, la moitié de Jérusalem, confirma doucement Balian d'Ibelin.

– Diable ! mes amis, c'est trop peu demander ! Croyez-vous que nous satisferons le pontife de Rome et toute la Chrétienté avec un pareil traité ?

Le comte de Sidon répondit :

– Messire Conrad, si le roi Richard parvient à faire la paix en mariant sa sœur Jeanne au sultan d'Égypte, les nouveaux époux recevront pour présent de noces la Ville Sainte. Alors en quelque manière Jérusalem sera départie entre les Francs et les Sarrazins.

– Mais ce mariage, mon bel ami, est un fantôme que nous ne verrons jamais prendre corps !

– Fantôme ou non, Messire Conrad, nous ne pouvons offrir moins que le roi d'Angleterre. Suivez notre bon conseil, je vous en prie, et réclamez seulement la moitié de Jérusalem !

– Soit, maugréa le marquis de Montferrat.

– Il restera encore, poursuivit Renaud, si le Sultan agrée votre alliance, à convaincre le roi Richard de cesser les combats et d'honorer une accordance conclue sans lui.

Le marquis assura que le duc de Bourgogne avec tous ses bataillons de France appuierait sa cause et baisserait les armes. De même se contiendrait la chevalerie du royaume. Et voyant ce, Richard Plantagenêt finirait par se laisser fléchir, trop heureux de pouvoir aussi vitement regagner sa terre en Occident. Les deux barons hochèrent le chef sans que le marquis comprît clairement s'ils approuvaient ou déniaient ses paroles.

– Messire Balian, dit-il, détournant le parlement, je n'ose vous prier d'accompagner dans sa mission le comte Renaud. Vous irez ou vous demeurerez, selon votre guise. Néanmoins, vous voir partir me réjouirait le cœur, car chacun sait que le Sultan vous aime.

Le lendemain s'en fut de Tyr une belle chevauchée qui rassemblait quarante hommes et plus. Allait devant le comte de Sidon ayant à son flanc Monseigneur Balian d'Ibelin, lequel s'était résolu au voyage par loyauté envers le marquis, par amitié envers le comte Renaud et par devoir envers lui-même. Cela dit, Messire Balian estimait leur ambassade chose absurde.

– Renaud, cher ami, grondillait-il en chevauchant, le Sultan va nous rire au nez, je le crains fort.

– Oui, certes, répliquait le comte de Sidon, il nous rira au nez. Nul n'en peut douter, hormis le marquis de Montferrat, qui croit en lui-même comme on croit en Dieu. Cependant, mon ami, rencontrer le Sultan est toujours une bonne fortune. Et vous verrez qu'il nous welcomera mieux que ses grands émirs. Quant à vous, il vous a clamé après la prise de Jérusalem le meilleur des Francs. Et quant à moi, il me doit un service pour m'avoir un tantinet tourmenté naguère sous les murs de Beaufort. Il nous emmènera, je l'espère, avec lui à la chasse. Ah ! Balian, cher compagnon, je vous le déclare en vérité, Dieu me voyant : chasser avec le Sultan est un ébattement nonpareil !

– Mais nous partons rencontrer Saladin afin de parlementer sous une tente, mon ami, nullement de courir chasser dans la sylve.

– Et pourquoi non ? Sur l'île du marquis, nous vivons comme en geôle ! Courir à travers bois derrière une bête fauve sera chose plaisante, il me semble. Ne disiez-vous pas tantôt que notre ambassade n'avait ni sens ni raison ?

Dans la campagne de Judée où Saladin hébergeait alors son ost furent accueillis tels des princes Monseigneur Balian et le comte de Sidon. L'historien Behâ ad-Dîn, qui reçut les envoyés de Tyr à leur arrivée, le 9 novembre 1191, nous a conté comment on leur offrit, sur commandement venu d'en haut, un pavillon garni d'ornements royaux. Là, ils séjournèrent plusieurs jours au milieu des plaisirs. Le Sultan soir et matin les conviait à sa table, où des festins délicats leur étaient présentés. Après souper, sous la lumière douce des candélabres d'argent, il mandait devant lui chanteurs et danseurs natifs de Syrie, d'Égypte ou de Perse, pour charmer les oreilles de ses hôtes comme leurs yeux. Et plus d'une fois, il emmena ses amis francs chasser aux environs la panthère.

Cependant les délégués du marquis n'oubliaient en nul endroit leur ambassade. Ils plaidaient chaudement en faveur d'une alliance entre le pouvoir sarrazin et l'héritier du royaume de Jérusalem.

– Par la barbe du Prophète ! grommelait Saladin, y songez-vous ? Ce seigneur de Tyr est un pur démon dont j'ai enduré déjà les défis et les feintes !

– Seigneur Sultan, répliquait Messire Balian, le marquis de Montferrat peut sembler un démon, si l'on veut, tant il surmonte les autres chevaliers par sa prouesse, mais je vous jure qu'il n'a jamais trucidé, sous un haut soleil flambant, sans cause ni remords, deux mille cinq cents hommes innocents de tout crime !

– Or que réclame-t-il, Messire Balian, votre marquis, pour prix de notre paix ?

– Seulement une part du royaume d'antan, répondit à la hâte le comte Renaud, ladite part allant de la mer au Jourdain et devant enclore Ascalon, Beyrouth et Sidon tout entier, outre la moitié de Jérusalem.

Le Sultan tira trois fois sur sa barbe divisée en deux parts égales, comme serait la future Jérusalem si la paix se faisait. Puis il affirma qu'il penserait à l'offre du marquis. Les ambassadeurs chassèrent donc et se récréèrent en chevauchant, festoyant et affrontant au jeu d'échecs les émirs, tandis que le Sultan méditait. Un jour enfin, Saladin manda sous sa tente noir et or les seigneurs chrétiens et leur tint ce langage :

– Le roi de France, m'a-t-on conté, soutient dans ses convoitises votre marquis, dont il est un proche parent. Or là-bas, en Chrétienté, les rois de France et d'Angleterre se guerroient sans merci. Croyez-vous donc, mes amis, que le marquis de Montferrat, s'il devient mon allié, s'en ira en bataille à mes côtés contre le roi Richard, qu'il abomine ?

– Par Dieu non ! crièrent d'une seule voix les ambassadeurs.

– Le roi Richard, poursuivit Messire Renaud, est venu ici accomplir son pèlerinage. Un Chrétien, Seigneur Sultan, fût-il un démon, ne saurait assaillir un pèlerin de Dieu, créature sacrée à tous les yeux.

– Soyez certains, répondit le Sultan, que votre visite m'a réjoui le cœur. Vous voudrez bien, je vous prie, transmettre au seigneur de Tyr ma parole. Quand il régnera sur le royaume franc, si la chose advient jamais, nous établirons entre nous, je n'en doute nullement, une franche et bonne alliance. Jusque-là, pourtant, je ne puis rien lui promettre. En ce moment, comme vous devez savoir, mon frère al'Adil parlemente avec le roi Richard, de même que je parlemente avec vous. Hélas ! l'heure n'est encore, je le crains, ni aux traités ni à la paix.

Quoiqu'il n'eût guère foi en la paix, le Sultan laissa se prolonger les débats engagés par al'Adil et Richard Plantagenêt. Premièrement, l'idée du mariage l'égayait. Puis, il aimait mieux pour débattre se trouver en face de Richard que du gentilhomme piémontais. Car si le roi d'Angleterre entendait à la guerre merveilleusement, il montrait moins d'excellence dans les affaires de gouvernement. Devant le tapis des négociations, les Musulmans prendraient aisément l'avantage sur cet adversaire peu redoutable sans ses armes. Saladin l'œil pensif regarda s'éloigner et s'effacer peu à peu sous la poussière du chemin les ambassadeurs de Tyr, qui repartaient couverts par lui de présents, mais n'ayant pu à la parfin remporter son alliance.

Le 13 janvier 1192, jour de Saint-Hilaire-le-Poitevin, haut seigneur qui s'était répandu en son temps à travers le monde pour prêcher la divinité du Christ, le roi Richard commanda qu'on fît retraite. Sitôt l'annonce criée dans l'ost, une désespérance à nulle autre pareille s'abattit sur les guerriers de Dieu. Vous auriez vu les larmes noyant ces visages rudes, les mains impotentes levées au ciel, tant de lamentations jetées, de supplications, de malédictions et de complaintes ! On avait abandonné sa contrée, sa parentèle et ses amis, passé la mer périlleuse, croupi des mois durant au fond d'une plaine immonde, affronté les Turcs damnés, les pestilences, la famine et les plaies. On avait cheminé en bataillant au sein de la fournaise, puis des pluies et de la froidure, on avait maçonné, rebâti, reconquis, chevauché ou marché de l'aube à la nuit dans la boue jaune. Mais ces maux n'étaient rien, car Monseigneur Jésus guidait l'ost vers son tombeau désert au chevet duquel s'évanouirait toute peine.

Et maintenant il neigeait sur Jérusalem comme il neigeait sur Betenoble, qu'une seule journée de marche éloignait de la Ville Sainte où jamais n'entreraient les Croisés braillant « Monjoie ! » à pleine gorge. Aucun d'eux ne contemplerait Jérusalem fors en songe, ne prierait au Sépulcre, ne monterait les degrés du Templum Domini, ne visiterait les écuries du roi Salomon, ne longerait le palais royal de la Tour David, ne franchirait les Portes Dorées, ne gravirait en pleurant le mont des Oliviers. Aucun d'eux ne ramènerait dans sa contrée la palme de Jéricho des pèlerins prouvés. On rentrerait chez soi misérable et vergogneux, le chef baissé, ayant souffert un long martyre et néanmoins ayant failli à Dieu de tout en tout.

Après le dépit, après la dolence, éclata l'ire. Tandis que le grand serpent de fer cheminait vers Ramla sous les flocons de neige, dos tourné honteusement à Jérusalem, les peuples chrétiens se reprochaient l'un l'autre l'abandon de la Sainte Aventure. Les Anglais injuriaient vilement les Français, lesquels retournaient aux Anglais leurs injures encore empirées, s'il se pouvait. Le duc de Bourgogne, allaient partout glapissant Angevins, Normands et Anglais – tous gens au roi Richard –, était celui qui refusait de marcher sur Jérusalem. Le roi Philippe de France avait remis entre ses mains la fleur de la chevalerie de son règne et payé le prix de son départ hâtif en nombre de guerroyeurs laissés en Palestine. Ainsi voyait-on dans l'ost chrétien trois fois plus de Français que d'hommes suivant Richard Plantagenêt. Si on délivrait Jérusalem, le mérite en reviendrait premièrement aux Francs de France, mais la gloire serait pour Richard seul, chose jugée puante par Messire Hugue de Bourgogne.

Les Français et leur duc hurlaient à la traîtrise du roi anglais. Richard était celui à cause duquel on faisait aujourd'hui chemin arrière comme vrais couards. Cet homme-là couvait un grain de folie dans son âme. Il disait « oc » et « no » en même temps, écoutait trop de conseils et ne savait trancher. Il méprisait les vœux des pèlerins et le sien propre, se moquait du Sépulcre sacré, de la sainte cité, du royaume perdu et des larmes des chevaliers. Sa vaillance vantée à outrage ici ou ailleurs, qu'en restait-il à cette heure sinon cendre et poussière ? Il ne renfermait seulement assez de cœur pour aller affronter les Infidèles dépourvus d'âme devant Jérusalem ! Que Dieu le maudisse par l'esprit de sa bouche et lui pourrisse les entrailles ! Qu'Il bannisse à jamais de Son ciel pareil félon !

Quant aux chevaliers du royaume de Jérusalem, seigneurs, frères Templiers et Hospitaliers, tous gardaient les lèvres closes.

Car en vérité, ils étaient bien ceux que Sagesse avait envoyés supplier le roi Richard de délaisser la Ville Sainte captive et de se retirer vers le rivage. Eux-mêmes ne parcouraient nullement la Terre Promise en pèlerins de Dieu, en rêveurs éblouis par la vision de leurs péchés remis et de leur âme à jamais sauvée. Ils bataillaient afin de reprendre aux Sarrazins le royaume perdu et retrouver leurs fiefs. Du moment que délivrer Jérusalem pouvait, par défaillance de peuple, anéantir la reconquête peineusement commencée, ils aimaient mieux faire chemin arrière et conserver les ports, les places fortes, les bourgs, les villages, les champs et les forteresses déjà repris.

Gens d'Outremer et gens de la Syrie franque, ils arrivèrent à Ramla dans le plus grand désarroi, certains bouillants de rage, certains muets comme figures de marbre, certains encore ivres de douleur, et tous glacés de la tête jusqu'aux pieds. Lors se défit en ce lieu leur frêle union. Les Français quittèrent l'ost avec armes et fourniment. Ils prirent l'escampe, non pas formés en troupe serrée derrière le duc de Bourgogne, mais éparpillés par bandes qui cheminaient sans ordre et parfois sans but. Il y en eut qui allèrent à Jaffa dont ils se remembraient les délices, d'autres qui suivirent le rivage vers le nord pour atteindre la cité d'Acre, ou même gagner Tyr où le marquis les attirait avec maintes flatteries et promesses. Le duc de Bourgogne, quant à lui, conduisant le restant de sa troupe, s'en fut planter ses pavillons au Casal des Plaines. Voulant voir avant d'aller plus loin comment les choses tourneraient dans l'ost, il demeura là huit jours entiers à observer le roi Richard.

Et le roi Richard sans long délai se remit à la voie. Sur son grand coursier fauve rapiné, il chevaucha en avant de ses bataillons rapetissés d'où ne s'élevaient que sanglots, gémissements et cris courroucés. Richard et ses compagnons rencontrèrent entre Ramla et Ibelin les plus mauvais chemins de la terre. Dans les ornières enneigées et fangeuses glissaient les chevaux, s'embourbaient les roues des chariots, s'éclopaient les gens de pied. Du plus menu au plus haut, tous avaient le corps aussi déconforté que le cœur en arrivant à Ibelin. La nuit durant souffla un vent tempétueux venu d'enfer. Il neigeait si durement que les pavillons en toile et en cuir devenaient logis de glace. Au-dedans priaient les combattants du Christ qui se croyaient maudits pour avoir par faiblesse renoncé à leur seul désir, abandonné traîtreusement Jérusalem et renié leur vœu. On repartit avant l'aurore, chacun ayant les yeux lourds de sommeil.

On prit alors la voie du sud. Comme s'apaisait un moment la tourmente, que jaillissait un rai de soleil chétif, parurent dans le lointain les flots scintillants. Une once de joie parcourut l'ost et le neveu au roi Richard, le jeune comte de Champagne, dressant haut sa bannière, s'écria : « Hez avant ! beaux amis, la mer, la mer ! », comme si la victoire gisait là-bas au bord de l'onde. Pourtant, à mesure qu'on approchait du rivage, on discernait les vagues noires qui roulaient avec rage et venaient frapper furieusement la grève, y laissant une longue bave blanche. Pas un vaisseau n'errait sur cette eau périlleuse et les Francs s'angoissèrent de plus belle. Dans les ravines s'étaient perdus le matin même plusieurs chariots de victuailles, toute la misérable provende qui leur restait, à peu de chose près. Ils n'avaient guère couru après les balles de mangeaille moisie, croyant trouver à la mer les navires italiens chargés jusqu'à la gueule de denrées fraîches. Maintenant ils s'arrêtaient effarés devant la mer vide et regardaient le ciel s'obscurcir à nouveau, le vent hurler comme un forcené, la neige glacée tomber des nues.

Ils parvinrent en vue d'Ascalon sous la tempête. Ascalon si puissante et si fière, fondée après le Déluge par les trente-deux fils de Cham, n'avait plus à montrer aux hommes que champs de ruines. Des cinquante-trois tours hautes et robustes qui la défendaient naguère, nulle ne demeurait sur pied, ni la Tour des Pucelles, ni celle des Écus, ni celle des Amiraux, ni celle des Bédouins, ni la terrible Tour du Sang. Et toutes les cent tourelles rondes appuyant les ouvrages majeurs semblaient n'avoir jamais été. La muraille effondrée gisait en amas de pierres dans les fossés. Pas un palais, pas un manoir, pas un pauvre logis qui ne présentât brûlures et meurtrissures. Il neigeait sans fin et les guerriers de Dieu recrus à périr se coucheraient le ventre creux au milieu des ruines.

Janvier s'achevait. Le Sultan renvoya hiverner dans leurs contrées ses alliés des provinces musulmanes et leurs hommes, ne gardant avec lui que les officiers et sergents de son domaine. D'ici au mois de mai seraient les batailles suspendues. Quatre mois durant, aucune flèche sarrazinoise ne viendrait choir sur les murs écroulés ou relevés d'Ascalon. Malgré les tourments, malgré la disette, le roi Richard commanda que l'on se mît au maçonnage sans tarder. Nul ne gronda et la volonté du roi fut accomplie, quoique toute ardeur eût abandonné les combattants. Le ciel resta longtemps à tempêter au-dessus du rivage syrien. Ni par mer ni par terre ne pouvaient cheminer vers Ascalon les convois de victuailles. L'ost maçonnait depuis dix jours au moins quand enfin le soleil reparut. Et sous sa lumière tant espérée, on aperçut la voile blanche d'un navire qui apportait aux bâtisseurs provende et fourniment.

Le roi d'Angleterre, suivant sa coutume, charriait comme les autres guerriers les pierres sur son dos. Parmi les ouvrages éboulés il avançait plus chargé qu'un cheval de somme. On le voyait se peiner et suer en compagnie du connétable de Jérusalem, l'ami de sa jouvence, qui rarement faillissait en besognant à lui glisser dans l'oreille une opinion ou un conseil. Messire le connétable estimait chose venimeuse la division des chefs au beau milieu de la Sainte Aventure. Assurément le Sultan se réjouissait de l'aubaine. Quand revivraient les combats avec le renouveau, il écraserait ses ennemis épars comme en jouant. Richard, lui, maçonnait durement du soleil levé au soleil couché. Mais que faisait donc le duc de Bourgogne, aujourd'hui retiré en la cité d'Acre, sinon user son temps en voluptés diverses ? Et que diable faisait le marquis de Montferrat bercé par les flots de son île ?

Après avoir ouï dix fois pareil sermon, le roi Richard fit prier courtoisement le duc et le marquis de venir le rejoindre à Ascalon, de reprendre leur place dans l'ost et leurs bénéfices dans les conquêtes. Messire Hugue de Bourgogne, s'il négligea de faire en personne le voyage du sud, envoya non sans soupirer une moitié de ses troupes dans la cité d'Ascalon. Les Français séjournèrent jusqu'à Pâques fleuries auprès des rois d'Angleterre et de Jérusalem, relevèrent quelques murs, quelques manoirs, quelques tourelles. Puis, le dimanche même des Rameaux, lassés par les Anglais et le maçonnage, ils s'en retournèrent vers les plaisirs d'Acre.

Le marquis de Montferrat, quant à lui, avait répondu au roi Richard qu'il ne se rendrait point à son mandement. Il eût volontiers, disait-il, débattu avec Messire Richard du royaume et de la reconquête. Mais accourir sur les ruines d'Ascalon pour seulement restaurer des murs ne le réjouissait en nulle guise, et il mieux aimait besogner dans son fief. Ayant rugi sous l'injure, le roi d'Angleterre partit assaillir les dernières places du rivage sud encore au pouvoir des Infidèles. Jusqu'aux marches de l'Égypte il chevaucha, enleva Daron de haute lutte, prit le Figuier, Forbie et Gaza. Par aventure, il délivra même des prisonniers chrétiens qu'une caravane sarrazine convoyait vers Le Caire. Il jubilait, sa flamme guerrière de tout en tout revenue, et il oubliait aisément le démon piémontais que renfermait Tyr dans son giron.

À Tyr, le marquis se remembrait au contraire le roi Richard fort clairement. Ce Richard, en plus d'être un furieux, se prouvait jour après jour, pour dire la chose comme on la dit en Provence ou en Piémont, être un couillon parfait. Par Dieu omnipotent ! voilà un homme qui avait sous la main le plus fort chevalier qu'hébergeât la Palestine, cheftain sachant tenir tête aux Sarrazins, seigneur puissant et richissime, prisé par tous les barons de Terre Sainte et marié enfin à l'héritière du royaume ! Et au lieu de couronner sur l'heure le bon prince, Messire Richard soutenait un roi niais, sans vraie légitimité, sans femme et sans enfant. Oui, par Christ ! un couillon, Messire Richard, plus têtu encore que le roi Gui ! Or s'il ne voulait se rendre à la sagesse, on devrait hélas l'y amener de force.

Le marquis de Montferrat songeait ainsi. Richard Plantagenêt, cependant, était loin d'encombrer toute sa pensée. Depuis qu'il avait quitté l'ost, Messire Conrad, on l'a vu, s'adonnait avec sa dame à la folie, au jeu français, au baiser d'avril, à tous les joyeux et tendres ébats qu'amour conçoit dans son secret. Le devoir qu'il accomplissait ainsi pour engendrer de bonne heure un fils, roi futur de Jérusalem, il ne pouvait s'empêcher de l'estimer plaisant à outrage. Et s'il peinait toujours à freiner le jeu, il rachetait sa hâte naturelle en multipliant les assauts.

Depuis la délivrance d'Acre, les ports, villages et chastels qui se suivaient le long du rivage entre Tyr et Acre avaient été un à un rendus aux Francs. Le marquis s'était le premier démené pour les reprendre, sans grand mal, en vérité, car ces lieux défendus par deux cités chrétiennes proches n'étaient plus guère tenables pour les Sarrazins. Messire Conrad, fort envieux d'accroître son domaine, avait pourtant renoncé par loyauté à s'octroyer toute la terre allant d'Acre jusqu'à Tyr. Elle serait divisée en deux, comme les autres conquêtes, suivant l'accordance établie à Vézelay par les rois de France et d'Angleterre. Le marquis garderait la moitié nord, côté Tyr, le roi Gui recevrait la moitié sud avoisinant la cité d'Acre.

Il advint cependant que la marquise de Montferrat mit le brouillis dans cette belle ordonnance. Accompagnant son seigneur, elle parcourait parfois le rivage. Elle aimait Scandélion, Passe-Poulain et les hameaux jouxtant la grève, mais par-dessus le reste lui plaisait un petit havre de pêche nommé Casal Imbert. Jadis, au temps du bannissement, voyageant de Jérusalem à Tripoli, elle avait goûté là une heure d'espérance. Casal Imbert, hélas ! étant sis plus près d'Acre que de Tyr, appartenait au roi de Jérusalem et non point au marquis. Malgré cet inconvénient, Messire Conrad y emmenait volontiers sa dame. Alors le roi Gui menait l'ost avec le roi Richard, il jouissait du repos dans Jaffa ou sinon chevauchait vers Lydda, Yâzûr, Betenoble, et d'ailleurs savait à peine qu'il y eût au monde un Casal Imbert.

Conrad et Isabelle s'en allaient séjourner là loin des foules. Devant la mer d'azur ou d'acier, sous le soleil ou l'orage, ils dînaient de poissons grillés et de vin blanc léger. Dominant le havre, un chastelet joli aux tourelles blanches semblait appeler à lui les seigneurs de Tyr, qui sans variance le dédaignaient au profit d'un manoir singulier découvert par Dame Isabelle. Bâti tout en bois, ce logis s'ornait de cent chimères, dont s'ébahissait sans faille le passant. Bêtes mi-lions mi-serpents, ou mi-chiens mi-oiseaux, ou sinon mi-chèvres mi-poissons, salamandres vivant au feu, ânes qui viellent, truies qui filent, sirènes, dragons, centaures, phénix et unicornes vous faisaient en ce lieu des contes mystérieux. Les pêcheurs syriens le nommaient « la Maison du Chêne », ce qui était merveille, car de chêne, pas plus au-dehors qu'au-dedans, sur les piliers, les toits, les portes, les fenestrages ou les murs, on ne voyait en nul endroit.

Semaine après semaine venaient le marquis et la marquise de Montferrat se livrer au plaisir d'aimer dans la Maison du Chêne. Ils y gisaient durant les heures obscures sur une couche qui n'égalait ni en largeur ni en splendeur leur lit royal de la cité phénicienne.

– Je vois bien, se moquait Messire Conrad, que la paille vous paraît meilleure que la plume.

– La paille, répliquait Dame Isabelle, parut bonne aussi à Monseigneur Jésus, et tellement qu'il choisit de naître parmi nous dans une crèche. Ici nous sommes à l'aise, vous et moi, sous notre chêne.

– Où est le chêne ? disait le marquis. Nous l'avons cherché dix fois en vain depuis le fond jusqu'au comble. Selon moi, belle amie, les imagiers l'auront oublié.

– Non, Messire Conrad, car alors la maison eût reçu un autre nom. Un jour viendra, je le sais, où nous trouverons ce chêne par aventure.

Aux environs de l'an nouveau, Dame Isabelle sentit de grands remuements dans son giron. Aucun flux de sang ne lui étant venu cette lunaison, et ses mamelles durcissant et enflant, elle s'avisa qu'elle était enceinte bel et bien. Elle rapporta la chose à la reine Marie, qui lui conseilla de se taire devant son baron. Mieux valait pour annoncer la nouvelle attendre un mois ou deux que l'enfant se fût ancré en elle fermement et qu'il n'y eût plus danger de le perdre, accident dont le marquis aurait assurément un fort dépit. Dame Isabelle écouta sa mère et se tint coite. Elle n'instruisit pas même de son secret l'eunuque Manès, parleur sans repentance, qui n'eût pu s'empêcher de le redire à Messire Conrad sinon à la cité phénicienne tout entière.

XXIII

Tandis que les gens de l'ost restauraient Ascalon, délivraient mille captifs chrétiens, assaillaient à la frontière de l'Égypte caravanes et troupeaux, recueillaient en chèvres, chameaux, bœufs et besants sarrazinois un butin énorme, les Francs de Tyr ou d'Acre n'assaillaient que les femmes et vivaient leurs jours dans la paix. Mais si le marquis sur son île se travaillait sans répit entre aube et nuit pleine pour gouverner son fief, et se démenait avec une ardeur bellissime entre nuit pleine et aube crevée pour défouler sa jeune épouse, le duc de Bourgogne en la cité d'Acre s'ennuyait. Il n'avait sur la Terre Sainte ni fief ni femme, et les ribaudes le lassaient. Il méprisait le roi Richard d'avoir failli devant Jérusalem, s'était brouillé avec lui en refusant d'aller le rejoindre au sud, estimait un pur néant le roi de Jérusalem et ne savait plus à la fin que faire de son corps, de son âme et de son temps.

Au contraire, les marchands italiens ne restaient oisifs en nulle guise. Une fois rouverts leurs comptoirs et fondouks dans la cité d'Acre délivrée, une fois retrouvés leurs quartiers, leurs logis, leurs fours et leurs moulins, ils avaient repris tout en besognant ardemment au négoce les querelles sempiternelles qui les divisaient. Or, du moment que les Génois soutenaient sans varier depuis sa venue en Terre Sainte le marquis de Montferrat, les Pisans ne voulaient connaître et servir nul homme sinon Messire Gui de Lusignan. Et par voie de conséquence, les Génois aimaient le roi de France, le duc de Bourgogne et les Français, quand les Pisans se clamaient grands amis du roi Richard et des Anglais. Des cris de discordance ne cessaient de remplir les rues, et la foule musarde courait au port ouïr les injures satanées que Pisans et Génois s'entre-jetaient de pont à pont ou de quai à quai. Messire Hugue de Bourgogne, qui passait en Syrie de mornes journées, allait lui aussi les entendre.

Un certain Piero Bonvicini, capitaine génois riche et batailleux, rencontra un soir le duc sur les quais en tumulte et lui cria dans l'oreille :

– Voyez-vous, Monsignore, cette ringaille de Pisans ? Tous des ladroni, des spadaccini et des diavoli ! Nous devrions, per Dio ! leur donner une bonne bastonata, pour leur enseigner qui nous sommes, nous, les Genovesi ! Foi de Bonvicini, Signore Duca, si vous nous prêtez une heure votre bras et vos Français, nous noierons les Pisani dans l'eau du port jusqu'au dernier ! Si, si, è la verità pura, Signore ! E poi, nous livrerons la place al marchese, qui sera demain le padrone della città !

Ayant ouï ces paroles, Messire le duc de Bourgogne hocha le chef et soupira. Les jours en la cité d'Acre étaient si longs pour lui, longs comme un carême et si peu glorieux ! La gloire, elle irait contre toute justice et raison au roi Richard et pis encore à Messire Gui de Lusignan, cependant que le marquis de Montferrat demeurerait à croupir sur son île, comme s'il n'était en nulle guise le meilleur chevalier de la Syrie franque. Le duc pouvait-il, Dieu le voyant, laisser s'accomplir une telle infamie ? Onques ne reprendraient Jérusalem le roi d'Angleterre ni le roi Gui simplet, preuve en était faite aujourd'hui. Mais le marquis, sous condition qu'on lui procurât assez de puissance, regagnerait à la force de sa lance la Ville Sainte.

Il usa une nuit entière à peser les dommages et les bénéfices que pourraient engendrer cette nouvelle aventure où essayait de l'entraîner la bouillante nation génoise. Puis, un pâle soleil s'étant levé au-dessus d'Acre, il dépêcha un message scellé vers la cité phénicienne et un autre plié seulement vers le fondouk de

Gênes. Et quand à son mandement se présenta le capitaine Bonvicini, Messire Hugue de Bourgogne lui déclara sans feinte son intention. Les Pisans, dit-il, pure vilenaille assurément, devaient être sinon noyés, du moins rabaissés et matés. Lui, qui parlait ici au nom du roi de France, aiderait les Génois à triompher des Pisans maudits. Par Dieu ! s'il y avait mêlée dans les rues d'Acre, il irait combattre en personne avec ses chevaliers français ! Et viendrait aussi le marquis par voie de mer, dès qu'il aurait reçu son message.

Avant longtemps eut enflé la querelle entre peuple de Gênes et peuple de Pise. Batailler en paroles devint trop peu et l'on saisit alors des armes plus tranchantes. Le duc de Bourgogne, soucieux d'honorer sa promesse, chevaucha glaive au poing à travers la cité où fourmillaient les hommes enragés. Il régnait là une confusion mortelle, car ces Italiens avaient tous même semblance, et les Français ne savaient au juste où combattaient les leurs. Sur les crânes s'abattaient les masses, dans les ventres s'enfonçaient les fers, partout volaient flèches et carreaux d'arbalète, cependant que le duc, à chaque assaut donné, espérait toucher non de vertueux Génois, mais des Pisans mauvais.

On guerroya deux nuits et trois jours entiers. Selon le capitaine Bonvicini, qui se joignit le second soir au duc dans la mêlée, Gênes allait surmonter Pise d'un moment à l'autre. Les Pisans, affirma-t-il, appareillaient déjà leurs galées pour prendre l'escampe. « Dieu le veuille ! », répondit le duc de Bourgogne, suant, poudreux et à deux doigts de regretter sa morne fainéantise, tant l'affaire était chaude. Pourtant, trois heures plus tard, les Pisans au lieu de fuir avaient verrouillé les portes de la cité, dressé des barrières dans les rues et enfin mis durement à honte le duc de Bourgogne en trucidant sous lui son cheval. Priant Dieu que le marquis, tant renommé pour sa hâte, se hâtât cette fois encore d'accourir, Messire Hugue se fit ramener en son logis par quatre soudards bourguignons. Il marcha longtemps à travers la nuit qu'enluminaient les bûchers allumés de place en place, et dans l'air autour de son chef jaillissaient les brandons avec les flèches.

Douze galées le suivant, le marquis sur sa grande nef allait au gré du vent. Il avait quitté Tyr le visage froid. L'échauffourée d'Acre où s'était rué tête baissée le duc de Bourgogne lui paraissait une aventure périlleuse. Avoir dans sa main Acre et Tyr en même temps, oh ! certes, Messire Conrad en périssait d'envie, certes, il en brûlait ! Mais comment croire que le roi d'Angleterre laisserait sans rugir ni bondir se faire la chose ? Et les barons du royaume, jusqu'à ce jour favorables au marquis, soutiendraient-ils pareil coup de force qui dépouillait le roi sacré de Jérusalem ? Or qu'adviendrait-il au cas où le roi Richard, comme on devait s'y attendre, s'acheminerait vers Acre en avant de sa troupe ? Le marquis de Montferrat brandirait-il son glaive contre lui ? Allait-on se guerroyer entre Francs les armes au poing ? Si ce n'était là félonie, assurément c'était folie.

Quand les vaisseaux tyriens arrivèrent devant Acre, les combats de rues commençaient. Le marquis déploya sa flotte de long de la grève sans entrer dans le port d'où s'élevaient des hurlements sauvages et des bruits de fers entrechoqués. Le temps qu'elle dura, il observa la bataille depuis sa nef. Eût-on pu dire en bonne foi qu'il assiégeait la cité ? S'il empêchait tout accès au port avec ses navires alignés, il ne lançait contre l'enceinte ni un dard ni un pierron. Il envoyait dix fois par jour des sergents quérir nouvelles dans la place, et des guetteurs payés par lui parcouraient la côte jusqu'aux environs d'Ascalon pour épier les mouvements du roi Richard. À l'heure même où il apprenait que les Pisans redressaient le chef et que faiblissaient les Génois, il reçut un message lui annonçant la survenue prochaine de Richard. Celui-ci était à Césarée la veille, serait le lendemain devant Acre. Messire Conrad en fut si peu ébahi qu'il ne jeta un seul « Diable ! » autour de lui. Ses navires il rassembla, mit à la voile sans délai et rentra chez lui. Lors prit aussi l'escampe le duc de Bourgogne tout affolé, qui courut par voie de terre s'abriter dans la cité phénicienne.

En ce temps-là Richard Plantagenêt ne se montrait ni furieux ni fol. Sagesse le menait désormais et il ne tendait l'oreille qu'aux bons conseils. Comme le marquis de Montferrat, il était loin de vouloir une guerre entre Francs sur la terre syrienne et sous les yeux des Infidèles ivres de joie. Pas plus il n'irait pourchasser le marquis dans son île que le duc de Bourgogne où qu'il fût. Il restaurerait la concorde parmi ces Italiens en arrosant leur sang trop chaud de fraîches paroles. Voilà près de vingt mois qu'il avait quitté son royaume et l'heure du retour, pensait-il, tinterait un jour prochain. Quand il reprendrait la mer, toutes choses devraient être clarifiées en Terre Sainte, les âmes affermies, les cœurs apaisés, les honneurs garantis, chaque prince connaissant sa place et y restant.

Par une nuit noire, le roi Richard en grand arroi fit son entrée dans la cité d'Acre livrée à l'émeute. Ses hommes étouffèrent au passage les incendies et prirent d'assaut non les Italiens enragés, mais leurs barrières. Puis ils désarmèrent les combattants. Avant d'aller dormir au manoir du Temple, Richard monté sur une tour parla pour tous de sa voix rugissante. Il peignit l'ire de Dieu, les Sarrazins moult réjouis, la querelle inepte et les bénéfices d'une accordance retrouvée entre gens de Pise et gens de Gênes. Mille cris liesseux vinrent saluer ce beau sermon. Aussitôt l'on vit réconciliées les deux nations d'Italie dont les citoyens, ayant bu ensemble à la santé du roi d'Angleterre, s'allèrent coucher en leur logis, car la longue bataille les avait recrus.

Il convenait encore que Richard lui-même fît la paix avec le marquis de Montferrat, chose peut-être moins aisée à établir que la paix italienne. Saisi de bon vouloir à l'approche du renouveau, il se rendit aux désirs de Messire Conrad, lequel ne cessait depuis trois mois de lui réclamer un parlement. Après échange de messages, un temps et un lieu furent choisis pour la rencontre. Le 26 février, jour où la Chrétienté fête saint Porphyre, qui fut en son siècle évêque de Gaza, on s'assemblerait sur le rivage à mi-chemin de Tyr et d'Acre, en un petit havre de pêche nommé Casal Imbert. Comme le ciel redevenait bleu, tous nuages enfin épuisés, il amènerait avec lui la reine, avait annoncé le roi Richard. Bienvenue serait Dame Isabelle, sa cousine chère, si elle voulait accompagner le marquis de Montferrat.

« Dieu du ciel ! quelle idée morne ! », soupira premièrement la marquise dépitée. Cependant qu'au chastelet débattraient les hauts seigneurs, elle devrait convoyer sur la grève la reine Bérengère, créature à jamais douce et à jamais morose. Les deux dames n'auraient à se dire que venvoles et ne trouveraient nulle chose à faire sinon marcher sans fin au bord des flots. Mais un moment plus tard, elle songea autrement. À Casal Imbert, lieu où ils avaient ensemble connu le plaisir d'amour, Dame Isabelle aviserait le marquis de l'heureuse fortune qui leur advenait. Quand il saurait qu'elle abritait un enfant dans son giron, il se réjouirait et s'en irait parlementer avec plus de flamme. Et ne se pourrait-il, par surcroît, qu'il eût de meilleurs arguments à faire reluire en face du roi Richard ?

Elle se sentait lasse et déjà un peu alourdie. Avant de monter sur son gris palefroi, le jour de la Saint-Porphyre, elle saisit la main molle de l'eunuque Manès et lui déclara :

– Ce soir, mon petit Théophane, je dirai à mon seigneur Conrad que je suis enceinte. La chose est maintenant sûre et certaine et tu es la première âme, hormis ma mère, à qui je le confesse. Par Dieu ! ne vas-tu point sauter de joie ?

Le bon moine byzantin répondit, soulevant une épaule :

– Vous me tenez, hélas ! ma damoiselle, pour le pire des sots. Sur ma foi, il y a beau temps que j'ai sauté de joie en devinant votre état.

– Or comment l'as-tu deviné, je te prie ?

– Depuis votre naissance, ma Damoiselle, je fais métier de veiller sur vous. Chaque jour je vous soigne, vous baigne et vous affuble. Aussi ai-je bien aperçu que vous aviez soudain le corps triboulé en plus d'une manière. Mais vous vous taisiez devant moi, car je ne suis pour vous qu'un esclave, un chien pouilleux en qui vous ne mettez une once de votre foi !

– Au contraire, Théophane, tu es mon nourricier chérissime, dont je prise très haut le conseil et auquel j'ai coutume de tout conter. Cette fois pourtant, j'avais promis à ma mère de ne rien dire avant le renouveau. Dans les commencements, l'enfant eût pu me choir du ventre, figure-toi.

– J'en eusse été bien ébahi, grommela Manès. J'ai souci de vous garder saine, figurez-vous. Les enfants, à mon escient, croîtront en vous comme des fruits sur un arbre feuillu et riche en sève.

Dame Isabelle courbée sur Bélior s'en fut au galop suivant le rivage vers Casal Imbert. Elle buvait à longs traits le vent vif qui charriait des senteurs marines et la revigorait. Le ciel était bleu au-dessus d'elle, moins bleu toutefois que la tunique bleue revêtue ce jour-là par le marquis de Montferrat. Messire Conrad allait en avant de la chevauchée, Dame Isabelle partie tardivement galopait à l'arrière, mais elle pouvait le reconnaître sans mal entre ses compagnons grâce au bleu criant de son dos. Elle ne le rejoignit qu'après Scandélion, quand le marquis fit halte afin de l'attendre sur la grève. Il déclara qu'elle semblait rompue, ayant perdu sa couleur et sa force, et elle répliqua en riant qu'elle avait couru trop vite.

– Belle amie, dit-il, je dois voyager en hâte, comme vous savez. Or quant à vous, rien ne vous presse. Prenez votre temps, reposez-vous et musez en chemin tant qu'il vous plaira ! J'irai devant avec la moitié de notre compagnie, vous laissant l'autre, et nous nous retrouverons tantôt dans Casal Imbert.

Dame Isabelle agréa ce propos et démonta. Derrière elle démontèrent trois sergents et un chevalier, tous volontaires pour la garantir, cependant que le marquis et sa troupe rapetissée repartaient vers le sud à franc éperon.

Au parlement où il se rendait, Messire Conrad emmenait deux chevaliers, pas un de plus. Or ceux-là n'étaient en nulle guise Messire Balian d'Ibelin et le comte Renaud de Sidon, gentilshommes que le marquis moult aimait. Car Messire Balian et le comte Renaud, pour avoir au nom du marquis cherché à traiter avec le Sultan, irritaient le roi Richard jusqu'au tréfonds de son cœur. Les chevaliers qui formaient aujourd'hui la suivance de

Messire Conrad se nommaient Hugue et Raoul de Fauquenberge. Sans avoir ouvertement rompu avec le roi de Jérusalem, ils avaient de lui reçu congé afin d'aller veiller la princesse de Galilée, leur mère, qui se mourait dans Tyr. Et maintenant, la princesse tardant à rendre l'âme, ils se montraient enclins à demeurer près d'elle et à rallier la cause du marquis de Montferrat.

Sous le soleil croissant, Dame Isabelle trotta doucement le restant du chemin. À son flanc chevauchait le prince Raoul de Fauquenberge, lequel béait d'amour devant elle, selon une vieille coutume, et devisait aimablement en ne bavant qu'à peine. Arrivés comme tintait none, ils montèrent droit au chastelet blanc dominant le havre de pêche. Là se tenait le parlement, là encore allaient s'assembler pour le repas de la mi-journée les seigneurs francs et les dames. Comme la marquise de Montferrat et le prince Raoul entraient dans la grande salle où une table richement dressée attendait les convives, par une porte opposée se présentaient les autres seigneurs : le roi d'Angleterre avec cinq de ses conseillers dont le comte de Leicester, puis le prince titulaire de Galilée surnommé Hugue le Valeureux, lequel accompagnait le marquis Conrad de Montferrat, gentilhomme long et maigre, ayant noir le crin et beau le visage, mais couvert d'un drap bleu si bleu que chacun en le voyant clignait des yeux.

Après un bref moment parut derrière ceux-là le connétable de Jérusalem suivi d'une dame en qui la marquise reconnut sa cousine lointaine de Chypre, la jeune captive du roi Richard, et nullement la reine d'Angleterre. « Dame Bérengère ou Anne Comnène, songea-t-elle, en vérité que me chaut ? » Elle regardait le chevalier poitevin, qui lui semblait soudain moins redoutable qu'autrefois. Sa figure, estimait-elle, se faisait avenante avec les ans. Il était en robe de lin blanc, robe enrichie de manière singulière au bas des manches par une double tresse noire entremêlée de fils d'or. La même tresse noire et dorée ceignait ses hanches, tandis que lui pendait au col une topaze grosse à démesure et scintillante comme un soleil. Elle avait, se disait-elle, fini de honnir cet homme. Depuis six mois ils ne s'étaient vus, depuis le jour du sanglant tournoi. Et elle se souvenait de lui alors, agenouillé devant elle sur le pavement fleuri et demandant pardon.

Si le manger fut bon, le restant alla vaille que vaille tout le temps que le dîner dura. Dame Isabelle sentit remuer dans son sein l'enfant de Messire Conrad. Elle s'attendrissait béatement quand un malaise lui souleva le cœur, et elle fut à deux doigts de vomir sous les regards des princes. Les paroles se traînaient autour de la table en dépit des efforts déployés par le roi Richard afin d'égayer l'assemblée avec des mots plaisants et faire oublier qu'après un premier débat, l'accointance entre lui-même et le marquis demeurait froide. Puis, Dame Isabelle s'avouait déconfortée de ne plus maudire le chevalier poitevin. Pareille nouveauté troublait son âme, elle ne savait pour quelle cause, et pas davantage ne put-elle savoir du roi Richard, son voisin, pourquoi il avait amené à Casal Imbert Anne Comnène au lieu de la reine.

Dame Isabelle croyait rêver. Rien en ce jour, à cette heure et en ce lieu ne paraissait droit ni réel entièrement. Et mettant le comble aux fantômeries qui entouraient l'étrange repas, le roi Richard sans raison aucune déclara :

– Sur ma foi, je regrette que mon beau neveu, le comte de Champagne, ait dû renoncer à m'accompagner. Lorsque je quittai Ascalon, des Turcs se massaient à la frontière de l'Égypte, menaçant d'envahir notre terre chrétienne. Aussi, pour l'honneur et son devoir, le comte Henri demeura-t-il en arrière.

Dame Isabelle à ces paroles redressa la tête et s'écria :

– Oh ! ce n'est pas là merveille, mon cousin ! Car je vous l'affirme, où je suis ne peut être le comte de Champagne, ainsi, je crois, en a décrété la fortune. J'eusse aimé, je le confesse, connaître ce bon chevalier dont j'ai tant ouï vanter le mérite. Mais hélas ! j'en suis toujours empêchée par une chose ou par une autre !

Entendant cette annonce, toute la compagnie rit enfin à gorge pleine.

– De gré ou de force, ma cousine, répondit le roi Richard, libre ou enchaîné, je le traînerai un jour jusque devant vous, je vous en fais ici serment !

Le dîner s'acheva tôt et les seigneurs se retirèrent dans la salle du conseil, laissant les dames seules face aux plats vides. Isabelle tout bas soupirait, mortifiée d'être tenue par le marquis à l'écart du parlement. La reine Marie, sa mère, avait toujours suivi de près les affaires du royaume, déclaré publiquement son opinion, débattu avec princes, barons et rois dans les heures les plus périlleuses. Messire Conrad lui-même requérait l'avis de l'ex-reine de Jérusalem, tandis qu'il dédaignait celui d'Isabelle, jugée trop jeune, quoiqu'elle eût aujourd'hui vingt ans.

– Quelle folie, Dame, de soupirer comme vous faites ! jeta depuis le retour de la table où elle siégeait Anne Comnène. Que je sache, vous n'êtes ni vaincue, ni dépouillée, ni prisonnière, ni seulement une vile chose de plaisir pour un satané roi !

– Non, Damoiselle, vous dites le vrai. Pourtant mon pouvoir ne monte guère au-dessus du vôtre, je vous assure. Aux yeux des hommes, je suis une enfant sans cervelle dont l'avis ne vaut pas un fétu.

– Vous avez, répondit la jeune captive, des trésors en abondance, un vrai baron qui vous honore et un lignage royal. Bientôt, si Dieu vous aide, vous serez reine de Jérusalem. C'est grand honte, en vérité, que vous gémissiez devant moi qui ai perdu tous mes avoirs jusqu'au dernier.

– Par grâce, Damoiselle, faisons comme nos seigneurs : cherchons à établir entre nous la paix ! Voulez-vous que nous allions marcher sur la grève ? Casal Imbert m'est assez connu et je saurai vous en montrer les agréments.

– Ici, Dame, je suis venue sur commandement et non de mon propre vouloir. Votre compagnie, sachez-le, je ne la prise en nul endroit ! Or que peut-il y avoir de plaisant, je vous prie, à marcher sur une grève ?

– Nous verrons la mer et les navires qui passent au loin et les batelets des pêcheurs qui naviguent près du rivage, s'en vont du port ou bien y rentrent. Nous amasserons des coquilles dans un corbillon, puis élirons la plus belle. Nous regarderons les poissons pêchés encore tout vifs et frétillants, nous visiterons le port, les tavernes, le bazar, nous marcherons en devisant, oui, par Dieu ! nous ferons cent choses bien meilleures que demeurer oisives en ce manoir, nous tournant le dos comme deux ennemies jurées !

– Or qu'adviendra-t-il, Dame, si le roi d'Angleterre me réclame ? Parfois, chacun vous le dira, il interrompt une assemblée, renvoie ses conseillers, me mande auprès de lui et me fourre au ventre son vit, cependant qu'attendent les barons derrière la porte close. Après quoi il renoue ses braies, me jette hors de la salle et reprend le parlement. Il est fort coutumier de telles vilenies, croyez-en ma parole !

Dame Isabelle répliqua :

– S'il vous réclame, Damoiselle, Messire Richard ne vous trouvera nulle part au donjon, et voilà tout ce qui adviendra. Vous serez partie vous promener avec moi sur la grève, ne commettant là ni faute ni péché.

Anne Comnène en resta bouche bée. Hors du manoir elle suivit la marquise de Montferrat, laquelle avançait d'un pas diligent et chantait suavement à mi-voix. Ayant parcouru trois fois Casal Imbert, contemplé son havre et ses bateaux richement colorés, suivi le bord de mer sur un quart de lieue environ, les deux compagnes s'assirent devant les flots.

– Avec vos idées folles, Dame, nous aurons ce soir la face gâtée par le soleil et rouge comme le cul des singes ! Nous serons devenues si laides choses que les chevaliers se détourneront de nous avec mépris.

– Ainsi, ma belle cousine, le roi Richard vous bannira-t-il de son lit pour trois jours ou quatre. En aurez-vous tant de dépit ?

– Quant à moi, Dame, dit la jeune Grecque, je m'en vais d'ici, car je suis lasse du soleil et de votre compagnie. Vous vous réjouirez bien sans moi de tous les avantages dont vous êtes gorgée. Par Christ ! même la beauté, il convenait que vous en ayez plus qu'une autre !

S'étant dressée d'un saut, elle vira sur elle-même pour s'éloigner vers le blanc chastelet. Dame Isabelle, cependant, avait eu le temps d'apercevoir qu'elle retenait dans ses yeux des larmes.

– Vous oubliez vos coquilles ! cria-t-elle, se dressant aussi. Elle courut la rejoindre, lui saisit le bras et la bouscula comme font les enfants joyeux tout en jouant.

– Lâchez-moi sans délai ! dit Anne Comnène à ton froid.

– Connaissez-vous, ma cousine, la faute que vous aurez à expier au jour du Jugement ? Sur ma foi, Dieu vous dira : « Ton péché, Anne Comnène, est de n'avoir jamais ri sur la terre ! »

– Non, non, Dame ! s'écria la captive du roi Richard avec angoisse. Moi, je serai menée droit en enfer et non au ciel près de Jésus ! Dès ma naissance, je fus choisie par la malefortune, c'est la vérité pure.

– Au contraire, Damoiselle, ce sont mensonges purs que vous me servez. Car comment seriez-vous de tout en tout malaventureuse en étant si belle ?

– Belle ? redit la jeune captive.

– Bellissime, suivant l'avis général et suivant le mien. Or je désire vous montrer certaine demeure de Casal Imbert que je vous ai cachée lorsque nous visitions les lieux. Puis je vous instruirai d'un secret, mais vous devrez le garder sans faille pardevers vous.

Anne Comnène hocha le chef et se laissa reconduire par la main jusqu'au havre de Casal Imbert. Là, Dame Isabelle s'engagea dans une venelle montante qui s'élargissait à hauteur du chastelet pour devenir terrée herbeuse et fleurie. Sur un côté de la prairie, un bois composé de pins, cyprès et caroubiers épars dissimulait une maison de bois.

– Prenez soin d'ouvrir grands vos yeux, dit la marquise de Montferrat, car voici la Maison du Chêne.

– Pourquoi donc, répliqua la jeune Grecque, devrait-elle me plaire ? A-t-on mis en dedans des merveilles ?

– En dedans, ma cousine, comme au-dehors. Les bâtisseurs ont couvert ses murs, ses toits, ses poteaux, ses fenêtres, ses perrons de mille statues et ornements mystérieux. Vous les apercevrez en approchant. Plusieurs ne sont représentés en nul autre lieu du monde, je crois, et ne sont pas même dépeints dans les contes.

Elles traversèrent la prairie, cependant qu'Anne Comnène écartelait les yeux en découvrant derrière les arbres tant d'images figurant monstres ou chimères.

– D'où connaissez-vous ce logis ? demanda-t-elle.

– Par aventure, ma cousine, je l'ai rencontré sur mon chemin. Aujourd'hui la Maison du Chêne est à moi. Voudriez-vous y entrer ?

– Elle paraît close, Dame. Si vous n'avez la clef au fond de votre aumônière, nous resterons à la porte et vous serez selon moi une menteresse.

– Venez ! soupira Dame Isabelle. Nous entrerons sans clef, comme des fantômes. De par ma foi, je vous assure que Pierre Husâm, le gardien, nous ouvrira la porte.

Un vieux Syrien les accueillit avec des bénédictions. Devant les dames il ploya le genou, se signa plus d'une fois et plus d'une fois s'écria : « Bon Jésus ! » en manière de bienvenue.

– Fais-nous du feu dans la salle, s'il te plaît ! lui dit Dame Isabelle. Puis veuille apporter devant l'âtre un pichet d'hydromel avec deux coupes. Or comment es-tu, Husâm, cette saison-ci ?

– Pierre Husâm, corrigea le Syrien. Je suis fringant, Dame, aussi fringant qu'un jouvenceau. À mon escient, notre seigneur Christ me fera vivre cent ans au moins !

Près du feu commençant allèrent s'établir sur d'épaisses couvertures en poil de chèvre Isabelle et Anne, chacune ayant en main sa coupe. Muette se tenait la jeune captive, et Dame Isabelle, qu'avait saisie pleinement comme à l'accoutumée le charme jeté par la Maison du Chêne, parlait seule, parlait premièrement à elle-même, parlait sans songer et d'abondance. Elle contait comment Dieu ou sinon l'un de Ses anges l'avait menée l'automne dernier vers ce petit manoir enchanté, comment son seigneur s'était peiné à le restaurer pour elle, comment ils y venaient depuis lors à la celée, comment ils cherchaient toujours le chêne défaillant, comment cet arbre, paraît-il, était enseigne d'amour absolu, comment Messire Conrad et elle, sa dame, au cœur de la nuit et au creux de leur lit, se mettaient encore en quête du chêne, si on pouvait dire, car dedans ce chêne se trouvait la moelle de la vie, comment ils s'entre-disaient de tendres paroles et jouaient à des jeux corps à corps, comment enfin, mais sa belle cousine devait garder le secret entier jusqu'à demain, elle avait conçu en ce lieu aux merveilles un enfant qui serait béni par Dieu d'Amour.

Après longtemps elle se tut. Sa bouche tremblait un peu et son regard devenu doux et langoureux errait au-dessus du feu croissant. Au contraire, celui d'Anne Comnène étincelait. Dans ses yeux larges à démesure se miraient les flammes ou bien y remuaient d'autres flammes, je ne saurais vous dire. Le feu tintait de rouge sa chevelure qui dévalait bas sur sa tunique en un déluge, une luxure de mèches torses dont les pointes flottoyaient autour d'elle dès qu'elle mouvait le col. Sa bouche toute menue s'ouvrit pour jeter en clappant :

– Ici, Dame, c'est la maison au Diable !

Puis elle fit retentir l'un de ces rires d'enfant qui n'ont cesse ni retenue. Au milieu de ce rire, Dame Isabelle se leva et dit :

– Ma cousine, par grâce, apaisez-vous, car vous ne savez ce que vous dites ! Buvez une autre coupe d'hydromel et réconfortez votre cœur ! Moi, tandis que vous reposerez, j'écrirai un bref message. N'ayez souci de rien, je serai à deux pas de vous devant l'écritoire.

Le rire d'Anne peu à peu faiblit. Or quand il se fut éteint, elle murmura :

– Cette masure, par surcroît, n'est vôtre en nulle guise. Casal Imbert, disait Messire Richard ce matin, a pour seigneur le roi de Jérusalem.

Dame Isabelle souleva les épaules. Négligeant de répondre, elle s'alla mettre au scriptionale disposé sous la fenêtre. Ayant médité une once, penchée sur un papier bis sans grande finesse, elle écrivit : « Beau doux ami en qui sont ma joiance et mon plaisir, vous, dont je suis la bien-aimée, si du moins vos lèvres ne mentent, je vous attends à la maison que vous savez, celle où nous oublions le monde envieux parmi nos chimères. Venez en hâte, sitôt fini votre conseil ! Je veux vous voir et vous engeôler dans mes bras, je veux toucher votre corps et vous dire un amoureux secret. » Après un moment, elle ajouta « Isabelle » à ces mots, car elle n'avait emporté avec elle ni cire ni sceau. Elle détacha l'un de ses rubans de tête et le noua autour de son message roulé serré. La chose achevée, elle se retourna satisfaite vers la captive du roi Richard.

– Je cours au chastelet porter cette lettre, ma cousine. Or désirez-vous m'accompagner ou désirez-vous demeurer près de l'âtre ?

– Demeurer, Dame. Pourquoi, je vous prie, ne pas faire porter la lettre par votre servant ?

– Pierre Husâm, répondit Dame Isabelle, est un pauvre Syrien. Il rencontrerait maint encombre, sans doute, avant de pouvoir la délivrer à mon seigneur. Mieux vaut y aller moi-même. Je trouverai dès le seuil franchi l'un des écuyers qui se chargera de la remettre avec diligence et je serai revenue en un éclair. Nous aurons tout loisir de regarder ensemble, vous et moi, les plus belles images qui ornent la maison.

Ainsi qu'elle avait dit, elle courut sur le chemin du chastelet. Au-dessus d'elle un soleil encore haut et fort luisait dans le ciel rincé. Elle ralentit le pas en approchant de son but afin de reprendre haleine. Dans la cour basse, elle aperçut le connétable de Jérusalem partant se promener, semblait-il, chose qu'elle estima singulière au beau milieu d'un parlement. Elle fit celle qui ne voyait que le perron devant elle, et Messire le connétable, quant à lui, ou bien regardait ailleurs ou bien fit celui qui ne voyait que la poterne par où il s'en allait. Mais arrivée au sommet des degrés, Dame Isabelle ébahie découvrit d'autres chevaliers marchant et devisant dans la cour haute. Les conseillers du roi Richard y étaient comme y étaient à un angle opposé les princes de Galilée. Déjà s'avançait vers elle Raoul de Fauquenberge ayant la face émue.

– Dame Isabelle, s'écria-t-il, bienvenue soyez ! Avec vous s'annonce enfin une heure propice !

– En nom Dieu ! que fait-on ici, Messire Raoul ? Et qu'advient-il du parlement ?

– Du parlement, hélas ! il advient surtout discordance. En vérité, la noise devenait telle que le roi Richard et votre baron nous ont tous bannis de la salle. Hugue, mon frère, qui fut jadis le plus vaillant compagnon du roi Baudouin, n'a pu contenir son courroux en s'entendant nommer par le comte de Leicester vassal des Turcs et demi-Turc lui-même. Il a sauté à la gorge de cet Anglais puant. Mais depuis lors se poursuit la querelle entre le roi et le marquis. Aucun d'eux n'est chiche de griefs, qu'ils se lancent à voix venimeuse, aucun d'eux ne recule et c'est à qui hurlera le plus fort. Nous craignons durement qu'ils n'en viennent aux coups. Sans mentir, si l'un de nous n'y retourne pour s'entremettre, on les trouvera morts à terre, corps contre corps, avant la déchéance du soleil !

– Allez-y donc, Messire Raoul ! Après son éclat, votre frère ferait sage en se tenant coi. Il vous convient d'y aller sur l'heure, certes, car vous ne sauriez abandonner cet honneur aux chevaliers du roi Richard.

– J'irai, Dame Isabelle, du moment que vous le commandez.

– Votre devoir le commande, Messire, et non moi. Pourtant je requiers de votre bonté un service, qui vous coûtera peu d'efforts, sur ma foi.

– Je serais trop heureux, ma Dame, qu'il me coûte sang et peine, murmura le prince Raoul.

– Vous n'aurez, mon fol ami, qu'à donner ce message écrit de ma main au marquis de Montferrat. Vous survivrez au labeur, me semble-t-il. Ainsi aurez-vous une raison bonissime d'interrompre la querelle. Et ma lettre étant celle d'une femme voulant grand bien à son seigneur, Messire Conrad quand il aura lu mes paroles s'adoucira sans doute.

Le prince Raoul reçut le rouleau avec la ferveur d'un avare accueillant une pluie d'or. Il eût voulu deviser plus longtemps, rester à contempler Isabelle qu'aimait son cœur, mais elle s'éloigna vitement après un salut du chef et trois mots courtois. Il demeura un moment le corps figé, l'âme en désarroi, la cervelle étourdie, cependant que le message entre ses doigts tremblait. Puis, reprenant son être, il marcha vers le portail du donjon. Passé le seuil, il parcourut le vestibule, traversa la salle des gardes, monta cinq degrés sous une voûte et suivit un passage large et bref qui le conduisit à la chambre du conseil.

Devant la porte il s'arrêta, si proche du vantail que son nez rencontra le bois de chêne. Le roi et le marquis, dont les voix tonnaient et grondaient un instant plus tôt, parlaient maintenant à ton léger, comme gens de bonne compagnie. Devait-il entrer, brandissant son message, briser là un entretien où peut-être se tramait une concordance nouvelle entre les deux seigneurs ? Il ne dubita guère et s'écarta. Dans un recoin du seuil, sous un fenestrage grillé, il se tint pour attendre. Les voix lui parvenaient depuis la grande salle, voix toujours mesurées et suaves. Par mégarde, il porta le message roulé à son visage, l'appuya comme en songe contre sa joue, tressaillant soudain car le papier, ou plutôt le ruban qui entourait celui-ci, avait une senteur délectable. Et ce fut alors qu'un diable se mit en lui afin de corrompre son âme.

La lettre, avait-elle déclaré, était celle d'une dame qui chérissait fort son seigneur. Mais quelle dame le chérissait, lui, Raoul de Fauquenberge ? Dame Isabelle, qu'il aimait à périr, aimait à se damner, le chérissait-elle une seule once ? Par tous les saints du ciel ! si durement il enviait de l'entendre murmurer pour lui des mots désirés ! Il s'effrayait et pâlissait, cependant que sa main vide en frissonnant dénouait le ruban blanc. Et la lettre s'étalait d'elle-même devant le prince Raoul qui lisait avec un regard famineux : « Beau doux ami en qui sont ma joiance et mon plaisir... » Et chaque parole emplissait son cœur de bonheur comme de rancune. Ayant achevé son méfait, il renoua le ruban autour des mots d'amour. Puis il se remit à attendre.

Dame Isabelle s'en retournait à la Maison du Chêne. Elle avançait d'un pas moins hâtif qu'en venant. Le sentier qu'elle suivait cheminait plaisamment à flanc de tertre. Il s'enjolivait de beaux ombrages et offrait une vision étendue sur la mer et le havre de pêche. Le soleil en son déclin décochait à la terre des rais bas qui posaient sur les toits, les flots, les buissons, les chemins, des teintes orangées, rosées et jaunes. Singulièrement jaunes ce jour-là, en vérité, comme si un orage s'ourdissait au ciel déjà poudreux. Dame Isabelle sous la ramée humait un air où passait et se mouvait avec les vents une odeur aussi bien âcre, estimait-elle, que doucereuse. Une odeur peu usuelle de sucre cuit. Et de même qu'au dîner, dans le chastelet blanc, à l'heure de midi, elle se sentait environnée de féerie. Casal Imbert, songeait-elle, était un lieu nonpareil, qui cent fois surmontait le Poitou voué aux sortilèges.

Le jaune autour d'elle jaunissait encore et s'obscurcissait. L'odeur de sucre cuit se muait en senteur moins bénigne dont elle s'inquiétait. L'image d'Anne Comnène au bord du feu errait dans sa pensée tandis qu'elle marchait à meilleure allure en se rapprochant de la Maison du Chêne, puis malgré elle courait jusqu'à la clairière cernée par les caroubiers, les pins et les cyprès. Courbée sous une fumée drue, elle criait l'angoisse mortelle qui lui rompait le cœur. « Dieu du ciel ! Dieu du ciel ! » criait Dame Isabelle au milieu des arbres gardiens de la maison. Lors elle achoppa contre un corps dressé sur sa voie, et sa détresse devint terreur. Elle croyait voir devant elle ressuscité Raynouard de Néphin qui l'enforcerait, l'éventrerait, occirait son enfançon et les brûlerait vifs tous deux pour effacer son crime. « En nom Jésus ! ne me tuez pas, Messire, ayez de moi merci ! » suppliait-elle tout en effroi.

– Qui donc voudrait vous tuer ? demanda le connétable de Jérusalem. Or que faites-vous là, Dame Isabelle ? Est-ce votre main blanche qui a bouté le feu à ce logis ? Auriez-vous pour nouvel usage d'enflammer tout sur votre passage, les pavillons et les manoirs comme les cœurs ?

– Soyez maudit ! répliqua-t-elle, déjà guérie de la peur en entendant le chevalier pressé contre elle. Vous ne savez jamais que rire à l'heure des périls ! Par Dieu ! lâchez mon corps, car je dois aller dans la maison !

– Quant à vous, répondit-il, décrochez vos mains de mon pourpoint ! Je crains, hélas, que vous n'arriviez trop tard. La maison qui brûle est une maison de bois et elle aura flambé de fond en comble avant longtemps.

– Non, non, Messire Connétable, vous dites là mensonge ! Dieu ne peut le vouloir, Dieu ne le veut en nulle guise !

– Et pourquoi, mon cœur, Dieu se soucierait-Il d'un humble logis perdu sur les hauteurs de Casal Imbert ?

– Oh, Messire Connétable, sur ma foi, je l'aime tant ! Maintes fois j'ai visité Casal Imbert et me suis hébergée pour la nuit dans la Maison du Chêne. Messire Conrad l'a restaurée afin de me plaire. Par Jésus le Sauveur ! je dois y courir sans demeure ! Le temps de porter ma lettre au chastelet, j'ai laissé en dedans la damoiselle de Chypre, la captive du roi Richard !

– Qu'avez-vous dit, Dame Isabelle ? murmura le connétable de Jérusalem.

– Anne Comnène, ma cousine, a voulu rester près de l'âtre à contempler les chimères.

De grande ardeur, ils s'élancèrent ensemble parmi les arbres vers la maison en flammes. Le chevalier tirait par la main Dame Isabelle, qui suivait le train bon gré mal gré.

– Quelles chimères ? cria-t-il en pleine course.

Elle bredouilla, l'haleine brève :

– Les plus belles créées au monde, croyez-m'en ! Elles sont en ce lieu des centaines, dont nul ne comprend le mystère.

Quand ils eurent outrepassé les pins, les cyprès, les caroubiers au tronc géant, et qu'ils virent en face d'eux la Maison du Chêne, elle périssait toute par le feu. On n'eût pu s'approcher d'elle à moins de vingt pas sans rendre l'âme sous la chaleur d'enfer.

– Dame Isabelle, dit le chevalier, donnez-moi votre mantel. Je m'en couvrirai le chef et entrerai là porter secours à cette pucelle.

– Non, Messire Connétable, vous n'en ferez rien. Avant même d'atteindre le feu, vous seriez mort. Ni vous ni moi n'irons dans la maison. À cette heure, Anne est réduite en cendres, si elle n'a pu s'enfuir. Et si elle a trépassé dans les flammes, oh Jésus ! ce sera ma faute et mon péché, que Dieu jamais ne me pardonnera !

Sur le connétable de Jérusalem elle levait des yeux pleins de dolence. Elle parlait sans gémir comme sans pleurer, pourtant sa voix résonnait avec une tristesse mortelle.

– C'était, dit le chevalier poitevin, une de ces maisons de bois qui flambent à la moindre étincelle. Que pourrait Dieu vous reprocher, ma petite âme ?

Dame Isabelle regardait le feu avaler à grands coups de langue les chimères. Il faisait se briser par le milieu les centaures, se consumer les lions couchés aux mamelles de femmes, se tordre les lyres des truies musiciennes, s'étouffer les dragons cracheurs de flammes, se transmuer en nains les géants, s'anéantir le phénix qui ne saurait ce jour-là renaître de ses cendres. Les diables rieurs, les unicornes, les sirènes à longue chevelure, les chevaux ailés, tous partaient en fumée, emportant dans l'abîme leurs énigmes. Et jamais par nul homme vivant ne serait trouvé le Chêne.

– Aujourd'hui, Messire Connétable, murmura-t-elle, j'avais au cœur plus d'une joie. Dans la maison, au bord de l'âtre, j'ai conté par niaiserie pure et par orgueil mes bonheurs devant Anne Comnène.

– Vos bonheurs ? fit le chevalier rudement. Par Dieu ! en avez-vous tant, Dame Isabelle ?

– J'en ai, Monseigneur, de grands et de doux, cette saison-ci. Sur ma foi, la Maison du Chêne, qui flambe là devant vous, était l'un d'eux.

Il répliqua :

– Les bâtisseurs de Tyr viendront la relever pour vous, si tel est votre désir.

– Aucun bâtisseur, hélas ! ne relèvera ses chimères. Je voulais donner à ma cousine un peu de plaisir en les lui montrant. Mais quand nous fûmes près du feu avec nos coupes d'hydromel, je commençai à lui parler de moi sans trêve. Elle, Messire, qu'on a dépouillée si jeune de tous ses biens, elle m'écouta faire vantance des miens durant une éternité. Je voyais dans son œil angoisse et horreur, pourtant je continuais à parler et parler, comme si j'avais perdu la raison.

– Or que lui disiez-vous, Dame Isabelle ?

Maintenant s'effondrait la Maison du Chêne par grands pans entiers au milieu des flammes, des étincelles qui volaient en tous sens et d'une fumée diableuse. Les chimères défigurées allaient s'abattre à terre, les unes rougeoyantes, les autres noircies et rongées, d'autres encore changées en torches vives.

– Je me réjouissais devant elle, Messire Connétable. Je lui déclarais avec des rires sots que séjourner à Tyr était comme vivre en paradis. Dieu, lui disais-je, m'aimait si bien qu'Il m'avait donné pour seigneur le marquis de Montferrat, le plus beau chevalier du monde et entre tous les époux le meilleur. Je lui contais les égards dont le marquis m'honorait, les joies dont il comblait mon être et même comment croissait aujourd'hui en moi un petit enfant.

À cette annonce, le chevalier tressaillit. Soudain il s'éloigna d'Isabelle, délivra sa main qu'il tenait dans la sienne depuis leur course à travers bois et recula d'un pas.

– Que Dieu vous ait en sa garde, vous et votre enfançon ! fit-il froidement.

Il achevait de prononcer son vœu morose quand jaillirent autour du brasier cent hommes portant des seaux, convoyant des chariots que garnissaient barils et baquets d'eau, halant des voitures chargées de lourds sacs de sable. Derrière ceux-là, de nouveaux sauveurs arrivèrent en grand nombre, puis après eux des vieillards, jouvenceaux, femmes et enfants par foules si drues que tout le peuple de Casal Imbert semblait venu se rassembler sur le lieu du dommage.

– Dame, Dame ! entendit crier Isabelle dans son dos. Par notre doux Jésus, Dame, quelle méchéance que ce feu !

– Avance par ici, Husâm ! cria-t-elle en retour. N'as-tu souffert aucun mal, en vérité ? Es-tu bien sauf, Husâm ?

– Pierre Husâm, répondit le vieux Syrien. Me voilà sauf, Dame, grâce à Jésus-Christ, notre sire. Avec mes pauvres jambes, j'ai couru comme un lièvre quérir secours au village. On ne pourra sauvegarder le manoir, assurément, mais si Dieu nous aide, nous empêcherons le feu de ruiner la forêt. Nous avons sable et eau en suffisance et le vent déchoit en même temps que le soleil.

– Et la damoiselle grecque, l'as-tu vue, Pierre Husâm ? Sais-tu ce qu'il advint d'elle ?

– Par mon chef ! répliqua le Syrien, n'en savez-vous rien, Dame ? Elle est partie à grande allure en compagnie du chevalier.

– Quel chevalier, je te prie ?

– Celui-ci, Dame, déclara Pierre Husâm, poignant le doigt sur le connétable de Jérusalem.

Elle allait, songeait Dame Isabelle, se changer en folle et mourrait ici même de sa folie dans la chaleur du feu qui dévorait la Maison du Chêne. À cause d'une chaleur pareille son sang jeune et vermeil se muait en poussière, ou bien il devenait plomb à cause de cet homme faux, menteur et maudit. Son enfant, l'enfant du marquis de Montferrat, voulait s'échapper d'elle, s'enfuir vers le ciel avec ses ailes d'ange et ne jamais venir au monde. Elle eût fait sage, elle aussi, en se gardant de paraître sur terre où ne régnaient qu'abominations et tribulations. Car Dieu l'avait créée chose de rien, triste chimère en ce moment tordue, rompue et consumée par une seule étincelle.

Dame Isabelle s'était ruée sur le chevalier félon. Redoutant qu'il ne prît l'escampe, comme font toujours les traîtres vileneux, elle s'accrochait à lui des deux mains, à sa vestaille blanche, à sa ceinture noire, pesait sur son corps autant qu'elle pouvait, répétait avec des halètements :

– Dieu vous tuera, Dieu vous damnera, menteur, menteur, puant menteur !

Lui, qui recevait ces injures, paraissait plus froid que pierre et ne faisait aucun semblant de fuir. Mais quand elle se lassa, qu'elle parla d'une voix affaiblie et relâcha son étreinte, il commanda :

– Venez ! Suivez-moi, Dame Isabelle ! Nous allons nous écarter des flammes et marcher dans la forêt. Car je désire vous parler.

– Ai-je envie, Messire, croyez-vous, d'entendre vos sermons ? Les paroles qui vous jaillissent de la bouche sont crapauds et serpents, nulle autre chose, à mon avis !

Et ce disant, elle se laissait entraîner par lui vers le bois où croissaient les pins et les caroubiers. Là passaient un air plus frais et des odeurs moins lourdes. Là s'oubliait déjà l'enfer où s'abîmait la Maison du Chêne. Et là ils s'arrêtèrent, les pieds posés sur une terre tendre et sablonneuse.

– Par Dieu ! que j'étais niaise ! Oh, certes, vous ne mettiez guère de hâte, Messire, à courir dans le manoir sauver une damoiselle partie depuis longtemps en votre compagnie ! Contempler mon angoisse vous réjouissait donc si fort ?

– Votre angoisse, Dame Isabelle ? Vous sembliez, sur ma foi, vous tourmenter plutôt pour vos chimères que pour la damoiselle.

– Savais-je, répondit-elle à voix tremblante, si elle était restée dedans ? Savais-je si elle n'avait de sa main, par envie et par haine, bouté le feu à ce manoir que j'aimais ? Et si elle ne l'a fait, étant demeurée seule devant le feu, qui donc a pu le faire ?

– Je l'ai rencontrée, commença le chevalier, hors de la maison en flammes. J'étais arrivé là, conduit par une odeur étrange de fumée. Dressée auprès du vieux Syrien, elle avait la face noire et hurlait contre vous des malédictions. Vous l'aviez par force entraînée dans ce logis de bois, où l'attendaient tourments et malemort. Sans le Syrien venu l'aider, elle eût trépassé par votre faute. Vous vouliez de tout votre cœur qu'elle mourût brûlée vive, à la manière des sorcières. Vous la honnissiez, la teniez en exécration, car elle avait l'amour d'un grand roi, et vous n'aviez, vous, mon cœur, que celui d'un marquis !

– Mais ce sont là enfances, Messire, et paroles de misère, ne le voyez-vous pas ?

– Misère et enfance, vous dites vrai, Dame Isabelle. Pourtant ses cris étaient si pleins de désespérance ! Qui n'eût eu pitié d'elle ?

– Ainsi vous deviez croire ses injures, Messire Connétable, au nom de la charité ? Il ne vous semblait nullement merveille, paraît-il, de m'entendre nommer boutefeu, tueuse et criminelle.

– Sur mon chef, dit le chevalier, je n'en croyais pas tant ! Nul mieux que moi, souvenez-vous, ma petite âme, n'est instruit de vos prouesses. Or trucider les jeunes damoiselles, par fer ou par feu, ne hante assurément, selon moi, ni vos sommes ni vos veilles. Mais au nom du ciel ! qu'aviez-vous fait pour l'enrager si durement ? Je me fusse damné, je le confesse, pour découvrir vos derniers exploits. Sachez-le, Dame Isabelle, de vous suivre au fil des jours, jamais on ne se lasse.

– Vous l'avez crue, elle, Messire Connétable, et non moi, voilà tout ce que je sais et désire savoir ! Vous avez beau le dénier maintenant, vous me soupçonniez fort d'être incendiaire, vous me mentiez et me méprisiez, vous faisiez risée de ma détresse ! Toujours, quoi qu'il advienne, vous me mettez à honte ou à dolence et vous voyez en moi le pire. Pourquoi, pourquoi, en nom Jésus ! dites-le-moi, pourquoi m'accablez-vous sous votre haine ?

Le connétable de Jérusalem, qui se tenait jusqu'alors figé devant elle, mains nouées derrière le dos, tendit les bras afin de la saisir aux épaules et rapprocher son corps du sien. Il frémissait de pied en cap et il cria devant la bouche d'Isabelle :

– Et que voulez-vous que je fasse ? Par le corps Dieu ! pensez-vous que vous soyez pour moi chose légère et de bonne aventure ? Oubliez-vous qui je suis et sur quels chemins me conduisit la fortune ? Doit-on sans cesse vous raviver la mémoire ? Dieu du ciel ! Dame Isabelle, souvenez-vous ! Il y a longtemps, étant jeune chevalier sans avoir, je pris à femme une dame belle et douce et du meilleur lignage, dame de laquelle je reçus quatre enfants déjà, dame qui est par surcroît la nièce de votre mère et qui m'aime d'amour ardent. Et quant à vous, ma petite âme, ayant vu le jour dans la maison royale de Jérusalem, vous prenez pour seigneurs les barons qu'on vous donne ! On vous marie, vous démarie, vous remarie, au gré des échéances du saint royaume dont la couronne se trouve suspendue au-dessus de vos nattes blondes. Par Christ ressuscité ! que voulez-vous, Dame Isabelle, que nous fassions ?

Le chevalier ceignait Dame Isabelle de ses bras. Elle se laissait peser contre lui qui l'étreignait sans force. Elle levait pour le contempler une face lavée de sa frayeur, de son angoisse, de ses rancunes. Et le chevalier sur cette face faisait aller sa bouche qui errait lentement des joues aux paupières, du menton aux tempes, de la chevelure aux oreilles, du front aux lèvres ouvertes. Là, il ne s'arrêtait qu'une once, bouche contre bouche, le temps de grommeler :

– Et pour finir, votre marquis a su planter son héritier dans votre ventre ! Par tous les saints et tous les diables ! Dame Isabelle, que voulez-vous que nous fassions ?

Derrière la nuque du chevalier elle joignait les mains et murmurait :

– Nous pourrions être amis, vous et moi. Des amis vrais et loyaux. Nous pourrions, si vous le vouliez, Monseigneur Aimeri, fonder entre nous une belle accordance, en tout bien tout amour.

Il s'écarta d'elle sans violence et recula jusqu'à ne plus toucher son corps ni en sentir même la tiédeur.

– Le prince Raoul de Galilée, répliqua-t-il, qui se pâme à votre vision, et Messire Ernoul de Gibelet, l'écuyer de mon oncle, et encore le comte Renaud de Sidon, ceux-là sont vos amis, Dame Isabelle ! Pour moi, je ne le suis en nulle guise et au grand jamais ne le serai.

Il se tut un bref moment avant d'ajouter :

– Avez-vous bien entendu ma parole ?

De la tête elle fit un signe qui disait oui et baissa les yeux afin de lui cacher qu'il y venait des larmes.

– Rentrons, fit-il à voix sourde. Qui sait comment se sont contenus en leur privé Richard et votre marquis et à quelle fin est allé leur parlement ?

Sans plus échanger un seul mot, ils s'acheminèrent vers le chastelet où les suivances du roi d'Angleterre et du gentilhomme piémontais montraient des visages mornes. Le parlement, déclara-t-on aux arrivants, était allé à male fin. Pour l'heure, le roi Richard, malgré le jour déclinant, s'apprêtait au départ dans une chambre et le marquis de Montferrat dédaigneux se tenait retiré dans une autre.

Quand elle eut rejoint son baron, Dame Isabelle ne put contenir un soupir de soulagement. L'un près de l'autre accoudés au fenestrage, ils regardèrent disparaître sur la voie du sud le roi Richard qu'environnaient ses compagnons et sa captive. Ne pouvant regagner Tyr avant la nuit pleine, ils soupèrent et dormirent dans le chastelet de Casal Imbert, comme avaient premièrement prévu de faire tous les gens du concile. Dame Isabelle attendit d'être couchée nu à nu avec son seigneur pour l'aviser qu'avait péri brûlée la Maison du Chêne. Elle resta muette sur les causes de cette méchéance et longtemps peignit les flammes, la ruine des chimères et la tristesse qui lui rompait le cœur.

– Je voulais, acheva-t-elle dans un sanglot, vous annoncer là-bas mon beau secret. Et c'est pourquoi je vous ai envoyé un message au milieu de vos pourparlers.

– Un message ? redit Messire Conrad en étreignant doucement sa dame. Or dis-moi tout maintenant ton secret, Isabelle, mon âme chère, je t'en supplie ! Car si je devinais faussement, j'en mourrais, je crois !

Sans relever la demande ni s'en soucier davantage, elle assura son baron qu'il devinait juste. Avant la mi-août, si Dieu les aidait, viendrait au monde l'enfant de leurs désirs. Tout en parlant, Dame Isabelle au creux du lit pleurait comme une fontaine, et tout en écoutant sa dame, le marquis de Montferrat ivre de bonheur follement riait.

XXIV

Cette saison-là, le marquis tenait dans sa main le monde. Pouvoir et gloire, ces deux étoiles resplendissantes, avaient commencé à dévaler du ciel vers lui, Conrad, qui enviait si fort de les avoir au front. Il voyait en l'enfant conçu par ses œuvres non seulement un espoir comblé, non seulement une revanche sur le roi Gui de Lusignan, mais un exploit chevalereux. Pour ce qu'il s'était vaillamment et bellement contenu en tournoyant au lit avec Dame Isabelle, Dieu lui avait accordé d'engendrer un fils dont les veines charriaient le sang des anciens rois de Jérusalem. Un fils ou une fille, la chose ne le souciait guère, du moment que l'enfançon se présenterait devant le siècle vivant et sain.

Le ventre d'Isabelle, Messire Conrad l'entoura d'égards jamais ouïs, lui témoignant comme à un tabernacle révérence et presque adoration. Il allait clamant lui-même la nouvelle par les rues, venelles, manoirs et places de son île, montrait un visage béat quand pleuvaient sur lui les louanges, mandait les physiciens par processions entières au chevet de sa dame précieuse. Laquelle dame faisait de lui risée, de même que le moquaient durement Messire Balian et la reine Marie, les chevaliers piémontais et tous les Tyriens communément. Mais le marquis n'en avait cure. Et la joie l'engorgeait tellement qu'il en perdait toute sa subtilité, toute sa raison, toute sa prudence enfin.

Or le mois d'avril commençant à peine, voici qu'un de ses baillis, un nommé Bernard du Temple, qui gouvernait le port, se présenta devant lui au palais et lui dit :

– Messire Conrad, je viens vous conter une bonne aventure dont votre cœur se réjouira sans faille.

– Mon bel ami, répondit le marquis, en cet an béni 1192, chaque aventure est pour moi une bonne aventure. Pourtant je ne dédaigne aucunement un surcroît de faveur, croyez-le bien. Aussi allez avant et parlez sans crainte !

– Nos mariniers vaillants, Messire Conrad, cependant qu'ils naviguaient le long du rivage afin d'épier la mer, saisirent hier une proie dont la grosseur me laissa moi-même ébahi, je vous le confesse. Car ils mirent la main sur un grand vaisseau arabe rempli jusqu'à la gueule des plus riches marchandises.

– Je ne croirais un seul mot de l'affaire, Messire Bernard, si je ne l'entendais rapporter par votre bouche. Depuis longtemps, vous n'êtes point le dernier à le savoir, les navires sarrazins ne viennent plus se frotter à notre flotte, pareils défis leur coûtant trop cher. Votre histoire, sur ma foi, semble trop belle pour être vraie.

– Je vous assure, dit le bailli, qu'il n'y a dans mes paroles ni outrance ni l'ombre d'un mensonge. La galée prise par nos gens est bien un vaisseau arabe. Toutefois, ceux qui l'ont frétée, je l'avoue, sont des hommes singuliers en plus d'une manière.

– Singuliers ? redit le marquis, haussant le sourcil.

– On les appelle vulgairement « Assassins », Messire Conrad, et les clercs, quant à eux, les nomment « Ismâ'îliens ». Avez-vous jamais ouï parler d'eux ?

– Sans doute, Messire Bernard, comme chacun. Pourtant nul ne m'avait avisé que ces gens-là marchandaient. Si je me souviens, ils demeurent perchés sur des cimes sauvages d'où ils ne dévalent que pour aller besogner comme tueurs à travers le monde. Ils font métier, m'a-t-on affirmé, d'occire des hommes puissants sur commandement d'autres puissants hommes qui payent en deniers sonnants leurs bons services.

– Partout où ils passent, Monseigneur, ils sèment l'épouvante. Ils frappent les corps choisis comme nos chevaliers la quintaine, sans courroux, sans plaisir et sans haine, seulement afin d'accroître leur trésor. Et ils se sont si bien engraissés en maniant leurs poignards qu'ils marchandent maintenant, pareils à tous les peuples riches.

– Ce peut être qu'ils marchandent, répliqua le marquis, mais leurs marchands n'ont guère de prudence.

– Un Assassin, Monseigneur, ne connaît rien au mot prudence. Mourir est pour lui une récompense et un bienfait.

– Or avez-vous, Messire Bernard, comblé les vœux de nos prisonniers en les faisant périr ?

Le gouverneur du havre, ne sachant s'il devait prendre la parole du marquis à la lettre ou bien en rire, se flatta le menton d'une main puis de l'autre avant de répondre :

– Nous attendons vos décrets. Nous avons halé jusqu'à l'entrée du port la galée. Mes hommes en armes surveillent le chargement, et les mariniers sarrazins comme les marchands assassins gisent liés sur le tillac.

– Noyez-moi tous ces tueurs ! déclara le marquis. Amenez à quai les richesses, qui seront fort bienvenues chez nous ! Après quoi, si vous m'en croyez, vous irez au large couler le navire par le fond, en ayant soin de vous rendre invisibles, vous et vos sergents. Que pourrions-nous savoir ici, dans nos murailles, je vous prie, d'un vaisseau ismâ'îlien ?

– Rien, Messire Conrad, assurément rien, répondit Bernard du Temple, sinon que plusieurs de ces mécréants, apprenez-le, ont pu s'échapper à la nage durant notre assaut.

– Que les mariniers sarrazins nagent, mon ami, je le veux bien, mais vos Assassins montagnards s'exercent-ils à nager, là-haut, dans leurs nids d'aigle ?

– Sarrazins ou Assassins, Monseigneur, ceux qui auront fui parleront. Bientôt l'affaire se répandra par toute la Syrie musulmane et montera jusqu'au repaire où demeure le seigneur des Assassins. Les choses, de par ma foi, iront ainsi, n'en doutez guère.

– Diable ! fit le marquis, devez-vous pour si peu déconforter votre cœur ? Quoi qu'on dise, Messire Bernard, nous nierons avoir jamais aperçu cette galée assassine. Quant à moi, je vous le jure devant Dieu, je ne l'ai vue en nulle guise !

La malaventure qu'avait rencontrée devant Tyr la galée assassine courut avec diligence de bouche en bouche. Son histoire envahit comme un torrent tant la Syrie musulmane que la Syrie franque et s'éleva de coteau en coteau, de crête en crête, parmi les montagnes Nosairis formant le pays des Assassins. Ayant touché la plus haute cime, elle perça les épaisses murailles de Qadmûs, le chastel fort le mieux gardé de la contrée, lieu fermé où s'abritait à l'écart du monde Râchid ad-Dîn Sinân, le Grand Maître ismâ'îlien. Ce cheftain cerné de mystère, on l'appelait en bas dans les plaines le Vieux de la Montagne, et son pouvoir, que redoutait l'Orient tout entier, avait passé outre la mer pour aller effrayer les peuples d'Occident. Quand l'histoire de la nef assassine eut franchi le seuil de Qadmûs, elle entra en bourdonnant dans l'oreille du Vieux, qui étreignit alors de sa main dextre gantée son poignard au manche d'or.

À Tyr se suivaient les jours d'avril joyeux. Le marquis de Montferrat, que favorisaient Dieu et Ses anges, avait oublié les marchands assassins noyés par une nuit sans lune et la galée sarrazine coulée au large du rivage phénicien. Ces rapines-là, quel peuple n'en commettait le long des côtes syriennes ? C'étaient les dangers de la navigation, que pas un marinier ne pouvait méconnaître. Messire Conrad avait même perdu le souvenir des richesses dérobées sur la nef, richesses qui grossissaient maintenant non sa propre escarcelle, mais le Trésor de Tyr. Par un beau matin clair, cependant, lui fut porté un message qui lui remit aussitôt cette affaire en remembrance.

« À Conrad, seigneur de Tyr, salut ! disait le message écrit en arabe sur une peau de chèvre. Aujourd'hui, m'a-t-on avisé, tu assailles les fervents d'Ismâ'îl, vrais héritiers du Prophète et Frères de la Pureté. Après les avoir dépouillés, tu les effaces du monde sans vergogne, soit que tu les retiennes comme esclaves, soit que tu les occises. Mes fidèles, certes, reçoivent gaiement la mort, qui est à nos yeux félicité souveraine. Mais quand la main d'un félon Chrétien les tue, ils s'estiment déshonorés. Veuille, je te prie, délivrer mes gens sans nul délai et rendre avec eux le vaisseau arabe que tu as saisi, de même que les marchandises dont il était chargé ! Garde-toi bien de prendre à la légère ma parole, car si elle pèse moins lourd que l'or, elle pèse autant, affirme-t-on, que le sang de mes ennemis ! »

« Seigneur Sinân, répondit le marquis de Montferrat, je ne sais en vérité qui renferme en lui assez de hardiesse pour vous mentir, mais vous devriez selon moi vous enquérir de ce faux homme et l'égorger entre les dents, ou du moins le punir avec rigueur. Sur ma foi, onques n'avons-nous aperçu, depuis un an et plus, un seul navire sarrazin voguant près de nos rivages. Ni je ne méprise Ali, votre prophète, ni je ne réprouve par dédain votre Loi. Croyez-moi, Seigneur Sinân, si je vous assure que votre amitié m'a toujours paru meilleure que votre haine. »

Et le Vieux de la Montagne répondit à son tour : « Comme tu me l'as conseillé chaudement, je me suis enquis du menteur, et j'ai trouvé que tu étais ce traître-là, toi, Conrad, maudit démon ! Il ne te reste plus, hélas ! qu'une once de temps pour te repentir et me renvoyer mes avoirs et mes fidèles. Par Allah ! hâte-toi, Conrad, car tu auras bientôt sucé jusqu'à la dernière goutte le lait de ma mansuétude ! »

Le marquis de Montferrat, qui prisait hautement les beaux ornements du verbe sarrazinois, mit à l'abri dans un coffret d'ivoire les deux messages du Vieux. Au second, il avait négligé de donner une réponse, car il ne concevait rien de nouveau pour sa défense. Et pouvait-il user tout son temps en disputes sempiternelles avec le Grand-Maître des Assassins ? Il devait alors choyer sa jeune dame, régir son fief de Tyr dans les plus menues choses comme dans les plus grandes, justicier, marchander, bâtir, se rendre aux prières des morts, aux baptêmes, aux mariages, aux messes continuelles, recevoir les ambassades, rassembler ses conseillers, parcourir au galop sa terre, enfin par là-dessus garder un œil fiché sur le sultan des Sarrazins, l'autre sur le roi Richard d'Angleterre, lequel ne l'aimait le quart d'une once.

Derechef, à la faveur d'une rumeur qui éclata sur Tyr comme un tonnerre, le Vieux de la Montagne et ses Assassins tombèrent dans l'oubli. Le roi Richard venait, paraît-il, d'annoncer publiquement qu'il voulait repasser la mer sans longue demeure et s'en raller dans son pays où l'un de ses frères semait le brouillis, la désolation et la guerre. Avant de lever l'ancre, il entendait mettre bonne ordonnance au royaume de Jérusalem. Il ne s'éloignerait l'âme sereine qu'en sachant éclaircis les droits et pouvoirs de chacun. Il était temps, avait-il déclaré, qu'il y eût consentement général sur le gouvernement de la terre. En conséquence, il mandait à Ascalon tous les barons de Palestine pour un concile plénier.

Dès la mi-avril, tous les barons avaient reçu l'assignation du roi Richard, fors seulement le marquis de Montferrat. Et pourtant, qui pouvait aujourd'hui ranger en bonne foi Messire Conrad parmi les Croisés ? Premier sauveur du royaume, seigneur de Tyr depuis cinq ans, il avait cent fois clamé qu'il userait en Syrie le restant de son âge. Les barons hébergés dans Tyr, déjà prêts au départ, jetèrent les hauts cris et menacèrent de demeurer si le marquis ne les accompagnait. Mais celui-ci les ayant découragés de se contenir si sottement, ils sautèrent sur leurs chevaux et prirent le chemin d'Ascalon. Seul s'entêta Messire Balian d'Ibelin, qui ne voyait, disait-il, aucune raison d'aller visiter le sud, qu'il connaissait à la perfection. Quant à servir là-bas le marquis, la chose lui paraissait douteuse. Pour avoir chassé la panthère avec le Sultan, il répugnait au roi Richard. Et d'ailleurs le roi Richard savait à merveille que Messire Balian soutiendrait la cause du marquis jusqu'à la mort.

Les barons furent assemblés dans le plus beau palais restauré d'Ascalon. Parmi eux se discernaient en petit nombre des chevaliers chargés d'ans, si chenus qu'ils n'avaient pu être à la bataille de Hattîn, et se voyaient en foule des damoiseaux fraîchement adoubés, tous encore enfants au temps de la déconfiture. De seigneurs dans la force de l'âge, il ne se rencontrait guère plus de vingt. Massés sur le devant de la salle, face au roi Richard, ceux-là échangeaient des lamentations avant le commencement du concile, déplorant que Monseigneur Balian d'Ibelin leur eût fait défaillance.

– Je parlerai en son nom, affirma le comte de Sidon, mais jaillie de ma bouche au lieu de la sienne, sa parole aura moins de poids.

Maints barons se tordaient le col, cherchant à voir où se tenait parmi la multitude le roi de Jérusalem, et aucun d'eux ne le trouvait.

– Vous verrez, gronda Messire Hugue de Gibelet, qu'il viendra se dresser aux côtés du roi d'Angleterre.

Sur un signe donné par le roi Richard, qui demeurait en pied vis-à-vis des barons et les dominait depuis un plancher haut, un sergent corna l'ouverture du concile. Chacun se tut, et lors déclara Richard à voix forte et claire :

– Messeigneurs, je le confirme ici devant vous, les bruits qui ont couru de place en place jusqu'à la cité d'Acre et jusqu'à Tyr sont vrais. Ma terre et mon peuple m'appellent en Occident, aussi vais-je vous quitter un jour prochain, qui sera pour moi jour de dolence. Dans cette cité d'Ascalon j'ai voulu vous rassembler afin de requérir vos avis sur le futur du royaume et la couronne de Jérusalem. Seuls ont été laissés à l'écart du parlement le roi Gui de Lusignan et le marquis de Montferrat, que je n'ai conviés ni l'un ni l'autre à nous rejoindre.

À ces mots s'éleva de la foule un murmure manifestant plutôt l'ébahissement des barons que leur désaccord. Le roi Richard poursuivit :

– En songeant aux querelles qui pourraient après mon départ diviser votre royaume et tôt ou tard anéantir notre reconquête, mon cœur s'angoisse. Le doute m'a saisi, je vous le confesse. Deux hommes aujourd'hui réclament de seignorer le royaume de Jérusalem, chacun d'eux estimant que son droit surmonte celui de son challengeur. Et pour vous dire ma pensée en bonne loyauté, leurs droits se valent, du moins il me semble. Mais en somme, lequel d'entre eux sera pour la Terre Sainte le meilleur prince ? Voilà, Messeigneurs, la question majeure, celle dont nous devons avoir souci au premier chef. À pareille question, c'est à vous de donner maintenant une réponse franche, à vous de trancher le sort du royaume et le vôtre. Sur ma foi, je vous promets de ne contrarier en nul endroit votre jugement. Vous aurez pour seigneur, je m'y engage, celui que vous aurez élu. Or sans attendre une once, nous allons faire l'élection, si aucun de vous ne s'y oppose. Je vais crier l'un devant l'autre les noms des deux champions et vous lèverez le bras en faveur du prince choisi par vous. Puis nous compterons les bras et tout sera dit.

En raison du grand émoi qui venait de saisir l'assemblée, le corneur fut rappelé. À nouveau il sonna de sa trompe et la paix se rétablit parmi les barons. Pas un regard, alors, qui ne se trouvât fiché sur le roi Richard flamboyant comme un soleil dans sa riche robe d'estanfort vermeil et or.

– Pour le roi de Jérusalem ! cria-t-il à voix tonnante, et aussitôt un essaim de mains se leva aux environs du connétable de Jérusalem. On vit encore à travers les rangs se lever des mains éparses. Le sourcil froncé, Messire Richard parcourut d'un œil aigu la salle afin de compter les suffrages. Cela fait, il se clarifia la gorge en toussant à petits coups, puis il cria bien haut, moins haut pourtant que la première fois :

– Pour le marquis de Montferrat !

Lors à ce cri de ralliement jaillit vers le ciel une forêt de bras qui recouvrit la salle entière. On eût dit que chaque baron levait ses deux bras au lieu d'un. Et non seulement les bras se levaient, les mains battaient l'air, les doigts par milliers remuaient comme feuilles sous le vent, mais les barons hurlaient à gueule pleine le nom du marquis. Le plus fort de tous hurlait Messire Renaud de Sidon, lequel braillait en son nom premièrement, et par surcroît en celui de Messire Balian d'Ibelin. Dès qu'il avait ouï ce tumulte et aperçu les suffrages en si grand foison, le roi Richard s'était détourné à demi. Le chef penché en avant, il dissimulait son regard au baronnage du royaume et paraissait ne plus savoir où mettre son corps, trop en vue sur le plancher surhaussé d'où il menait le concile. Un temps passa, l'un de ces moments flous et oiseux durant lesquels reste le destin suspendu au-dessus des têtes. Peu à peu faiblissait la noise et bientôt le roi Richard avec orgueil redressa le front, serra les poings et dit à la face des barons :

– Messeigneurs, je n'ai qu'une foi et qu'une parole. Aussi votre volonté sera la mienne, votre choix le mien. Avant que mai ne soit venu, nous irons tous à Acre où par la grâce de Dieu nous couronnerons roi le marquis de Montferrat et reine Dame Isabelle, ma cousine chère, qui couveille en son sein l'héritier de votre royaume.

À cette annonce reprit le tumulte, qui se transmua sans tarder en un tintouin du diable, si bien que nul ne vit s'en aller de la salle à chatons le connétable de Jérusalem et ses chevaliers. Plus d'un baron pleurait de joie, d'autres aimaient mieux rire que pleurer, mais les rieurs comme les larmoyants tapaient des mains et des pieds tout en jetant des clameurs de louange pour célébrer le mérite jamais ouï du roi d'Angleterre, lequel avait assurément reçu de Dieu un cœur de lion. Richard attendit que l'ardeur des barons à le glorifier commençât de décliner, puis il reprit la parole, déclarant qu'il enverrait le lendemain une ambassade annoncer au marquis sa fortune.

– Or si vous désirez me plaire, Messeigneurs, ajouta-t-il, ne vous hâtez point de quitter Ascalon. Sur ma foi, il serait malséant que le marquis apprît la nouvelle par des rumeurs ayant couru plus vite que mon ambassadeur.

On demanda au roi Richard quel serait cet homme heureux chargé d'aller à Tyr porter le message. Et il répondit :

– Cette heure, à mon escient, est celle de la concorde. En conséquence, notre meilleur ambassadeur sera le comte Henri de Champagne, car ce jeune seigneur, qui est mon neveu, comme vous savez tous, est aussi neveu et cousin germain au roi Philippe de France.

– Et le roi Gui, Monseigneur ? lança une voix grosse, qu'en ferez-vous ?

Messire Richard, la face rougissante au milieu de ses mèches fauves, se gratta le menton songeusement.

– Par tous les saints ! clama-t-il soudain, je saurai bien lui trouver çà ou là une autre couronne !

À cette parole qui semblait douce folie, les barons se heurtèrent du coude et jetèrent avec des rires :

– Quelle couronne, Messire Richard, quelle couronne ?

Et au premier rang de l'assemblée, Messire Hugue de Gibelet, dit le Buffle, répliqua :

– Les trônes, Monseigneur, de ce côté-ci de la mer, sont pris jusqu'au dernier. Quant à moi, je n'en vois pas un seul de vacant. Irez-vous donc renverser un prince par les armes pour doter le roi Gui d'une couronne ?

– Mon ami, répondit le roi d'Angleterre, je n'aurai nul besoin de rapiner un trône pour Messire Gui de Lusignan. Vous oubliez qu'en faisant voile vers la Syrie, au printemps dernier, je m'arrêtai en chemin et conquis sans déshonneur la belle et fertile terre de Chypre, d'ailleurs aidé dans l'aventure par le roi Gui. Eh bien ! Messeigneurs, je rachèterai l'île aux Templiers, qui en sont aujourd'hui les tenants, et par manière de dédommagement la baillerai au roi Gui. Oui, ainsi ferai-je, foi de Richard !

Et ce fut en ce lieu, en cette heure et comme je vous l'ai conté, que finit la royauté de Gui de Lusignan sur Jérusalem.

Au temps où les barons venus à Ascalon hurlaient leur foi en le marquis de Montferrat, le marquis dans son île ne faisait rien de mieux qu'il ne faisait à l'accoutumée ni assurément rien de pire. Il voyait le ventre d'Isabelle commencer à se renfler doucement, et son âme en tressaillait de joie. Il visitait son fief du sud au nord et de l'orient au rivage, et le peuple débonnaire l'accueillait partout avec des chapels de fleurs blanches, rouges, roses, jaunes, avec des mots de grâce, avec honorance et grand amour. Il s'affublait de vestailles aussi laides que les plus noirs péchés, mais chacun le regardait comme s'il eût revêtu robes royales et draps d'or, chacun l'aimait comme il était. Il eût voulu, dit-il un jour à la marquise, que jamais cet avril de bonne espérance ne vînt à son achèvement.

– Vous êtes donc, Messire Conrad, si peu envieux de contempler en face votre enfant ?

– Si avril durait toujours, belle amie, notre enfant naîtrait au mois d'avril, et j'en serais bienheureux, de par ma foi.

Quant à la reine Marie, au lieu d'attendre qu'avril durât toujours, elle attendait avec fièvre le retour du comte Renaud et des autres barons tyriens. Les espions, ces félonnes gens, ne rapportaient du concile d'Ascalon que paille et poussière. Pas la plus petite once de nouvelle, affirmaient-ils, ne perçait les murailles relevées de la cité où Richard Plantagenêt – de quoi se mêlait-il, par tous les saints du ciel ! – tranchait à cette heure le sort de Dame Isabelle et du marquis. La reine Marie, qui croyait assez peu aux miracles, voulait bannir loin de sa pensée toute illusion. Le roi d'Angleterre allait sans doute confirmer le Poitevin têtu et niais sur son trône de Jérusalem. Et peut-être même ourdirait-il un complot pour ôter son héritage au marquis de Montferrat.

Messire Balian d'Ibelin s'efforçait en bon époux de rassurer la dame byzantine. Si le roi Richard avait convié à son parlement tous les barons de Jérusalem, ce ne pouvait être afin de les mettre en fureur. Messavait-il que les barons favorisaient communément le marquis au désavantage du roi Gui ? Eût-il voulu écarter de Messire Conrad la couronne qu'il se fût employé à tenir éloignés d'Ascalon ceux qui défendaient sa cause. En vérité Messire Balian nourrissait dans son âme de plus lourds soucis, une angoisse autrement réelle. Plutôt que trembler pour sa fille, Dame Marie serait bien avisée en dispensant à son seigneur ses bons conseils.

– Des conseils, mon cher ami ? Vous me parlez de soucis et d'angoisse, mais ne me dites nullement ce qu'ils sont. Me dissimuler votre cœur ne vous ressemble guère. Par Dieu vivant ! quelle méchéance vous est donc advenue ?

– Méchéance, non, répondit Messire Balian, mais une visite singulière qui m'a rendu pensif. Je la reçus ce matin même, il n'y a pas une heure, durant mon conseil, aussi vous voyez que je ne vous fais mystère de rien. J'examinais un cas litigieux de barguignage quand deux hommes se présentèrent devant moi, deux hommes farouches à peine dévalés de leurs montagnes. Tremblant de pied en cap, ils se déclarèrent sans délai membres de la secte redoutable des Ismâ'îliens.

– Pareille engeance est dangereuse à outrage, murmura la reine Marie. Sur un seul signe de leur maître, vos Ismâ'îliens s'en vont égorger seigneurs, princes, rois comme vilains au péril de leur vie. Or qu'attendaient de vous ces deux-là ?

– Ils réclamaient à grands cris de rencontrer le marquis. Messire Conrad, selon eux, serait menacé de mort prochaine, et ils supplient qu'on les laisse lui parler. Mais je crains fort, je vous le confesse, que nos deux Assassins ne soient eux-mêmes pour le marquis menace de mort. Sur ma foi, je n'aime guère les savoir entre nos murs.

– Fouillez-les, mon ami ! dit la reine Marie. Ôtez-leur, s'ils en ont, dagues et poignards, et liez-leur les mains derrière le dos ! Après quoi, vous pourrez les amener au marquis l'âme en paix. Il nous convient, me paraît-il, d'écouter leurs propos, quoi qu'ils aient à nous dire.

Avec moult courtoisies, deux sergents francs se peinèrent afin de mettre tout nus les deux Ismâ'îliens, qui durant l'opération hurlaient au scandale. Un à un leurs vêtements blancs comme l'écume furent foulés, remués, battus et enfin tâtés aux coutures. Puis on réaffubla nos Assassins tout aussi courtoisement qu'on les avait désaffublés. Enfin, quand on eut fouillé leur chevelure et même leur barbe, quand ils se furent ornés le chef à nouveau du voile blanc et du mince turban noir, quand on eut fini d'empêtrer leurs mains avec un lien de cuir noué serré, Messire Balian les emmena au palais du marquis.

– Hé là ! mon bel ami, s'écria le seigneur de Tyr à leur vue, les deux Sarrazins que voici auraient-ils tenté de vous occire, par aventure ?

Messire Balian rapporta point par point la visite singulière des Assassins, leur prière et leur effroi. Il dit sa propre crainte et comment la reine Marie avait eu l'idée de les lier avant que Messire Conrad n'entende leur parole.

– Tant de prudence, déclara le marquis, m'émerveille. Les désarmer ne pouvait-il suffire ? Pourtant je me tais, Dame Marie étant l'âme la plus sensée que je connaisse. Or vos prisonniers, mon ami, parlent-ils notre langage ?

– Guère, Messire Conrad. Mais votre sarrazinois est maintenant fort bon et je suis là pour faire le truchement, si besoin en avez.

Le marquis de Montferrat demanda leur nom aux deux Ismâ'îliens, puis, regardant l'un d'eux à la face, il ordonna :

– Parle, toi, Nasawî !

Fièrement Nasawî redressa le chef et dit :

– Seigneur Conrad, Râchid ad-Dîn Sînân, du haut de sa montagne, a décrété ta mort. Il a juré devant Allah et devant tous ses fidâ'îs que tu ne verrais point la prime heure du premier jour de mai. Il m'a envoyé dans la plaine avec Nâzir, mon compagnon, afin qu'ensemble nous te percions le cœur de nos poignards.

– Et le feras-tu, Nasawî ? s'enquit le gentilhomme piémontais.

– Si je faillissais au commandement du Maître, Seigneur, je serais moi aussi un homme mort. Car nul disciple d'Ismâ'îl ne désobéit à Sinân sans aussitôt vomir son âme.

– Diable ! jeta le marquis. Or es-tu, Nasawî, un fervent d'Ismâ'îl ?

– Oui, Seigneur, jusqu'à ce jour.

– Jusqu'à ce jour, Seigneur, intervint Nâzir, où mon frère Nasawî et moi-même avons ouvert les yeux.

– On vous les fermait donc ?

– On nous les scellait, par Allah ! cria Nâzir. Dans nos breuvages, le Maître versait une poudre enivrante. Alors nous nous endormions à demi et rêvions de mensonges.

– Quels mensonges ? dit le marquis.

– Nous allions, Seigneur, dans un faux paradis plein de fleurs et de fruits, plein de femmes belles et voluptueuses qui faisaient tout notre plaisir, un jardin plein de paix et de béatitude. Et quand le pouvoir du breuvage venimeux s'évanouissait, le Maître nous rassemblait dans son palais. Nous avions, affirmait-il, aperçu le paradis qu'Allah promet à ses fidèles. Dorénavant, nous cesserions de redouter la mort, sachant ce qu'elle était. Et nous devrions en toute chose nous soumettre à lui, accomplir ses moindres désirs comme ses commandements les plus terribles, tuer lorsqu'il ordonnait de tuer, mourir lorsqu'il ordonnait de mourir !

– De par ma foi, déclara le marquis, douceur et pitié font un brin défaillance au peuple des Assassins.

– Cependant, Seigneur Conrad, reprit Nasawî, nous esquivâmes un jour, mon frère et moi, le maudit breuvage. Car pour avoir ce jour-là tendu la bonne oreille derrière une porte, nous comprîmes que nous étions les chiens esclaves de Sinân. Afin de le prouver, nous crachâmes en secret le venin et demeurâmes éveillés parmi nos compagnons qui avaient perdu le sens. Par Allah ! C'est ainsi que nous découvrîmes clairement la félonie !

À cette parole, Messire Balian interrompit l'Ismâ'îlieu, disant :

– Vous nous servez là, mes amis, une belle histoire, mais elle ne nous enseigne en nul endroit vos intentions. Pourquoi donc demandiez-vous à si grands cris de voir en face le marquis de Montferrat ? Quel mal ou quel bien lui voulez-vous ? Et qu'êtes-vous enfin venus faire à Tyr ?

– Nous sommes venus t'occire, ajouta Nâzir. En tant qu'Ismâ'îliens, nous ne saurions enfreindre un commandement donné par notre Maître. La chose, toutefois, Seigneur, pourrait aller diversement si nous étions Chrétiens. Les Chrétiens, sans nous mentir, sont-ils des esclaves ou des gens libres ?

– Suivant la parole du Christ, répliqua le marquis, tous les hommes naissent au monde égaux et frères devant Dieu. En vérité, les Chrétiens doivent encore s'améliorer un tantinet avant de renoncer entièrement aux esclaves, pourtant ils en ont peu, et bien moins, je vous l'affirme, que n'en ont les Musulmans.

Quelque temps, Nâzir et Nasawî se tinrent muets. Leurs visages orgueilleux semblaient faces de pierre et leurs yeux entre-fermés ne laissaient rien voir de leurs songes. La méditation des deux hommes commençant à le lasser, le marquis de Montferrat éleva soudain la voix :

– Par tous les diables ! gronda-t-il, réponds une bonne fois, Nasawî ! Que voulez-vous à cette heure, toi et ton frère ?

– Nous voulons, Seigneur, soit te tuer, bien que nos cœurs y répugnent, soit nous abriter dans ta cité, y recevoir le baptême et y jouir à jamais de ta protection contre Sinân et ses vengeances.

– Allah le sait, continua Nâzir, il se peut que tu aies commis un mauvais larcin au préjudice des Ismâ'îliens. Selon Sinân, tu aurais dérobé une de nos galées marchandes, laquelle a disparu avec les trésors qu'elle convoyait.

– Il ment, fit le marquis, branlant le chef. Quant à moi, mes amis, je suis le cousin du roi de France et le seigneur de Tyr, non un truand. Sinân ment, croyez-en ma parole, ou bien les hommes réchappés de l'aventure l'auront fourvoyé en bonne foi. Un de ces pirates comme il y en a tant se sera saisi du navire au large de Tyr et m'aura chargé de son crime.

– Quoi qu'il en soit, dit Nâzir, nous aimons mieux cent fois un larron qu'un traître meurtrier. Faire métier de trucider, pensons-nous, est la chose du monde la plus hideuse, une chose qu'assurément Allah réprouve comme votre Christ.

Pour Messire Balian d'Ibelin, les deux Assassins en robe blanche étaient issus tout droit d'une sorcellerie ourdie par le Vieux de la Montagne. Sans leur vœu de baptême, il les eût engeôlés sur l'heure. En tout son vivant, il avait vu bien des Musulmans renier leur foi, se faire Chrétiens le temps de nuire aux Francs, puis revenir à l'Islam sitôt parachevé leur forfait. Mais onques n'avait-il rencontré pareilles traîtrises chez les Ismâ'îliens, ces Frères de la Pureté. Un Ismâ'îlien restait fidèle à Allah jusqu'au trépas, et quand il s'en allait commettre un meurtre sur ordonnance, il ne s'encombrait ni de prudence outrée ni de maints artifices. Il frappait au grand jour et si, par aventure, on le prenait, c'était joyeusement qu'il rendait l'âme.

– En nom Dieu ! Messire Balian, donnez-moi votre conseil ! soupirait le marquis de Montferrat. Quel sort choisissons-nous pour ces hommes ? Les mettons-nous aux fers ? Les hébergeons-nous avec honneur entre nos murs ? Les renvoyons-nous à leur maître ?

– Nous les baptisons, répondit Balian d'Ibelin. Et après le baptême, si vous m'en croyez, Messire Conrad, nous les tenons à l'œil !

En la cathédrale Saint-Marc furent conduits déliés les deux Assassins dans leur vestaille blanche. Afin d'émouvoir durement ces âmes étranges, le baptême leur fut administré par un évêque, Monseigneur Philippe de Beauvais, propre cousin du marquis. Sous l'eau bénite remplissant un grand bassin d'argent, deux sacristains maintinrent un moment les chefs dévoilés des catéchumènes. Puis on les tira du bain, et tandis que l'évêque prononçait les mots consacrés, chacun des parrains gardait la main posée sur l'épaule de son filleul, Messire Conrad sur celle de Nasawî, Messire Balian sur celle de Nâzir. Lorsqu'ils se retrouvèrent en haut du parvis, après la cérémonie, Nasawî et Nâzir s'étaient transmués en bons Chrétiens grâce à l'opération du Saint-Esprit. Et comme ils avaient reçu le baptême à Saint-Marc, un 25 avril, jour où la Chrétienté justement fête saint Marc l'évangéliste, Nasawî se nommait désormais Conrad Marc et Nâzir Marc Balian.

Vers la mi-journée, l'après-demain, par un soleil de gloire, se présenta aux portes de Tyr une chevauchée venue d'Ascalon. Tout poudreux d'avoir couru à franc éperon, les chevaucheurs allèrent droit au palais du marquis, sans même se soucier d'ôter leur crasse. Le chevalier qui les menait portait sur lui plus de sueur et de poussière que ses compagnons, pourtant ce désavantage ne pouvait empêcher qu'il eût le meilleur semblant, car Jeunesse et Ardeur faisaient resplendir sa face. Il fut accueilli dans la grande salle par le marquis de Montferrat, dérouté de voir s'avancer vers lui le comte Henri de Champagne.

– Bienvenu soyez, Messire, commença le marquis, en cette cité dont...

Mais sur le « dont » un éclat de rire lui coupa la parole, et tout en riant le comte Henri déclara :

– Oh, certes, Messire Conrad, je serai bienvenu chez vous, je ne puis en douter une once !

– Premièrement, dit le marquis, vous avez besoin d'eau fraîche pour baigner vos mains et votre face. Vous aurez couru, paraît-il, en trop grande hâte par cette chaleur nouvelle. Ne vous sentez-vous point recru ?

– Non, Messire Conrad, point du tout. Sans vous mentir, je suis gaillard comme jamais ne le fus. Or voudriez-vous, je vous prie, mander ici la marquise de Montferrat ?

– Dame Isabelle, répondit le marquis, se promène à cette heure le long du rivage. Elle sera de retour bientôt et se réjouira, je vous assure, de vous connaître enfin.

Le comte Henri montra une moue dépitée.

– J'eusse aimé, sur ma foi, lui délivrer mon message en même temps qu'à vous. Car en pareille occasion, il me semble malséant de faire cette annonce devant vous seul. Mais tant pis !

– Cette annonce ? redit le marquis.

– Elle tient en peu de paroles, répliqua le comte de Champagne. Dieu me voyant, Messire Conrad, vous voilà roi !

Lors le marquis de Montferrat ouvrit une bouche qui resta sans voix, ouvrit des yeux qui étaient sans regard, ouvrit des bras qui demeurèrent vacants.

– Vous voilà roi ! redit aimablement le comte Henri.

– Roi ? murmura le marquis sourdement. Diable ! mon ami, et qui vous l'a dit ?

– Le roi Richard l'a clamé publiquement dans l'ost. Les barons du royaume vous ayant élu roi de Jérusalem au parlement d'Ascalon, mon oncle Richard a bien voulu confirmer leur vœu.

– Est-il donc advenu, Messire Henri, quelque noire infortune au roi Gui de Lusignan ? Serait-ce qu'il a péri ?

– Nullement. Le roi Gui était vivant et sain, je vous l'affirme, il n'y a pas deux jours d'ici.

– Et m'enseignerez-vous, s'il vous plaît, ce qu'on fera de lui ?

– N'en ayez soin ! fit le comte de Champagne à la légère. Le roi Gui recevra la seigneurie de Chypre en guise de réparation. Or maintenant, Monseigneur, je m'en vais !

– La chose ne se peut ! s'écria le marquis de Montferrat, dont les quatre membres tremblaient sous sa tunique mal taillée, mal mise et mal teinte. Vous devez annoncer vous-même à Dame Isabelle qu'elle est reine, puis souper en notre compagnie et séjourner pour la nuit dans la meilleure chambre de mon palais.

– Offrez-moi des chevaux frais, Messire Conrad, et laissez-moi m'en retourner galopant vers la cité d'Acre. Bientôt tous les plus hauts barons d'Angleterre, d'Anjou, de France et de Jérusalem viendront avec le roi Richard pour être au couronnement. Sachez que vous serez sacrés roi et reine, vous-même et la marquise de Montferrat, en la cathédrale de Sainte-Croix, le jeudi 30 avril, qui n'est plus qu'à trois jours d'ici. Et mieux vaudrait, je pense, que vous arriviez la veille avec les gens de votre maison. Quant à moi, je fus chargé par mon oncle d'apprêter la cérémonie heure par heure et dans ses moindres détails. En conséquence, Messire, accordez-moi de m'en aller tout maintenant !

À peine le comte Henri eut-il salué, à peine eut-il repassé comme un éclair le seuil de la salle, que le marquis de Montferrat se laissa choir à genoux sur le pavement de marbre.

– O Christ ! balbutia-t-il, tendant au ciel ses bras. O Jésus crucifié, Jésus ressuscité, ô Dieu omnipotent ! Toi, beau sire Dieu qui me créas, Tu sais bien si je suis digne de gouverner Ton royaume ! Et si tu m'en juges indigne, Toi qui es parfaite sagesse et toute bonté, Toi qui es le roi des rois, ne veuille jamais consentir à ce que la couronne de Jérusalem ceigne un seul jour mon chef! Mais cette couronne que m'ont octroyée les hommes d'ici-bas, cette couronne bénie, je fais devant Toi, ô Dieu! serment de l'honorer et la servir jusqu'à l'heure de ma mort! Elle sera, sache-le, mon souci et ma joie, mon amour et ma douleur! Je ne songerai qu'à elle dorénavant et ne vivrai plus que pour elle!

Encore longtemps le marquis de Montferrat poursuivit sa litanie entrecoupée de serments, d'invocations, de gémissements, de cris du cœur et de « Yo! » de victoire. Ses bras étaient redescendus baller autour de son tronc, cependant que sa tête aux yeux clos avait chu en avant sur sa poitrine. Et ce fut ainsi que le découvrit Dame Isabelle qui revenait de la grève toute revigorée par les bons vents marins.

– Conrad, mon bel ami, dit-elle, comment donc êtes-vous seul en ce lieu? Et que faites-vous à genoux, par Dieu vivant? Sans vouloir vous offenser, vous semblez frappé de la fièvre ou de la folie. Où est allée votre bonne vaillance, je vous prie? De grâce, relevez-vous et enseignez-moi la chose qui vous est advenue depuis une heure et vous a rendu fou.

– Je suis roi, murmura le marquis à voix dolente, comme si sa gloire l'accablait.

– En vérité? fit Dame Isabelle. Relevez-vous, Messire Conrad, je vous en supplie!

– Je suis roi de Jérusalem, redit-il à voix plus haute en redressant son corps. Entends-tu, Isabelle? Je suis roi et tu es reine. Les barons de Syrie m'ont élu, le roi d'Angleterre a béni leur choix et Gui de Lusignan, ton beau-frère, a été en un clin d'œil dépouillé de son trône.

– Or qui vous a conté cela, Messire Conrad?

– Le comte Henri de Champagne, venu me l'annoncer au nom du roi Richard.

– Dieu du ciel! s'écria enfin la marquise de Montferrat. Nous offrirons ce soir au comte de Champagne, je le promets, un festin royal, puisque vous êtes roi, Messire Conrad, et que je suis reine, paraît-il.

– Non, dit le marquis. Déjà le comte Henri s'en est rallé vers la cité d'Acre. Il doit ordonner minute par minute notre couronnement, qui sera célébré dans trois jours en la cathédrale de Sainte-Croix. Moi-même, douce amie, je ne l'ai aperçu, Dieu le sait, que trois onces de temps seulement. Mais n'ayez crainte, vous le verrez au couronnement, le 30 avril, accompagnant le roi Richard.

Dame Isabelle répondit néant. Elle posait sur le marquis des yeux élargis à démesure. Pas une parcelle de son corps ne remuait, hormis les mains, dont tremblaient à peine les doigts menus. Elle se tenait devant son baron si ahurie et si coite que Messire Conrad, ayant souci de la ramener au monde, lui saisit le bras et doucement lui dit :

– Venez à la fenêtre ! Le comte Henri s'en est allé bien peu de temps avant que vous ne rentriez. Ce peut être qu'il ne s'est pas encore mis en chemin. Il avait besoin, je m'en souviens, de chevaux frais.

Dame Isabelle se laissa conduire à la fenêtre. Alors s'éloignait vers le rivage la chevauchée du comte de Champagne. Ils étaient huit hommes, discerna-t-elle, galopant sur le pont de bois qui reliait aujourd'hui la cité de Tyr à la côte syrienne. Vu de dos et de loin, leur cheftain avait le parfait semblant de ses sept compagnons. Comme il atteignait la grève et s'engageait sur le chemin d'Acre, la poussière vola autour de lui en vagues hautes, puis le comte Henri diminua et disparut avec sa suivance. Dame Isabelle reporta les yeux sur le marquis de Montferrat, dont le plein jour éclairait la face. Après l'annonce de sa royauté, il avait, découvrait-elle, répandu des pleurs de joie, car des traces mouillées semaient ses joues brunes. Volontiers elle eût recouvert de sa bouche ces belles reliques d'une faiblesse éphémère. Mais il reprenait son orgueil à trop grande allure, aussi ne put-elle trouver en elle assez de hardiesse pour oser seulement le toucher du doigt.

XXV

Dans l'île du marquis ne s'entendaient plus que bruits de liesse et tintements de cloches. Les Francs de France que Tyr abritait en grand nombre sous le gouvernement du duc de Bourgogne allaient chancelant le long des rues. Autant que vin, fêtes et luxure les soûlait aujourd'hui une espérance folle. Avec le marquis de Montferrat portant couronne, Jérusalem finissait de se dissimuler comme un songe sous un brouillard de chaleur et un voile de poussière. Ses murailles s'ébrécheraient, ses portes s'ouvriraient par sortilège, la Ville Sainte apparaîtrait aux yeux sous le soleil, et les chiens d'Infidèles rendraient les armes avant de rendre l'âme. Quand ils remonteraient sur leurs nefs, les Francs de France, ayant parfait leur pèlerinage, seraient tous amis de Dieu.

Le comte Renaud s'en revint d'Ascalon. Autour de lui et derrière son cheval – mais non devant – galopaient en foule désordonnée les barons du royaume, lesquels s'acheminaient vers Tyr afin de faire honorance à leur nouveau sire et le convoyer en grande gloire jusqu'au lieu de son couronnement. Le 28 avril, dès l'aurore et jusqu'à la vesprée, rien ne put empêcher le marquis de Montferrat d'être assailli par les louangeurs, étouffé par les congratulations, les acclamations et les hommages. Sur Dame Isabelle ne pleuvaient guère moins de bénédictions. Car elle portait dans son giron l'héritier du royaume et chacun l'aimait pour ses pères valeureux, les anciens rois de Jérusalem, et pour elle-même, qui était plus que belle.

Avant même que le soleil ne déchût, la marquise avait la cervelle rompue comme le corps. Elle confondait les visages, les titres et les nations, remuait sans cesse de çà et de là ses pieds pris d'impatience. À la longue, n'y tenant plus, elle sauta de son fauteuil et se mit à parcourir tout au long la grande salle du conseil, cependant que les barons en désarroi trottaient après elle. Ainsi put-elle non seulement se délasser les jambes, mais s'approcher du marquis en fendant la foule, s'incliner sur sa nuque et lui dire dans l'oreille :

– Messire Conrad, par votre bonté, accordez-moi un don!

Il se tourna vers elle à demi, si bien qu'il répondit de même en lui mettant sa bouche contre l'oreille :

– Diable! Isabelle, ma douce amie, je t'ai fait don déjà de mon cœur, de ma chair et de mon âme. Que puis-je te donner de plus?

– Une heure de paix, Messire Conrad. Un souper, une veillée, durant lesquels je resterai seule avec vous. J'ai durement besoin de repos, croyez-m'en, si l'on veut que je survive demain au voyage d'Acre et le jour suivant au couronnement. Votre enfant lui aussi a perdu sa force, je le sens.

Les lèvres de Dame Isabelle, observa le marquis, avaient blanchi. Ses pommettes, que recouvrait une fine sueur, avaient rougi. Ses yeux enfin, qui le priaient avec angoisse, clignaient et s'affolaient.

– Madame la reine, dit-il, je vous accorde votre don. Il paraît que vous avez assez fait besogne royale pour aujourd'hui. Montez donc dans notre chambre! Étendez-vous, désaffublez-vous, baignez-vous, changez de robe, contenez-vous en tout comme il vous plaira. D'ici un moment, j'irai vous rejoindre et nous souperons ensemble.

Dame Isabelle dut se combattre à la multitude avant d'atteindre l'huis. Mais au terme de cette bataille que mena son corps contre cent corps elle eut la victoire, malgré sa faiblesse. Dès que s'effacèrent les gens et leurs cris de louange, elle soupira d'aise. Comme une ombre elle longea les passages voûtés, parcourut salles et vestibules, s'éleva sur les degrés tournants jusqu'au seuil de la chambre seigneuriale où elle achoppa contre l'eunuque Manès jailli soudain devant elle.

– Que tu es sot, fit-elle, de te cacher par là ! Sur ma foi, j'ai failli avoir peur. Et pourquoi pleures-tu, en ce jour de joie ?

– Est-ce que je sais, ma Damoiselle, si vous daignerez m'emmener, moi, un esclave misérable, vous voir couronner dans la cité d'Acre ? Ce peut être que vous me laisserez tout seul ici comme un pauvre chien avec ma Bible.

– Oui, ce peut être, car nul ne t'aime et nul ne te veut rien de bon. Mais qui alors, s'il te plaît, m'attifera et me parera ainsi qu'il convient à une reine ? Tu vois bien, mon petit Théophane, que tu seras forcé de faire avec moi le voyage d'Acre.

À ces mots, les pleurs de l'eunuque devinrent un déluge car son cœur, s'étant vidé de toute peine, s'était aussitôt rempli d'une allégresse nonpareille.

– En nom Christ ! vas-tu ouvrir la porte ? gémit Dame Isabelle. Si tu avais pour moi un brin d'amour, tu verrais que je ne tiens plus sur mes jambes.

– Le temps de sécher mes yeux, ma Damoiselle, et je vous soignerai tant et si bien que vous apparaîtrez devant tous resplendissante sous la couronne d'or. Je vous mignoterai, vous bercerai entre mes bras et vous chanterai des psaumes. Si vous m'en priez, je baignerai votre corps, puis je oindrai vos membres las avec une huile odorante. Vous choisirez la senteur : l'iris, la lavande, le chèvrefeuille, le yâsimin ou la rose de Jéricho.

– Oui, Manès, oh ! oui, voilà ce que je veux ! La rose de Jéricho ! Cours tout maintenant aux étuves appareiller pour moi un bain !

Après le coucher de l'astre, à l'heure du crépuscule, se retirèrent les louangeurs. Le marquis de Montferrat monta les mêmes degrés tournant sans fin qu'avait gravis un moment plus tôt Dame Isabelle. N'ayant trouvé nulle âme dans la chambre, nul corps de femme reposant dans le haut lit royal, Messire Conrad s'enquit de la marquise auprès de la servantaille. Et ce fut ainsi qu'il courut à nouveau sur le même chemin qu'avait suivi sa dame, et qu'il s'en vint cogner du poing aux portes des étuves.

– Qu'y a-t-il pour votre service, Monseigneur ? demanda Manès par le vantail entrebâillé.

– Laisse-moi la place, mon ami, et va-t'en prier pour mon salut ! Je désire occuper ton office un petit moment. Or ne t'éloigne guère et veille à te présenter quand nous t'appellerons. Car sur ma foi, je ne sais point quant à moi tirer une dame du bain.

– Il ne sied aucunement, répliqua l'eunuque en raidissant le col avec dignité, qu'un roi ou même un simple chevalier aperçoive sa dame toute nue au bain. Notre sire Dieu le défend, et Sainte Église juge la chose un très noir péché.

– Couvre donc, mon ami, ce que je ne saurais voir et déguerpis en hâte ! Selon moi, il sied moins encore à un moine qu'à un époux de contempler une dame nue !

Manès grommela, prenant à témoin de son innocence Dieu et les saints du ciel, mais obéit au seigneur. Après avoir jeté sur la cuve en bois poli où trempait sa damoiselle un drap blanc de futaine, il abandonna les lieux. Aussitôt Messire Conrad envahit la chambre des étuves. N'ayant souci du pavement mouillé que ses bottes souillaient en y délayant leur poussière, il s'avança vers la cuve, enchanté de tout en tout par la vision qui s'offrait à lui. La fine toile blanche qui dissimulait le bain ne laissait jaillir en son milieu que le chef d'Isabelle enturbanné de rose. Et Dame Isabelle écartelait ses longs yeux noirs sous les plis roses de la serviette, cependant que sa bouche était riante.

– Par Dieu vivant ! dit-il, je ne savais en nulle guise que les reines de Jérusalem se coiffaient dans leur privé du sharbûsh, comme les émirs sarrazins ! Il ne faut plus à votre beau turban que pierreries agrafées et perles brodées pour que je puisse vous nommer « sultan ».

– Vous rassurez mon cœur, Messire Conrad. Venir épier votre femme aux étuves serait méfaire envers elle et offenser Dieu. Mais aller voir un sultan se baigner, bah ! qui donc vous en blâmerait ?

Le marquis de Montferrat, s'étant avancé d'un pas encore, s'établit comme il put sur le rebord de la cuve.

– Seigneur Sultan, dit-il, je te salue et te baise la barbe. On m'avait souventes fois vanté ta science, ta courtoisie, la finesse de ton esprit et ta haute valeur guerrière. Pourtant nul ne m'avait avisé que le grand sultan des Sarrazins avait la chair si blanche, le teint si clair, le corps si frais et tant de beauté en tout son être !

Messire Conrad, cependant qu'il parlait, relevait sa manche et plongeait le bras dans la cuve. Il inclinait la tête, baisait la bouche d'Isabelle dont il tâtait sous l'eau tiède les mamelles bellement renflées cette saison-là.

– Seigneur Sultan, murmurait-il, à mon escient, tu me caches quelque chose !

Et de sa main vacante il dénouait le turban d'étoffe rose, délivrant ainsi une lourde chevelure pâle comme une aube et dont les mèches longues à démesure dévalaient le long des épaules pour aller s'étaler en partie sur le drap de futaine, en partie sur l'eau du bain qu'avait un peu dévoilée Messire Conrad.

– Voilà qui paraît mieux ! soupira-t-il. Je suis pareil, je le confesse, à l'avare qui veut sans cesse béer devant son trésor et le toucher du doigt. De par ma foi, dit-il encore à ton bas, cet avril que Dieu nous envoie est pure merveille !

– Hélas, Monseigneur, il est bien près de trépasser, bredouilla Dame Isabelle, que le marquis attendrissait avec sa parole et en outre émouvait avec sa main noyée dans la cuve.

– Qu'y puis-je ? répliqua-t-il. Hélas, devant le temps qui s'enfuit, nous sommes des enfants sans puissance, des esclaves chétifs. D'ici trois jours mai sera là, et qui de nous saurait prédire à quoi il ressemblera ?

– Il sera joli, Messire Conrad, comme sont toujours les mois de mai. Quant à vous, certes, vous ne ceindrez aucun chapel de fleurs blanches ou rouges, mais sur votre front scintillera la couronne des rois de Jérusalem.

– Par Dieu ! tu parles vrai, ma douce dame, et je n'entends rien à cette mélancolie qui m'a soudain serré le cœur... Diable ! que tu sens bon, belle amie ! Tu sens la rose.

– La rose de Jéricho, Messire, celle qui a l'odeur la plus subtile entre toutes les roses de Syrie. Or que désirez-vous ? Souperons-nous ce soir dans la grande salle, comme roi et reine, ou bien dans un chambrillon privé, comme dame et chevalier, ou sinon dans notre lit comme amant et amante ?

– Dieu du ciel ! s'écria le marquis. J'avais oublié une chose ! Mon cousin Philippe, l'évêque de Beauvais, nous attend pour souper en son manoir. La couronne, j'en ai peur, m'aura tourné la tête ! Maintenant, chère amie, nous devons nous hâter si nous voulons arriver chez notre hôte à la bonne heure.

Le marquis ôta son bras de la cuve si prestement que les joues d'Isabelle furent d'eau tout éclaboussées. Mais n'ayant soin de les sécher, elle s'enfonça plus profondément dans l'eau du bain qui lui monta jusqu'au menton.

– Moi, dit-elle avec délice, je reste où je suis. Les barons du royaume et ceux de France m'ont trop lassée. Allez sans moi souper en compagnie de l'évêque ! Je suis sûre qu'il me pardonnera ma défaillance, et vous aussi, Messire Conrad, me donnerez l'absolution.

– Je mentirais ma foi, si j'y allais. Je vous ai accordé un don, en conséquence de quoi nous souperons ici seul à seul. Tant pis pour l'évêque !

– Non, répliqua-t-elle. Un roi de Jérusalem ne saurait se contenir à la manière d'un jouvenceau soumis aux fantaisies des femmes. Vous irez par courtoisie manger avec l'évêque. Mais vous reviendrez tôt pour l'amour de votre dame. Quand Messire Philippe commencera ses sermons perpétuels sur l'Église de Rome et sur les querelles des rois, vous vous lèverez, vous saluerez, vous prendrez votre cheval et rentrerez au palais. Croyez-en ma parole, je serai encore éveillée à votre retour. Au lieu de souper ensemble, Messire Conrad, nous boirons vous et moi une coupe de bon vin dans notre chambre, en contemplant les étoiles.

– Je me maudis ! gronda le marquis de Montferrat.

Et comme il ne trouvait à dire un mot de plus, il déplia son grand corps et se dressa en pied. Tournant le dos à la cuve de chêne, il sauta par-dessus deux ou trois mares qui s'étalaient sur les dalles pour courir jusqu'au seuil. Dame Isabelle avait fermé les yeux. Tandis qu'elle savourait le plaisir du bain, son oreille discernait des talons clappant contre la pierre, une porte qui battait, des pas hâtifs qui s'éloignaient d'elle, s'éloignaient tant qu'elle finissait par ne plus percevoir le moindre bruit de son baron.

Vers la demeure de l'évêque allait Messire Conrad au pas de son cheval. Dieu sait qu'il eût voulu s'élancer éperonnant, car il était à cette heure moult en retard, ayant musé autour de Dame Isabelle toute nue et rose dans la cuve. Mais chariots, voitures, chevaux et piétons encombraient Tyr comme à l'accoutumée, aussi ne pouvait-on trotter et moins encore galoper. À la dextre du marquis chevauchait Obertus Nepos, le sénéchal, à sénestre un jeune page nouvellement promu écuyer.

– Or comment te nomme-t-on ? lui avait demandé devant l'écurie le gentilhomme piémontais.

– Loïs Antiaume, pour vous servir, Monseigneur.

– Tu porteras ce soir mon glaive, Loïs, en plus de la lanterne.

Et Loïs avançait maintenant sous la nuit encore bleue, tenant avec orgueil le glaive de son seigneur et balançant la lanterne pour éclairer la voie.

Le temps d'arriver au manoir où Monseigneur l'évêque de Beauvais demeurait loin des splendeurs, le ciel s'était embruni et le vent de mer avait fraîchi. Peu d'étoiles s'allumaient au firmament déserté par la lune. Sur l'hôtel du prélat luisaient de rares feux tremblants, qui semblaient contrefaire ceux de la voûte céleste. Le marquis de Montferrat déchevala dans la courtille, gravit en quatre sauts les douze degrés du perron et franchit le seuil telle une flèche. Alors qu'il se ruait à travers la première salle où deux sergents montaient la garde, il vit venir à lui Monseigneur Philippe tenant en main une chandelle.

– Que Dieu me pardonne ! s'écria le marquis. Oui, mon beau cousin, car s'Il me pardonne, vous, Son serviteur, me pardonnerez aussi. Je fus retenu au palais par cent affaires qui m'ont retardé contre mon gré.

L'évêque répondit en se moquant :

– Voilà ce qu'est le dur métier de roi, mon cousin ! Dieu cependant n'a cure de vos affaires, croyez-le bien, et je vous pardonne seulement parce que je vous aime. Dame Isabelle, je le vois, n'a pu vous accompagner. L'auriez-vous égarée au milieu de vos cent besognes ?

– Elle se sentait rompue, dit le marquis. Depuis qu'on m'a planté couronne en tête, nous étouffons sous les louanges. De toutes parts, on nous presse et on nous assaille. Sans vous mentir, mon palais depuis hier est en état de siège. Dieu qu'il fait bon goûter la paix chez vous, mon cousin ! Je suis mort de faim, je l'avoue, mais par-dessus tout, je convoite une heure de votre paix.

– Quant à la paix, Conrad, prenez-en ici autant qu'il vous plaira, il en restera toujours assez pour moi ! Or quant au manger, espérons qu'il y aura encore du feu dans les cuisines, de grasses viandes sur le feu et un maître queux devant les fours. Car j'ai fini, comprenez-le, de souper depuis longtemps. Comme je m'ennuyais à vous attendre, j'ai dévoré seul tout le repas que nous devions manger ensemble.

– Ne vous mettez en peine de rien, Philippe ! répliqua le marquis de Montferrat. Je mangerai une autre fois, quand Dieu le voudra !

– Venez par là, Conrad, mon ami, je vous en prie ! Nous siégerons dans la salle voisine, qui est bien pourvue en lampes et en fauteuils. Sur ma foi, vous me semblez ce soir plus égaré que réjoui par votre royauté.

Le marquis fit trois pas derrière son hôte, puis il s'arrêta, disant :

– Écoutez-moi ! En ce moment, je ne sais plus comment va le monde. Cette couronne de Jérusalem...

– Vous pèse-t-elle déjà ? Il m'avait paru que vous la désiriez au-dessus de toute chose.

– Je la désirais, Philippe, et l'ayant eue, je m'estime aujourd'hui béni entre les hommes. Pourtant la nouvelle fut si soudaine qu'elle me rendit fou. Le croirait-on ? J'entre chez vous sans annonce à l'heure de votre coucher ou pire, de votre prière, je vous crie en face que j'ai faim, comme si vous étiez non un évêque, mais un tavernier, enfin je vous sers, à vous, mon parent et mon plus cher ami, des mensonges qui me déshonorent.

– Des mensonges ? redit l'évêque.

– Oui, certes. Je m'ébahis moi-même, soyez-en sûr, des paroles qui me viennent à la bouche. Et le mensonge majeur, le premier qui engendra les autres, le voici, ou plutôt voici la vérité pure : j'ai oublié votre souper ! La gloire m'ayant dérangé l'esprit, je vous ai banni de ma pensée, mon cousin, vous auquel je dois pourtant deux ou trois fleurons de ma couronne. Votre amitié fidèle, je l'ai foulée aux pieds sans vergogne !

– Par Christ ! fit en riant l'évêque de Beauvais, à peu de chose près, vous vous tenez pour un dur criminel, une âme s'étant damnée à cause d'un souper ! Allons, mon ami, vous n'auriez trouvé ici, je vous l'affirme, qu'un repas fort chétif.

– Après quoi, reprit le marquis, je mentis ma foi envers ma femme. Comme elle se sentait lasse, je lui fis promesse de manger ce soir seul à seul avec elle. Or je l'abandonnai lâchement dans son bain, une eau merveilleuse, croyez-m'en, que l'eunuque avait aromatisée à la rose de Jéricho.

– La rose de Jéricho ? murmura l'évêque.

– Oui. Une fleur syrienne dont la senteur délectable ensorcelle celui qui la hume. Cependant, je m'esquivai des étuves pour me ruer chez vous. Et là, Philippe, une fois encore, je mentis. Car je voulais, vous déclarai-je, un moment de paix. Et la paix, je le confesse à ma honte, je n'en ai aujourd'hui le moindre souci ! J'ai faim, je meurs de faim, voilà par Dieu la seule vérité qui me soit échappée de la bouche !

– On va vous nourrir, Conrad, n'ayez crainte, et réconforter votre âme avec trois doigts de vin fort.

Le marquis de Montferrat branla le chef.

– Non, dit-il. À mon escient, mon cousin, il y a beau temps que vos gens dorment. Il convient que je rentre au palais où veille Dame Isabelle en attendant ma revenue. Pourquoi donc m'offrez-vous votre hospitalité ? Je mérite vos blâmes et le courroux de Dieu, nullement si grande bienveillance.

– D'ici deux jours, soupira l'évêque de Beauvais, quand on vous aura couronné roi, la raison vous reviendra, espérons-le. Pour l'heure, allez-vous-en ! Allez, mon bel ami, humer l'odeur de la rose de Jéricho !

Dans la nuit noire fit chemin arrière le marquis de Montferrat. Ses compagnons l'entouraient comme en venant, le sénéchal chevauchant à dextre, et à sénestre Loïs Antiaume. Avec honneur, Loïs charriait encore l'épée du seigneur et avec zèle brandissait la lanterne. La foule s'amoindrissait en cette heure tardive, aussi les trois chevaliers donnaient-ils de l'éperon entre les encombres. Le marquis se tenant coi, les autres ne disaient rien. Le marquis, à la vérité, se sentait le ventre creux, mais sa dame, songeait-il en son secret, lui offrirait une coupe de vin vigorant devant les étoiles. Par infortune, le ciel se montrait aujourd'hui fort chiche de ses étoiles. Mieux vaudrait, en conséquence, boire à la lumière des chandelles, puis se coucher nu à nu dans le beau lit géant des rois de Jérusalem.

On retrouva tumulte et cohue en atteignant la place du Change. Deux charrettes, l'une chargée de peaux tannées, l'autre convoyant des bestiaux de boucherie déjà équarris, s'étaient entrechoquées au croisement et barraient la voie. Cris de querelle, blasphèmes, rires des passants traversaient l'obscurité çà et là trouée par quelques luisances de lanternes. Les trois chevaliers n'avançaient plus.

– Diable ! grogna le marquis à peine tiré de ses songes. Et peut-on au moins reculer ?

– Reculer, je ne sais, répondit Obertus Nepos, le sénéchal, mais donner de la voix, certes, Monseigneur.

Et il entreprit de hurler à pleine gueule :

– Place au roi de Jérusalem !

Les deux charretiers, cependant, s'étaient mis à lutter corps à corps, encouragés ardemment par les passants attroupés autour d'eux. Les charrettes restaient empêtrées l'une dans l'autre, inclinées de manière périlleuse. Le heurtement avait si bien malmené les balles qu'avaient chu des convois peaux mégissées et puantes, quartiers de bœuf, hures et jambes de porc, qui maintenant jonchaient par endroits la terre. En avant du marquis, où la bataille faisait rage, nul ne prenait garde au roi de Jérusalem. En arrière, toutefois, où les braillements du sénéchal s'entendaient mieux, les gens s'écartèrent avec révérence pour laisser reculer le roi et sa suivance.

Ils s'éloignèrent du Change en menant au pas leurs montures le long de venelles sans peuple ni rumeur mais semées d'embûches. La lanterne levée par Loïs Antiaume jetait seule un peu de clarté sur ces passages étroits que franchissaient les chevaux peineusement, tant il y avait là d'ornières, de merdiers, d'outils, de pierrons, de sacs et de planches à esquiver. Le vent soufflait par brèves ruées qui allaient mouvoir toute chose privée de vie et enfantômaient ainsi les lieux. Le sénéchal grommelait, disant que pareilles envahies du vent dans les ruelles vous faisaient croire en des ombres mauvaises venant ramper à vos trousses pour vous effrayer l'âme. Lui-même, d'ailleurs, les sentait qui erraient non loin d'eux çà et là ou restaient collées au cul des chevaux.

À ces paroles riait Loïs Antiaume, lequel avait en lui enfance et hardiesse. Il riait d'un rire effronté, riait avec bonheur, et sous la nuit profonde son rire tintait comme un bruit de fête. Il riait encore, Loïs Antiaume, jeune écuyer né dans Jérusalem dix ans avant la Bataille, au temps de Baudouin le Lépreux, quand du noir absolu jaillirent deux ombres qui coururent vers la chevauchée, deux ombres qui se jetèrent contre les flancs du plus haut cheval dont ils saisirent à main nue le frein. Et l'une des ombres voilées de blanc cria en langage sarrazinois :

– Pour Christ ! Pour Christ et pour la Vierge Pure ! Entends ma parole, Seigneur Conrad !

– Conrad ! Par le sang Dieu ! clama en retour le marquis de Montferrat. Or que fais-tu là au milieu de la nuit, mon filleul, et que me veux-tu ?

– Je veux, répondit le fidâ'î, détrancher Ta Seigneurie de la poitrine jusqu'au nombril, parce qu'Elle a forfait contre Allah en dérobant nos biens et en noyant les nôtres !

Lors même qu'il proférait ces mots, Nazawî l'Ismâ'îlien plongeait dans le cœur du marquis sa dague d'or.

Jeune et hardi était Loïs Antiaume, comme on l'a dit, qui charriait contre sa jambe l'épée du marquis de Montferrat. Entre sa monture et celle de Messire Conrad se dressait Nazawî pour crier vengeance, pour frapper et pour occire. Loïs voyait l'homme clairement, car il tenait la lanterne. Le temps d'un battement de paupières, le temps d'une respiration et le damoiseau eut passé la lampe d'une main dans l'autre, saisi le glaive et percé d'un coup la gorge du diable blanc ! Obertus Nepos, lui, qui n'avait plus seize ans d'âge et ne songeait qu'à porter secours au seigneur piémontais, laissa Nâzir dont il touchait le voile se dérober puis déguerpir en prenant son cul parmi l'oreille.

Tandis que l'Assassin avec une joie folle, sans doute, rendait l'âme sur le pavement, le marquis lentement glissait à bas de son cheval. Ses compagnons démontèrent en hâte afin d'aller le recueillir. Penchés sur lui, épouvantés par le sang qu'il versait en ruissellements continus, ils écoutèrent son souffle qui allait faiblissant mais prouvait que la vie le retenait encore à elle. Ni le sénéchal ni l'écuyer n'ayant revêtu de pourpoint ou n'ayant emporté de mantel par une saison si chaude, ils enveloppèrent leur seigneur dans un tapis de selle. Obertus Nepos, pleurant à flots, berçait entre ses bras Messire Conrad ensanglanté, qui s'éloignait du monde. Loïs Antiaume, cependant, courait en tous sens pour quérir une voiture, une litière, un char, une charrette, une planche enfin, quel que fût son nom, qui eût des roues. Et grâce à la fréquentise de gens massée encore autour du Change, il trouva bientôt une charrette.

Vers le palais royal s'en allait le marquis de Montferrat gisant sur une charrette, mais de la chose il ne pensait rien, car il avait perdu conscience. Or il n'y avait là, se rassurait Loïs Antiaume, nulle infamie, nécessité seule menant le roi de Jérusalem en si misérable arroi. Le page et le sénéchal tiraient la charrette lugubre autour de laquelle marchaient pour commencer de rares citoyens. Pourtant, à mesure que se rapprochait le convoi du palais royal, d'autres gens venaient s'incorporer à la compagnie, tous gémissant parmi leurs larmes. Portes et fenêtres s'ouvraient quand passait devant les logis cette procession d'où montait un grand bruit de deuil. La nouvelle volait de bouche en bouche à si bonne allure qu'elle atteignit le palais avant le marquis dans sa charrette.

Sur le seuil arrivait haletante la marquise de Montferrat comme arrivait en face le marquis. Les physiciens accourus se saisirent du long corps meurtri qu'ils portèrent jusqu'à la première chambre et la première couche rencontrées en bas de la demeure. Ayant lavé la plaie béante, ils répandirent par-dessus herbes à guérir et pure fleur de farine. En joignant par des bandures épaisses les bords de l'entaille, ils tentèrent de tarir le sang qui s'écoulait du cœur comme l'eau d'une fontaine. Les clercs cependant, venus s'agenouiller au chevet du lit, élevaient vers Dieu des oraisons d'espérance, et Dame Isabelle baignait la face grise de son seigneur avec du vinaigre de vin vieux. Elle avait commandé qu'on apportât lampes et chandelles en abondance afin que la chambre enluminée fût à la semblance de la vie et non de la mort. Environ l'heure de minuit, Messire Conrad ouvrit les yeux.

Dame Isabelle, inclinée sur la couche, souriait à son baron.

– Nous allons vous guérir, n'ayez crainte, Messire Conrad. L'air de Tyr est le meilleur du monde, aussi votre plaie sera-t-elle en peu de temps réparée. Nous ferons le couronnement au mois de mai, et voilà tout.

Le marquis la contemplait comme si elle eût été un songe abandonné. Seules douleur et désolation maintenaient ses yeux vivants. Ainsi regarda-t-il un long moment sa femme avant de remuer la tête en un va-et-vient qui disait « non ».

– Au mois de mai, répéta-t-elle, et ce sera aussi bien pour nous, mon cher seigneur. Assurément, il y aura encore des roses dans les jardins.

Puis les yeux du marquis se fermèrent de nouveau. Les bandes qui enveloppaient son corps navré se teintèrent peu à peu d'un sang inépuisable dont s'effrayait Dame Isabelle. Et contre sa paume elle sentait tressaillir la paume glacée de Messire Conrad.

Voulant tirer du néant le marquis et le revigorer, les physiciens lui mouillèrent la bouche avec une aqua vitae médicinale aux vertus avérées, prétendait-on, depuis l'empire de Rome. Puissant, en vérité, était cet élixir, et tellement que le marquis rouvrit les yeux. Dame Isabelle tenait toujours penchée sur lui sa face en détresse qui souriait autant que se pouvait la chose. Or, quand il remua les lèvres malaisément, elle crut qu'il cherchait à reprendre un souffle devenu trop rare et trop léger pour un corps si lourd. Mais il quêtait la force de parler et après un instant de rude bataille la trouva.

– Par grâce, dit-il, promettez-moi en nom Jésus...

– En nom Jésus, dit-elle, je vous promets. Que désirez-vous de moi, Monseigneur ?

– Par pitié... ! Par amour... ! Ne remettez la cité qu'aux Francs de France ! M'entendez-vous ? ... Je vous en prie pour Dieu !

Dame Isabelle répondit :

– Soyez en paix, Messire Conrad, je ferai tout votre vouloir. Je sais défendre une cité, vous en souvenez-vous ?

Il demeura muet longtemps avant de recouvrer sa parole.

– Moi, je ne suis plus, souffla-t-il. Mais toi, Isabelle, tu es reine.

Et elle dut s'incliner plus bas, s'incliner jusqu'à toucher sa joue de la sienne afin de percevoir le son tout amenuisé de sa voix disant :

– C'est avril, douce amie, le mois des roses dans ce pays.

Lors la mort vint le prendre et il s'en fut du monde sans bruit.

Sur la cité phénicienne recommencèrent à tinter les cloches nuit et jour. Hélas ! leur chant désormais ne résonnait plus pour la joie, mais pour la dolence. Les citoyens, les Croisés, les marchands de passage, tous restaient frappés d'effarement quand les atteignait la nouvelle. Dieu, pensaient-ils, n'avait pu vouloir un crime qui affligeait si cruellement le royaume de Jérusalem et la terre de Jésus. Les hommes devaient mourir, selon la loi divine, chacun à son tour et à son temps, hormis le marquis de Montferrat, lequel devait en bonne raison attendre la paix retrouvée, Jérusalem délivrée, l'honneur des Francs sauvé, avant de rendre l'âme. Pourtant il avait péri sans droit, détranché au fond d'une venelle obscure par un Assassin vêtu de blancs voiles comme un fantôme.

Au jeudi festif prévu pour le couronnement, Dame Isabelle s'en fut enfouir le marquis trépassé de malemort. Monseigneur Balian d'Ibelin et la reine Marie, accablés sous la peine, menaient le deuil aux côtés de la marquise et du vieux marquis de Montferrat, ce dernier toujours fringant sur ses deux pieds, tenant haut le front avec orgueil et montrant un visage aussi pâle qu'était dans la bière celui de son fils défunt. Monseigneur Philippe, l'évêque de Beauvais, dit la messe des morts en la chapelle de l'Hôpital Saint-Jean, un sanctuaire ni long ni large où pas un Croisé sinon le duc de Bourgogne, pas un citoyen sinon les hauts barons du royaume, pas un marchand vénitien ou génois, ne parvint à entrer. Formé en géante file qui s'étendait le long des rues depuis la chapelle et traversait toute la cité, le peuple entier suivait l'office, chacun des habitants contrefaisant ce qu'il voyait faire à son voisin planté devant lui. Une fois la messe achevée, douze frères Hospitaliers, les uns en tunique noire à croix blanche, les autres en tunique rouge à croix blanche, ensevelirent dans le chœur le marquis de Montferrat, dont ils recouvrirent le cercueil d'une dalle entaillée.

Revenue au palais royal, Dame Isabelle se défendit de prendre aucun repos. Elle rassembla autour d'elle, outre ses parents qui ne voulaient la quitter d'un pouce, les barons dont le marquis prisait le plus la sagesse. Entrée devant tous dans la salle du conseil, la marquise alla siéger dans le haut fauteuil seigneurial et ouvrit à voix claire le parlement.

– Beaux seigneurs, déclara-t-elle, j'ai en ce jour grand besoin de vos avis. S'il vous plaît, ma mère, et s'il plaît à Dieu, conseillez-moi la première, vous qui fûtes reine de Jérusalem et qui m'aimez ! Que ferai-je en cette noire occasion pour le mieux du royaume ? Comment garantirai-je les droits de mon enfant à naître et aussi les miens propres ?

– De par Dieu ! Isabelle, répondit la reine Marie, les forces me faillent tant encore que je ne saurais vous donner un bon conseil avant demain ! Cependant je saurai bien vous représenter dès maintenant comment la chose ira si nous demeurons ici sans rien concevoir ni entreprendre. En vérité, je vous le dis, le roi Richard Plantagenêt, sitôt instruit de votre deuil, rebaillera la couronne à Gui de Lusignan, son vassal. Car étant femme, vous valez pour lui néant.

– Il fera davantage, n'en doutez pas, poursuivit le comte de Sidon. Redoutant de mettre en fureur les barons de Jérusalem, il voudra vous marier à votre beau-frère, lequel n'a plus de femme, a vécu moins de quarante ans au monde et fut naguère le plus beau chevalier de son temps.

– Et le plus sot de tous les ânes ! s'écria Dame Isabelle. Jamais, entendez-vous, Messire Renaud, je ne me donnerai à un tel homme ! Par surcroît, je ne puis être mariée, du moment que je porte en mon sein l'enfant de Messire Conrad.

Et le comte Renaud répondit :

– Sur ma foi, Dame Isabelle, c'est grand dommage pour vous ! S'il se trouvait aux environs un homme qui pût vous convenir par la naissance et la prouesse, vous sauveriez votre couronne en le prenant pour seigneur. Selon moi, vous devriez y songer, malgré votre état, considérant le péril de la circonstance.

Tous les conseillers approuvèrent, soit du chef, soit de la voix, l'opinion donnée par le comte de Sidon. Lors la marquise, qui se sentait à malaise, changea de propos et dit :

– Je vous ai, Messeigneurs, demandé trop tôt votre conseil. À l'heure qu'il est, nous sommes tous troublés à merveille et fort las. Durant la nuit, chacun de nous méditera en son âme, et nous reprendrons demain ce parlement. Toutefois, il est une chose dont je désire vous aviser aujourd'hui même : avant de s'en aller à Dieu, Monseigneur Conrad, l'espace d'un instant, recouvra la parole et me signifia sa volonté. Je fis serment devant lui que jamais notre cité de Tyr ne serait par moi rendue aux Anglais. En conséquence, nous garderons closes les portes de Tyr tout le temps que nous débattrons sur le futur de la couronne. Et si viennent frapper aux vantaux les chevaliers du roi Richard, nous les laisserons dehors. Seuls auront licence de franchir la muraille les gens du royaume et les chevaliers au roi de France.

Le conseil étant ajourné, la marquise de Montferrat se donna enfin le loisir de ne plus feindre. Étendue sur son grand lit royal, moult plus grand aujourd'hui qu'hier, elle se laissa aller à la désespérance. Une peine au cœur, une lassitude mortelle au corps, un désarroi qui lui rompait l'âme, voilà les sources d'où dévalaient en ruisselant ses larmes. Pour Messire Conrad, se disait-elle sans réconfort, ce bel avril durerait toujours, ainsi qu'il l'avait tant souhaité. Mais dès demain avril aurait passé pour elle et pour tous les vivants. Dans peu d'heures s'avancerait le mois de mai, qui serait laid au lieu d'être joli, qui sentirait l'ordure au lieu de fleurer la rose. Les roses, par surcroît, si elles ornaient encore les jardins de Syrie, seraient noires et plus jamais roses, blanches ni rouges. Quant aux hommes du Poitou, une génération fausse et damnée, on ne devait en nulle guise attendre qu'ils accourussent à franc éperon, quand on avait besoin d'eux presque autant que de Dieu.

Le 1er mai, sur commandement de la marquise, la cité en deuil devint cité close. Nul des conseillers n'avait en dormant trouvé le quart de la moitié d'une idée, pas même la reine Marie, qui en perdait son latin et sa voix. Le décret pris par Dame Isabelle semblait bon à tous pour une durée brève, le temps de voir clair au milieu du brouillis. Pourtant, lorsque fit clamer Dame Isabelle au-dedans comme au-dehors qu'elle ne remettrait Tyr qu'entre les mains d'un homme dûment approuvé par le roi de France, la reine Marie seule soutint sa fille sans retenue. Des semaines et des mois, contredirent les barons, s'écouleraient avant que ne parvinssent au rivage syrien le ou les noms agréés par le roi Philippe. Et d'ici là le roi Richard, voulant s'en retourner vers son pays, aurait tranché à sa manière l'affaire de Palestine.

– Ira-t-il, s'enquit Dame Isabelle, jusqu'à forcer nos portes par les armes ?

Pas un des conseillers ne lui répondit, car pas un ne le savait.

Des chevaliers d'Angleterre, du Maine, d'Anjou, de Normandie ou d'Aquitaine, il se trouva plusieurs qui vinrent avec une belle hardiesse demander l'entrée dans la cité phénicienne. « Or apportez-vous, Messires, leur demandait-on en retour, l'agrément du roi de France ? » Et comme ils ne pouvaient l'avoir, on les déboutait malgré tous les arguments jaillis de leurs bouches. La marquise de Montferrat se voyait ainsi gouvernant Tyr jusqu'à la naissance de son enfançon, et voire au-delà. Par infortune, deux empêchements majeurs se dressaient encontre elle, dont l'un gisait en Richard d'Angleterre et l'autre en la guerre, la guerre que Sainte Église, affirmaient les hommes communément, défendait de mener quand on était femme, *a fortiori* quand on était femme grosse. Richard et la guerre, ces deux encombres, Dame Isabelle se peinait jour et nuit à les bannir de sa pensée.

Or le dimanche 3 mai, au matinet, vint se présenter devant la marquise le sénéchal Obertus Nepos.

– Dame, lui dit-il, un homme est à nos portes, qui réclame très haut de vous parler.

– Quel homme, je vous prie ?

– Nul ne le sait, sur ma foi, Dame. Il ne donnera son nom, déclare-t-il à qui veut l'entendre, qu'en face de la reine Isabelle.

– Et quel semblant a-t-il, Sénéchal ?

– Aucun semblant, répondit, plein de tristesse, le vieux familier du marquis. Car il se tient tout armé sur son cheval, et le heaume lui recouvre entièrement le chef. Ni lui ni sa monture, paraît-il, ne charrient d'enseigne.

– Et combien de compagnons, selon votre opinion, a-t-il amené dans sa suivance ?

– Pas le moindre, en vérité, Dame. Il est arrivé seul sous la muraille.

Une occasion aussi étrange rendit un moment muette la marquise de Montferrat, puis elle murmura :

– Vous lui direz pour moi, Sénéchal, que je ne puis aller parler à un homme sans bannière, sans nom et sans visage. Nous n'avons pas coutume d'accueillir entre nos murs de telles gens.

Le sénéchal, dont l'œil et le ton se faisaient parole après parole plus mélancoliques, répliqua :

– Toutefois, Dame, il prétend venir chez nous avec la bénédiction du roi de France.

– Par Dieu ! mon ami, s'écria Dame Isabelle, soulevant les épaules, votre chevalier vole-t-il donc à la manière des oiseaux ? Le roi de France est à Paris !

Elle contemplait le sénéchal qui la contemplait, tous deux ayant le cœur en peine. Dans l'air, songea-t-elle, sous les bons vents de Tyr, s'apprêtait une aventure qu'il convenait de percer à jour au plus tôt afin de s'en défier. Comme se taisait et larmoyait doucement Obertus Nepos, elle lui demanda :

– Qu'en pensez-vous, Sénéchal ? Et que me conseillerait, selon vous, Messire Conrad ? Voudrait-il que je voie cet homme ?

– Et pourquoi non, Dame ? Rien ne vous empêche, quand vous serez à la muraille, de garder par prudence la porte fermée au verrou et de lui parler à travers le guichet.

Dame Isabelle au pas de Bélior, son fidèle palefroi, gagna l'enceinte en compagnie du sénéchal. Devant la poterne Saint-Pierre ils démontèrent, car c'était là qu'attendait le chevalier inconnu, de l'autre côté du mur. Dame Isabelle, ayant débouté de son poste le guetteur qui veillait, alla mettre au guichet son visage. Par la grille maillée menu et si envahie de souillures que le jour n'y passait guère, elle aperçut à quinze pas l'homme en armure sur son blanc coursier.

– Ohé ! cria-t-elle, m'entendez-vous, chevalier ? Je suis la marquise de Montferrat, que vous avez envoyé quérir. Pourriez-vous, par grâce, mettre pied à terre et vous approcher de la poterne ? De vous, Messire, qui vous tenez au loin, on ne voit goutte. Et me direz-vous enfin sans plus de mystères qui vous êtes ?

L'homme d'un coup de reins déchevala. Il marcha vers la poterne, et cependant qu'il avançait à petite allure, il ôtait ses gants et délaçait son heaume. Il se trouvait à trois coudées de l'huis quand jaillit son chef hors du bassinet. La marquise de Montferrat, dont l'œil suivait avec ardeur le nouvel arrivant, découvrit devant elle un visage riant et jeune qu'elle se croyait sûre de n'avoir jamais contemplé en son vivant. Elle eût aimé le voir plus nettement, mais le temps, la poussière, les bêtes volantes et rampantes, les feuillettes apportées par le vent de mer avaient trop margouillé la grille. Il répondit enfin :

– J'ai nom Henri, Dame, pour Dieu servir, et suis le comte de Champagne.

Certes, songeait en hâte la marquise, les yeux tout grands ouverts, celui-là comme les autres vient de la part de mon cousin Richard. Mais il vient en outre, qui donc au siècle oserait le nier ? de la part du roi Philippe de France. Oui, se disait-elle, en vérité, celui-là, il était la paix, l'alliance entre les nations contraires, la jouvence et la prouesse. Elle ne perdit une seule once de temps à méditer plus avant et le corps frémissant et le cœur tremblant, elle commanda :

– Garde, au nom de Dieu, laissez entrer ce chevalier !

Carte page 7 : D.R.

*Cet ouvrage a été réalisé
par la Société Nouvelle Firmin-Didot
Mesnil-sur-l'Estrée
pour le compte des Éditions Denoël
en décembre 1999*

Imprimé en France
Dépôt légal : janvier 2000
N° d'édition : 8898 – N° d'impression : 49111